ଅମଡ଼ା ବାଟ

ଅମଡ଼ା ବାଟ

ବସନ୍ତ କୁମାରୀ ପଟ୍ଟନାୟକ

BLACK EAGLE BOOKS
2021

 BLACK EAGLE BOOKS

USA address:
7464 Wisdom Lane
Dublin, OH 43016

India address:
E/312, Trident Galaxy, Kalinga Nagar,
Bhubaneswar-751003, Odisha, India

E-mail: info@blackeaglebooks.org
Website: www.blackeaglebooks.org

First Edition : 1957

First International Edition Published by
BLACK EAGLE BOOKS, 2021

AMADA BATA
by **Basanta Kumari Patnaik**

Cover : **Ramakanta Samantaray**

Interior Design: Ezy's Publication

ISBN- 978-1-64560-204-0 (Paperback)

Printed in the United States of America

କଟକ ସହରର ଅସଂଖ୍ୟ ଘର ଭିତରୁ ସେ ବି ଗୋଟିଏ – ଦୋ'ତାଲା କୋଠା । ଦେଖିଲେ ମନେହୁଏ ବହୁତ ପୁରୁଣା ।

ଖଣ୍ଡେ ତେଲଚିକିଟା ଆରାମଚୌକି ଉପରେ ଗୋଡ଼ହାତ ମେଲେଇ ପୀତାମ୍ବରବାବୁ ବସି ମନର ଖିଆଲରେ ପାଟିରୁ ଧୂଆଁ ଛାଡୁଥିଲେ । ଚୌକିର ହାତ ଉପରେ ଅଧାଖିଆ ଚା' ବାଟି । ଗୋଡ଼ ପାଖରେ ଘରର ପୋଷା କୁକୁରଟି ବସି ସେହି ବାଟିକୁ ଏକଲୟରେ ଚାହିଁ ରହିଥିଲା । ପୀତାମ୍ବରବାବୁ ଭାବୁଥିଲେ ନିଜ ପରିବାରର କଥା... ଏଇ କାଲିପରି ଲାଗୁଛି– ବଡ଼ ପୁଅ ମୋହନର ଜନ୍ମ । କିନ୍ତୁ ଆଜି ସେ ନିଜ ଗୋଡ଼ରେ ଠିଆହୋଇ ଶିକ୍ଷାଲାଣି । ତା'ରି କଥା ମନରେ ଆସିଲେ ତାଙ୍କର ଭାରୀ ମନଟା ହଠାତ୍ ହାଲୁକା ହୋଇଯାଏ । ଆଉ ମାୟା– ତାଙ୍କର ଗୋଟିଏ ବୋଲି ଝିଅ । ତା' କଥାର ଚାତୁରୀରେ ସେ ନିଜେ କେଜାଣି କେତେଥର ବାନ୍ଧିହୋଇ ଯାଇଛନ୍ତି । ଏଇ ବର୍ଷ ମାଟ୍ରିକ୍ ପାସ୍ କରିଯିବ । ଆଉ ଦି'ଚାରିଟା ବର୍ଷ ପରେ ସେ ବି ଏକରକମ ପାରିଯିବ । ବାକି ରହିଲେ ସାନ ପୁଅ ତିନୋଟି– ପ୍ରତାପ, ରଞ୍ଜନ ଓ ପହଲି । ବଡ଼ ହେବାକୁ ସେମାନଙ୍କର ଆହୁରି ଅନେକ ଡେରି । ସବୁଠୁ ସାନ ପୁଅ ପହଲିକୁ ଆଉ କେଇଟା ମାସରେ ଛ' ପୂରିଯିବ । ଏମାନେ ପାରିଉଠିଲା ବେଳକୁ ସେ ନିଜେ ହୁଏତ ଦୁନିଆରୁ ବିଦାୟ ନେଇ ସାରିଥିବେ ।

ବେଳେବେଳେ ତାଙ୍କ ମନରେ ଦୁଃଖ ହୁଏ– ଏଇ ପିଲା ତିନୋଟିଙ୍କ ପାଇଁ ସେ କିଛି କରିପାରି ନାହାନ୍ତି । କିନ୍ତୁ ସେ ଦୁଃଖ ବେଶୀ ବେଳ ରହିପାରେ ନାହିଁ । ଗେହ୍ଲାଝିଅ ମାୟାର ପଦେ କଥାର ଦମକା ପବନରେ ମନର ସବୁ ମେଘ କାହିଁ ଦୂରକୁ ଭାସିଯାଏ । ସାରା ଜୀବନ ଖଟିଖଟି ମୁଠାମୁଠା ଟଙ୍କା ତାଙ୍କୁ ଯାହା ଦେଇପାରି

ନଥିଲା, ଆଜି ଏ ବୁଢ଼ା ବୟସରେ ମନେ ହୁଏ ଏହି ପିଲାମାନଙ୍କ ଭିତରେ ତାହା ପାଇପାରିଛନ୍ତି ।

ପୀତାମ୍ବରବାବୁଙ୍କ ଛାତିତଳେ ବଡ଼ ପୁଅ ମୋହନ ହେଉଛି ପିଲାମାନଙ୍କ ଭିତରେ ମୁରବୀ । ତା'ପାଖରେ ସମସ୍ତଙ୍କର ଅଳିଝଲି, କଳିକଜିଆ ମେଣ୍ଟାମେଣ୍ଟି ହୋଇଥାଏ । ତା'ର ପ୍ରଧାନ କାରଣ ହେଉଛି ସେ କାହାରି ଉପରେ ରାଗେ ନାହିଁ । କିନ୍ତୁ ମୋହନ ମନ ଭିତରେ ବୁଝେ ଯେ, ତା' ଅପେକ୍ଷା ମାୟାର ଆଧିପତ୍ୟ ପିଲାମାନଙ୍କ ଉପରେ ବେଶୀ । କହିବାକୁ ଗଲେ ମାୟା ହେଉଛି ଏ ତିନୋଟି ସୈନ୍ୟଙ୍କର ସେନାପତି ।

ଆଉ ଗୋଟିଏ କଥା ପିଲାମାନେ ଭଲରକମ ମନେ ରଖିଥାନ୍ତି । କିଛି ମାଗିବା ଦରକାର ପଡ଼ିଲେ ମୋହନ ସକାଳୁ କାମରେ ଗଲାବେଳେ କେବେହେଲେ ମାଗନ୍ତି ନାହିଁ । ସେତେବେଳେ ମୋହନ ବଡ଼ ଗମ୍ଭୀର ଦେଖାଯାଏ– କଣ ଯେମିତି ଭାବୁଥାଏ । ସେତେବେଳେ କେହି ଯଦି କିଛି କହେ, ତେବେ ସାଙ୍ଗେ ସାଙ୍ଗେ ହାତ ହଲେଇ ପଳେଇ ଯିବାକୁ ଇଙ୍ଗିତ ଦିଏ । ତଥାପି ଯଦି ନ ଯିବ, ତେବେ ଅତି ବେଶୀରେ ଦି'ପଦ କଥା– "ଅଫିସରୁ ଫେରିଲେ ।" ସେତିକିରେ ପିଲାଏ ଫେରିଯାନ୍ତି ।

ପିଲାମାନେ ମଧ୍ୟ ଲକ୍ଷ୍ୟ କରିଛନ୍ତି, ଅଫିସରୁ ଫେରିବା ସଙ୍ଗେ ସଙ୍ଗେ ଯଦି ସେମାନଙ୍କ 'ଦାବୀ' ମୋହନ ଆଗରେ ଜାହିର କରାଯାଏ, ତେବେ ସେଥିରୁ ଆଠପଣ କଟିଯାଏ । ତେଣୁ ପିଲାମାନେ ଅତି କଷ୍ଟରେ ତଣ୍ଡିକୁ ଚାପି ସମ୍ଭାଳି ନିଅନ୍ତି ମୋହନ ଖାଇସାରିବା ଯାଏ । ମୋହନ ଖାଇଲାବେଳେ ପିଲାମାନଙ୍କର ଗୋଡ଼ ଦି'ଟା ଅଲକ୍ଷ୍ୟରେ ସେମାନଙ୍କୁ ଟାଣି ନେଇଯାଏ ଖାଇବା ଘରକୁ, ପାଟି ମେଲା ହୋଇଯାଏ କ'ଣ କହିବାକୁ, ହୁଏତ ଗୋଟାଏ ଅଧେ ପଦ ବି କେତେବେଳେ କେମିତି ବାହାରିପଡ଼େ । କିନ୍ତୁ ତାକୁ ରୋକି ନେଇ ସେମାନେ ମୋହନର ବଖରା ବାହାରେ ବସି ଅପେକ୍ଷା କରନ୍ତି । ମଝିରେ ମଝିରେ ଜଣେ ଯାଇ ଦେଖିଆସେ ଖିଆ ସରିଲାଣି କି ନାହିଁ । ଅଫିସ ଫେରନ୍ତି ମୋହନର ଚୁଡ଼ା ପରି ସେମେଟା ମନ, ଖାଇସାରି ବୁଲି ବାହାରିଲା ବେଳେ ହୁତୁମ ପରି ଫୁଲିଯାଏ । ଶଙ୍କରାଚାର୍ଯ୍ୟଙ୍କର "ମୋହମୁଦ୍ଗର" ସ୍ୱର ଲୟେଇ ବୋଲି ବୋଲିକା ସେ ନିଜ ବଖରା ଭିତରକୁ ପଶେ । ସେଇହେଉଛି 'ଦାବୀ' ଜଣେଇବାର ପ୍ରକୃଷ୍ଟ ସମୟ । ମୋହନ ମୁହଁ ଦେଖି ସମସ୍ତେ ସେତକ ବୁଝି ନିଅନ୍ତି ।

ସେଦିନ ଅଫିସରୁ ଫେରି ଖାଇସାରି ମୋହନ ଯେମିତି ଘରେ ପଶିଛି ମାୟା ଆସି ପାଖରେ ଠିଆ ହେଲା । ପଛ ଆଡ଼େ ପ୍ରତାପ, ରଞ୍ଜନ ଓ ପହଲି ।

–ଭାଇ, ଇସ୍କୁଲରେ ମୋତେ କହିଲେ, ତୋର ବାପା ବଡ଼ ଲୋକ, ଭାଇ ଡାକ୍ତର, ତୁ ଗଣେଶ ପୂଜା ପାଇଁ ପାଞ୍ଚଟଙ୍କା ଚାନ୍ଦା ଦେବୁ ।

– ତୁ ତ ଆଗ ବଲିପଡ଼ି କହିଥିବୁ।

– ଭାଇ ବିଦ୍ୟାରାଣ, ସେମାନେ ମୋତେ ଆଗେ କହିଲେ।

– ତେବେ ତୁ ଗୋଟାଏ କାମ କର। ଟଙ୍କାଏ ଚାନ୍ଦାଦେଇ କହିବୁ ଯେ, ଘରେ କହିଲେ, ଏତେ ଛୋଟ ପିଲା ପାଞ୍ଚ ଟଙ୍କା ଦେଇ ପାରିବ ନାହିଁ। କହି ମୋହନ ଥରେ ମାୟା ମୁହଁକୁ ଚାହିଁଲା।

– ବାଃରେ ମୁଁ କାଇଁ ସେ କଥା କହିବାକୁ ଯିବି? ଆମର ତ ସବୁଠୁଁ ବଡ଼ କ୍ଲାସ। ପିଲାଏ ତ ଦଶ ଟଙ୍କା ବି ଦଉଛନ୍ତି– ରଜାଇଁମାନେ।

– ଆଉ ତେବେ କ’ଣ କହୁଛୁ?

– ଟଙ୍କାଟା ଦେଇ ଦିଅ।

ମାୟା ପଞ୍ଚଆଡ଼ୁ ପ୍ରତାପ ବାହାରି ଆସିଲା। ଭାଇ ଆମର ଦୁଇ।

–ଏ଼! ଦୁଇ! ତୋର କେଉଁ କ୍ଲାସ ହେଲା?

– ସେଭେନ୍! ଛାତି ଫୁଲେଇ ପ୍ରତାପ ଠିଆ ହେଲା। ପାଖରେ ରଞ୍ଜନ।

ଟଙ୍କା ନେଇ ବାହାରି ଯାଉ ଯାଉ ଅଧା ବାଟରୁ ମାୟା ପୁଣି ଫେରିଆସିଲା। "ଭାଇ, ସେ କାହିଁକି ଦୁଇ ନବ? ଏତେ ଛୋଟ କ୍ଲାସ? ମୁଁ ସେଭେନ୍ଥ କ୍ଲାସରେ ପଢ଼ିଲାବେଲେ ତ ଏକ୍ ଦେଇଥିଲି।"

ଚିଡ଼ି ଉଠି ପ୍ରତାପ ଜବାବ ଦେଲା– ଛୋଟ କ୍ଲାସ କ’ଣ? ଆମର ତ ସବୁଠୁ ଉପର ଶ୍ରେଣୀ। ପିଲାମାନେ ଆଉରି ବେଶୀ ଦଉଛନ୍ତି। ମୁଁ ତ କମ୍ କରି ନଉଛି।

– ଇସ୍! ଲେଙ୍ଗ ସ୍କୁଲ! କହନା ମ ଆଉ। ତମରି ଇସ୍କୁଲ ଧତ୍‌ତେଡ଼ା।

ମୋହନ ମୁଣିରୁ ଟଙ୍କା ବାହାର କରି ପ୍ରତାପ ଓ ରଞ୍ଜନକୁ ଦେଲା।

–ସେମିତି ହେଲେ ମତେ ଆଉ ଗୋଟାଏ ଦିଅ।

– ନା! ମୋହନର ସ୍ୱରରେ ଦୃଢ଼ତା।

– ତାହାହେଲେ ତମ ଟଙ୍କା ଫେରେଇ ନେଇଯାଅ... ଦରକାର ନାହିଁ ମୋର। ଟଙ୍କାଟକ ଫିଙ୍ଗି ଦେଇ ରାଗରେ ମାୟା ଚାଲିଗଲା।

ତଳେ ପଡ଼ିଥିବା ଟଙ୍କାକୁ ମହା ଉସ୍ଵାହରେ ପହଲି ଗୋଟାଇବାରେ ଲାଗିଗଲା– ଇଏ ମୋର, ଇଏ ମୋର।

– ନାଇଁ ସେ ଅପାର। ତାକୁ ରଖ୍ ଦେ। ଆଚ୍ଛା ପହଲି, ତୋ’ର ତ ଇସ୍କୁଲ ନାହିଁ। ତୁ କୋଉଟି କରିବୁ? ପହଲିକୁ ଚାହିଁ ମୋହନ କହିଲା।

– ଘରେ କରିବି।

– ତୋର କେତେ ?

ପହଲି ପଟୁ ଭାଇ ଆଡ଼କୁ ଚାହିଁଲା। ମୋହନ ପଛରେ ଠିଆ ହୋଇ ପ୍ରତାପ ଗୋଟିଏ ଆଙ୍ଗୁଠି ଦେଖେଇଥାଏ।

– "ମୁଁ ଗୋଟାଏ ନେବି", ପହଲି କହିଲା।

ଟଙ୍କିକିଆ ନୋଟ ଖଣ୍ଡେ ପହଲି ହାତରେ ଧରେଇ ଦେଇ ମୋହନ ପାଟିକଲା, "ଧାଇଁ ପଲା ସମସ୍ତେ। ମୋର ସେଣେ ଡେରି ହେଲାଣି।" ସମସ୍ତେ ଚାଲିଗଲେ। ଏକା ପହଲିକି ଛାଡ଼ି।

– କିରେ, ତୋର ପୁଣି କଣ ହେଲା ?

– ମୁଁ ୟାକୁ ନେବିନାଇଁ। ମତେ ଗୋଟିଏ ଗୋଲ ଟଙ୍କା ଦିଅ।

– ଆଃ–

୦୦ ଫଟେଇ ପହଲି ସଙ୍ଗେ ସଙ୍ଗେ କାନ୍ଦିବାକୁ ଆରମ୍ଭ କଲା।

– ଆଛା, ଆଛା, ଦଉଛି... ଗୋଲ ତ ନାହିଁ, ଦି'ଟା ଆଠଣି ଦେଲେ ହବ ?

–ହଁ।

ଦି'ଟା ଆଠଣି ବଦଲ କରି ମୋହନ କହିଲା, "ୟା ନହେଲେ ଏଥର ମୁଁ ରାଗିଯିବି।" ମୋହନ ତରତର ହେଇ ଘରୁ ବାହାରିଲା।

ବୁଲିସାରି ସନ୍ଧ୍ୟାବେଳକୁ ମୋହନ ଘରକୁ ଫେରିଆସି ଦେଖ୍ଲା ଦାଣ୍ଡଘରେ ରୋଗୀ ଅପେକ୍ଷା କରି ବସିଛନ୍ତି। ରୋଗୀ ଦେଖ୍ବାକୁ ଯାଇ ମୋହନ ଏଠି ସେଠି କ'ଣ ଖୋଜିବା ଭଳି ହେଲା। ଟେବୁଲ ଉପର, ହାତ ବ୍ୟାଗ ଖୋଜିସାରି ଘର ଭିତରକୁ ପଶିଆସି ଅଗଣାରେ ଡାକ ଛାଡ଼ିଲା, "ପଟୁ!"

ଦୋ'ତାଲା ବାରଣ୍ଡାରୁ ଜବାବ ଆସିଲା– ଆ–ଇଁ–ଆଁ ?

– ମୋ ସ୍ତେଥୋ କିଏ ନେଇଛି ?

ପ୍ରତାପ ରଞ୍ଜନକୁ ଚାହିଁ ଟିକିଏ ବେଲ ରହିଯାଇ କହିଲା, "ଆମେ ଜାଣିନୁ।"

ମୋହନ ଚିଡ଼ି ଉଠିଲା, "ଏ ଘରେ କିଏ ପଶିଥ୍ଲା ?"

– ଆମେ ପଶିନୁ।

ମୋହନ ପୁଣି ଡାକ ଛାଡ଼ିଲା– "ମାୟା"!

ମାୟାଆଡୁ କୌଣସି ଉତ୍ତର ନ ପାଇ ଚିଡ଼ିଯାଇ ପୁଣି କହିଲା, ଏ ମାୟା ସେଇଠି ବସିଛୁ ତତେ ଶୁଭୁ ନାହିଁ ?

ସମାନ ତୋଡ଼ରେ ପାଲଟା ଢେଉ ଆସିଲା– "କାହିଁକି ଡାକୁଛ ?"

– ମୋ ସ୍ତେଥୋ ଦେଖ୍ଛୁ ?

- ତମ ଜିନିଷ ମୁଁ ଛୁଇଁ ନାଇଁ।

- ଉଠ, ମଣିଷକୁ ଆଉ ଏ ଘରେ ରଖିଇ ଦେବେ ନାହିଁ।

ମୋହନ ଜାଣେ ମାୟା ତାକୁ କୋଉଠି ଲୁଚେଇ ଦେଇଛି। କିନ୍ତୁ ଚିଡ଼ିଲେ କାମ ଚଲିବ ନାହିଁ। ଟିକିଏ ନରମି ଯାଇ କହିଲା- "ତେବେ ଆସ ଖୋଜି ଦେଇଯିବ।"

ଲଙ୍କାରେ ମାଙ୍କଡ଼ସେନା ପଶିଲା ପରି ପଟୁ, ରଣ୍ଟୁ ଓ ପହଲି ମୋହନ ବଖରା ଉଦ୍ଦେଶ୍ୟରେ ଧାଇଁଲେ। ନିଜ ଜାଗାରେ ସେମିତି ବସିରହି, ମୁଣ୍ଡକୁ ସାମାନ୍ୟ ବଙ୍କେଇ ମାୟା ବୈଠକଖାନା ଦୁଆର ମୁହଁକୁ କଣେଇ କଣେଇ ଚାହୁଁଥାଏ, ଆଉ ଥରକୁ ଥର ଦାନ୍ତରେ ଦାନ୍ତ ଚିପି କହୁଥାଏ- ଠିକ୍ ହେଇଛି, ଠିକ୍ ହେଇଛି। କେମିତି ମଜା!

ମୋହନ ବଖରାରେ ପଶିବାର ସୁବିଧା ମିଳିଛି। ଘରେ ପଶୁ ନ ପଶୁଣୁ ପିଲାଙ୍କର ଆଖି ଯାଇ ପଡ଼ିଲା ଟେବୁଲ ଉପରେ ଗଦା ହୋଇଥିବା ଚିଠିପତ୍ର ଉପରେ। ସ୍ଟେଥୋ ଖୋଜିବା କଥା ଭୁଲିଯାଇ ପିଲାମାନେ ଚିଠି ଘାଡ଼ିବା ବାହାନାରେ ଟିକଟ ଖୋଜିବାରେ ଲାଗିପଡ଼ିଲେ।

- କିରେ ଚିଠି ଭିତରେ କ'ଣ ସ୍ଟେଥୋ ପଶିଛି ?

ଚମକି ପଡ଼ି ବଡ଼ ଦୁହେଁ କହିଲେ, "ନାଇଁ ଆମେ ଟେବୁଲ ଦେଖୁଛୁ, କାଲେ ରହି ଯାଇଥିବ।"

- ଏଠି ନାହିଁ ଅନ୍ୟ ଆଡ଼େ ଖୋଜ।

କିଛି ବେଳ ଖୋଜିବା ପରେ ଘର କାନ୍ତୁ ଔଷଧ ଆଲମାରୀ ସନ୍ଧି ଭିତରୁ ସ୍ଟେଥୋ ମିଳିଲା। ସେଇ ସ୍ଟେଥୋ ହାତରେ ମୋହନକୁ ରୋଗୀକୁ ନିକଟକୁ ଯିବା ଦେଖି ମାୟାର ରାଗ ଯେମିତି ଆହୁରି କୁହୁଳି ଉଠିଲା।

ତେଣିକି ଦେଖାଗଲା ମୋହନର ବହିପତ୍ର ଓ ଔଷଧ ଆଲମାରୀ ବାରମ୍ବାର ଖେଳାମେଳା ହୋଇ ପଡୁଛି।

ଗଣେଶ ପୂଜାର ଦିନ ଯେତେ ପାଖେଇ ଆସୁଛି ମାୟାର ରାଗ ସେତେ ବଢ଼ି ବଢ଼ି ଚାଲିଲା। ଶେଷକୁ ଅବସ୍ଥା ଏମିତି ଅସମ୍ଭାଳ ହେଲା ଯେ, ଦିନେ ବାଧ୍ୟ ହୋଇ ମୋହନ ବୁଲିସାରି ଫେରିଲା ବେଳେ ଟଫି ଓ ଲଜେନ୍ସ କିଣିଆଣି ମାୟାର ଟେବୁଲ ଉପରେ ଠୁଙ୍ଗାଟା ରଖିଦେଇ କହିଲା- "ଗଣେଶ ପୂଜା ପାଖ ହୋଇଗଲା- ତୁ ଚାନ୍ଦା ଦେବୁ ନାହିଁ ?"

ଲଜେନ୍ସ ନ ଦେଖିଲା ଭଳିଆ, ବହିକି ଚାହିଁ ଫୁଲେଇ ମାୟା ଜବାବ ଦେଲା, "ନା।"

- ନାଇଁ, ନାଇଁ ରାଗୁଚୁ କାହିଁକି ? ଚାନ୍ଦା ଦେଇ ଦେ।

ପଇସା ମୁଣିରୁ ଟଙ୍କା କାଢ଼ି ମୋହନ ଟେବୁଲ ଉପରେ ରଖ୍ କହିଲା–
"ପାଞ୍ଚ ଟଙ୍କା।"

– ମୁଁ ନେବି ନାହିଁ କହୁଛି।

– ଆଚ୍ଛା ହଉ। ଆଉ ଗୋଟାଏ ଟଙ୍କା ତୋ ରାଗ ପାଇଁ ସୁଧ ଦେଲି।

ମାୟା ସେମିତି ବହିକି ଚାହିଁ ବସିଥାଏ। ମୋହନ ଚାଲିଗଲା। ମାଙ୍କଡ଼ ପରି ହୁଙ୍କିପଡ଼ି ମାୟା ଭଲ କରି ଦେଖ୍ଲା ମୋହନ ଆଖ୍ ଆଗରେ ଦିଶୁଛି କି ନାହିଁ। ତାପରେ ଟଙ୍କାଟା ନିଜେ ଥରେ ଗଣିନେଇ ବହି ଭିତରେ ରଖ୍ ଠୁଙ୍କାରୁ ଗୋଟିଏ ଲଜେନ୍ସ ବାହାର କରି ପାଟିରେ ପୁରେଇ ଦେଇ ଆଖ୍ବୁଜି ବସିଲା– ଜିନିଷଟା ପ୍ରକୃତରେ ଭଲ ଲାଗୁଛି କି ନାହିଁ ଧ୍ୟାନରେ ବୁଝିବାକୁ। ତାପରେ କହିଲା – ବାଜେ, ବାଜେ। ପରମ ଅନାସକ୍ତ ଭାବ ଦେଖାଇ ଠୁଙ୍କାଟା ପାଖ୍କୁ ଟାଣି ଆଣି ଥରେ ଭିତରକୁ ଚାହିଁଲା। ଚକ୍ଟକିଆ ଲଜେନ୍ସରୁ ଗୋଟିଏ ପାଟିରେ ପୁରାଇ ନେଇ ଥରେ ଛେପ ଢୋକି ତାକୁ ବିରକ୍ତିରେ ଭାଡୁ ଭାଡୁ କରି ଚୋବେଇ ପକେଇ ନିଜକୁ ଶୁଣାଇଲା ଭଳି ବଡ଼ ପାଟିରେ କହିଲା, "ଖାଲି ଚିନି... ହୁଁ, ମୁଁ ଛୁଆଟିଏ ହୋଇଚି ନା। ମତେ ଠକା ହେଉଚି!"

ପ୍ରତାପ, ରଞ୍ଜନ ଓ ପହଲି ଦୂରରୁ ଚାହିଁଛନ୍ତି। ପାଖ୍କୁ ଆସିଲେ ମାୟା ବାଡ଼େଇବ–ସେମାନଙ୍କ ଉପରେ ସେଇ ଚାଦା କଥାରୁ ଚିଡ଼ିକରି ରହିଛି। ଏଣେ ମୋହନ ଗଲାବେଳେ ସେମାନଙ୍କୁ ଚୁପ୍ଚୁପ୍ କହିଦେଇ ଯାଇଛି, "ଲେବନ୍ଚୁସ୍ ମାୟାକୁ ଦେଇ ଆସିଛି– ସେ ତମକୁ ଆପେ ଦବ, ତାକୁ ମାଗିବ ନାହିଁ।" କଣ କରିବେ ପିଲାଗୁଡ଼ାକ ବୁଝି ପାରିଲେ ନାହିଁ। ମାୟା ପାଖ୍କୁ ଯାଇ ଜୋର କଲେ ସେ ରାଗିଯିବ–ମୋଟ୍ରୁ ଦେବ ନାହିଁ। ଏଣେ ନ ଗଲେ ମାୟା ଚାଖୁ ଚାଖୁ ଯଦି ସବୁ ଚାଖ୍ ଦିଏ? ଏତେ ବସି କଣ ଚାଖୁଛି? ପିଲାମାନେ ମନେ ମନେ ପ୍ରମାଦ ଗଣିଲେ।

ଠୁଙ୍କାରୁ ଖୋଜି ଖୋଜି ମାୟା ଯେତିକି ବେଶୀ ଚାଖ୍ଲା, ତା ମୁହଁରେ ସେତିକି ବିରକ୍ତିର ଚିହ୍ନ ଫୁଟିଉଠିଲା। ଶେଷରେ ନିରାଶ ହୋଇ ପାଟିରେ ଗୋଟିଏ ପୁରେଇ କଲରେ ସେଇଟା ଯାକି ମାୟା ଚୌକି ଉପରେ କିଛିବେଳ ଆଉଜି ବସିଲା। ଯେତିକି ଥର ଛେପ ଢୋକୁଥାଏ, ତା' ମୁହଁର କୁଞ୍ଚିତ ରେଖାଗୁଡ଼ିକ ଶୀଘ୍ର ମିଳେଇ ଯାଉଥାଏ। ଆଖ୍ ଦୁଇଟା ମେଲା ରହିଛି, କିନ୍ତୁ ସେ ବାହାରର କିଛି ଦେଖୁନାହିଁ। ଜିଭ ଉପରେ ସେଇ ଲଜେନ୍ସର ଯେଉଁ ପ୍ରତିକ୍ରିୟା ଚାଲିଛି, ତାର ଗୋଟାଏ ଗୋଟାଏ ଗାର ଯାଇ ଟାଣି ହୋଇଯାଉଛି ମନ ଉପରେ। ମାୟା ଏକଲୟରେ ମନରୁ ସେହି ଅଦେଖା ଗାରଗୁଡ଼ାକ ପଡ଼ିଯାଇଛି। ପାଟି ଖୋଲି ହେବା ପରେ ସେଇଥରୁ ଆଉ ଗୋଟାଏ କଲରେ ଯାକି ପିଲାମାନଙ୍କ ଆଡ଼କୁ ଚାହିଁଲା।

– କିହୋ ବାବୁମାନେ, ସେମିତି ରାକ୍ଷସଙ୍କ ଭଳିଆ ଚାହୁଁଛ କାହିଁକି ?

– "ଭଲ ?" ପ୍ରତାପ ପଚାରିଲା ।

– ବେଶୀ ବାଜେ ଅଛ ଭଲ । ଆଛା ସମସ୍ତ ଏଠିକି ଆସ । ମାୟା ପାଟିରୁ କଥା ନ ସରୁଣୁ ସମସ୍ତେ ଧାଡ଼ିବାନ୍ଧି ଆସି ଛିଡ଼ା ହୋଇଗଲେ ।

ଟେବୁଲ ଉପରେ ଠୁଙ୍ଗାଟା ଅଜାଡ଼ି ଦେଇ, ଚେହେରା ଅନୁସାରେ ସେଗୁଡ଼ିକୁ ଅଲଗା ଅଲଗା ଜମା କରି ବଡ଼ ଛୋଟ କରି ଚାରୋଟି ଭାଗ କଲା । ତିନିଖଣ୍ଡ କାଗଜରେ ତିନି ପିଲାଙ୍କର ନାଁ ଲେଖି ତହିଁରେ ଗଣା ହୋଇଥିବା ଲଜେନ୍ସ ପୁରେଇ ତିନୋଟି ପୁଡ଼ିଆ କଲା । ସେଗୁଡ଼ିକ ଟେବୁଲ ଉପରେ ଅଲଗା ଅଲଗା ରଖିଦେଇ ପଚାରିଲା, "ତମକୁ ଲେବନଟୁସ୍ ଦେଲି । ତମେ ମୋର ଗୋଟାଏ କାମ କରିଦେବ ନାହିଁ ?" ତୁଛା ପାଟିରୁ ଏକ ସାଙ୍ଗରେ ଶୁଖିଲା ଉତ୍ତର ଆସିଲା "ହଉ ।"

ଦି ହାତରେ ପିଲାଙ୍କର ପିଠି ଥାପୁଡ଼େଇ ମାୟା କହିଲା– ବାଃ, ସାବାସ୍ ! ଏମିତି ହେଲେ ଯେ, କହନ୍ତି ଭଲ ପିଲା । ସବୁବେଳେ ବଡ଼ଙ୍କର କଥା ମାନିବ...। ଆଛା ପତୁ, ତୁ ଯା' କି, ଗୋଟାଏ ପ୍ଲେଟ୍ ଆଉ ଗୋଟାଏ ଚାମୁଚ ନେଇ ରୋଷେଇ ଘରେ ପୁଝାରୀ କଦଳୀ ଭଣ୍ଡା ଚପ୍ ଭାଜୁଛି ତା'ଠାରୁ ଦି'ଟା ତୋ'ରି ନାଁ କହି ମାଗି ଆଣିବୁ... ଆଉ ରଞ୍ଜୁ ତୁ ଭଣ୍ଡାର ଘରକୁ ଯିବୁ । ଆଜି ଖରାବେଲେ ବୋଉ ଯେଉଁ ତେନ୍ତୁଲି ଆଚାର କରିଥିଲା ସେଥିରୁ ପୁଲାଏ ଆଣିବୁ । ଧରାପଡ଼ିଗଲେ ମୋ ନାଁ କହିବୁ ନାହିଁ, ତୋରି ନାଁ କହିବୁ, ବୁଝିଲୁ ? ତୁ ଖାଇବୁ ବୋଲି କହିବୁ । ତୁ ଖାଇବୁ... ତୁ ଖାଇବୁ... ମନେ ରହିଲା ?

ତାପରେ ଗୋଟାଏ ଲମ୍ବା ନିଃଶ୍ୱାସ ଛାଡ଼ି ନପାରିଲା ଲୋକକୁ ମଣିଷ ଯେମିତି କରୁଣା ଚକ୍ଷୁରେ ଦେଖେ, ସେମିତି ଆଖିରେ ପହଲି ଆଡ଼କୁ ଚାହିଁ କହିଲା– "ତୁ ବା କି କାମଟାଏ କରିପାରିବୁ ? ଆଛା ତୁ ମୋ ପାଇଁ ଗିଲାସେ ଥଣ୍ଡା ପାଣି ଆଣିବୁ । ଖବରଦାର । ଅଧ ଗିଲାସେ ଆଣିବୁ, ବାହାଦୁରୀ ଦେଖେଇ ଗିଲାସେ ଭର୍ତି କରି ସିଡ଼ି ଗୋଟାକ ଯାକ ଢାଳି ଢାଳିକା ଆଣିବୁ ତ ପୁଣି ଦେଖିବୁ ! ଯାଆ ।

ସେନାଦଳ ଚାଲିଗଲେ– ଏକା ସେନାପତି ବସି ରହିଲେ ଟେବୁଲ ପାଖରେ ବହିକି ଚାହିଁ । ପ୍ରିଟେଷ୍ଟ ପରୀକ୍ଷା ମୋତେ ପନ୍ଦର ଦିନ ଅଛି । ଆଖ ଆଗରେ ରାତିଟା ନଷ୍ଟ ହୋଇଗଲା । ଗୋଟାଏ ମିନିଟ୍ ଗୋଟାଏ ଯୁଗ ଭଳି ଲାଗିଛି– ଥରକୁ ଥର କାନଡେରି ଶୁଣୁଛି ସିଡ଼ିରେ ପାଦଶବଦ ଶୁଭିଲା କି ନାହିଁ । ଶେଷକୁ ଚିଡ଼ିଉଠି କହିଲା– ନାଃ – ଯାହା ଜଣାଗଲାଣି ପାହାନ୍ତିଆ ବେଳକୁ ଯାକ ଆସିବେ । ସାମନାରେ ମେଲା ହୋଇଥିବା ଜ୍ୟାମିତି ବହିଟାକୁ ରାଗରେ ପେଲିଦେଲା । ବସିଲେ ତ ଚଲିବ ନାହିଁ–

ପରୀକ୍ଷା ପାଖେଇ ଆସିଲାଣି । ଭୂଗୋଳ ପଢ଼ା ହୋଇ ନାହିଁ । ହାତ ବଢ଼ାଇ ଭୂଗୋଳ ବହିଟା ଭିଡ଼ି ଆଣିଲା । ମଝିରୁ ମେଲେଇ ଆଠ ଦଶ ଧାଡ଼ି ପଢ଼ିଛି କି ନାହିଁ ତାକୁ ବି ପେଲିଦେଲା । ଧତଡ଼ା ବହିଟାଏ । ଏତେବେଲେ ଯାଏ କେହି ଆସିଲେ ନାହିଁ । କଣ କରିବ ? ମିଛରେ ଖାଲି ସମୟ ଯାହା ନଷ୍ଟ ହେଉଛି । ଇଂଲିଶ୍ ବହି ବାହାର କଲା । ପାଞ୍ଚ ମିନିଟ୍ ପରେ ସେ ବହିର ଦଶା ମଧ ଅନ୍ୟ ବହିପରି ହେଲା । ସେନାପତି ଚିନ୍ତିତ ହୋଇପଡ଼ିଲେ । ସବୁଗୁଡ଼ାକ ସୈନ୍ୟ କ'ଣ ମରିଗଲେ ନା ବନ୍ଦୀ ହୋଇଛନ୍ତି ? ଉତ୍କଣ୍ଠାରେ ସେନାପତି ଛଟ୍ପଟ୍ ହୋଇ ପାଟିର କଳ ଜୋରରେ ଚୋବେଇବାରେ ଲାଗିଲେ ।

କିଛି ବେଲ ପରେ ରଞ୍ଜନ ଆଚାର ଧରି ପହଞ୍ଚିଲା । ସେନାପତିଙ୍କ ପିଣ୍ଡରେ ପ୍ରାଣ ପଶିଲା । କିନ୍ତୁ ଉପରେ ଉତ୍କଣ୍ଠା ଦେଖେଇବା ଉଚିତ୍ ନୁହେଁ । ଚୌକିରେ ସିଧା ବସି ଗମ୍ଭୀର ଭାବରେ ପଚାରିଲା– ଏତେ ଡେରି ହେଲା ଯେ ? ବୋଉ ଦେଖ୍ ନାହିଁ ତ ?

ବୋଉ ଆସିଲା ବେଲକୁ ମୁଁ ପ୍ୟାଣ୍ଟ ପକେଟରେ ଲୁଚେଇ ଦେଲି ।

– ସେଗୁଡ଼ାକ ଗଲେ କୁଆଡ଼େ ?

– ଆସୁଛନ୍ତି ।

ଆଚାରରୁ ଟିକିଏ ଚାଖ୍ ମାୟା ରଞ୍ଜନର ଲଜେନ୍ସ ଆଡ଼କୁ ହାତ ବଢ଼ାଇ ଦେଲା– ନେଇଯା ।

ପ୍ରତାପ ପହଞ୍ଚିଲା । ହାତରେ ପ୍ଲେଟ ।

– କିରେ ଏତେ ଡେରି କଲୁ ? କଣ କଦଲୀଗଛ ପୋତି ତା ଭଣ୍ଡା ବାହାରିବା ଯାଏ ଚାହିଁ ରହିଥିଲୁ ? ଅଲସୁଆଟା !

– ପୁଖାରୀ ଦେଲେ ଆଣିବି ସିନା । ସିଏତ ହେଇ ହେଲା ହେଲା ବୋଲି କହି ଏତେ ଡେରି କରିଦେଲା ।

– କେହି କିଛି ପଚାରୁଥିଲେ କି ?

ନା–

– 'ହଉ ଯା' । ପୁଡ଼ିଆଟା ପ୍ରତାପ ଆଡ଼କୁ ବଢ଼େଇ ଦେଲା ।

ମନରେ ଶାନ୍ତି ଫେରିଆସିଲା । ହସି ହସି ଭାବିଲା, ବାକି ରହିଲା ପହଲି– ସେଇଟା ଆସିଲେ ଯାହା ନ ଆସିଲେ ସେଇଆ । ଯଦିବା ଧରାପଡ଼ିଯାଏ ଖାଲି ପାଣି ଆଣିବାକୁ କହିଛି ତ, କିଏ ମୋତେ ଫାଶୀ ଦେଇପକେଇବ ?

ଟେବୁଲ ଉପରେ ଲଜେନ୍ସ, ଚପ୍ ଆଉ ଆଚାରକୁ ପାଖାପାଖି ସଜେଇ

ରକ୍ଷ ମାୟା କପାଳ କୁଞ୍ଚେଇ ଭାବିଲା କଣ ପଢ଼ିବ ? ଥରେ ଲଜେନ୍‍ସ, ଚ୍ୟ ଓ ଆଚାରକୁ ଚାହିଁଲା। ଆଉ ଥରେ ଟେବୁଲ ଉପରେ ମେଲା ହୋଇ ପଡ଼ିଥିବା ଜ୍ୟାମିତି, ଭୂଗୋଳ, ଇଂଲିଶ୍ ବହି ଆଡ଼କୁ ଚାହିଁଲା। ମନ ତା'ର ମାନିଲା ନାହିଁ। ଚାରିଆଡ଼କୁ ଥରେ ଚାହିଁ ଚୌକି ଛାଡ଼ି ବହି ର୍ୟାକ୍‍ରେ ଲୁଚିଥିବା "ପ୍ରେତପୁରୀରେ ଗୋଏନ୍ଦା" ବହିଟି ଅତି ଯତ୍ନରେ ବାହାର କରିଆଣି ପୁଣି ଚୌକିରେ ବସିଲା। ଟେବୁଲ ଉପରେ ରହିଥିବା ଛୋଟ କ୍ୟାଲେଣ୍ଡରଟା ଥରକୁ ଥର ମନେ ପକାଇ ଦେଉଛି - ପରୀକ୍ଷା ରହିଲା ପନ୍ଦର ଦିନ। ବିରକ୍ତିରେ ମାୟା କ୍ୟାଲେଣ୍ଡରଟା କାନ୍ଥ ଆଡ଼କୁ ବୁଲେଇ ଦେଲା। କିନ୍ତୁ ଯେତେ କଲେ କ'ଣ ହେବ, ତାର ମନେହେଲା ଯେମିତି କ୍ୟାଲେଣ୍ଡରର ପଛ ମୁହାଁଟା ତାକୁ କହୁଛି "ପଢ଼ିପକାଅ- ପରୀକ୍ଷା ରହିଲା ମୋଟେ ପନ୍ଦର-।"

— କଣ ହୋଇଗଲା ସେଠୁ ? ଏତେବେଳକୁ ମୁଁ ତ ଟେବୁଲ ଉପରେ ଶୋଇଥାନ୍ତି। ନହେଲା ଏବେ, ମୋ ଶୋଇବାରୁ କାଟି ଗପ ବହିଟା ପଢ଼ିଦେବି। ଆଣିଚି ଯେତେବେଳେ ନ ପଢ଼ିକରି ତ ଆଉ ଫେରାଇ ଦେଇପାରିବି ନାହିଁ। ମାୟା ମନକୁ ସାନ୍ତ୍ବନା ଦେଲା।

ଚ୍ୟରୁ ଅଧେ ଚାମଚରେ କାଟି ପାଟିରେ ଭର୍ତ୍ତିକରି ମାୟା ବହିଟି ଖୋଲିଲା। ତା'ପରେ ଆଖି ଆଉ ପାଟି ଭିତରେ ପ୍ରତିଯୋଗିତା ଚାଲିଲା। ଆଖି ଜୋରରେ ଗଲେ ପାଟି ଧୀମେଇଯାଏ, ପାଟି ଜୋରରେ ଚାଲିଲେ ଆଖି ଧୀମେଇଯାଏ। ଦୁହେଁ ପ୍ରାଣ ପଣେ ଧାଉଁଛନ୍ତି। ଏତିକି ବେଳେ କଅଣ କାମରେ ସ୍ବାମୀକୁ ଖୋଜି ଖୋଜିକା ମାୟାର ବାପା ଆସି ସେଠି ପହଞ୍ଚିଗଲେ। ମାୟା ଆଚାର ଚାପି ଚାପି ପଢ଼ି ଚାଲିଛି - ବାପା ଯେ କେତେବେଳେ ଆସି ପଛରେ ଠିଆ ହେଲେଣି, ସେ ଆଡ଼କୁ ତାର ନଜର ନାହିଁ।

ପୀତାମ୍ବର ବାବୁ ମାୟାକୁ କଣ କହିବାକୁ ଯାଉଥିଲେ, ଟେବୁଲ ଉପରେ ଆଖି ପଡ଼ିଯାଇ ତୁଣ୍ଡରେ କଥା ତୁଣ୍ଡରେ ଅଟକିଗଲା। ସାମ୍‍ନାକୁ ଆସି କହିଲେ- ଏମିତି ପଢ଼ିଲେ ମନେ ରହୁଛି ?

ସେତେବେଳକୁ ଗୁଇନ୍ଦା ଏମିତି ଗୋଟାଏ ଜାଗାରେ ଆସି ପହଞ୍ଚିଛି ଯେ, ସେଠି ଖାଲି ଢୋ' ଢୋ' ବନ୍ଦୁକ ଫୁଟୁଛି, ରକ୍ତର ନଈ ବହୁଛି- "ରକ୍ଷାକର, ରକ୍ଷାକର" ଚିକ୍କାରରେ ଆକାଶ କମ୍ପିଉଠୁଛି। ମାୟା କାନରେ ଢୋଲ ପିଟିଲା ପରି ସେ ଚିକ୍କାର ଆସି ବାଜୁଛି। ଏମିତି ଅବସ୍ଥାରେ ବହି ଉପରୁ କଣ କିଏ ଆଖି ଫେରେଇ ପାରେ ? ପୀତାମ୍ବର ବାବୁଙ୍କ ପ୍ରଶ୍ନ ମାୟା କାନରେ ବାଜିଲା, ପୁଣି ବାଜିଲା ନାହିଁ। ତେବେ ସେ ଏତିକି ବୁଝିଲା, କିଏ ଜଣେ ତାକୁ କଣ କହୁଛି। କିଏ ଆଉ ହୋଇଥିବ ? ସବୁଦିନ ରାତିରେ ଚାକର ଆସି ଭାତ ଖାଇବା ପାଇଁ ଡାକିଯାଏ। ସେଇ ଆସିଥିବ ତ। ପଢ଼ୁଥିବା

ଧାଡ଼ି ଉପରେ ଆଖ୍ ରଖ୍ ହାତ ହଲାଇ ମାୟା କହିଲା, "ପଲା ପଲା, ମୋର ପଢ଼ାଅଛି। ମୁଁ ଅବିକା ଖାଇବି ନାହିଁ—ଯା।"

– କଣ ଏମିତି ମନ ଦେଇ ପଢ଼ା ହଉଛି ଦେଖେଁ...

ବାପାଙ୍କ ପାଟି ଶୁଣି ଚମକିପଡ଼ି ବହିଟା କେମିତି ଲୁଚେଇବ ଠିକଣା କରି ନପାରି ମାୟା ପାଟି କରି କହିଲା– "ଖାଇଲାବେଳକୁ ସମେସ୍ତ ଖାଇଦେବେ, ଏଣେ ଅଇଠା ଉଠେଇବି ମୁଁ।"

ପୀତାମ୍ବର ବାବୁଙ୍କ ହାତ ନପାଇଲା ଭଲି ଜାଗାରେ ବହିଟା ପିଠିବାଗିଆ ରଖ୍ଦେଇ ଗୋଟାଏ ହାତରେ ପ୍ଲେଟ୍ ଅନ୍ୟ ହାତରେ ଆଚାର କାଗଜଟା ଧରି ବହି ଓ ପୀତାମ୍ବର ବାବୁଙ୍କ ମଝିରେ ପାଚେରୀ ଭଲି ଠିଆ ହେଲା।

– କି ବହି ପଢ଼ା ହେଉଥିଲା ?

ମାୟା ଚଟ୍ କରି ଜବାବ ଦେଲା– ସାହିତ୍ୟ ବହି।

ଟେବୁଲ୍ ଉପର ଭଲକରି ଦେଖ୍ ପୀତାମ୍ବର ବାବୁ କହିଲେ, "ସବୁ ରକମର ବହି ତ ଏଠି ମେଲା ହୋଇ ରଖାଯାଇଛି, ସେଇଟା କାହିଁକି ସେଠି ରହିଲା ? ଦେଖେଁ ବହିଟା।"

ମୁହଁ ଫୁଲେଇ ମାୟା ଜବାବ ଦେଲା, "ତମ ସାଙ୍ଗରେ ମୁଁ ମୋଟେ କଥା କହିବି ନାହିଁ ଯେ। ଗୋଟାଏ ରିଷ୍ଟୱାଚ୍ ଦବ ଦବ କହି ଆଜିଯାଏ ଦଉନା– ପରୀକ୍ଷାରେ ଫେଲ ହୋଇଗଲେ ମତେ ଆଉ ଦୋଷ ଦେବ ନାହିଁ। ସମୟ ଜାଣିଲେ ସିନା ଲେଖିବି। ଏଡ଼େ ବଡ଼ ସ୍କୁଲଟାରେ ତ ମୋତେ ଗୋଟାଏ ବୋଲି କାନ୍ତୁ ଘଣ୍ଟା।"

– ଘଡ଼ି ପାଇଁ ଏତେ ଭାବନା କାହିଁକି ? ତୋ ଘଣ୍ଟା ନ ଆସିଲେ ମୋରି ଘଣ୍ଟାଟା ପିନ୍ଧିକରି ଯିବୁ।

– ବାପା, ତମର ଯୋଉ ବୁଦ୍ଧି! ଶୁଣିଲେ ହସ ମାଡ଼େ। ତମେ ଏଡ଼େ ମୋଟା। ଟିକିଏ ଭାବିଲ ଆଗେ, ତମର ଘଡ଼ିଟା ମୋ ହାତକୁ ହେବ ? ପ୍ରାଣ ଖୋଲା ହସରେ ମାୟା ଫାଟି ପଡ଼ିଲା।

– ସମୟ ଜାଣିବା କଥା ତ ?

– ଛିଆ, ସେ ଭୋଡ଼ଙ୍ଗା ଘଣ୍ଟାଟା ମୁଁ କେବେହେଲେ ପିନ୍ଧି ଯିବି ନାହିଁ। ପରୀକ୍ଷା ପଛକେ ନ ଦିଆହେଲେ ନାହିଁ, ଆଉ ବାପା ମୋ ଘଣ୍ଟାଟା ସାଇଜରେ କଇଁଆ ମଞ୍ଜିଠୁ ଯେମିତି ବଡ଼ ନହୁଏ। ଏତକ ଭଲକରି ମନେ ରଖ୍ଥାଅ। ନହେଲେ ପୁଣି ସେତେବେଲକୁ ବଡ଼ ଘଣ୍ଟାଟାଏ ଆଣି ଦେଇକହିବ, "ମାଆ ଲୋ, ମୁଁ ବୁଢ଼ା ହେଇଗଲିଣି। ମୋର ମନେ ରହୁନାହିଁ।"

– ପରୀକ୍ଷା କେଇ ଦିନ ରହିଲା ?

– ଯେତେ ଦିନ ଥାଉ, ତମେ ତ ଘଣ୍ଟା ଦେଲେ ଗଲା ।

– ପାସ୍ ହବୁଟି ?

– “ଘଣ୍ଟା ମିଳିଲେ ଜରୁର୍ ପାସ୍ ହେବ ।” ମାୟା ଭଲ ରକମ ଜାଣେ ପନ୍ଦର ଦିନ ଭିତରେ ଘଣ୍ଟା ଆସିବ ନାହିଁ–ତେଣୁ ଫେଲ ହୋଇଗଲେ ତା’ର ଦୋଷ ନାହିଁ ।

ଏତିକିବେଳେ ପାଣିରେ ଟୁଲୁଟୁଲୁ ଗୋଟିଏ ଗିଲାସ ଦୁଇ ହାତରେ ମୁଠେଇ ଧରି, ତାକୁ ଏକ ଲୟରେ ଚାହିଁ, ସିଢ଼ି ଗୋଟାୟାକ ପାଣି ଢାଲି ଢାଲିକା, ପାଦ ଟିପି ଟିପିକା ଅତି ସାବଧାନରେ ପହ୍ଲି ଘରେ ପଶିଲା । ଏତେଗୁଡ଼ାଏ ପାହାଚ ଉଠିବା ପରିଶ୍ରମରେ ସଁ ସଁ ହେଉଛି । ତାର ଗୋଟାଏ ପଟ ଗାଲରେ ଆଚାର ଲାଗିଛି । ଓଠ ଚାରିଆଡ଼େ ତେଲ । ପାଟିରୁ ଚପର ବାସନା ବାହାରୁଛି । କୁଆଡ଼କୁ ନ ଚାହିଁ ଏକ ମନରେ ପହ୍ଲି ଗ୍ଲାସଟା ମାୟାର ଟେବୁଲ ଉପରେ ରଖ୍ବାକୁ ଯାଉଛି, ଏତିକିବେଳେ ଦାନ୍ତ କଡ଼ମଡ଼ କରି ମାୟା ଚିହିଁକି ଆସିଲା । “ତଳେ ଆଚାର, ଚପ ଖାଇ ସାହେବ ମୋ ବଖରାକୁ ଆସିଲେ ପାଣି ପିଇବାକୁ । କାହିଁକି ସେଠି ପାଣିଟା ତୋ ତଣ୍ଟିରେ ଗଲିଲା ନାହିଁ ବୋଲି ଏଠି ଆଣିଲୁ ? ଯା– ନେଇଯା କହୁଛି, ତଳେ ପିଇକରି ଆସିବୁ ।”

ପହ୍ଲି ଆଶ୍ଚର୍ଯ୍ୟ ହୋଇ ମାୟା ମୁହଁକୁ ଚାହିଁଲା ।

– ଯାଉଛୁ ନା ଦେଖୁବୁ ଅବିକା ।

“ମୋ ଲେବନ୍‌ଚୁସ୍” କହି ପହ୍ଲି ତା ପୁଡ଼ିଆ ଆଡ଼କୁ ହାତ ବଢ଼େଇଲା ।

“ତୋର କି ଲେବନ୍‌ଚୁସ୍‌ରେ ? ଭାଇ ଆଣି ମତେ ଦେଇଥିଲେ, କହିଲା ମୋ ଲେବନ୍‌ଚୁସ୍ !” ଛୁଞ୍ଛାଣ ଶିକାରକୁ ଝାଙ୍ଗି ମାଇଲା ପରି ମାୟା ଟେବୁଲ ଉପରୁ ପୁଡ଼ିଆଟା ନେଇ ହାତରେ ମୁଠେଇ ଧରିଲା ।

ପହ୍ଲି ଆଉ ସମ୍ଭାଳି ହୋଇପାରିଲା ନାହିଁ । ସେଇଠି ତଳେ ବସିପଡ଼ି ରଡ଼ି ଛାଡ଼ିଲା । “ବୋଉ ଲୋ ଅପା ମୋ ଲେବନ୍‌ଚୁସ୍ ଦଉ ନାଇଁ ।”

ପଦେ ବି କଥା ନ କହି ପୀତାମ୍ବରବାବୁ ଦିହିଙ୍କୁ ଲକ୍ଷ୍ୟ କରୁଥିଲେ । ଏଥର ମୁହଁ ଖୋଲିଲେ । “ଏମିତି ତାହାହେଲେ ତୋ ପଢ଼ା ହେଉଛି । ତୁ ଯେ ଏଥର ପାସ୍ କରିପାରିବୁ ନାହିଁ, ତା ମୁଁ ବୁଝିପାରୁଛି ।”

– ହଁ, ତା ଆଉ ବୁଝନ୍ତ ନାହିଁ ?

– ଜାଣୁ, ମୁଁ ତୋର ବାପା ?

"ଇସ୍କୁଲ ଯାକ ସମସ୍ତେ ଜାଣନ୍ତି ତମେ ମୋର ବାପା। ଆଉ ମୁଁ ତମର ଝିଅ ହୋଇ ଏତିକି ଜାଣେ ନାହିଁ? କଥାର ଗୁରୁତ୍ୱ ଏଡ଼େଇ ଦେବାକୁ ମାୟା ପ୍ରାଣପଣେ ଚେଷ୍ଟା କଲା।

– "ଫାଜିଲାମି ବନ୍ଦ କର।"

"ଲୋକଙ୍କୁ ଠକ୍କା କଲେ ଫାଜିଲାମି ହୁଏ ବୋଲି ଆଜିଯାଏ ଜାଣିଥିଲି, କିନ୍ତୁ ତମେ ଯାରି ଭିତରେ ମୋତେ ଗୋଟାଏ ନୂଆ କଥା ଶିଖେଇ ଦେଇ ସାରିଲଣି। ସତ କହିଲେ ବି ଫାଜିଲାମି ହୁଏ", ରାଗ ଓ ଅଭିମାନ ମିଶା ସ୍ୱରରେ ମାୟା କହିଲା।

"ମାୟା! ଆଦର ପାଇ ପାଇ ଏକବାରେ ନଷ୍ଟ ହେଇଗଲୁଣି ଦେଖୁଛି।" ଗମ୍ଭୀର ହୋଇ ପୀତାମ୍ବର ବାବୁ କହିଲେ।

"ହଁ, କହିଯାଅ... ବନ୍ଦ କଲ କାହିଁକି? ଘରେ ଦଶଟା ମଣିଷ ରଖିଛ ମତେ ଆଦର କରିବା ପାଇଁ... କହିଯାଅ କହିଯାଅ– ଏଣେ ପଛକେ ଖାଇବାକୁ ମାଗି ମାଗି କେହି ଗଣ୍ଡାଏ ଦେବେ ନାହିଁ... ଭୋକ କରି କରି ପେଟରେ ଏସିଡ୍ ହୋଇଯାଏ– ପୁଖାରୀ ଖାଇବାକୁ ଦେଲାବେଳକୁ ଆଉ ଖାଇ ହୁଏ ନାହିଁ– ଜିନିଷ ଗୋରୁ ହାଣ୍ଡିରେ ପଶେ... ଯେତେବେଳେ ପେଟ ଅତି ବେଶୀ ଚକଟିମଟୁ ହୁଏ, ତାକୁଇ ରୋକିବା ପାଇଁ ଧାପେନାକୁ କିଛି ପାଟିରେ ଦେଇ ଦେଲେ ଚକଟିମଟୁ ହେବାଟା ଠକ୍ କିନା ରହିଯାଏ... ତା'ବି କଣ ସହଜରେ ମତେ କେହି ଦିଅନ୍ତି? ଘଣ୍ଟାଏ କାଳ ପଢ଼ା ନଷ୍ଟ କରି ଧାରଣା ଦେଇ ପଡ଼ିରହିଲେ ଯାଇ ଅବା ମିଳିପାରେ। କିନ୍ତୁ ପରୀକ୍ଷାବେଳେ ପଢ଼ା ନଷ୍ଟ କରି ମୁଁ ଏତେ ସମୟ ସେଣେ ଦେବି କୁଆଡୁ? ଦେହ ପଛକେ ନ ରହିଲେ ନାହିଁ। ସମସ୍ତେ ମୋରି ନାଁରେ ପୁଖାରୀଠୁ ମାଗିଆଣି ଲୁଚେଇ ଖାଉଥିବେ– ଖାଇଲାବେଳେ କଥା ପଡ଼ିଲେ ପୁଖାରୀ କହିବ କଣ ନା, 'ଦେଇ ଖାଇଚନ୍ତି'। ମୁଁ ତ ଏ ଘରେ ମଣିଷଟାଏ ନୁହଁ–ଯେମିତି ଛେଲି କି କୁକୁରଟାଏ। ଡାକି ଡାକି ପଛକେ ପାଟି ପଡ଼ିଯିବ, ସେଇଠି ବସିଥିବେ କେହି ପଦେ ଜବାବ ଦେବେ ନାହିଁ।"

ମାୟା ପୀତାମ୍ବର ବାବୁଙ୍କ ଆଖିକି ଚାହିଁଲା–ସେ ଆଖିରେ ସହାନୁଭୂତି ନାହିଁ– ଅଛି କଡ଼ା ଶାସନ। ତେବେ ମାୟାର କାନ୍ଦିବା ଛଡ଼ା ଆଉ ଉପାୟ ନାହିଁ। କିନ୍ତୁ ଆଖିକି ସେ ମୋତେ ଲୁହ ଆସୁନାହିଁ। ସେ କରିବ କଣ? ତା ନିଜ ଉପରେ ରାଗ ହେଲା– ଏହି ଘଡ଼ିସନ୍ଧି ବେଳରେ ଯଦି ଆଖରୁ ଟୋପାଏ ଲୁହ ନ ଗଡ଼ିଲା ତେବେ ସେ ଆଖି ଥିବା ଠାରୁ ଫୁଟିଯିବା ଭଲ।

ମାୟା କାନ୍ଦ କାନ୍ଦ ହୋଇ କହିଲା, "ବୋଉ ଯେ କାହିଁକି ମତେ ଏତୁଡ଼ିଶାଳରେ ତଣ୍ଟି ଚିପି ମାରି ନଦେଲା?" ଦୁଇ ହାତରେ ଲୁଗାକାନି ଧରି ମାୟା

ଆଖିପୋଛିବା ବାହାନାରେ ଆଚାର ହାତଟା ଜାଣି ଜାଣି ଆଖିରେ ମାଡ଼ିଦେଲା। "ହଁ କାହିଁକି ମାରିଦେଇଥାନ୍ତା... ଏମିତିରେ ଯେ, ଘରର ଚାକର ବାକର, କୁକୁର ବିଲେଇ ସୁଦ୍ଧା ପ୍ରତିଦିନ ଟିକିଏ ଟିକିଏ କରି ମୋ ତଣ୍ଡି ଚିପୁଛନ୍ତି-ସେତକ ଦେଖିବା ସୁଖ ଆଉ ପାଆନ୍ତା କୁଆଡୁ? ହେଲେ ଆଉ କାହା ଘରେ ଜନ୍ମ ହୋଇଥାନ୍ତି, ଆଉ କିଛି ନଥିଲେ ବି ନିଜର ଗୋଟାଏ ସ୍ୱାଧୀନତା ଥାନ୍ତା ତ- ଏଠି କ'ଣ ଅଛି?" ଆଖି ଆଗରୁ କାନି କାଢ଼ି ଦେଇ ମାୟା ପିତାମ୍ବର ବାବୁଙ୍କୁ ଚାହିଁଲା। ଭଲ କରି ଚାହିଁ ହେଉନାହିଁ-ଆଖି ପୋଡ଼ି ଉଠି ଆପେ ଆପେ ବୁଜି ହେଇଯାଇଛି। କ'ଣ କରିବ, ଦୁଇ ହାତରେ ଢାଙ୍କି ତା'ରି ଭିତରେ ଆଖି ବନ୍ଦ କଲା। ଦୁଇପଟେ ଗାଲ ତିନ୍ତେଇ ଝର ଝର ହୋଇ ଲୁହଧାରା ବୋହିଯାଉଛି।

ମୁହୂର୍ତ୍ତକ ଆଗରୁ ଝିଅର ଡାହାମିଛ କଥାରେ ଜମାଟ ବାନ୍ଧି ଆସୁଥିବା ପିତାମ୍ବର ବାବୁଙ୍କର ଲହୁଣୀ ପରି କୋମଳ ପିତୃ ହୃଦୟ ପୁଣି ସେହି ଝିଅର ଆଖି ଲୁହରେ ଉଷ୍ଣତାରେ ତରଳିଗଲା। ସେ ଜାଣନ୍ତି, ମାୟା ନାକ କାନ୍ଦୁରୀ ନୁହେଁ। ସେମିତି ଜୋରରେ ଆଘାତ ନପାଇଲେ ତା ଆଖିରୁ ଲୁହ ବାହାରେ ନାହିଁ। ତେବେ କ'ଣ ସତରେ ତା'ର ଅଯତ୍ନ ହେଉଛି? ତା'ର ଖାଇବା କଥା କେହି ବୁଝୁନାହାନ୍ତି? ଭାରୀ ଗଳାରେ ପିତାମ୍ବରବାବୁ କହିଲେ, "ଛି ଆଉ କାନ୍ଦନା ମା, ଆଜି ମୁଁ ତୋ ବୋଉକୁ କହିବି, ତା'ର ଏମିତି କି କାମ ବଢ଼େଇ ପଡୁଛି ଯେ, କେଇଟା ଛୁଆଙ୍କର ଖାଇବା ଖବର ନିଜେ ବୁଝିପାରୁ ନାହିଁ?"

ମାୟା ଆଖିରୁ ଲୁହ ବନ୍ଦ ହେବାକୁ ନାହିଁ। ତଥାପି ଓଠରେ ହସଫୁଟେଇ ମୁରବିଆନା ସ୍ୱରରେ କହିଲା, "ବାପା, ତମର କେବେ ବୁଦ୍ଧି ହେବ? ବୋଉ ଆସି ବୁଢ଼ୀ ହେଲା, ତାକୁ ଏତେବେଳେ ସିନା ଟିକିଏ ବିଶ୍ରାମ ଦେବ। ତା ନ କରି ତା' ଉପରେ ଆଉରି ଚପଟ ଦେବାକୁ ବସିଛ। ସହଜେ ତ ଭାଇ ବାହା ହଉ ନାହାନ୍ତି ବୋଲି ତା ମନ ଖରାପ। ତା ଅପେକ୍ଷା ବରଂ ତୁମେ ପୁଖାରୀ ଚାକରକୁ ତାଗିଦା କରିଦିଅ ଯେ, ମାୟା ଯେତେବେଳେ ଯାହା କହିବ, ଅନ୍ୟ କାମ ବନ୍ଦ ରଖି ଯେମିତି ଆଗ ତା କାମ କରି ଦିଆହୁଏ। କାହିଁକି ନା ସମୟ ନଷ୍ଟ ମାନେ ମୋ ପଢ଼ା ନଷ୍ଟ। ମୋ ପଢ଼ା ନଷ୍ଟ ମାନେ ତମର ଟଙ୍କା ନଷ୍ଟ। ନୁହେଁ ବାପା? ଘରଟା ଯାକର ଯେତେ ଯାହା ହାନିଲାଭ ହେଉଛି- ସବୁ ସେଇ ତମରି ମୁଣ୍ଡରେ ଯାଉଛି ନା ଆଉ କାହା ମୁଣ୍ଡରେ ଯାଉଛି? ଠିକ୍ କଥା ନୁହେଁ?"

- ହଁ ମା ଠିକ୍ କହିଛୁ। ମନେକର ତୁ ଯଦି ପରୀକ୍ଷାରେ ଖରାପ କରୁ ତେବେ ମୁଁ ଆଉ ଲୋକଙ୍କ ଆଗରେ ମୁହଁ ଦେଖାଇ ପାରିବି?

– ନାଇଁ ବାପା, ଲୋକଙ୍କ କଥା ଛାଡ଼ିଦିଅ– ପରୀକ୍ଷାଟା ପୂରା ଭାଗ୍ୟ। ତାକୁ କାହାରି ଲଗା ନାହିଁ କି ପଘା ନାହିଁ। ତମେ ତ ପୁଣି ନିଜେ କହୁଥିଲ, ତମେ ନିଜେ ଏତେ ଭଲ ଛାତ୍ର ହେଇ ବି ପରୀକ୍ଷାରେ କେମିତି ଫେଲ୍ ହେଇଯାଇଥିଲ ?

– ଆହା, ସେ ଭିନ୍ନ କଥା।

– ଭିନ୍ନ କଥା କ'ଣ ? ସବୁ ପରୀକ୍ଷା ତ ସମାନ।

ତା ବୋଲି ତୁ ଫେଲ୍ ହେବୁ ନା କଣ ?

ମୁଣ୍ଡ ହଲାଇ ମାୟା କହିଲା, "ନା, ନା, ମୁଁ ଅବଶ୍ୟ ଫେଲ୍ ହେବି ନାହିଁ... ମୁଁ ମୋର ସାଧ୍ୟମତେ ଚେଷ୍ଟା କରୁଛି। କିନ୍ତୁ ମୋ ହାତରେ ତ କିଛି ନାହିଁ।" ପିତାମ୍ବରବାବୁ ଆଉ ଅଧିକ ଯୁକ୍ତି ନ କରି ସେଠୁ ବାହାରି ଯିବାକୁ ବସିଲେ। ତାଙ୍କୁ ସେଠୁ ଚାଲିଯାଉଥିବାର ଦେଖି ପହଲିର କାନ୍ଦ ଆହୁରି ବଢ଼ିଗଲା। ତାକୁ କୋଳକୁ ଉଠେଇ ନେଇ ପିତାମ୍ବରବାବୁ କହିଲେ, "ଦେଇ ଦେ ମା, ତା ଲଜେନ୍‌ସଟକ ତାକୁ ଦେଇ ଦେ। ଛୋଟ ଭାଇଟା। ତା ସାଙ୍ଗରେ ବାଦ କଲେ ଲୋକେ ହସିବେ ଯେ"।

– ସିଏ ବାପା, ତା ଲେଜନ୍‌ସ ନୁହେଁ, ମୋରି। ସେଇଟା ଏଡ଼େ ବୋକା ହୋଇଛି ଯେ ତାକୁ ଦବାକୁ ମୋର ଇଚ୍ଛା ହେଉ ନାହିଁ।

– ବୋକା ହେଲେ ବି ତାକୁ ଦେଇଦେ।

– ବାପା, ତମେ ଜାଣିନା, ବୋକାମାନେ ଯେତେବେଲେ ଯାହା ମାଗିବେ, ତାଙ୍କୁ ଦେଇଦେଉଥିଲେ ତାଙ୍କର ବୋକାମି ଖାଲି ବଢ଼େ। ନିଜ ମୁଣ୍ଡରୁ ବୁଦ୍ଧି ଖର୍ଚ୍ଚ କରି କେମିତି ପାଇବାକୁ ହୁଏ, ସେମାନେ କେବେହେଲେ ବୁଝିବାକୁ ଚେଷ୍ଟା କରିବେ ନାହିଁ। ଆଛା ତମେ ଯେତେବେଲେ କହୁଛ, ମୁଁ ତାକୁ ଦେଇ ଦେଉଛି। କିନ୍ତୁ ଜାଣିଥା, ଏ ମୋରି ଲଜେନ୍‌ସ।

– ହଁ, ହଁ, ତୋରି।

– ମାୟା ପହଲିକି ଚାହିଁ କହିଲା, "ବେଶ୍, ହେଇଚି ନେ। ଯାକୁ ଯେ ଖାଇବ ସେ ଗୋଟିଏ ଗଧ।"

ମନ ଖୁସିରେ ଲଜେନ୍‌ସ ପୁଡ଼ିଆଟି ମାୟା ହାତରୁ ନେଇ ପହଲି ପିତାମ୍ବରବାବୁଙ୍କ କୋଳରୁ ଓହ୍ଲେଇ ପଡ଼ି ତାଙ୍କ ପଛେ ପଛେ ଘରୁ ବାହାରିଗଲା।

ପରଦିନ ସକାଲେ ମହାବୋଉ ପୂଜା ସାରି ଫେରିବା ବେଲେ ବୈଠକଖାନାରୁ ପିତାମ୍ବର ବାବୁ ତାଙ୍କୁ ଡାକ ଛାଡ଼ିଲେ, "ହଇହେ ଶୁଣୁଛ ?"

– "କ'ଣ ?" ମହାବୋଉ ଆସି ପାଖରେ ଠିଆ ହେଲେ।

– ବସ... ଗୋଟିଏ କଥା ଅଛି। ଖବର କାଗଜଟା ଟେବୁଲ ଉପରେ

ରକ୍ଷଦେଇ, ବାଁ ହାତରେ ଆଖରୁ ଚଷମାଟା କାଢ଼ି ପୀତାମ୍ବରବାବୁ କହିଲେ, "ଏଇ ଆମ ମାୟା କଥା"– ତାପରେ ହଠାତ୍ ସ୍ତ୍ରୀଙ୍କ ମୁହଁ ଉପରେ ଆଖି ପଡ଼ିଯିବାରୁ ଚୁପ୍ ହୋଇଗଲେ ।

– ତମର ଦେହ ଭଲ ନାହିଁ କି ?

"ଅଛି, କାହିଁକି ?" ସ୍ୱାଭାବିକ ଗଳାରେ ମହୀବୋଉ କହିଲେ ।

ସ୍ତ୍ରୀଙ୍କ ସଦ୍ୟସ୍ନାତ ପରିଷ୍କାର ମୁହଁରେ ଶ୍ରାନ୍ତିର ସ୍ପଷ୍ଟ ଛାପ ପୀତାମ୍ବର ବାବୁଙ୍କ ଆଖିରେ ଧରାପଡ଼ିଗଲା । ଅନେକ ଦିନ ହୋଇଗଲାଣି, ସେ ନିଜ ସ୍ତ୍ରୀର ମୁହଁକୁ ଭଲକରି ଚାହିଁ ନାହାନ୍ତି । ଯେତେବେଳେ ସେମାନଙ୍କ ଭିତରେ କୌଣସି କଥାବାର୍ତ୍ତା ହୁଏ, ପୀତାମ୍ବର ବାବୁ ହୁଏତ ବହିକି ଚାହିଁ, ନହେଲେ ମନ ଭିତରେ ଅନ୍ୟକଥା ଭାବି ଜବାବ ଦିଅନ୍ତି । ଘରର କାମ ସୁରୁଖୁରୁରେ ଚଳୁଥିବାରୁ ତାଙ୍କର ଧାରଣା ସ୍ତ୍ରୀ ବେଶ୍ ସମର୍ଥ ଅଛନ୍ତି ।

– ମାୟା କଥା କ'ଣ କହୁଥିଲ ପରା, ରହିଗଲ କାହିଁକି ?

– ନାଇଁ କ'ଣ କହୁଥିଲି କି, ମୋହନ ବାହା ହେବାକୁ ରାଜି ହେଲା ?

– ମୁଁ ଏ ଘରେ କ'ଣ ମଣିଷ ଭିତରେ ଗଣାଯାଏ ଯେ, ମୁଁ କହିଲେ ମୋ କଥା କିଏ ଶୁଣିବ ? ତମକୁ ତ ଏତେ ଦିନ ହେଲା କହୁଛି ଯେ, ତମେ କହୁଚ ତାକୁ ଗୋଟାଏ ମଣିଷ ସଙ୍ଗେ ଛନ୍ଦିଦେବା ଯାହା, ତାର ଭବିଷ୍ୟତକୁ ଛନ୍ଦିଦେବା ସେଇଆ । ପ୍ରଥମେ କହିଲ, ପାସ୍ କରିସାରୁ, ତା'ବି ସରିଲା । ତାପରେ ପହିଲ, ନିଜ ଗୋଡ଼ରେ ଠିଆ ହେଉ, ତା'ବି ହେଲା– ଆଉ ତେବେ କାହିଁକି ବସିଛ ? ଆମର କ'ଣ ଆଉ ଦିନକାଳ ଆସୁଛି ? ଏଣିକି ତାକୁ ହାତକୁ ଦି'ହାତ କରିଦେଲ ଆମେ ନିଶ୍ଚିନ୍ତରେ ଆଖି ବୁଜିବା କଥା ।

– ଆଚ୍ଛା, ମୁଁ ତାକୁ ବୁଝେଇ କହିଦେବି ।

– ହଁ, କହିଦିଅ । କହିବ, ବୋଉର ଆଉ ବଳ ବୟସ ଆସୁନାହିଁ ଯେ, ଘରଟା ଯାକର ସମସ୍ତେ ଫୁଲାଫାଙ୍କିଆ ହୋଇ ବୁଲୁଥିବେ ଆଉ ବୋଉ ଖଟି ଖଟି ମରୁଥିବ । ମଣିଷ ବଡ଼ ହେଲାକ୍ଷଣି ଜଞ୍ଜାଳ ଫେର ବଢ଼ୁଛି ତ ?

ହସି ହସି ପୀତାମ୍ବରବାବୁ କହିଲେ, "ତମେ ଓଲଟା କଥା କହୁଚ । ମଣିଷ ବଡ଼ ହେଲେ ଜଞ୍ଜାଳ ସିନା କମେ" ।

ପୀତାମ୍ବରବାବୁଙ୍କ ପାଟିର କଥା ଅଧାରେ ରୋକି ଦେଇ ମହୀବୋଉ ପାଟିକରି ଉଠିଲେ– "ତମେ ଛୁଆମାନଙ୍କୁ ଯାହା ଦବ, ତା' ଖାଇଦେଲ ଯିବେ । ବଡ଼ଙ୍କୁ ତ ତା' ଦେଇହେବ ନାହିଁ" ? ତାଙ୍କର ମାଛ ସାଙ୍ଗକୁ ମାଉଁସ ଲୋଡ଼ା, ମାଉଁସ

ସାଙ୍ଗକୁ କାନିକା ଲୋଡ଼ା-ଏମିତି ଲମ୍ବେ ଲମ୍ବେ ଚାଲିଥିବ। ତା ଉପରେ ପୁଣି ବନ୍ଧୁଚର୍ଚ୍ଚା ଅଛି। ଦିନକୁ କୋଡ଼ିଏ ଥର ବେଳ ନାହିଁ, ଅବେଳ ନାହିଁ, କ’ଣ ନା ଚା’ ତିଆରି କର। ପୁଝାରୀ, ଚାକର ଘଣ୍ଟାଏ ରାନ୍ଧିଦେଇ ଯାଇ ବାହାରେ ଆଡ଼୍ଡ଼ା ମାରିବେ। ଶେଷକୁ ସେଇ ମତେ ଆସି କରିବାକୁ ପଡ଼େ ନା ଆଉ କିଏ କରେ ?

ଆଜ୍ଞା, ଆଜ୍ଞା, ତମେ ବ୍ୟସ୍ତ ହୁଅ ନାହିଁ। ମୁଁ ତାକୁ କହିଦେବି।

– ଆଉ କହିଦେବ ଯେ, ବାହା ନହେଲେ ସେ ତା’ର ଯାଇ କୋଉଠି ରହୁ। ମୁଁ ମୋ ବାପ ଘରକୁ ଚାଲିଯିବି। ଡରିଯିବା ଭଙ୍ଗୀରେ ପିତାମ୍ବରବାବୁ କହିଲେ- "ଇରେ ବାବା, ମତେ ପୁଣି ସାଙ୍ଗରେ ଯିବାକୁ ପଡ଼ିବ ନା କଣ ?"

ମୁହଁ ବୁଲେଇ ନେଇ ମହୀବୋଉ ଜବାବ ଦେଲେ- "ହୁଁ, ଜିଅନ୍ତାରେ ଦେଲି ଖୁଦକୁଣ୍ଡା ନା ମଲାପରେ ଦେବି ଗଜମଣ୍ଡା... ଯେତେବେଳେ ସାଙ୍ଗରେ ନେବା କଥା, ସେତେବେଳେ ତ କୋଉଠିକି ନେଇ ଯାଇନା, ଆଉ ଆଜି ଏ ବୁଢ଼ୀ ଦିନରେ ତମକୁ ସାଙ୍ଗରେ ନେଇ ବାପଘରକୁ ଗଲେ ମତେ ନିଜକୁ ଲାଜ ମାଡ଼ିବ।"

– ରକ୍ଷା କର।

– ତମ ବେହିଆ ମୁହଁକୁ ଲାଜ ନାହିଁ ଯେ, କଥା କହୁଛ। ଆଉ କିଏ ହେଇଥିଲେ...

"ଗଳାରେ ଦଉଡ଼ି ଦେଇ ମରିସାରନ୍ତାଣି", ମହୀବୋଉଙ୍କୁ କଥା ସରିବାକୁ ନ ଦେଇ ପିତାମ୍ବର ବାବୁ କହିଲେ।

– ଉହୁଁ, ଦଉଡ଼ି ଜିନିଷଟା କଣ ତମମାନଙ୍କ ପାଇଁ ଅଛି କି ? ସେଇଟା ପରା ଖାଲି ମାଇକିନିଆମାନଙ୍କର। କି ଦୁଃଖରେ ତମେମାନେ ବେକରେ ଦଉଡ଼ି ଦବାକୁ ଯିବ ? ହୁଁ, କ’ଣ ଆଉ କହିବିଟି। ନିଜେ ପଛକେ ଅଫିସରେ ଗଦାଗଦା ଭୁଲ କରି ଆସୁଥିବେ, ଏଣେ ଘରେ ଯଦି କାହାର ପାନରୁ ଚୂନ ଟିକିଏ ଖସିଗଲା ତ ଏଡ଼େ ଏଡ଼େ ନାଲି ଆଖି ଦେଖାଇ ସ୍ୱର୍ଗକୁ ଯିବାର ସିଧା ବାଟ ବତାଇ ଦେବେ।

– "ଆହା, ମିଛରେ ରାଗୁଛ କାହିଁକି ? ତମକୁ ମୁଁ କେବେ ସେ କଥା କହିଛି ?" ଆଖି ମିଟିମିଟି କରି ପିତାମ୍ବରବାବୁ କହିଲେ।

ହଠାତ୍ ତେଜି ଉଠି ମହୀବୋଉ ଜବାବ ଦେଲେ- "ମରିଯାଉଥାଁ ଟି ! ନିଜେ ଏମିତି କୋଉ ଭଲ ଶୁଣେ ? ମୁଁ ଭୁଲ କରିବି କାହିଁକି, କାହାର ପଦେ କଥା ଶୁଣିବାକୁ ଯିବି କାହିଁକି ? ନିଜର ଜୀବନ, ମନ- ସବୁ ମାଟି କରି ଯାଙ୍କରି ସେବାରେ ଲାଗିଲି, ସେତକରେ ହେଲା ନାହିଁ ଯେ ପୁଣି ଛାତିଫୁଲା ହେଉଛି ଗାଳିଦେଇ ନାହାନ୍ତି ବୋଲି !"

– " କି ଜିନିଷଟାଏ ତମେ ଅଧିକା କରିଥାନ୍ତ, ମୁଁ ଦେଲି ନାହିଁ ଶୁଣେ ?" ପୀତାମ୍ବର ବାବୁ ମାହୀବୋଉଙ୍କ ମୁହଁକୁ ଚାହିଁଲେ ।

– ବହଲିଆ ମୁହଁରେ ଆଉରି କଥା କହୁଚ ? କି ଜିନିଷଟା ଦେଇଚ ଶୁଣେ ? ମୁଁ ତ ମୂର୍ଖ ନଥିଲି କି ବୋକା ନଥିଲି । ଅଣ୍ଟ ହେଉ ବହୁତ ହେଉ, ବାପା ବୋଉ ତାଙ୍କ ପାରୁପର୍ଯ୍ୟନ୍ତ ମୋତେ ପଢ଼େଇଥିଲେ । ସଭାସମିତିକୁ ମତେ କେତେଥର ଛାଡ଼ିଚ ?

– ତମେ ସେଠିକି ସବୁବେଳେ ଯାଇ କଣ ବା କରିବ ? ସେ ତ ପାଉଆ ଲୋକଙ୍କର ଆଡ୍ଡ଼ା ।

– ପାଉଆ ଲୋକଙ୍କ ଆଡ୍ଡ଼ା । ଯାଇ ଦେଖିଥିଲ କେବେ ? ଯେତକ ପାଠୋଇ ସମସ୍ତେ ପଛରେ ଚୁପ୍‍କରି ବସିଥାନ୍ତି । ଆଉ ଯେତେକ ଅପାଠୋଇ, ଦରପାଠୋଇ, ଯାହାର ମୁହଁ ଅଛି କି ପଇସା ଜୋର ଅଛି ସେହିମାନେ ସଭା ଚଲାନ୍ତି, ବକ୍ତୃତା ଦିଅନ୍ତି ।

"ତେବେ ସେମାନେ ଯାହା କହୁଥିବେ, ତାକୁ ଶୁଣିବାଠୁ ନଶୁଣିବା କଣ ଭଲ ନୁହେଁ ? ତମେ ତ ବରଂ ନିୟମିତ ଖବରକାଗଜ ପଢ଼ୁଛ ।" ମାହୀବୋଉଙ୍କୁ ସାନ୍ତ୍ୱନା ଦେବାର ଚେଷ୍ଟା କରି ପୀତାମ୍ବର ବାବୁ କହିଲେ ।

– କାହିଁକି ? ସେମାନେ ତାଙ୍କର ବାବୁମାନଙ୍କଠୁ ବୁଢ଼ି ଖଣ୍ଡେ ଖଣ୍ଡେ କାଗଜରେ ଲେଖି ଆଣିଥାନ୍ତି । କହିଲାବେଳେ କାଗଜକୁ ଦେଖି ଦେଖି କହନ୍ତି । ସେମାନଙ୍କର ବାବୁମାନେ ତମ ଭଳିଆ ହେଇ ନାହାନ୍ତି ଯେ କୋଉ କଥା ପଚାରିଲେ ଜବାବ ଦେବେ, "ଆଗ ନିଜ ସଂସାରଟିକୁ ସିଜାଡ଼ି ସାର, ତା'ପରେ ଦୁନିଆ କଥା ଭାବିବ ।"

ମୁରୁକି ହସି ପୀତାମ୍ବର ବାବୁ କହିଲେ– "ଓହୋ, ମୁଁ ତେବେ ଭୁଲ୍ କହିଥିଲି ? ଆଚ୍ଛା– ସେଥିପାଇଁ ଦୁଃଖିତ ।"

– ସେ ସାହେବୀ କାଇଦାରେ କଥା କହିବା ଅଭ୍ୟାସଟା ଛାଡ଼ିଦିଅ । ଘରେ ପଛକେ ନିଜର ସ୍ତ୍ରୀକୁ ମଫସଲିଆଣୀ କରି ରଖିଛନ୍ତି, ଲୋକ ଦେଖାଣିଆ ଠାଣିତକ ମାଜିମୁଜି ଚକ୍‍ଚକ୍ କରାହେଇଛି ।

– ମୁଁ ଆଉ ତମ ସାଙ୍ଗରେ କଳି କରିପାରିବି ନାହିଁ । ତମେ ସଭାକୁ ଯାଅ ଆଜି ମୋ ମନରେ ସଦେହ ଘୁଞ୍ଚିଗଲା । ମୁଁ ବୁଝିଛି ପ୍ରକୃତରେ ନାରୀମାନଙ୍କର ଜାଗରଣ ହେଇଛି ।

– ପୀତାମ୍ବର ବାବୁଙ୍କର ଏହି ପରିହାସ ମାହୀବୋଉ ଗ୍ରହଣ କରିପାରିଲେ ନାହିଁ । ତାଙ୍କର ବ୍ୟର୍ଥ ଜୀବନର ପୁଞ୍ଜିଭୂତ ବେଦନା ଏତେ ଦିନକେ ଆଜି ଯେପରି

ତାର ବିଷାକ୍ତ ଫଣା ମେଲେଇ ଦଂଶିବାକୁ ଠିଆ ହେଇଛି । ସେ ସହଜରେ ଆଜି ପୀତାମ୍ବରବାବୁଙ୍କୁ ଛାଡ଼ିଦେବେ ନାହିଁ । ସଂସାରର ଚକ ଚାଲୁଚାଲୁ ଗୋଟିଏ ମଣିଷର ଜୀବନ ଯେ ଏଶେ ହାଣ୍ଡିଶାଳ କଣରେ ପେଷୀ ହୋଇଗଲା– ସେ କ୍ଷତି ଭରଣା କରିବାକୁ ପୃଥିବୀରେ କାହାରି ଶକ୍ତି ନାହିଁ । କାହିଁକି ଏମିତି ହେଲା ? ତାହା କ'ଣ ରୋକି ହେଇ ନଥାନ୍ତା ? ତେବେ ? କିନ୍ତୁ କିଏ ରୋକିଥାନ୍ତା ? ସାମନାରେ ବସିଛନ୍ତି ତାଙ୍କର ସ୍ୱାମୀ– ପୀତାମ୍ବରବାବୁ । ଛାତ କଡ଼ିକୁ ଚାହିଁ ମନକୁ ମନ ମୁରୁକି ମୁରୁକି ହସୁଛନ୍ତି । ଯେଉଁ ସ୍ୱାମୀଙ୍କର ଚେହେରାକୁ ଲକ୍ଷ୍ୟକରି ଅତୀତରେ ମହୀବୋଉ ମନ ଭିତରେ ଅସଂଖ୍ୟ ଥର ପ୍ରଶଂସା କରିଛନ୍ତି, ସେଇ ଚେହେରା ଆଜି ଅତି କଦାକାର ବିଭତ୍ସ ରୂପ ନେଇ ତାଙ୍କରି ସାମନାରେ ଠିଆ ହେଇଛି ।

ପଶୁବଳି ଦେଇସାରି ପୂଜକର ବିଭତ୍ସ ମୂର୍ତ୍ତି ଯେମିତି ହସି ହସି ଠାକୁରାଣୀଙ୍କ ମୁହଁକୁ ଚାହେଁ ତୃପ୍ତି ପାଇଲେ କି ନାହିଁ ଜାଣିବାକୁ, ସେମିତି ପୀତାମ୍ବର ବାବୁ ନିଜ ଗଢ଼ା ସଂସାର ଭିତରେ ଆପଣାର ସ୍ତ୍ରୀକୁ ବଳି ଦେଇ ଆଜି ସମଗ୍ର ପୁରୁଷ-ସମାଜକୁ ହସିଲା ମୁହଁରେ ଫେରିଚାହିଁ ସତେ ଯେପରି ପଚାରୁଛନ୍ତି, ସେ ଠିକ୍ କରିଛନ୍ତି କି ଭୁଲ୍ କରିଛନ୍ତି ?

ଚୌକି ଉପରେ ବସି ମହୀବୋଉ ସ୍ଥିର ଦୃଷ୍ଟିରେ ସ୍ୱାମୀଙ୍କ ମୁହଁକୁ ଚାହିଁଛନ୍ତି । ମନେ ମନେ ଯେମିତିକି ସେ କହୁଛନ୍ତି– "ତୁମକୁ ମୁଁ ବାହା ହୋଇଥିଲି, କିନ୍ତୁ ତୁମରି ହାତରେ ମଲି । ଏ ମରିବା ଦୁଃଖ ପୁରୁଷ ଜାତି କେବେହେଲେ ବୁଝିପାରିବ ନାହିଁ । ଏ ତିଳ ତିଳ ହୋଇ ମରିବା – ଜୀଅନ୍ତା କବର । ପ୍ରତିଦିନ ମୋରି ଭଳି କେତେ କେତେ ଅଭାଗୀଙ୍କ ଭବିଷ୍ୟତ ଯେ, ସେଇମାନଙ୍କ ସ୍ୱାମୀମାନଙ୍କ ପାଦତଲେ ଏମିତି ପେଷୀ ହେଇଯାଉନଥିବ, ସେ କଥା କିଏ କହିବ ? ମହୀବୋଉ ଅନ୍ୟ ଆଡ଼କୁ ଚାହିଁ ଝରିଆସୁଥିବା ଲୁହ ଆଖିରେ ଶୁଖେଇ ଦେବାକୁ ପ୍ରାଣପଣେ ଚେଷ୍ଟା କଲେ ।

ପୀତାମ୍ବର ବାବୁ ମନରେ ଆଘାତ ପାଇଲେ । ସାରୁ ଖୋଲୁ ଖୋଲୁ ମହାଦେବ ବାହାରି ଆସିଛନ୍ତି, କିନ୍ତୁ ସେ ଆଉ ଅଧିକ କ'ଣ କରିପାରିଥାନ୍ତେ ? ସାଧାରଣତଃ ସ୍ୱାମାନେ ଯାହା ଚାହାନ୍ତି, – ସ୍ତ୍ରୀର ପାଖରେ ସେ ଅକାତରେ ଅଜାଡ଼ି ଦେଇଛନ୍ତି । କିନ୍ତୁ କେବେହେଲେ ସ୍ତ୍ରୀର ମନ ଗହୀରରେ ଏଇ ଅପୂର୍ଣ୍ଣ ଆକାଂକ୍ଷାର ମୃଦୁ ଗୁଞ୍ଜନ ତାଙ୍କ କାନରେ ପହଞ୍ଚ ନାହିଁ କିମ୍ବା ଅଲକ୍ଷ୍ୟରେ ହୁଏତ ସେ ଏଡ଼ି ଦେଇ ଯାଇଛନ୍ତି । ସେହି ଗୁଞ୍ଜନ ବଢ଼ି ବଢ଼ି ଆଜି ହାହାକାରରେ ପରିଣତ ହୋଇଛି ।

ଅତୀତରେ ସେଇ ମୃଦୁ ଗୁଞ୍ଜନ ଶୁଣିବାକୁ ପୀତାମ୍ବରବାବୁ ତାଙ୍କର ସବୁ ଇନ୍ଦ୍ରିୟ ଏକାଠି ଠୁଳ କରି କାନ ପାରିଲେ । ଘର ଭିତରେ ହାହାକାର । ବାହାରେ

ଆକାଶକୁ ଚାହିଁଲେ, ସେଠି ବି ସେଇଆ। ବାୟୁମଣ୍ଡଳଟା ଯେମିତି ଏଇ ନାରୀମାନଙ୍କର ଛାତିଫଟା ଆର୍ତ୍ତ ହାହାକାରରେ ଅତି ବିକଟ ଶବ୍ଦ କରି କାନ ବଧିର କରିଦେଉଚି। ଇଏତ କେବଳ ମହୀବୋଉଙ୍କ ଅପୂର୍ଣ୍ଣ ଆକାଂକ୍ଷାର ମୃଦୁ ଗୁଞ୍ଜନ ନୁହେଁ–ଅସଂଖ୍ୟ ନାରୀଙ୍କର ଅଶରୀରୀ ଆମ୍ଭା ବାୟୁମଣ୍ଡଳର ଚାରିଆଡ଼େ ଘୁରିବୁଲି ଆଖିରୁ ଲୁହ ଢାଳି ଯେମିତି କହୁଚି– "ଆମର ଜୀବନ ବ୍ୟର୍ଥ ହୋଇଗଲା।"

ଦୁହେଁ ବସି ବାହାରକୁ ଚାହିଁଛନ୍ତି–ମଝିରେ ଅସହ୍ୟ ନିରବତା। ଯେତେ ଯାହା ଭାବିଲେ ବି ପୀତାମ୍ବରବାବୁ ନିଜକୁ ଦୋଷୀ ମନେ କରିପାରୁନାହାନ୍ତି। କିନ୍ତୁ ସ୍ତ୍ରୀ ଆଖିରେ ସେ ପୂରା ଦୋଷୀ। ଅନ୍ୟ କିଛି ଉପାୟ ନାହିଁ। ଶେଷକୁ ନିରବତା ଭାଙ୍ଗି ସେ କହିଲେ, "ଶୁଣ, ତମେ ମନ ଠିକ୍ ରଖ ଟିକିଏ ଭାବ। କ'ଣ ବା ଆମେ ଅଧିକା କରିଗଲୁ, ଯାହାପାଇଁ ତମେ ଏତେ ଦୁଃଖ କରୁଚ? ହଁ ଠିକ୍ କଥା, ମୁଁ ରୋଜଗାର କରିଚି ଯାହା ତମେ କରିପାରିନ, କିନ୍ତୁ ତମେ ଯେ, ଗୋଟାଏ ସଂସାର ଗଢ଼ିଚ, ସେତକ ଭୁଲିଯାଉଛ କାହିଁକି? କେଇଟା ଟଙ୍କା ଆଣିବାଠାରୁ କେଇଜଣ ମଣିଷ ଜୀବନ ଗଢ଼ିବା କ'ଣ ବଡ଼ କଥା ନୁହେଁ?"

– "ଥାଉ, ଥାଉ। କଅଁଳେଇ ହେବାରେ ଆଉ କିଛି ଦରକାର ନାହିଁ। ଯାହା ମୋର ଯାଇଛି– ଯାଇଛି। ଏଠି ତମ ସାଙ୍ଗରେ ବସି ଜ୍ଞାନଚର୍ଚ୍ଚା କଲେ ସେ ଆଉ ଫେରିଆସିବ ନାହିଁ।" କଠୋର କଣ୍ଠରେ ଏତକ କହିଦେଇ ମହୀବୋଉ ଚୌକି ଛାଡ଼ି ଯିବାକୁ ବାହାରିଲେ।

– ଆହା, ପୁଣି ତ ସେଇ ଭୁଲ୍ ବୁଝିଲ।

"ବୁଝିଲେ ବୁଝିଲି। ଆମର ଦିନକାଳ ତ ସରିଗଲା" କହି ଉଠିଗଲେ। ପୀତାମ୍ବର ବାବୁ ମହୀବୋଉଙ୍କ ଯିବାବାଟକୁ ଚାହିଁ ଭାବିଲେ ସେ କ'ଣ ସତରେ ଭୁଲ୍ କରିଛନ୍ତି?

ଶୀତଦିନିଆ ଖରାବେଳ। ଆଖି ପିଛୁଡ଼ାକେ ଖରା ଚାଲିଯାଏ। ବାରଣ୍ଡରେ ଅଧା ଖରା ଛାଇରେ ପିଢ଼ା ଉପରେ ବସି ମହୀବୋଉ ଅନ୍ୟମନସ୍କ ଭାବରେ ବଟୁରା ବିରିରୁ ଚୋପ ଧୋଇ ସଫା କରୁଥିଲେ, ଏତିକି ବେଳେ ପଡ଼ୋଶୀ ଯଦୁବୋଉ ଆସି ଅଗଣାରେ ଠିଆହେଲେ।

– କଣ କରୁଚୁ କିରେ ମହୀବୋଉ?

– ଆଲୋ କେତେବେଳେ ଆସିଲ ବା? ଆସ– ଓଦା ଆଙ୍ଗୁଠି ଟିପରେ ପିଢ଼ା ଖଣ୍ଡିକ ଯଦୁବୋଉଙ୍କ ଆଡ଼କୁ ପେଲିଦେଇ ମହୀବୋଉ ନିଜେ ତଳେ ବସିଲେ।

– "କ'ଣ କରୁଛୁ ? ପିଠା କରିବୁ କି ?" ବତୁରା ବିରିକୁ ଚାହିଁ ଯଦୁବୋଉ ପ୍ରଶ୍ନ କଲେ ।

– ନାଇଁମ ମୋର କିଏ ପିଠା କରୁଚି ? ଦି'ଟା ପାଣିକଖାରୁ କିଣିଥିଲି ଯେ, ଆଜି ଦେଖିଲାବେଲକୁ ଗୋଟାକର ଡେଙ୍ଗଆଡ଼ୁ ସଢ଼ି ଆସିଲାଣି । ସେଥିପାଇଁ ବିରି ଦି'ଟା ତିନ୍ତେଇ ଦେଇଥିଲି । ଯେତେ ହେଲେ ତ ସେଇ ମତେ କରିବାକୁ ପଡ଼ିବ । ଶୀତ ଚାଲିଗଲେ ଖାଲି ହଇରାଣ ହବା କଥା । କଖାରୁ ଦି'ଟା କୋରିବାକୁ ପରା ମୋତେ ବଜରା ତିନିଘଣ୍ଟା ଲାଗିଗଲା–କିଏ ଟିକିଏ ମିଶିଲେ ସିନା ହୁଅନ୍ତା ।

– ଆଲୋ ଗୋଟାଏ କାମ କର । ଘରକୁ ବୋହୂଟିଏ ଆଣ ଯେ ତତେ ଏ ସବୁଥିରୁ ଛୁଟି ମିଳିବ ।

– ବାଛି ବାଛି କଥାଟାଏ କହିଲ ଯାହା । ଆଜିକାଲିର ଝିଅବୋହୂ ପୁଣି ଆସିବେ ବଡ଼ି ପାରିବାକୁ । ଆଗୋ, ସେମାନଙ୍କର ପଛକେ ବଡ଼ିଖିଆ ନ ହେବ, ସେମାନଙ୍କୁ ଶିଲ ପାଖରେ ଆଣି ବସେଇବ କିଏ ? ସେଥରେ ତାଙ୍କ ହାତର ମୁନିଆ ନଖଗୁଡ଼ାକ ଘୋରି ହୋଇଯିବ ନାହିଁ ? ମଣିଷ ଧୈର୍ଯ୍ୟ ଧରି ସେମାନେ ଏତକ ସହିବେ ? ତାଙ୍କର ବଡ଼ିଖିଆ ପଛକେ ନ ହେବ ନାହିଁ– କଥା ବନ୍ଦ ରଖ୍ ମହୀବୋଉ ଚୋପା ଓ କଷ ପାଣିତକ ଅଲଗା ରଖାହୋଇଥିବା ଗୋଟିଏ କୁଣ୍ଡରେ ଢାଲିଲେ ।

କଥାରେ ପାଲିଧରି ଯଦୁବୋଉ କହିଲେ– ଯାହା କହିଲୁ । ଘଣ୍ଟା ଘଣ୍ଟା ଧରି ସମୟ ନଷ୍ଟ କରି ନଖ ଉପରେ ଯୋଉ ପାଲିସ୍ ବସେଇଥାନ୍ତି, ଏକା ଭାରିକେ କାହିଁ ଉଡ଼ି ଚାଲିଯିବ । ଆଲୋ, ସିଏ ତ ନଖ ନୁହଁ । ଦଶ ଆଙ୍ଗୁଠିରେ ରକ୍ତମୁହାଁ ଦଶଖଣ୍ଡ ଛୁରୀ– ଯାହାର ବେକକୁ ଧରିନେବେ, ନିଜେ ଯମ ଆସିଲେ ବି ତାକୁ ରକ୍ଷାପାରିବ ନାହିଁ । ଏଇ ଆମ ସାନବୋହୂକୁ ସେଦିନ କହିଲି, "ଆଲୋ ବୋହୂ, ଏଡ଼େ ଏଡ଼େ ନଖଟାମାନ ରଖିରୁ । କଅଁଲା ଛୁଆଟା ଦିହରେ ରାତିବିକାଲି ନିଦବାଉଲାରେ କେତେବେଲେ ବାଜିଯିବ । ତାକୁ ମୂଲେଇ କାଟିପକା ।" ହେଲା ନାହିଁ । କହିଲେ କ'ଣ ନା "ନାତି ପାଇଁ ଯଦି ଏତେ ଡର ହଉଚି, ତାକୁ ନେଇ ତମରି ପାଖରେ ଶୁଆଉନା ?" ଶୁଣିଲୁ ? ଏଇ ହେଲା କାଲ ! ପଦକୁ ପଦେ । ଆମ ବେଲେ ଶାଶୁ ନାକ କାଟି ପକେଇଲେ ବି ପାଟିରୁ "ଉଁ, ବୋଲି ବାହାରୁ ନଥିଲା ।"

ମହୀବୋଉ ମୁଣ୍ଡ ହଲେଇ ନିଜର ସମର୍ଥନ ଜଣେଇ କହିଲେ "ସେ କଥା ଆଉ କାହିଁକି କହୁଛ ଅପା ? ଆମେ ଯାହା ସହିଥିଲୁ, ଆଜିକାଲିର ବୋହୂ ତା'ର କାଣିଚାଏ ସହି ପାରିବେ ?"

"ସହିବେ ନା ଆଉକିଛି ! ଯୋଉ ଯୁଗ ହେଇଚି ଶାଶୁ ପଦେ ଆକଟ

କହିଦେଲେ ଆଉ ଯାଏ କୁଆଡ଼େ ? ବର ଆଗରେ ଆଖିରେ ଲଙ୍କାମରିଚ ମାଡ଼ି ଫେରାଦ ହେବେ ଯେ ଶାଶୁ ତାଙ୍କୁ ବିଷ ଆଖିରେ ଦେଖୁଚି । ଆଲୋ, ବରମ୍ମାନଙ୍କ ଆଗରେ ଗଡ଼େଇବାକୁ ସେମାନେ ପୁଣି ଏତିକି ଲୁହ ସାଇତି ରଖିଛନ୍ତି ? କଥାରେ ଅଛି "ସଂସାର ଭିତରେ ଘର କରିଥିଲେ ପଥର ପଡ଼ିଲେ ସହି", କିନ୍ତୁ ଏମାନେ କଣ ସହିବେ ? ଏମାନଙ୍କର ଦେହ ପରା ଲହୁଣୀରେ ଗଢ଼ା । ସବୁବେଲେ କାକରରେ ରହିଥିବେ— ଟିକିଏ ଖରା ବାଜିଲେ ପରା ତରଳିଯିବେ ।" ମହୀବୋଉଙ୍କର ସମର୍ଥନ ପାଇବାକୁ ଯଦୁବୋଉ ତାଙ୍କ ମୁହଁକୁ ଚାହିଁଲେ ।

ନିଜର ଅତୀତର କଥା ମନେ ପକେଇ ମହୀବୋଉ ଗୋଟିଏ ଦୀର୍ଘନିଃଶ୍ୱାସ ଛାଡ଼ି କହିଲେ, "ଯାହା କୁହ ଅପା, କାହାରି ଦୁଃଖ କେହି ଘୁଞ୍ଚେଇପାରିବେ ନାହିଁ— ସେ ଶାଶୁ ହେଇଥାଉ କି ବଉ ହେଇଥାଉ କି ପୁଅ ହେଇଥାଉ । ଯେମିତି ଆମେ ଏକାଟିଆ ଆସିଚୁ, ସେମିତି ଆମକୁ ନିଜର ବୋଝ ମୁଣ୍ଡେଇ ଏକାଟିଆ ଫେରିଯିବାକୁ ପଡ଼ିବ । କିଏ କାହାର ଦୁଃଖ ନେବ ? ଆପଣା ସାଥ୍ଥକା ଦୁନିଆ ପରା ।"

— ଆଲୋ କାହାର ଦୁଃଖ କ'ଣ ସତରେ କିଏ ନିଏ ? ଖାଲି ମନ ବୁଝିବା କଥା । ଦୂର ଜାଗାକୁ ବୋଝନେଇ ଗଲାବେଲେ ଲୋକ ସାଙ୍ଗସାଥୀ ଖୋଜେ କାହିଁକି ? ଦି'ଟା କଥା କହି ବାଟ ଚାଲିଲେ ବାଟ ଜଣାପଡ଼ିବ ନାହିଁ ବୋଲି ତ ? ସେମିତି ନିଜେ ଗୋଟିଏ ଘର କଲେ କେତେ ତ ଦୁଃଖକଷ୍ଟ ରହିଚି କିନ୍ତୁ ତା'ରି ଭିତରେ ଯଦି ମନରେ ମନ ମିଶିଲା, ଜଣକର ଦୁଃଖରେ ଆଉ ଜଣେ "ଆହା" ବୋଲି କହିଲା, ତେବେ ସେଇ କ'ଣ ସୁଖ ନୁହେଁ ?

କଥାଟା କିନ୍ତୁ ମହୀବୋଉଙ୍କ ମନକୁ ପାଇଲା ନାହିଁ । ସେ କହିଲେ — "ଅପା ତମେ ସିନା ସେ କଥା କହୁଚ, ହେଲେ ପର ଉପରେ ବୋଝ ହୋଇ କେହି କେବେ ସୁଖୀ ହୋଇପାରେ ନାହିଁ... ଆମର ସାରା ଜୀବନ ତ ଜଣକ ଉପରେ ବୋଝ ଭଳିଆ ନଦି ହୋଇ କଟିଗଲା—ଆମେ ସୁଖ କଣ ବୁଝିବୁ ? ଆମ ଝିଅକାଲରେ ମାଇପେ ନିଜ ଗୋଡ଼ରେ ଠିଆହେବା କଥା ମନକୁ ବି ଆଣିପାରୁ ନ ଥିଲେ । ସେତେବେଲେ ଭଗବାନଙ୍କୁ ଦୋଷ ଦେଉଥିଲେ ଆମକୁ କାହିଁକି ମରଦ କରି ସଂସାରକୁ ନ ପଠେଇଲେ । ସେଇ ଆମରି ଆଖି ତ ପୁଣି ଦେଖିଲା ମରଦଙ୍କ ଭଳି ମାଇପେ ବି ନିଜ ଗୋଡ଼ରେ ଠିଆ ହୋଇ ପାରନ୍ତି । ସେଥିପାଇଁ ବେଲେବେଲେ ମୁଁ ମନରେ କରେ ଆଉ କିଛିବର୍ଷ ପରେ ହେଲେ ଜନ୍ମ ହୋଇଥାନ୍ତି ।"

ଏ ସବୁ କଥାରୁ ଯଦୁବୋଉ କିଛି ରସ ପାଇଲେ ନାହିଁ । ଗୋଟାଏ ଦି'ଟା ହାଇ ମାରି ପ୍ରସଙ୍ଗ ବଦଲେଇବା ଉଦ୍ଦେଶ୍ୟରେ କହିଲେ— "ଏଇ ବର୍ଷ ପୁଅକୁ ବାହା

କରୁଚୁଟି ? ପାଠୋଇ ବୋହୂ ଦେଖ୍ ଆଣିରୁ ଯେ ତୋ ଦୁଃଖ ଘୁଞ୍ଚୁଯିବ।" ଶେଷ କଥାଗୁଡ଼ାକ ମହୀବେଉଙ୍କ ଗାଲରେ ଚଟକଣା ବସେଇଲା ପରି ଲାଗିଲା।

– ଆଣିବି ତ। ଆଉ କଣ ମନେ କରିଛ ଆମରି ଭଳି ଆଖିରୁ ଲୁହ ଗଡ଼େଇବାକୁ ଅଧା ମୂର୍ଖମାନଙ୍କୁ ଘରକୁ ବୋହୂ କରି ଆଣିବି ?

ହସି ହସି ଯଦୁବୋଉ କହିଲେ– "ଭଲ କଥାଟିଏ ମନେ କରେଇ ଦେଲୁ। ଦିନେ ସଙ୍ଗୀତ ଘରକୁ ଯାଇଥିଲି–"

– କେଉ ସଙ୍ଗୀତ ମ ? କଥାରେ ବାଧା ଦେଇ ମହୀବେଉ ପଚାରିଲେ।

– ଆଲୋ ମୁରଲୀ ବାବୁଙ୍କ ଘର ବା... ସବା ତଳି ପୁଅଟିକି ଏଇ ଗଲା ତିଥିରେ ବାହା କରିଚି।

ଯଦୁବୋଉଙ୍କୁ କଥା ସାରିବାକୁ ନ ଦେଇ ମହୀବେଉ କହିଲେ– "ହଁ, ହଁ, କଣ ହେଲା ? ମୁଁ କଣ ଏ ଯାଏଁ ତାକୁ ଦେଖିଲିଣି କି ? ସେତେବେଳକୁ ତ ଆମ ଗାଁରେ ଝିଆରୀର ବାହାଘର। ମୁଁ ଏଠି ନଥିଲି। ବୋହୂଟି କେମିତି ?"

ଆଉ ଟିକିଏ ଭଲ କରି ଆସନ ଜମେଇ ଯଦୁବୋଉ ହସି ହସି କହିଲେ– "ବୋହୂ ସୁନ୍ଦର ବୋଲି ପୁରିଚି ମହୀ, କେହି ନ ଜାଣେ ତା'ର ଭିତର ଗଲ।"

ପ୍ରକୃତରେ କହିବାକୁ ଗଲେ ବୋହୂର ରୂପ ବର୍ଣ୍ଣନା କରିବାକୁ ଯଦୁବୋଉଙ୍କର ଯେତେ ଇଚ୍ଛା ନଥିଲା, ତା'ଠାରୁ ବେଶୀ ଇଚ୍ଛା ଥିଲା ତାର ଗୁଣ ବଖାଣିବାକୁ, କିନ୍ତୁ ମହୀବେଉଙ୍କୁ ସନ୍ତୁଷ୍ଟ ରହିବାର ଦେଖ୍ ଆପେ ବଳିପଡ଼ି କହିଲେ– ସଙ୍ଗୀତ କହୁଥିଲା ବୋହୂର ଜାଣି ଖଣ୍ଡେ ନାଜ ଅଛି।

ଗୋଟାଏ ସ୍ୱସ୍ତିର ନିଶ୍ୱାସ ଛାଡ଼ି ମହୀବେଉ କହିଲେ– ଯା' ହେଉ, ଆଜିକାଲିକା ବୋହୂ ଭୂଆସୁଣୀଙ୍କ ଠେଁ ଏତକ ମିଳିବା ସପନ। ଏତେଦିନେ ଠାକୁରେ ମିନିବୋଉଙ୍କ କଥା ଶୁଣିଲେ। ଆଗ ବୋହୂ ଲାଜ କରୁନଥିଲେ ବୋଲି ତାଙ୍କର ଯୋଉ ଦୁଃଖ !... ଯେତେହେଲେ ତ ଯା' ଦେଢ଼ଶୁର ଘର–

ପାଟିରୁ କଥା ଛଡ଼େଇ ନେଇ ଯଦୁବୋଉ କହିଲେ– "ଆଉ! ତା ନାଜ ଦେଖ୍ ତ ମୋ ମନ ଏକାଥରକେ ଥଣ୍ଡା। ଯାହା କହଛି, "ବାଇଗଣ ଫୁଲ ତଳକୁ, ଉଠ ଦେଢ଼ଶୁର ଦୁଆର ମୁହଁରୁ ଭାଇବୋହୂ ଯିବେ ଘରକୁ।"

– ଅପା, ତମର ଯୋଉ କଥା। ମହୀବେଉ ହସି ପକେଇଲେ।

ମହୀବେଉଙ୍କୁ ଟିକିଏ ଠେଲିଦେଇ ହସି ହସି ଯଦୁବୋଉ କହିଲେ– "ତୁ ଥରେ ଚାଲୁନୁ ଦେଖ୍ଆସିବୁ। ବଡ଼ ବୋହୂଟାର ଅଟିରୀପଣ ତୁ ତ ଜାଣୁ। ମରଦ ନାହିଁ, ମାଈକିନିଆ ନାହିଁ– ସମସ୍ତିଙ୍କ ସାଙ୍ଗରେ ଦାନ୍ତ ଦେଖେଇ ହେଁ ହେଁ, ଫେଁ ଫେଁ ହୁଏ।

ସେଥିପାଇଁ ମଝିଆଁ ବୋହୂକୁ ଦେଖ ଚାହିଁ ଆଣିଲା ଯେ ଷୋଳ ମଙ୍ଗଳା ବାସିଦିନ ବୋହୂ ପୁଣି ଶାଶୁକୁ ଆଡ୍ଡେଇ ଦେଇ ଦାଣ୍ଡରେ ଠିଆ ହୋଇ ପରିବା ବାଲାଠୁ ମୂଲ କରି ପରିବା କିଣିଲା। ଏବେ ସାନବୋହୂ ଆସିଲା ଯେ ଚଉଠି ବାସିଦିନ ସେ କୁଆଡ଼େ ଦେଢ଼ଶୁର ଆଗରେ ମୁଣ୍ଡରୁ ଓଢ଼ଣା ଖସେଇ ଡାକଘରକୁ ଗଲା ଚିଠି ପକେଇବାକୁ ମାଇକିନିଆମାନେ କେତେ ଛିଛାକର କଲେ। ସଜ୍ଞାତ ବଡ଼ ବ୍ୟସ୍ତ ହେଇ ପଡ଼ିଲା। ମାସେକାଳ ଦେଖିଲା, ବୋହୂ ଖାଇବା ଶୋଇବା ବେଳଟକ ଛାଡ଼ିଦେଲେ ବାକି ସମୟ ଦାଣ୍ଡରେ। ଶେଷକୁ ସଜ୍ଞାତ କୁଆଡ଼େ ପୁଅ ପାଖରେ ଫେରାଦହେଲା।

"ସତରେ? ପୁଅ କଣ କହିଲା?" ମାହୀବୋଉଙ୍କ ମୁହଁରେ କୌତୂହଳୀ ପ୍ରଶ୍ନ।

– ପୁଅ ତା ମାଇପ ପଟ ନ ନେଇ ଆଉ କ'ଣ ମାଆ ପଟ ନବ? ପୁଅ କୁଆଡ଼େ କହିଲା, "ତୋ ବୋହୂ କିଛି ଖରାପ କାମ କରିନାହିଁ ତ? ଘରେ ନ ଲୁଚି ସେ ପଦାକୁ ଯାଉଛି। ଏଥିରେ ହାଣକାଟର କଣ ଅଛି? ଆଜିକାଲି ଯୁଗ ତ ସେଇଆ ଚାହୁଁଛି– ନିଜ ଗୋଡ଼ରେ ସମସ୍ତେ ଠିଆ ହେବେ।"

ହସିଲା ମୁହଁରେ ମାହୀବୋଉ କହିଲେ– ସେଇଠୁ?

– ସେଇଠୁ ଆଉ କଣ? ସବୁଠି ଯାହା ହୋଇଥାଏ ସେଇଆ ହେଲା। ମା ପୁଅ ଭିତରେ ଠେଲାପେଲା ଲାଗିଲା। ସଜ୍ଞାତ କି ଛାଡ଼ିବା ମଣିଷ? ମୁହଁ ଖୋଲି ସଫା କହିଦେଲା, "ଆରେ ଅଲାକୁକ, ଯାକୁଇ କ'ଣ କହନ୍ତି ନିଜ ଗୋଡ଼ରେ ଠିଆ ହେବା? ଘରେ କୁଟା ଖଣ୍ଡକ ଦି'ଖଣ୍ଡ କରିବେ ନାହିଁ। ମୁଁ ବୁଢ଼ୀମଣିଷଟା ଯାଇ ତାର ଖିଆ ଖବର ବୁଝିବି–ତା'ର କଣ ସେତିକି ବୁଦ୍ଧି ନାହିଁ, ନିଜେ ଆସି ଖାଇ ଦେଇ ଯିବ?" ତେଇଁକି ପୁଅ ଥାଇ କୁଆଡ଼େ କହିଲା, "ତୁ କାହିଁକି ତାକୁ ରୋଷେଇ ଘରକୁ ଯିବାକୁ ମନାକରିଲୁ?"

ଏତିକିବେଳେ ଗୋଟାଏ କାଉ ବିରି ଲୋଭରେ ପାଖକୁ ଚାଲି ଆସିବାର ଦେଖ ହାସ୍ ହାସ୍ କରିଦେଲ ମାହୀବୋଉ ଟିକିଏ ମୁରୁକି ହସା ଦେଇ କହିଲେ– "ସେଇଠୁ? ସଜ୍ଞାତ କଣ କହିଲେ?"

– ସଜ୍ଞାତ କୁଆଡ଼େ କହିଲା, "ମନା କରିବି ନାହିଁ? ହାଣ୍ଡିଶାଳରେ ବଡ଼ବଡ଼ୁଆ ଅଛନ୍ତି। ସେଠି ଜୋତା ପୁରେଇ ମୋ ହାଣ୍ଡି ମାରା କରିବ? ତେଇଁକି ସାଆନ୍ତାଣୀ ବୋହୂ କୋଉଠି ଥିଲେ ବାହାରି ଆସି କୁଆଡ଼େ କହିଲେ, "ଚମଡ଼ା ଜୋତାରେ ସିନା ହାଣ୍ଡିଶାଳ ମାରାହୁଏ, ମୁଁ ତ କନାର ଜୋତା ପିନ୍ଧିଚି।" ହସି ହସି ଯଦୁବୋଉ ପାନ ସିଠାତକ ଅଗଣାକୁ ଫିଙ୍ଗିଦେଇ କାନି ଫିଟେଇ ଆଉଖଣ୍ଡେ ପାନ ପାଟିରେ ପୁରେଇ କହିଲେ, "ଥରେ ଚାଲନ୍ତୁ, ସଜ୍ଞାତ ଘରକୁ ଯିବା।"

ମହୀବୋଉ କଣ କହିବାକୁ ଯାଉଥିଲେ, ଏତିକିବେଳେ ପହଲିର କାନ୍ଦଣା ଶୁଭିଲା "ବୋଉଲୋ ଅପା ମତେ ମାରିପକାଇଲା।"

– "ଆଃ, ଶୋଇଲା ପିଲାଟାକୁ ଉଠେଇ ବାଡ଼େଇଉଚି। ତାକୁ ମୁଁ ଆଉ ପାରିଲି ନାହିଁ... ଏ ମାୟା, କାହିଁକି ତାକୁ ମାରୁଛୁ କିଲୋ ?" ବିରକ୍ତ ହୋଇ ମହୀବୋଉ ଡାକ ଛାଡ଼ିଲେ।

ଦୁଇ ତିନି ଡାକ ପରେ ଗୋଟାଏ ହାତରେ କାନ, ଆର ହାତରେ ପହଲିର ଗୋଟିଏ ହାତ ଧରି ଭିଡ଼ିଭିଡ଼ିକା ମାୟା ଆସିଲା। ଦେହରେ ସ୍କୁଲପିନ୍ଧା ଲୁଗା, ତେଲିଆ ମୁହଁରେ ସ୍କୁଲ ଫେରନ୍ତି କ୍ଲାନ୍ତି। ରାଗରେ ଫାଁ ଫାଁ ହଉଥାଏ। ଛେଳିକୁ ପାଣିକୁ ନେଲାବେଳେ ସେ ଯେମିତି ମେଁ ମେଁ ହୋଇ ପଛକୁ ଟାଣି ଓଟାରି ହୁଏ, ପହଲି ସେମିତି ମାୟା ହାତରୁ ନିଜକୁ ମୁକୁଲେଇବାକୁ ଚେଷ୍ଟା କରି ଭେଁ ଭେଁ ରଡ଼ି ଛାଡ଼ୁଥାଏ। ମହୀବୋଉ ଆଉ ସମ୍ଭାଳି ପାରିଲେ ନାହିଁ। ଚିଡ଼ିଯାଇ କହିଲେ ଛାଡ଼ିଦେ ତାକୁ... ଏତେ ବଡ଼ ପିଲାଟାଏ ହେଲାଣି, ସାନ ଭାଇଭଉଣୀମାନଙ୍କୁ ଟିକିଏ ଆଦର ସ୍ନେହ କରିବ କ'ଣ ନା ଦିନରାତି ଖାଲି ମାଡ଼ ଦେଇ ଜାଣିଚି।"

ଖଟେଇ ହେଲା ପରି ମାୟା କହିଲା, "ଆଦର କରିବି। ଏଇ ଚୋରକୁ ଆଦର କରିବି।"

– "ସେ ତୋର କ'ଣ ଚୋରି କଲା ?" ଆଉ ଟିକିଏ ଚଢ଼ା ଗଳାରେ ମହୀବୋଉ ପଚାରିଲେ।

– "ତାକୁ ପଚାରନ୍ତୁ, ମତେ କାହିଁକି ପଚାରୁଛୁ ? ତା ଦେହରେ ଟିକିଏ ହାତ ଦଉ ଦଉ ତ ତୋ ଦେହରେ ଲାଗିଯାଉଛି, ଯେତେବେଳେ ଜେଲଖାନାକୁ ଯାଇ ଘଣ ପେଲିବ ସେତିକିବେଳେ ବୁଝିବୁ ଯେ।" ମାୟାର ରାଗଯାକ ଯାଇ ମହୀବୋଉଙ୍କ ଉପରେ ଠୁଲ ହେଲା।

ପହଲିର କାନ୍ଦ କେତେବେଲୁ ବନ୍ଦ ହୋଇଗଲାଣି। ସାଁ ସାଁ ହୋଇ ଦାନ୍ତ କାମୁଡ଼ି ସେ ମାୟା ହାତମୁଠାରୁ ଖସିଯିବାର ଚେଷ୍ଟାରେ ଲାଗିଥାଏ।

– "ତୁ କହନ୍ତୁ, ସେ ତୋର କ'ଣ ଚୋରି କରିଛି ? ମାୟାକୁ ଚାହିଁ ଯଦୁବୋଉ କହିଲେ।

ନ ଶୁଣିଲା ପରି ଫାଁ ଫାଁ ହୋଇ ମାୟା କହିଲା, "ସିଝିଆ ଚୋର! ଇସ୍କୁଲରୁ ଫେରି ଭୋକ କରେ ବୋଲି ଆରିସା ପିଠାଟା ନ ଖାଇ ମୁଁ ରଖ୍ ଯାଇଥିଲି। ଚୋର କଣ କରିଚି ନା ଟେବୁଲ ପରେ ଚଢ଼ି ଆଲମାରୀ ଫିଟାଇ ସେତକ ଚଲୁ କରିଦେଇଛି। ବାମନ ଭଳିଆ ସିନା ହେଇଚି, ନଇଲେ ସେ ଅସୁରର ଆଖ୍ ଆଉ ପେଟ ପାଇଚି। ମୁଁ

ଏଇକ୍ଷଣି ଆଲମାରୀ ଫିଟାଇ ଦେଖେ ତ ପିଠା ନାହିଁ। ମୁଁ ଖୋଜି ହଉଚି ପିଠାଟା କେଉଁଠି ରହିଗଲା ବୋଲି। ଦେଖିଲା ବେଳକୁ ଟେବୁଲ ଉପରେ ବାବୁଙ୍କର ପାଦଚିହ୍ନ ପଡ଼ିଛି। ଶୋଇବା ଘରେ ଦେଖେ ତ ତା ବିଛଣାଯାକ ଘିଅ ଆଉ ପିଠାର ଗୁଣ୍ଡ ପଡ଼ିଚି। ପଚାରିଲା ବେଳକୁ ପୁଣି ମନା କରୁଚି ନା!"

– ହଉ ଖାଇ ତ ସାରିଲାଣି, ଘରେ ପିଠା ଅଛି ତୁ ଯା ଖା।

– "ନା, ସେଇଟା ମୋ ପିଠା। ସେ ଚୋରିକଲା କାହିଁକି?" ରାଗଟା ଶୁଝେଇବାକୁ ମାୟା ପହଲି ଗାଲରେ ଗୋଟାଏ ଜବର ଚଟକଣା ବସାଇଦେଲା।

ତୁ ମୋତେ ଚୋରି କରୁ ନାହିଁ? ତତେ ପିଠା ଦେଲା କିଏ?

ଅନ୍ୟ କିଛି ବାଟ ନ ପାଇ ଖଟେଇ ହେଲାଭଳି ମାୟା କହିଲା, 'ନାଇଁରେ ପହଲି, ଚୋରି କର। ବୋଉର ମନ ପରା ମାନୁନାହିଁ– ଚୋରର ମା ନ ହେଲେ ତେବେ ଗୋଟାଏ କି ମା ସେ ହେଲା, ବୁଝିଲୁ? ଯା" ବଳକା ରାଗଟକ ଶୁଝେଇବାକୁ ଜୋରରେ ପହଲିକୁ ପେଲିଦେଲା।

–ହଁ, ମୁଁ ଚୋରର ମା ହେଲେ ହେଲି ଯା।

– ତୋରି ଭଳି ମା'ମାନଙ୍କ ଯୋଗୁଁ ପରା ଆମ ଦେଶରେ ଏଡ଼େ ବେଶୀ ଉନ୍ନତି ହେଉଛି। ପିଲାଟି ଦିନରୁ ଯଦି ନିଜର ଛୁଆମାନଙ୍କୁ ଚୋରି କରିବା ନ ଶିଖାଇଲେ, ତେବେ ସେ ଆଉ କି ମା ହେଇଛନ୍ତି?

କିଛି ଉତ୍ତର ନପାଇ ଟିକିଏ ବେଳ ଗୁମ୍ମାରି ବସି ମାୟା କହିଲା, "ହଉ, ମତେ ଜଲଦି ଖାଇବାକୁ ଦେ– ପଢ଼ିବାକୁ ଯିବି।

– ଘରେ ପିଠା ଅଛି ଯା ଖାଇବୁ।

– ମୁଁ ପିଠା ଖାଇବି ନାହିଁ– ମତେ ପଖାଳ ଦେ।

– ପଖାଳ କୁଆଡ଼ୁ ଆସିବ? ଶୀତ ଦିନଟାରେ।

"ମୁଁ ସେ ସବୁ ଜାଣିନାହିଁ। ତୁ କୁଆଡ଼ୁ ହେଲେ ମାଗି କରି ଆଣି ଦେ।" ମାୟା ଜିଦି କରି ବସି ରହିଲା।

– "ଆଲୋ ଇଏ କି କଥା କହୁଚି? ମୁଁ ପଖାଳ ମାଗିବାକୁ ଯିବି କାହା ଘରକୁ?" ଝିଅର ପାଗଲାମି ଶୁଣି ମହୀବୋଉ ହସିଲେ। "ପିଠା ଖାଇବାକୁ ଇଚ୍ଛା ନ ହଉଚି ତ ଘରେ ଅନ୍ୟ ଜଳଖିଆ ଅଛି ଖା।"

ମୁଁ ପଖାଳ ଖାଇବି ନଇଲେ ଉପାସ ରହିବି।

"ଯାହା ତୋ ଇଚ୍ଛା ହେଉଛି କର। ମତେ ଆଉ କହୁଛୁ କାହିଁକି?" କହି ମହୀବୋଉ ଗପରେ ମନ ଦେଲେ।

ଆଉ କିଛି ନ କହି ମାୟା ଉଠି ଚାଲିଗଲା। ଦାଣ୍ଡଘର ସାମନା ଭିତରପଟ ବାରଣ୍ଡାରେ କବାଟକୁ ଆଉଜି ଚକା ପକେଇ ବସି ପହଲି କାନ୍ଦୁଚି। ପାଟିରୁ ଶବ୍ଦ ଓ ଆଖିରୁ ଲୁହ କମି କମି ଆସୁଛି। କୌଣସି ପ୍ରକାରେ ତାର ଜୋର ଟାଣି ପହଲି କାନ୍ଦି ଚାଲିଛି। ଆଖି ରହିଟି ନିଜ ହାତପାପୁଲିର ପଛପଟେ–ଆଠ ଦଶଟା ଆମ୍ଫୁଡ଼ା ଜାଗାରୁ ରକ୍ତ ଜକେଇ ଆସୁଛି। ସେ ଖଣ୍ଡିଆକୁ ଆଉ ଟିକିଏ ବଡ଼ କରିଦେବକୁ ପହଲିର ଇଚ୍ଛା। ଚାରିଆଡ଼କୁ ଚାହିଁ କେହି ନଥିଲାବେଲେ ନିଜ ନଖରେ ଟିକିଏ ଉଖାରି ଦଉଥାଏ, ତାପରେ ଈଁ...ଈଁ...ଈଁ...। ଥରକୁ ଥର ଆଖି ଟାଣିହୋଇ ଯାଉଚି ଦାଣ୍ଡକବାଟ ଆଡ଼କୁ– ମୋହନ ଆସିଲା କି ନାହିଁ।

ମାୟା ସିଡ଼ିରେ ଉଠିବାକୁ ଯାଇ ଦେଖିଲା ପହଲି କାନ୍ଦୁଚି। ଭୋକିଲା ପେଟରେ ରାଗ ପୁରି ତାଲୁକୁ ଉଠିଲା। ଦାନ୍ତ ଦେଖେଇ କହିଲା, "ରାକ୍ଷସ, ସବୁତ ଖାଇଲୁ ଆଉ କାହିଁକି କାନ୍ଦୁଛୁ?" ଏତିକି କଥାରେ ପହଲିର କୋହ ଦି ଗୁଣ ହୋଇଗଲା। ଆଖିରେ ସାନ ଲୁହ ବି ଦେଖାଗଲା। ପହଲି ତ ସେଇୟା ଖୋଜୁଥିଲା। କେହି ନ ଦେଖୁଣୁ ଲୁହ ଶୁଖିଯିବାଟା ଶୁଭ ଲକ୍ଷଣ ନୁହେଁ। ବର୍ତ୍ତମାନ ମାୟାର ଏଇ କଥାଟକ ମନେ ପକେଇ କିଛି ସମୟ ଜୋରରେ କାନ୍ଦିହେବ। ତାରି ଭିତରେ କେହି ଆସି ନିଶ୍ଚେ ପହଞ୍ଚିବେ। ସେଥୁ ବାହୁନି ବାହୁନି କାନ୍ଦିଲା– "ମତେ ଆମ୍ଫୁଡ଼ି ପକେଇଲା, ଈଁ...ଈଁ...ଈଁ..., ଅପା ମତେ ଆମ୍ଫୁଡ଼ି ପକେଇଲା...।"

ମାୟା ମନରେ ସନ୍ଦେହ ହେଲା। ପାଖକୁ ଯାଇ ଧମକେଇଲା ପରି ପଚାରିଲା– "କାହିଁ ଦେଖେ କଣ ହେଇଚି?"

ଆହୁରି ଜୋରରେ କାନ୍ଦି ଉଠି ପହଲି ଦୁଇ ହାତ କୋଳ ଭିତରେ ସାବଧାନରେ ରଖିଲା– ଯଦି ମାୟା ରକ୍ତଟିକକ ପୋଛିଦେବ ତେବେ ସେ କାହାକୁ ଆଉ କଣ ଦେଖାଇବ? ମନେ ମନେ ଛାନିଆ ହେଲାଣି, ଭାଇ କି ବାପା ଫେରୁନାହାନ୍ତି କାହିଁକି?

– ଦେଖେଁ?

ଈଁ...ଈଁ...ଈଁ।

"ହଉ ନ ଦେଖା। ଭାସିଗଲା... ତୁ କ'ଣ ମତେ କାମୁଡ଼ିନୁ କି?" ମାୟା ଚାଲିଗଲା। ଚାଲିଗଲା ପଢ଼ା ଟେବୁଲ ପାଖରେ ବସି ନିଜ ନଖକୁ ଥରେ ଭଲକରି ଚାହିଁଲା।

– ଝିଅଟା ଉପାସରେ ରହିଲା, ତା ପାଇଁ ଗଣ୍ଡେ ପଖାଲ କରିଦେଲୁ ନାହିଁ?

"ପଖାଲ କ'ଣ ହଉ ନଥିଲା ଅପା? ଏଇକ୍ଷଣି କୋଇଲା ଚୁଲିରେ ରନ୍ଧା

ହେଉଟି-ପଖାଳ କିଏ ଖାଇବ ? ଯାହା ଭାତ ବଳିଥାଏ ଚାକରାଣୀ ବାସନ ମାଜିବାକୁ ଆସି ନେଇଯାଏ ।" ମହୀବୋଉ କହିଲେ ।

– ହଇଲୋ, ତୁ ଆଜିକାଲି କୋଇଲା, ଚୁଲିରେ ରାନ୍ଧିଲୁଣି ? କାହିଁ ମତେ ସେ କଥା କହିନୁ ତ ?

– ତମକୁ ଆଉ କହିବି କ'ଣ ? କାଠବାଲାଟା ହଇରାଣ କଲାରୁ ଏବେ ପରା କୋଇଲା ଚୁଲିରେ ରନ୍ଧା ହେଉଚି ।

ବଡ଼ ବଡ଼ ଆଖି କରି ଯଦୁବୋଉ କହିଲେ– "ହଇଲୋ" ଡେକ୍‌ଟି ରନ୍ଧା ତୋ ପେଟରେ ଯାଉଚି ? ସୁଆଦ ତ ଲାଗୁ ନଥିବ ?

– ଅସରଣକୁ ଖାଇବା କଥା– ସୁଆଦ ଅସୁଆଦ କଥା କିଏ ପଚାରେ ?

ଯଦୁବୋଉ ନିଜକୁ ସାନ୍ତ୍ୱନା ଦେଇ କହିଲେ– "ଯେତେ କହ କାଠଚୁଲିର ମାଟିହାଣ୍ଡି ରନ୍ଧା ପାଟିକୁ ଯେମିତି ସୁଆଦ" ପେଟକୁ ବି ସେମିତି ଥଣ୍ଡା । କଣ କହନ୍ତି ପରା କୋଇଲା ଚୁଲିରୁ ରନ୍ଧା ଖାଇଲେ ବଦହଜମି ହୁଏ ?"

ହସି ହସି ମହୀବୋଉ ଜବାବ ଦେଲେ "ମୁଁ ସେ କଥା କହିଲାରୁ ପରା ଘରେ ସମସ୍ତେ ହସିଲେ । କହିଲେ କ'ଣ ନା ଦୁନିଆଁ ଯାକର ଲୋକେ କୋଇଲା ରନ୍ଧା ଖାଇ ବଦହଜମି ବେମାରୀରେ ମରିଯାଉଛନ୍ତି । ଖାଲି ଆମରି ଲୋକେ କାଠଚୁଲିର ମାଟିହାଣ୍ଡି ରନ୍ଧା ଖାଇ ଭୀମ ଭଳିଆ ଚେହେରା କରିଛନ୍ତି । ଆଉ ମୁଁ ବି ନିଜେ ଦେଖିଲି ମାଟିହାଣ୍ଡି ରନ୍ଧାରେ ବଡ଼ ବେଶୀ ଝିଂଝଟ । ଖାଲି ଗୋଡ଼ ହାତ କଲା ହୁଏ । ତା ପରେ ପୁଣି ପୁଝାରୀ ଚାକରମାନେ କଣ କମି ହାଣ୍ଡି ଭାଙ୍ଗନ୍ତି ? ମାଟିହାଣ୍ଡି ମାଇପକୁ ପୋଷାଏ– ଧୋଇଧାଇ ଯତ୍ନ କରି ରଖନ୍ତି । ମରଦଙ୍କ ହାତରେ ସେ ଟେକିବ କେଉଁଠୁ ? ହାଣ୍ଡିରେ ବିଧେ ବହଳର କଲା – ବାରବର୍ଷରେ ହାଣ୍ଡିରେ ପାଣି ପଡ଼ିବ ନାହିଁ, ତାପରେ ହାଣ୍ଡିବାଲୀ, କାଠବାଲାଙ୍କୁ ବାର ଖୁସାମତ । ଏସବୁଠୁ କୋଇଲା ଚୁଲି ଢେର ଭଲ– ଅସୁଆଦ ଲାଗୁ ପଛକେ ।"

ଟିକିଏ ବେଳ ବସି ଯଦୁବୋଉ ଯିବାକୁ ବାହାରିଲେ । ତାଙ୍କୁ ଉଠିବାର ଦେଖି ମହୀବୋଉ କହିଲେ "ଆଉ ଇଏ ଗୋଟାଏ କଥା ! ପାନ ନେଇନା, ଏଇ ମୋର ସରିଲାଣି ଯେ ।" ମହୀବୋଉ ଚୋପାଛଡ଼ା ବିରିରେ ଭଲପାଣି ପୁରେଇ ଘର ଭିତରେ ରଖିଲେ । ଜାଗାଟାକୁ ସଫା କରିଦେଇ ଯଦୁବୋଉଙ୍କୁ ସାଥିରେ ଧରି ପାନ ଭାଙ୍ଗିବାକୁ ଗଲେ ।

ପାନ ଦି'ଖଣ୍ଡ ହାତରେ ଧରି ଯଦୁବୋଉ ରୁଷିଲା ଭଳି କହିଲେ– "ତୁ ଆମ ଘରକୁ ମୋତେ ଯାଉନୁ, ଏଣିକି ମୁଁ ଆଉ ଆସିବି ନାହିଁ ।

ମହୀବୋଉ ଜବାବ ଦେଲେ– "ଦେଖୁଚ ତ ମୋ ଅବସ୍ଥା। ମତେ ମରିବାକୁ ତର ନାହିଁ, ବେଳ ହେଲେ ଦିନେ ଯିବି।"

– ପୁଅ ବାହା ନ କରିବା ଯାଏ ତୋର ବେଳ ହବ ନାହିଁ।

– ପୁଅ ବାହା କରିବାକୁ ମୁଁ କ'ଣ ନାହିଁ କଲି ? ଆଛା ଅପା, ତମ ଦେଖାଜିରେ କିଏ ସବୁ ଭଲ ପାତ୍ରୀ ଥିବେ ଟିକିଏ ନଜର ରଖ୍ଥବ।

ଯଦୁବୋଉ ଖୁସିଟାଏ ହେଇ କହିଲେ, "ହଉ।"

ଯଦୁବୋଉଙ୍କୁ ଛାଡ଼ିବାକୁ ଯାଇ ମହୀବୋଉ ଦେଖ୍ଲେ ପହଲି କାନ୍ଦୁଚି। ମହୀବୋଉ ପାଖକୁ ଆସିଲେ। କାନିରେ ତାର ଝାଳ ପୋଛିଦେଇ କହିଲେ– "ଛି, ଆଉ କାନ୍ଦନା, ଆ, ମୋ ପାଖକୁ ଆ। କାହିଁକି ଭଲା ଅପାର ପିଠାଟା ଖାଇଦେଲୁ ? ମତେ ମାଗିଲୁ ନାହିଁ ?" ବୋଉ ପାଖକୁ ଯିବାକୁ ପହଲି ଏକବାରେ ନାରାଜ। ବାହୁନି ବାହୁନି ହାତ ଦେଖେଇ କହିଲା, "ଅପା ମତେ ଆଙ୍ଗୁଠି ପକେଇଚି।"

"ଇସ୍ ମାୟାଟା ମଣିଷ ନୁହେଁ।" ବିରକ୍ତ ହୋଇ ମହୀବୋଉ କହିଲେ।

ଦୋତାଲା ବାରଣ୍ଡାରେ ଠିଆ ହୋଇ ମାୟା ସବୁ ଦେଖୁଥିଲା। ମହୀବୋଉଙ୍କ କଥା ଶୁଣି ଗାରୁ ଗାରୁ ହୋଇ କହିଲା, "ମଣିଷ ହବାକୁ ଦଉଚ କୋଉଠି ? ଟିକିଏ ଖାଇ ମଣିଷ ହବାକୁ ବସିଲାବେଲେ ସେତକ ଅନ୍ୟମାନେ ଖାଇଦେଇ ମଣିଷ ହେଇଯାଉଛନ୍ତି।"

ଯଦୁବୋଉଙ୍କୁ ଦାଣ୍ଡଦୁଆରେ ଛାଡ଼ିଆସି ମହୀବୋଉ ପହଲିକି ବୋଧଶୋଧ କରିବାକୁ ଚେଷ୍ଟା କଲେ, କିନ୍ତୁ ପହଲି ମହୀବୋଉଙ୍କୁ ତା ଦେହ ଛୁଇଁବାକୁ ଦେଲା ନାହିଁ।

ପ୍ରତାପ ଓ ରଞ୍ଜନ ସ୍କୁଲରୁ ଫେରିଲେ। ପହଲି କାନ୍ଦି କାନ୍ଦି ସେମାନଙ୍କୁ ହାତର ଖଣ୍ଡିଆ ଦେଖେଇଲା। ଅଧଘଣ୍ଟା ପରେ ମୋହନ ଅଫିସରୁ ଫେରିଲା।

– କିରେ କାନ୍ଦୁଛୁ କାହିଁକି ?

– "ଅପା ମତେ ଆଙ୍ଗୁଠି ପକେଇଛି।" କାନ୍ଦି କାନ୍ଦି ପହଲି ହାତ ଦେଖେଇଲା।

– କାହିଁକି ଆଙ୍ଗୁଠିଲା ? ତୁ ତାର କଣ କରିଥିଲୁ ?

– ମୁଁ କିଛି କରି ନାହିଁ। ସେମିତି ଆଙ୍ଗୁଠି ଦେଲା, ଇଁ...ଇଁ...ଇଁ।

– ଆଛା ତୋ ପେଁ ଆଜି ଗୋଟାଏ ବଲ ଆଣିଦେବି। ତୁ ସେଥିରେ ଏକା ଖେଳିବୁ। ଆଉ କାହାକୁ ଦବୁ ନାହିଁ– ବୁଝିଲୁ। ମୁଁ ଅବିକା ଅପାକୁ ଗାଲି ଦେବି ଯାଉଚି।

– "ଇଁ... ଇଁ... ଇଁ"

– ଆଉ କ'ଣ ପଇସା ନେବୁ? କେତେ ପଇସା? ମୋହନ ପଇସା ମୁଣି କାଢ଼ିଲା।

– "ଅପା ମତେ ନଅଟା ଆମ୍ବୁଡ଼ିଚି।" ଆଖି ପୋଛି ପହଲି କହିଲା।

– ହଉ ତେବେ ନଅଟା ପଇସା ନେ। ହେଲା ଏଥର?

ହାତରେ ପଇସା ଧରି ମୁଣ୍ତ ହଲେଇ ପହଲି ପଚାରିଲା, "ବଲ କେତେବେଲେ ଦବ?"

– ମୁଁ ବଜାରକୁ ଗଲେ ଆଣିଦେବି।

ପହଲିର ହାତ ଧରି ମୋହନ ଆସି ଅଗଣାରେ ଠିଆହେଇ ଡାକ ଛାଡ଼ିଲା, "ମାୟା!"

– କ'ଣ?

– ତୁ ଆଉ ମଣିଷକୁ ରଖିଦେବୁ ନାହିଁ। ଭଲ ଯୋଗ ଯଦି ଅଛି ସେ ବାଘନଖ ଆଜି କାଟିପକା।

– ଇସ୍ କହିଲେ ଖାଲି କାଟି ପକେଇବି! ଇଏ କଣ ତମ ନଖ ହେଇଚି କି? ତା ଦିହରେ ଟିକିଏ ବାଜିଯାଇଛି ବୋଲି ତ ମତେ ନଖ କାଟିପକେଇବାକୁ କହୁଚ। ଏଣେ ସିଏ ଯେ ମତେ କାମୁଡ଼ି ପକେଇଚି? ତା ନାନ୍ତଗୁଡ଼ାକ ଭାଙ୍ଗି ପକେଇବାକୁ କହୁନ? ସେ ଦାନ୍ତ ଭାଙ୍ଗିଲେ ମୁଁ କାଟିବି।

ମାୟା କଥା ଶୁଣିବାକୁ ନ ଦେଇ ପହଲି ପାଟିକରି ଉଠିଲା, "ଅପା ତତେ ମୁଁ କାମୁଡ଼ିଛି? କି ମିଛ କଥା!"

– କାମୁଡ଼ିନୁ? ମାୟା ଧମକେଇ ଉଠିଲା।

– ହଉ ଯେ, ହକ ଥିଲେ ବଲେ ପୋକ ବାହାରିବ।

କଲି ସେଟିକିରେ ଭାଙ୍ଗିଦବକୁ ଯାଇ ମୋହନ କହିଲା, "ତୁ କାହିଁକି ସ୍ୱାସ୍ଥ୍ୟରକ୍ଷା ପଢ଼ୁଥଲୁ ଲୋ?"

– ଭଲ ହେଇଚି ଯା-ମୋ ଇଚ୍ଛା ହେଲା, ମୁଁ ନଖ ରଖିବି।

– ହଉ ତା' ହେଲେ ରଖ। ଆଉ କିଚ୍ଛି କହିବୁ ଯଦି ଗୋଟିଏ ଭଣ୍ତାରୁଣୀ ଯୋଗାଡ଼ କରିଦେବି। ପ୍ରତିଦିନ ସେ ଯେତେ ନଖ କାଟୁଥବ ତାକୁ ଫୋପାଡ଼ି ନ ଦେଇ ତତେ ଆଣି ଦେଇଥିବ। ସେଗୁଡ଼ାକ ତୋରି ନଖରେ ଯୋଡ଼ିଦେବୁ- ବଡ଼ ସୁନ୍ଦର ଦିଶିବ।

"ହଁ କହିଦେବ! ଆଦେଶ ଦେଲାଭଲି ମାୟା କହିଲା।

କୃତାର୍ଥ ହେଲାପରି "ହଉ" ଟିଏ ମାରି ମୋହନ ନିଜ ବଖରାକୁ ଚାଲିଗଲା।

ଟିକିଏ ବେଳ ପରେ ମୋହନକୁ ଖାଇବାକୁ ଦେଇ ମହୀବୋଉ କହିଲେ, "ହଇରେ ତୁ କଣ ଆଉ ବାହାହେବୁ ନାହିଁ?"

ବିରକ୍ତ ହୋଇ ମୋହନ କହିଲା, "ତୋ ମୁଣ୍ଡରେ ଖାଲି ସେଇ ଗୋଟିଏ କଥା ପଶିଛି– ବାହାଘର। ମାଁ ବାହା ହେଲେ ତୋର କି ସୁଖଟା ବଢ଼ିଯିବ ଶୁଣେ? ଏହିଣି ତ ବେଶ ଭଲରେ ଅଛୁ।"

ଟିକିଏ ଆଶ୍ଚର୍ଯ୍ୟ ହେଲାପରି ମହୀବୋଉ କହିଲେ, "ଈଏ କୁଆଡ଼ର କଥା କହୁଛୁ? ଘରକୁ ବୋହୂ ଆସିଲେ ମୋ ସୁଖ ବଢ଼ିବ ନାହିଁ? କାମଧନ୍ଦା ସବୁଥିରେ ମୋତେ ସାହାଯ୍ୟ କରିବ, ତୋ ଦେହ ମୁଣ୍ଡକୁ ଦେଖ୍‌ବ।"

– "ହଁ ହଁ।"

"ହଁ ହଁ କଣ? କିଛି ନ କହିଲାରୁ ତୋର ମୁହଁ ପାଇ ଯାଉଚି। ଏଣିକି ତୁ ହାତରେ ରାନ୍ଧି ଖା। ଘରେ ସମସ୍ତଙ୍କୁ ଶାନ୍ତା ପାଇଛୁ ନା? ବାହା ହବାର ନଁ ଗନ୍ଧ ନାଇଁ–"

"ହଉ" କଥା ଏଡ଼େଇବାକୁ ମୋହନ ଶୀଘ୍ର ଶୀଘ୍ର ଖାଇବାକୁ ଲାଗିଲା।

"ବାହା ହବୁ? ତେବେ ମୁଁ ପାତ୍ରୀ ଦେଖୁଛି? ଖୁସିହୋଇ ମହୀବୋଉ ପୁଅ ମୁହଁକୁ ଚାହିଁଲେ।

– "ବାହା!" ମୋହନର ଆଖି ତାଳୁରେ ଖୋସି ହୋଇଗଲା।

କହିଲୁ ପରା "ହଉ"

"ହାତରେ ରାନ୍ଧି ଖାଇବି ବୋଲି କହିଲି ସିନା।"– ଜଳଖିଆ ଗିଲିପକେଇ ମୋହନ ପାଣି ପିଇଲା।

"ଊଃ, କୁଳ ନାଶ ବେଳକୁ ଘୋଡ଼ାମୁହାଁ ପୁଅ ଜାତ। ମୋର ସେଇଆ ହେଇଚି। ରହ ଯାଉରୁ କୁଆଡ଼େ?" ହାତ ଦେଖେଇ ମହୀବୋଉ ପୁଅକୁ ଅଟକେଇବାକୁ ଚେଷ୍ଟା କଲେ।

"ଆରେ ବାଟ ଛାଡ଼। ସେଣେ କାମ ଡେରି ହୋଇ ଯାଉଚି ଯେ"– ମୋହନ ଧମକ ଦେଲା।

ମହୀବୋଉ ସନ୍ଦେହରେ ପଡ଼ିଲେ। ସତରେ କିଛି କାମ ଅଛି ନା ଫାଙ୍କିଦେବାର ଏ ଗୋଟାଏ ବାଟ? ପୁଅ ମୁହଁକୁ ଚାହିଁଲେ– ସେଥିରୁ ବି କିଛି ଠିକଣା ପାଇଲେ ନାହିଁ। ଶେଷକୁ ବାଟ ଛାଡ଼ି ଦେଇ କହିଲେ, "ବାହା ନ ହେବାଯାଏ ତୋର ତୁ ଅନ୍ୟ ବ୍ୟବସ୍ଥା କର। ମୁଁ ଆଉ ଏ ଜଞ୍ଜାଲରେ ପଶି ପାରିବି ନାହିଁ କହିଦଉଚି।"

"ଜଞ୍ଜାଲରେ ପଶି ପଶି ତୋ ଅଣ୍ଟା ପିଠି ଲାଗିଯିବଣି। ଚାରିଟା ବେଳକୁ

ଥଣ୍ଡା ଡାଲି ତରକାରି ଦେଇ ପୁଣି କହୁଛି କଣ ନା ଜଞ୍ଜାଳ !” ପଳେଇ ଯାଉ ଯାଉ ମୋହନ କହିଲା ।

– ଏଁ, କଣ କହିଲୁ ?... ତୁ ମଣିଷ ନୋହୁଁରେ ମଣିଷ ନୋହୁଁ... ତା ନହୋଇଥିଲେ ତୁ ଏକଥା କହନ୍ତୁ ? କାହିଁକି ତୁ ଆଗରୁ ଆସୁନୁ ? ସବୁ ଡାକ୍ତର ଗୋଟାଏ ଦେଉତାକୁ ଫେରନ୍ତି– ତୋର କାହିଁକି ଚାରିଟା ବାଜେ ? ସେମାନଙ୍କଠୁଁ ତୁ ବେଶି ରୋଗୀ ଦେଖୁ ? ତୋର ସବୁ ବାବୁଆନି ଏଥର ଛେଡ଼େଇ ଦଉଟି ରହ ।

ମହୀବୋଉଙ୍କ କଥାକୁ କାନ ନଦେଇ ମୋହନ ଚାଲିଗଲା ।

ସଞ୍ଜବେଳକୁ ପୀତାମ୍ବରବାବୁ ଫେରିଲେ । ପହଲି ଖେଳ ବନ୍ଦ କରି ପାଖକୁ ଆସି କାନ୍ଦ କାନ୍ଦ ହୋଇ କହିଲା, “ବାପା, ଅପା ମତେ ଆମ୍ପୁଡ଼ି ପକାଇଲା !”

– ଆହା, ଆମ୍ପୁଡ଼ି ପକେଇଲା ।

“ହଁ, ଦେଖ୍‌ବ ଆସ । ପୀତାମ୍ବର ବାବୁଙ୍କ ହାତ ଧରି ଆଲୁଅ ତଳକୁ ନେଇ ପହଲି ହାତ ଦେଖାଇଲା । ହାତ ଦେଖାଉ ଦେଖାଉ ଆଖି ଲୁହରେ ଛଳ ଛଳ ହେଲା ।

– ଆଚ୍ଛା, ଅପାକୁ ମୁଁ ଗାଳିଦେବି ।

ପହଲି ଧାଇଁଗଲା ମାୟାର ପଢ଼ାଘରକୁ । “ବାପା ଡାକୁଛନ୍ତି ଆ ।”

ଦାନ୍ତ ରଗଡ଼ିକରି ମାୟା ଚିହିଁକି ଆସିଲା, “ଗେଟ୍‌ ଆଉଟ୍‌ ।”

ପହଲି କାନ୍ଦ କାନ୍ଦ ହୋଇ ଫେରିଲା – ବାପା, ଅପା ମତେ ‘ଗେଟାଟ୍‌’ କହିଲା ।

– “ଆଚ୍ଛା ମୁଁ ଯାଉଚି ।” ପୀତାମ୍ବରବାବୁ ପୋଷାକ ପାଲଟିଲେ । ମୁହଁ ହାତ ଧୋଇଲେ । ପହଲି ଛାଇପରି ପଛରେ ଲାଗିରହିଥାଏ । ପୁଖାରୀକୁ ଚା’ର ବରାଦ ଦେଇ ପୀତାମ୍ବରବାବୁ ପୁଅର ହାତ ଧରି ମାୟା ବଖରାକୁ ଗଲେ । ମୁଣ୍ଡରେ ‘ଅମୃତାଞ୍ଜନ’ ଘଷି ମାୟା ଏକ ମନରେ ପଢ଼ୁଥିଲା । ଦୁହିଁଙ୍କୁ ଘର ଭିତରକୁ ପଶିବାର ଦେଖି ବି ନ ଦେଖିଲା ପରି ସେ ପଢ଼ି ଚାଲିଥାଏ । ଟିକିଏ ବେଳ ଅପେକ୍ଷା କରି ପୀତାମ୍ବରବାବୁ କହିଲେ– ମାୟା, ପହଲିକୁ ତୁ ଆମ୍ପୁଡ଼ି ଦେଇଚୁ ? ତୁ ସିନା ତାକୁ ବୁଝେଇ ଦେଇଥାନ୍ତୁ ତୁ ପରା ତା’ର ବଡ଼ ଭଉଣୀ ।

– ମୁଁ କୋଉ ଚୋରର ଭଉଣୀ ନୁହେଁ ।

“ଆଚ୍ଛା ସେ ଆଉ ଚୋରି କରିବ ନାହିଁ । ଆଉ ତୁ ବି ତାକୁ ମାରିବୁ ନାହିଁ” କହି ପୀତାମ୍ବରବାବୁ ପହଲିକୁ ପୁଖାରୀ ପାଖକୁ ଗପ ଶୁଣିବାକୁ ପଠେଇ ଦେଲେ ।

ମାୟା ମୁହଁ ଫୁଲେଇ ବସି ବହିକି ଚାହିଁଥାଏ । ନୀରବତା ଭାଙ୍ଗି ପୀତାମ୍ବରବାବୁ ପଚାରିଲେ, "ତୋ ଟେଷ୍ଟ ପରୀକ୍ଷା କେବେ ?"

– ଏଇ ସୋମବାର ଦିନ ଆରମ୍ଭ ହେବ । ଗୋଲମାଲ କର ନାହିଁ ।

– ପ୍ରିଟେଷ୍ଟ ପରୀକ୍ଷାରେ କେମିତି ନମ୍ବର ରହିଲା ?

– ଫଳ ବାହାରି ନାହିଁ । ଘଡ଼ି ନ ଥିଲା । ଖରାପ ତ ହେଇଥିବ, ଏଡ଼େ ଲମ୍ବା ଲମ୍ବା ପ୍ରଶ୍ନ ସବୁ ପଡ଼ିଥିଲା । ମାୟା ପୁଣି ପଢ଼ାରେ ମନ ଦେଲା ।

– ଆଜିଯାଏ ଫଳ ବାହାରି ନାହିଁ ? କେବେ ଏ କଥା ହେଲାଣି ?

– ଆଉ କଣ ମୁଁ ମିଛ କହୁଛି ? ଦି' ଜଣ ମାଷ୍ଟରଙ୍କ ଦେହ ଖରାପ – ଛୁଟି ନେଇଛନ୍ତି । ସେମାନେ ଆସିଲେ ଫଳ ବାହାରିବ ।

– ସେମାନେ ନିଶ୍ଚେ ଏ ବର୍ଷ ଆସିବେ ନାହିଁ ? ପୀତାମ୍ବରବାବୁ ଗମ୍ଭୀର ମୁହଁରେ ପ୍ରଶ୍ନ କଲେ ।

– ସେ କଥା ମୁଁ କେମିତି କହିବି ? ତେବେ ଆସିଯିବେ ବୋଲି ଆଶା କରାଯାଏ ।

ମାସେ ହେଲା ପୀତାମ୍ବରବାବୁ ଲକ୍ଷ୍ୟ କରୁଛନ୍ତି ମାୟା ଖୁବ୍ ମନଦେଇ ପାଠ ପଢ଼ୁଚି । ସକାଳେ କେହି ଉଠିବା ଆଗରୁ ମାୟା ପୀତାମ୍ବରବାବୁଙ୍କ ଶୋଇବା ଘର ସାମନା ବାରଣ୍ଡାରେ ବସି ପଢ଼ୁଥାଏ । ତା'ରି ପାଟିରେ ଏଇ କେଇଦିନ ହେଲା ପୀତାମ୍ବରବାବୁଙ୍କ ନିଦ ବଡ଼ି ପାହାନ୍ତାରୁ ଭାଙ୍ଗି ଯାଉଚି । ସେଇ କଥା ମନେ ପକେଇ କହିଲେ, "ଆଜିକାଲି ତୁ ଯେମିତି ପଢ଼ୁଚୁ ସେମିତି ପଢ଼ିଲେ ନିଶ୍ଚେ ପରୀକ୍ଷାରେ ଭଲ କରବୁ ।"

"ମୁଁ ସବୁଦିନେ ସେମିତି ପଢ଼େ", ମାୟା କହିଲା ।

ଟିକିଏ ବେଳ ଠିଆ ହୋଇ ମାୟାକୁ ପଢ଼ିବା ପାଇଁ କହି ପୀତାମ୍ବରବାବୁ ତଳକୁ ଓହ୍ଲାଇ ଆସି ଦେଖିଲେ ମହୀବୋଉ ଚା' ଟେବୁଲ ପାଖରେ ଜଗି ବସିଛନ୍ତି । ଢୋକେ ଚା' ପିଇଛନ୍ତି କି ନାହିଁ ମହୀବୋଉ ଆରମ୍ଭ କଲେ– ମୋହନକୁ କହିଲ ?"

"କଣ ?" ପୀତାମ୍ବର ବାବୁ ଆଖି ଟେକି ଚାହିଁଲେ ।

"କଣ ! ଇଆରି ଭିତରେ ଭୁଲି ସାରିଲଣି ? ହଁ, ତମର ଆଉ କାହିଁକି ମନେ ରହିବ ? ଖାଇବା ଗଣ୍ଠାକ ଠିକ୍ ବେଳରେ ମିଳି ଯାଉଥିଲେ ତମର ହେଲା । ତେଣିକି ପୁଅ ବାହା ହେଲେ କେତେ ନ ହେଲେ କେତେ ?"

– ଓ, ମୋହନର ବାହାଘର କଥା କହୁଚ ? ସେ ପରା କହିଲା, ବର୍ତ୍ତମାନ ବାହାଘର ହୋଇପାରିବ ନାହିଁ । ବଡ଼ ପରୀକ୍ଷାଟା ଦେଲାପରେ ଯାଇ ସେ କଥା ବୁଝାଯିବ ।

– ଆଃ, ସେ ଯାଇଁ କେବେ ସେ କଥା କହିଥିଲା ନା, ଏବେ ତାକୁ ପଚାରିଛ ?

– ଆଉ କାହିଁକି ପଚାରିବି ? ପରୀକ୍ଷାଟା ଦେଇ ନାହିଁ । ପୀତାମ୍ବରବାବୁ ଚା ପିଇବାରେ ମନ ଦେଲେ ।

ବିରକ୍ତ ହୋଇ ମହାବୋଉ କହିଲେ– "ପରୀକ୍ଷାଟା ଯଦି ବୁଢ଼ା ହେଲା ବେଲକୁ ଦିଏ, ତେବେ ସେତିକିବେଲକୁ ସେ ବାହା ହେବ ? ଲୋକେ କଣ ବାହାହୋଇ ପରୀକ୍ଷା ଦଉ ନାହାନ୍ତି ?"

– ଲୋକେ ତ ସବୁକଥା କରୁଚନ୍ତି । ଆମର ସେଥରେ କ'ଣ ଯାଏ ଆସେ ? ସେ ନିଜେ ଯେତେବେଲେ କହୁଚି ବାହା ହେବା ଆଗରୁ ପଢ଼ା ସାରିବ, ଆମର ସେଇଟା ଦେଖିବା କଥା ।

– ତା ପଢ଼ାଟା ଆଖ଼ରେ ଦିଶୁଚି– ଦେହଟା ଦିଶୁନାହିଁ । ଆଜି ମୁଁ ମରିଗଲେ, କାଲି ତାକୁ କିଏ ଦେଖିବାକୁ ଅଛି ? ମଣିଷକୁ ଟିକିଏ ଶାନ୍ତିରେ ମରିବାକୁ ବି କେହି ଦେବେ ନାହିଁ ଏ ଘରେ । ରାଗରେ ମହାବୋଉ ଚୌକି ଖଣ୍ଡକ ପେଲିଦେଇ ଉଠିଯିବାକୁ ବସିଲେ ।

– ଆହାଃ ! ଶୁଣ ଶୁଣ, ହଉ ତମ ମନରେ ଯଦି ଏତେ ଅଶାନ୍ତି, ତେବେ ତାକୁ ମୁଁ କହିଦେବି । ପରୀକ୍ଷାଟା ପରେ ଦବ ପଛକେ ସେ ବାହାଟା ହେଇପଡ଼ୁ ।

ମୁହଁ ବୁଲେଇ ମହାବୋଉ ଜବାବ ଦେଲେ– " ସେ ବାହା ହେଲେ କଣ ମତେ ନେଇ ସ୍ୱର୍ଗରେ ବସେଇ ଦବ କି ? ତା'ରି ନିଜପାଇଁ ଭାବିବା କଥା । ବୋହୁଟିଏ ଆସିଲେ ତା ଦେହ ମୁଣ୍ଡକୁ ଦେଖନ୍ତା । ଘର ସମ୍ଭାଲନ୍ତା । ମୋର ତ ଆଉ ବଲ ବୟସ ଆସୁ ନାହିଁ ? ମୁଁ ମଲେ ଏ ଛୋଟ ଛୁଆଙ୍କୁ ଦେଖିବାକୁ କିଏ ଅଛି ?"

ଟିକିଏ ଅନ୍ୟମନସ୍କ ଭାବରେ ପୀତାମ୍ବରବାବୁ ଖାଲି ଗୋଟିଏ "ହଁ" ମାରିଲେ ।

ମହାବୋଉ ଚୌକି ସିଧା କରି ସାମନାସାମନି ବସି କହିଲେ,– "ତମେ ଆଉ ହେଲା କର ନାହିଁ । ଭଲ ପାତ୍ରୀ କୋଉଠି ଅଛନ୍ତି ଖୋଜଖବର ନିଅ ।"

– ନା, ନା, ତା' ମୁଁ କରିପାରିବି ନାହିଁ । ସେ ଯଦି କୋଉଠି ବାହା ହେବାକୁ ଠିକ୍ କରିଥାଏ ? ମାନେ, ଏଇ ଡାକ୍ତରିଆଣୀ କି–

– ଡାକ୍ତରିଆଣୀ ।

– ହଁ, ଚମକି ପଡ଼ୁଛ ଯେ ?

– ଚମକିବି କାହିଁକି ? ଡାକ୍ତରିଆଣୀ ବାହା ହେଲେ ଯଦି ସେ ସୁଖରେ ରହିବ ତେବେ ଭଲ– ମୁଁ ମନା କରିବି କାହିଁକି ?

ଏତିକିବେଳେ ମୋହନ ବୁଲିସାରି ଫେରିଲା । ହାତରେ ଦୁଇଟା କାଗଜ ପୁଡ଼ିଆ । ପହଲି ଧାଇଁଗଲା ପାଖକୁ– "ଭାଇ, ବଲ୍ ଆଣିଚ ?"

କାମିଜ ପକେଟରୁ ବଲଟି କାଢ଼ି ପହଲି ହାତରେ ଦେଲାପରେ ପହଲି ପୁଡ଼ିଆ ଆଡ଼କୁ ହାତ ବଢ଼େଇଲା ।

– ନା, ନା, ସେ ତୋର ନୁହେଁ ।

– ଆଉ କ'ଣ ପତୁଭାଇ ହେରିକାଙ୍କର ? ଜବାବକୁ ଅପେକ୍ଷା ନକରି ପହଲି ଧାଇଁଗଲା ପ୍ରତାପକୁ ଖବର ଦେବାକୁ । "ଭାଇ ମୋ ପେଇଁ ଏ ବଲ୍‌ଟା ଆଣିଚନ୍ତି । ଆଉ ଆମ ସମସ୍ତଙ୍କ ପାଇଁ ଏ-ତେ ଚକ୍‌ଲେଟ୍ ବିସ୍କୁଟ ଆଣିଚନ୍ତି । ଜଲଦି ଆସ- ଖାଇବାକୁ ଡାକୁଚନ୍ତି ।"

"ମୋହନ, ଟିକିଏ ଶୁଣିଗଲୁ ?" ପୀତାମ୍ବରବାବୁ ଚା' ଟେବୁଲ୍ ପାଖରୁ ଡାକିଲେ । ଗୋଟିଏ ପୁଡ଼ିଆ ତଲେ ରଖିଦେଇ ଓ ଗୋଟିଏ ହାତରେ ଧରି ମୋହନ ଠିଆ ହେଲା– ମତେ କହୁଛନ୍ତି ?

ମାହୀବୋଉଙ୍କୁ ହାତ ଦେଖାଇ ପୀତାମ୍ବରବାବୁ କହିଲେ, ତୋ ବୋଉ କାନ୍ଦୁଚି, ତା'ର ବୟସ ହୋଇଗଲାଣି । ସେ ଆଉ କାମକୁ ପାରୁନାହିଁ... ମୁଁ ଭାବୁଚି ତୁ ବାହା ହୋଇଗଲେ ଭଲ ହୁଅନ୍ତା... ମୋର ବି ବୟସ ହେଲାଣି... ଆଉ କାହିଁକି ହେଲା କରିବା ?"

ପିଲାମାନେ ପହଞ୍ଚିଗଲେ । ପୁଡ଼ିଆଟା ମୋହନ ହାତରୁ ଟାଣି ନେଇ ମାୟା ଖୋଲି ବସିଲା । ପୁଡ଼ିଆ ଖୋଲା ସରିଲା । ପୀତାମ୍ବର ବାବୁ କଥା ବନ୍ଦ ରଖି ପୁଡ଼ିଆରୁ କଣ ବାହାରିବ ଦେଖୁଛନ୍ତି । ମାହୀବୋଉଙ୍କ ଆଖି ବି ପୁଡ଼ିଆ ଉପରେ । ପିଲାଙ୍କ ଭିତରେ ବାଜି ପଡ଼ିସାରିଲାଣି ସେଥିରେ କ'ଣ ଅଛି-ଚକୋଲେଟ୍ କି ବିସ୍କୁଟ୍ ?

କାହିଁ ବିସ୍କୁଟ୍ ? କାଗଜ ବାକ୍‌ସରୁ ବାହାରିଲା ଗୋଟିଏ ସ୍ତୋଭ ଆଉ ଦୁଇଟା ସାନ ବଡ଼ ଡେକ୍‌ଚି ।

– "ୟାକୁ କାହିଁକି ଆଣିଚୁ ?" ପୀତାମ୍ବରବାବୁଙ୍କ ଆଖିରେ ପ୍ରଶ୍ନ ।

"ମୁଁ ହାତରେ ରାନ୍ଧି ଖାଇବି ।" ଶାନ୍ତ ଭାବରେ ମୋହନ ଜବାବ ଦେଲା ।

– ସେ ପୁଡ଼ିଆରେ କ'ଣ ଅଛି ?

– ସ୍ପିରିଟ୍ ।

ପୀତାମ୍ବରବାବୁ ମାହୀବୋଉଙ୍କ ମୁହଁକୁ ଚାହିଁଲେ । ସ୍ତୋଭର ତାତିଲା, "ଚକଟି" ପରି ସ୍ୱାଙ୍କ ମୁହଁ ରାଗରେ ଦହ ଦହ ଦିଶୁଚି ।

– ଅଲାଜୁକ କେତେ ଥର ହାତରେ ରାନ୍ଧି ଖାଇଥିଲୁରେ ? ମହୀବୋଉ ମୋହନ ମୁହଁକୁ ଚାହିଁଲେ ।

– ଆଜିଠୁଁ ଖାଇଲେ ତ ଗଲା । ମୋହନ ମୁହଁରେ ହସ ।

– ତୁ ଏସବୁ ପାରିବୁ ନାଇଁରେ ମୋହନ, ପୀତାମ୍ବରବାବୁ କହିଲେ ।

– କାହିଁକି ପାରିବି ନାହିଁ ? ଖାଦ୍ୟିମରା ଭାତରେ ଚାଉଳ ଉପରେ ଚାରି ଆଙ୍ଗୁଳି ପାଣିଦେଲେ ଠିକ୍ ହେଇଯିବ । ମୂର୍ଖମାନେ ରାନ୍ଧି ପାରୁଛନ୍ତି ଆଉ ଆମେ ପାରିବୁ ନାହିଁ ? ମୋହନ ସ୍ୱରରେ ଦୃଢ଼ତା ।

– ସେଇଥିପାଇଁ ତ କହୁଚି ମୂର୍ଖମାନେ ଯାହା ପାରିବେ ତମେ ତାହା ପାରିବ ନାହିଁ– ପଢ଼ା ତମମାନଙ୍କୁ ନିକମା କରିଦେଇଚି ।

– ହଁ, ଆମକୁ କ'ଣ ସିଝେଇ ଆସିବ ନାହିଁ ? ମୁଁ ସେଇ ସିଝା ଖାଇବି ।

– ଆହା ମରି ଯାଉଥାଏଁଟି ! ଗୋଟାଏ ରକମର ରନ୍ଧା ଦି'ଦିନ ଖାଇଲେ ଯାହାର ପାଟି ଅରୁଚି ହୋଇଯାଏ, ସେ ପୁଣି ଆସିଚି ସ୍ୱେଭ– ସିଝା ଖାଇବାକୁ ! ବେହିଆ । ରାଗରେ ଗର ଗର ହେଇ ମହୀବୋଉ ଅନ୍ୟ ଆଡ଼କୁ ଚାହିଁଲେ ।

– ଆହା, ସେ ତ ଖାଇବ । ତମକୁ କାହିଁକି ଅରୁଚି ଲାଗୁଛି ? ପୀତାମ୍ବରବାବୁ ସ୍ତ୍ରୀଙ୍କୁ କହିଲେ ।

– ଖାଉ ଖାଉ । ବିଧାଏ ଖାଇଲେ ବୁଦ୍ଧିଏ ଆସେ । ନିଜେ ନ ରାନ୍ଧିଲେ ଏମାନେ ଚେଙ୍ଗିବେ ନାହିଁ, ଯା ଏଇକ୍ଷଣି ରାନ୍ଧିବୁ ଯା । ଖଟେଇ ହେଲାପରି ମହୀବୋଉ କହିଲେ ।

ମୋହନ ମହୀବୋଉଙ୍କ ମୁହଁକୁ ଚାହିଁ ହସିଲା । ଏଇକ୍ଷଣି କେତେବେଲେ ରାନ୍ଧିବି ? ଦାଣ୍ଡରେ ପରା ରୋଗୀ ଅଛନ୍ତି । ଡେକ୍‌ଚି ଦୁଇଟା ହାତରେ ଧରି ମୋହନ ଚାକର ଟୋକାକୁ ଡାକି କହିଲା, ଯାକୁ ଭଲ କରି ମାଜି ମୋରି ବଖରାରେ ରଖିଦେଇଥିବୁ । ତା'ପରେ ସ୍ୱେଭ ଓ ବୋତଲ ହାତରେ ଧରି ନିଜ ବଖରାକୁ ଚାଲିଗଲା ।

"ଟ୍ରିଂ...ଟ୍ରିଂ" ଟେବୁଲ ଘଣ୍ଟାର କାନଫଟା ଚିତ୍କାରରେ ଘର ବଉଁଶ ଗୋଟାକର ନିଦ ଭାଙ୍ଗିଗଲା ।

– କିଏମ ? ଘଡ଼ିଟା ବନ୍ଦ କରି ଦଉନାଇଁ ? ନିଜ ନିଜର ବିଛଣା ଭିତରେ ଥାଇ ସମସ୍ତେ ଦାନ୍ତ କଡ଼ମଡ଼ କଲେ ।

– ମଣିଷକୁ ଟିକିଏ ଶୁଆଇ ଦେବେ ନାହିଁ ଏ ଘରେ ।

ମହୀବୋଉ ଉଠି ଦେଖିଲେ । ମୋହନ ବଖରାରେ ଘଣ୍ଟି ବାଜୁଛି । ମୁଣ୍ଡରୁ

ଗୋଡ଼ୁଆକେ ରେଜେଇ ଭିତରେ ଢାଙ୍କି ହେଇ ନିଘୋଡ଼ ନିଦରେ ମୋହନ ଘୁଙ୍ଗୁଡ଼ି ମାରୁଛି । ଘଣ୍ଟି ବାଜି ବାଜି ଆପେ ଆପେ ବନ୍ଦ ହେଇଗଲା ।

– "ମହୀ, ଏ ମହୀ ।" ମହୀବୋଉ ମୁହଁ ଉପରୁ ଖୋଲିଦେଇ କହିଲେ– ଏଇଟାକୁ ମିଛରେ ଡାକ୍ତରୀ ପଢ଼େଇ ଥିଲି ।

– ଉଁ ?

– ଆରେ ଉଠ୍ ।

– ହଁ ଉଠିଲିଣି, ଆଲୁଅଟା ଜାଲିଦେ ।

ଆଲୁଅ ଜାଲିଦେଇ ମହୀବୋଉ ଫେରିଗଲେ । ଗାଧୁଆ ପାଧୁଆ ସାରି ଯେତେବେଳେ ମହୀବୋଉ ପୁଣି ଘର ଭିତରେ ପଶିଲେ ମୋହନର ଘୁଙ୍ଗୁଡ଼ି ତାଙ୍କ କାନକୁ ଗଲା । ବିରକ୍ତ ହୋଇ କହିଲେ "ଶୋଇଥାଉ, ମୁଁ ଉଠେଇ ପାରିବି ନାହିଁ ।"

ସକାଳ ହେଲା । ସମସ୍ତେ ଉଠିଲେ ଏକା ମୋହନକୁ ଛାଡ଼ି । ପିଲାଙ୍କ ଡିଆଁ କୁଦାରେ ଘରଟା ଦୁଲୁକି ଉଠିଲା । ମୋହନର ନିଦ ଭାଙ୍ଗିଗଲା । ହଠାତ୍ ବିଛଣା ଛାଡ଼ିବାକୁ ମନ ହେଲାନାହିଁ । ଶୋଇ ଶୋଇ ଟିକିଏ ଆରାମ ଟାଣିଲେ କ୍ଷତି କ'ଣ ? ଗଲା ରାତିର ଘଟଣା ମନକୁ ଆସିବା ମାତ୍ରେ ଏକା କୁଦାକେ ମୋହନ ଆସି ବାହାରେ ଠିଆହେଲା । "ମଣିଷକୁ ଆଉ ଏ ଘରେ ରଖେଇ ଦେବେ ନାହିଁ । ହାତରେ ରାନ୍ଧିବି, ବାସନ ମାଜିବି, ଡାକ୍ତରଖାନା ଯିବି– ସବୁ ଏଇ ଦି'ଟା ହାତ, ଦି'ଟା ଗୋଡ଼ରେ କରିବି । ଖାଲି ଟିକିଏ ସକାଳୁ ଜଲଦି ଉଠେଇ ଦିଅ– ନାଃ, ତା ଆଉ ହେବ ନାହିଁ ଏ ଘରେ କାହାରି ଦ୍ୱାରା ।" ଚାଲିରେ ମେଜିଆ ଦୁଲୁକିଲା, ପାଟିରେ ଛାତ କମ୍ପିଲା, ବାଟ ଛାଡ଼ି ପିଲାମାନେ ଘର କଣରେ ଖେଳିଲେ କାଲେ ଭାଇ ଦେଖି ନପାରି ମାଡ଼ି ପକେଇବେ । କାମ ଫାଙ୍କରୁ ମହୀବୋଉ ମଝିରେ ମଝିରେ ମୁଣ୍ଡଟେକି ଚାହିଁଲେ । ସମସ୍ତଙ୍କର ଅଲକ୍ଷ୍ୟରେ ପୀତାମ୍ବରବାବୁ ପାରିଲା ପୁଅର କାଣ୍ଡ ଦେଖି ମୁରୁକି ମୁରୁକି ହସିଲେ ।

ବଡ଼ ବଡ଼ ଖୋଜ ପକେଇ କୌଣସି ପ୍ରକାରେ ନିଜର କାମତକ ସାରିଦେଇ ମୋହନ ନିଜ ବଖରାରେ ଷ୍ଟୋଭ ସଜାଡ଼ିବାକୁ ବସି ଡାକ ଛାଡ଼ିଲା, "ପଟୁ, ଦି ନୋଟା ପାଣି ଆଣ... ରଞ୍ଜନ, ତୁ ଜଲଦି ପୁଷ୍ୱାରୀଠୁ କିରାସିନି ବୋତଲଟା ଆଣ । ଆଉ ପହଲି, ତୁ ବାପାଙ୍କ ପାଖକୁ ଯା ଦିଆସିଲିଟା ମାଗି ଆଣିବୁ । ସବୁ ଆସିଲା । ଷ୍ଟୋଭ୍ ଜଲାଇ ବଡ଼ ଡେକିଟିରେ ପାଣି ବସାଇ ମୋହନ ଗଲା ମହୀବୋଉଙ୍କ ପାଖକୁ– ହାତରେ ଛୋଟିଆ ଡେକ୍‌ଚି ।

–ବୋଉ, ଏ ବୋଉ, ଜଲଦି ଚାଉଳ ଦେ ।

– "ପୁଷ୍କରୀଠୁଁ ମାଗିନେ," ବେପ୍ୟୁରୁଆ ଭାବରେ ମହୀବୋଉ କହିଲେ।

– ପୁଷ୍କରୀ ଦେଇ ଜାଣିବ ନାହିଁ। ତୁ ଆଜିକ ଦେଇଯା, କାଲିଠୁ ମୁଁ ନିଜେ ନେଇଯିବି। ଟିକିଏ କଅଁଳେଇ ମୋହନ କହିଲା।

ମହୀବୋଉ ଆସିଲେ। ଅରୁଆ ଚାଉଳ ଦେଇସାରି ଡାଲିପାଇଁ ଜାଗା ଆଣିବାକୁ କହିଲେ।

–ସେଇଥରେ ଦେଇଦେ। ଡାଲି ନେଇସାରି ମୋହନ ନିଜ ହାତରେ ବାଛି ବାଛି ପରିବା ନେଇ ଚାଲିଗଲା।

ସବୁ ଧୋଇଧାଇ ଏକାଠି ଡେକ୍‌ଚିରେ ପକାଇ ଡାଙ୍କି କିଛି ବେଲ ତାକୁ ଚାହିଁ ରହିଲା। ତେଣେ ଅଫିସ ବେଲ ଡେରି ହୋଇ ଯାଉଛି। ଆଉ ଜଗି ବସିଲେ ଚଲିବ ନାହିଁ। ତରବର କରି ପୋଷାକ ପିନ୍ଧି ଘରର କବାଟରେ ତାଲା ଦେଇ ମୋହନ ଚାଲିଗଲା।

ଅଫିସରୁ ଫେରି ମୋହନ କବାଟ ଖୋଲିଲା। ମହୁମାଛି ପରି ସାନପିଲା ତିନୋଟି ନିଭିଲା ସ୍ଟୋଭ୍ ଚାରିପଟେ ଘେରିଗଲେ। ସମସ୍ତଙ୍କ ଆଖି ଆଶାରେ ଚକ୍‌ଚକ୍‌ କରୁଛି। ଆଃ, କେଡ଼େ ବଢ଼ିଆ ଲାଗିବ। ସେହି ଅଧୁଆ ହାତରେ ମୋହନ ଢାଙ୍କୁଣୀ ଟେକି ଦେଖିନେଲା।

ପୋଷାକ ବଦଲାଇ ପିଲାମାନଙ୍କୁ ସେ ସାଙ୍ଗରେ ତଲକୁ ଡାକିନେଲା। ତାପରେ ଯେତେବେଲେ ସମସ୍ତ ଆସି ପୁଣି ସେଇ ବଖରାରେ ପଶିଲେ ଦେଖାଗଲା କାହା ହାତରେ ଥାଲି ଗିନା ତ କାହା ହାତରେ ଦହି, ଚିନି। କିଏ ଘିଅ ଲୁଣ ଧରିଚି ତ କିଏ ପାଚିଲା କଦଲୀକୁ ଚାହିଁ ଠଠ ଚାଟୁଛି।

ଚାମଚରେ ଘାଣ୍ଟି ଘାଣ୍ଟି ମୋହନ ଗୋଟା ବାଇଗଣ, ପୋଟଲ, ଆଲୁ, ଦିମୁଣ୍ଡା ଫୁଲକୋବି, ତିନି ଚାରିଟା ବନ୍ଧାକୋବି ପତ୍ର ବାହାର କରି ଥାଲିରେ ରଖିଲା। ସମସ୍ତଙ୍କୁ ଅଲଗା ଅଲଗା ଜାଗାରେ ବାଢ଼ିଦେଇ ମୋହନ କହିଲା- "ଏଥର ଆରମ୍ଭ କର।"

ମୋହନ ହୋଇଥାଏ ପରଷୁଣିଆ। ନା, ନା, ଏଇଟା ହେଲା ସାହେବୀ ଖାନା- ଘରର କର୍ତ୍ରୀ ପରଷିବା ଆଉ ଖାଇବା କାମ ଏକାଠି କରୁଛନ୍ତି। ମୋହନ ହେଇଚି କର୍ତ୍ରୀ।

"କେମିତି ଲାଗୁଚି ?" ମୋହନ ଜଣ ଜଣ କରି ସମସ୍ତଙ୍କୁ ପଚାରିଲା।

"ବଢ଼ିଆ"- ଆଖି ନଚେଇ, ମୁଣ୍ଡ ହଲେଇ ସମସ୍ତେ ଏକ ମତ ଦେଲେ।

ପ୍ରଥମ ଗୁଣ୍ଠାଟା ଖାଇଦେଇ ସବୁଥ‌ରୁ ଟିକିଏ ଚାଖି ମୋହନ ପିଲାଙ୍କ ମୁହଁକୁ

ଚାହିଁଲା– ସେ ଭୁଲ ଶୁଣି ନାହିଁ ତ ? ବାଇଗଣ କଇଁଥା, ପାଟି ଗଲୁ କରୁଚି, ପୋଟଳ ପାଣିଚିଆ, ଫୁଲକୋବିରୁ କେମିତି ଗୋଟାଏ ଗନ୍ଧ ଛାଡୁଛି, ଆଉ ବନ୍ଧାକୋବି ତଣ୍ଡି ପାଖରୁ ଭାତକୁ ଫେରାଇ ଆଣୁଛି । ଏକମାତ୍ର ଆଶାଭରସା ସ୍ଥଳ ହେଉଛି କଦଳୀ ଓ ଦହି । ଭଗବାନ! ସେତକ ଯଦି ନ ଥାନ୍ତା ତେବେ ଆଜି ସେ କେମିତି ବୋଉ ଆଗରେ ମୁହଁ ଦେଖେଇଥାନ୍ତା ?

ବୁଲିଯିବା ବେଶରେ ମାୟା ଆସି ସେମାନଙ୍କ ଖିଆ ପାଖରେ ଅଣ୍ଟାରେ ହାତଦେଇ ଠିଆ ହେଲା । ଗମ୍ଭୀର ମୁହଁରେ ମୋହନ କହିଲା, “ତୋ ପାଇଁ ଗୋଟାଏ ଜାଗା ଆଣ୍ ଖାଇବୁ ।”

– ଇସ୍, ରନ୍ଧାର ଯୋଉ ରୂପ ହେଇଚି, ସେଥିରେ ପୁଣି ନିମନ୍ତ୍ରଣ କରାହେଉଛି ! ସେ ଭୋଜିଖିଆ ମୋର ଦରକାର ନାହିଁ । ମୁଁ ତ ଖାଇଦେଇ ବାନ୍ତି କରିବି । କିନ୍ତୁ ଖାଇବାକୁ ଦେଇ ତା ବଦଳରେ ତମେ ମୋଠୁ ଦଶ ଦିନ କାମ ଆଦାୟ କରି ନେଇ ଚାଲିଯିବ । ବାବା, ଜୁହାର ତମର ଏ ନିମନ୍ତ୍ରଣକୁ । ରନ୍ଧାର ରୂପ ଦେଖିସାରି ମାୟା ଦାଣ୍ଡକୁ ଚାଲିଗଲା ।

ମହୀବୋଉଙ୍କ ମନ କାମରେ ଲାଗୁନାହିଁ । ମନ ଯାଇ ଉଙ୍କି ମାରୁଛି ମୋହନ ବଖରାର ଚାରିପଟେ କୋଉଠି ଟିକିଏ ଫାଙ୍କ ମିଲିଲେ ଦେଖ ନିଅନ୍ତେ ମୋହନ କେମିତି ଖାଉଚି । ତାରି ଖିଆ ଉପରେ ନିର୍ଭର କରୁଚି ତାଙ୍କର ଭାଗ୍ୟ ଓ ଭବିଷ୍ୟତ । ସେଥିପାଇଁ ଦହି ଓ କଦଳୀ ନ ଦେବାକୁ ସେ କେତେ ଫିକର କାଢ଼ିଥିଲେ । କଦଳୀ ନଉରୁ କାହିଁକି ? ୬୪ ଭାତ ଉଠିବ ନାହିଁ ବୋଲି ? ଦହି ଥାଉ । ମାୟା ଖାଇବାକୁ ରଖିଚି । ସେ ଆଉ କିଛି ଖାଇବ ନାହିଁ– ଖାଲି ଦହି ଖାଇବ କହିଚି । ତାର ପେଟ ଆଜି ଭଲ ନାହିଁ ।

ମହୀବୋଉ ଖାଲି ଏପଟ ସେପଟ ହେଉଛନ୍ତି ଆଉ ଭାବି ଚାଲିଛନ୍ତି ସେମାନଙ୍କ ଖିଆ ପାଖକୁ ଯିବେ ? ଯଦି ଭଲ ଲାଗୁଥିବ...? ଭୋକିଲା ପାଟିକି ତ ସବୁ ସୁଆଦ ଲାଗେ– ସେତେବେଳେ ତାଙ୍କ ମୁହଁ ରହିବ କୋଉଠୁ? ପୁଣି ନିଜ ମନକୁ ସାନ୍ତ୍ୱନା ଦିଅନ୍ତି, ହଁ, ଦି’ଦିନ ଏଇ ରନ୍ଧା ଖାଇଲେ ତିନି ଦିନକୁ ବାପାଲୋ ମାଆଲୋ ଡାକିବ– ଯିବ କୁଆଡ଼େ ? ତଥାପି କେମିତି ଖାଉଛନ୍ତି ଦେଖିବାକୁ ମହୀବୋଉ ମୋହନ ବଖରା ଆଡ଼େ ଚାଲିଲେ ।

ସିଝା ପରିବା ଦେଖ ସେ ସଙ୍ଗେ ସଙ୍ଗେ ବୁଝିନେଲେ ରନ୍ଧା କେମିତି ଲାଗୁଥିବ । ହସି ହସି କହିଲେ– “କିହୋ ବାବୁ, ପେଟକୁ ଯାଉଚି ?”

– କାହିଁକି ଯିବ ନାହିଁ ? ତମ ଲୁଣିଆ ପୋଡ଼ାଠୁଁ ଯଥେଷ୍ଟ ଭଲ ହେଇଚି ।

—ଏଇକ୍ଷଣି ତୋ ପାଟିଟା କୋଉଠି ଅଛି ? କହିଲା ଯଥେଷ୍ଟ ଭଲ ହେଇଚି ।

— ମୁଁ ଏବେ ମିଛ କହିଲି, ତୁ ପିଲାଙ୍କୁ ପଚାରି ବୁଝୁନୁ ? ମୋହନ ପିଲାଙ୍କ ମୁହଁକୁ ଚାହିଁଲା ।

ପିଲାମାନଙ୍କ ମୁହଁକୁ ଥରେ ଚାହିଁ ଦେଇ ମହୀବୋଉ ବୁଝିନେଲେ ସେମାନଙ୍କ ମନର କଥା । କହିଲେ– “ସେମାନଙ୍କୁ କ'ଣ ପଚାରିବି ? ତାଙ୍କର କ'ଣ ପାଟି ଅଛି ? ରନ୍ଧା ଯାହାହେଉ, ମେଞ୍ଜାଏ ଚିନି ଦେଇଦେଲେ ତାଙ୍କର ହେଲା... କିରେ ପିଲାଏ, ଖେଚେଡ଼ି ଭାରି ମିଠା ହେଇଚି, ନା ?”

ସମସ୍ତେ ଏକା ସାଙ୍ଗରେ ମୁଣ୍ଡ ହଲାଇ ସମ୍ମତି ଜଣାଇଲେ ।

— ମିଠା ହେବ ନାହିଁ ଆଉ କ'ଣ ପିତା ହେବ ? ମୋହନ ମହୀବୋଉଙ୍କୁ ଚାହିଁଲା ।

— ନାଇଁ, ନାଇଁ, ଚିଡ଼ୁଚ୍ଛୁ କାହିଁକି ? ତୁ ଖାଆ । ଏମିତି ଖାଇଲେ ତ ଭଲ । ଏଥିରେ ତମର ସେଇ, କଣଟି, ଭିଟାମିନ, କାଲିସିମ୍ ସବୁ ରହିଲା– ଆମେ ରାନ୍ଧିଲେ ସିନା ସେଗୁଡ଼ାକ ଭିଡ଼ିଯାଏ ।

ଖିଆ ବନ୍ଦ ରଖି ମୋହନ ଚିଡ଼ି ଉଠି କହିଲା– “ତୁ କ'ଣ ମଣିଷକୁ ଖୁଆଇ ଦବୁ ନାହିଁ ?”

ମୁରୁକି ହସି ମହୀବୋଉ କହିଲେ– “ରନ୍ଧା ଯାହା ହେଇଚି, ମୁଁ ଜାଣିପାରୁଚି, ତୁ ଖାଇପାରୁ ନଥୁ । ସେଇ କଥାଟା ଖୋଲାଖୋଲି ନ କହି ମୋ ଉପରେ ମିଛ ଦୋଷ ଲଦି କାହିଁକି ଛାଡ଼ି ଦେଉଚୁ ? ହଉ ମୁଁ ଯାଉଚି, ତୁ ଏଥର ଖାଆ ।” ଗଡ଼ ଜିତିଲା ପରି ହସି ହସି ମହୀବୋଉ ଚାଲିଗଲେ ।

ସେଇ ଦିନ ସନ୍ଧ୍ୟାରେ ମୋହନ ପିଲା ତିନୋଟିଙ୍କୁ ନେଇ ନିଜ ବଖରାରେ ଗୋଟିଏ ସଭା ଡକାଇଲା । ମାୟାକୁ ସଭାପତି ହେବାର ଲୋଭ ଦେଖେଇଲେ ସୁଦ୍ଧା ସେ ସଭାରେ ଯୋଗ ଦେବାକୁ ରାଜି ହେଲା ନାହିଁ । ତେଣୁ ମାୟାର ଆଶା ଛାଡ଼ିଦେଇ ମୋହନ ଅନ୍ୟମାନଙ୍କୁ ନେଇ ସଭା କାମ ଚଲାଇଲା ।

— ଆଛା ପିଲାଏ, ତମକୁ ସବୁଠୁ ବେଶୀ ଭଲପାଏ କିଏ ? “ତମେ” । ଟିକିଏ ହେଲେ ନଭାବି ସମସ୍ତେ ଏକା ସାଙ୍ଗରେ ପାଟିକରି ଉଠିଲେ ।

— କେମିତି ଜାଣିଲ ?

— “ଏଇ... ତମେ ଆମକୁ ଖେଚେଡ଼ି ଦିଅ” । ମୁରୁକି ମୁରୁକି ହସି ଆଗପଛ ହୋଇ ସମସ୍ତେ କହିଲେ ।

— ଆଛା ମୁଁ ଗୋଟିଏ କଥା କହିବି ମୋ ପାଇଁ କରିଦେବ ?

– ହାଁ।

– ତେବେ ଶୁଣ, ଆଜି ସକାଳେ ରାନ୍ଧିଲାବେଲେ ତମେସବୁ ମୋ ପାଇଁ ଯାହା ଯାହା କରିଦେଲ, ସବୁଦିନେ ସେତକ କରି ଦେଲେ ମୁଁ ତମକୁ ଖେଚେଡ଼ି ଖାଇବାକୁ ଦେବି।

"ଖେଚେଡ଼ି ଆମେ ଖାଇବୁ ନାହିଁ।"

– ଆଚ୍ଛା ଚକଲେଟ୍, ଲେବନ୍‌ଟୁସ୍ ଦେଲେ ହେବ?

– ହଁ, ହଁ।

ନିଶ୍ୱାସ ମାରି ମୋହନ କହିଲା, "ଆଉ ସବୁଦିନେ ସକାଳେ ମତେ ଯିଏ ସବା ଆଗରୁ ଉଠେଇ ଦେବ ତାକୁ ମୁଁ ଅଣାଏ କରି ପଇସା ଦେବି। ଦେଖ ଯଦି ମୁଁ ନ ଉଠେ ତେବେ ମତେ ମନେ ପକାଇଦେବ ରାନ୍ଧିବା କଥା। ମୁଁ ଉଠିପଡ଼ିବି।"

– ମୁଁ ଉଠେଇ ଦେବି, ମୁଁ ଉଠେଇ ଦେବି। ସମସ୍ତେ ଏକା ସାଙ୍ଗରେ ପାଟିକରି ଉଠିଲେ।

ସଭା ଭାଙ୍ଗିଗଲା। ମୋହନ ଗଲା ମାୟା ପଢ଼ା ଘରକୁ। ପଛରେ ପିଲା ତିନି ଜଣ।

"ମାୟା ମତେ ଟିକିଏ ସାହାଯ୍ୟ କରିବୁ ନାହିଁ?" କଣ୍ଠଲେଇ ମୋହନ କହିଲା।

– "ମୋଠୁ କିଛି ସାହାଯ୍ୟ ଆଶା କରିବା ବୃଥା।" ମାୟାର ମୁହଁ ଗମ୍ଭୀର।

– ସାହାଯ୍ୟ ନୁହେଁ ମ, ଏଇ ସବୁଦିନେ ସ୍ନେହଭଟା ଲଗେଇ ଦେଇ ଟିକିଏ ଚାଉଳ ପରିବା ଧୋଇଧାଇ କାଟିକୁଟି ଖାଲି ଡେକ୍‌ଚିରେ ପକେଇଦେବା କଥା।

"ଅପା, ଭାଇ ଚକଲେଟ୍ ଦେବେ କହୁଚନ୍ତି"। ରଞ୍ଜନ କହିଲା।

– ପରୀକ୍ଷାରେ କିଛି ନ ଆସିଲେ କଣ ଖାତାରେ ଲେଖ ଦେଇ ଆସିବି ଭାଇଙ୍କ ପାଇଁ ଖେଚେଡ଼ି ରାନ୍ଧୁଥିଲି, ତେଣୁ ମତେ ପାସ୍ କରେଇ ଦିଅ? ମୁଁ ଟିକିଏ ହେଲେ କିଛି ସାହାଯ୍ୟ କରିପାରିବି ନାହିଁ। ମାୟା ବହିକି ଚାହିଁଲା।

– ୩୪, ଏଇ ତ ଖାଲି ପରୀକ୍ଷାରେ ତାଡ଼ି ପକେଇବ! ଚିଡ଼ିଯାଇ ମୋହନ କହିଲା।

– ହଁ, ତାଡ଼ିବି କି ନାହିଁ, ଦେଖିବ। ଯାଅ, ମୋ ଘରୁ ଆଗେ ଗଲା। ମାୟାର ଧମକରେ ସମସ୍ତେ ବାହାରି ଚାଲିଗଲେ।

ସେଇଦିନ ରାତି ଦୁଇଟାବେଲେ ପହିଲି ଉଠିଲା ପରିସ୍ରା କରିବାକୁ। ପରିସ୍ରା କରିସାରି ଶୋଇବାକୁ ନ ଯାଇ ଚଲି ଚଲି ସିଧା ଚାଲିଲା ମୋହନ ବଖରା ଭିତରକୁ।

ମାହ୍ଁବୋଉ କହିଲେ– କିରେ ସେଶେ କୁଆଡ଼େ ଯାଉଚୁ?

– ଭାଇ ଉଠାଇ ଦବାକୁ କହିଥିଲେ ପରା? ମାହ୍ଁବୋଉ ଆଉ କିଛି କହିବା ଆଗରୁ ପହଲି ମୋହନ ବଖରା ଭିତରକୁ ପଶିଗଲା। ମୋହନକୁ ହଲେଇ ଦେଇ କହିଲା– "ଭାଇ... ଭାଇ, ଖେଚେଡ଼ି ରାନ୍ଧିବ ପରା? ଉଠ। ଭାଇ?

– ଊଁ

– ଉଠ। ... ମୁଁ ଆଗେ ଉଠେଇଲି। ମୋତେ ଅଣାଏ ଦେବ।

– ହୁଁ।

ପହଲି ଫେରିଗଲା।

ପାହାନ୍ତିଆରୁ ପ୍ରତାପ ଓ ରଞ୍ଜନ ଦୌଡ଼ାଦୌଡ଼ି ହୋଇ ଗଲେ। ମୋହନକୁ ଜୋରରେ ହଲେଇ ଦେଇ କହିଲେ, "ଭାଇ, ଭାଇ, ଖେଚେଡ଼ି ରାନ୍ଧିବ ପରା।

– ଉଠ। ସକାଳ ହେଲାଣି।"

ହୁଁ।

ପ୍ରତାପ ଥରେ ଡାକିଲା ବେଳକୁ ରଞ୍ଜନ ନିଜର ସ୍ୱର ଶୁଣେଇବା ପାଇଁ ଥରେ ଡାକୁଥାଏ।

– ହଁ, ମୁଁ ଉଠିଲିଣି, ତମେ ଯାଅ।

କଲି କରିକରିକା ଦିହେଁ ଫେରିଆସିଲେ। ସେମାନଙ୍କ ପାଟିରେ ଉଠି ପହଲି ଖଟ ଉପରେ ବସିପଡ଼ି କହିଲା– ମୁଁ ଆଗ ଉଠେଇଚି।

– କେତେବେଳେ, କେତେବେଳେ?

– ହଁ, ମୁଁ ରାତିରେ ଉଠିଥିଲି... ତମେ ସମସ୍ତେ ଶୋଇଥିଲ। ମୁଁ ଯାଇ ଉଠେଇ ଦେଇ ଆସିଲି। ଯେମିତି ତାର ଉଠେଇବା ପାଉଣାଟା ତାଠୁ କେହି ଛଡ଼େଇ ନେଉଛି।

– ମିଛ କଥା।

– ବୋଉକୁ ପଚାର... ଏ ବୋଉ! ମୁଁ ଭାଇଙ୍କି ଉଠେଇ ନାହିଁ? ବ୍ୟସ୍ତ ହୋଇ ପହଲି ମାହ୍ଁବୋଉଙ୍କୁ ଚାହିଁଲା।

– ହଉ, ଆମକୁ କ'ଣ ସେମିତି ଉଠେଇ ଆସି ନଥାନ୍ତା କି? ଭାଇ କହିଥିଲେ ପାହାନ୍ତିଆରେ ଉଠେଇ ଦେବାକୁ ସିନା?

ମୋହନ ଉଠିବା ମାତ୍ରେ ତିନିଜଣ ଯାକ ହାଜର ହେଲେ।

– ଭାଇ, ଆଗ ମୁଁ ଉଠେଇଚି– ସମସ୍ତେ ଏକା ସାଙ୍ଗରେ ପାଟି କରି ଉଠିଲେ। ତା ପରେ ତିନିଙ୍କ ଭିତରେ ଠେଲା ପେଲା, ଘେଁ ଭାଁ ରଡ଼ି। କଲି ଛିଡ଼ିଗଲା। ତିନିଜଣ

ତିନିଅଶା ପଇସା ନେଲେ। ପଇସା ହାତରେ ଧରି ପହଲି ଆଡ଼କୁ ଚାହିଁ ପ୍ରତାପ କହିଲା– ରହ, ତତେ ମୁଁ ଆଜି ଦେଖୁଛି।

ସେଇଦିନ ରାତିରେ ଶୋଇବାକୁ ଯିବା ଆଗରୁ ରଞ୍ଜନ ଯାଇ ହାଜର ହେଲା ମୋହନର ବୈଠକଖାନାରେ। ଚାରିପଟେ ରୋଗୀ ବସିଛନ୍ତି–ସେମାନଙ୍କର ମଝିରେ ଆଖିରେ ହାତ ଦେଇ ବୋଧହୁଏ ମୋହନ ଭାବୁଛି, କି ଔଷଧ ଦେବ। ରଞ୍ଜନ ଆସି ପାଖରେ ଠିଆ ହେଲା।

– ଭାଇ, ଉଠ।

– ఏଁ ?

“ମୁଁ ଉଠେଇ ଦେଇଗଲି” କହି ରଞ୍ଜନ ଧାଈଁ ଚାଲିଗଲା।

– ଯାଃ, ହେଲା ତ ଏଥର ? ପହଲିକୁ ଚାହିଁ ରଞ୍ଜନ କହିଲା।

– “ଏଇଟା ହବ ନାହିଁ। ଭାଇ ତ ମୋତେରୁ ଶୋଇବାକୁ ଯାଇ ନାହାନ୍ତି।” ପହଲି କହିଲା।

– ହଁ ହଁ ହବ। ଭାଇ ଶୋଇ ପଡ଼ିଥିଲେ।

ପହଲି ଚିନ୍ତାରେ ପଡ଼ିଗଲା। କଣ ଆଉ କରିବ ? ରଞ୍ଜୁ ଭାଇ ତ ଏକା ପଇସା ନେଇ ଚାଲିଯିବ। ବସି ବସି ଉପାୟ ଚିନ୍ତା କଲା।

ତା ପରଠୁ ସଞ୍ଜ ହେବା ମାତ୍ରେ ତିନିଜଣ ଟାକି କରି ବସିଥାନ୍ତି। ମୋହନ ବୁଲିସାରି ଘରେ ଗୋଡ଼ ଦେବାକ୍ଷଣି ସମସ୍ତେ ପାଟିକରି ଉଠନ୍ତି– “ଭାଇ ଉଠ, ଖେଚେଡ଼ି ରାନ୍ଧିବ ପରା ? ଆଗ ମୁଁ କହିଛି।” ରାତିରେ କାଲେ ନିଦ ଭାଙ୍ଗିବ ନାହିଁ ବୋଲି ଶୋଇବାକୁ ଯିବା ଆଗରୁ ଶୀତ ଦିନଟାରେ ପେଟେ ପେଟେ ପାଣି ପିଅ ଯିଏ ଯେତେବେଳେ ପରିସ୍ରା କରି ଉଠେ, ଥରେ ମୋହନ ଖଟ ପାଖରେ ଠିଆ ହୋଇ ପାଟି କରେ– ଭାଇ ଭାଇ, ଉଠ... ଖେଚେଡ଼ି ରାନ୍ଧିବ ପରା ? ଜାଣିଥାଅ, ମୁଁ ଉଠେଇଲି।

ବେଶ୍, ସେତିକିରେ ସମସ୍ତଙ୍କର ଦାୟିତ୍ୱ ଶେଷ। ସକାଲେ କେହି ଉଠନ୍ତି ନାହିଁ, କାରଣ ସେତେବେଳେ ଉଠାଇବା ଅର୍ଥ ସବୁଠୁ ପଛରେ ସେମାନେ ଡାକୁଛନ୍ତି ବୋଲି ଜଣାପଡ଼ିବ। ରାତିରେ ଅନେକଥର ନିଦ ଭାଙ୍ଗି ଦେଉଥିବାରୁ ମୋହନ ବି ସକାଲୁ ଉଠିପାରେ ନାହିଁ।

କାମରେ ଗୋଲମାଲ ଓ ରାତିରେ ଏହି ଧରଣର ଉପ୍ଲାତରେ ବ୍ୟତିବ୍ୟସ୍ତ ହୋଇ ଚାରି ପାଞ୍ଚଦିନ ପରେ ଦିନେ ମୋହନ ବିରକ୍ତ ହୋଇ କହିଲା, “ତମମାନଙ୍କର

ମତେ ଉଠେଇବା ଆଉ ଦରକାର ନାହିଁ। ତମେ ମୋ ନିଦ ପତଳା କରି ଦେଲଣି। ଏଣିକି ମୁଁ ଆପେ ଉଠିପାରିବି।"

    - "କିଏ ତମ ନିଦକୁ ପତଳା କରେଇଲା ଆଗେ କହୁନା।" ପ୍ରତାପ ପଚାରିଲା।

    - "ତମେ ସମସ୍ତେ କରେଇଚ ବାବା। ଆଉ ମୋର ଦରକାର ନାହିଁ।" ମୋହନ ହାତ ଯୋଡ଼ିଲା।

"ହଇହୋ ଶୁଣୁଛ ?" କହି ମହୀବୋଉ ପିତାମ୍ବରବାବୁଙ୍କ ଘରକୁ ପଶିଗଲେ।

    - "କଣ ?" ପିତାମ୍ବରବାବୁ ଚଷମା ଭିତରୁ ଚାହିଁଲେ।

    - ଏଇ ମୋହନ କଥା... ଦେଖୁନା ଦିନ କେଇଟାରେ କେମିତି ଝଡ଼ିଗଲାଣି ?

    -କାହିଁକି ?

"କାହିଁକି ଆଉ କ'ଣ ? ନିଜ ହାତରେ କଣ ଦି'ଟା ସିଝେଇ ଖାଇଦଉଚି ସେଥ୍ରେ ମଣିଷର ଦିହ ରହିବ ? ତା'ର ତ ଏ ସବୁ ଅଭ୍ୟାସ ନାହିଁ।" ମହୀବୋଉ କଅଣ ଭାବି ଅଟକି ଗଲେ।

    - ତମେ ପରା ତାକୁ ସେଇଆ କରିବାକୁ କହିଛ ?

    - କଣ ସବୁଦିନେ ହାତରେ ରାନ୍ଧିବାକୁ କହିଥ୍ଲି ? ... ସେ ଚାକିରି କରିବ ନା ନିଜ ପାଇଁ ବସି ରାନ୍ଧିବ ? ଡାକ୍ତରଖାନାରେ ରୋଗୀ ଦେଖ୍ଲା ବେଳେ ମନ ତ ଯାଇ ରହିଥ୍ବ ନିଜର ଖେଚେଡ଼ି ପାଖରେ ପୋଡ଼ିଗଲା କି ଜାଉ ହେଇଗଲା... କି ସ୍ଖୋଭ ନିଭିଗଲା...।

    " ସେ ତମକୁ କହୁଥ୍ଲା ?" ପିତାମ୍ବର ବାବୁ ପଚାରିଲେ।

    " ସେ କଥା କଣ ଖୋଲି କହିବା ଦରକାର ହୁଏ ? ଅଫିସ ଫେରନ୍ତି ତାକୁ ମୁଁ ଦେଖୁଛି ତା ମୁହଁ ଗୋଟାଏ କେମିତି ଦିଶୁଚି। ଆଗେ ତ ଏମିତି ଦିଶୁ ନଥ୍ଲା ?" ମହୀବୋଉ ଆଖ୍ ଛଳ ଛଳ ହେଇ ଆସିଲା।

    - ନାଇଁ ଡାକ୍ତରଖାନାରେ କୋଉ ରୋଗୀର ଅବସ୍ଥା ଖରାପ ଥ୍ବ... ତାରି କଥା ଭାବୁଥ୍ବ।

    - ଆଗେ କଣ ରୋଗୀଙ୍କ ଅବସ୍ଥା ଖରାପ ହଉ ନଥ୍ଲା ? ମୁଁ ଠିକ୍ ଜାଣେ ତାର ଖାଇବା କଷ୍ଟ ହେଉଚି... ହବ ନାଇଁ ? ସକାଳ ବେଳା କଣ ଚୁଡ଼ା ଫୁଟ଼ା ଖାଏ...

ଅଫିସ ଫେରନ୍ତି ସେଇ ଖେଚେଡ଼ି, ରାତିରେ ପାଉଁରୁଟି ଦୁଧ- ଏଥିରେ ଦିହ ରହିବ ? କାହିଁ ବେଲି ତ ରୋଗ ଆସି ମାଡ଼ିବସିବ ।

ଆଶ୍ଚର୍ଯ୍ୟ ହେଲାପରି ପୀତାମ୍ବରବାବୁ କହିଲେ, "କାହିଁ, ସେ ଝଡ଼ିଗଲା ପରି ତ ମତେ ଦିଶୁନାହିଁ ?"

ଚିଡ଼ି ଉଠି ମାହୀବୋଉ ଜବାବ ଦେଲେ- "ଅନ୍ଧ ଲେଖାରେ ଚନ୍ଦ୍ର ସୂର୍ଯ୍ୟ ନାହାନ୍ତି । ତମକୁ ତ ଚାଖଣ୍ଡେ ଦୂରରେ ବହି ଦିଶୁନାହିଁ ଯେ, ଚଷମା ପିନ୍ଧୁଛ-ଦଶହାତ ଦୂରର ଜିନିଷ ଦେଖିବ କେମିତି ?

- ତମେ ପଢ଼ିଲା ବେଲେ ଚଷମା ପିନ୍ଧ ନାହିଁ ?

- ପିନ୍ଧିଲେ କଣ ହେଲା ? ମତେ ତ ଦିଶୁଚି ସେ ଝଡ଼ି ଯାଉଚି... ତମକୁ କାହିଁକି ଦିଶୁନାହିଁ ?... ଆରେ ! ଏଇଥ୍ୟପାଇଁ ମାହୀଟା ମୋତେ ଉଧଉ ନାହିଁ... ମୁଁ ବୁଝ୍ବି କଣ ? ଯେତେହେଲେ ପରା ଗଛର ଛାଇ, ମଣିଷର ହାଇ ଏକା ଜିନିଷ ।

ବିରକ୍ତ ହେଇ ପୀତାମ୍ବରବାବୁ ଖବରକାଗଜ ପଢ଼ାରେ ମନ ଦେଲେ । ଟିକିଏ ବେଲ ତାଙ୍କୁ ଚାହିଁ ମାହୀବୋଉ କହିଲେ, "କଣ ପୁଣି ପଢ଼ି ଗଲଣି ? ତାକୁ ପଢ଼ିଲେ ତମ ପେଟ ପୂରିବ ?"

- ଆଉ କଣ କରିବାକୁ ମତେ କହୁଛ ?

- ମୁହଁ ଖୋଲି ସେଇ ଏକାକଥା ମୁଁ ହଜାରେ ଥର କହି ପାରିବି ନାହିଁ... ତମର କଣ ଆଖ୍ ନାହିଁ ? ମାହୀବୋଉ ରାଗରେ ଗରଗର ହେଲେ ।

- ନାଇଁ, ମୋର ଆଖ୍ ନାହିଁ । ପୀତାମ୍ବରବାବୁ ଅନ୍ୟ ଆଡ଼କୁ ମୁହଁ ବୁଲାଇଲେ ।

- ସେ କଥା ମୁଁ ଜାଣେ । କିନ୍ତୁ ପାଟିଟା ତ ଅଛି, କାନ ତ ଅଛି ?

- ହଁ ।

ଏଥର ମାହୀବୋଉ ଜୋର ଦେଇ କହିଲେ, "ତେବେ ଶୁଣ, ମାହୀକୁ କହିବ ସେ ବାହା ନ ହେଲେ ମୁଁ ଆଉ ଏ ଘରେ ରହିବି ନାହିଁ ।"

- ତମେ ନିଜେ ତାକୁ କହୁନ ?

- ନ କହି କଣ ମୁଁ ଚୁପ ହେଇ ବସିଛି ? ମୋ ପରି ମୂର୍ଖ ମା'ର କଥା ସେ ଶୁଣିବ ନାହିଁ... ଭଗବାନ ମୋ କପାଲରେ କେତେ ଦହଗଞ୍ଜ ଲେଖିଛନ୍ତି କେଜାଣି । ମାହୀବୋଉ ସୁକ୍ସୁକୁ ହୋଇ କାନ୍ଦିବାକୁ ଆରମ୍ଭ କଲେ ।

"ହଉ ତମେ ଯାହା କହିଲ, ସେ କଥା ମୁଁ ତାକୁ କହିଦେବି ।" ପୀତାମ୍ବରବାବୁ ସାନ୍ତ୍ୱନା ଦେଲେ ।

– ତାକୁ ବୁଝେଇ କହିଲେ ସିନା ହବ... ଏମିତି କହିଲେ ସେ ଶୁଣିବ କାହିଁକି ?

– ଛୋଟିଆ ଛୁଆଟିଏ ହେଇନାହିଁ ଯେ, କୋଳରେ ବସେଇ ଦି'ଟା ମିଠେଇ ଧରେଇ ଦେଲେ ବୁଝିଯିବ। ବଡ଼ ହେଲାଣି, ତା'ର ବୁଦ୍ଧି ଶୁଦ୍ଧି ହେଲାଣି। ନିଜର ବିଚାର କରିବା ଶକ୍ତି ହେଲାଣି... ଅନ୍ୟମାନଙ୍କ କଥା ନିଜେ ଥରେ ନ ଭାବି ସେ ମାନିଯିବ କେମିତି ?

– "ଓ! ବାପ ମା ହେଲେ ଅନ୍ୟଲୋକ! ତମର ଏଇ ଚୋପାଛଡ଼ା କଥା ଶୁଣିଲେ ମୋ ହାଡ଼ ଶୂଳେଇ ହୁଏ।" ରାଗରେ ମହୀବୋଉ ମୁହଁ ବୁଲେଇ ନେଲେ।

କଥା ଏତିକିରେ ବନ୍ଦ ରହିଲା। କିଏ ଜଣେ ଭଦ୍ରଲୋକ ଆସିଛନ୍ତି ପିତାମ୍ବରବାବୁଙ୍କ ସାଥିରେ ସାକ୍ଷାତ କରିବାକୁ। ଚାକର ଆସି ଖବର ଦେଇଗଲା। ମହୀବୋଉଙ୍କୁ ଆଉକିଛି ନ କହି ପିତାମ୍ବର ବାବୁ ଉଠି ଚାଲିଗଲେ।

ମହୀବୋଉ ଲକ୍ଷ୍ୟକଲେ ଧୀରେ ଧୀରେ ରନ୍ଧାର ଉନ୍ନତି ହେଉଛି। ଖେଚେଡ଼ିରେ ଗୋଟା ପିଆଜ, ଗୋଟା ଲଙ୍କା, ହଳଦୀ, ଲୁଣ ପଡ଼ିଲାଣି। ତା' ଛଡ଼ା ଗୋଟାକୁ ଗୋଟା ଡବା-ବାଲା ବିଲାତି ଚଟଣୀ ଚାଲି ଆସୁଛି। କିନ୍ତୁ ଗୋଟାଏ କଥା ଭାବି ମହୀବୋଉ ମନରେ ସାନ୍ତ୍ୱନା ପାଆନ୍ତି ଯେ, ରନ୍ଧା ନିଶ୍ଚେ ଖରାପ ହେଉଛି। ନ ହେଲେ ମହୀ କାହିଁକି ଏତେ ଆଡ଼େ ମୁଣ୍ଡ ପୂରାନ୍ତା ? ଦିନ ଦିନ କରି ଦଶ ଦିନ ମହୀବୋଉ ଚୁପ୍ ରହିଲେ। ଏଗାର ଦିନ ଦିନ କହିଲେ, "ହଇରେ, ତୋ ପଇସାଗୁଡ଼ାକ ଏମିତି ଉଡ଼େଇ ଦଉଛୁ?"

– ଉଡ଼େଇ ଦଉଛି! ଆଶ୍ଚର୍ଯ୍ୟ ହୋଇ ମୋହନ ମହୀବୋଉଙ୍କ ମୁହଁକୁ ଚାହିଁଲା।

– ଉଡ଼ାଉନୁ ତ ଆଉ କ'ଣ ? ଏଇ ଚଟଣୀଗୁଡ଼ାକ ଦିନକୁ ଗୋଟାଏ ଗୋଟାଏ ଡବା ସରି ଯାଉଛି। ଗୋଟାଏ ଡବାର ଦାମ କେତେ ?

– ଏଇ... ଟଙ୍କାଏ, ପାଁସୁକା।

– ହଇରେ ତୁ ଏତେ ଗୁଡ଼ାଏ ଟଙ୍କା ପାଣିରେ ପକେଇ ଦଉଛୁ? ତା ଅପେକ୍ଷା ବରଂ ବାହାଟାଏ ହେଇ ପଡ଼ିଲେ ଯାର ଅଧା ଖର୍ଚ୍ଚରେ ତମେ ଦିହେଁ ଯାକ ଭଲ ଖାଇବା ପିଇବା କରି ପାରନ୍ତ।

"ଯେମିତି ତୁ ଖାଉଚୁ!" ଛିଗୁଲେଇ ମୋହନ କହିଲା।

– ନାଇଁରେ ପୁଅ, ଆମେ ତ ହେଲୁ ମୂର୍ଖ । ପୁରୁଣାକାଳିଆ ଲୋକ । ଦେହର ଯତ୍ନ କେମିତି ନବାକୁ ହୁଏ ଜାଣି ନଥିଲୁ । ଆଜିକାଲି ତ ଆଉ ସେ କଥା ନାହିଁ, ନିଜ ନିଜ ହାତରେ ସମସ୍ତ ଚଉଦ ପା ।

– ହଉ ଥାଉ, ବନ୍ଦ କର । ମୋର କାମ ଡେରି ହୋଇ ଗଲାଣି । ମୁଁ ଯାଉଛି ।

– ଆଃ, ଏଇ ତ ଏକା କାମ କରୁଚି, ଆଉ ସମସ୍ତେ ବସିଚନ୍ତି ।

ମୋହନ ଚାଲିଗଲା । ମହାଁବୋଉ ଟିକିଏ ବେଳ ଚୁପ୍‍କରି ଠିଆ ହୋଇ ଭାବିଲେ କଣ କଲେ ଏ ଅବାଗିଆ ଟୋକାଟା ବାଟକୁ ଆସିବ, ବାହା ହବାକୁ ରାଜି ହେବ ।

"ଆ– ମରିଗଲି ଲୋ ବୋଉ ।" ପାଟିଟାଏ କରି ମହାଁବୋଉ ଗୋଡ଼ ଧରି ପାହାଚ ଉପରେ ବସି ପଡ଼ିଲେ ।

ରାତି ନ'ଟା ବେଳ । ଅଜ୍ଞ ବହୁତ ସମସ୍ତଙ୍କ କାନରେ ଡାକଟା ବାଜିଲା । ଚାକର ପୁଖାରୀ ସାଙ୍ଗୋ ସାଙ୍ଗୋ ଆସି ପହଞ୍ଚିଲେ । ବୈଠକଖାନାରୁ ପୀତାମ୍ବର ବାବୁ ଉଠି ଆସିଲେ । ମାୟା ଓ ପିଲାମାନେ ଦୋତାଲାରୁ ଓହ୍ଲାଇ ଆସିଲେ । ଆଉ ମୋହନ ରୋଗୀ ଦେଖା ଛାଡ଼ି ଉଠି ଆସିଲା । ସମସ୍ତଙ୍କ ମୁହଁରେ ଗୋଟିଏ କଥା– କଣ ହେଲା ? କଣ ହେଲା ?

ଅନ୍ଧାର ବାଟରେ ମହାଁବୋଉ ଅଗଣା ପାହାଚ ଉପରେ ବାଁ ଗୋଡ଼କୁ ଚିପିଧରି କୁନ୍ଦେଇ ହେଉଛନ୍ତି । ମୋହନ ଭାବିଲା, ବୟସ ହୋଇଗଲାଣି । ଯଦି କିଛି ହେଇଯାଏ, ତେବେ ସେ ନିଜକୁ ହିଁ ଦୋଷୀ ମନେ କରିବ । ତରବରରେ ଆଲୁଅଟା ଜାଳିଦେଇ କହିଲା, "ତତେ ଯଦି ବାଟ ଦିଶୁ ନାହିଁ, ତେବେ ଅନ୍ଧାରରେ ଯିବା ଆସିବା କରୁଚୁ କାହିଁକି ?"

– ଉଃ, ଆଉ ବଞ୍ଚିବି ନାହିଁ ଲୋ ବୋଉ...

– ବୋଉ, ବୋଉ, କଣ ହେଲା ଦେଖ୍ ? କହି ମାୟା ଓ ପିଲାମାନେ ମହାଁବୋଉଙ୍କ ଉପରେ ହାମୁଡ଼େଇ ପଡ଼ିଲେ ।

ଗୋଡ଼କୁ ଲୁଗାରେ ଅଧା ଢାଙ୍କିଦେଇ ଦୁଇ ହାତରେ ଚିପିଧରି କୁନ୍ଦେଇ କୁନ୍ଦେଇ ମହାଁବୋଉ କହିଲେ, "କିଛି ହେଇ ନାହିଁରେ... ଉଃ... ଯା... ତମେସବୁ ଯା ଏଥର ।"

କଣ ହେଇଚି ଦେଖୈଲେ ସିନା ହେବ ?

– ତୁ ପାଟି କରିବୁ ନାହିଁ ମୋ ସାଙ୍ଗରେ। ନିଜର କଷ୍ଟ ଭୁଲିଯାଇ ମହୀବୋଉ ମୋହନ ମୁହଁକୁ ରାଗରେ ଚାହିଁଲେ।

– ମହୀ, ତୁ ତୋ କାମରେ ଯା। ମୁଁ ଦେଖୁଚି। ପିତାମ୍ବରବାବୁ ପୁଅକୁ ଆଡ଼େଇ ଦେଇ ଆଗକୁ ଆସିଲେ। ମୋହନ କିନ୍ତୁ ଗଲା ନାହିଁ– ସେମିତି ଠିଆହୋଇ ରହିଲା।

"ବଡ଼ ଜୋରରେ ବାଜିଛି ବୋଧହୁଏ... କେମିତି ବାଜିଲା ?" କଅଁଳେଇ ପିତାମ୍ବର ବାବୁ ପଚାରିଲେ।

ଉଃ... ନାଇଁମ... ଭଣ୍ଡାର ଘରଟା ବନ୍ଦକରି ଅଗଣାକୁ ଯାଉଥିଲି.... ଆଃ... ପାହାଚରେ ଗୋଇଠିଟା ମୋଡ଼ି ହୋଇପଡ଼ିଲା ଯେ ପଡ଼ିଗଲି... ଉଃ... ଅଲକ୍ଷଣା ଟିଣଗୁଡ଼ାକ... ଚାରିଆଡ଼େ ତ ପଡ଼ିଛି। ଉଃ... ସେଇ ପାହାଚରେ ଗୋଟାଏ ପଡ଼ିଥିଲା... ମୁଁ ତାକୁ ଅନ୍ଧାରଟାରେ ଦେଖିପାରିଲି ନାହିଁ... ଗୋଡ଼ଟାକୁ କାଟିଦେଲା... ଉଃ...।

ଟିକିଏ ରୁ ରୁ ମାରି ପିତାମ୍ବରବାବୁ କହିଲେ, "ପିଲାଏ ଟିଣଗୁଡ଼ାକ ଚାରିଆଡ଼େ କାହିଁକି ଏମିତି ପକାଉଛ ଭଲା ? କାହିଁ ଟିଣଟା ଦେଖେଁ ?"

ମହୀବୋଉ ଟିଣଟା ପିତାମ୍ବରବାବୁଙ୍କ ଆଡ଼କୁ ପେଲିଦେଲେ। ଦେଖିସାରି ପିତାମ୍ବରବାବୁ ମୋହନକୁ ଚାହିଁ କହିଲେ, "ଖାଇସାରିବା ସାଙ୍ଗେ ସାଙ୍ଗେ ଉପରେ ଏଇ କଟା ଅଂଶଟକ ତଳକୁ ପେଲିଦେଉଥିବୁ ଯେ, ବାଜିଗଲେ ବିଶେଷ କ୍ଷତି କରିବ ନାହିଁ! ଦେଖନୁ କେମିତି ଧାରୁଆ ହୋଇଛି ?"

– ହଉ, ଏଣିକି ମୁଁ ସେମିତି କରିବି। ଦୋଷୀ ଭଳି ମୋହନ କହିଲା।

"ଖବରଦାର କହି ଦଉଚି, ସେ ଟିଣ ଆଉ ମୋ ଘରେ ପଶିବ ନାଇଁ! ଚଟଣୀ ଖାଇବ ବୋଲି ମଣିଷର ଜୀବନ ନବ ନା କଣ ?" ମହୀବୋଉ ତେଜି ଉଠିଲେ।

– ହଉ ତେବେ, ଏଣିକି ଟିଣବାଲା ଜେଲି ଆଣିବି ନାହିଁ! ବୋତଲ ଆଣିବି।

"ମୂଲରୁ ସେ ଜେଲି କି ରୁଲି ମୋ ଘରକୁ ଆସିବ ନାହିଁ, କହିଦେଲି। ଖାଇବାକୁ ଯଦି ଏତେ ଇଚ୍ଛା, ତମେ ଭଡ଼ାଘର କରି ରହ। ମୋ ଘରକୁ ସେ ଜିନିଷ ପଶିବ ନାହିଁ... ଉଃ" କହି ପୁଣି ନିଜ ଗୋଡ଼କୁ ଚାହିଁଲେ।

ମୋହନ ଯିବା ପରେ ମହୀବୋଉ ପିତାମ୍ବରବାବୁଙ୍କୁ ବାଁ ଗୋଡ଼ ପେଣ୍ଠାରେ ଖଣ୍ଠିଆ ଦାଗଟା ଦେଖେଇଲେ। ଟିଣରେ ଆଞ୍ଚୁଡ଼ି ହୋଇଯାଇଛି।

– ମାୟା, ଗଲୁ ମା ଟିକିଏ ଔଷଧଟା ନେଇ ଆସିବୁ ?

"ନାଇଁ, ନାଇଁ, ତମର ସେ ଆଇଡିନ୍ ମୁଁ ଲଗେଇବି ନାହିଁ। ମୋର ସେମିତି

ଭଲ ହୋଇଯିବ । ଏ ବୋଝ ଉପରେ ନଳିତାବିଡ଼ା ମୋର ଆଉ ଦରକାର ନାହିଁ ।"
ଛୋଟେଇ ଛୋଟେଇ ମହୀବୋଉ ଘରଆଡ଼କୁ ମୁହାଁଇଲେ ।

ପୀତାମ୍ବରବାବୁ ଫେରିଗଲେ । ତାଙ୍କ ପଛେ ପଛେ ଅନ୍ୟମାନେ ମଧ ଯେ
ଯାହା କାମରେ ବାହାରିଲେ ।

ପରଦିନ ଅଫିସରୁ ଫେରି ଖାଇ ବସିଲାବେଳେ ପିଲାମାନଙ୍କର ପାଟି ଶୁଣି
ମହୀବୋଉ ମୋହନ ବଖରା ଭିତରକୁ ଗଲେ- ଖୁସିର କାରଣଟା ବୁଝିବା ପାଇଁ ।
ମନରେ ସନ୍ଦେହ, ବୋଧହୁଏ ପୁଣି ନୂଆ ରକମର କିଛି ଚଟଣୀ ଆସିଛି ।

– ଏଁ ! ମାଉଁସ କୁଆଡୁ ଆସିଲା ? ମହୀବୋଉ ଆଖି ତାଲୁରେ ଖୋସି
ହୋଇଗଲା ।

"ହୋଟେଲରୁ କିଣି ଆଣିଚି ।" ଖାଉ ଖାଉ ମୋହନ କହିଲା ।
ଦୁଇ ଖେପାରେ ଦୁଆରମୁହଁ ସେପଟକୁ ଚାଲିଯାଇ ନାକରେ ଲୁଗା ମାଡ଼ି ମହୀବୋଉ
ପାଟି କରିଉଠିଲେ- ଖୁସିରେ କଣ ଲକ୍ଷ୍ମୀ ଘର ଛାଡ଼ି ଚାଲି ଯାଆନ୍ତି ? ହଇରେ ଗୋରୁ
ମାଉଁସ ଆଣି ଘରେ ପୂରେଇ ଖାଉଚୁ ! ଛି, ଛି... ତମେସବୁ ଡାକ୍ତର ହେଇଚ ବୋଲି
କଣ ଧର୍ମ କର୍ମ ଆଉ କିଛି ନାହିଁ ? ଗୋ-ମାତା ! ସେ ମାଉଁସ ପୁଣି ତୁ ସମସ୍ତଙ୍କୁ
ଖୁଆଇଲୁ ?

– ଏହେ ଲୋ, ଏଗୁଡ଼ାକ ଗାଈ ମାଉଁସ ? ଅ-ପିଲାଙ୍କ ଭିତରୁ ଜଣେ ଅଧେ
ବାନ୍ତି କରିବାକୁ ଚେଷ୍ଟା କଲା । ପ୍ରତାପ ବାହାରିପଡ଼ି କହିଲା, "ମୁଁ ଆଗରୁ ଜାଣି
ପାରିଥିଲି ଏଇଟା ଗୋରୁ ମାଉଁସ । କେମିତି ଗୋଟାଏ ଲାଗୁଥାଏ ।"

"ତୁ ଜଲଦି ସେ ମାଉଁସ ବାହାରେ ନେଇ ଫୋପାଡ଼େ !" ମହୀବୋଉ
ଧମକେଇ ଉଠିଲେ । ମୋହନ କାବା ହୋଇ ମହୀବୋଉଙ୍କ ମୁହଁକୁ ଚାହିଁଥାଏ ।

"କଣ ଖାଇବୁ ତାକୁ ?" ସନ୍ଦିଗ୍ଧ ଆଖିରେ ମହୀବୋଉ ପ୍ରଶ୍ନ କଲେ ।

–ତମେ ସବୁ କ'ଣ ପାଗଲ ହୋଇଗଲ ? ଏ ପରା କୁକୁଡ଼ା ମାଂସ । ମୁଁ ହିନ୍ଦୁ
ହୋଟେଲରୁ କିଣି କରି ଆଣିଛି । ହେଇ ଦେଖୁନା କେତେ ସରୁ ହାଡ଼ । ଗାଈ ମାଂସରେ
ଏ ହାଡ଼ ଆସିବ କୁଆଡୁ ?

– ହିନ୍ଦୁ ହୋଟେଲ ! ତମ ବାପା କହୁଥିଲେ ସବୁ ହୋଟେଲରେ ତ ଖାନସମା
ରାନ୍ଧନ୍ତି । ଗୋରୁ ମାଉଁସରେ ଦି'ଟା କୁକୁଡ଼ା ହାଡ଼ ପୂରେଇ ଦେଲେ ତୁ ବୁଝିବୁ କଣ ?
ଆଉ ଗାଈର ସରୁ ହାଡ଼ ନାହିଁ ବୋଲି ତତେ କିଏ କହିଲା ?

– ତାହାହେଲେ ୟାକୁ ଫୋପାଡ଼ି ଦେବାକୁ କହୁଚୁ?

"ଆଣିଚୁ ଯେତେବେଲେ ତୋ ଆଶା ପଡ଼ିଥିବ... ତୁ ଖାଆ... ମୁଁ ମନା କରୁନାହିଁ... କିନ୍ତୁ ଖାଇସାରିଲା ପରେ ପୂରା ଘରଟା ଧୁଆ ହେବ।" ଆଉ କିଛି ନ କହି ମହାବୋଉ ଚାଲିଗଲେ।

ମୋହନ ମନର ସବୁ ସରାଗ ମରିଗଲା। ଯାହା କଲେ ବି ତା ପାଇଁ ଅନ୍ୟ ବାଟ କିଛି ନାହିଁ। ଏ ଘରେ ଜେଲି ପଶିବ ନାହିଁ, ମାଂସ ପଶିବ ନାହିଁ, ହୋଟେଲର ଖାନସମା ରନ୍ଧା ମାତ୍ରେ ଘରେ ପଶିବ ନାହିଁ। ତା ଉପରେ ପୁଣି ଏଇ କନକନିଆ ଶୀତ ଦିନଟାରେ ସନ୍ଧ୍ୟାବେଲେ ଘରଧୁଆ... ମୋହନର ମନ ଶୀତେଇ ଉଠିଲା।

ବୁଲି ବାହାରିଲା ବେଲେ ଚାକରକୁ ପାଣି ଧରି ଯାଉଥିବା ଦେଖ୍ ମୋହନ କହିଲା, "କିରେ ଏତେ ପାଣି କ'ଣ କରିବୁ?"

–ସବୁଗୁରାକ ଘର ଧୁଆହବ ବୋଲି ମା କହିଲେ।

– ତଲ ମହଲା?

– ଉପର ସରିଲା ପରେ ତଲ ଖଣ୍ଡ ଧୁଆହବ।

"ବୋଉ! ଏ ବୋଉ!" ଡାକି ଡାକି ମୋହନ ମହାବୋଉଙ୍କ ପାଖକୁ ଗଲା।" ଛୁଆଗୁଡ଼ାଙ୍କୁ ନିମୁନିଆଁରେ ପକେଇବୁ ନା କଣ? ଏଇ ଶୀତ ରାତିରେ ଓଦା ଘରେ ଶୋଇ କଣ ଜାଣି ଜାଣି ରୋଗକୁ ଡାକି ଆଣିବ?"

– ତୋରି ସେ ମାଉଁସ ଖାଇ ଦେହ ଖରାପ ହେବ, ମୁଁ ଜାଣେ। ଘର ଧୁଆ ହେଲେ କାହାରି ଦେହ ଖରାପ ହୁଏ ନାହିଁ।

"ହଉ ତୋର ଯାହା ଇଚ୍ଛା କର। କିନ୍ତୁ କାହାରି ଦେହ ଖରାପ ହେଲେ ମତେ ଆଉ କିଛି କହିବୁ ନାହିଁ।" ବିରକ୍ତ ହୋଇ ମୋହନ ଘରୁ ବାହାରି ଚାଲିଗଲା।

ମହାବୋଉ ଟିକିଏ ବେଲ ଭାବିଲେ। ସତରେ, ଯଦି ପିଲାଙ୍କର ଦେହ ଖରାପ ହୁଏ? ପୀତାମ୍ବରବାବୁ ତ ବୁଢ଼ା ହେଲେଣି। ତାଙ୍କର ଟିକିଏ କିଛି ହୋଇଗଲେ ନେଇଆଣି ଥୋଇ ହେବ ନାହିଁ। ଆଉ ମୋହନ ଯେମିତି ରାଗିଚି ସେ ବି ସାହାଯ୍ୟ କରିବ ନାହିଁ। କୁଆଡୁ କିଛି ଠିକଣା କରି ନପାରି ଅଗଣାରେ ଠିଆହୋଇ ମହାବୋଉ ଚାକରକୁ ଡାକ ଛାଡ଼ିଲେ।

– ଭିକାରେ, ସବୁଗୁଡ଼ାକ ଘର ଧୁଅ ନାହିଁ... ଖାଲି ମହାବାବୁ ଶୋଇବା ଘର, ଯେଉ ବାରଣ୍ଡାରେ ଖାଉଥିଲେ ସେଇଟା, ବେଠକଖାନା ଆଉ ଅଗଣାଟା ଧୋଇ ପକା। ଅନ୍ୟ ଘରଗୁଡ଼ାକରେ ମୁଁ ଗଙ୍ଗାପାଣି ନଉଚି, ଛିଞ୍ଚିଦେବି...ବୁଝିଲୁ?

– ହଉ।

ପ୍ରଥମେ ପରସ୍ତେ ଗୋବରପାଣି ଛିଞ୍ଚା ହୋଇଗଲା । ତାପରେ ଚାଲିଲା ଘରଧୁଆ ପାଲା । ଚାକର ଘର ଧୋଇ ଚାଲିଥାଏ- ଦୂରରେ ମହୀବୋଉ ଠିଆହୋଇ ବତେଇ ଦେଉଥାନ୍ତି । ଆଲମାରୀ ତଳକୁ ପାଣି ଯାଇନାହିଁ... ଚୌକିର ଗୋଡ଼ଗୁଡ଼ାକ ଧୋଇପକା... ଟେବୁଲ ତଳଟା ଭଲ କରି ଧୁଅ...!

ଏମିତି ଘରଧୁଆ ଚାଲିଥିଲା ବେଳେ ପୀତାମ୍ବରବାବୁ ଆସି ପହଞ୍ଚିଲେ ।

– ତମର ଆଜି କଣ କି ? ସଞ୍ଜ ବେଳଟାରେ ଘର ଧୋଇବ ।

– ତମ ବଡ଼ ପୁଅ ଆଜି ହୋଟେଲରୁ ଗୋରୁ ମାଉଁସ ଆଣି ଏ ଘରେ ଖାଇଥିଲେ ।

– ଗୋରୁ ମାଉଁସ ? କପାଳ କୁଞ୍ଚେଇ ପୀତାମ୍ବରବାବୁ ପ୍ରଶ୍ନ କଲେ ।

– ନୁହେଁ ତ ଆଉ କଣ ଛେଲି ମାଉଁସ ?

– ସେଥିପାଇଁ ତମେ ଏ ଶୀତରେ ପୂରା ଘରଟା ଧୋଉଚ ?

– ପୂରା ଘରଟା କାହିଁକି ଧୋଇବି ? ଯୋଉଠି ଯୋଉଠି ସବୁ ମାଉଁସ ପଡ଼ିଥିଲା, ଖାଲି ସେଇ ଜାଗାଗୁଡ଼ାକ ଧୁଆ ହଉଚି ।

“ଯାହା ଇଚ୍ଛା ହଉଚି କର”, କହି ପୀତାମ୍ବରବାବୁ ସେଠାରୁ ଚାଲିଗଲେ ।

ମହୀବୋଉଙ୍କ ମୁହଁରୁ ଜଣାଗଲା ଯେମିତି ତାଙ୍କର ଅଧା ଉସ୍ସାହ କମିଗଲା । ଚାକର ଉପରେ ଘର ଧୋଇବା କାମ ଛାଡ଼ିଦେଇ ମହୀବୋଉ ପୀତାମ୍ବରବାବୁଙ୍କ ପଛେ ପଛେ ଭିତରକୁ ଗଲେ ।

ରାତିରେ ମୋହନ ବୁଲିସାରି ଫେରିବା ମାତ୍ରେ ଘରର ଅବସ୍ଥା ଦେଖି ମୁଣ୍ଡରେ ହାତ ଦେଲା । କାହାକୁ କିଚ୍ଛି ନ କହି ସ୍ତେଥୋ ହାତରେ ଧରି ଘର ଭିତରକୁ ଗଲା ।

– ବାପା କାହାନ୍ତି ?

“ସେଇ ଘରେ”– ହାତ ଦେଖାଇ ପୁଝାରୀ ଠାରିଦେଲା ।

ପୀତାମ୍ବରବାବୁ ଆରାମ ଚୌକିରେ ଶୋଇ ଛାତ କଡ଼ିକୁ ଚାହିଁଥିଲେ । ମୋହନକୁ ଦେଖି ପଚାରିଲେ ‘କଣ’ ?

“ବାପା, ଏମିତି କଲେ ମୁଁ ଏ ଘରେ ରହିବି କେମିତି ?” ଧୁଆ ହୋଇଥିବା ଜିନିଷ ମୋହନ ପୀତାମ୍ବରବାବୁଙ୍କ ଆଖି ସାମନାରେ ଧରିଲା ।

ଦୂରରୁ ମହୀବୋଉ ପାଟିକଲେ, “ଧୋଇବାକୁ କ’ଣ କାହାକୁ ଖୁସି ଲାଗୁଥିଲା କି ? ସେଥିରେ ଝୋଲ ଭଳିଆ କ’ଣ ସବୁ ଲାଗିଥିଲା । ଏଇ ଭିକା ତ ନିଜେ ଧୋଇଚି । ତାକୁ ପଚାରୁନୁ ?”

ପୀତାମ୍ବରବାବୁଙ୍କ ସମର୍ଥନ ପାଇବାକୁ ମୋହନ କହିଲା, “ଯୋଉଠି ଖିଆ

ହେଉଥିଲା, ସେ ଜାଗା ଧୋଇବା ଭିନ୍ନ କଥା । ଏଘର ଗୋଟାକ ଯାକ ଏମିତି ଧୋଇଲେ ମୁଁ ଏଇକ୍ଷଣି ରୋଗୀ ଦେଖ୍‌ବି କୋଉଠି ? ଚାରିଆଡ଼ ଯାକ କଣ ମାଂସ ଲାଗି ଯାଇଥିଲା ? ତା'ର କଣ ହାତ ଗୋଡ଼ ଅଛି ?"

– ମାଉଁସର ସିନା ହାତ ଗୋଡ଼ ନାହିଁ, ଖାଇବା ଲୋକର ତ ଅଛି ? ତମ ଗୁଣବନ୍ତ କୁକୁରର ତ ଅଛି ? ହାଡ଼ ଖଣ୍ଡେ ଆଣି ଘର ଗୋଟାୟାକ ବୁଲି ବୁଲି ଖାଉଥିଲା ।

ଧୀରେ ଧୀରେ ଚୌକି ଉପରେ ଉଠିବସି ପିତାମ୍ବରବାବୁ ମୋହନକୁ କହିଲେ "ଘରେ ଏମିତି ଅଶାନ୍ତି ବଢ଼େଇବା ଠାରୁ ମୋ ମତରେ ତୁ ବାହା ହେଇପଡ଼ିବା ଭଲ ।" ମୋହନ କୌଣସି ଜବାବ ନ ଦେଇ ଚୁପ୍ ହୋଇ ଠିଆହୋଇ ରହିଲା । ପିତାମ୍ବରବାବୁ ପୁଣି କହିଲେ, "ସେ ତୋର ମା'... ତୋ ପାଇଁ ଅନେକ କରିଛି । ତାକୁ ଏ ବୟସରେ ଦୁଃଖ ଦେବାଟା ତୋର ଠିକ୍ ହେଉନାହିଁ । ତା'ଛଡ଼ା ମୁଁ ନିଜେ ବି ଦେଖୁଛି, ତୁ ବାହାହେଲେ ତୋ ଦେହର ଯତ୍ନ ନେବାକୁ ଜଣେ ବରାବର ରହିବ । ତୋ ବୋଉ ମତେ କହୁଥିଲା ତୁ ବଡ଼ ଝଡ଼ି ଯାଉଛୁ..."

– ବୋଉ ଆଖ୍‌ରେ ତ ସବୁ ଦିଶୁଛି ।

"ଆହା ତୁ ବୁଝୁନୁ । ଅନ୍ୟ ଲୋକେ ମାସ ମାସ ଦେଖ୍‌ ଯାହା ଠଉରେଇ ପାରିବେ ନାହିଁ, ଗୋଟିଏ ମିନିଟ୍ ଦେଖ୍ ମା ସେତକ ଠଉରେଇ ନିଏ । ପିଲାର ସୂତାଏ ଏପଟସେପଟ ହେଲେ ବି ମା' ଆଖ୍‌ରେ ଧରାପଡ଼ିଯାଏ, କାହିଁକି ? ସେ ପରା ଜନ୍ମ ଦେଇଚି । ଯୋଉଠି ଥାଉ, ଯୋଉ କାମ କରୁଥାଉ ପଛକେ, ମା'ର ମନ ସବୁବେଳେ ପିଲାର ଚାରିପଟେ ଘୁରୁଥାଏ ।" ପିତାମ୍ବରବାବୁ ଟିକିଏ ଦମ୍ ମାରିଲେ ।

ଏଇ ସୁବିଧାରେ କିଛି ନ କହି ମୋହନ ଖସିଯିବାକୁ ବସିଲା । କିନ୍ତୁ ସଙ୍ଗେ ସଙ୍ଗେ ତା ମୁହଁକୁ ଥରେ ଚାହିଁଦେଇ ପିତାମ୍ବରବାବୁ କହିଲେ, "ତୁ ନିଜେ ଭାବି ମତେ କହିବୁ । ମୁଁ ତତେ ଜୋର କରୁନାହିଁ କିନ୍ତୁ ସାନ ସାନ ଭାଇ ଭଉଣୀଙ୍କ କଥା, ତୋ ବୋଉ କଥା ଟିକିଏ ଭାବିବୁ... ତୁ ରାଜି ହେଲେ ଯେ, ସାଙ୍ଗେ ସାଙ୍ଗେ ବାହାଘର ହେଇଯିବ, ତା ନୁହେଁ... ପାତ୍ରୀ ଖୋଜିବାକୁ ହେବ... ବାହାଘର ହେଉ ହେଉ ଏଇକ୍ଷଣି କେତେ ଡେରି... ତୁ ଧୀରେ ସୁସ୍ଥରେ ଭାବିକରି ମୋତେ କହ... ବୁଝିଲୁ ?"

'ହଉ' କହି ମୋହନ ଚାଲିଗଲା ।

ଅଳ୍ପ ସମୟ ପରେ ମହାବୋଉ ଆସି ପହଞ୍ଚିଲେ– କଣ ଏତେ କଥା ଦିହିଙ୍କ ଭିତରେ ହେଉଥିଲା କି ?

– ବାହା ହବା ପାଇଁ ତାକୁ ବୁଝାଉଥିଲି ।

– 'ହଁ' କଣ କହିଲା ? କୌତୂହଲ ଦର୍ବେଇ ନିଲିପ୍ତ ଭାବରେ ମହୀବୋଉ ପ୍ରଶ୍ନ କଲେ ।

– କହିଛି ଭାବି କରି ପରେ କହିବ ।

ଆଉ କିଛି ନକହି ମହୀବୋଉ ଚାଲିଗଲେ । ଅନ୍ଧାରିଆ ଜାଗାରେ କାନ୍ଧରେ ମୁଣ୍ଡ ଲଗେଇ ବାପଘର ଆଢ଼ର ଠାକୁରାଣୀଙ୍କ ସ୍ମରଣ କରି ଆସ୍ତେ ଆସ୍ତେ କହିଲେ, "ମା ଶାରଲା, ମୋ ଅବାଗିଆ ପୁଅଟାକୁ ବାହା ହେବାକୁ ରାଜି କରେଇ ଦେ ମା ! ତତେ ଗୋଟାଏ ବୋଦା ଦେବି । ମାଲୋ, ମୋ ଗରିବ ଗୁହାରି ଟିକିଏ ଶୁଣ... ଗୋଟାଏ ବୋଦା ଦେବି । ପାଟଶାଢ଼ୀ ଚଢ଼େଇବି ।... ମା... ମା...।" ତା'ପରେ ମନ ଭିତରେ ଭାବିଲେ, ବୋଧହୁଏ ଏତକ ଯଥେଷ୍ଟ ହେଲା ନାହିଁ । ପୁଣି କହିଲେ, "ପୁଅର ବାହାରାତ୍ ଫିଟିଲେ ତୋ ମୁଣ୍ଡରେ ସୁନାର ମୁକୁଟ ଚଢ଼େଇବି...।" ମନର କଥା ଜଣାଇ ସାରି ଲୁଗା କାନିରେ ଆଖି ପୋଛି ମହୀବୋଉ ଚାଲିଗଲେ ।

ରାତିରେ ଯେତେବେଳେ ସମସ୍ତେ ଖାଇ ବସିଲେ, ମହୀବୋଉ ପୁତୁରୀକୁ ବରାଦ ଦେଲେ, "ମହୀବାବୁ ପାଇଁ ସବୁ ରଖିଥା... ସେ ଆଜି ରାତିରେ ଭାତ ଖାଇବ ।" ଟିକିଏ ବେଳ ଅପେକ୍ଷା କରି ଦେଖିଲେ କେହି କିଛି କହିଲେ ନାହିଁ । ସେଠୁ ପିତାମ୍ବରବାବୁଙ୍କୁ ଶୁଣେଇ ଶୁଣେଇ କହିଲେ, "ସେ ଆଜି ଏକରକମ ଉପାସ ରହିଚି କହିଲେ ଚଳେ... ବାବୁ ସିନା କୁକୁଡ଼ା ମାଉଁସ ମନେ କରି ହକ ହକ ହେଇ ନେଇ ଆସିଥିଲେ ଘରେ ଦେଖିଲାବେଳକୁ ଗୋରୁ ମାଉଁସ । ଅସନା ଲାଗିବ ନାହିଁ ? ମୋରି ଆଗରେ ମୁହଁ ଚାଣ କରି କହୁଥିଲା କୁକୁଡ଼ା ମାଉଁସ... ମୁଁ ଆସିବା ପରେ ସେତକ ଛାଡ଼ିଦେଇ ଚୋର ପରି ପଲେଇଚି... ଯାହାର ଅଭ୍ୟାସ ଥାଏ ସେ ସିନା ଖାଇ ପାରିବ...।"

"ଥାଉ ବନ୍ଦ କର । ସେ ଡାକ୍ତର, କୁକୁଡ଼ା ମାଂସ ଗାଈ ମାଂସର ପ୍ରଭେଦ ଆଜିଯାଏ କଣ ବୁଝି ନାହିଁ ?"

ପିତାମ୍ବରବାବୁଙ୍କ କଥା ଶୁଣି ମହୀବୋଉ ଅଭିମାନ କରି ସେଠୁ ଚାଲିଗଲେ ।

ସମସ୍ତେ ଶୋଇ ପଡ଼ିଲେଣି । ଏକା ମହୀବୋଉ ବସି ଅପେକ୍ଷା କରିଛନ୍ତି ପୁଅ କେତେବେଳକୁ ଆସିବ । ଚାକର, ପୁତୁରୀ ସେମିତି ଅଖିଆ ଶୋଇପଡ଼ିଛନ୍ତି । ଅନେକ ବେଳ ପରେ ମୋହନ ଆସିଲା । ଅନ୍ଧାରରେ ଛପି ଛପି ମହୀବୋଉ ରୋଷେଇ ଘରକୁ ଗଲେ । ନିଜ ହାତରେ ସବୁ ବାଢ଼ି ବୁଢ଼ି ପୁତୁରୀ ହାତରେ ମୋହନ ପାଖକୁ ପଠାଇଦେଲେ । ଭାତଥାଲି ଦେଖି ମୋହନ ଆଶ୍ଚର୍ଯ୍ୟ ହୋଇଗଲା ।

– ଇଏ କଣ ?

ପୁଖାରୀ କଣ ଜବାବ ଦେବ ଶୁଣିବାକୁ ରୋଷେଇ ଘରୁ ମହୀବୋଉ କାନ ପାରିଛନ୍ତି ।

— ନାଇଁ ଆଜ୍ଞା, ଆପଣ ଆଜି ଉପାସ ରହିଛନ୍ତି... ଭାତ ଖାଇବେ ବୋଲି ମା କହିଥିଲେ ।

"ନାଇଁ ମୁଁ ଭାତ ଖାଇବି ନାହିଁ, ନେଇଯା", କହି ମୋହନ ଛୁରୀରେ ପାଉଁରୁଟି କାଟିବାକୁ ବସିଗଲା । କିଛି ବେଳ ପରେ ମୋହନଠୁ ଆଉ ଗୋଟେ ଧମକ ଖାଇ ପୁଖାରୀ ଥାଲି ଧରି ଫେରିଗଲା ।

"କଣ ଖାଇଲା ନାହିଁ ?" ମହୀବୋଉ ଯେମିତି କିଛି ଶୁଣି ନାହାନ୍ତି ସେମିତି ପଚାରିଲେ ।

— "ନାଇଁ, ବାବୁ ପାଉଁରୁଟି କାଟୁଛନ୍ତି । ଭାତ ଖାଇବେ ନାହିଁ ବୋଲି କହିଲେ ।"

"ହୁଁ ! ଆଛା; ତମେ ଦିହେଁ ଖାଇନିଅ । ମତେ କେମିତି ଜରୁଆ ଜରୁଆ ଲାଗୁଛି ମୁଁ ଖାଇବି ନାହିଁ ।" ମହୀବୋଉ ଚାଲିଗଲେ ।

ପରଦିନ ଗୋଟାକ ଯାକ ମହୀବୋଉ ଉପାସ ରହିଲେ । ଉପରବେଳା ଜଳଖିଆ ଖାଇବାକୁ ଦେଇ ପୁଖାରୀ ମାୟାକୁ କହିଲା, "ଦେଈ, ମା କାଲିଠୁ ଉପାସ କରିଛନ୍ତି ।"

— କାହିଁକି ?

— କାଲି ରାତିରେ ସାନବାବୁ ଭାତ ଖାଇବାକୁ ମନା କଲାରୁ ମା ରାଗ କରି ସେତିକି ବେଳୁ ଉପାସ ଅଛନ୍ତି ।

ଜଳଖିଆ ଥାଲିଟା ହାତରେ ଧରି ମାୟା ଉଠିଗଲା । ପୀତାମ୍ବରବାବୁଙ୍କ ପାଖରେ ବସି ମହୀବୋଉ ଜଳଖିଆରୁ ମାଛି ତଡ଼ୁଥିଲେ ।

— ବାପା ! ବୋଉ କାଲିଠାରୁ ଉପାସ ରହିଛି । ଆଜି ବି କିଛି ଖାଇନାହିଁ ।

ପୀତାମ୍ବରବାବୁ ଚାହିଁଲେ ମହୀବୋଉଙ୍କ ମୁହଁକୁ ।

ଶୁଷ୍କଲା ମୁହଁରେ ମହୀବୋଉ ହସ ଟାରି କହିଲେ, "ଉପାସ କାହିଁକି ରହିବି ? ମୋ ଦେହଟା ଭଲ ଲାଗୁନାହିଁ ।"

— ପୁଣି ମିଛ କହୁଛୁ ? କାଲି ରାତିରେ ଭାଇ ଭାତ ଖାଇଲେ ନାହିଁ ବୋଲି ତ ତୁ ରୁଷିଛୁ ।

ବୁଝେଇଲା ଭଳି ପୀତାମ୍ବରବାବୁ କହିଲେ, "ତମେ ତ ଆଛା ମଣିଷ? ସେ ସିନା ଭାତ ଖାଇଲା ନାହିଁ। ଅନ୍ୟ ଜିନିଷ ତ ଖାଉଛି? ତା ସାଙ୍ଗରେ ପାଲିଆ ଧରି ଉପବାସ ରହିଲେ ଏ ବୟସରେ ଦେହ ସହିବ? ଯାଅ, ଖାଇବ ଯାଅ।"

'ନା' ମହୀବୋଉ ବସି କାନ୍ଦିବାକୁ ଲାଗିଲେ।

"ନା କ'ଣ? ସବୁଦିନେ ଏମିତି ଉପବାସ ରହିଥିବ?" ପୀତାମ୍ବରବାବୁ ମହୀବୋଉଙ୍କ ମୁହଁକୁ ଚାହିଁଲେ।

"ସେ ବାହା ହବାକୁ ରାଜି ହେଲେ, ମୁଁ ଏ ଘରେ ପାଣି ଛୁଇଁବି– ନଇଲେ ସେମିତି ଶୁଖୁ ଶୁଖୁ ମରିବି। ଦେଖିବି ସେ କେମିତି ବାହା ହବ ନାହିଁ।"

"ତମେ ତ ମଣିଷକୁ ଆଛା ହଇରାଣରେ ପକାଇଲ," ପୀତାମ୍ବରବାବୁ ଟିକିଏ ଚିନ୍ତିତ ହେଲେ।

ମୋହନ ବୁଲିସାରି ଘରେ ଗୋଡ଼ ଦଉ ଦଉ ମାୟା ଚଣ୍ଡୀମୂର୍ତ୍ତି ଦେଖାଇ କହିଲା, "ଭାଇ, ତମେ କ'ଣ ବୋଉକୁ ଜୀବନରେ ମାରିଦବାକୁ ବସିଚ?"

– ଏଁ!

– ଏଁ କଣ? ସେ ଦି'ଦିନ ହେଲା ଖାଡ଼ା ଉପାସ ରହିଛି। ... ତମେ ବାହା ହେବାକୁ ରାଜି ହେଲେ ଯାଇ ଏ ଘରେ ପାଣି ଛୁଇଁବ ବୋଲି ସେ କହୁଛି... ବାହା ହୋଇପଡ଼ିଲେ ତ ଆଉ ଏତେ ଗୋଲମାଲ ଲାଗନ୍ତା ନାହିଁ... ଭିତରେ ପଛେ ଷୋଲପଣେ ଇଚ୍ଛା ଥିବ, ବାହାରକୁ ଯେତେକ ଫୁଟାଣି।

"ବୋଉ କାହିଁ?" କହି ମୋହନ ସିଧା ମହୀବୋଉଙ୍କ ପାଖରେ ଯାଇ ହାଜର ହେଲା।

"ବୋଉ' ତୁ କାହିଁକି ଉପାସ ରହିଛୁ?" କହି ମୋହନ ପାଖରେ ବସିଲା।

– ମତେ ନ କହିଲେ ମୁଁ ବୁଝିବି କେମିତି?

– ତୋର କ'ଣ ଆଖି ନାହିଁ? ସୁଁ ସୁଁ ହୋଇ ମହୀବୋଉ କାନ୍ଦିବାକୁ ଲାଗିଲେ।

– ହଉ, ମୁଁ ବାହା ହେବି, ତୁ ଖାଇନେ। ଏ ମାୟା, ବୋଉ ପାଇଁ କଣ ଅଛି ଆଣ।

କିଛି ନ କହି ମହୀବୋଉ ସେମିତି ବସି କାନ୍ଦୁଥାନ୍ତି।

– କହିଲି ପରା ବାହା ହେବି, ଆଉ କଣ?

– ନାଇଁ, ତୁ ମୋ ଦେହ ଛୁଁ।

"ହଉ, ଛୁଇଁଲି" କହି ମହୀବୋଉ ବଢ଼େଇଥିବା ହାତକୁ ଛୁଇଁଲା। ପୀତାମ୍ବରବାବୁଙ୍କୁ ଡକେଇ ସାକ୍ଷୀ ରଖି ମହୀବୋଉ ଅନଶନ ଭାଙ୍ଗିଲେ।

ତା ପରଠାରୁ ଦେଖାଗଲା ମହୀବୋଉ ମୋହନ ଖିଆପିଆର ଦୁଇଗୁଣ ଯତ୍ନ ନେଉଛନ୍ତି । ଯେ ଯେତେବେଳେ ଘରକୁ ବୁଲି ଆସିଲା, ତାଙ୍କର ପ୍ରଥମ କଥା– "ପୁଅ ବାହା ହବା ପାଇଁ ରାଜି ହେଇଚି । ତମ ଦେଖାନ୍ତରେ କେହି ଭଲ ପାତ୍ରୀ ଅଛନ୍ତି ?" ଡାପରେ ନିଜ ଅନଶନର ବର୍ଣ୍ଣନା ।

ଘରେ ଚୁପ୍ ହୋଇ ବସି ରହିଲେ ଚଳିବ ନାହିଁ, ତେଣୁ ଘର ଘର ବୁଲି ବୋହୂମାନଙ୍କୁ ଦେଖିବା ଦରକାର । କାହା ବୋହୂ କେମିତି ଚଲୁଛନ୍ତି, ସେତକ ଆଗରୁ ଭଲ କରି ନ ଦେଖିଲେ ହୁଏତ ସେ ନିଜେ ହଇରାଣରେ ପଡ଼ିଯିବେ । କି ଧରଣର ବୋହୂ ଆଣିବେ, ସେ ବି ଗୋଟାଏ ସମସ୍ୟା । ବହୁତ ଦିନ ଆଗର କଥା ମନେ ପଡ଼ିଲା– ଯଦୁବୋଉ କହୁଥିଲେ ମୁରଲୀବାବୁଙ୍କ ଘର ବୋହୂମାନଙ୍କ କଥା । ଥରେ ତାଙ୍କ ଘରକୁ ଗଲେ ହୁଅନ୍ତା ।

ସେହିଦିନ ଖୁସିରେ ମହୀବୋଉ ଯଦୁବୋଉଙ୍କୁ ସାଥିରେ ଧରି ମୁରୁଲୀବାବୁଙ୍କ ଘରକୁ ବୁଲିବାକୁ ଗଲେ । ସେଠି ପହଞ୍ଚିଲା ବେଳକୁ ସଞ୍ଜ ଗଡ଼ିଗଲାଣି । ମୁରଲୀବାବୁଙ୍କ ସ୍ତ୍ରୀ ଓରଫ ମିନିବୋଉ ବଡ଼ ଓ ମଝିଆଁ ପୁଅଙ୍କର ତିନିଟା ଛୁଆଙ୍କୁ ଏକାଠି ବସେଇ ଖୋଇ ଦେଉଛନ୍ତି ଆଉ ମନକୁ ମନ ଭଟର ଭଟର ହେଉଛନ୍ତି ।

ହସି ହସି ଯଦୁବୋଉ କହିଲେ– ଆମେ ତମ ଘକରୁ କୁଣିଆ ଆସିଛୁ ସଙ୍ଗାତ । ତା ପରେ ଚାରିଆଡ଼କୁ ଟିକିଏ ଚାହିଁଦେଇ କହିଲେ ସାନବୋହୂ ନାହିଁକି ?

– ଅଛି ।

– ଯା' ହଉ । ଯଦୁବୋଉ ହସିଲେ ।

"କିଏ ଅଛ ଲୋ, ଗୋଟାଏ ମସିଣା ପାରିଦେଇ ଯିବଟି", କହି ମିନିବୋଉ ମହୀବୋଉଙ୍କ ମୁହଁକୁ ଚାହିଁଲେ– ସୂର୍ଯ୍ୟ ଆଜି କୁଆଡ଼େ ଉଇଁଥିଲେକି, ତମେ ଆଜି କେମିତି ଗଡ଼ିପଡ଼ିଲ ?

ତମର ସିନା ତିନି ବୋହୂ ଯେ, ହାତରେ କିଛି କରିବାକୁ ପଡୁନାଇଁ । ବୋହୂ– ପରଷା ଖାଇ ମନ ଖୁସିରେ ହେଣ୍ଡି ମାରି ବୁଲୁଚ । ମୋର ସେ ଭାଗ୍ୟ କାହିଁ ? ସବୁ ନିଜେ ନ ଦେଖିଲେ ଘଡ଼ିଏ ଚଳିବ ନାହିଁ ।

ସଙ୍ଗାତକୁ ଟିକିଏ ଚୁମୁଟି ଦେଇ ହସି ହସି ଯଦୁବୋଉ କହିଲେ– ଆଲୋ, ଏଣେ ବାଙ୍କ ବାଟରେ କାଇଁକି ଯାଉଚୁ ? ସଲଖ କଥା କହିଦଉନୁ– "ତୋର ଦେଖ, ମୋର ଡେଉଁଟି ଡାହାଣ ଆଖ..."

ଯଦୁବୋଉଙ୍କ କଥା ନ ଶୁଣିଲାପରି ମିନିବୋଉ କହିଲେ– ଆଲୋ, କଲେ

ସବୁ ହବ। ତମେ ଚୁପ୍ ହୋଇ ବସିଯାଅ, ଦେଖିବ ସବୁ ଠିକ୍ ଚାଲିବ। ରଜା ମରିଗଲେ ରାଜ୍ୟ ଚଳୁଛି। ଆଉ ତମେ ଘଡ଼ିଏ ଛୁଟି ନେଲେ ଘର ଅଚଳ ହୋଇଯିବ?

– ହଅ ଛୁଟି ନେବି! ଯମ ନେଲାପରେ ଯାଇ ମୋର ଛୁଟି– ତା ଆଗରୁ ନୁହେଁ।

ତମ ପୁଅ ବାହା ହବାକୁ ରାଜି ହେଲା?

– ଆମେ ତ ପାତ୍ରୀ ପାଉନ୍ତୁ, ରାଜି ଅରାଜି କଥା କିଏ ପଚାରେ?

– ତମର ଯୋଉ କଥା! ତମ ପୁଅକୁ ପୁଣି ପାତ୍ରୀ ଅପୂର୍ବ। ମିନିବୋଉ ଯଦୁବୋଉଙ୍କ ମୁହଁକୁ ଚାହିଁଲେ।

ଯଦୁବୋଉ ଆଗ ବଳିପଡ଼ି କହିଲେ– ଜାଣିନା କି ସଙ୍ଗାତ, ସେ ପରା ପାଟୋଇ ବୋହୂ କରିବ।...

ଗୋଡ଼ ଖସି ପଡ଼ିଯାଉଥିବା ଲୋକକୁ ହାତ ଦେଇ ରୋକି ନେଲାଭଳି ମିନିବୋଉ କହିଲେ– ସେ ଭୁଲ କରନା ମହୀବୋଉ... ମୋ ସାନକୁହା ମାନ, ବେଶୀ ପଢ଼ୁଆ ଝିଅ କେବେହେଲେ ବୋହୂ କରି ଆଣିବୁ ନାହିଁ। ଆଲୋ "ଶିମିଳି ଗଛର ଡାଳମୂଳ କଣ୍ଟା ଫୁଲ ଫୁଟିଥାଏ ରଙ୍ଗ, ଚହକଚାନ୍ଦୀର ମାଥାରେ ସିନ୍ଦୁର ଦୂରକୁ ଦିଶଇ ଢଙ୍ଗ"... ତାଙ୍କ ଭିତରେ କଡ଼ାକର କିଛି ଅଛି? ଖାଲି ଦେଖା ସୁନ୍ଦର କଥାରୁ ବଡ଼ି...ମୂର୍ଖଙ୍କ ଭିତରେ ହେଲେ ଟିକିଏ ଦୟାମାୟା ଅଛି, ଏମାନଙ୍କଠି କ'ଣ ସେତକ ପାଇବ? କହ୍ଲନ– ?

କଥାଟାକୁ ଷୋଳ ଅଶାରେ ସମର୍ଥନ କରି ଯଦୁବୋଉ କହିଲେ– ଆଗୋ, ପାଠ ସାଙ୍ଗରେ ପରା ସେତକ ବି ଖାଇ ଦେଇଥାନ୍ତି। ଆଉ ରାଇଜ୍ୟାକର ଯେତେ ବାଦ ଛେଦ, ସବୁ ତାଙ୍କଠି ବସା ବାନ୍ଧିଥାଏ। ମୂର୍ଖଗୁଡ଼ା ପାଠପଢ଼ି ନ ଥାନ୍ତି ବୋଲି ଗଛକୁ ମଟିରୁ ହାଣି ଧରା ପଡ଼ନ୍ତି, ଆଉ ଏମାନେ ମୂଷାଭଳି ଶିଏ ଶିଏ ଯାଇ ମୂଳରୁ କାଟି ଦିଅନ୍ତି। ସେ ତ ଆଗରୁ କଥା ଅଛି– "ଫରଫର ହେଇ ଡିଅନ୍ତି ମୀନ, ବଡ଼ ମାଛଙ୍କର ନ ଦିଶେ ଚିହ୍ନ"।

ମହୀବୋଉଙ୍କ ମୁହଁରୁ ଜଣାପଡ଼ୁଥାଏ ଯେମିତି କଥାଗୁଡ଼ାକ ତାଙ୍କ ମନକୁ ଆସିଲା ନାହିଁ। କହିଲେ– ଆଜିକାଲି ତ ସମସ୍ତେ ପାଠ ପଢ଼ିଲେଣି– ଅପାଟୋଇ ହେଇ କିଏ ଅଛି ମତେ କହିଲ?

ମହୀବୋଉଙ୍କ କଥା ଶୁଣି ଯଦୁବୋଉ କହିଲେ– ଆଲୋ, ସଙ୍ଗାତ ସେ କଥା କହୁନାହିଁ; ସେ ବେଶୀ ପଢ଼ୁଆଙ୍କ କଥା କହୁଚି ନା।

– କାହିଁ, ମୋ ଦେଖାନ୍ତରେ କେଇଟୋ ଝିଅଙ୍କୁ ଦେଖିଚି... ଭଲରେ ଘର ଚଲାନ୍ତି

ତ ? ତମ ଆମ ଘରଠୁ ତାଙ୍କ ଘରେ ତ ଆଉରି ବେଶୀ ସଣ୍ଡଣା। ଗୋଟାଏ ଅଧେ ଠିକା ଚାକର ରଖ୍ ସବୁ କଥା ହାତେ ହାତେ କରି ପକାନ୍ତି। ଦେଖିଲେ ଭାରି ଭଲ ଲାଗେ।

ଟିକିଏ ତାତିଉଠି ମିନିବୋଉ କହିଲେ– ତା' କାହିଁକି କରିବେ ନାହିଁ ? ଶାଶୁଘରେ ସିନା ଗାଧୋଇ ସାରିଲେ ଶାଢ଼ି ହକାଲିବାକୁ ଚାକର ଲୋଡ଼ା, ବିଛଣା ପରା, ବିଛଣା ଝଡ଼ା, ରନ୍ଧାରନ୍ଧି– ସବୁଥିକୁ ଚାକର ଦରକାର। କଥା କ'ଣ ନା ବଡ଼ଲୋକର ଝିଅ, ପାଠ ପଢ଼ୁଥିଲେ, ପିଲାଦିନରୁ କେବେ ଏସବୁ ହାତେ ହାତେ କରିନାହାନ୍ତି। ତାଙ୍କୁ ତମେ ଅବିକା ବିଦେଶ ପଠେଇଦିଅ, ଦେଖିବ ତାଙ୍କଠାରୁ ପାରଧାରୀ ଆଉ କେହି ନାହାନ୍ତି...

କଥା ଛଡ଼େଇ ନେଇ ଯଦୁବୋଉ କହିଲେ– କିନ୍ତୁ ସେ ଅଛ କେଇଟା ଦିନ ପାଇଁ ନା ! ଆଲୋ, ସେତେବେଳେ ପରା ତାଙ୍କ କାମ ଦେଖିଲେ ତମ ଆଖ୍ ଖୋସି ହେଇଯିବ। ବିଦେଶରେ ବେଳାଏ ରାନ୍ଧି ଦେଇ ଦି'ବେଳା ଖାଇଲେ... ହୋଟେଲ ଅଛି... ଶାଶୁଘରେ ଏସବୁ ଚଳିବ କୁଆଡ଼ୁ ? ସେ ତ ପାଞ୍ଚଭାଇ ଆଖଡ଼ା... ନୁହେଁ ?

ବଡ଼ ଜୋରରେ ମୁଣ୍ଡ ହଲେଇ ମିନିବୋଉ କହିଲେ– "ଯାହା କହିଲ, ଶାଶୁଘରେ ଏସବୁ ଚଳିବ କୋଉଠୁ ? ସେଥିପାଇଁ ଦେଖିବ ଆଜି ଜଣକର ମୁଣ୍ଡ ବଥେଇଲେ କାଲି ଆଉ ଜଣକର ପେଟ ବଥାଏ, ପରଦିନ ଆରକର ହାତ ବିନ୍ଧେ, କହିଲ ଦେଖ୍ ମୂର୍ଖମାନଙ୍କ ପରି ଏ ପାଠୋଇମାନେ ସାନ ସାନ ନଣନ୍ଦ ଦିଅରଙ୍କର ଅଲିଝଲି ଦଡ଼ିଦମଡ଼ ସହି ପାରିବେ ?"

ଯଦୁବୋଉ ଥରେ ମହୀବୋଉଙ୍କ ଆଡ଼କୁ ଚାହିଁ କହିଲେ–ଅଲିଝଲି ସହିବେ। ତାଙ୍କର ଗରଜ ସରୁ ନଥିଲା। ତାଙ୍କ ଧୋବ ଲୁଗାରେ ମଲି ଲାଗିଯିବ ବୋଲି ପଛକେ ଛୁଇଁବେ ନାହିଁ, ସେମାନେ ପୁଣି ଅଲିଝଲି ସହିବେ ! ... ଆଗୋ, ଯିଏ ଶାଶୁଘରେ କାମ ନକଲା, ସେ ଗୋଟାଏ କି ବୋହୂରେ ଗଣା ?

– ଆଉ ତେବେ ? ମୂର୍ଖଙ୍କଠୁ ସେମାନେ କୋଉ ହିସାବରେ ଭଲହେଲେ ? ମୂର୍ଖମାନଙ୍କୁ ସାତଖୁଣ ମାଫ– ସେମାନେ ପାଠ ପଢ଼ି ନାହାନ୍ତି, ମୂର୍ଖ। କିନ୍ତୁ ଏମାନେ ପାଠୋଇ ହୋଇ ତାଙ୍କୁ କଣ ଶିଖେଇଲେ ? ଏ ପାଠୋଇମାନେ ଖାଲି ଗୋଟିଏ କଥା ଜାଣନ୍ତି–ବିଦେଶରେ ରହି ଶାଶୁ ନଣନ୍ଦଙ୍କ ପାଖକୁ ବାଗେଇ ବାଗେଇ ଖଣ୍ଡେ ଖଣ୍ଡେ ଚିଠି ଛାଡ଼ନ୍ତି– ଚିଠି ତ ନୁହେଁ, ଗୋଟିଏ ଗୋଟିଏ ମୁନିଆଁ ତାର। ପାଠ ପଢ଼ା ତାଙ୍କର ପାଣିରେ ପଡ଼େ ନାଇଁ। ଏଇ ଦେଖ ଅଲେଖବାବୁଙ୍କ ଘର କଥା। ତାଙ୍କ ବୋହୂ ଏଇ କେତେଟା ମାସ ହେଲା ବିଦେଶ ଯାଇଚି। ତାରି ଶାଶୁ ପରା ମତେ ତା' ଚିଠି ଦେଖଉଥିଲେ।

ଯଦୁବୋଉ ସଲଖ୍ ବସି ପଚାରିଲେ, "ତାଙ୍କ ବୋହୂ କେବେ ବିଶେଥ ଗଲା ବା ? !

ଏଇ ଦୋଳ ବେଳକୁ ଗଲା ତ... ହଁ, କଣ କହୁଥିଲିଟି ବୋହୂ ଚିଠି କଥା ପରା ?" ମିନିବୋଉ ମହୀବୋଉଙ୍କୁ ଟିକିଏ ଠେଲି ଦେଇ ଆରମ୍ଭ କଲେ- ତାଙ୍କ ବୋହୂ ଲେଖିଥାଏ, ଶାଶୁ ଶ୍ୱଶୁରଙ୍କ କଥା ଭାବି ତା ମନଟା ସବୁବେଳେ ଗୋଲେଇ ଘାଣ୍ଟି ହଉଚି... ସମସ୍ତଙ୍କ କଥା ଭାବି ଭାବି ରାତିରେ ନିଦ ହେଉନାଇଁ, ଦେହ ଶୁଖି ଯାଉଚି... ଏମିତି ଆଉରି କେତେ କଥା। ଏଣେ ଘରେ ଶାଶ୍ୱର ପାଲା ଦେଖିବ କଣ ? ଥରକୁ ଥର ସମସ୍ତଙ୍କୁ କେନ୍ଥୁଥାଏ, ଯାଇ ବୋହୂକୁ ନେଇ ଆସିବାକୁ। ଏଇ ପୂଜାଛୁଟିରେ ଆସିବା ପାଇଁ ଶାଶୁ କୁଆଡ଼େ ଚିଠି ଲେଖିଥିଲା। ବୋହୂ ବି ରାଜି ହେଇଥିଲା। ଦେଖୁ ଦେଖୁ ଛୁଟି ସରିଗଲା, ପୁଅ ବୋହୂଙ୍କର ଦେଖା ନାହିଁ। କଥା କଣ ନା ପୁଅ କୁଆଡ଼େ ଜୋର କରି ତାକୁ ବମ୍ବେ ନେଇଗଲା ହାୱା ବଦଲେଇବାକୁ।

ବୋହୂ ଫେରିବାର ଶୁଣି ଶାଶୁଙ୍କ ଠେଲାପେଲାରେ ଶ୍ୱଶୁର ଆଣିବାକୁ ଗଲେ। ସେଠି ପହଞ୍ଚ ଦେଖିଲେ ପୁଅ ବୋହୂ ଆଉ ପୁଅର ଦି'ଜଣ ସାଙ୍ଗ ବସି ତାସ ଖେଳୁଛନ୍ତି। ଶ୍ୱଶୁରଙ୍କୁ ଦେଖି ବୋହୂ ଯାଇ ଘର ଭିତରେ ଲୁଚିଲା। ଯିଏ ଯୁଆଡ଼େ ପଲେଇଲେ। ବୋହୂକୁ ଆଣିବାକଥା କହିଲାରୁ ପୁଅ କୁଆଡ଼େ ତଳକୁ ମୁହଁ ପୋଟିଲା। ତେଢ଼ଙ୍କି ସେ ବୋହୂ କୁଆଡ଼େ ବାହାରି ଆସି ଶ୍ୱଶୁର ସାଙ୍ଗରେ ପୁଅପାଇଁ ଜବାବ ସୁଆଲ କଲା...

କଥାରେ ବାଧାଦେଇ ଯଦୁବୋଉ ଶୁଣେଇ ଶୁଣେଇ କହିଲେ- ଗାଈ ନ ବୋବାଏ ଖାଉନ୍ଦ ଚିହ୍ନ, ଖାଉନ୍ଦ ଧାଉଁଛି ଛନ୍ଦଣୀ ଘେନି"...

ଯଦୁବୋଉଙ୍କ କଥାକୁ କାନ ନଦେଇ ମହୀବୋଉ କହିଲେ- ହଁ, ଶ୍ୱଶୁର ସେଠୁ କଣ କଲେ ?

– 'ସେଠୁ' ଆଉ କଣ ? ଶ୍ୱଶୁର କାନମୁଣ୍ଡା ଆଉଁସି ଏକାଟିଆ ଫେରିଲେ... ଏଇ ହେଲା ବେଶୀ-ପଢ଼ା ବୋହୂଙ୍କ କଥା। ବିରାଢ଼ି ବୈଷ୍ଣବ ପରି ମୁହଁରେ କଅଁଳ କଥା, ଏଣେ ଭିତରେ ଭିତରେ ଖିଅ କାଟୁଥିବେ।

ମହୀବୋଉ ଆଉ ଚୁପ୍ ରହି ପରିଲେ ନାହିଁ, କହିଲେ-ତୁଚ୍ଛାଟାରେ ପର ଝିଅମାନଙ୍କୁ କାହିଁକି ଦୋଷୀ କରୁଛ ଭଲା ? ତମେ ନିଜେ କହିଲ ଦେଖ, ଯଦି ତମର ଗୋଟିଏ ଝିଅ ବାହା ହବାକୁ ଥାନ୍ତା, ତମେ ଏମିତି କଥା କହୁଥାନ୍ତ ?

ମିନିବୋଉ ସଙ୍କୁଡ଼ି ହାତ ଧୋଉ ଧୋଉ କହିଲେ- ହେ- "ପାଣିରେ ବୋରଝାଣ୍ଡି ଯାଉଛି ସଡ଼ି, ପେଟରେ ଦୁଃଖ ଅଛି କୋଳପ ପଡ଼ି"... ମୋ ଝିଅ କଥା କହୁଛ ଯେ, ସେ ତ ସହଜେ ରୋଗାଣିଟାଏ... ଆଖି ଲାଲ ହେଇ ଗେଣ୍ଠା ଭଲି ଫୁଲି

ଯାଇଥିବ, ଚାହିଁ ହଉ ନଥିବ, ସେଥିରେ ରନ୍ଧାବଢ଼ା ସବୁ କରି, ଘର ଗୋଟାକ ଯାକର ମଣିଷକୁ ସେ ଖାଇବାକୁ ଦବ। ଜୋଇଁ ବି ସେମିତିକା ମଣିଷ। ନିଜର କିଛି ଅସୁବିଧା ନହେଲେ ଘରର ହାନିଲାଭ ତାଙ୍କ ଆଖିରେ ପଡ଼େ ନାହିଁ। ଶାଶୁ କୁଆଡ଼େ ଥରେ ଯାଇ ମିନି ପାଇଁ ଔଷଧ କଥା କହିଥିଲା ଯେ, ପୁଅ ଜବାବ ଦେଲେ, "କେତେ ଲୋକଙ୍କ ଆଖି ଏମିତି ହୁଏ ନା, ଏଥିରେ ଗୋଟାଏ ଡରୁଛୁ କଣ"?

– ଇଏ କୁଆଡ଼ର କଥା ବା? ମହୀବୋଉ ଯଦୁବୋଉଙ୍କ ମୁହଁକୁ ଚାହିଁଲେ।

– ଆଉ? ଯେତେବେଳେ ଅବସ୍ଥା ଆଉ ସମ୍ଭାଲି ହେଲା ନାହିଁ, ଡାକ୍ତର ଆସି ଓଷଦ ଲେଖ ଦେଇଗଲେ। ତେଣେ ଡାକ୍ତର ରାସ୍ତାରେ ଗୋଡ଼ ଦେଇଥିବେ କି ନାହିଁ ଏଣେ ଜୋଇଁ ଝିଅକୁ ମୋର ଚା' ପାଇଁ ବରାଦ କଲେଣି।

ଯଦୁବୋଉ ଆଉ ସମ୍ଭାଲି ପାରିଲେ ନାହିଁ, କହିଲେ – ଇଲୋ ମା, ଇଏ ତ ଯମ ଘରକୁ ବଲି। ତା'ର ପରା ଶାଶୁ ଅଛି?

– ଶାଶୁ ଥିଲେ କେତେ ନଥିଲେ କେତେ? ସ୍ତ୍ରୀର ଭଲମନ୍ଦ ସିନା ସ୍ୱାମୀର ବୁଝିବା କଥା। ଶାଶୁଟା ତ ବୁଢ଼ୀ ମଣିଷ। ଆଖିକୁ ଦୁଷିବ ନାହିଁ। ଆଉ ରାନ୍ଧିବ କିଏ? ଏଣେ ଖାଇପିଇ ପେଟ ଥଣ୍ଡା କରି ଜୋଇଁ ଓଲଟି ମିନିକୁ ମୋର ଗାଲିଦେବେ, "ଡାକ୍ତର ମନା କରିଗଲେ ନିଆଁ ପାଖକୁ ଯିବାକୁ... ଯାଉଥା ଯାଉଥା– ଆଖିଟା ଫୁଟି ଗଲା ପରେ ବସିଥିବ ଯେ"।

– ଇଲୋ, ଇଏ କି କଥା? ଯଦୁବୋଉ ହସିବାରେ ଲାଗିଲେ।

– ଆଲୋ, ହସୁଚ କଣ ବା? ସେଇ ଆଖିରେ ପରା ଭାତଠୁ ଆରମ୍ଭ କରି ଚା ଜଳଖିଆ– କିଛି ବାଦ ଯିବ ନାହିଁ। ଭାତ ସାଙ୍ଗରେ ମାଛ ଦେଖିଲେ ଜୋଇଁ ଆମର ମାଉଁସ ରାନ୍ଧିବାକୁ ଫରମାସ ଦେବେ। ସବୁ ଖାଇବେ। ପୁଣି ଶେଷକୁ ସେଇ ଧମକ "କରୁଥା... କରୁଥା... ଆଖିଟା ଫୁଟିଗଲା ପରେ ବସିଥିବ ଯେ।" କହୁଚି ପରା ସେଇ ଆଖିରେ ଜୋଇଁଙ୍କର ଯେତକ କାମ ସବୁ କରିବ। ଜୋଇଁ ତ ମୋର ଶାଳଗ୍ରାମ। ଯୋଉଠି ବସେଇ ଦେଇଥିବ, ସେଇଠି। ଝିଅ ନ ଦେଖିଲେ ଆଉ କିଏ ଦେଖିବ?

କଥାଟାକୁ ଭାଙ୍ଗିଦେଇ ମହୀବୋଉ କହିଲେ– ତମେ କଣ ମୋ କଥାକୁ ଧଇଲ କି ମିନା ବୋଉ? ମୁଁ କଣ ମିନିକୁ ଚିହ୍ନି ନାହିଁ? ତମ ମିନି ଯଦି ବେଶିଗୁରାଏ ପଢ଼ିଥାନ୍ତା, ତେବେ କଣ ସେ ବଦଲି ଯାଇଥାନ୍ତା? ଯିଏ ଭଲ ସିଏ ଭଲ।

"ହଁ, ସେଇଆ ନୁହଁ ତ ଆଉ କଣ? ହେଇଟି, ଗୋଟିଏ ବୋହୂ କଥା ଶୁଣ" କହି ଯଦୁବୋଉ ଆରମ୍ଭ କଲେ– ବାପା ମା'ଙ୍କର ସେ ଗୋଟିଏ ବୋଲି ପୁଅ। ବୋହୂ ଆସିବାର ଦି ବର୍ଷ ପରେ ଗାଁ ଘରପୋଡ଼ିରେ ତାଙ୍କ ଘରଟି ପୋଡ଼ିଗଲା। କ'ଣ

ଆଉ କରିବେ ? ସମସ୍ତେ ଯାଇ ଗଛମୂଳରେ ରହିଲେ। ଏ ଖବର ପାଇ ଝିଅର ବାପ ଆସିଲା ତାକୁ ନେଇଯିବାକୁ। ଝିଅ ଯେମିତି ବାପଠୁ ସବୁକଥା ଶୁଣିଲା, କୁଆଡ଼େ କହିଲା, ବାପା ! ଶାଶୁ ଶ୍ୱଶୁରଙ୍କୁ ଏ ବୁଢ଼ା ବୟସରେ ଗଛତଳେ କାନ୍ଦିବାକୁ ଛାଡ଼ିଦେଇ, ମୁଁ କେମିତି ତମ ସାଙ୍ଗରେ ପକ୍କା ଘରେ ବସି ଡାଲି ଭାତ ଖାଇବି ?” ବାପ ଆଉ କଣ କରିବ ? ଝିଅର କଥା ଶୁଣି ମୁହଁ ଲୁଚେଇ ପଳେଇ ଯିବାକୁ ପରା ତାକୁ ବାଟ ଦୁଶିଲା ନାହିଁ। କହିଲ ଦେଖ୍, ଆଜି କାଲିର ପାଠୋଇ ବୋହୂଙ୍କ ଜିଭରେ ଏ କଥା ଲେଉଟିବ ?

ଯଦୁବୋଉଙ୍କୁ ସମର୍ଥନ କରି ମିନିବୋଉ କହିଲେ- ଗଛ ମୂଳେ ରହିବା ତ ଦୂରର କଥା, ଶାଶୁଘର ଯଦି ମାଟିଘର ହୋଇଥାଏ, ତେବେ ଝିଅର କଷ୍ଟ ସହି ନପାରି ବାପା ମା ଝିଅ ଜୋଇଁଙ୍କ ମାନିଆ ଗୋଟିଏ ବଖରା ପକ୍କା ଘର କରିଦିଅନ୍ତି। ଦେଖ୍ଲା ଲୋକର ଆଖ୍କି ତ ଅଡୁଆ ଲାଗେ, ବୋହୂ ସେଇ ଘରେ ଚଳପ୍ରଚଳ ହେଇ କଣ ସେତକ ବୁଝିପାରେ ନାହିଁ ? ତାଙ୍କୁ ଟିକିଏ ବି ସଙ୍କୋଚ ଲାଗେ ନାହିଁ ? ଏ ପଟେ ଶାଶୁ ଶ୍ୱଶୁର ମାଟିରେ ଚାଲୁଥିବା ବେଳେ ଆରପଟେ ପୁଅବୋହୂ ପକ୍କା ଘରେ ସତରଞ୍ଜି ବିଛେଇ ତା ଉପରେ ଚାଲନ୍ତି... ଅଲାଜୁକ ମୁହଁକୁ ଆଉରି ଲାଜ ଲାଗେ ନାହିଁ ଯେ, ପୁଣି ଫୁଲେଇ ହେଇ କହନ୍ତି, “ୟାକୁ ମୋ ବାପା ତୋଳେଇ ଦେଇଛନ୍ତି।”

କଥା ଛିଣ୍ଟୁ ନାହିଁ। ବେଳ ବଢ଼ି ବଢ଼ି ଯାଉଛି। ବ୍ୟସ୍ତ ହୋଇ ମହୀବୋଉ କଥା ଭାଙ୍ଗିବାକୁ କହିଲେ- ଭାଗ୍ୟ ଗୁଣରେ ବୋହୂ ମିଳେ। ଯିଏ ଯେମିତି କରିବ ସେ ସେମିତି ଫଳ ପାଇବ। ଏଥର ତମ ବୋହୂକୁ ଟିକିଏ ଡାକ, ଦେଖ୍ଦେଇ ଯିବା। ରାତି ବେଶୀ ହେଲାଣି, ସେଣେ ଘରେ ମତେ ଖୋଜୁଥିବେ। ତମର ସିନା କାମଦାମ ନାହିଁ ଯେ ଯୋଉଠି ବସିବ ରାତି ପାହିବ। ହସି ହସି ମହୀବୋଉ ଅଳସ ଭାଙ୍ଗିଲେ।

ମୁରଲୀବାବୁଙ୍କ ସ୍ତ୍ରୀ କଥା ଲହସରେ ପାନ କଥା ଭୁଲି ଯାଇଥିଲେ। ମହୀବୋଉଙ୍କୁ ଉଠିବାର ଦେଖ୍ ଚିଡ଼ିଯାଇ ପାଟିକଲେ- ଆଲୋ ଦି'ଖଣ୍ଡ ପାନ ଦବାକୁ ତମକୁ ଯୁଗେ ଲାଗିଲାଣି।

– ନଉଛି। ଘର ଭିତରୁ ଉତ୍ତର ଆସିଲା।

– ଥାଉ ବା, ଦରକାର ନାହିଁ... କାନିରେ ପାନ ଅଛି। ମହୀବୋଉ ଉଠି ଠିଆ ହେଲେ।

ଏତେ ଦିନକେ ଆସିଛ, ଖିରୀହାଣ୍ଡିରେ ଗୋଡ଼ ପୂରେଇଲା ପରି କାହିଁକି ଏମିତି ତରବର ହଉଚ ମ ? ଆଉ ଟିକିଏ ବସ। ମୁରଲୀ ବାବୁଙ୍କ ସ୍ତ୍ରୀ ମହୀବୋଉଙ୍କ ହାତ ଧରି ପୁଣି ମସିଣାରେ ବସେଇ ଦେଲେ।

– ପରକୁ କହିଦବାଟା ସହଜ । ତମେ ନିଜେ କେତେ ଥର ଗଲଣି ?

– ଏଥର ଯିବି ।

ଯଦୁବୋଉ ହାଇମାରି ମସିଣା ଉପରେ ଗଡ଼ପଡ଼ ହେବାକୁ ଯାଇ କହିଲେ, "ଦେଖିବା ସଙ୍ଗାତ କେତେ ସତ କହେ ।"

ଏତିକି ବେଳେ, "ସାନ ବୋହୂ ଗୋଟିଏ ଥାଲିଆରେ କିଛି ପାନ ଆଉ ଗୁଣ୍ଡି ଆଣି, ମସିଣା ଉପରେ ରଖି ଦୁହିଁଙ୍କୁ ହାତ ଉଠେଇ ନମସ୍କାର କଲା ।

ମହାଁବୋଉ ବୋହୂର ମୁହାଁ ଟିକିଏ ଭଲ କରି ଦେଖିବାକୁ ଚେଷ୍ଟା କରୁଥିବା ବେଳେ ଛାଟ ମାରିଲା ପରି ଯଦୁବୋଉ ଉଠି ପଡ଼ିଲେ । ମୁହାଁ ମୋଡ଼ି କହିଲେ, "ମୁଁ ଯାଉଛି ଲୋ, କେତେ ରାତି ହେଲାଣି ।" କାହାରି ଉତ୍ତରକୁ ଅପେକ୍ଷା ନକରି ଯଦୁବୋଉ ଆଗେ ଆଗେ ଚାଲିଲେ ।

"ଆରେ, ଆରେ ପାନ ନେଇ ନା..." ମୁରଲୀବାବୁଙ୍କ ସ୍ତ୍ରୀ ଦି'ଖଣ୍ଡ ପାନ ମହାଁବୋଉଙ୍କ ହାତରେ ଗୁଞ୍ଜି ଦେଉ ଦେଉ ସଙ୍ଗାତକୁ ଡାକ ଛାଡ଼ିଲେ ।

– ତମେ ଖା, ମୋର ପାନ ଅଛି । ଯଦୁବୋଉ ଯାଇ ଦାଣ୍ଡରେ ଉଠିଲେ ।

ଗାଡ଼ିରେ ବସି ଯଦୁବୋଉଙ୍କୁ ଚାହିଁ ମହାଁବୋଉ ମୁରୁକି ହସିଲେ । ଯଦୁବୋଉଙ୍କୁ କାହିଁକି ଯେ ରାତିଟା ହଠାତ୍ ବେଶୀ ଜଣାପଡ଼ିଲା, ତାର କାରଣ ତାଙ୍କୁ ଅଛପା ନାହିଁ । ତଥାପି କଥାର ଖିଅ ଧରି କହିଲେ, "ବେଶ୍ ସୁନ୍ଦରିଆ ବୋହୂଟିଏ ।"

ମୁହାଁମୋଡ଼ି ଯଦୁବୋଉ କହିଲେ– "ଯୋଉ ସୁନ୍ଦର ! ମୁହାଁରେ ଆଉ ତ କିଛି ନାହିଁ, ଖାଲି ଦି'ପାଟି ନିଶ ଅଛି ।"

– ଆପା, ଏମିତି ଜିରାରୁ ଶିରା କାଢ଼ିଲେ ଏ ଯୁଗରେ ଚଲି ହବ ? ମହାଁବୋଉ ହସିଲେ ।

ଚିଡ଼ିଉଠି ଯଦୁବୋଉ କହିଲେ, "ତେବେ ଯାଉନୁ ସେ ଓଟ ମୁହାଁର ଗୋଡ଼ ଧୋଇ ପାଣି ପିଇବୁ ?"

ବାକି ବାଟଟକ ଦିହେଁ ଚୁପ୍‍ଚାପ୍ ରହିଲେ । ଯଦୁବୋଉ ଭାବୁଥିଲେ ତାଙ୍କର ଯଦି ଏମିତି ଗୋଟାଏ ବୋହୂ ଥାଆନ୍ତା, ତେବେ ତାଙ୍କୁ କେବେଠୁଁ ଥଣ୍ଡା କରି ସାରନ୍ତେଣି । ଆଉ ମହାଁବୋଉ ବସି ଭାବୁଥିଲେ, ତାଙ୍କ ନିଜ ବୋହୂଟି କେମିତି ପଡ଼ିବ– ସେଇକଥା ।

"ହଇହୋ, ଶୁଣୁଛ ? ମାୟାର ହାତ ଘଡ଼ି ଆସିଛି... ନେଇଯାଅ ତାକୁ ଦେଇଦେବ ।" ମହାଁବୋଉଙ୍କୁ ଡାକି ପୀତାମ୍ବରବାବୁ କହିଲେ ।

ଘଡ଼ିଟା ଥରେ ଦେଖିନେଇ ମହୀବୋଉ ଭିତର ଖଣ୍ଡାକୁ ଗଲେ ।

– ମାୟା, ତୋ ଘଣ୍ଟା ନେ ।

– ଏଁ, କଣ କହିଲୁ ।

ଆଉ କିଛି ନ କହି ମହୀବୋଉ ଟେବୁଲ ଉପରେ ଖୋଳସହିତ ଘଡ଼ିଟି ଥୋଇ ଦେଲେ । ଘଡ଼ିଟିକୁ ହାତରେ ନେଇ ମାୟା କହିଲା, "ମୁଁ ଠିକ୍ ଜାଣିଥିଲି ଏମିତି କିଛି ଗୋଟାଏ ହବ... ମୁଁ ବାଛିଲି ଗୋଟାଏ, ବାପା ଆଣିଲେ ଗୋଟାଏ... ଘଣ୍ଟା ମୁଁ ନେବି ନାହିଁ... ମଫସଲିଆଙ୍କ ଭଳିଆ ହେଇଛି... ନିଜେ ପିନ୍ଧିବେ ନାହିଁ ବୋଲି ଶସ୍ତା ଦେଖି ନେଇ ଆସିଛନ୍ତି ।"

ପଢ଼ା ସେଠିକରେ ବନ୍ଦ ରହିଲା । ବହିଥାକ ଖୋଜି ଘଣ୍ଟାର କାଟାଲଗ୍ ବାହାର କରି, ମାୟା ପିତାମ୍ବର ବାବୁଙ୍କ ପାଖରେ ହାଜର ହେଲା ।

"ବାପା, ତମେ ଏ ଘଣ୍ଟା ନେଇଯାଅ । ମୁଁ କହିଥିଲି ତେନ୍ତୁଳିମଞ୍ଜି ଭଳିଆ ଚାରିକୋଣିଆ ଆଣିବାକୁ– ତମେ ଗୋଲଟାଏ ଆଣିଲ କାହିଁକି ? ହେଇ, ମୁଁ ତ ଏଇଟା ବାଛିଥିଲି' କହି ନାଲି ପେନ୍‌ସିଲ୍‌ରେ ଜୋରରେ ତିନିଥର ଗାର ଟଣାହୋଇଥିବା ଗୋଟିଏ ଘଣ୍ଟାର ଛବି ପାଖରେ ମାୟା ଆଙ୍ଗୁଠି ଦେଖାଇଲା ।

– କାହିଁ, ଏଇଟା ତ ବେଶ ଭଲ ହେଇଛି ।

– ନାହିଁ, ଯାକୁ ମୁଁ କେବେହେଲେ ପିନ୍ଧିବି ନାହିଁ । ପିତାମ୍ବର ବାବୁଙ୍କ ସାମନାରେ ଘଡ଼ିଟା ରଖିଦେଇ ମାୟା ମୁହଁ ଫୁଲେଇ ବସିଲା ।

– ତୁ ପିଲାଲୋକ । ବୁଝିପାରୁନୁ... ଏ ଘଣ୍ଟାଟା ତୋ ହାତକୁ ବେଶୀ ମାନିବ ।

– ତମେ ପିନ୍ଧ, ମୁଁ ପିନ୍ଧିବି ନାହିଁ ।

"ହଉ ତେବେ ଦେ, ମୁଁ ଫେରେଇ ଦେବି... କିନ୍ତୁ ତୋ ବରାଦ ଘଣ୍ଟା ଆସୁ ଆସୁ ପୁଣି କେତେ ଦିନ ଯିବ କହି ହେଉନାହିଁ", କହି ଘଣ୍ଟା ଆଡ଼କୁ ପିତାମ୍ବରବାବୁ ହାତ ବଢ଼େଇଲେ ।

ମାୟା ଜାଣେ ଥରେ ହାତରୁ ଖସିଲେ ଆଉ ମିଲି ନପାରେ, ତେଣୁ ମୁହଁ ଉପରେ ଅନିଚ୍ଛାର ଭାବ ଦେଖାଇ କହିଲା, "ହଉ, ଥାଉ ଥାଉ । ଯେଉଁ କାମଟା ଥରକରେ ହବ, ତମେ ତାକୁ ଦଶ ଥରରେ କରିବ ।" ମାୟା ଗୋଡ଼ ଛାଟି ଛାଟି ଘଣ୍ଟା ନେଇ ଚାଲିଗଲା ।

ମାଟ୍ରିକ ପରୀକ୍ଷା ପାଖ ହୋଇ ଆସିଲାଣି । ମାୟାର ପଢ଼ାପଢ଼ି ଦେଖି ପିତାମ୍ବରବାବୁ ଚିନ୍ତିତ ହୋଇପଡ଼ିଛନ୍ତି । ମୁହଁ ଖୋଲି ଥରେ ଦି' ଥର କହି ସାରିଲେଣି ।

ସେ କେତେଥର ଲକ୍ଷ୍ୟ କଲେଣି ନିଜେ ନ ପଢ଼ି ମାୟା ପହଲିକୁ ଇଂରେଜି ଶିଖେଇବାରେ ବ୍ୟସ୍ତ। ଆଉ ବେଶୀ ହେଲା କଲେ ଚଳିବ ନାହିଁ। ତେଣୁ ପିତାମ୍ବରବାବୁ ମଝିରେ ମଝିରେ ଆସି ମାୟା ପଢ଼ୁଛି କି ନାହିଁ ଦେଖିଯିବାକୁ ଲାଗିଲେ।

ଦିନେ ରାତିରେ ମାୟା ବଖରାକୁ ପଶିଯାଇ ପିତାମ୍ବରବାବୁ ଦେଖ୍ଲେ ପଢ଼ୁପଢ଼ୁ ଟେବୁଲ ଉପରେ ସେ ଭୁଲେଇ ପଡ଼ିଛି। "ମାୟା" "ମାୟା" ଡାକିଲେ। ସେ ଶୁଣିଲା ନାହିଁ, ତେଣୁ ତା କାନ୍ଧକୁ ହଲେଇ ଦେଇ ପୁଣି ଡାକିଲେ– ମାୟା! ଏ ମାୟା! ନିଦ ଭାଙ୍ଗିବାକୁ ନାହିଁ। ପାଟି ମେଲା କରି ଶୋଇପଡ଼ିଛି– ଖୋଲା ବହି ଉପରେ ମେଞ୍ଚାଏ ନାଳ। ଟେବୁଲ ଉପରେ ଅଇଁଠା ଚା' ବାସନ, ଥର୍ମୋଫ୍ଲାସ୍କ ଓ ନାସ ଭଳି କଣ ଗୋଟାଏ ଶୁଙ୍ଘିବା ଜିନିଷ ରଖା ହୋଇଚି। କେତେ ଡକା ଡକି ପରେ ମାୟା ଭୁଷ୍କିନା ଉଠିପଡ଼ିଲା। ଲାଲ ଆଖିରେ ପ୍ରଥମେ କିଛି ବେଳ କାବାହୋଇ ଚାହିଁଲା। ପିତାମ୍ବରବାବୁ କିଛି କହିବା ଆଗରୁ କଳି କଳାପରି କହିଲା, "କଣ? ମୁଁ ମୋ ପଢ଼ା କଥା ଭାବୁଥିଲି। ପଢ଼ିଦେଇ ଥରେ ନ ଭାବିଲେ ମନେ ରହେ ନାହିଁ।"

– ହଁ, ତୋ ଆଖି କହି ଦଉଚି, ତୁ ଭାବୁଥିଲୁ।

– ନ ହେଲା ନାହିଁ। ଏମିତି ଚମକେଇ କରି ଡାକୁଥିଲ କାହିଁକି? ତମେ ପରା ନିଜେ କହୁଥିଲ ଶୋଇବା ଲୋକକୁ ହଠାତ୍ ଉଠେଇ ଦେଲେ ତା'ର ହାର୍ଟଫେଲ୍ ହୋଇଯାଏ? ଏଇକ୍ଷଣି ଯଦି ମୁଁ ମରି ଯାଇଥାନ୍ତି?

ବହି ଉପରେ ଆଖି ପଡ଼ିଯିବା ମାତ୍ରେ ଲାଲତକ ଲୁଗା କାନିରେ ପୋଛି ଦେଇ ମାୟା ଏକମନରେ ପଢ଼ିବାରେ ଲାଗିପଡ଼ିଲା।

ମାୟାର ପରୀକ୍ଷା ଯେତିକି ପାଖେଇ ଆସିଲା, ଘର ଲୋକେ ସେତିକି ବ୍ୟତିବ୍ୟସ୍ତ ହୋଇପଡ଼ିଲେ। କାହାରି ସାଥିରେ କେହି ପଦେ କଥା କହିବାର ୟୁ' ଆଉ ରହିଲା ନାହିଁ। ଅନ୍ୟ ବଖରାରେ କେହି କଥା କହିଲେ, ମାୟା ଯାଇଁ ପାଖରେ ଠିଆହୁଏ। କଣ, ପଢ଼େଇ ଦେବ ନାହିଁ? ବାରଣ୍ଡାରେ କେହି ହସିଲେ ମାୟା ଆସି ଦୁଆର ମୁହଁରେ ଠିଆ ହୁଏ–ଏଇଟା ହସିବାର ଜାଗା? ଏମିତି ବଢ଼ି ବଢ଼ି ପରୀକ୍ଷା ଆଗଦିନ ପାଦ ଶବ୍ଦରେ ବି ତା'ର ପଢ଼ା ଗୋଳମାଲ ହେଲା। ଅନ୍ୟ ଉପାୟ ନ ଦେଖି ଶେଷକୁ ଘରର ଖିଡ଼ିକି କବାଟ ବନ୍ଦ କରି ମାୟା ପଢ଼ିଲା।

ପରୀକ୍ଷା ଦିନ–
ମୋହନ ଦୁଇ ଥର କହିଦେଇ ଗଲାଣି, "ମାୟା, ସବୁ ଜିନିଷ ମନେକରି

ନେଇଛୁ ତ ? ଆଡ୍‌ମିଟ୍ କାର୍ଡ ?... କଲମ ଭଲ ଚାଲୁଛି ତ ? କେଇଟା କଲମ ନେଇଛୁ ?"

ଧୀରସ୍ଥିର ଭାବରେ ମାୟା ସବୁ କଥାର ଜବାବ ଦେଇଛି । ଆଗର ମାୟା ଓ ଆଜିର ମାୟା ଭିତରେ ବହୁତ ତଫାତ୍ ।

ଗାଧୋଇ ସାରି ପୁଲାଏ ଧୂପକାଠି ଠାକୁରଙ୍କ ପାଖରେ ଜାଳିଦେଇ ମାୟା କିଛିବେଳ ଭୁଟ୍‌ଭୁଟ୍ ହେଇ କ'ଣ ସବୁ କହିଲା । ତା'ପରେ ତରତର ହୋଇ ଅଞ୍ଜଦି'ଟା ଖାଇଦେଇ ସ୍କୁଲକୁ ବାହାରିବାକୁ ସଜ ହେଲା । ଥରକୁ ଥର ନାକର ଦୁଇ ପୁଡ଼ା ମଝିରେ ହାତ ପାପୁଲି ରଖି ଦେଖୁଥାଏ ନିଶ୍ୱାସଟା କୋଉପଟେ ଯାଉଛି ।

ପାଞ୍ଚ ମିନିଟ୍ ଗଲା... ଦଶ ମିନିଟ୍ ଗଲା... ମାୟା ବ୍ୟସ୍ତ ହେଇପଡ଼ିଲା, ନିଶ୍ୱାସଟା ଠିକ୍ ପଟେ ଯାଉନାହିଁ । କ'ଣ କରାଯିବ ? ଏଣେ ହାତବନ୍ଧା ଘଡ଼ିର କଣ୍ଟା ଆଗେଇ ଚାଲିଛି । ଆଉ ବେଶୀ ବେଳ ରହିଲେ ସେଣେ ପରୀକ୍ଷାରେ ଡେରି ହୋଇଯିବ ।

ଦାଣ୍ଡଘର ଦୁଆରବନ୍ଧ ଡେଇଁବାକୁ ଯାଇ ଦେଖିଲା ତାରି ଚିହ୍ନା ଯୋଗାଣିଟି ହାତରେ ଥାଳ ଧରି ବସିଛି । ମାୟାର ଅନୁକୂଳଟା ହଠାତ୍ ବିଗିଡ଼ିଗଲା । ଚିଡ଼ିଯାଇ କହିଲା– "ତତେ ଆଉ ଜାଗା ମିଳିଲା ନାହିଁ ? ତୁ କାମ କରି ଖାଉନୁ ? କିଛି ମିଳିବ ନାହିଁ ଯା ।" ତା ପରେ କ'ଣ ଭାବି ଗୋଟିଏ ଦୋ'ପଇସି ତା ଥାଲରେ ପକେଇ ଦେଇ ବ୍ୟସ୍ତ ହୋଇ ତଳ ଉପର ଚାରିଆଡ଼କୁ ଚାହିଁଲା–କୋଉଠି ଟିକିଏ ଶୁଭ ଚିହ୍ନ ଦେଖି ଦେଲେ ସେ ଅନୁକୂଳ କରିବ । ଆଗରେ ପଡ଼ିଗଲା ପଡ଼ିଶା ଘର ଛାତ ଉପରେ ଦି'ଟା ବଣୀ ବସିଛନ୍ତି । ମନ ଖୁସିରେ ଆଉ କୁଆଡ଼େ ନ ଚାହିଁ ମାୟା ରିକ୍‌ସାରେ ଉଠିବସି ନିଜକୁ ଥରେ ସଜାଡ଼ି ନେଲା । ତା ପରେ ଘଣ୍ଟା ପିନ୍ଧିଥିବା ହାତଟିକୁ ଅତି ଯତ୍ନରେ ଗାଲରେ ରଖି ନିଜର ପଢ଼ାବିଷୟ ଭାବିବାକୁ ଚେଷ୍ଟା କଲା । କିନ୍ତୁ ରାସ୍ତାରେ ଗଲା ଅଇଲା ଲୋକଙ୍କୁ ଦେଖି ତାର ମନେ ହେଲା ସତେ ଯେପରି ସମସ୍ତେ ତାରି ଘଣ୍ଟାକୁ ଚାହୁଁଛନ୍ତି । ଫଳରେ ନିଜ ପରୀକ୍ଷା ଭୁଲିଯାଇ ସେ କେବଳ ଗଣିବାରେ ଲାଗିଲା କେତେ ଜଣ ମଣିଷ ତା ଘଣ୍ଟାକୁ ଚାହୁଁଛନ୍ତି ।

ପରୀକ୍ଷା ଦେଇସାରି ଫେରି ମାୟା ଦେଖିଲା ପିତାମ୍ୱରବାବୁ ବାହାର ଘରେ ବସିଛନ୍ତି । ମାୟାକୁ ଦେଖି ପଚାରିଲେ, "କେମିତି ହେଲା ?"
– ସେମିତି । ମାୟା ଚାଲିଯିବାକୁ ବସିଲା ।
ବାଧାଦେଇ ପିତାମ୍ୱରବାବୁ କହିଲେ, "ସେମିତି କଣ ? ଭଲ ନା ଖରାପ ?"

– କହିଲି ପରା, ଭଲ ନୁହେଁକି ଖରାପ ନୁହେଁ। ଆଉ କିଛି ନ କହି ମାୟା ଘରକୁ ପଶିଲା।

ସାଙ୍ଗେ ସାଙ୍ଗେ ସାନ ଭାଇ ତିନୋଟି ଘେରିଗଲେ।

– ଅପା, ଭଲ ହୋଇଛି ?

ଚାଲି ଯାଉ ଯାଉ ଗମ୍ଭୀର ହୋଇ ମାୟା କହିଲା, "ତମେ ଗୁଡ଼ାକ ପିଲାଲୋକ। କଣ ବୁଝିବ ୟୁନିଭର୍ସିଟି ପରୀକ୍ଷା କଥା ? ଖେଳିବ ଯାଅ ?"

ମାୟାର ସ୍ୱର ଶୁଣିପାରି ମହୀବୋଉ ଆସିଲେ– ଭଲ ହେଇଟିଟି ? ମାୟା ଖାଲି ମୁଣ୍ଡ ହଲେଇଲା।

ବୁଲିଯିବା ପୋଷାକ ପିନ୍ଧି ଶେଷରେ ମୋହନ ମୁହଁ ଦେଖାଇଲା।

– କେମିତି ହେଇଛି ? ପ୍ରଶ୍ନ ଦେଖୌଁ...

ହସି ହସି ପ୍ରଶ୍ନ କାଗଜ ଦି'ଟା ବଢ଼େଇ ଦେଲାବେଲେ ମାୟା କହିଲା, "ତମେ ପରୀକ୍ଷା ଦେଉଥିଲା ବେଳେ ମୁଁ କ'ଣ ତମ ପ୍ରଶ୍ନ ଦେଖିବାକୁ ମାଗୁଥିଲି ?"

– ଏତେଗୁଡ଼ାଏ ଛାଡ଼ି ଦେଇଛୁ ?

– କିଛି ଛାଡ଼ି ନାହିଁ। ତରବରିଆରେ ଏଥିରେ ଦାଗ ଦେଇପାରି ନାହିଁ।

– ଏଇଟା କ'ଣ ଲେଖୁଛୁ ? ଗୋଟିଏ ପ୍ରଶ୍ନ ଉପରେ ହାତ ଦେଖୋଇ ମୋହନ ପଚାରିଲା।

ମାୟାର ଉତ୍ତର ଶୁଣି ମୋହନ ହସିବାରୁ ଚିଡ଼ିଯାଇ ମାୟା କହିଲା– ଏବେକ୍ଷଣି ମୋର ଆଉ ମନେ ନାହିଁ। କିନ୍ତୁ ଖାତାରେ ମୁଁ ଠିକ୍ ଲେଖିଦେଇ ଆସିଛି।

– ହଁ, ହଁ, ଜଣାପଡୁଛି। ମୋହନ ପୁଣି ହସିଲା।

– ବେଶ୍ ଭଲ ହେଲା ଯା... ମୋ ପ୍ରଶ୍ନ ଦେଇଦିଅ। ହାତରୁ ପ୍ରଶ୍ନ କାଗଜ ଦି'ଟା ଭିଡ଼ିନେଇ ମାୟା ଦୁମୁ ଦୁମୁ ହୋଇ ଚାଲିଗଲା।

ସେଦିନ ଅଙ୍କ ପରୀକ୍ଷା। ମାୟା ତରତର ହୋଇ ଯାଉଥିବା ବେଲେ ମୋହନ ଆସି ପାଖରେ ଠିଆ ହେଲା।

– ଆଜି ବୋଧହୁଏ ଅଙ୍କ ପରୀକ୍ଷା ଅଛି ? ମାୟାର ଓଦା ବାଲ ଦେଖି ମୋହନ ପଚାରିଲା।

– ହଁ। କାହିଁକି ?

– ନାଇଁ, ମୁଁ ଏମିତି ପଚାରୁଥିଲି ନା। ମୁଣ୍ଡଟା ଥଣ୍ଡା ଲାଗୁଛି ତ ? ଆଜି ନିଶ୍ଚେ ଖୁବ୍ ଭଲ କରିବୁ।

– ତମେ ତ ସବୁ ଦିନେ ମୁଣ୍ଡ ଧୁଅ । ପରୀକ୍ଷାରେ କେତେ ଭଲ କରୁଥିଲ ?

– ଆମର କ’ଣ ତମ ଭଳିଆ ବାଲ ଥିଲା ? ଆଖି ଆଗରେ ଦି’ଟା ବାଲ ନ ପଡିଲେ ପରା ଭଲ ଭାବି ହୁଏ ନାହିଁ ? ଭଲ କରିବୁ ମୁଣ୍ଡ ଧୋଇ ପକେଇବୁ ।

– ତମ ଆଖିରେ ତ ଆସି ପଡୁନାହିଁ ? ତମକୁ କାହିଁକି ବ୍ୟସ୍ତ ଲାଗୁଛି ?

– “ସତ କଥା ତ, ମୋର ମନେ ନଥିଲା ।” ମୋହନ ଚାଲିଗଲା ।

ମୋହନକୁ ଶୁଣେଇ ଶୁଣେଇ ମାୟା କହିଲା-ଟିକିଏ ପଢ଼େଇ ଦବାର ତ ନାଁ ଗନ୍ଧ ନାହିଁ, ଖାଲି କିଏ ମୁଣ୍ଡ ଧୋଇଲା, କିଏ ଦହି ଖାଇଲା ଏୟା ଦେଖି ଜାଣିଛନ୍ତି ।

ପରୀକ୍ଷା ସରିଗଲା । ଏକା ମାୟାର ପରୀକ୍ଷା ସରିଲା ବୋଲି ନୁହେଁ ଯେ, ମନେ ହେଲା ଯେମିତି ଘରର ଚାକର ପୁଞ୍ଜୀରୀଙ୍କଠୁ ଆରମ୍ଭ କରି ପୀତାମ୍ବରବାବୁଙ୍କ ପର୍ଯ୍ୟନ୍ତ ସମସ୍ତଙ୍କର ପରୀକ୍ଷା ସରିଗଲା ।

ତାପରେ ଦେଖାଗଲା ମାୟା ନିଜ ବଖରା ଭିତରେ କବାଟ କିଲି ଏକା ଏକା ବଡ଼ ପାଟିରେ କହେ “ମାୟା ଦାସ- ଫାଷ୍ଟ ଡିଭିଜନ୍ ।” ନିଜେ ଦୁଇ ତିନିଥର ତାଲି ବଜେଇ ଦିଏ । ଅଙ୍କରେ ଶହେରୁ ଶହେ । ପୁଣି ହାତ ତାଲି ଶୁଭେ...

ପଟୁ, ପହଲି ବାହାରେ ଛପିଥାନ୍ତି ଭିତରେ କ’ଣ ହେଉଛି ଶୁଣିବାକୁ । ଥରକୁ ଥର ଶୁଣି ସେମାନଙ୍କର ବି ମନେ ରହିଯାଏ । ବାହାଦୁରୀ ଦେଖେଇ ସେମାନେ ପୀତାମ୍ବରବାବୁ, ମହୀବୋଉ ଓ ମୋହନ ଆଗରେ ସବୁ ବଖାଣି ଯାନ୍ତି । ପୀତାମ୍ବରବାବୁ ହସନ୍ତି, ମହୀବୋଉ ଖୁସି ହୁଅନ୍ତି, ଆଉ ମୋହନ ମାୟାକୁ ଦେଖି ଠଟ୍ଟା କରେ “ଆହା, ମାୟା ଦାସ ଖାଲି ଫାଷ୍ଟ ଡିଭିଜନ ? ରେକର୍ଡ଼ ଦେବ ।”

– ହଁ, ଦେବି ତ ।

– ତଳ ଆଡ଼ୁନା ଉପର ଆଡୁ ?

– “ପାଟି କର ନାହିଁ ।” ରାଗରେ ଦୁମ୍ ଦୁମ୍ ହେଇ ଚାଲିଯାଇ ମାୟା ଗୋଟିଏ ଚଟକଣା ବସେଇ ଦିଏ ପଟୁ ଗାଲରେ- ଏଇ ଫଡ଼ଫଡ଼ାର ସବୁ ଗୁଣ ।

ଥରକୁ ଥର ମୋହନଠୁ ଏହିପରି ଠଟ୍ଟା ଶୁଣି ମଧ ମାୟା ତା ଅଭ୍ୟାସ ଛାଡ଼ିପାରେ ନାହିଁ ।

ମହୀବୋଉଙ୍କୁ ତର ନାହିଁ । ମାୟାର ପରୀକ୍ଷା ପରେ ମୋହନର ବାହାଘର ଚିନ୍ତା । ମୋହନ ପାଇଁ ଯେଉଁଠୁ ଯେଉଁ ପ୍ରସ୍ତାବ ଆସେ, ଝିଅଟିକୁ ଥରେ ଦେଖିବାକୁ

ସେ ବାହାରି ପଡ଼ନ୍ତି । ହଠାତ୍‌ ଯେପରି "ବାହା-ବଜାର"ରେ ତାଙ୍କର ମୂଲ୍ୟ ବଢ଼ିଯାଇଛି । ଘରକୁ ବୋହୂଟିଏ ଆଣିବେ– ଏ ତ କମ୍‌ ଗର୍ବର କଥା ନୁହେଁ ।

କେତେ ଜାଗାରୁ ମୁଣ୍ଡିଆ ପା'ନ୍ତି । ଆଉ କେତେ ଜାଗାରୁ ହାତ–ଟେକା ନମସ୍କାର । ମାଙ୍କଡ଼ ପଛରେ ଲାଞ୍ଜ ପରି ମହୀବୋଉଙ୍କ ସାଥିରେ ମାୟା– ତା'ର ବି ସବୁ ଝିଅମାନଙ୍କୁ ଥରେ ଦେଖିବା ଦରକାର ।

କୋଉ ଝିଅକୁ ମହୀବୋଉ ବୋହୂ କରିବାକୁ ରାଜି ହେଲେ, ମାୟାର ମନକୁ ପାଏ ନାହିଁ । ଆଉ କାହାକୁ ମାୟା ପସନ୍ଦ କଲେ, ମହୀବୋଉ ନାପସନ୍ଦ କରି ଦିଅନ୍ତି । ଏମିତି କରି ଦିନ ଗଡ଼ି ଚାଲିଥାଏ । ବୋହୂ ଦେଖି ଦେଖି ସେମାନଙ୍କ ମନରେ ଟିକିଏ କ୍ଲାନ୍ତି ବି ଆସେ ନାହିଁ– ପ୍ରତି ଥର ନୂଆ ପ୍ରେରଣା ନେଇ ବାହାରନ୍ତି ।

ଦିନେ ଏମିତି ବୋହୂ ଦେଖି ଫେରିଲା ପରେ ପୀତାମ୍ବର ବାବୁ ପଚାରିଲେ, "କେମିତି ? ମନକୁ ପାଇଲା ?"

ଗମ୍ଭୀର ଭାବରେ ମାୟା ଜବାବ ଦେଲା, "ମନ୍ଦ ନୁହେଁ ।"

ଓଠ ନେଫେଡ଼ି ମହୀବୋଉ କହିଲେ, ଘୁଙ୍ଗୀ ମୁହଁଟାଏ… ଆସି ପାଖରେ ବସିଲା ଯେ, ଟିକିଏ ହସିଲା ବି ନାହିଁ ।

– "ହସ କଥା ପଡ଼ିଲେ ହସିବ ନା ! ଖାଲିଟାରେ ତୋ ମୁହଁକୁ ଚାହିଁ ପାଗଳଙ୍କ ପରି ହସୁଥିବ ?" ମହୀବୋଉଙ୍କ କଥାକୁ କାଟିଦେଇ ମାୟା କହିଲା ।

– ତା ମା ପୁଣି ହସୁଥିଲା ତ ? ସେ କ'ଣ ପାଗଳ ?

– "ଅସଲ କଥାଟା କହି ଦଉନୁ ?… ଜାଣିଛ ବାପା, ସେ ବୋଉକୁ ହାତ ପଥେଇ ନମସ୍କାର କଲା ।" ହସି ହସି ମାୟା ମହୀବୋଉଙ୍କ ମୁହଁକୁ ଚାହିଁଲା ।

– "ନାଇଁ… ସେମିତି ଧରି ବସିଲେ ଚଳିବ ନାଇଁ" ଭାବି ଭାବି ପୀତାମ୍ବରବାବୁ କହିଲେ ।

ରାଗରେ ମହୀବୋଉଙ୍କ ମୁହଁ ଲାଲ ପଡ଼ିଗଲା । "ନମସ୍କାର ପେଇଁ କାଇଁକି ମୁଁ କହିବାକୁ ଯିବି ? ଆଜିକାଲି ତ ସମସ୍ତେ ହାତ ଉଠେଇ ନମସ୍କାର କରୁଛନ୍ତି… ମୁଣ୍ଡିଆ ମାଇଲେ କ'ଣ ଅଧିକା କିଛି ହୋଇଯାଏ ? ଏକା ଜିନିଷ ତ !"

– ତୁ ଯେତେ କହିଲେ ମୁଁ ମାନିବି ? ମାୟା ପୁଣି ହସିଲା । ନାଇଁ ତୋରି ଭଳିଆ ମୁଁ ହେଇଚି ? ଏତେ ଝିଅ ଦେଖିଲାଣି, କୋଉଟା ତା ମନକୁ ପାଉନାହିଁ । ତା ଆଖିରେ କାହା ନାକଟା ଚେପଟା, କାହା ଓଠଟା ବଙ୍କା, ଆଖିଟା ତେଢ଼ା, ମୁହଁଟା ରୁମୁରୁମିଆଁ– ସବୁ ଦିଶୁଚି । ସେ ଝିଅମାନେ ତ ପୁଣି ବାହାହେବେ ନା ଯାରି କଥାରେ ଅଭିଆଡ଼ି ରହିଯିବେ ?

– କରୁନ୍ତୁ, ସେମାନଙ୍କୁ କର... ତତେ କିଏ ମନା କରୁଛି ?

– କରିବି ତ । ରାଗରେ ମହୀବୋଉ ମୁହଁ ବୁଲେଇ ନେଲେ ।

କଳି ଭାଙ୍ଗିବାକୁ ପୀତାମ୍ବର ବାବୁ କହିଲେ ମୋ ଦେହଟା କାହିଁକି ଭଲ ଲାଗୁନାହିଁ । ମୁଣ୍ଡଟା ଧରିଚି, କପେ ଚା' ଦିଅନ୍ତ କି ?

ସଙ୍ଗେ ସଙ୍ଗେ ମହୀବୋଉଙ୍କ ମୁହଁର ଭାବ ବଦଲି ଗଲା । ନିଜର ଡାହାଣ ହାତଟା ନେଇ ପୀତାମ୍ବରବାବୁଙ୍କ କପାଳ ଉପରେ ରଖି କହିଲେ, "ଆରେ ସତେ ତ ଦେହ ଏତେ ତାତିଚି ! ତମେ ଆଗରୁ କହିଲ ନାହିଁ କାହିଁକି ?" ବେକରେ ହାତ ମାରି ମାୟା ମୁଣ୍ଡ ହଲେଇ ନିଜର ସମ୍ମତି ଜଣାଇଲା– "ହଁ, ଜର ହେଇଚି ।"

– ଆଜି ରାତିରେ କ'ଣ ଖାଇବ ? ଚିନ୍ତିତ ମୁହଁରେ ମହୀବୋଉ ପଚାରିଲେ ।

– କିଛି ଖାଇବି ନାହିଁ ବୋଲି ଭାବିଚି ।

– ନାଇଁ ନାଇଁ ବାପା, ଉପାସ ରହ ନାହିଁ । ଦୁର୍ବଳ ହେଇପଡ଼ିବ । ବରଂ କିଛି ଫଳ ଖାଅ । ଉପଦେଶ ଦେଇ ମାୟା ଚାଲିଗଲା ।

ମହୀବୋଉ ଆଉ ଲୁଗା ପାଲଟିବାକୁ ନ ଯାଇ ସେଇଠି ଟୌକି ହାତ ଉପରେ ବସିପଡ଼ି ମୁଣ୍ଡ ଚିପିବାରେ ଲାଗିଲେ । ଅଳ୍ପ ସମୟ ଭିତରେ ହାତରେ ଚା' କପ୍ ଧରି ମାୟା ପୁଣି ଘରେ ପଶିଲା ।

– ବାପା, ଚା' ନିଅ ।

ପୀତାମ୍ବରବାବୁ ଉଠି ବସିଲେ । ଟିକିଏ ଖାଇ କପ୍ଟା ଆଢ଼େଇ ଦେଇ ପୁଣି ଶୋଇ ପଡ଼ିଲେ ।

– ବାପା ଚା' ଖାଇଲ ନାଇଁ ଯେ ?

– ଭଲ ଲାଗୁ ନାହିଁ ।

– ଭଲ ଲାଗୁ ନାହିଁ । ମୁଁ ନିଜେ କରିଥିଲି । ମାୟା ସେହି ଅଇଁଠା ଚା'ରୁ ଟିକିଏ ଚାଖିବାକୁ ବସିଲା ।

– ନଇଁ ନାଇଁ, ଚା' ଖୁବ୍ ଭଲ ହୋଇଛି ଯେ, ମୋ ପାଟିକି କିଛି ଭଲ ଲାଗୁ ନାହିଁ ।

– "ସେଇଆ କୁହ । ମୁଁ ଭାବିଲି..." ଚା' ବାଟିଟା ହାତରେ ଧରି ମାୟା ଚାଲିଗଲା ।

ଦିନେ... ଦୁଇ ଦିନ... ତିନି ଦିନ । ମହୀବୋଉ ବେଳକୁ ବେଳ ବେଶୀ ଚିନ୍ତିତ ହୋଇପଡ଼ିଲେ । କି ଜରଟା ହେଲା କେବେ ଭଲ ହେବ, ମୋଟରୁ ଭଲହେବ କି ନାହିଁ କିଏ ଜାଣେ ? ତାଙ୍କ ନିଜ ଖାଇବାରେ ମଧ୍ୟ ଠିକଣା ନାହିଁ ।

ଚିନ୍ତାର ବଅଦ କଟିଗଲା । ଚାରିଦିନ ଦିନ ପୀତାମ୍ବରବାବୁଙ୍କ ଦେହରେ ହାଡ଼ଫୁଟି ବାହାରିଲା । ମୋହନର ପରାମର୍ଶ ନେଇ ମହୀବୋଉ ଓ ମାୟା ସାଧ୍ୟମତେ ସେବା କରିବାରେ ଲାଗିଲେ ।

ବାରଦିନ ପରେ ଯେତେବେଳେ ପୀତାମ୍ବରବାବୁ ଭଲ ହୋଇ ଆସିଲେ ଦିନେ ମାୟା କହିଲା, "ବାପା, ତମ ଭାଗ୍ୟଟା ଭାରି ଭଲ- ନୁହେଁ ?"

– କାହିଁକି ?

– ଏଇ… ମୋ ପରୀକ୍ଷା ସରିଲା ପରେ ତମର ହାଡ଼ଫୁଟି ହେଲା । ଆଗରୁ ହେଇଥିଲେ କ'ଣ କରିଥାନ୍ତ ଟିକିଏ ଭାବିଲ ?

– ହଁ ଲୋ ମା, ଠିକ୍ କଥା । ପୀତାମ୍ବରବାବୁ ହସିଲେ ।

– ଆଗରୁ ହୋଇଥିଲେ ତମେ ବି ହଇରାଣ ହେଇଥାନ୍ତ, ମୁଁ ବି ହଇରାଣ ହେଇଥାନ୍ତି ।

– ହଁ ।

– "ହଁ କ'ଣ ମ ? ତମେ ଗୋଟାଏ କି ହଇରାଣ ହେଇଥାନ୍ତ ? ଯାହା ହେଇଥାନ୍ତୁ ମୁଁ ଆଉ ବୋଉ । ତମେ ତ ଆରାମରେ ଶୋଇଥାନ୍ତ- ମାୟା ନିଜ କଥାର ପ୍ରତିବାଦ କଲା ।

ତା' ଠିକ୍ କଥା… । ଭାବିଲା ଭଳି ପୀତାମ୍ବରବାବୁ କହିଲେ ।

– ନାଇଁ ନାଇଁ, ମୁଁ ମିଛରେ କହିଲି ନା ! ତମେ ପୁଣି ହଇରାଣ ହେଇ ନଥାନ୍ତ । ତମର ଏତେ କଷ୍ଟ ହେଉଥିଲା, ଆମେ କିଛି କମ୍ କରିଦେଇ ପାରିଲୁ ?

ପୀତାମ୍ବରବାବୁ ନିରୁତ୍ତର ରହିବାର ଦେଖି ମାୟା ପୁଣି କହିଲା ।

– ବାପା, କିଛି କହୁନ ଯେ ? ତମ କଷ୍ଟ ଆମେ କିଛି କମ୍ କରିଦେଇ ପାରିଲୁ ?

– ମୁଁ କଷ୍ଟ ଆଉ ଜାଣି ପାରିଲି କୋଉଠି ?

ମନ ଭିତରେ ଖୁସି ହେଲେ ବି ଉପର ମୁହଁରେ ଗମ୍ଭୀର ହୋଇଯାଇ ମାୟା କହିଲା- ଇଏ ତୁଚ୍ଛା ମିଛ କଥା । କଷ୍ଟ ହଉ ନଥିଲା ତ 'ବାପାଲୋ' 'ମାଆଲୋ' ହଉଥିଲ କାହିଁକି ?... ଆମକୁ ଡରଉଥିଲ ?

– ତୁ ଅବିକା ଯା, ମୁଁ ଟିକିଏ ଶୁଏଁ । ପୀତାମ୍ବର ବାବୁ କଡ଼ ଲେଉଟାଇ ଶୋଇଲେ ।

– ହେଃ, ସକାଳେ ପରା କହୁଥିଲ ଶୋଇ ଶୋଇ ଚିଡ଼ା ଲାଗିଲାଣି ?

କୌଣସି ଜବାବ ନ ପାଇ ମାୟା ଟିକିଏ ଅଭିମାନ କଲା ପରି ଚାଲି ଯାଉଯାଉ କହିଲା, "ହଉ ତମେ ତେଣୁଁ ରହ, ମୁଁ ଯାଉଛି ।"

ପୀତାମ୍ବରବାବୁ ଆଖି ବୁଜି ଭାବିବାକୁ ଲାଗିଲେ, ଏଇ ମାୟା। କିଏ କହେ ସେ ଅନ୍ତିରିଚିତ୍ତା, କିଏ କହେ କଳିହୁଡ଼ି, ଆଉ କିଏ ହୁଏତ କହେ ଉଦ୍ଧତ। ଗୋଟିଏ ଜିନିଷକୁ ବିଶ୍ଳେଷଣ କରି ଦେଖିବାର ଶକ୍ତି ଏ ଦେଶର ଲୋକଙ୍କ ପାଖରେ କାହିଁ? ଏତେ କଷ୍ଟ କରି ଭିତର ଦେଖୁଛି କିଏ? ବାହାରଟା ଦେଖିନେଇ ସମସ୍ତେ ସନ୍ତୁଷ୍ଟ। ଏଇ ତାଙ୍କରି ଝିଅ ମାୟା। କେହି କ'ଣ ସତରେ ତାକୁ ଚିହ୍ନିଛି? ତାତିଲା ନଭଭାଲି ପରି ତାର କଥାରେ, ବ୍ୟବହାରରେ ଲୋକଙ୍କର ମୁହଁ ପୋଡ଼ିଯାଏ। କିନ୍ତୁ ତାଙ୍କର ମନେହୁଏ ସେ ନିଜେ ବଡ଼ ଭାଗ୍ୟବାନ। ଏମିତି ଝିଅ କେଇଟା ଲୋକଙ୍କର ଅଛି? ଭିତରର ନୀରବତା ଯେଉଁ ଝିଅମାନେ ଭଦ୍ରତାର ଢାଙ୍କୁଣୀରେ ଢାଙ୍କି ରଖନ୍ତି, ତା ଅପେକ୍ଷା କ'ଣ ଏହା ଯଥେଷ୍ଟ ଭଲ ନୁହେଁ?

ଦିନ ଗଡ଼ି ଚାଲିଲା। ପୀତାମ୍ବରବାବୁ ଭଲ ହୋଇଯିବାର ପନ୍ଦର ଦିନ ପରେ ପ୍ରତାପକୁ ହାଡ଼ଫୁଟି ହେଲା। ଚିଡ଼ିଯାଇ ମହୀବୋଉଙ୍କୁ ମାୟା କହିଲା, "ଯାହା ଜଣାଗଲାଣି, ଏମାନେ ପାଲି କରି ମୋ ଛୁଟିଟାକୁ ଖାଇଦେବେ। ମଣିଷ ପରୀକ୍ଷା ପରେ ମନ ଖୁସିରେ କୁଆଡ଼େ ଟିକିଏ ଯିବ କ'ଣ ନା ଖାଲି ଦେହ ଖରାପ, ଦେହ ଖରାପ! ପରୀକ୍ଷା ଫଳ ବାହାରିଗଲେ ଆଉ କ'ଣ କୁଆଡ଼େ ଯାଇ ହବ?"

– ତୁ ଯାଉନୁ, ତତେ କିଏ ଅଟକେଇଚି?

– ହଁ! ତୁ ଖାଲି ଏକୁଟିଆ ତାଡ଼ି ପକେଇବୁ।

– ଆମେ ମୂର୍ଖ, ତାଡ଼ିପାରିବୁ କୋଉଠି? ଯେତକ ତାଡ଼ିବୁ ତୁ ଇ।

– ହଉ, ହେଲା ତ। ଏ କଥା କହିବୁ ବୋଲି ଯେମିତି ମନେ ଥାଏ।

ସେ ଦିନ ଗୋଟାକ ଯାକ ମାୟା ରୁଷ୍ଟ ବସିଲା। ଖାଇଲା ନାହିଁ କି କାହା ସାଙ୍ଗରେ କଥା କହିଲା ନାହିଁ। ଖଣ୍ଡେ ଦୂରରେ ଚୌକି ପକେଇ ବସି ମହୀବୋଉଙ୍କ କାମ ଦେଖୁଥାଏ। ଟିକିଏ କିଛି ସାହାଯ୍ୟ ପାଇଁ ମହୀବୋଉ କାହାକୁ ଡାକିଲେ, ମାୟା ଶୁଣେଇ ଶୁଣେଇ କହୁଥାଏ– "ଏକା କରିବ ବୋଲି କହୁଥିଲା, କରୁନାହିଁ? ଅନ୍ୟମାନଙ୍କୁ ଡାକୁଚି କାହିଁକି?"

ପରୀକ୍ଷା ଫଳ ବାହାରିବାର ଦିନ ଯେତେ ପାଖ ହୋଇଆସୁଥାଏ, ମାୟା ଏକରକମ ନିଜକୁ ଘର ଭିତରେ ସେଟିକି ଲୁଚେଇ ଲୁଚେଇ ରଖୁଥାଏ। ସବୁବେଳେ ସକାଳୁ ଉଠି ମହୀବୋଉଙ୍କ ସାଙ୍ଗରେ ଲାଗେ– ବୋଉ କଳା ଗାଈଟିଏ ସପନ ଦେଖିଚି–

ଭଲ ନା ଖରାପ ? ନଜଲେ ବୋଉ, ଆଜି ସପନ ଦେଖ୍ଲି– କିଏ ଜଣେ ଆସି ଦଉଡ଼ିରେ ମୋ ବେକକୁ ବାନ୍ଧି ଦଉଚି– ଭଲ ନା ଖରାପ ?

ସ୍ୱପ୍ନ ଶୁଣି ଶୁଣି ମହୀବୋଉ ବ୍ୟତିବ୍ୟସ୍ତ ହୋଇପଡ଼ିଲେ । ଠାକୁରଙ୍କ ପାଖରେ ମାୟା ଘିଅ ଦୀପ ବସାଇଲା– ତା'ର ଫାଷ୍ଟ ଡିଭିଜନ୍ ଦରକାର ନାହିଁ । ଗୋଟାଏ ସେକେଣ୍ଡ ଡିଭିଜନ୍ ହୋଇଗଲେ ବି ଚଳିଯିବ ।

ପରୀକ୍ଷା ଫଳ ବାହାରିଲା । କାଗଜର ଉପର ଆଡୁ ପଢ଼ିଗଲା ଫାଷ୍ଟ ଡିଭିଜନରେ ତା ନାଁ ନାହିଁ–ହଅ ! ନଥାଉ । ସେକେଣ୍ଡ ଡିଭିଜନରେ ବି ନାହିଁ । ଏଁ ! କୋଉଠି ଭୁଲରେ ଛାଡ଼ିଯାଇ ନାଇଁ ତ ? ଥାର୍ଡ ଡିଭିଜନରେ ନାଁ ଗୁଡ଼ାକ ମଧ ସରିବା ଉପରେ ହେଲାଣି । ତା ନାଁର ପତ୍ତା ନାହିଁ । ଆଉ ଫେଲ୍ ହୋଇଯାଇ ନାହିଁ ତ ? ଭାବିଲା– "ହେ ଭଗବାନ । ଟଙ୍କାକର ରସଗୋଲା ଭୋଗ ଦେବି–ଖାଲି ସାଦା ପାଷ୍ଟାଏ କରିଯାଏଁ ।" ସବୁଯାକ ରକ୍ତ ଆସି ମୁହଁରେ ଠୁଳ ହେଇଚି । ଗୋଟାକ ପରେ ଗୋଟାଏ ନାଁ ଆଖ୍ ଖୋଜି ଚାଲିଛି । ନା, ନା, ସେ ପାସ କରିଛି–ଶେଷ ଆଡ଼କୁ ତା ନାଁଟା ରହିଯାଇଛି । ମାୟା ପିଣ୍ଡରେ ପ୍ରାଣ ପଶିଲା ।

– ଏଁ ! ମାୟା ଦାସ । ଏ କାଗଜବାଲାଙ୍କର ଆଖ୍ ଥାଏ ନା ନାହିଁ ? ମାୟା ବୋଲି କିଛି ଗୋଟାଏ ନାଁ ଆଗ କାହାର ଅଛି ? ଛିଆ– ମାୟା, ମାୟା, ମାୟା– "ମାୟା' ମାନେ କ'ଣ ? ରାଗରେ କାଗଜଟାକୁ ଗୋଟାଏ ଗୋଇଠୋ ମାରି, ସେ ଘର ଭିତରେ ଯାଇ ରୁଷ୍ଟି କରି ଶୋଇଲା । କେତେ କଥା ମନେ ପଡ଼ିଲା । କେତେ ପିଲା ଭଲ କରିଗଲେ । ଆଉ ଶେଷରେ ସେ ଥାର୍ଡ ଡିଭିଜନରେ ପାସ୍ କଲା । ଇସ୍, ଛି, ଛି... ମାୟା ଶୋଇ ଶୋଇ କାନ୍ଦିଲା ।

ପରଦିନ ସକାଳେ ଚା' ଟେବୁଲ ପାଖରେ ବସି ମାୟା କହିଲା– ବାପା ମୁଁ କଣ ପଢ଼ିବି ?

– ଯାହା ତୋର ଇଚ୍ଛା । – ଭାଇ କଣ କହୁଛନ୍ତି ଜାଣ ? କହୁଛନ୍ତି ତୁ ଅଙ୍କ ପାରିବୁ ନାହିଁ । ଆଇ.ଏ. ପଢ଼ ।

– ସେ ଅବଶ୍ୟ ଭୁଲ କହୁ ନାହିଁ...

ମୁଁ ଅଙ୍କ ନେବି ନାହିଁ ।

– ଅନ୍ୟଗୁଡ଼ାକରେ ଯେ ଅଙ୍କ ଦରକାର ହୁଏ ।

– ହଉ ପଛକେ । ମୁଁ ନିଶ୍ଚେ ଆଇ.ଏସ୍.ସି ପଢ଼ିବି । ଆଇ.ଏ. ପଢ଼ି କଣ କରିବି ? ଏମିତିରେ ଡାକ୍ତରୀ ପଢ଼ିବି । ଭାଇ ଡାକ୍ତର ବୋଲି ତାଙ୍କର ବହୁତ ଗର୍ବ ହୋଇଯାଇଚି ।

ମାୟାର କଥା ରହିଲା- ସେ ଆଇ.ଏସ୍.ସି ପଢ଼ିଲା। ତେଣିକି ପ୍ରତାପ କି ରଞ୍ଜନ ମାୟାକୁ ଟିକିଏ କିଛି କହିଲେ, ସେ ଜବାବ ଦିଏ- ତମେ ସବୁ ସ୍କୁଲ ଛୁଆ ଦର୍ଶିକିରି ମାଛ ପରି ଅଳ୍ପ ପାଣିରେ ଫକର ଫକର ହେଉଛ। ଆଗେ ମାଟ୍ରିକ୍ ପାସ୍ କରିସାରି ହାତରେ ଖଣ୍ଡେ ସାର୍ଟିଫିକେଟ୍ ରଖ, ତା ପରେ କଥା କହିବ।

ଦିନ ଯେତିକି ଗଡ଼ି ଚାଲିଲା, ମହାବୋଉଙ୍କର ଚିନ୍ତା ସେତିକି ବଢ଼ିଲା। ଏତେ ଖୋଜିଲେଣି, ଗୋଟିଏ ଭଲ ପାତ୍ରୀ ଆଖରେ ପଡୁ ନାହିଁ। କ'ଣ ଆଉ କରିବେ ? ବନ୍ଧୁବାନ୍ଧବମାନେ ଯେଉଁ ପାତ୍ରୀ ଆଣି ଯୁଟାଉଛନ୍ତି, ସେସବୁ ନାକଚ୍ ହୋଇଯାଉଛି ମୋହନକୁ କହିଲେ ସେ ଖାଲି ହସୁଛି। କୁଆଡୁ କିଛି ଉପାୟ ନ ପାଇ ମହାବୋଉ ଶେଷରେ ପୀତାମ୍ବରବାବୁଙ୍କୁ ଧରିଲେ।

ଦିନେ ପୀତାମ୍ବରବାବୁ ମହାବୋଉଙ୍କୁ ଡାକି ଗୋଟିଏ ଝିଅର ଫଟୋ ଦେଖାଇ କହିଲେ, ହେଇ ଦେଖ, ତମ ପୁଅ ପାଇଁ ପ୍ରସ୍ତାବ ଆସିଛି। ଝିଅଟି ବି.ଏ. ପାସ୍ କରିଛି।

ଫଟୋ ଖଣ୍ଡିକ ଧରି ମହାବୋଉଙ୍କ ଆଖି ଉଜ୍ଜଳି ଉଠିଲା, ପଚାରିଲେ, "ଇଏ କୋଉ ଗାଁ ଝୁଅ ବା ?"

-ତମରି ଏଇ କଟକ ଜିଲ୍ଲାର ଲୋକ। ଏବେ କେତେ ବର୍ଷ ହେଲା ବାରିପଦାରେ ଅଛନ୍ତି। ଆଗ ପସନ୍ଦ ହେଲା କି ନାହିଁ କହ। ଗାଁରୁ ନାଁରୁ ତମକୁ କ'ଣ ମିଳିବ ?

ମହାବୋଉ ଫଟୋ ଖଣ୍ଡିକ ହାତରେ ଧରି ଏପଟ ସେପଟ ତଳ ଉପର ସବୁଆଡୁ ବୁଲେଇ ବୁଲେଇ ଦେଖିଲେ। ମୁହଁରୁ ଜଣାଗଲା ସେ ପସନ୍ଦ କରିଛନ୍ତି। କହିଲେ- ସୁନ୍ଦର ଯେ...

- "ଯେ' ପୁଣି କଣ ?

ମୁଁ କହୁଥିଲି କ'ଣ କି ଫଟୋରେ ତ ଆଉ ରଙ୍ଗ ଜଣାପଡ଼ିବ ନାହିଁ। ରୂପରେଖ ବି ଏତେ ଭଲକରି ଜଣାପଡ଼ିବ ନାହିଁ। ସେଥିପାଇଁ ଅସୁନ୍ଦର ଝିଅମାନେ ଫଟୋରେ ସୁନ୍ଦର ଦିଶନ୍ତି। ଆଉ କିଛି ନ କହି ଫଟୋଟି ଧରି ମହାବୋଉ ଭିତରକୁ ଚାଲିଲେ।

- "ମାୟା, ଗୋଟାଏ କଥା ଦେଖିବୁ ଆ", ଘର ଭିତରେ ଗୋଡ଼ ଲମ୍ବେଇ ଫଟୋଟିକୁ ଚଷମା-ପିନ୍ଧା ଆଖରେ ଆଉ ଥରେ ଦେଖୁ ଦେଖୁ ମହାବୋଉ ଡାକ ଛାଡ଼ିଲେ।

ଦେଖେଁ, ଦେଖେଁ ? ମହାବୋଉଙ୍କ ହାତରୁ ମାୟା ଫଟୋ ଖଣ୍ଡିକ ଝାମ୍ପିନେଲା।

ଘଡ଼ିଏ କାଳ ଏକ ଲୟରେ ଚାହିଁବା ପରେ ମନକୁ ମନ କହିଲା- ଭଲ ଝିଅଟିଏ... ତା ନାଁ କ'ଣ ?

ମୁଁ ପଚାରି ନାହିଁ। ରଙ୍ଗ କେମିତି ହେଇଥିବ କହିଲୁ?

– ଗୋରା ହୋଇଥିବ ମନେ ହେଉଛି। କ'ଣ ପଢ଼ିଛି?

– କଣ କହୁଥିଲେ ତ ବି.ଏ. ପାସ୍ କରିଛି ବୋଲି। ତେବେ ସେ ଯାହା ପଢ଼ିଥାଉ ମୋର କ'ଣ ଅଛି? ମୁଁ ସେଇଠି କରିବି।

– ଭାଇଙ୍କୁ ମୁଁ ଦେଖେଇବି, ତୁ କିଛି କହିବୁ ନାହିଁ।

ମୋହନ ଅଫିସରୁ ଫେରି ଦେଖିଲା ତା ଖଟ ଉପରେ ଗୋଟିଏ ଝିଅର ଫଟୋ ରଖାହୋଇଛି। ସେ ଜାଣେ ଏହା ମାୟାର ଫିକର। କିଛି ନ ଜାଣିଲା ପରି ପୋଷାକ ବଦଳାଇବା ବେଳେ କଣେଇ କଣେଇ ଫଟୋଟିକୁ ସେ ଦେଖିଲା। ପୋଷାକ ପାଲଟି ସାରି ମୋହନ ଚାରିଆଡ଼କୁ ଚାହିଁଲା– କେହି ନାହାନ୍ତି। ଫଟୋ ଖଣ୍ଡିକ ହାତରେ ଧରି କିଛି ବେଳ ଭଲ କରି ଦେଖିଲା ପରେ ଖଟ ଉପରେ ରଖିଦେଇ ବାହାରକୁ ଚାଲି ଆସିଲା।

ଦୂରରୁ ମାୟା ସବୁ ଲକ୍ଷ୍ୟ କରୁଥିଲା। ବାହାରିଆସି କହିଲା– ଭାଇ କେମିତି ହେଇଛି?

– କ'ଣ?

– ଇସ୍, ମୋଟେ ଜାଣିଥିବ କି? ଏତେ ଗମ୍ଭୀର ହୁଅନାହିଁ ମ!

– କ'ଣ?

– ଯାହାକୁ ଦେଖୁଥିଲ।

– ଦେଖିଲେ କ'ଣ ହେଲା?

– କିଛି ହେଲା ନାହିଁ ଯେ ଲୁଚଉଛ କାହିଁକି? ତା ନା କ'ଣ ଜାଣ?

– ମୋର ଜାଣିବାରେ କିଛି ଦରକାର ନାହିଁ। ମୋହନ ଚାଲିଗଲା।

ପଛରୁ ଡାକି ମାୟା କହିଲା– ଭାଇ ତା ନାଁ 'କାବେରୀ' ମନେ ରଖିଥା କହିଦଉଛି। ପଛରେ ଆସି ମତେ ଆଉ ପଚାରିବ ନାହିଁ। ମୁଁ ସେତେବେଳକୁ ଭୁଲି ଯାଇଥିବି।

ଖାଇସାରି ବୁଲି ଗଲାବେଳେ ମୋହନ ପୁଣି ଥରେ ଫଟୋଟିକୁ କଣେଇ କଣେଇ ଦେଖିନେଲା। ସେ ଦିନ ସେ ବାହାରକୁ ଗଲା ସତ କିନ୍ତୁ ମନ ତାର ପଡ଼ି ରହିଲା ସେହି ଖଟ ଉପରେ। ନାଁଟି ମଧ ବେଶ ସୁନ୍ଦର... କାବେରୀ... କା–ବେ–ରୀ। ଯେମିତି ଭାବରେ କହିଲେ ମଧ କାନକୁ ସୁନ୍ଦର ଶୁଭୁଛି। ଏଇ ନାଁ ଆଗରୁ ସେ କେଜାଣି କେତେଥର ଶୁଣିଛି କିନ୍ତୁ ଆଜିକାର ମାଧୁର୍ଯ୍ୟ କାହିଁ ସେଥିରେ ତ ନଥିଲା?

ମୋହନ ଫେରିବା ପରେ ମାୟା କହିଲା– ଭାଇ ଫଟୋଟା ନେଇଯାଇଛି?

- ନଉନ୍ତୁ, ମୋର କଣ ହେବ ?

- କୋଉଠୁ କହୁଛ ? ତଣ୍ଡିରୁ ନା ପେଟରୁ ?

- ମାୟା ! ତୁ ଗୋଟାଏ ଅତି ମୁହଁବଢ଼ିଆ ହେଇଚୁ ।

- ବାପଲୋ- ଫଟୋ ଦେଖ୍ ଦେଖ୍ ତ ଏତେ ଗାଳି ଦେଲଣି । ଭାଉଜ ଆସିବା ପରେ ଆମକୁ ଆଉ ବାକି ରଖିବ ନାହିଁ ଜଣାଯାଉଛି ।

ମହୀବୋଉଙ୍କ ଅନୁରୋଧରେ ଦେଖାଚାହାଁଟା କଟକରେ ହେବାର ସ୍ଥିର ହେଲା । ଯୋଗକୁ ସେତେବେଳେ ଗୋଟାଏ ପ୍ରଦର୍ଶନୀ ଚାଲୁଥାଏ । ଝିଅଘର ଆସିଲେ । ସେହି ପ୍ରଦର୍ଶନୀରେ ଦେଖାହେବାର ବ୍ୟବସ୍ଥା ହେଲା ।

ଝିଅ ଦେଖା ଦିନ ମହୀବୋଉ ଏକରକମ ଜୋର କରି ମୋହନକୁ ସାଙ୍ଗରେ ନେଇଗଲେ । ନ ଯିବାପାଇଁ ସେ କେତେରକମ ଫିକର କାଢ଼ିଥିଲା । ତାର କାମ ଅଛି । ସେ ମାଇକିନିଆ ପଳରେ ପଶି ପାରିବ ନାହିଁ ଇତ୍ୟାଦି ଯେତେରକମର ଆଲ, ପଦେ କଥାରେ ମହୀବୋଉ ସବୁ କାଟିଦେଲେ-ତୋରି ଜୀବନ-ସଉଦା... ତୁ ଦେଖିବୁ ନାହିଁ ତ ଆଉ କିଏ ଦେଖିବ ? ଏମିତି କଲି ଭାଙ୍ଗି ଯାଉ ଯାଉ ଘଣ୍ଟାଏ ଡେରି ହୋଇଗଲା ।

ପ୍ରଦର୍ଶନୀ ପାଖରେ ପହଞ୍ଚିଲା ବେଳକୁ ଝିଅଘର ପ୍ରଦର୍ଶନୀରୁ ବାହାରି ଆସୁଛନ୍ତି । ମହୀବୋଉ ଓ ମୋହନକୁ ଦେଖି ତାଙ୍କ ଆଖରେ ଆସିଥିବା ପୁରୁଷ ଜଣକ କହିଲେ- "ହେଇ ଆସି ଗଲେଣି ।" ଏତକ ଶୁଣିବା ଆଗରୁ ମହୀବୋଉ, ମୋହନ ଓ ମାୟା କାବେରୀକୁ ଦେଖି ନେଇଥିଲେ ।

ଲୋକଟିର କଥା ଶୁଣି କାବେରୀ ମୁହଁରେ କିଏ ଯେମିତି ପୁଲାଏ ଅବିର ଛାଟିଦେଲା । କ'ଣ କରିବ ବୁଝି ନପାରି ସେ ନିଜର ମା ପଛଆଡ଼େ ମୁହଁ ଲୁଚେଇଲା । ତାଙ୍କ ସାଙ୍ଗରେ ଥିବା ଆଉଜଣେ ବୟସ୍କା ସ୍ତ୍ରୀ ଲୋକ କହିଲେ ତା ପଛଟାରେ ଲୁଚୁଛ କାହିଁକି ? ଆ । ତା' ହାତ ଧରି ଭିଡ଼ିଆଣିଲେ ।

ଅନ୍ୟମନସ୍କ ହେବାର ଯେତେ ଚେଷ୍ଟା କଲେ ସୁଦ୍ଧା ମୋହନ ଆଖରେ ସବୁ ଦିଶି ଯାଉଥାଏ ।

କାବେରୀ ଲାଜ ଲାଜ ହୋଇ ମହୀବୋଉଙ୍କ ପାଦରେ ମୁଣ୍ଡ ଲଗେଇଲା । ମୋହନକୁ ଅଶ୍ୱସ୍ତି ଲାଗିଲା- ସେ ସଲଖି ଠିଆହେଲା ।

ଦୁଇ ହାତରେ କାବେରୀକୁ ତଲୁ ଉଠାଇ ମହୀବୋଉ କହିଲେ– ସମୁଦ୍ରଣୀ, ଏ ଲକ୍ଷ୍ମୀପ୍ରତିମାକୁ ଏତେଦିନ ଯାଏ କଣ ମୋରି ପାଇଁ ସାଇତି ରଖିଥିଲ ? କାବେରୀର ମା' ଖାଲି ଟିକିଏ ହସିଲେ।

ଚାରିଆଡ଼େ ଲୋକ। ମୋହନର ମନେ ହେଲା ଯେମିତି କାବେରୀର ଏଇ ମୁଣ୍ଡିଆମରା ଦେଖି ସବୁ ଲୋକ ଠରାଠରି ହେଇ ହସୁଛନ୍ତି। ମାୟା ଚାହିଁ ଚାହିଁ କାବେରୀକୁ ଦେଖୁଥାଏ। ସେ ଯେ ପ୍ରଦର୍ଶନୀ ପଡ଼ିଆରେ ଠିଆହେଇଛି– ଏ କଥା ଯେମିତି ତାର ଆଉ ମନେ ନାହିଁ! ବୁଡ଼ିଲା ସୂର୍ଯ୍ୟର ମେଞ୍ଚାଏ ଲାଲ କିରଣ ଆସି କାବେରୀ ମୁହଁରେ ପଡ଼ିଥାଏ, ଆଉ ମାୟା ଭାବି ଚାଲିଥାଏ... ଏଇ ଯେଉଁ ଝିଅଟି ତାରି ଆଗରେ ଠିଆହୋଇ ଲାଜରେ ଆଖି ତଳକୁ କରିଛି, ସେଇ ହେବ ତାର ଭାଉଜ... ବଳିଲା ବଳିଲା ପରି ଦେହ ହାତ, ଚମ୍ପା କଢ଼ି ପରି ସୁନ୍ଦର ଆଙ୍ଗୁଠି, ପୂରିଲା ମୁହଁରେ ଗୋଲାପର ଆଭା, ଚିକ୍କଣ ଗାଲ ଦି'ଟା ଦର୍ପଣ ପରି ଝଟକୁଛି– ଚାହିଁଦେଲେ ମୁହଁ ଦିଶିଯିବ ପରା!

ମାୟାର ମନେହେଲା ସେ ଅନେକ ସୁନ୍ଦର ମୁହଁ ଦେଖିଛି, କିନ୍ତୁ ଏମିତି ପ୍ରତ୍ୟେକଟା ଅଙ୍ଗକୁ କାଟି କାଟି ଅଲଗା ଅଲଗା କରି ଦେଖିଲେ ସୁନ୍ଦର ଦିଶିବ, ଏମିତି ମୁହଁ ସେ ଜୀବନରେ କେବେ ଦେଖି ନ ଥିଲା।

ଭିଡ଼ ବଢ଼ିବା ଦେଖି ମୋହନ ମହୀବୋଉଙ୍କୁ କହିଲା– ଭିତରକୁ ଯିବୁ ତ ଯା, ନ ହେଲେ ଘରକୁ ଯା... ଏଠି ବାଟଚାରେ ଠିଆ ହେଇ ଆଉ ତୋ ପାଲା ଦେଖାନା। ସ୍ୱର ଶୁଣି ମହୀବୋଉ ତା ମୁହଁକୁ ଚାହିଁଲେ। ଚମକି ପଡ଼ି ମାୟା ବି ଚାହିଁଲା। ମୋହନ କାନରେ ତା ନିଜ ସ୍ୱର ବି କେମିତି ଅଭୁତ ଶୁଣାଗଲା। ସେ ନିଜେ ମଧ ଟିକିଏ ଅପ୍ରତିଭ ହେଇ ପଡ଼ିଲା। କାହିଁକି ତାର ଏ ବିରକ୍ତି ? ମହୀବୋଉ କ'ଣ କହିବାକୁ ଯାଉଥିଲେ, ମାୟା ଆଗ ବଳିପଡ଼ି କହିଲା– ଆମେ ଦେଖିବାକୁ ଆସିଥିଲୁ ନା ନ ଦେଖି ଘରକୁ ଫେରିଯିବାକୁ ଆସିଥିଲୁ? ଚାଲ ଭିତରକୁ।

– ମୁଁ ଯିବି ନାହିଁ। ତମେ ଯାଅ। ମୋହନ ମୁହଁ ବୁଲେଇ ଚାଲିଯିବାକୁ ବସିଲା। ଖରାରେ ଯେମିତି ଖଣ୍ଡେ କାଚ ଢଳି ଉଠିଲା। ମୁହୂର୍ତକ ପାଇଁ ଆଖି ଆପେ ଆପେ ଟାଣି ହୋଇଗଲା କାବେରୀ ମୁହଁ ଉପରକୁ– ଚାହିଁଛି, ସୁନ୍ଦର ଆଖି ଦିଓଟିରେ ଦୁନିଆଯାକର କୌତୁହଲ ନେଇ ସେ ତା'ରି ମୁହଁକୁ ଚାହିଁଛି।

ସେଇଦିନ ରାତିରେ ମହୀବୋଉ ପିତାମ୍ବରବାବୁଙ୍କୁ କହିଲେ– ବଡ଼ ସୁନ୍ଦରିଆ ଝିଅଟିଏ। ଯାହାକୁ କହନ୍ତି "ଗୋଟିଏ ଚାଉଳରେ ଗଢ଼ା"। କାଲିକି ଚାଲ, ତମେ ଥରେ ଦେଖ ଆସିବ।

– ମୁଁ ଦେଖି ଅଧିକା ଆଉ କ'ଣ କରିବି ? ଫଟୋରୁ ତ ଦେଖିଛି... ଆଛା ମାହୀ ପସନ୍ଦ କଲା ତ ?

– ତାକୁ ଦେଖି ପୁଣି ନାପସନ୍ଦ କରିବ କିଏ ? ... ମୁଁ ପରା କାବା ହଉଚି... ଏମିତି ଝିଅ ଆଜିଯାଏ ବାହା ନହୋଇ କାହିଁକି ରହିଛି।

– ଯୌତୁକ ଦବାର ଶକ୍ତି ହୁଏତ ବାପର ନଥିବ।

– ହେଇଥିବ।

ପୀତାମ୍ବରବାବୁଙ୍କ କଥାକୁ ଦାବିଦେଇ ମାୟା କହିଲା– ହଁ ! ଯେ ବନାରସୀ ଶାଢ଼ୀ ସାଙ୍କୁ ବାହାରେ ଅନନ୍ତ ପିନ୍ଧି, ହାଇହିଲ୍ ଯୋତା ମାଡ଼ି ବାଟ ଚାଲୁଛି, ତା'ର ପୁଣି ଝିଅକୁ ଯୌତୁକ ଦବାର ଶକ୍ତି ନାହିଁ। ଜାଣିଛ ବାପା, ସେହି ବେଶରେ ଓଠର ଦି' ସନ୍ଧିରୁ ପାନଛେପ ବୁହାଇ ଯେତେବେଳେ ସେ ମୁଣ୍ଡ ହଲେଇ ବୋଉକୁ କ'ଣ କହୁଥିଲା, ମୁଁ ତ ଚମକି ପଡ଼ି ଦି' ହାତ ପଛକୁ ହଟିଗଲି। ତା'ର ସେ ରୂପକୁ ସେ ବେଶ ଏକଦମ୍ ଖାପ ଖାଇ ଯାଉଥିଲା– ମାୟା ହସି ହସି ମାହୀବୋଉଙ୍କ ମୁହଁକୁ ଚାହିଁଲା।

ଚିଡ଼ିଉଠି ମାହୀବୋଉ ଜବାବ ଦେଲେ– ସମସ୍ତଙ୍କ ଖୁଣିବା ତୋର ଗୋଟାଏ ଅଭ୍ୟାସ ହୋଇଗଲାଣି। ମା' ଠି ମୋର କଣ ଅଛି ? ବୋହୂ ମୋର ସୁନ୍ଦର ହେଲେ ହେଲା।

ପରଦିନ ସକାଳେ ମୋହନ ପାଖରେ ଠିଆ ହୋଇ ମାୟା କହିଲା– ଭାଇ, ତମେ ବାହା ହବାକୁ ଗଲାବେଳେ ଗୋଟିଏ କବଚ ପିନ୍ଧି ଯାଇଥିବ... ସତରେ କହୁଚି। ନହେଲେ ତମେ ଭେଟଣା ହୋଇଯିବ... ଯୋଉ ଶାଶୁ ମୂର୍ତ୍ତି !

ମୋହନକୁ କୌଣସି ଜବାବ ନଦେବାର ଦେଖି ମାୟା ପୁଣି କହିଲା – ଆଛା ଭାଇ, କାଲି ତମେ ଏମିତି ପାଗଳଙ୍କ ପରି ହେଲ କାହିଁକି ? ଜାଣ, କାବେରୀ କ'ଣ କହିଲା ?

– ମୋର ଜାଣିବ ଦରକାର ନାହିଁ। କୁଆଡ଼ର ମଫସଲିଆଣୀ ଗୁଡ଼ାଏ। ମୋହନ ରାଗିବାର ଛଳନା କଲା।

– ସେଇ କଥା ସେ କହୁଥିଲା ପରା। କହିଲା– ତମ ଭାଇ ଏତ୍ତେ ଯୋଗ୍ୟ, ଏତ୍ତେ ସୁନ୍ଦର, ମୁଁ ତାଙ୍କର ପାଦଧୂଳିକି ସୁଦ୍ଧା ସମାନ ହେବି ନାହିଁ।

– ଭୁଲ ତ କିଛି କହିନାହିଁ। ଗମ୍ଭୀର ହୋଇ ମୋହନ କହିଲା।

– ଭୁଲ କହିଚି ବୋଲି କଣ ମୁଁ କହୁଛି ? ମୋର ବି ଇଛା ହେଉଥିଲା କହି ଦବାକୁ– ଆମ ଭାଇଙ୍କର ଆହୁରି ଅନେକ ଯୋଗ୍ୟତା ଅଛି... ସେ କଢ଼ଥା ପରିବାରେ ବଡ଼ିଆ ଖେଚେଡ଼ି ରାନ୍ଧି ପାରନ୍ତି, ଲୁଚେଇ ଲୁଚେଇ ଫଟୋ ଦେଖନ୍ତି...।

– ଯାହା ଦେଖୁଛି, ତୋ ପାଇଁ ଖାଲି ବେତ ଦରକାର ।

– ତେବେ ପୁଲିସ୍ ଚାକିରି କଲ ନାହିଁ ? ଡାକ୍ତର ହେଲ କାହିଁକି ? କାବେରୀ ମୋତେ ପଚାରୁଥିଲା– ତମ ଭାଇଙ୍କ ଡାକ୍ତରୀହାତ କେମିତି ? ମୁଁ କ'ଣ କହିଲି ଜାଣ ? କହିଲି– ମୋ ଭାଇଙ୍କ ହାତରେ ଥରେ ପଡ଼ିଲେ ରୋଗୀମାନେ ସିଧା ସ୍ୱର୍ଗକୁ ଯା'ନ୍ତି । ମର୍ତ୍ୟରେ ନରକରେ ଘାଣ୍ଟି ହବାଟା ଭାଇ ମୋତେ ପସନ୍ଦ କରନ୍ତି ନାହିଁ ।

– "ହଉ, ଯା, ଯା", ମୋହନ କହିଲା ।

– ଓ, ଭୁଲ କହିଦେଲି ! ମୋର କହିବା ଉଚିତ୍ ଥିଲା ଭାଇଙ୍କର ପାନେ ଔଷଧରେ ରୋଗୀମାନେ ଭଲ ହୋଇଯାନ୍ତି...

– ତୁ ଗଲୁ ଏଠ ? ଟିକିଏ ଚିଡ଼ିଯାଇ ମୋହନ କହିଲା ।

ମୋହନକୁ ସତରେ ରାଗି ଯିବାର ଦେଖି ମାୟା ଟିକିଏ ନରମି ଯାଇ କହିଲା– ଭାଇ ସତରେ କୁହ, ଭାରି ଭଲ ଝିଅଟିଏ... ନୁହେଁ ? ବୋଉ ତ ଏକା ଜିଦ୍ ଧରି ବସିଛି, ସେଇଠି ଯେମିତି ହେଲେ ବାହାଘର କରିବ । ମୁଁ ବି ସେୟା କହୁଛି... । ଜାଣ, କାଲି ତମେ ଚାଲିଗଲା ପରେ, ସେ ତମ ଆଡ଼କୁ କଣେଇ କଣେଇ ଚାହୁଁଥିଲା । ତମେ ତାକୁ ବାହା ନେହେଲେ ସେ ସତରେ ଭାରି ଦୁଃଖ କରିବ ।

– ତତେ ଆସି କହୁଥିଲା ।

– ମତେ କ'ଣ କହନ୍ତା ? ତା ମୁହଁ ଦେଖ୍ ମୁଁ ବୁଝିଗଲି । ତମେ ଚାଲିଯିବା ପରେ ତା ମୁହଁ ଏକବାରେ ଶୁଖିଗଲା । ବିଚାରୀ ଭାବିଲା ତମେ ବୋଧହୁଏ ତାକୁ ପସନ୍ଦ କଲ ନାହିଁ– ତଳୁ ଖଣ୍ଡେ କାଗଜ ଗୋଟାଇବା ବାହାନାରେ ମୋହନକୁ ଲୁଚେଇ ମାୟା ଟିକିଏ ହସିଦେଲା ।

ଶେଷରେ ସେଇଠି ବାହାଘର ହେବାର ଠିକଣା ହେଲା । ଦେବା ନେବାର ପ୍ରଶ୍ନ ଉଠିଲା ନାହିଁ । ମାହୀବୋଉଙ୍କର ଜିନିଷରେ ଲୋଡ଼ା ନାହିଁ । ମୁଣ୍ଡରୁ ସବୁଠାରୁ ବଡ଼ ଚିନ୍ତା ଯାଇଛି– ମନଲାଖି ପାତ୍ରୀ ସେ ପାଇଛନ୍ତି । ତାଙ୍କ ବୋହୂ ସୁନ୍ଦରୀ ଓ ପାଠୋଇ– ସେହି ଯଥେଷ୍ଟ । ଦୂରରେ ଥିବା ବନ୍ଧୁବାନ୍ଧବଙ୍କୁ ସେ ନିଜେ ଚିଠି ଲେଖି ମୋହନର ବାହାଘର କଥା ଜଣେଇଦେଲେ ।

ତାଙ୍କ ଦିନଗୁଡ଼ାକ କୋଉ ଛଟକରେ ଗଡ଼ିଯାଉଛି, ସେ ବୁଝିପାରୁ ନାହାନ୍ତି । ପୀତାମ୍ବରବାବୁଙ୍କୁ ଟିକିଏ ଚୁପ୍ କରି ବସିବାର ଦେଖିଲେ, ତାଙ୍କୁ ବାହାଘର ତାଲିକା କଥା ମନେ ପକେଇଦେଇ ବ୍ୟସ୍ତକରି ପକାଉଥାନ୍ତି ।

ମାହୀବୋଉଙ୍କର ଏପ୍ରକାର ଠେଲାପେଲରେ ଘରର ସମସ୍ତେ ବ୍ୟତିବ୍ୟସ୍ତ ହୋଇଉଠିଲେ । ତାଙ୍କ ମୁହଁରେ ଖାଲି ଗୋଟାଏ କଥା– "ହାତ ଗୋଡ଼ ଯୋଡ଼ି ସବୁ

ବସିଛ ଯେ ଆଉ କେଇଟା ଦିନ ରହିଲା ?” ଶେଷରେ ତାଙ୍କର ଏଇ ଧରଣର ଉତ୍ପାତରେ ବ୍ୟତିବ୍ୟସ୍ତ ହୋଇ ସମସ୍ତେ ମନେ ମନେ ପ୍ରାର୍ଥନା କଲେ କେମିତି ବାହାଘରଟା ଶୀଘ୍ର ହୋଇ ସେମାନଙ୍କୁ ଏ ଜଞ୍ଜାଳରୁ ମୁକ୍ତି ମିଳୁ ।

– ହେ ଉଠମ ସକାଳ ହୋଇ ଗଲାଣିଟି । ନୂଆ ହୋଇ ଶାଶୁଘରକୁ ଆସିଥିବା କାବେରୀ ମାୟାକୁ ହଲେଇ ଦେଲା ।

ବାପା ମାଆଙ୍କର ଅଲିଅଲି ଝିଅ ମାୟା ଦିନ ଦି’ଘଡ଼ିରେ ବିଛଣା ଛାଡ଼େ । ଆଖିରେ ନିଦ ନ ଥିଲେ ସେମିତି ଘାଲିପାରି ପଡ଼ିଥିବ ପଛକେ ବିଛଣା ଛାଡ଼ି ପଦାକୁ ଆସିବ ନାହିଁ । ଯଦି ଦୈବାତ କେହି ସକାଳୁ ଡାକି ଦେଇଛି ତ ସେଦିନ ଘରେ ଲଙ୍କାକାଣ୍ଡ ଲାଗିଯାଏ । ଦୁମ୍ ଦୁମ୍ ଚାଲିରେ ଘର ଦୁଲୁକି ଉଠେ । ବାଟ ଛାଡ଼ି ଅବାଟରେ ପଶି ପୋଷା କୁକୁର ବିଲେଇଙ୍କୁ ମାଡ଼ିପକାଏ । କୁକୁରଛୁଆ କୁଁ କୁଁ ହୋଇ ଲାଞ୍ଜ ଟେକି ମାୟାଠାରୁ ଦୂରରେ ଅଗଣାରେ ଅନ୍ୟ କୋଣରେ ଆଶ୍ରୟ ନିଏ । ଶଙ୍କି ବିଲେଇ ମିଆଉଁ ମିଆଉଁ କରି ଲାଞ୍ଜ ଟେକି ଘର ଭିତରକୁ କୁଦାମାରେ । କିନ୍ତୁ କାବେରୀକୁ ଏସବୁ ସମ୍ପୂର୍ଣ୍ଣ ଅଜଣା ।

– ହେ ଉଠମ ! କେତେ ବେଳ ହେଲାଣି ଦେଖିଲଣି ? କାବେରୀ ଏଥର ଟିକିଏ ଜୋରରେ ମାୟାକୁ ହଲେଇ ଦେଲା ।

ବିରକ୍ତିରେ ମାୟା ଆଖିମେଲି ଚାହିଁଲା । ତା’ ନିଦୁଆ ଆଖିରେ ବୈଶାଖୀ ଝଡ଼ର ସୂଚନା । ହଠାତ୍ ମନେ ପଡ଼ିଗଲା ଆଗଦିନ ରାତିରେ ଏଇ ନୂଆବୋହୂ ତାଙ୍କ ଘରକୁ ଆସିଛି । ନୂଆ ଲୋକଟା ଆଗରେ ନିଜକୁ ଏତେ ଶୀଘ୍ର ଚିହ୍ନା ପକେଇ ଦେବାକୁ ମାୟାର ମନ ଟିକିଏ ଇତସ୍ତତ ହେଲା । ଶୋଇ ରହି ମାୟା ମନେମନେ ଭାବିଲା... ସତରୋ ଭାଉଜଟା ତା’ର ଦେଖିବାକୁ ଭାରି ସୁନ୍ଦର ।

– ଉଠିବ ନାହିଁ ? ହସିଲା ଆଖିରେ କାବେରୀ ଚାହିଁଛି ।

– କ’ଣ କହୁନ ?

– ଆଗ ମୁହଁ ଧୋଇଆସ, ତମକୁ ଗୋଟାଏ କଥା କହିବି ।

ମହାବୋଉ ଅନ୍ୟ ପୁରୁଖା ସ୍ତ୍ରୀ ଲୋକମାନଙ୍କ ଆଗରେ ବୋହୂ ଆଣିଥିବା ଜିନିଷପତ୍ର ଦେଖାଉଥିଲା । ମାୟା ଆସି ଦୁଆରବନ୍ଧରେ ଠିଆ ହୋଇ ଡାକିଲା–ବୋଉ, ବୋଉ ଲୋ !

– କ’ଣ କହୁନୁ ?

– ଏଇ ମ... ଆମ ଭାଉଜଟା...ଦେଖିବାକୁ ବଡ଼ ସୁନ୍ଦର... ନୁହେଁ ଲୋ ବୋଉ ?

– ତୁ ବିଛଣା ଛାଡ଼ିବା ଆଗରୁ ସିଏ ଗାଧୋଇ ପଡ଼ିଚି ବୋଲି ? ଅଳ୍ପ ହସି ମହୀବୋଉ କହିଲେ।

– ତୋର ଖାଲି ସେଇ କଥା। କିଏ ସୁନ୍ଦର ହୋଇଥିଲେ ତାକୁ ସୁନ୍ଦର କହିବ ନାହିଁ ? ମାୟା ଚାଲିଗଲା।

ତୁଣ୍ଡରେ କିଛି ନ କହିଲେ ବି ମହୀବୋଉଙ୍କ ଆଖି କହିଦେଲା ଯେମିତି ତାଙ୍କର ନିଜ ରୂପକୁ କିଏ ପ୍ରଶଂସା କରିଦେଇଚାଲା। ବାଛି ବାଛି ଏତେଦିନରେ ମନଲାଖି ବୋହୂଟିଏ ଘରକୁ ଆଣିଛନ୍ତି। ଚାହିଁଦେଲେ ମନର ସବୁ ଦୁଃଖ ଭୁଲି ହେଇଯିବ। ଭଗବାନ ତାକୁ ସେମିତି ରୂପକୁ ଚାହିଁ ଗୁଣ ଦିଅନ୍ତୁ। ବୋହୂ ମୁହଁ ଦେଖିସାରି ସାହି ମାଇପଙ୍କ ମୁହଁ ଫିକା ପଡ଼ିଯାଇଛି। ତାଙ୍କ ବୋହୂମାନେ କାବେରୀ ପାଦ ନଖକୁ ମଧ ସରି ହେବେ ନାହିଁ।

ଦେବବାବୁଙ୍କ ସ୍ତ୍ରୀ ଯେ ତିଳ ପରିମାଣ ଦୋଷକୁ ତାଳ ଆକାରରେ ଦେଖନ୍ତି, ସେ ମଧ ଆଜି ସକାଳେ ବୋହୂର ମୁହଁ ଦେଖିସାରି, ହାତ ଟାଣିନେଇ ଆଙ୍ଗୁଠି ନଖ, ବାହା ପରୀକ୍ଷା କରି ପାଉଁଜି ଦେଖିବା ବାହାନାରେ ଲୁଗା ଟେକି ପାଦ ଦେଖିନେଲେ। ତା'ପରୋ ମନ୍ତ୍ରମୁଗ୍ଧ ପରି ଗଭୀର ପ୍ରଶଂସା ଦୃଷ୍ଟିରେ କିଛି ବେଳ କାବେରୀ ମୁହଁକୁ ଚାହିଁ କହିଲେ–ଏତେ ଦିନକେ ବୋହୂଲାଖି ବୋହୂଟିଏ ମୁଁ ଆଖିରେ ଦେଖିଲି।

ସେଇ କଥା କେଇପଦ ଘର ଭିତରେ ଜମା ହୋଇଥିବା ଅନ୍ୟାନ୍ୟ ସ୍ତ୍ରୀଲୋକମାନଙ୍କ କଲିଜାରେ ଛୁରୀ ଚଲେଇଦେଲା। ମୁହଁ ଉପରେ ସମସ୍ତେ ସମର୍ଥନ କଲେ ମଧ ମହୀବୋଉ ଲକ୍ଷ୍ୟକଲେ ଏହି କଥା ଶୁଣି ଗୋଟି ଗୋଟି କରି ସବୁଗୁଡ଼ିକ ମୁହଁ ଶୁଖିଗଲା– ଭିତରେ ଭିତରେ ସେମାନେ ପୋଡ଼ି ପାଉଁଶ ହୋଇଗଲେ। ଅତି ମୁହଁଖୋର ଜଣେ ଅଧେ କହିଦେଲେ– ହଁ ଲୋ ମା, ରୂପକୁ ଚାହିଁ ଗୁଣ ହେଲେ ସବୁ ଭଲ। ଖାଲି ରୂପକୁ ତ କେହି ଘୋରି ବାଟି ପିଇବେ ନାହିଁ।

ମହୀବୋଉଙ୍କ ମୁହଁରୁ ହଠାତ୍ ସବୁ ଆଲୁଅ ଲିଭିଗଲା। କାବେରୀକୁ ଚାହିଁ ଭାବିଲେ– ଏ ଅମୃତରେ କ'ଣ କେବେ ହେଲେ ବିଷ ମିଶିପାରେ ? ନା ନା ଅସମ୍ଭବ... ଭଗବାନ କେବେ ଏଡ଼େ ନିଷ୍ଠୁର ହେବେ ନାହିଁ।

ବୋହୂର ରୂପକୁ ଖୁଣି ନପାରି, ବୋହୂ ଆଣିଥିବା ଜିନିଷ ପତ୍ରରେ ହଜାର ରକମର ଦୋଷ ଦେଖେଇ ସାଇପଡ଼ିଶା ମନର ଅଭିମାନ ଶୁଝେଇ ଦେଲେ। କିନ୍ତୁ ମହୀବୋଉ ନିର୍ବିକାର– ସେ ଘର ଦେଖି ଆଣି ନାହାନ୍ତି, ବୋହୂ ଦେଖି ଆଣିଛନ୍ତି। ବୋହୂ ବି.ଏ. ପାସ୍ କରିଛି, ଦେଖିବାକୁ ସୁନ୍ଦର– ଆଉ ତାଙ୍କର କ'ଣ ଲୋଡ଼ା ?

– କି କଥା କହିବ ପରା, ଏଥର କହ। କାବେରୀ ପାଖରେ ଠିଆ ହୋଇ ମାୟା ପଚାରିଲା।

କହିବ କି ନାହିଁ ଟିକିଏ ଭାବି ନେଇ, ଅଳ୍ପ ହସି ରହି ରହି କାବେରୀ କହିଲା– ଶୁଣ, ଯଦି ବୋଉ ଗାଧୋଇ ସାରିଥାନ୍ତି, ତେବେ ଗୋଟିଏ ଗିନାରେ ପାଣି ନେଇ... ସେଥିରେ ବୋଉଙ୍କର ଗୋଡ଼ ନଖ ବୁଡ଼େଇ ଘେନି ଆସିବ, ବୁଝିଲ ?

– ବୋଉର ଗୋଡ଼ ନଖ କାହିଁକି ବୁଡ଼େଇବି ? ଆଶ୍ଚର୍ଯ୍ୟ ହୋଇ ମାୟା ପଚାରିଲା।

ଅଳ୍ପ ହସି ଲାଜ ଲାଜ ହୋଇ କାବେରୀ କହିଲା– ଶାଶୁଙ୍କର ଗୋଡ଼-ଧୁଆ ପାଣି ପାଆନ୍ତି ପରା।

ବଡ଼ ବଡ଼ ଆଖି ଆହୁରି ବଡ଼ କରି, ପାଟି ମେଲେଇ ମାୟା ପ୍ରଥମେ ଟିକିଏ ବେଳ କାବେରୀକୁ ଚାହିଁଲା ଏ କି କଥା ଆଜି ସେ କାବେରୀ ମୁହଁରୁ ଶୁଣିଲା ? ଏଇ ତେବେ ବାହାଘର ! ବୋହୂପଣିଆ ! ଛିଃ ଛିଃ... । ମୁହୂର୍ତ୍ତକ ମଧ୍ୟରେ ପୀତାମ୍ବରବାବୁଙ୍କର ଅଳିଅଳି ଝିଅ ମାୟାର ବେପରୁଆ କୋମଳ ମନ କାହାର ସୂକ୍ଷ୍ମ ସ୍ପର୍ଶରେ ସଙ୍କୁଚିତ ହୋଇ ନିଜ ସ୍ୱଭାବର ରୁକ୍ଷତା ଭିତରେ ଅତି ସଙ୍କୋଚରେ ଆତ୍ମଗୋପନ କଲା। ପାଖରେ ଠିଆ ହୋଇଥିବା ଏହି ଅଧାଚିହ୍ନା ଝିଅଟି ପ୍ରତି ହଠାତ୍ ତା'ର ମନରେ ଦୟା ଆସିଲା। କିନ୍ତୁ କ'ଣ କହି ତାକୁ ସାନ୍ତ୍ୱନା ଦେବ ଭାବିନପାରି ଘୃଣାରେ ନାକ ଟେକି କହିଲା,– ତମକୁ ଅସନା ଲାଗିବ ନାହିଁ ? କେମିତି କରି ସେ ପାଣି ପିଇବ ? ମୁଁ ହୋଇଥିଲେ ବାନ୍ତି କରି ପକାନ୍ତି।

ହସି ପକେଇ କାବେରୀ କହିଲା– ନାଇଁ... ମତେ ଅସନା ଲାଗିବ ନାହିଁ।

ମାୟା ଭୁଲିଗଲା କାବେରୀ ତା'ର ଗୋଟିଏ ଦିନର ଚିହ୍ନା। ତା'ଠାରୁ ସବୁ ବିଷୟରେ ବଡ଼-ବୟସ, ବିଦ୍ୟା ଓ ରୂପ। ସାପଭଳି ଗର୍ଜିଉଠି କହିଲା– ମତେ ଅସନା ଲାଗିବ। ମୁଁ ଆଣିପାରିବି ନାହିଁ ଯା... ଅତି ଭକ୍ତି ଚୋରର ଲକ୍ଷଣ। ମାୟା ଦୁମ୍‍ଦୁମ୍ ହୋଇ ସେ ଘର ଛାଡ଼ି ଚାଲିଗଲା। ଚାଲିଯାଉଥିବା ମାୟାକୁ ପଛରୁ ଏକ ଲୟରେ ଚାହିଁ କାବେରୀ ଦାନ୍ତରେ ଦାନ୍ତ ଚିପିଲା। ଘର ଭିତରେ ଜମିଥିବା ଛୋଟ ଛୋଟ ଛୁଆ ମାୟାର ରାଗ ଦେଖି ଉଠିଆସି କାବେରୀ ସାମନାରେ ଠିଆହୋଇ ତା ମୁହଁକୁ ବଲବଲ କରି ଚାହିଁଲେ। କାବେରୀ ଆଖିରେ ଲୁହ ଢଳ ଢଳ ହେଲା। ନିଃସହାୟ ଦୃଷ୍ଟିରେ ଥରେ ଘରର ଛାତକୁ ଚାହିଁ କାବେରୀ ଆପଣା ଜାଗାରେ ଯାଇ ଚୁପ୍‍ହୋଇ ବସିଲା।

ଘରେ ଜମା ହୋଇଥିବା ଛୋଟ ଛୋଟ ଛୁଆଗୁଡ଼ିକ ଠେଲାପେଲା କରି ତଳେ ଲପେଟେଇ ପଡ଼ି, ଅଧା ଓଢ଼ଣା ଭିତରୁ କାବେରୀ ଆଖିକି ଚାହିଁଲେ। "ସତେ ତ କାନ୍ଦୁଛନ୍ତି... କିଏ ମାଇଲା? ମାଉସୀ?" ଗୋଟି ଗୋଟି କରି ସବୁଗୁଡ଼ିକ କଅଁଳ ମୁହଁରେ ଆସ୍ତେ ଆସ୍ତେ ସମବେଦନାର କୋମଳ ଚାହାଣି ଫୁଟି ଉଠିଲା। ଏଡ଼େ ବଡ଼ ମଣିଷଟାଏ କାନ୍ଦୁଛି- ତାକୁ କଣ କହି ବୁଝେଇହବ କେହି ଠିକ୍ କରି ପାରିଲେ ନାହିଁ। କିଛିବେଳ ଆପଣା ଆପଣା ଭିତରେ ମୁହଁ ଚାହାଁରୁହିଁ ହେବାପରେ ଜଣେ ଉଠିପଡ଼ି କହିଲା- "ମୁଁ ଯାଉଛି ମା'କୁ କହିଦେବି।" ଝଡ଼ପରି ସେ ଘରୁ ବାହାରି ଚାଲିଗଲା। ବିଜୁଳି ଗତିରେ ସମସ୍ତଙ୍କ ମୁଣ୍ଡକୁ ବୁଦ୍ଧି ଜୁଟିଗଲା। "ମୁଁ ବି ଯାଉଛି କହିବି" "ମୁଁ ବି କହିବି" କହି ଗୋଟି ଗୋଟି କରି ସମସ୍ତେ ତା ପଛରେ ଧାଇଁ ଚାଲିଗଲେ। ଖୁବ୍ ସାନ ଦୁଇଟା ଛୁଆ ଦୁଆରବନ୍ଦକୁ ଝୁଣ୍ଟିପଡ଼ି ଉଠିବାକୁ ଚେଷ୍ଟା ନକରି କାନ୍ଦିବାରେ ଲାଗିଲେ।

ଅଧା ବାଟରେ ପ୍ରତାପ ଗୋଟିଏ ମୂଷା ଗୋଡ଼ରେ ସୁତୁଲି ବାନ୍ଧି ପାଣି କୁଣ୍ଡରେ ବୁଡ଼ାଉଥିଲା। ସେଇଠି ସମସ୍ତେ ଅଟକି ଗଲେ। ମାୟା ନାଁରେ ଫେରାଦ ହେବା ଆଉ କାହାରି ମନ ରହିଲା ନାହିଁ। ସମସ୍ତଙ୍କ ପାଟିରେ ଗୋଟିଏ କଥା- "ମତେ ଦେ", "ମତେ ଦେ"।

ପିଲା ଦୁଇଟାକୁ କେହି ଉଠେଇବାକୁ ଆସୁନାହାନ୍ତି ଦେଖି କାବେରୀ ନିଜେ ଉଠିଗଲା। ଦେହଯାକ ଝାଳ ଧୂଳି। ନାକରେ ସିଙ୍ଗାଣି। ଓଢ଼ଣା ଭିତରେ କାବେରୀ ନାକ ଟେକିଲା। ବାଁ ହାତରେ ଗୋଟିଏ ପିଲାର ଝାଲୁଆ ବାହୁ ଟାଣି ଉଠେଇବାକୁ ଗଲାବେଳେ, କାବେରୀ ଦେଖିଲା କିଏ ଗୋଟିଏ ସ୍ତ୍ରୀଲୋକ ସାଙ୍ଗରେ ପିଲାଟିଏ ଧରି ତଳ ଖଞ୍ଜା ଆଡ଼ୁ ଆସୁଛି। ସାଙ୍ଗେ ସାଙ୍ଗେ କାବେରୀ ନିଜର ଡାହାଣ ହାତଟଣା ନେଇ ପିଲା ମୁଣ୍ଡରେ ରଖି ଆଦର କଲାଭଳି ଟିକିଏ ପାଖକୁ ଟାଣିନେଲା। ଆଦର ପାଇ ପିଲାଟି କାବେରୀ କୋଳରେ ମୁହଁ ଲୁଚେଇବାକୁ ବସିଲା। ଏ ବିପଦରୁ ରକ୍ଷାପାଇବାକୁ କାବେରୀ ଡାହାଣ ହାତର ଦୁଇଟା ଟିପରେ ପିଲାର ଚିବୁକ ଟେକି ଧରି ଆସ୍ତେ ଆସ୍ତେ କହିଲା- ପଡ଼ିଗଲେ ଦେହରେ ବେଶୀ ଜୋର ହୁଏ... ତମେ କାନ୍ଦୁଛ କାହିଁକି?

ଜଣକୁ ଉଠେଇବାର ଦେଖି ଆର ପିଲାଟି କାବେରୀକୁ ଚାହିଁ ଆହୁରି ଜୋରରେ କାନ୍ଦିବାକୁ ଲାଗିଲା। ତାକୁ ଉଠେଇବା ପାଇଁ ଯିବାକୁ ବସିଛି, ଦେଖିଲା, ସେହି ସ୍ତ୍ରୀଲୋକ ଜଣକ ଭିତରକୁ ପଶି ଆସି କହିଲେ- "ମାଇଁ ଆସୁ ଆସୁ ତ ତାକୁ କାମରୋ ଖଟେଇ ଦେଲଣି..."

ପିଲା ଜଞ୍ଜାଳରୁ ନିଜକୁ ମୁକ୍ତ କରିବାକୁ ସ୍ତ୍ରୀଲୋକଟି ସାଙ୍ଗରେ ଆଣିଥିବା ଛୁଆଟିକୁ ସେଇଠି ଛାଡ଼ିଦେଇ କାମର ଆଳ ଦେଖେଇ ଚାଲିଗଲା।

କାବେରୀ ପୁଣି ସପ ଉପରକୁ ଫେରି ଆସିଲା। ସାଙ୍ଗରେ ତିନୋଟି ଛୁଆ।

- ଯିଏ ଆସିଥିଲେ, ସେ ତମର କ'ଣ ହେବେ ? କାବେରୀ ବଡ଼ଟିକୁ ପଚାରିଲା।

- କିଏ ?

- ଯେ ଅବିକା ଏଠିକି ଆସିଥିଲେ, ତାଙ୍କୁ ତମେ କ'ଣ ଡାକ ?

- ବଡ଼ ବୋଉ ?

- ମାୟାକୁ କ'ଣ ଡାକ ?

କଥା ସେଇଠି ବନ୍ଦ ରହିଲା। "ବୋହୂ କାହିଁ"; "ବୋହୂ କାହିଁ" କହିକହିକା ଦଳେ ସ୍ତ୍ରୀ ଲୋକ ଘର ଭିତରକୁ ପଶି ଆସିଲେ। କାବେରୀ ମୁଣ୍ଡରେ ଓଢ଼ଣା ଟାଣିଲା। ବହୁତ ଭିଡ଼ାଓଟରା ପରେ ଓଢ଼ଣା ଟେକି ବୋହୂର ମୁହଁ ଦେଖାଗଲା। ସେଇଦଳର ଗୋଟିଏ ବୁଢ଼ୀ, ସମ୍ପର୍କରେ ତା'ର ନାତୁଣୀବୋହୂ ଜଣକୁ ଟିଆରି କହିଲା– ଦେଖିଲୋ ମା, ଦେଖ, 'ବେ' ପାସ୍ କଲେ ବି ତା' ମା ତାକୁ କେତେ ଲାଜ ଶିଖେଇଛି... ଆଉ ତେମେ ? ମରଦଙ୍କ ସାମନାରେ ଧିଆରୁ ମୁଣ୍ଡରୁ ଲୁଗା ଖସେଇ ବାଟ ଚାଲୁଥିବ।

ମୁହଁ ମୋଡ଼ି ନାତୁଣୀବୋହୂ ଜବାବ ଦେଲା– ଆମ ପେଠଁ ଏବେ ତେମେ ଦିହରେ ମୁଣ୍ଡରେ ଲୁଗା ଦେଇ ବାଟ ଚାଲୁନ... କିଏ ମନା କରୁଛି ?

- ତୋ' ମା ତତେ ତ ଆଉ କିଛି ଦେଇ ନାହିଁ– ଖାଲି ଖଣ୍ଡେ ଶାଣଦିଆ ମୁହଁ ଦେଇଛି।

- ମୋ ମା'ର ତ ସେତିକି ଥିଲା... ଆଉ କ'ଣ ଦିଅନ୍ତା ? କହି ନାତୁଣୀବୋହୂ କାଖ କରିଥିବା ତିନି ବର୍ଷର ଛୁଆଟାକୁ ଦୁଲକିନି ତଳେ କଟାଡ଼ି ଦେଲା।

ଆଇବୁଢ଼ୀ ପାକୁଆ ପାଟିରେ ଖନ ଖନ ହୋଇ ପୋଥି ପୁରାଣ ଖୋଲିବାକୁ ଯାଉଥିଲା, ଜଣେ ଅଧା-ବୟସିଆ ସ୍ତ୍ରୀଲୋକ ବୁଢ଼ୀ ପାଟିରେ ହାତ ଦେଇ ଭିଡ଼ି ଭିଡ଼ି ପଦାକୁ ନେଇଗଲା– ତୁନି ପଡ଼ ମାଉସୀ, ତୁନି ପଡ଼। ଛୋଟଙ୍କ ସାଥିରେ ମୁଣ୍ଡ ପକେଇଲେ ନିଜର ମାନ ଯାଏ।

- ହଅ, ଆସଲ କଥା କହିଲାରୁ ମରମରେ ଲାଗିଲା ପରା। ମୋର କି ଗରଜ ପଡ଼ିଚି କହିବାକୁ ? "ଟୋକେଇ ପାଖରେ କୁଣ୍ଢେଇଟାଏ, ମିଛରେ ବୋଲିବେ ତୁଣ୍ଡେଇଟାଏ।" ମନକୁ ମନ ଭତର ଭତର ହେଇ ହେଇକା ବୁଢ଼ୀ ତଳ ଖଣ୍ଡାକୁ ଚାଲିଗଲା।

କାବେରୀ ପାଖରୁ ଯାଇ ମାୟା ସିଧା ମହୀବୋଉଙ୍କ ପାଖରେ ଠିଆ ହେଲା। ସେତେବେଳକୁ ବୋହୂ ଆଣିଥିବା ବାସନକୁସନ ପେଡ଼ିପେଟରା ଦେଖାସରିଲାଣି।

ସାହିମାଇପେ ନିଜ ନିଜ ଦେଖାନ୍ତରେ କାହାର ବୋହୂ କି ଜିନିଷ ଆଣିଥିଲା, ତାରି ଚର୍ଚ୍ଚା ପକେଇଛନ୍ତି । ମଝିରେ ବୋହୂ- ଘରୁ ଆସିଥିବା ପାନବଟା ମେଲା ହୋଇଛି । କାହାରି ହାତରେ ଗୁଆକାତି, ଆଉ କାହା ହାତରେ କେତକୀ ଖଇର, କିଏ ବା ଗୁଣ୍ଡ ଡବାରୁ ଟିକିଏ ଟିକିଏ ଗୁଣ୍ଡ ପାଟିରେ ପକେଇ କଥାରେ ମଜ୍ଜି ଯାଇଛନ୍ତି । ପିକ୍ ପାର୍ ପିକ ପଡୁଛି । ଅଗଣାରୁ ଟେନାଏ ପାନ ପିକରେ ଲାଲ୍ ହୋଇଗଲାଣି ।

— ଯେତେକ ମଫସଲିଆ କଥା ସବୁ ତୋରି ଠେଇ ଅଛି, ମାୟା ପାଟି କରି କହିଲା ।

କଥା ବନ୍ଦ ରଖି କୌତୂହଳୀ ଦୃଷ୍ଟିରେ ସମସ୍ତେ ମାୟାକୁ ଚାହିଁଲେ ।

ମହୀବୋଉ କହିଲେ– କାହାକୁ କହୁଚୁ ବା ?

— ତତେ । ଆଉ କାହାକୁ କହିବି ? କ'ଣ ହେଲା କହୁନୁ ?

— ହବ ଆଉ କ'ଣ ? ବାଛି ବାଛି ବୋହୂ ଆଣିଛୁ ଯେ ସେ କହୁଚ୍ଛି ଶାଶୁଙ୍କର ପାଦଧୁଆ ପାଣି ପିଇବ । ତୋର ଏ ଫଟା ଗୋଡ଼ରେ ଯେତେ ଗୁହମୃତ ଲାଗିଛି, ସବୁଦିନେ ତାକୁ ଧୋଇ ନ ପିଇଲେ କୁଆଡ଼େ ତାର ମୁକ୍ତି ହେବ ନାହିଁ ।

ପୁରୁଖା ଯଦୁବୋଉ ବାହାରି ପଡ଼ି କହିଲେ– ଆଲୋ ଝିଅ, ବୋହୂ ନାଖରା କଥା କ'ଣ କହିଲା ? ଶାଶୁ ଶଶୁର ଦେବତା ସମାନ । ତାଙ୍କ ପାଦଧୁଆ ପାଣି ପିଇଲେ ତା'ରି ଭଲ ହେବ ସିନା ଖରାପ ତ ହେବ ନାହିଁ–

ଚାରିପାଞ୍ଚ ଜଣ ଏକାଟି ବାହାରିପଡ଼ି କହିଲେ– ସିଏ ତ ପାଦଧୁଆ ପାଣି ପିଇବ କହୁଚ୍ଛି, ତେମେ କିଆଁ ଏମିତି ହଉଚ ?

ସେମାନଙ୍କ କଥାକୁ ନ ଶୁଣିଲା ଭଲି ମାୟା ତା'ର ମା' ମୁହଁକୁ ଚାହିଁଲା । ମହୀବୋଉଙ୍କ ଦୃଷ୍ଟି ଲାଖିଥିଲା ଘର କୋଣରେ ଗଦା ହୋଇଥିବା ବୋହୂର ଜିନିଷପତ୍ର ଉପରେ । ଆଖିରେ ଲାଗିଥିଲା ଆନନ୍ଦର ଝଲକ... ମୁହଁରେ ତୃପ୍ତିର ସରସତା । ମନେ ମନେ କହୁଥିଲେ, "ପ୍ରଭୁ ତୁମରି ଇଚ୍ଛା... ପ୍ରଭୁ ତମରି ଇଚ୍ଛା... ମୁଁ ତ ଏତେ ଆଶା କରି ନଥିଲି ।"

— କ'ଣ ବୋଉ, କାଳ ହୋଇଗଲୁ କି ? ମାୟା ଧମକେଇ ଉଠିଲା ।

— କ'ଣ ଆଉ କହିବି ? ତୁ ମନା କରିଦେଲୁ ନାହିଁ ?

— ମୁଁ କାହିଁକି ମନା କରିବି ? ତୁ ଆଣିବୁ ବୋହୂ, ସେ ପିଇବ ତୋର ପାଦ ଧୋଇ ପାଣି । ଆଉ ମତେ ଶିଖାଉଚୁ ଯେ, ମଝିରେ ମୁଁ ମନା କରି ତୋଠୁ ବି ଶୁଣିବି, ତାଠୁ ବି ଶୁଣିବି ।

— ତେବେ ?

– ତେବେ ଆଉ କ'ଣ? ତୁ ନିଜେ ଯାଇ ତାକୁ କହ–

ଯଦୁବୋଉ ହସି କହିଲେ– ଏ ରାହାବାଲୀ ଝିଅଖଣ୍ଡକୁ କୋଉଁଠି ବାହା କରିବୁ ମହାବୋଉ? ଜାଣିଥା, ଏ ଗଲେ ତୋ ଜୋଇଁ ମୁଣ୍ଡରେ ଶାଗୁଣା ବସିବ।

ବେପରୱା ଭାବରେ ମାୟା କହିଲା– ତମେ ତ ଅଛ... ମୋର ଆଉ ଏତେ ଚିନ୍ତା କାହିଁକି? ତମକୁ ବାହା ହେବି, ଆଉ ମରିଗଲେ ତମରି ମୁଣ୍ଡରେ ଶାଗୁଣା ହୋଇ ଆସି ବସିବି।

– ମାୟା!

– କ'ଣ?

– ସେ ପରା ବଡ଼ବୋଉ... ତାଙ୍କୁ ଏମିତି କଥା ତୁ କହିବୁ?

– ବଡ଼ ବୋଉ ହେଲେ ହେଲା ଯା...

– ଏଡ଼େ ଝିଅଟିଏ ହେଲୁଣି ତୋ ପାଟିରେ ବାଢ଼ କି ବତା ନାହିଁ? ଯାହା ପାଟିକି ଆସୁଛି କହିଦେଇଯାଉଛୁ।

– ଭଗବାନ ମତେ ଖାଲି ଜିଭଟା, ଦେଇଛନ୍ତି– ବାଢ଼ ବତା କିଛି ଦେଇ ନାହାନ୍ତି।

ମହାବୋଉ ଆଉ କ'ଣ କହିବାକୁ ଯାଉଥିଲେ। ଯଦୁବୋଉ ଆଗ ବଳିପଡ଼ି ତାଙ୍କୁ ଚୁପ୍ କରେଇ ଦେଲେ– ଥାଉଲୋ, ଥାଉ, ଆଜିକାଲିକା ଟୋକିଙ୍କ ତୁ କ'ଣ କଥାରେ ପାରିବୁ?

– କା' କଥା କହୁଚ ବା? କହି ଆଉଵବୁଢ଼ୀ ସଭାରେ ପହଞ୍ଚିଲା। ନୂଆବୋହୂ ସାମନାରେ ନାତୁଣୀବୋହୂଟା କଳି କରି ବୁଢ଼ୀର ମନ ବିଗାଡ଼ି ଦେଇଛି। ତା ଛଡ଼ା ଆଜିକାଲିର ଏଇ ଅଧା ଲଙ୍ଗଳା ଟୋକୀଗୁଡ଼ାଙ୍କୁ ଦେଖିଲେ ବୁଢ଼ୀର ମନ ବିଷେଇ ଉଠେ। ସବୁବେଳେ କହେ– କି ଗାତଟୁଲି ପାଠ ଆଜିକାଲି ପଢ଼ୁଛନ୍ତି ଲୋ ମା, ସେଇ ତ ତାଙ୍କ ମୁଣ୍ଡ ବିଗାଡ଼ି ଦଉଛି।

ଅଧା ମସିଣା, ଅଧା ତଳେ ବସିପଡ଼ି ବୁଢ଼ୀ କହିଲା– କା' କଥା କହୁଥିଲୁ?

ଡବାରୁ ମସଲା ନଉ ନଉ ମାୟା ଜବାବ ଦେଲା– ମଣିଷ ଦେଖ ଚିହ୍ନ ପାରୁନୁ, କାହା କଥା ପଢ଼ିଥିବ?

ଭୂତ ଦେଖିଲା ପରି ଏଡ଼େ ଏଡ଼େ ଆଖି କରି ମାୟାକୁ ବୁଢ଼ୀ କହିଲା– ହଇଲୋ ମହାବୋଉ, ଏ କି କଥା?

ଚମକି ପଡ଼ି ମାୟା କହିଲା–ତୋର ପୁଣି କ'ଣ ହେଲା?

– ଆଲୋ ଶୁଭ ଦିନଟାରେ ଝିଅକୁ ଏମିତି ବେଶରେ ରଖିଛୁ। ଏଡ଼େ

ଟୋକାଟାଏ ହେଲାଣି, ତା’ ବର କ’ଣ ଆଜିଯାଏ ଜନମ ହୋଇନାହିଁ ? ଫୁଙ୍କୁଲା ହାତ କରି ବୁଲୁଛି ।

ଡାହାଣ ହାତ ଲୁଚେଇ ଦେଇ ବାଁ ହାତର କଳାଫିତା ଦେଖେଇଦେଇ ମାୟା କହିଲା– ଫୁଙ୍କୁଲା କୋଉଠି ? ହେଇଟି ତ ପିନ୍ଧିଛି । ଗୋରା ହାତରେ ଘଡ଼ିର କଳା– ଫିତାଟା ଚକ୍ ଚକ୍ କରିଉଠିଲା ।

– ହଁ ଲୋ ମା, ଆମେ ଜାଣୁ–ତେମେ ସବୁ ଘଡ଼ି ଦେଖି ଦେଖି ପୋଖରୀପାଣି ବସ, ଗାଧୋଇ ଯାଅ, ଲୁଗା ପିନ୍ଧ, ଭାତ ଖାଅ, ଆଉରି କେତେ କଣ କର । ଆମ ହାତରେ ତ ଘଡ଼ି ନାଇଁ– ସେଥିପାଇଁ ଗାଧୁଆ, ଖିଆ, ପୋଖରୀପାଣି କିଛି ଆମେ କରିପାରୁ ନାହିଁ । ଦିହକ ବିତିଗଲା, ବେଳ ଜାଣିପାରିଲୁ ନାହିଁ । ମୁଣ୍ଡବାଳ ପାଚିଗଲା । ତମ ହାତରେ ଘଡ଼ି ଅଛି । ତେମେ ବେଳ ଜାଣୁଛ– ତମ ବାଳ ପାଚିବ ନାହିଁ କହି ଆଇବୁଢ଼ୀ ମୁହଁ ମୋଡ଼ିଦେଲା ।

– ହଁ ଠିକ୍ କଥା, ଦେଖିବୁ ମୋ ବାଳ କେବେହେଲେ ପାଚିବ ନାହିଁ । ବାଳ ପାଚିବା ଆଗରୁ ମୁଁ ସୁଇସାଇଡ୍ କରିଦେବି ।

– ଯା, ଯା, ଆଉ କାହା ଆଗରେ ସେ କଥା କହିବୁ । ହର ବ୍ରହ୍ମା ଆସିଲେ ବି ତାଙ୍କ ବାଳ ପାଚିବ । ଆଉ ଇଏ ବାହାରିଲେ ସୁସାଇଟି କରି ବାଳକୁ ସବୁଦିନେ କଳା ରଖିବେ ।

ମୁଣ୍ଡରୁ ଦୁଇଟା ବାଳ ଛିଣ୍ଡେଇ ଆଣି, ଏକାଠି ଗଣ୍ଠି ପକେଇ ଆଇବୁଢ଼ୀ ସାମନାରେ ଧରି ଖତେଇ ହେଲାଭଳି ମାୟା କହିଲା, – ହେଇଟି ନେ, ୟାକୁ ରଖିଥିବୁ... ହଜେଇବୁ ନାହିଁ । ମଲାଦିନ ଆଉ ଦି’ଟା ବାଳ ତୋ ପାଖକୁ ପଠେଇ ଦେବି । ମିଶେଇ ଦେଖିବୁ ମୋ କଥା ସତ କି ମିଛ ।

ବକର ବକର ହୋଇ ବୁଢ଼ୀପାଟିରୁ ଫେଣ ବାହାରି ପଡ଼ିଲାଣି । ମହୀବେଉ ଝିଅକୁ ମାରିବାକୁ ଉଠିଆସିଲେ । ବାଳ ଦି’ଟା ଆଇ ମୁହଁ ଉପରକୁ ଛାଟିଦେଇ ଏକା କୁଦାରେ ମାୟା ଅଗଣାରେ ଠିଆ ହୋଇ ପାଟିକରି କହିଲା– ଆଇ, ହଜେଇଦବୁ ନାହିଁ... ରଖିଥିବୁ । ଆଚ୍ଛା ଟା’ ଟା’ । ବିଦାୟ ଭଙ୍ଗୀରେ ହାତ ହଲେଇ ମାୟା ସେ ଜାଗା ଛାଡ଼ି ଚାଲିଗଲା ।

ମାଇପି ମହଲରୁ ଯାଇ ମାୟା ଖଦ୍ଦାଶାଳରେ ଗୁଡ଼ିଆ ପାଖରେ ଉଠିଲା । ପେଟ ଭୋକରେ ଚକଟିମଟ୍ଟ ହେଲାଣି । କିନ୍ତୁ ଜଳଖିଆ ଅଧା ହୋଇଛି ।

– କିହୋ, ଆଜି କ’ଣ ଆମକୁ ନିର୍ଜଳା ଏକାଦଶୀ କରେଇ ଛାଡ଼ିବ ?

ପାନବୋଲା– ବସା ଦାନ୍ତରେ ମୁଲାୟମ୍ ହସ ହସି ଗୁଡ଼ିଆ ଜବାବ ଦେଲା–

ଦଉଡ଼ି, ଦଉଡ଼ି... ଆଉ ଟିକିଏ ବେଳ ସବୁର କରିଯାଅ। ଦେଖୁଚ ତ ଦି'ଟା ବୋଲି ହାତ।

– ତମର ତ ଦି'ଟା ହାତ। ଆମର ବୋଧହୁଏ ଫାଲେ ପାଟି ?

ଖାଦାଶାଳର ଭାର ନେଇଥିବା ମାୟାର ସମ୍ପର୍କୀୟା। ଖୁଡ଼ି କହିଲେ– ଯାହା ହେଇଚି ତାକୁ ଦେଇଦିଅ। ତାକୁ ବସେଇ ରଖିଲେ ତମ କାମ ଆଉ ଆଗେଇବ ନାହିଁ।

– ହଁ, ଦେଇଦିଅ, ଆମ ଦିହିଁଙ୍କ ପାଇଁ ଦବ। ମୁଁ ଆଉ ଭାଉଜବୋଉ ଏକାଠି ଖାଇବୁ।

ଜଳଖିଆ ହାତରେ ଧରି ପାଟିରେ ସିଟି ବଜେଇ ବଜେଇକା ମାୟା ଚାଲିଗଲା।

କାବେରୀ ପାଖରେ ଲୋକ ଜମିଥିବାରୁ ମାୟା ଭାଉଜର ହାତ ଧରି ପାଖ ବଖରାକୁ ନେଇଗଲା। ଆସନ ଉପରେ କାବେରୀକୁ ଦୁଲକରି ବସେଇ ଦେଇ ମାୟା ତା ମୁହଁକୁ ଚାହିଁ ଦେଖିଲା– ମୁହଁରେ ହସ ନାହିଁ। ତା'ର କାରଣ କ'ଣ ତା ବି ସେ ଜାଣେ। କିନ୍ତୁ କିଛି ନ ଜାଣିଲା ଭଳି ହସି ହସି କହିଲା– କିହୋ ଭାଉଜ ମୁହଁଟାକୁ ଏମିତି ଅଥାର ଭଳିଆ ଲଦିଛ କାହିଁକି ?
କାବେରୀ କୌଣସି ଉତ୍ତର ଦେଲା ନାହିଁ।

– ହଉ କଥା ନ କହିଲେ ନାହିଁ ପଛକେ, ଖାଅ। ତଥାପି କାବେରୀକୁ ନ ହସିବାର ଦେଖି ଜୋର କରି ତା ପାଟିରେ ଜଳଖିଆ ଗେଞ୍ଜି ମାୟା ନିଜେ ଖାଇବାରେ ଲାଗିଲା। ଖାଉ ଖାଉ ଏଣ୍ଡୁଅ ଭଳି ମୁଣ୍ଡ ହଲେଇ କହିଲା– ନା, ନା, ତମେ ପ୍ରକୃତରେ ସୁନ୍ଦର.. ହସିଲେ ଭଲ ଦିଶ, ରୁଷିଲେ ବି ଭଲ ଦିଶ... ମତେ ଠିକ୍ କହି ଆସୁନାହିଁ... ଏଇ ଯେମିତି ଧୀର ପବନରେ ଥରି ଉଠୁଥିବା ଆମ୍ବ ବଉଲ ଆଉ ଆମ୍ବ-ଦୁଇଟାୟାକ ଆଖି ଆଉ ମନକୁ ସମାନ ଭାବରେ ଟାଣେ। ବଉଲର କମନୀୟତା ଆମ୍ବରେ ନାହିଁ କି ଆମ୍ବର ରସାଳତା ବଉଲରେ ନାହିଁ– ଦିହିଁଙ୍କ ଦିହେଁ ବଡ଼।

ମେଘ ଫାଙ୍କରୁ ଜହ୍ନ ଆଲୁଅ ଗଳିପଡ଼ିଲା ଭଳି କାବେରୀର ଗମ୍ଭୀର ମୁହଁରେ ଚୋରା ହସର ଆଲୁଅ ଦିଶିଲା।

ବାହାଘର ରେଲି ଭାଙ୍ଗିଯାଇଛି। ଆସିଥିବା କୁଣିଆମାନେ ଯେ ଯାହାର ଘରକୁ ଫେରିଗଲେଣି। କିନ୍ତୁ ଘରଟା ଯେତେ ନିଛାଟିଆ ଲାଗିବା କଥା, ସେତେ ଲାଗୁ

ନାହିଁ। ମହାବୋଉଙ୍କର ସମୟ ବୋହୂ ଖବର ବୁଝୁ ବୁଝୁ କୋଉ ଛଟକରେ କଟି ଯାଇଛି।

ଖରା ନଇଁ ଆସିଲାଣି। ମହାବୋଉ ବାରଣ୍ଡାରେ ବସି କାବେରୀ ମୁଣ୍ଡ ବାନ୍ଧି ଦେଉଥିଲେ, ଏତିକିବେଳେ ଭଣ୍ଡାରଘର ଚାବି ନେବାକୁ ଆସି ମାୟା ତାଙ୍କ ପାଖରେ ଠିଆ ହେଲା।

– କିଲୋ ବୋଉ ଭାରି ତ ଖୁସି ଅଛୁ ଦେଖୁଛି... ବୋହୂର କାମ ଦଣ୍ଡେ ହେଲେ ତୋ ହାତରୁ ଛାଡୁ ନାହିଁ... ନିଞ୍ଜେ ଭାଉଜ ବୋଉ ତୋ ଗୋଡ଼ ଧୋଇ ପାଣି ପିଉଛନ୍ତି।

– ମାଲା, ଘରକୁ ବୋହୂ ଆସିଲା ଖୁସି ହେବି ନାହିଁ?

– ବୋହୂ ଆସିଲା ବୋଲି ତୋ ଗୋଡ଼ କାହିଁକି ଚାରି ହାତ ଛଡ଼ାରେ ପଡ଼ୁଛି? ଭାଇଙ୍କର ସିନା ପଡ଼ିବା କଥା–

– ଆଉ ସତେ! ଏମିତି ବୋହୂ କେଇଟା ଲୋକର ଭାଗ୍ୟରେ ଜୁଟେ? ସକାଳୁ ଦାନ୍ତ ଘଷିବାକୁ ପାଣି ଦଉଚି... ଗାଧୋଇଲା ବେଳେ ମୁଁ ଯେତେ ନାହିଁ କଲେ ବି ଗାମୁଛାରେ ପିଠି ରଗଡ଼ି ଦଉଛି... ରାତିରେ ବିଛଣା ଝାଡ଼ି ଦଉଚି... ତୁ ଗୋଟାଏ ଝିଅ ଅଛୁ ଯେ ଦିନେ କାଲେ ପାଣି ଢାଲେ ଦେଇଥିଲୁ? ମାୟାକୁ ନ ଚାହିଁ ମହାବୋଉ କହିଲେ।

– ଆରେ, ଏତେ କଥା କରୁଛନ୍ତି– ମୁଁ କିଛି ଜାଣି ପାରିନାହିଁ! ମୁଁ ସିନା ଭାବିଥିଲି ତତେ ଖାଲି ପାନ ଭାଙ୍ଗି ଦଉଚନ୍ତି... ତୋର ତେବେ ଆଉ ଚିନ୍ତା କ'ଣ? ଏଣିକି ଗୋଡ଼ ଉପରେ ଗୋଡ଼ ପକେଇ ଆରାମରେ ଦିନ କାଟିବୁ। ଠଙ୍ଗା କଲାପରି ମାୟା କହିଲା।

ଏଥର ମହାବୋଉ ଝିଅ ମୁହଁକୁ ଚାହିଁଲେ–ମୋର ଖାଲି ଗୋଟାଏ ଚିନ୍ତା ରହିଲା, ତତେ କେମିତି ହାତକୁ ଦି' ହାତ କରିଦେଲେ ମୁଁ ନିଶ୍ଚିନ୍ତ ହେବି। ତେଣିକି ତାଙ୍କ ଘର ସଂସାର ସେମାନେ ବୁଝୁଥାନ୍ତୁ।

– ମତେ ହାତକୁ ଦି'ହାତ କରିବା କଥା ଛାଡ଼ି, ତୁ ନିଜେ କେମିତି ହାତକୁ ଦି ହାତ ହେବୁ ସେୟା ଭାବ! କାନିରୁ ଚାବିଟା ଫିଟେଇ ନେଇ ମାୟା ରାଗରେ ଦୁମ୍‌ଦୁମ୍‌ ହୋଇ ଚାଲିଗଲା।

ମାୟାର ଯିବା ବାଟକୁ ଚାହିଁ ମହାବୋଉ କାବେରୀକୁ କହିଲେ– ପାଗଲିଟାଏ... ତୁ ତା' କଥାକୁ ମୋଟେ ଧରିବୁ ନାଇଁଲୋ ବୋହୂ... ଦେଖୁନୁ ଯାହା ତାର ପାଟିକୁ ଆସୁଛି କହିଦେଇ ଯାଉଛି...।

ମହୀବୋଉ ହୁଏତ ଆହୁରି କେତେ କ'ଣ ବୁଝେଇଥାନ୍ତେ କିନ୍ତୁ ଏତିକିବେଳେ ମୁହଁ ଶୁଖେଇ ପହଲି ଆସି ପାଖରେ ଠିଆହେଲା। ପହଲି ମୁହଁକୁ ଚାହିଁ ମହୀବୋଉ ପଚାରିଲେ– କ'ଣ କିରେ? ଖାଇଲୁଣି ଟି?

ପହଲିକୁ ନିରୁତ୍ତର ଦେଖି କାବେରୀ ପହଲିର ହାତଟା ଶରଧାରେ ଟାଣିନେଇ କହିଲା କ'ଣ ମୁଣ୍ଡ କୁଣ୍ଢେଇବ କି? ଟିକିଏ ବସ, ମୁଁ କୁଣ୍ଢେଇ ଦେବି।

ସାହସ ପାଇ, ଟିକିଏ ଲାଜ ଲାଜ ହୋଇ ପହଲି କହିଲା– ଭାଉଜ'ଉ, ଟିକିଏ ତମର ପାଉଡ୍ର ଦେବ?

– ନେଇ ଯାଉନ... ମତେ ପଚାରୁଛ କାହିଁକି?

– ହଉରେ ମାଇଟିଆ, ପାଉଡ୍ର କଣ କରିବୁ? ଆଖି ତରାଟି ମହୀବୋଉ ପହଲିକୁ ଚାହିଁଲେ।

ମହୀବୋଉଙ୍କ ଆଖି "ନାଇଁ ଥାଉ" କହି ପହଲି ଚାଲି ଯାଉଥିଲା, ଏତିକିବେଳେ କାବେରୀ ତା ହାତ ଧରିନେଇ କହିଲା–ବୋଉ ମିଛରେ କହୁଛନ୍ତି... ତମେ ଯାଅ ଲଗେଇ ପକେଇବ।

ଏଥର ଟିକିଏ ଦମ୍ଭ ପାଇ ପହଲି କହିଲା–ଏତେ ଉପରକୁ ମୋ ହାତ ପାଉନାହିଁ... ତମେ ଟିକିଏ ଦିଅନ୍ତ।

ହଠାତ୍ ମନେ ପଡ଼ିଗଲା ପରି କାବେରୀ କହିଲା– ଓହୋ, କାଲି ମୋ ହାତ ବାଜି ବୁଢ଼ିହେଇ ଯାଇଥିଲା... ସେଥିପାଇଁ ତମ ଭାଇ ବୋଧେ ତାକୁ ଉପରେ ରଖି ଦେଇଛନ୍ତି।

କାବେରୀକୁ ଭୁଲ କହୁଥିବାର ଦେଖି ପହଲି ଜୋର ଦେଇ କହିଲା–ନାଇଁ ମ, କେତେ ଦିନରୁ ପରା ସେଇଠି ଅଛି। ମୁଁ ସବୁ ଦିନେ ଦେଖେ।

କଥାକୁ ବାଙ୍କାରେଇଲା ପରି କାବେରୀ କହିଲା– ହଉ ଟିକିଏ ବସ। ମୁଁ ନିଜେ ତମକୁ ଭଲ କରି ଲଗେଇ ଦେବି।

ମହୀବୋଉଙ୍କର କୋଳପୋଛା ପୁଅ ଏଇ ପହଲି। ଅଧିକାଂଶ ସମୟରେ କାବେରୀର ଲାଞ୍ଜ ପରି ତା ପଛେ ପଛେ ଘୁରୁଥାଏ। କେହି ନ ଥିଲାବେଳେ ଥରେ ଦି'ଥର ତା ବକ୍ସାରେ ଚୋରପରି ପଶି ଟିକିଏ ପାଉଡ୍ର ମୁହଁରେ ବୋଳିଦିଏ, ଟୋପାଏ ଅତର ପ୍ୟାଣ୍ଟରେ ମାରିଦିଏ, ବାଁ ହାତର କାଣି ଆଙ୍ଗୁଠି ନଖକୁ ଲାଲ କରିଦିଏ। ଭାଉଜ ପରି ସୁନ୍ଦର ହେବାକୁ ତାର ଭାରି ଇଚ୍ଛା। ସେତକ କରିସାରି ଜଣ ଜଣ କରି ସମସ୍ତଙ୍କ ପାଖରେ ବୁଲି ନଖ ଦେଖାଏ, ପ୍ୟାଣ୍ଟ ଶୁଙ୍ଘାଏ...। ଦୁଇ ଚାରିଥର ଏହିପରି କଳାପରେ ପହଲି ଦେଖିଲା ପାଉଡ୍ର, ଅତର, ନଖରଙ୍ଗ ସବୁ ନେଇ କିଏ ଉପରେ

ରଖ୍ ଦେଇଛି । ଯେତେ ଚେଷ୍ଟା କଲେ ମଧ ଆଣି ହେଉନାହିଁ । ତେଣୁ ସେ ବାଧ୍ୟହୋଇ କାବେରୀର ସାହାସ୍ୟ ଲୋଡ଼ିବାକୁ ଆସିଛି ।

ମୁଣ୍ଡବନ୍ଧା ସରିଲା । ପହଲିର ହାତ ଧରି ଭିତରର ରାଗକୁ ବାହାରିଆ ହସରେ ଢାଙ୍କି ବଡ଼ ଆଦରରେ କାବେରୀ ତାକୁ ନିଜ ବଖରାକୁ ନେଇଗଲା । ପହଲି ମୁହଁରେ ଭଲକରି ପରସ୍ତେ ପାଉଡ଼ର ବୋଲିଦେଇ କାବେରୀ ହସି ହସି ପଚାରିଲା– ଏଥର ହେଲା ?

ଉଇଂରେ ରହିଥିବା ଡବାକୁ ଚାହିଁ ପହଲି କହିଲା– ସେ ଗୋଲାପି ପାଉଡ଼ରରୁ ଟିକିଏ ଦବ ?

– ସେ ପାଉଡ଼ର ଲଗେଇଲେ ମୁହଁ ମଇଲା ଦିଶେ । ଯାକୁ ଲଗେଇଲାରୁ ତମ ଗୋରା ମୁହଁ ଆହୁରି ଗୋରା ଦିଶୁଛି ।

କାବେରୀ କଥା ଶୁଣି ଟିକିଏ ଲାଜ ହେଇ ପହଲି କହିଲା– ତମେ ସେଦିନ ଭାଇଙ୍କ ଘିମିରିରେ ଏଇ ପାଉଡ଼ର ନଗେଇ ଦଉଥିଲ ମୁଁ ଦେଖିଛି ।

– ଆଉ ! ଇଏତ ଗୋରା ପାଉଡ଼ର । ତମେ ଆଗ ମୁହଁ ଦେଖ କେଡ଼େ ସୁନ୍ଦର ଦିଶୁଛି ।

ବିଶ୍ୱାସ କରି ନପାରି ପହଲି ନିଜର ପାଉଡ଼ର ବୋଲା ମୁହଁକୁ ଆରସି ସାମ୍ନାରେ କାବେରୀ ମୁହଁ ସାଙ୍ଗରେ ତୁଲନା କଲା– ସତରେ ବେଶୀ ଗୋରା ଦିଶୁଚି... ଏକେବାରେ କାନ୍ତୁ ଭଲିଆ ଧୋବ ହୋଇଯାଇଛି ।

ପହଲି ଆନନ୍ଦରେ ବାହାରେ ବୁଲୁଥିଲା ବେଳେ ମାୟା ଯାଇ ପଚାରିଲା – କିରେ କୋଉଠି ନାଟ ଫାଟ ହଉଚି କି ? ନାଟୁଆ ପିଲାଙ୍କ ପରି ଏମିତି ବେଶ ହେଇଛୁ ଯେ– ?

– ଭଲ ହେଲା ଯା । ମତେ ଭାଉଜ'ଉ ନିଜେ ନଗେଇ ଦେଇଛନ୍ତି ।

ପହଲିକୁ ଛାଡ଼ି ଦେଇ, ଅଗଣାରେ ମହାବୋଉଙ୍କ ପାଖରେ ଠିଆ ହୋଇ ବଡ଼ ପାଟିରେ ମାୟା ଶୁଣେଇ ଶୁଣେଇ କହିଲା– ଭାଉଜ'ଉ, ପହଲି ମୁହଁରେ ଘିମିରି ଉଠିବାର ବାଟ ତ ବନ୍ଦ କରି ଦେଲ, ଆଉ ଦେହ ହାତ ଯେଉଠି ପ୍ରକୃତରେ ଘିମିରି ହେଇଛି, ସେତକ କ'ଣ ଭୁଲରେ ଛାଡ଼ିଗଲ ?

କାବେରୀ ମୁହଁ ଲାଲ ପଡ଼ିଗଲା– ମୁଁ ତ କେତେକରି କହିଲି ଗୋଲାପି ପାଉଡ଼ର ଲଗେଇ ଦେଲେ ଭଲ ଦିଶିବ... ତାଙ୍କର ଏକା ଜିଦି ଧଲା ପାଉଡ଼ର ଲଗେଇ ଗୋରା ହେବେ ।

– ତାଙ୍କ ଦିହିଁଙ୍କ ଭିତରେ ଯାହା ହେଲା, ତୋର ସେଥ୍ରେ ମୁଣ୍ଡ ପୂରେଇବାର କ'ଣ ଅଛି ? ମାୟାକୁ ଆକଟି ମହାବୋଉ କହିଲେ ।

– ତୁ ତ ତୋ କାମ କରୁଛୁ, ତତେ କିଏ କହୁଛି ଆମ କଥାରେ ମୁଣ୍ଡ ପୂରେଇବାକୁ? ଆଗ ନିଜ ମଟରରେ ତେଲ ଦେ।

କାବେରୀକୁ ଧରା ପକେଇ ଦେଇ, ଗଡ଼ ଜିତିଲାପରି ମାୟା ଚାଲିଗଲା।

ନିକିତିରେ ଗୋଟାଏ ପଟ ଯେତିକି ବେଶୀ ତଳକୁ ଯାଏ, ଅନ୍ୟ ପଟଟି ଠିକ୍ ସେଇ ଅନୁପାତରେ ଉପରକୁ ଉଠିଲାପରି ମହୀବୋଉଙ୍କ ଘରେ କାବେରୀର ପ୍ରଶଂସା ଅନୁପାତରେ ମାୟାର ଆଦର ଦିନକୁ ଦିନ କମିବାକୁ ଲାଗିଲା। ସମସ୍ତଙ୍କ ମୁହଁରେ ବୋହୂର ପ୍ରଶଂସା। ମାୟା ଦେଖିଲା କୂଟନୀତି ପ୍ରୟୋଗ କରିବା ଛଡ଼ା ଅନ୍ୟ ବାଟ ନାହିଁ। ତେଣୁ ସେ ବାଧ୍ୟହୋଇ ତା'ରି ଆଶ୍ରୟ ନେବାକୁ ସ୍ଥିର କଲା।

ସେଦିନ ରାତି ଦଶଟା–

ଖାଇସାରି ଯେ ଯୁଆଡ଼େ ଶୋଇବାକୁ ବାହାରିଛନ୍ତି। ଅନ୍ୟ ଦିନ ପରି ମାୟା ସିଧା ଶୋଇବାକୁ ନ ଯାଇ, ମହୀବୋଉଙ୍କ ପାଖରେ ଆସି ଠିଆ ହେଲା।

– ବୋଉ, ଦେଖ... କାଲି ତୁ ଉଠିବା ମାତ୍ରେ ମତେ ନିଦ୍ଦେ ଉଠେଇ ଦବୁ। ମୋର ଭାରି ଜରୁରୀ କାମ ଅଛି...

– ହଉ। କ'ଣ କଲେଜ ଯିବୁ କି?

"ତୁ ସେଥିରୁ କ'ଣ ପାଇବୁ? ହଁ ମୁଁ କଲେଜ ଯିବି..." କହି ମାୟା ଶୋଇବାକୁ ଚାଲିଗଲା।

ରାତି ଚାରିଟାରେ ମହୀବୋଉଙ୍କ ନିଦ ଭାଙ୍ଗିଗଲା। ବିଛଣାରେ ପଡ଼ି ପାହାନ୍ତିଆ ହେବାଯାଏ ସେ ଅପେକ୍ଷା କରି ରହିଲେ। ପୂର୍ବ ଆକାଶରେ ସିନ୍ଦୂରା ଫାଟି ଆସିଲା ବେଳକୁ ମହୀବୋଉ ମାୟାକୁ ଉଠେଇଦେଇ ନିଜେ ଯିବାକୁ ବସିଲେ।

ଧଡ଼ପଡ଼ ହୋଇ ବିଛଣାରୁ ଉଠିପଡ଼ି ପ୍ରତାପକୁ ଗୋଟିଏ କୁହାଟ ଛାଡ଼ି, ମାୟା ଆଗେ ଆଗେ ତଳକୁ ଓହ୍ଲାଇ ଆସିଲା। ବାରଣ୍ଡାରେ ରଖା ହୋଇଥିବା ପାଣି ପାଖରେ ଦିହେଁ ବସିପଡ଼ି ଦାନ୍ତ ଘଷିବାରେ ଲାଗିଲେ।

ଖଣ୍ଡେ ଦୂରରେ ଥାଇ କାବେରୀ ସବୁ ଲକ୍ଷ୍ୟ କରୁଥିଲା। ମାୟା ପତୁକୁ ସେହି ପାଣିରେ ଦାନ୍ତ ଘଷିବାର ଦେଖି, ମନର ବିରକ୍ତି ଲୁଚେଇ କାବେରୀ ସେମାନଙ୍କ ପାଖକୁ ଆସି କହିଲା– ସେ ପାଣି ପରା ବୋଉଙ୍କର... ଏହିକ୍ଷଣି ଆସିଲେ ଖୋଜିବେ।

କାବେରୀର କଥାକୁ ଉଡ଼େଇ ଦେଇ ମାୟା କହିଲା– ବୋଉ ତା'ର ଆପେ ପାଣି ଆଣି ଦାନ୍ତ ଘଷିବ ଯେ।

ଏତିକିବେଳେ ଦୂରରୁ ମହୀବୋଉଙ୍କୁ ଆସୁଥିବାର ଦେଖି କାବେରୀ କଥା ପାଟିରେ ଅଟକି ଗଲା, କିନ୍ତୁ ମାୟା ନିଜ ସ୍ୱର ଦୁଇଗୁଣ କରି ବଡ଼ ପାଟିରେ ମନକୁ ମନ କହିବାରେ ଲାଗିଲା– ପାଣି ତ ରଖା ହୋଇଛି... ସେଥିରେ କାହାରି ନାଁ ମରା ହୋଇନାହିଁ ଯେ, ବାପା ଏ ପାଣିରେ ଘଷିବେ, ବୋଉ ସେଇଟାରେ ଘଷିବ। ଯେ ଆଗ ଉଠିଲା ସେ ଘଷି ଦେଇ ଚାଲିଯିବ...।

– ସକାଳୁ କାହିଁକି ଏଡ଼େ ପାଟି କରୁଛୁ କିଲୋ ? କଅଣ ତୋର ହେଲା ? ସବୁ ଶୁଣି କିଛି ନ ଶୁଣିଲାପରି ମହୀବୋଉ କହିଲେ।

– ମୋ ଇଚ୍ଛା ହେଲା ମୁଁ ପାଟି କରିବି ? ତୋର କ'ଣ ହୋଇଗଲା ? ମାୟା ଜବାବ ଦେଲା।

କାବେରୀକୁ ଭାଲ ହାତରେ କୂଅ ମୂଳକୁ ଯିବାର ଦେଖି ମହୀବୋଉ ବାଧା ଦେଲେ– ଥାଉ ଲୋ ବୋହୂ, ମୁଁ ନିଜେ ଆଣିବି... ଏସବୁ ଗୋଟାଏ କ'ଣ ? ଏଡ଼େ ବଡ଼ ବଡ଼ ପିଲାଟାମାନ ହେଲେଣି, ନିଜେ ଭାଲେ ପାଣି ଆଣି ଦାନ୍ତ ଘଷି ପାରିବେ ନାହିଁ ? କହିଲେ ଓଲଟି କଳି କରୁଛନ୍ତି।

ମହୀବୋଉଙ୍କୁ କାବେରୀ ପଟ ନେଇ କଥା କହିବାର ଦେଖି ମାୟା ଚିଡ଼ିଯାଇ କହିଲା– ହଁ, ତୁ ତୋ ବୋହୂପଟ ନେଇ କହିବୁ ନାହିଁ କି ? ନ ହେଲେ ଦାନ୍ତ ଘଷିବାକୁ ତତେ ପାଣି ମିଳିବ ନାହିଁ ଯେ...।

ଆଉ ବେଶୀ ସମୟ ସେଠାରେ ରହିବା ନିରାପଦ ମନେ ନ କରି କାବେରୀ ସେ ଜାଗା ଛାଡ଼ି ଚାଲିଗଲା। କିଛି ବେଳ ଭତର ଭତର ହୋଇ ମାୟା ମଧ ଚାଲିଗଲା।

ମାୟା ପାଟିରେ ସମସ୍ତଙ୍କର ନିଦ ଭାଙ୍ଗିଗଲା। ଆଖି ମଳି ମଳି ଜଣ ଜଣ ହୋଇ କଳିର କାରଣ ପଚାରି ବସିଲେ। କଥାଟା ବଢୁଥିବାର ଦେଖି ବ୍ୟସ୍ତ ହୋଇ କାବେରୀ ମୋହନ ପାଖକୁ ଗଲା। ଏତେ ବଡ଼ ଘରଟାରେ ଏହି ବଖରାଟି ଯେପରି ତାର ଏକମାତ୍ର ନିରାପଦର ସ୍ଥାନ !

ଖରା ଉଠି ଉଠି ଯାଉଛି। ଗୋଟି ଗୋଟି ହୋଇ ସମସ୍ତେ ନିଜ ନିଜ କାମରେ ଲାଗିଲେଣି, କିନ୍ତୁ କାବେରୀ ମନ ତାକୁ ଦୋଷୀ କରି ସେହି ଘରେ ବନ୍ଦୀ କରି ରଖିଲା। ତାର ମନେ ହେଲା ଯେମିତି ସମସ୍ତେ ନିଜ ନିଜର କାମ ଫାଙ୍କରେ ତା'ରି କଥା ଭାବୁଛନ୍ତି। ମନଟା ଚିଡ଼ିଚିଡ଼ି ଲାଗୁଛି। ଏତିକିବେଳେ କୁଆଡ଼ୁ କାନ୍ଦି କାନ୍ଦି ଆସି ପହଲି ମୋହନର ବିଛଣାରେ ଗଡ଼ିପଡ଼ିଲା।

– କ'ଣ ହେଲା ? କାହିଁକି କାନ୍ଦୁଛୁ ? ମୋହନ ପଚାରିଲା ।

– ଆପା ମାରିଲା ।

"ଆଛା, ମୁଁ ଅପାକୁ ମାରିବି", କହି ମୋହନ କାବେରୀ ମୁହଁକୁ ଚାହିଁ ରହିଲା ।

ଧୋବ ବିଛଣା ଚାଦର ଉପରେ ପହଲି ଗୋଡ଼ର ମଇଲା ଦାଗକୁ କାବେରୀ ବିରକ୍ତିରେ ଚାହିଁଛି । ମୋହନ ଟିକିଏ ହସିଲା, କିନ୍ତୁ କାବେରୀ ମୁହଁ ଆହୁରି ଗମ୍ଭୀର ହୋଇଗଲା । ଅନ୍ୟ ବାଟ ନ ଦେଖି ମୋହନ ପହଲିର ହାତ ଧରି ଉଠେଇ କହିଲା– ହଇରେ ତତେ ମୁଁ କେତେଥର କହିଲିଣି ଗୋଡ଼ ଧୋଇ ବିଛଣା ଉପରେ ଚଢ଼ିବୁ... ହେଇ ଦେଖିଲୁ ବିଛଣା କେମିତି ମଇଲା ହୋଇଗଲା...ଯା, ଧୋଇକରି ଆସିବୁ ।

– ଆହା, ପିଲାଲୋକ... ବସନ୍ତୁ ନା । ... ତମେ ତାଙ୍କୁ ସେମିତି କହିବ ନାହିଁ । ଟିକିଏ ଛିଗୁଲେଇ କାବେରୀ କହିଲା ।

ପହଲି ସେମିତି କାଦିବାରେ ଲାଗିଲା । ମୋହନ ଜାଣେ କାନ୍ଦ ବନ୍ଦ କରିବାର ଏକମାତ୍ର ବାଟ ହେଉଛି ତାକୁ କିଛି ପଇସା ଦେବା । କାବେରୀକୁ ଲକ୍ଷ୍ୟ କରି କହିଲା– ଆଛା, ପହଲିକୁ ମୋ ମୁଣିରୁ ଦି'ଅଣା ପଇସା ଦିଅ ।

– ତମ ମୁଣି କୋଉଠି ଅଛି ମୁଁ ଦେଖିନାହିଁ ।

– ସେଇ କାମିଜ ପକେଟରେ ।

ଖଟ ଉପରୁ ଓହ୍ଲାଇ ଆସି ପଇସା ମୁଣିଟା ମୋହନ ଉପରକୁ ଫିଙ୍ଗି ଦେଇ କାବେରୀ ଘରୁ ବାହାରି ଚାଲି ଯାଉ ଯାଉ କହିଲା– ଦିଅଣା କଣ ଅଣ୍ଡିବ ? ଟଙ୍କାଟିଏ ଦିଅ– ଏତେଗୁଡ଼ାଏ କାନ୍ଦିଛନ୍ତି ।

ପହଲି ଖୁସି ହୋଇ ଭାଉଜବୋଉଙ୍କ ମୁହଁକୁ ଚାହିଁଲା–ଟଙ୍କାଟିଏ । ଭାଇ କେବେ ହେଲେ ଏତେ ପଇସା ଦିଅନ୍ତି ନାହିଁ । ସବୁବେଳେ ଅଣାଏ ନହେଲେ ଦି'ଅଣା ଦିଅନ୍ତି ।

ହାତରେ ଦି'ଅଣା ଧରି ପହଲି ଚାହିଁଲା ଭାଇଙ୍କ ମୁହଁକୁ – ଭାଉଜ'ଉ ପରା ଟଙ୍କାଏ ଦବାକୁ କହିଲେ ?

– ନାଇଁ, ନାଇଁ ମୋ ପାଖରେ ଆଉ ପଇସା ନାହିଁ... ତୁ ପଲା । ଏକରକମ ଜୋର କରି ମୋହନ ପହଲିକୁ ବିଦା କରିଦେଲା ।

ସେଠାରୁ ଯାଇ ପହଲି ମାୟାକୁ ଚିଡ଼େଇବା ପାଇଁ ଦୋ'ଣିଟା ହାତରେ ଧରି କହିଲା– ଦେଖ ଦେଖ... ଦିଅଣା... ଭାଉଜ'ଉ କହିଥିଲେ ଟଙ୍କାଏ ଦବାକୁ ମୁଁ ବେଶି କାନ୍ଦିଥିଲି... ଭାଇ ଦେଲେ ନାହିଁ ।

– ହଉ ହଉ ମାଗନ୍ତା ବାବୁ, ଏଥୁ ଯାଅ ଏଥର... କେତେଗୁଡ଼ାଏ ରୋଜଗାର କରି ଆଣିଛ... ସେଣେ ଯାଇ ଆଉ ଦି'ଟୋପା ଲୁହ ଗଡ଼େଇ ସେ ପଇସାକୁ ଚକ ଚକ କରିଦିଅ ଯେ, ସେଇଟା ଟଙ୍କାପରି ଦିଶିବ।

ତେଣିକି ଟିକିଏ କିଛିହେଲେ ପହିଲି ବଡ଼ପାଟିରେ କାନ୍ଦି କାନ୍ଦି କାବେରୀ ପାଖକୁ ଯାଏ। ତାର ପୁରା ବିଶ୍ୱାସ ଭାଉଜବୋଉ ତା ଆଖିରେ ଲୁହ ଦେଖିଲେ ନିଶ୍ଚୟ ଟଙ୍କା ଦେବେ। କାବେରୀ ସବୁ ଦେଖି ନଦେଖିଲା ପରି ରହେ। ବେଶୀ ବିରକ୍ତ କଲେ କିଛି ନ କହି କାମର ଆଳ ଦେଖେଇ ବାହାରକୁ ଚାଲିଆସେ। ଏମିତି କେତେ ଘଟଣା ଘଟିଯାଏ ଆଉ ଧୀରେ ଧୀରେ ସେଗୁଡ଼ିକ ମୋହନର ଫୁଲାଫାଙ୍ଗିଆ ମନ ଉପରେ ପ୍ରଭାବ ପକାଏ। କାବେରୀର କଥା ନ ମାନି ଉପାୟ ନାହିଁ। କେବଳ କାବେରୀକୁ ଖୁସି କରିବା ପାଇଁ ମୋହନକୁ ନିଜର ଇଚ୍ଛା ବିରୋଧରେ ଅନେକ କାମ କରିବାକୁ ହୁଏ।

ସେ ବି ଦିନକର ଘଟଣା–

ରବିବାର। ଆଇସକ୍ରିମ୍‌ବାଲା ରାସ୍ତାରେ ଡାକି ଡାକି ଆସିଲା। ପ୍ରତାପ, ରଞ୍ଜନ ଧାଇଁ ଆସିଲେ– ପଛରେ ପହିଲି।

– ଭାଇ, ଭାଇ... ଛ'ଅଣା ପଇସା ଦବ ? ଆଇସକ୍ରିମ୍‌ବାଲା ଯାଉଛି। ମୋହନକୁ ଘର ଭିତରେ ନ ପାଇ କାବେରୀକୁ ଖଟରେ ଗଡ଼ୁଥିବାର ଦେଖି ପିଲାମାନେ ପଚାରିଲେ – ଭାଉଜ'ଉ ଭାଇ କାହାନ୍ତି ?

– ଭାଇ ଗାଧୋଇବାକୁ ଯାଇଛନ୍ତି। ଧୀର ଭାବରେ କାବେରୀ କହିଲା।

ମୋହନ ଆସିବା ଯାଏ ଅପେକ୍ଷା କରିବାକୁ ପିଲାଙ୍କର ତର ସହିଲା ନାହିଁ। କାମିଜ ପକେଟ ଦରାଣ୍ଡି ପଇସା ମୁଣିରୁ ଛଅଣା ପଇସା ବାହାର କଲେ।

ହସି ହସି କାବେରୀ କହିଲା– ହେଇ, ଭାଇ ଅବିକା ପଇସା ଗଣି କରି ଯାଇଚନ୍ତି... ଜାଣିପାରିବେ।

– ଜାଣନ୍ତୁ। ପିଲାମାନେ ଦଉଡ଼ା ଦଉଡ଼ି କରି ବାହାରି ଚାଲିଗଲେ।

କାବେରୀ ଟିକିଏ ବେଲ ଗୁମ୍ ମାରି ବସିଲା। ତାର ମନେ ହେଲା ସତେ ଯେମିତି ଏଇଟା ମୋହନର ପଇସା-ମୁଣି ନୁହେଁ... ଘର ବଉଁଶ ଯାକର ପଇସା ଯେମିତି ଏ ମୁଣିରେ ଅଛି... ଯାହାର ଯେତେବେଲେ ମନ ହେଲା ଆସି ନେଇଯାଉଚନ୍ତି... ଏମିତି କଲେ ହାତରେ ଆଉ ପଇସା ରହିବ କଣ ?... ସହଜେ ତ

ଆଜି 'ଯକ୍ଷ୍ମା ଦିବସ", କାଲି "ପତାକା-ଦିବସ", ପହରଦିନ 'ରେଡ୍‌କ୍ରସ୍' କହି ଯାହାର ଯେତେ ଇଚ୍ଛା ଭିଡ଼ି ନେଉଛନ୍ତି... ସବୁ କ'ଣ ଦେଇଦଉଥିବେ ?... ନିଶ୍ଚେ ନିଜ ପାଖରେ ଅଧା ରଖୁଥିବେ... ମୋହନ ପରି ସେମାନେ ଏତେ ବୋକା ନୁହନ୍ତି... ସେଇ ଯେଉଁ ମାୟା ଖଣ୍ଡକ ଅଛି- ପକ୍‌କା ଖରଖରୀ... ସେଇ ସବୁ ନାଟର ଗୋବର୍ଦ୍ଧନ... ପିଲାଙ୍କୁ ଯେତିକି ମୁହଁ ଦବ ସେମାନେ ସେତିକି ମୁହଁ ଉପରେ ଚଢ଼ିବେ... ଅତିରିକ୍ତ ମୁହଁବଢ଼ିଆ ହେଇଯାଇଛନ୍ତି... ମଣିଷର ତ ପୁଣି ଗୋଟାଏ ସହିବାର ସୀମା ଅଛି... ତାରି ଆଖ୍ ଆଗରେ ତାରି ପଇସା ଏମିତି ଲୁଟି କରି ନେଲେ, ସେ କେତେ ସହିବ ?

ଏତିକିବେଳେ ଭାବନାରେ ବାଧାଦେଇ ମୋହେନ ଘର ଭିତରେ ପଶିଲା। ମୋହନକୁ ଦେଖୀ ପଇସା ମୁଣିକୁ ତା ପାଖରେ ପକେଇଦେଇ କାବେରୀ କହିଲା- ପଇସା ମୁଣିକୁ ତମେ ଏମିତି ବାହାରେ କାହିଁକି ପକାଉଚ ? ମୁଁ ଏତେ ଆଉ ଜଗିପାରିବି ନାହିଁ... ଏଇକ୍ଷଣି ସେ ଚାକର ଟୋକା ଘର ଝାଡ଼ିବାକୁ ଆସି ତମ ମୁଣି ପାଖକୁ ଯାଉଥିଲା ଭାଗ୍ୟକୁ ସିନା ସେତିକିବେଳେ ମୁଁ ଆସି ପହଞ୍ଚିଗଲି... ସବୁଦିନେ ତ ମୁଁ ଆଉ ଜଗି ନ ଥାଏ ? ... ସେ କେତେ ଯେ ନେଉଥିବ ଭଗବାନ ଜାଣନ୍ତି...।

କଥାର ଗୁରୁତ୍ୱ ଏଡ଼ିଦେଇ ମୋହନ କହିଲା- ନାଇଁ, ସେ କେବେହେଲେ ନିଏ ନାହିଁ... ମୋ ପଇସା ତ ସବୁବେଲେ ଏମିତି ବାହାରେ ପଡ଼ିଥାଏ... କେହି ଛୁଅନ୍ତି ନାହିଁ... ସେ ଆଉ କ'ଣ ପାଇଁ ଯାଉଥିବ" ତମେ ଭାବିଲ ପଇସା ନେବାକୁ ଯାଉଛି।

- ହଁ, ସମସ୍ତେ ଖାଲି ତମରି ପରି ସାଧୁ ହେଇଛନ୍ତି... ଭାରି ଗୁଡ଼ାଏ ପଇସା ରୋଜଗାର କରୁଛ ନା ଚାଲିଗଲେ ଜଣାପଡୁନାହିଁ !... ଏଣିକି ଘରକୁ ଆସିଲେ ସେ ମୁଣିଟା ମୋ ହାତକୁ ଦବ, କହି କାବେରୀ ମୋହନ ପାଇଁ ଜଲଖିଆ ଆଣିବାକୁ ଚାଲିଗଲା।

କାବେରୀ ଜିତିଲା। ସେହିଦିନଠାରୁ ମୋହନ କୁଆଡ଼େ ବାହାରିଲାବେଳେ କାବେରୀ ହସି ହସି ପଇସା ମୁଣିଟି ଆଣି କାମିଜ ପକେଟରେ ପୂରେଇ ଦିଏ ଓ ପୁଣି ଘରକୁ ଫେରିଲେ ତାଟୁ ନେଇ ନିଜ ବାକ୍ସରେ ରଖି ତାଲା ଦିଏ। ପ୍ରଥମେ ପ୍ରଥମେ ମୋହନକୁ ଏସବୁ ଟିକିଏ ଅଡୁଆ ଲାଗୁଥିଲା, କିନ୍ତୁ ଧୀରେ ଧୀରେ ତାହା ଅଭ୍ୟାସରେ ପଡ଼ିଗଲା।

ଦିନକୁ ଦିନ ମୋହନ ବଦଲୁଛି। ତାର ଫୁଙ୍କୁଲା ମନ ସ୍ତ୍ରୀର ଘରୋଇ ବୁଦ୍ଧି ପାଖରେ ବନ୍ଦୀ ହୋଇଯାଉଛି- ଏକଥା ଅନ୍ୟମାନଙ୍କ ଆଗରେ ସେ ନିଜେ

ସ୍ୱୀକାର ନ କଲେ ମଧ୍ୟ ସମସ୍ତେ ତାହା ଲକ୍ଷ୍ୟ କରନ୍ତି । ମହୀବୋଉ ମନ ଭିତରେ ଖୁସି ହୁଅନ୍ତି ଯେ ତାଙ୍କ ପୁଅର ମନ ଘର ଧରିଲାଣି– କାନ୍ଦରେ ପଡ଼ିଲେ ସମସ୍ତେ ବଜେଇ ଶିଖନ୍ତି... ସେ ବା ସେଥିରୁ ବାଦ ଯିବ କିପରି ? ମୋହନ ନିଜେ ମଧ ସେ କଥା ଅନୁଭବ କରେ । ଏହି କେଇଟା ଦିନ ଭିତରେ କାବେରୀ ପ୍ରତି ତାର ଗୋଟାଏ କେମିତି ଧରଣର ବିଶ୍ୱାସ ଓ ଆସକ୍ତି ଆସିଯାଇଛି । କାବେରୀ ପାଖରେ ନଥିଲେ ଖାଇବାରେ ତାର ତୃପ୍ତି ଆସୁ ନାହିଁ । ଯେତେ ଖାଇଲେ ବି ମନେ ହୁଏ ଯେମିତି କି ସେ ଅଧାପେଟ ଖାଇ ଉଠୁଛି । ଆଗେ ତ ଏମିତି ଲାଗୁ ନଥିଲା ? ମହୀବୋଉ ଖାଇବାକୁ ଦେଲେ, କେଡ଼େ ତୃପ୍ତିରେ ସେ ଖାଇଦେଇ ଯାଉଥିଲା । ସେତେବେଳେ ତା'ର ମନେ ହେଉଥିଲା ସଂସାରରେ ମା' ପରି ଆଉ କେହି ମନ ବୁଝି ଖାଇବାକୁ ଦେଇ ପାରନ୍ତି ନାହିଁ । ଏବେ ସେଇ ମା ଅଛି, ମା' ମନରେ ଆଗର ସେଇ ଦରଦ ବି ଅଛି, କିନ୍ତୁ କାବେରୀ ଅଭାବରେ କ'ଣ ଯେମିତି ହଜିଯାଏ–ମନର ସ୍ନେହା ଚାଲିଯାଏ । ମନେ ହୁଏ, ଏଇ ସ୍ତ୍ରୀ ନିକଟରେ ଦୁନିଆର ଆଉ ସବୁ ଜିନିଷ ତୁଚ୍ଛା । କାବେରୀ ଆସିବା ଆଗରୁ ମାୟା ପ୍ରଭୃତିଙ୍କର ଯେଉଁ ଅମାନିଆ ବ୍ୟବହାରକୁ ସେ ହସି ଉଡ଼େଇ ଦେଉଥିଲା, ଏବେ କାବେରୀ ମୁହଁରୁ ସେମାନଙ୍କ ବିରୁଦ୍ଧରେ ସେହି ଧରଣର ଅଭିଯୋଗ ଶୁଣିଲେ ମୋହନ ସେମାନଙ୍କ ଉପରେ ବିରକ୍ତ ହୁଏ । ସ୍ତ୍ରୀକୁ ସନ୍ତୁଷ୍ଟ ରଖିବା ତା'ର ଯେପରି ଗୋଟେ ବଡ଼ କର୍ତ୍ତବ୍ୟ ହୋଇ ପଡ଼ିଛି ।

ଏହି ହେଲା ଦୁନିଆର ନିୟମ । ସେ ଯାହାକୁ ଭଲପାଏ, ସେ ତା ପାଖରେ ନିଜର ବିଚାରଶକ୍ତିଠୁ ଆରମ୍ଭ କରି ଯାହା କିଛି ଥାଏ ସବୁ ଅକାତରେ ଅଜାଡ଼ିଦିଏ କେବଳ ତାକୁ ନିଜ ପାଖକୁ ଟାଣି ଆଣିବାକୁ । ଆଉ ପରେ ଦେଖେ ଜଣକୁ ଆଣିବାକୁ ଯାଇ ନିଜର ସମସ୍ତଙ୍କୁ ସେ ଦୂରକୁ ଠେଲିଦେଇଛି ।

ମୁଣ୍ଡ ଉପରେ ପୂଜାଛୁଟି । ଛୁଟିରେ ବାରିପଦା ଯିବାପାଇଁ ମା ଚିଠି ଲେଖିଛି । କେତେଦିନ ହେଲାଣି ବାପାବୋଉଙ୍କୁ ନ ଦେଖି କାବେରୀର ମନଟା ଖାଲି ଗୋଲେଇଘାଣ୍ଟି ହେଉଛି । ଟୁନା, କୁନା, ଏହାରି ଭିତରେ କେଡ଼େ ବଡ଼ ବଡ଼ ହୋଇଯିବେଣି, ସେ ନିଜେ ବି କେତେ ବଦଳି ଯାଇଥିବ... ଘରଲୋକ ଦେଖିଲେ କହିବେ । ଖୁସିରେ କାବେରୀ ଗୋଡ଼ ତଲେ ଲାଗୁ ନାହିଁ ।

ଅନ୍ୟାନ୍ୟ ଦିନ ଅପେକ୍ଷା ସେଦିନ କାବେରୀ ମୋହନର ସବୁ କାମ ଟିକିଏ ଯତ୍ନର ସହିତ କଲା । ମୋହନ ଅଫିସରୁ ଫେରିଲା, ଖିଆପିଆ ସରିଲା– ବଲେଇ ବଲେଇ କାବେରୀ ତାକୁ ଅନେକ-ଗୁଡ଼ାଏ ଖୁଆଇଦେଇଛି ।

ପଙ୍ଖା । ଖୋଲିଦେଇ କାବେରୀ ପାଖରେ ବସି ହସ ହସ ମୁହଁରେ ଘରୁ
ଆଣିଥିବା ଚିଠିଖଣ୍ଡିକ ତା ହାତରେ ଧରେଇ ଦେଲା ।

– କିଏ ଦେଇଛି ?

– ତମେ ଆଗ ପଢ଼ ? କାବେରୀ ଓଠରେ ହସ ।

ଚିଠିଟା ପଢ଼ିସାରିଲାବେଳକୁ ମୋହନ ମନର ସରାଗ ମରିଯାଇଥିଲା । ସେ
ପରିବର୍ତନ ଟିକକ କାବେରୀ ଆଖି ଏଡ଼ିଦେଇ ପାରିନାହିଁ । ମୋହନର ମୁହଁକୁ ଚାହିଁଦେଇ
ତା ମୁହଁ ଗମ୍ଭୀର ହୋଇଗଲା । ମୋହନ ଚାହିଁଲା କାବେରୀ ମୁହଁକୁ-ମୁହଁରେ ତା'ର
ଝଡ଼ର ପୂର୍ବ ସୂଚନା । ଅଶାନ୍ତି ଏଡ଼େଇବାକୁ ଯାଇ କହିଲା-ହଁ ଏତେକରି ଯେତେବେଳେ
କହିଛନ୍ତି ନିଶ୍ଚେ ଯିବା । ବୋଉ ରାଜି ତ ?

ମୁହଁ ଫୁଲେଇ କାବେରୀ ଜବାବ ଦେଲା- ବୋଉଙ୍କୁ ମୁଁ ପଚାରି ନାହିଁ ।
ଆମ ଘରକୁ ଆମେ ଯିବା । ଏଥରେ ବୋଉଙ୍କର ରାଜି ଅରାଜିରେ କ'ଣ ଅଛି ?

ଆଉ କିଛି ନ କହି ମୋହନ ଶୋଇବାର ଛଳନା କଲା । ମନର ରାଗ
ବାହାର କରିଦେବାର ଅନ୍ୟ ବାଟ ନ ପାଇ କାବେରୀ କିଛିବେଳ ସ୍ଥିର ଦୃଷ୍ଟିରେ
ମୋହନର ମୁଦାଆଖିକୁ ଚାହିଁ ଠିଆହୋଇ ରହିଲା । ତା'ପରେ ଝଡ଼ ବେଗରେ ଘରୁ
ବାହାରି ଚାଲିଗଲା । ମୋହନ ଆଖି ମେଲି ଚାହିଁଲା । ସେ ଆଶା କରିଥିଲା କାବେରୀ
ତା' ମନର କଥା ବୁଝିବ, କିନ୍ତୁ ଫଳ ହେଲା ଓଲଟା । ତାକୁ ହିଁ ଯାଇ ଶେଷରେ
କାବେରୀକୁ ଖୁସାମତ କରିବାକୁ ପଡ଼ିବ । ମୋହନର ବିଦ୍ରୋହୀ ମନରେ କାବେରୀ
ପ୍ରତି କ୍ଷଣକ ପାଇଁ ବିତୃଷ୍ଣା ଆସିଲା- "ଯେତେ ଯାହା କହ, ନିଜ ବାପଘରର ମମତା
ପାଖରେ ସ୍ତ୍ରୀମାନେ ନିଜ ସ୍ୱାମୀଙ୍କୁ ତୁଚ୍ଛ ମଣନ୍ତି, କିନ୍ତୁ ନିର୍ବୋଧ ସ୍ୱାମୀମାନେ ଏହି ସ୍ତ୍ରୀ
ପାଇଁ ନିଜର ବାପା ମା'ଙ୍କୁ ସୁଦ୍ଧା ଦଳି ଦେବାକୁ ଟିକିଏ ହେଲେ ପଛାନ୍ତି ନାହିଁ । ଏଇ
ତ ଆଖି ଆଗରେ ସେଇ କାବେରୀ ପୁଣି ତା ମନକୁ କେମିତି ଛନ୍ଦି ଦେଇଥିଲା... ଆଉ
ଆଜି ଘରୁ ଖଣ୍ଡେ ଚିଠି ପାଇ ତାକୁ କେମିତି ଛାଡ଼ିଯିବାକୁ ବସିଛି ?" ଭାବନାକୁ ଦୂରକୁ
ଠେଲି ଦେଇ ମୋହନ ଆଖିବୁଜି ଶୋଇବାକୁ ଚେଷ୍ଟା କଲା ।

ବେଳ ଗଡ଼ିଗଲାଣି । ତଥାପି କାବେରୀର ଦେଖା ନାହିଁ । ମୋହନ ବାଧ୍ୟ
ହୋଇ ବିଛଣା ଛାଡ଼ି ପଦାକୁ ଆସିଲା ।

– ବୋଉ କଏଫେ ଚା ଦବୁ ? ମାହିବୋଉଙ୍କ ପାଖରେ ଠିଆ ହୋଇ ମୋହନ
କହିଲା ।

– ଆଲୋ ମୋ ପୁଅ ଏ ଯାଏଁ ଚା' ଖାଇନାହିଁ... ବୋହୂ କଣ କରୁଛି ମ ?
ମାହିବୋଉ ଚା' ତିଆରି କରିବାକୁ ଉଠିଗଲେ ।

ମହୀବୋଉଙ୍କ ହାତରୁ ଚା' କପେ ନେଇ ମୋହନ କହିଲା– ଜାଣିଛୁ ବୋଉ, ତୋ ବୋହୂ ଏ ଛୁଟିରେ ତା ଘରକୁ ଯାଉଛି ?

– କିଏ କହିଲା ? ଆଶ୍ଚର୍ଯ୍ୟ ହୋଇ ମହୀବୋଉ ମୋହନ ମୁହଁକୁ ଚାହିଁଲେ ।

– ତା' ମା' ପରା ଚିଠି ଦେଇଛି । ମୁଁ ନେଇ ଛାଡ଼ିଦେଇ ଆସିବି ବୋଲି କହିଛି ।

ଯିବାକଥା ଶୁଣି ମହୀବୋଉଙ୍କ ମୁହଁ ଶୁଖିଗଲା । କହିଲେ – ଭାଇଭାଉଜ କେତେ କରି ଲେଖିଥିଲେ... ସେମାନେ ତ କେହି ବାହାଘରକୁ ଆସିପାରିଲେ ନାହିଁ... ଦାଦିଙ୍କର ମୂର୍ଚ୍ଛା ପଡ଼ିଗଲା... ମୁଁ ଭାବିଥିଲି ଏ ଛୁଟିରେ ଟିକିଏ ବୋହୂକୁ ନେଇ ଗାଁକୁ ଯାଇଥାନ୍ତି । ଆଉ ଅଧିକ କିଛି ନ କହି ମହୀବୋଉ ଚାଲିଗଲେ ।

ମୋହନ ବୁଝିଲା ବୋଉ ମନରେ ଦୁଃଖ ହେଇଛି । ତେଣୁ ସେ କାବେରୀକୁ ଅନୁରୋଧ କଲା ଯେ, ସେ ପୂଜାଛୁଟିରେ ମହୀବୋଉଙ୍କ ସାଙ୍ଗରେ ଗାଁକୁ ଯାଉ । ଆସନ୍ତା ବଡ଼ଦିନ ଛୁଟିରେ ସେ ନିଜେ ତାକୁ ନେଇ ବାରିପଦାରେ ଛାଡ଼ିଦେଇ ଆସିବ, କିନ୍ତୁ କାବେରୀର ସେଇ ଏକା ଜିଦି– ସେ ଏଇ ପୂଜାଛୁଟିରେ ଘରକୁ ଯିବ ।

ଯିବା ଦିନ ପାଖେଇ ଆସିଲା । ପଟୁ, ରଞ୍ଜୁ ଦିନରାତି କାବେରୀ ପଛେ ପଛେ ବୁଲୁଛନ୍ତି । ଭାଉଜବୋଉ କହିଛନ୍ତି ସେମାନଙ୍କୁ ତାଙ୍କ ଘରକୁ ନେଇଯିବେ । ସେଠି ତାଙ୍କରି ଭଲି କେତେ ପିଲା ଅଛନ୍ତି । ଖୁସିରେ ପିଲା ଦୁହିଁଙ୍କର ଗୋଡ଼ ଆଉ ତଳେ ଲାଗୁନାହିଁ ।

ଯିବା ଆଗଦିନ କାବେରୀ ଗୋଟି ଗୋଟି କରି ସବୁ ଜିନିଷ ତନଖି ନିଜ ଆଲମାରୀରେ ରଖିଦେଲା । ମନରେ ନାନା ଭାବନାର ଅଡୁଆ ଖିଅ– ଯୋଉ ପହିଲି ଟୋକା ଖଣ୍ଡକ ଅଛି, ଟିକିଏ ସୁବିଧା ପାଇଲେ ଗୋଟା ଗୋଟା ପାଉଡ଼ର ଡବା ମୁହଁରେ ସାରିଦେବ । ପୁଣି ଏ ପଟୁ, ରଞ୍ଜୁ ଦିହେଁ ସାଙ୍ଗରେ ବାହାରିଛନ୍ତି । ଛୁଆ ଗୋଟିକେ ଜଞ୍ଜାଳ ଗୋଟିଏ । ଏମାନଙ୍କୁ ନେଇ ମୋର କିଏ ସେଠି ସମ୍ଭାଳିବ ? କେହିହେଲେ ମନା କରି ଦିଅନ୍ତେ... କାବେରୀ ବସି ବସି ଉପାୟ ପାଇଲା ।

ସବୁ ଜିନିଷ ବାକ୍ସରେ ରଖିସାରି କାବେରୀ ଗୋଟାଏ ଲମ୍ୱ ନିଶ୍ୱାସ ଛାଡ଼ିଲା । ଆଉ ଗୋଟିଏ ଜିନିଷ– ତାକୁ ଶାଶୁଘରେ ଉପହାର ମିଳିଥିବା ଶଙ୍ଖ ମାଳିଟା, ମାୟା ବେକରେ ରହିଯାଇଛି । ସେ କେତେଥର ଚେଷ୍ଟା କଲାଣି ସେଇଟା ଫେରେଇ ଆଣିବାକୁ, କିନ୍ତୁ ପାରିନାହିଁ । ଆଉ ମାୟା ବା କେମିତି ମଣିଷ । ପର ଜିନିଷ, କେଡ଼େ ନିଷ୍ଠୁରେ ନିଜ ପାଖରେ ରଖି ବସି ଯାଇଛନ୍ତି । ଏତିକିବେଳେ ଭାବନାରେ ବାଧାଦେଇ

ପଟୁ, ରଞ୍ଜୁ ଆସି ମୁହଁ ଦେଖେଇଲେ–ଭାଉଜ’ଉ, ଆମ ଜିନିଷ ଟିକିଏ ସଜାଡ଼ି ଦବ ନାଇଁ ?

ନିରୋଳାରେ ପିଲା ଦିହିଙ୍କୁ ପାଇ କାବେରୀ କହିଲା– ଶୁଣ, ତମେ ଏଥର ରହିଯାଅ । ଆସିଲାବେଳେ ତମମାନଙ୍କ ପାଇଁ କେତେ ଜିନିଷ ଆଣିବି, ଜାଣିଲ, ପୁଣିଆଉ ଥରକୁ ଗଲାବେଳେ ତମକୁ ନେଇଯିବି, କିନ୍ତୁ ପିଲା ଦିହିଙ୍କର ଏକା ଜିଦି– ଆମେ ଏଇଥର ଯିବା । ଅନ୍ୟ ଉପାୟ ନ ଦେଖି ଶେଷକୁ ବାଧ୍ୟହୋଇ ପଇସା ମୁଣିରୁ ଦୁଇଟି ସୁଝୁକି ବାହାର କରି ଦିହିଙ୍କ ହାତରେ ଧରେଇ ଦେଇ କାବେରୀ ସେମାନଙ୍କୁ ଏକରକମ ଜୋର କରି ବିଦା କରିଦେଲା । ଏତେବଡ଼ ଆନନ୍ଦରେ ହଠାତ୍ ବାଧାଦେଇ ପିଲାଦିହେଁ ପଇସାକୁ ତା’ରି ପାଖରେ ଫିଙ୍ଗିଦେଇ କାନ୍ଦ କାନ୍ଦ ହୋଇ ଚାଲିଗଲେ । ସୁଝୁକି ଦୁଇଟି ଗୋଟେଇ ଆଣି କାବେରୀ ମନେ ମନେ କହିଲା ହଉ, କାନ୍ଦୁ ଥାଆନ୍ତୁ ମୁହୂର୍ତ୍ତକ ପାଇଁ ତା ମନରେ ଟିକିଏ ଅଶ୍ୱସ୍ତି ଆସିଲା, କିନ୍ତୁ ପରକ୍ଷଣରେ ମନଟା ପୁଣି ହାଲୁକା ହୋଇଗଲା ।

ବାରିପଦା କଥା ପଡ଼ିଲେ କାବେରୀ ଆଖିରେ ଯେଉ ରଙ୍ଗ ବୋଲି ହୋଇଯାଏ, ବାରିପଦାକୁ ଆସି ମୋହନ ସେଥୁରୁ କାଣିଚାଏ ବି ପାଇଲା ନାହିଁ । ଆସିବାର ଆଠଦଶଦିନ ହେଲାଣି, କିନ୍ତୁ ଏଟିକି ଦିନ ତାକୁ ଗୋଟିଏ ଯୁଗ ଭଳିଆ ଲାଗିଛି । ପଦାରେ ବୁଲିଆସି ଘରେ ଗୋଡ଼ ଦେଉ ଦେଉ ଶାଶୁ କେତେ କଥା ଉପଦେଶ ଛଳରେ କହିଦେଇ ଯାଉଛନ୍ତି– ଖାଉଣୁ, ବସୁଣୁ, ଉଠୁଣୁ ଶାଶୁଙ୍କର ତାକୁ ବାଟକୁ ଆଣିବାର ଯେଉଁ ଚେଷ୍ଟା ସେଥିରେ ସେ ଅଣନିଶ୍ୱାସୀ ହୋଇପଡ଼ିଲାଣି । ସେହି କଥା ଥରକୁ ଥର ଶୁଣି ଶୁଣି ତାର ବେଳେ ବେଳେ ରାଗ ମଧ ହୁଏ ।

କାବେରୀ ମା’ଙ୍କର ଖୁଣ୍ଟାଦିଆ କଥା– ପୁଅ, କେତେ ଟଙ୍କା ଦରମା ପାଉ ? ହାତରେ କେତେ ପଇସା ଜମେଇଲଣି ? ହାତରେ ପଇସା ନଥିଲେ, ବାପମା କୁହ, ଭାଇଭଉଣୀ କୁହ–କେହି ବିପଦ ବେଳେ ପଦେ ‘ଆହା’ କହିବେ ନାହିଁ । କେବଳ ଜଣେ ବିପଦକୁ ଛାତି ପତାଏ, ସେ ହେଉଛି ନିଜର ସ୍ତ୍ରୀ । ଆଉ ସମସ୍ତେ ସୁଖର ସାଥୀ... ଏସବୁ ମୁଁ କହନ୍ତି ନାହିଁ... ମୁଁ ବା କାହିଁକି ତମ ଘର କଥାରେ ମୁଣ୍ଡ ପୂରେଇବାକୁ ଯିବି ?... ଏଇ ମୋର ଅଙ୍ଗେ ଲିଭେଇଲା କଥା । କଥାରେ ଅଛି– ଯେତେ ଭାଇ ସେତେ ଘର । ନ ବୁଝିଲା ଲୋକ ଖାଲି ‘ଭାଇ’ ‘ଭାଇ’ ବୋଲି ହମ ହମ ହୁଅନ୍ତି । ସେଇ ଭାଇ ପୁଣି ଦିନେ ଚିତାକାଟି ଚାଲିଯାଏ । ଏଇ କାବେରୀ ବାପା ତ ପୁଣି

ତାଙ୍କର ଛୋଟ ଛୋଟ ଭାଇ ଭଉଣୀଙ୍କୁ ମଣିଷ କରିଥିଲେ। ଏହିକ୍ଷଣି କେହି ଆସି ଆମ ଦୁଃଖରେ ଭାଗ ନେଉଛି ?... ବାହାସାହା ହେଇ... ତମର ତ ପୁଣି ପିଲାଛିଲା ହେବେ... ଯେତେହେଲେ ସେ ଭିଟାମାଟି ଘରଖଣ୍ଡିକ ବାଣ୍ଟ ହେବ ନା... ଆଉ କ'ଣ ତମେ ଏକା। ରହିପାରିବ ?... ସେଥିପାଇଁ ମୁଁ କହୁଚି ଘର ଖଣ୍ଡିଏ ତୋଳ– କୁଡ଼ିଆଟିଏ ହେଉପଛକେ କ'ଣ ହେଲା ? ସେଇଟା ତ ତମ ନିଜର ହେବ।

ଏଇ ଧରଣର କଥା ଶୁଣିବାକୁ ପ୍ରଥମେ ମୋହନକୁ ବଡ଼ ଚିଡ଼ି ଲାଗୁଥିଲା। ଜ୍ୱାଇଁଙ୍କର ମୁହଁ ଦେଖି ଶାଶୁ ଏ କଥା ବେଶ ବୁଝିପାରୁଥିଲେ, କିନ୍ତୁ "ଧୀର ପାଣି ପଥର କାଟେ" ନୀତିରେ ସେ ଥରକୁ ଥର ସେହିକଥା କହିବାକୁ ଛାଡ଼ିଲେ ନାହିଁ। ଶେଷକୁ ତାଙ୍କରି ଜିତାପଟ ହେଲା। ମୋହନ ମନରେ ଚମକ ଲାଗିଲା। ନିଜ ରୋଜଗାର ଘରଲୋକଙ୍କ ପଛରେ ଏପରି ବେପରୱା ଭାବରେ ଖର୍ଚ କରି ସତରେ କ'ଣ ସେ ଭୁଲ କରୁଚି ?

ପୁଅ ବୋହୂ ଯାଇ ବାରିପଦାରେ। ମହୀବୋଉଙ୍କୁ ପୂଜାଟା ପୂଜା ଭଲି ଲାଗୁନାହିଁ। ମନ ଯାଇ ପୁଅ ପାଖରେ। ମାୟାଟା ସକାଳୁ ତା'ର କୋଉ ସାଙ୍ଗ ଘରକୁ ଯାଇଚି। ନିଜର ମନ ଭୁଲାଇବାକୁ ସେ ଯଦୁବୋଉଙ୍କ ଘରକୁ ଗଲେ।

ଯଦୁବୋଉଙ୍କ ଘରେ ଲୋକଗହଳି। ତେଣୁ ଯଦୁବୋଉ ମହୀବୋଉଙ୍କୁ ନିଜ ଶୋଇବା ବଖରାକୁ ପାଛୋଟି ନେଲେ। ମସିଣା ଉପରେ ବସି, ପାନଡାଲା ମେଲେଇ ଯଦୁବୋଉ କଥା ପ୍ରସଙ୍ଗରେ ବୋହୂକଥା ପଚାରି ବସିଲେ– "ହଇଲୋ, ତୁ ଏକୁଟିଆ ଆସିଲୁ ଯେ, ବୋହୂ କାହିଁ ?"

– ବୋହୂ ପରା ମହୀ ସାଙ୍ଗରେ ତା ବାପଘରକୁ ଯାଇଚି। ମନଟା ମୋର ଖାଲି ଗୋଲେଇଘାନ୍ଟି ହଉଚି। ଆଜିଯାଏ ଚିଠିପତ୍ର ତ କିଛି ଦେଲେ ନାହିଁ। ତାଙ୍କ ବାପାଙ୍କୁ କହିଲି ଯେ ସେ ହସି ଉଡ଼େଇ ଦେଲେ।

– ମହୀବୋଉଙ୍କ କଥା ଶୁଣି ମୁହଁ ମୋଡ଼ି ଯଦୁବୋଉ କହିଲେ– ଆଲୋ, ପୁଅ ବାହା ନ ହେବାଯାଏ ବାପାମା'ଙ୍କର। ବାହା ହେଲା ପରେ ସେ ନିଜର ମାଇପକୁ ନ ପଚାରି ଆଉ କ'ଣ ବାପାମା'ଙ୍କୁ ପଚାରନ୍ତା ?

– କିଏ ବା ତାଙ୍କ ପଚାରିବାକୁ ଚାହିଁ ବସିଛି ? ମାୟାଟାକୁ କେମିତି ବାହା କରିଦେଲେ ତେଣିକି ମୁଁ ଗୋଟାଏ ଆଡୁ ନିଶ୍ଚିନ୍ତ ହେବି। ଆଉଗୁଡ଼ାକ ତ ପୁଅ। ତାଙ୍କ ପେଇଁ କୋଉ ମୋର ଭାଲେଣି ପଡ଼ିଛି ?

– ହଁ ବା, ସେଇଆ ନୁହେଁ କି ? କହି କଥାଟାକୁ ଏକରକମ ଆଡ଼େଇ ଦେଇ ଯଦୁବୋଉ କହିଲେ– ହଇଲୋ, ତୋ ବୋହୂ ଯେ ବାପଘରକୁ ଗଲା, ତା ନଣନ୍ଦ ଦିଅରକୁ କଣ ସାଙ୍ଗରେ ଡାକିଲା ନାହିଁ ?

– ସେ ନବ ବୋଲି କହୁଥିଲା ଯେ, ମହୀ ପରା ନାହିଁ କଲା ।

– ମଲା, ତା ଘରକୁ ସେ ନଉଥିଲା, ମହୀ କାହିଁକି ନାହିଁ କରିବାକୁ ଗଲା ? ସେ ଶିଖେଇ ଦେଇଥିବ ନା ! ମୁଁ ପରା ଏ କାଳର ବୋହୂଙ୍କୁ ହାଡ଼େ ହାଡ଼େ ଚିହ୍ନେ । ସେମାନେ ତିନି ସେଣାରେ ପାଣି ପିଇବେଟି ।... ହେଇଟି ମୋ ବୋହୂକୁ ଦେଖ୍ନୁ– କହି ଯଦୁବୋଉ ମହୀବୋଉଙ୍କ ପାଖକୁ ଆଉ ଟିକିଏ ଲାଗି ଆସିଲେ । ଚାରିଆଡ଼କୁ ଥରେ ଚାହିଁଦେଇ ସ୍ୱର କମେଇ କହିଲେ– ବାହା ହବାର ଛ'ମାସ ଯାଏ ମୁଁ ପାଟିରେ ପାଣି ନଦେବାଯାଏ ବୋହୂ ବି ପାଟିରେ ପାଣି ଦଉ ନଥିଲା । ମୁଁ କହି କହି ଫାଟିଫୁଟି ଗଲି ପଛକେ ତା'ର ସେହି ଏକା ଜିଦି– ନା ବୋଉ ଆପଣ ଉପାସ ରହିଥିବେ, ମୁଁ କେମିତି ଖାଇଦେଇ ବସିଯିବି ?

କିଛି ନ କହି ମହୀବୋଉ ଖାଲି ମୁଣ୍ଡ ଟୁଙ୍ଗାରିଲେ ।

ଯଦୁବୋଉ ପୁଣି ଆରମ୍ଭ କଲେ– ଦିନେ କ'ଣ ହେଇଚି ନା ସକାଳେ ତା ଘକରୁ ପଶିଲା ବେଲକୁ ଦେଖିଲି ବୋହୂ କଣ ଚୋବାଇବାରେ ଲାଗିଛି । ମତେ ଦେଖ୍ ସାଙ୍ଗେ ସାଙ୍ଗେ ମୁଣ୍ଡରେ ଓଢ଼ଣା ଟାଣି ଦେଲା । କିଛି ନ ଦେଖିଲା ଭଲି ମୁଁ ବି ଚାଲିଆସିଲି । ମନେ କଲି ପିଲାଟାକୁ ଭୋକ କରୁଚି, ଅକାଲେ ସକାଲେ ଦିନେ ଖାଇଦେଲା । ଆଲୋ କହିଲେ ମିଛ ବୁଝିବୁ, ମଉଲା ଶିରାଦ ଦିନ ଜଟିଆ ସେ ଘର ଧୋଇବାକୁ ଯାଇ ତା ଆଲମାରି ପଛରୁ ଦି' ଟୋକେ ପତର ଠୁଙ୍ଗା ବାହାର କଲା । ସେଇଠୁ ଜାଣିଲି ସିନା ମୋ ବୋହୂର ଭକ୍ତି କେତେ !

ଆହୁରି କେତେ ପୋଥିପୁରାଣ ଖୋଲା ହୋଇଥାନ୍ତା, କିନ୍ତୁ ଭିକା ଆସି କଥାରେ ବାଧାଦେଇ –ପୀତାମ୍ବରବାବୁ ଡକେଇଛନ୍ତି ।

"ହଅ, କିଏ ତାଙ୍କ ଭକ୍ତି ଖୋଜୁଛି ?" ହାତରେ ଦୁଇ ଖଣ୍ଡ ପାନ ଧରି ମହୀବୋଉ ଯିବାକୁ ଉଠିଲେ ।

ମୋହନ ଯେ ଏଇ ପ୍ରଥମ ଥର ପାଇଁ ଘର ଛାଡ଼ିଛି, ତାହା ନୁହେଁ । ଏହା ପୂର୍ବରୁ କାମ ଅକାମରେ ତାକୁ ଅନେକଥର ବାହାରକୁ ଯିବାକୁ ପଡ଼ିଛି । କିନ୍ତୁ ଏଥର ଭଲି କୌଣସି ଥର ମହୀବୋଉଙ୍କୁ ଘରଟା ଏତେ ଖାଲି ଖାଲି ଲାଗି ନଥିଲା । ସେଇ

ଘର ଅଛି। ସେଇ ମଣିଷ ଅଛନ୍ତି, କିନ୍ତୁ ତାଙ୍କୁ ଲାଗେ ଯେମିତି ଅଧା ଲୋକ ନାହାନ୍ତି! ଖାଇ ବସିଲାବେଳେ ଭାତ ଗୁଣ୍ଠାଟା ପାଟିକି ନବାକୁ ଯାଇ ହାତ ଅଟକି ଯାଏ– "ମହୀ ଖାଇବଣି ତ?" ଶୋଇଲେ, ବସିଲେ, କାମ କଲେ ସେଇ ଗୋଟିଏ ଚିନ୍ତା– ମହୀ କ'ଣ କରୁଥିବ? ଟୋକାଟା ନିଜର ଦେହଟାକୁ କେବେ ନଜର ଦିଏ ନାହିଁ। ପୁଣି ମନକୁ ମନ ସାନ୍ତ୍ୱନା ଦିଅନ୍ତି, ପାଖରେ ବୋହୂ ଅଛି, ସବୁ ଦେଖିବ ନାଇଁଯେ... ମୁଁ ବସି ଅକାରଣେ ଏତେ ଭାଲି ହଉଚି।

ବୋହୂ... ହଁ ସେ ବାଛି ବାଛି ଘରକୁ ବୋହୂଟିଏ ଆଣିଥିଲେ। କିଛି କରୁ କି ନକରୁ ଖାଲି ଠିଆ ହୋଇଗଲେ ଘରଟା ପୂରି ଉଠିଥିଲା। ଯେତେହେଲେ ସେ ହେଲା ଘରର ଲକ୍ଷ୍ମୀ। ଦିନେହେଲେ ତା କଥା ସେ ତଳେ ପକାଇ ଦେଇ ନାହାନ୍ତି। ଏତେ କରି କ'ଣ ହେଲା? ସେଇ ତ ପୁଣି ତାଙ୍କ କଥାକୁ ଏଡ଼ିଦେଇ ବାପଘରକୁ ଚାଲିଗଲା! ବୋହୂ ଉପରେ ମନ ଭିତରେ ଯେତେ ଅଭିମାନ ହେଲେ ବି ସେ ଅଭିମାନ ତାଙ୍କ ମନରେ ହିଁ ମରିଛି– ବାହାରର କେହି ସେତକ ଜାଣିବାର ସୁବିଧା ପାଇନାହାନ୍ତି। ମନର ଦୁଃଖ ମନରେ ଚପେଇ ଆଜି ସେ ବୋହୂର ବାଟ ଚାହିଁ ବସିଛନ୍ତି– "କେତେଦିନ ହେଇଗଲାଣି... କେବେ ଫେରିବ?..."

ଛୁଟି ସରିଯାଇଛି। ମହୀବୋଉଙ୍କୁ ଏ କେଇଟା ଦିନ ଗୋଟିଏ ଯୁଗ ଭଲି ମନେ ହେଇଚି। କାବେରୀ ମୋହନ ଫେରିଆସିଛନ୍ତି। ସାଙ୍ଗରେ କାବେରୀର ବାରବର୍ଷର ଭାଇ କୁନା। ଅପା ଆସିଲାବେଳେ କୁଆଡ଼େ କାନ୍ଦିକାନ୍ଦି ଅପା ସାଙ୍ଗରେ ଚାଲିଆସିଛି।

କାବେରୀକୁ ଦେଖି ପହିଲି, ରଙ୍ଗୁ ଚାରିପଟେ ଘେରିଗଲେ, – କି ଜିନିଷ ପରା ଆଣିବ କହୁଥିଲ, ଦିଅ।

କାବେରୀ ଦେଖିଲା ମାୟା ଓ ମହୀବୋଉ ତା'ର ମୁହଁକୁ ଚାହିଁଛନ୍ତି। ଟିକିଏ ବିରକ୍ତ ହେଲାଭଳି ମୋହନ ଆଡ଼କୁ ଚାହିଁ କହିଲା, ମୁଁ ଏତେକରି କହିଲି, ପିଲାମାନେ ଚାହିଁ ବସିଥିବେ, ତାଙ୍କ ପାଇଁ ନେଇ କରି ଯିବା– ମୋ କଥା ଶୁଣିଲେ ନାହିଁ। ଆଉ କେବେ ଯଦି ଯାଙ୍କ କଥାରେ ମୁଁ ପଡ଼ିଛି!

ମୋହନ କାନ୍ଧରେ ଏପରି ଦୋଷ ଲଦିଦେବାର ଦେଖି ମୋହନ ମନ ଭିତରେ ଟିକିଏ ବିରକ୍ତ ହେଲା। ତଥାପି ଉପର ମୁହଁରେ ହସ ଟାଣି କହିଲା– ଆଚ୍ଛା, ମୁଁ ଏଇଠୁ କିଣିଦେବି। ତାପରେ କୁନା ପିଠିରେ ହାତ ଥାପୁଡ଼େଇ ମହୀବୋଉଙ୍କ ଆଡ଼କୁ ଚାହିଁ ହସି ହସି କହିଲା– ବୁଝିଲୁ ବୋଉ, ଆମ କୁନା ଏଇଠି ରହି ପାଠ ପଢ଼ିବ ବୋଲି ଆସିଛି। ବାରିପଦା ତାକୁ ଭଲ ଲାଗୁନାହିଁ।

ମନ ଭିତରେ ବିରକ୍ତ ହେଲେ ବି ଓଠରେ ହସ ଖେଳେଇ ମହୀବୋଉ କହିଲେ– ଭଲ କଥା, ଭଉଣୀ ପାଖରେ ରହିବ। ସେଥିରେ କ'ଣ ଅଛି?

କୁନା ଆସିବା ଦ୍ୱାରା ମାୟାର ଟିକିଏ ଅଧିକା ସୁବିଧା ହେଲା। ଖେଳର ଆରା ଦେଖାଇ ପଟୁ ରଣ୍ଡ ହେରିକା ଯେଉଁ କାମକୁ ପିଠି ଆଡ଼େଇ ଦେଇ ଚାଲିଯାନ୍ତି, ବାଧ୍ୟ ଛୁଆଟିପରି କୁନା ସେ କାମ କରିଦିଏ। ନିରୋଳାରେ କାବେରୀର ଧମକ କାମ କଲାବେଳେ କୁନା ଭୁଲିଯାଏ। କେମିତି କରି ସେ ଏତେ ବଡ଼ ମଣିଷଟାକୁ ନାହିଁ କରିଦେବ? ତା'ର ସଙ୍କୋଚ ହୁଏ। କିଛିଦିନ ଏପରି ଦେଖିବା ପରେ ସହି ନପାରି ଶେଷକୁ ଦିନେ କାବେରୀ ମୋହନ ଆଗରେ ଫେରାଦ ହେଲା।

ସେହିଦିନ ଉପରବେଳା– ମୋହନ ବୁଲି ବାହାରିଲାବେଳେ ଦେଖିଲା, ମାୟା ଅଇଁଠା ହାତରେ ଠିଆହୋଇ କୁନାକୁ ଢାଲେ ପାଣି ପାଇଁ ବରାଦ କଲା। ପାଣି ଆଣୁ ଆଣୁ ପଛରୁ ମାୟାର ପାଟି ଶୁଭିଲା– କେଡ଼େ ଅଳସୁଆଟା ମ? ପିଲାଏ ସିନା ଦୌଡ଼ି ଦୌଡ଼ି ସବୁ କାମ କରନ୍ତି। ମାୟାକୁ ଏପରି ଆଦେଶ ଦେଉଥିବାର ଦେଖି ମୋହନ ସେଇଠି ଅଟକିଗଲା। ଆଦେଶ ସ୍ୱରରେ କହିଲା– ମାୟା ତୋ କାମ ତୁ ନିଜ ହାତରେ କରିପାରୁନୁ?

– କୋଉ କାମଟା ମୁଁ ନିଜ ହାତରେ ନ କରେ? ମାୟା ରାଗରେ ମୋହନ ଆଡ଼କୁ ଚାହିଁଲା।

– ସେ କ'ଣ ତୋରି କାମ କରିବାକୁ ଏଠିକି ଆସିଛି? ମାୟାର କଥା ନ ଶୁଣିଲାପରି ମୋହନ କହିଲା।

ଗାଣୁ ଗାଣୁ ହୋଇ ମାୟା ଜବାବ ଦେଲା– ହଉ, ହଉ, ତମ ଭିଣେଇପଣିଆ ଗୁଡ଼ାକ ରଖିଦେଇଥା– ଆଉ କାହା ପାଖରେ ଦେଖେଇବ।

ମୋହନ ଗମ୍ଭୀର ହୋଇ ଆଉ ଅଧିକ କିଛି ନ କହି ସେ ଜାଗା ଛାଡ଼ି ଚାଲିଗଲା। ସେ ସହଜରେ କମ୍ କଥା କହେ। କିନ୍ତୁ ସେହି କଥା କେଇପଦରେ ସମସ୍ତେ ଚପି ଯା'ନ୍ତି– ଏକା ମାୟାକୁ ଛାଡ଼ି। ପାଖ ବାରଣ୍ଡାରେ ଥାଇ କାବେରୀ ସବୁ ଶୁଣୁଥିଲା। ମାୟାର କଥାଗୁଡ଼ାକ ତା' ଦେହରେ ଯେମିତି ଛୁରୀ ଚଲେଇ ଦେଲା। ରାଗରେ ମୁହଁ ବୁଲେଇ ବଖରା ଭିତରେ ପଶି ଯାଉ ଯାଉ ଶୁଣେଇ ଶୁଣେଇ କହିଲା– ହେଁ, ମୁହଁକୁ ଲାଜ ନାହିଁ। ଏ ପୁଣି ବଡ଼ ଭାଇ!

କାବେରୀର କଥାଗୁଡ଼ାକ ମାୟା କାନରେ ବାଜିଗଲା। ମୁହଁଟା ତାର ହଠାତ୍ ଲାଲ ହୋଇ ଉଠିଲା।

– ଭାଉଜ କ'ଣ କହିଲ, କ'ଣ କହିଲ? ମାୟା କାବେରୀକୁ ପଛରୁ ଡାକିଲା।

– କିଛି ନାହିଁ । କାବେରୀ ଘର ଭିତରେ ପଶିଗଲା ।

– ବାଃ, ବେଶ୍ ମୁହଁ ଖୋଲି ଗଲାଣି ତ ?

ମାୟାର କଥାଗୁଡ଼ାକ କାବେରୀ ଗାଲରେ ଚଟକଣା ଭଳି ବସିଲା । ସେତିକିବେଳେ ପାଖ ବଖରାରୁ ମହୀବୋଉଙ୍କ ପାଟି ଶୁଭିଲା– ମାୟା ! ଏମିତି କ'ଣ କହନ୍ତି ? ବଡ଼ ଭାଉଜ ପରା, ମା ସମାନ... ତୁ

ମହୀବୋଉଙ୍କ କଥାକୁ କାନ ନଦେଇ ଶୁଣେଇ ଶୁଣେଇ ମାୟା କହିଲା ମା ନା ଚୁଲି ! ଦିନରାତି ତ ଚୁଗୁଲି ଫୋଡ଼ୁ ଫୋଡ଼ୁ ଯାଙ୍କୁ ବେଳ ଅଣ୍ଟୁ ନାହିଁ । ମା ସାଙ୍ଗରେ ସମାନ ହୋଇ ପଶିବେ କୋଉ ଗୁଣକୁ ? କି କାମଟା ଆମେ କୁନା ହାତରେ କରାଉ ଯେ କୁନା ଏଠି ଚାକର ହୋଇଗଲା ?

ନିଜ ବଖରାରେ ଥାଇ କାନ୍ଦ କାନ୍ଦ ହୋଇ କାବେରୀ କହିଲା– ଯିଏ ଯା କରୁ, ସବୁ ଦୋଷ ମୋ'ରି । କେତେବେଳେ ଡାଙ୍କୁ ଶିଖେଇ ଦେଲି ?

– ହଉ ରଖ, ରଖ, ସେ କଥାଗୁଡ଼ାକ ଆଉ କାହା ପାଖରେ ସକେଇ ହବ ।

ମହୀବୋଉ କାମ ଛାଡ଼ି ବାହାରି ଆସିଲେ– ମୁହଁରେ ବିରକ୍ତିର ଚିହ୍ନ । ଏତିକିବେଳେ ପାଖଘରୁ ଜୋରରେ କାନ୍ଦ ଶୁଭିଲା । ବିରକ୍ତ ହୋଇ ମହୀବୋଉ ମାୟାକୁ କହିଲେ– ପିଲାଟା ସାଙ୍ଗେ କାହିଁକି ଲାଗିଛୁ ? ସେ ସେଣେ କାନ୍ଦିଲାଣି ।

– ମୁଁ କାହା ସାଙ୍ଗରେ ଲାଗିନାହିଁ । ଯାହା ଆଖିରେ ବେଶୀ ଲେମ୍ବୁପାଣି ଥବ, କିଏ ଅଟକେଇ ପାରିବ ? ଆମକୁ ବି କାନ୍ଦିଆସେ ଯେ– କହି ମାୟା ରାଗରେ ସେ ଜାଗା ଛାଡ଼ି ଦୁମ୍ ଦୁମ୍ ହୋଇ ଚାଲିଗଲା ।

ଗୁରୁବାର । ମୁହଁ ସଞ୍ଜ ଗଡ଼ିଗଲାଣି । ଚଉରାମୂଳେ ସଳିତାଟିଏ ବି ଏ ଯାଏ ଜଳି ନାହିଁ । ବୋହୂ ତା ଘରେ ବସି କାନ୍ଦୁଛି । ମାୟା କଳି କରି ତା ପଢ଼ାଘରେ ଯାଇ ବସିଛି । କ'ଣ କରିବେ ବୁଝି ନପାରି ମହୀବୋଉ କାବେରୀ ପାଖକୁ ଗଲେ ।

ଖଟରେ ମୁହଁକୁ ମାଡ଼ିଦେଇ କଇଁ କଇଁ ହୋଇ କାବେରୀ କାନ୍ଦୁଛି । ମହୀବୋଉଙ୍କ ପାଟି ଶୁଣି ତା କୋହ ଦି'ଗୁଣ ହୋଇଗଲା । କେତେ ରାଣ ନିୟମ ପକାଇବା ପରେ କାବେରୀ ତୁନି ହେଲା ସତ, କିନ୍ତୁ ପଦାକୁ ଆସିଲା ନାହିଁ । କାନ୍ଦି କାନ୍ଦି ମୁଣ୍ଡବାଳ ମଳିଆ ଅଳିଆ ହୋଇଗଲାଣି । ଗମ୍ଭୀର ମୁହଁରେ ଛଳ ଛଳ ଆଖି କରି ସେ ସେମିତି ଖଟ ଉପରେ ବସିରହିଲା ।

ବୁଲିସାରି ମୋହନ ଘରକୁ ଫେରି କାବେରୀର ଲାଲ ଆଖିକି ଚାହିଁ ଆଶ୍ଚର୍ଯ୍ୟ ହୋଇଗଲା । ଆଜିର ଏ ରୂପ ତା ଆଖିରେ ନୂଆ । ହଠାତ୍ ପାଟିରୁ ବାହାରି ଆସିଲା, ତମେ କାନ୍ଦୁଥିଲ କି ? ଅସ୍ୱାଭାବିକ ସ୍ୱରରେ କାବେରୀ ଜବାବ ଦେଲା– ନାଇଁ କାନ୍ଦିବି

କାହିଁକି ?... କୁନାକୁ ଆମ ଘରେ ନେଇ ଛାଡ଼ି ଦବାର ବଦୋବସ୍ତ କର, ତା' ପାଇଁ ମୁଁ ଆଉ ଏତେ କଥା ସହି ପାରିବି ନାହିଁ।

– କ'ଣ ହେଲା କହ୍ନା ?

– ଆଜି ମତେ ମାୟା କହିଲେ ତମକୁ ମୁଁ ସବୁକଥା ଶିଖେଇ ଦଉଛି। କି ଦରକାର ଅଛି ? ତମଭଳି ସୁନା ପୁଅକୁ କାହିଁକି ମୁଁ ଶିଖେଇ କରି ଖରାପ କରିବାକୁ ଯିବି ?... ମୁଁ ମୋର ଆମ ଘରକୁ ଚାଲିଯାଉଛି।

– ଆଃ, କ'ଣ ଏତେ ସାମାନ୍ୟ ସାମାନ୍ୟ କଥାରେ ଘରକୁ ଯିବା କଥା କହୁଛ ? ଏଇଟାକୁ କ'ଣ ତମେ ନିଜ ଘର ବୋଲି ମନେକର ନାହିଁ ?

ଭୁରୁ କୁଞ୍ଚେଇ ତାଚ୍ଛଲ୍ୟ ଭାବରେ କାବେରୀ କହିଲା– ନିଜ ଘର ? ହଁ, ନିଜ ଘର ! ଏଇଟା ପୁଣି ମୋ ନିଜ ଘର। ନୂଆ କଥାଟାଏ ମତେ ଆଜି ଶୁଣେଇଲେ... ବୋଉ ନ ହେଲେ କ'ଣ ମତେ ଆଉ ମିଛରେ କହୁଥିଲା... ?

ସେହି ବାଟ ଦେଇ ଯାଉ ଯାଉ ମହୀବୋଉଙ୍କ କାନରେ କାବେରୀର କଥାଗୁଡ଼ାକ ବାଜିଗଲା। ସେ ସତେକି ପଥର ପାଲଟି ଗଲେ। ଏଇ ତେବେ ତାଙ୍କ ବୋହୂ। ଯାରି ଉପରେ ସେ ତାଙ୍କର ଛୋଟିଆ ସଂସାରର ଭାର ଛାଡ଼ିଦେଇ ନିଶ୍ଚିନ୍ତ ହେବେ ବୋଲି ମନେ କରିଛନ୍ତି ! ଯିଏ ଏଇ ସାନ କଥା ସହିପାରୁ ନାହିଁ, ସେ ପୁଣି କେମିତି କରି ତା'ର ଏତେ ଛୋଟ ଛୋଟ ନଣଦ ଦିଅରଙ୍କୁ ମଣିଷ କରିବ ? ଆଉ ଅଧିକ ଶୁଣିବାକୁ ଅପେକ୍ଷା ନ କରି ମହୀବୋଉ ଫେରିଗଲେ। ମନରେ ତାଙ୍କର ନିଆଁ ଜଳୁଛି।

ଗୋଟିଏ ରାତିର ବ୍ୟବଧାନ ଭିତରେ କାବେରୀ ମନରେ ଯେତେକ ଅଭିଯୋଗ ସବୁ ମୋହନ ଭୁଲିଗଲା। କିନ୍ତୁ ମହୀବୋଉ ଭୁଲିପାରିଲେ ନାହିଁ। ଯେଉଁ କାମରେ ହାତ ଦେଲେ ବି ଆଗଦିନ ଶୁଣିଥିବା କଥା କେଇପଦ ଗୁଡ଼େଇତୁଡ଼େଇ ହୋଇ ମନ ଭିତରେ ରୂପ ନେଉଥାଏ। କାବେରୀର ହସ, କଥା, କାମ– ସବୁ ଯେପରି ଛଳନାପୂର୍ଣ୍ଣ। ବର୍ତ୍ତମାନ ତାଙ୍କର ଏକମାତ୍ର ଚିନ୍ତା, କେମିତି ମାୟାକୁ ପାରି କରିଦେବେ। ପୁଅ ତିନିଟାଙ୍କ ଭାଗ୍ୟରେ ଯାହାଥିବ ହେବ। ଯିଏ ଥରେ ଫଣା ଟେକିଲାଣି ତାକୁ ଆଉ ବିଶ୍ୱାସ ନାହିଁ– ଦିନେ ନିଶ୍ଚେ ଚୋଟ ମାରିବ।

ମନର ଦୁଃଖ ଆଉ କାହା ଆଗରେ କହି ନପାରି ଶେଷକୁ ପୀତାମ୍ବରବାବୁଙ୍କୁ କହିଲେ, କିନ୍ତୁ ପୀତାମ୍ବରବାବୁ କଥାର ଗୁରୁତ୍ୱ ଏଡ଼ିଦେଇ ମହୀବୋଉଙ୍କୁ ବୁଝେଇଦେଲେ ଯେ ସବୁ ଘରେ ଏମିତି କଳି ଅଶାନ୍ତି ହୁଏ, ପୁଣି ସବୁ ଆପେ ସୁଧୁରିଯାଏ। ତେଣୁ ସେ ସବୁ କଥାକୁ ଭାବି ବସିଲେ ମନରେ ଅଶାନ୍ତି ଖାଲି ବଢ଼ିବ।

ମହୀବୋଉଙ୍କ ହାବଭାବରେ ପରିବର୍ତ୍ତନ ଲକ୍ଷ୍ୟ କରି କାବେରୀ ମନରେ ସନ୍ଦେହର ଛାଇ ପଡ଼ିଲା– ତେବେ କ'ଣ ମୋହନ ସେ ଦିନ ରାତିର ଘଟଣାସବୁ ଶାଶୁଙ୍କୁ କହିଦେଇଛି ? କାହିଁକି ବୃଥାଟାରେ ସେ ମୋହନ ଆଗରେ ଏସବୁ କହିବାକୁ ଗଲା ? ଯଦି ତା ଶାଶୁ ଏକଥା ଶୁଣିଥିବେ, ତେବେ ସେ ମନରେ କ'ଣ ଭାବିଥିବେ ?

ମୋହନକୁ ଛାଡ଼ିଦେଲେ ଏ ଘର ଭିତରେ ଯଦି କାହାପ୍ରତି କାବେରୀର ମମତା ଥାଏ, ତେବେ ସେ ହେଉଛନ୍ତି ମହୀବୋଉ। 'ଶାଶୁ' କହିଲେ ମନରେ ଯେଉଁ ଛବି ଆଙ୍କି ହୋଇଯାଏ ମହୀବୋଉ ତାଠାରୁ ବହୁତ ଭିନ୍ନ। ସୂର୍ଯ୍ୟର ସ୍ପର୍ଶରେ ଘାସ ଉପରେ ଜମିଥିବା ଶିଶିରବିନ୍ଦୁ ମିଲେଇଗଲା ପରି କାବେରୀ ମନରେ ରୂପ ନେଉଥିବା ନିଜ ମା'ର କଥାଗୁଡ଼ାକ ମହୀବୋଉଙ୍କର ଖାଲି ଗୋଟାଏ ଚାହାଣୀ ପାଖରେ ମିଲେଇଯାଏ– "ହଁ ବା, କେତେ ଶାଶୁ ଦେଖିଚି... ସେ ପ୍ରଶଂସା ଆଉ କାହା ଆଗରେ କରିବୁ। ହଇଲୋ, ବୋହୂ ଝିଅ କେବେ ସମାନ ହୋଇ ପାରିଲେଣି ? ସବୁ ଖାଲି ଉପର ଦେଖାଣିଆ। ତତେ ହୁଣ୍ଡୀ ଦେଖି ସମସ୍ତେ ଠକଉଛନ୍ତି। ମୂଲରେ ରହିଲା ପଇସା। ସେଥିପାଇଁ ଏତେ ମିଠାକଥା। ପଇସା ମୁଠାକ ତୁ ଆଜି ହାତରେ ଭିଡ଼ି ଧର, କାଲିକି ଆଉ ତତେ କେହି ଦେଖି ସହି ପାରିବେ ନାହିଁ..." ମହୀବୋଉଙ୍କ ବିଷୟରେ ଏସବୁ ଭାବିବାକୁ ମଧ୍ୟ କାବେରୀକୁ ଖରାପ ଲାଗେ, କିନ୍ତୁ ପାଟିରୁ ଯାହା ଥରେ ଖସିଛି ତାକୁ ଆଉ ଫେରେଇଆଣି ହେବ ନାହିଁ। ପଛ କଥାକୁ ମନରେ କରି କାବେରୀ ମନରେ ଅନୁତାପ ଆସିଲା।

ଖରା ଅଧା ମୁଣ୍ଡ ଉପରକୁ ଉଠି ଆସିଲାଣି। ଏତିକିବେଳେ ଯଦୁବୋଉଙ୍କୁ ସାଥିରେ ଧରି ମିନିବୋଉ ପୀତାମ୍ବରବାବୁଙ୍କ ଘରକୁ ନିମନ୍ତ୍ରଣ କରି ଆସିଲେ। ତାଙ୍କ ନାତିର ଏକୋଇଶା ନିମନ୍ତ୍ରଣ।

ମାୟାକୁ ଦେଖି ଯଦୁବୋଉ ପଚାରିଲେ– ତୋର ଇସ୍କୁଲ ନାହିଁ କିଲୋ ?

– ମୁଁ ଆଜି ଯାଇ ନାହିଁ।

ଏତିକିବେଳେ ମହୀବୋଉଙ୍କୁ ପାଖକୁ ଆସିବାର ଦେଖି ଯଦୁବୋଉ କହିଲେ– ଆଲୋ ମହୀବୋଉ, ଆମେ ତୋ ବୋହୂପରଷା ଖାଇବାକୁ ଆସିଲୁ।

– ଖାଉନା, କିଏ ମନା କରୁଛି ? ହସି ହସି ମସିଣାଟା ପାରିଦେଇ ମହୀବୋଉ ପୁଣି କହିଲେ– ଆଜି କେମିତି ଗଡ଼ିପଡ଼ିଲ ?

– ନାତିର ଏକୋଇଶା। ପିଲାପିଲି ସମସ୍ତଙ୍କୁ ନେଇକରି ଯିବ, ମିନିବୋଉ କହିଲେ।

– ନାତିଟା କାହାପରି ହୋଇଛି ?

– ସେ ଯାହାପରି ହେଉ ଆମକୁ ସେଥରୁ କ'ଣ ମିଳିବ ? ପଛଆଡ଼େ ମୁହଁ ଥିଲେ ବି ସେ ମରଦ ପୁଅ– କୋଉ ଝୁଅଟାଏ ହେଇଚି ଯେ ବାଛ ପଡ଼ିଯିବ। ମାଆ ଗୋଡ଼ ତ ଚାରିହାତ ଛଡ଼ାରେ ପଡୁଛି। ନୂଆକରି ପୁଅ ଜନମ କରିଛନ୍ତି... ଆଜିଯାଏ ଆଉ କେହି ପୁଅ ଜନମ କରିନଥିଲେ... ପିଲା 'କୁଆଁ' କହୁଛି କାହିଁକି ? ଯାଅ ଡାକ୍ତରକୁ ପଚାରି ଆସିବ।

ଯଦୁବୋଉ ଆସନ ଜମେଇ ବସି କହିଲେ– ମାଲା ମୋର, ପିଲାଟା 'କୁଆଁ' କହିବ ନାହିଁ ତ ଆଉ କ'ଣ 'ବାପା', 'ବୋଉ' ବୋଲି ଡାକିବ ?

ଯଦୁବୋଉଙ୍କ ମୁହଁକୁ ଚାହିଁ ମିନିବୋଉ କହିଲେ–ମୁଁ ସେଇଆ କହିଲି ଯେ, ବୋହୂ ସାଆନ୍ତାଣୀ ଆମର କହିଲେ, 'ନାଇଁ, ତା ସ୍ୱରଟା କାହିଁକି କେମିତି ଗୋଟିଏ ଶୁଭୁଚି। ହେଲା କଲେ ବଢ଼ିଯିବ... ଦେଖନ୍ତୁ... ତାଙ୍କର ବେଶୀ ପଇସା ଅଛି ଦେଖେଇବେ। ଆମେ ମୂର୍ଖ ମଣିଷ କାହିଁକି ସେଥରେ ମୁଣ୍ଡ ପୂରେଇବାକୁ ଯିବା କହିଲ ?

– ହଁ, ତା ନୁହେଁ ତ ଆଉ କ'ଣ ? କୋଉ କହିଲେ ଆମ କଥା ରହିଯିବ ? କହନ ? ସମର୍ଥନ ଆଶାରେ ଯଦୁବୋଉ ମହୀବୋଉଙ୍କ ମୁହଁକୁ ଚାହିଁଲେ। ଦୁଇଆଡ଼କୁ ପାଇଲାଭଲି ମୁଣ୍ଡ ଟୁଙ୍ଗାରି ଟିକିଏ ହସି ମହୀବୋଉ ମିନିବୋଉଙ୍କ ମୁହଁକୁ ଚାହିଁଲେ।

ମିନିବୋଉ ପୁଣି କଥାର ଖିଅ ଧରି କହିଲେ– ସେଇଆ ପରା। ପିଲାକୁ ତେଲ ହଳଦୀ ଦେବାକୁ ଦି'ମାସ ଆଗରୁ ଗୋଟାଏ ଚାକରାଣୀ ଯୋଗାଡ଼ କରିଥିଲି। ବୋହୂ ପୁଅକୁ କି ମନ୍ତର ଦେଲା କେଜାଣି, ଏବେ ପୁଅ ଆସି ମତେ କହୁଚି ଯେ ଦେଶୀ ଚାକରାଣୀ ସୁବିଧା ହେବ ନାହିଁ। ସେମାନେ ଗୋଟାଏ 'ଆୟା' ରଖିବେ। ଆୟାମାନେ କୁଆଡ଼େ ମା'ଠାରୁ ବଳି ଯତ୍ନ କରନ୍ତି ?

– ଆଲୋ, କାବା ହୋଇଯାଉଚୁ କ'ଣ। ଏ ଯୁଗ ହେଲା ପରା ସେଇଆ କ'ଣ ଆଉ କହିବିଟି। ପେଡ଼ି ଖୋଲି ବସିଲେ ଦିନରାତି ଜଣା ପଡ଼ିବ ନାହିଁ... ଚାଲ ଯିବା... ଆଉରି କେତେ ଜାଗାକୁ ଯିବାର ଅଛି, କହି ମିନିବୋଉ କାବେରୀକୁ ଖୋଜିଲେ।

– ତମ ବୋହୂ କାହିଁ ଦେଖାଯାଉ ନାହିଁ, କଣ ନାହିଁ କି ?

– "ତମକୁ ସବୁ ଦେଖି ଲୁଚିଛନ୍ତି ବୋଧହୁଏ।' ଘର ଆଡ଼କୁ ଚାହିଁ ମାୟା କହିଲା।

– ଆଲୋ ବୋହୂ, କୁଆଡ଼େ ଗଲୁ ? ତତେ ପରା ଏଣେ ଖୋଜୁଛନ୍ତି। ମହୀବୋଉ ଡାକ ଛାଡ଼ିଲେ।

ହଳଦୀ ଗର ଗର ହାତରେ କାବେରୀ ଆସି ଦିହିଁକୁ ମୁଷ୍ଟିଆ ମାରିଲା ।

— କଣ କରୁଥିଲୁ କି ? କାବେରୀ ପିଠିରେ ହାତ ରଖି ମାହାଁବୋଉ ପଚାରିଲେ ।

— ମସଲା ବାଟୁଥିଲି । ଲାଜ ଲାଜ ହୋଇ କାବେରୀ କହିଲା ।

— ତମେ କାହିଁକି ବାଟୁଥିଲ ? ଭିକା କୁଆଡ଼େ ଗଲା କି ? ତୀକ୍ଷ୍ଣ ଦୃଷ୍ଟିରେ କାବେରୀକୁ ଚାହିଁ ମାୟା ପଚାରିଲା ।

— ବଜାରକୁ ଯାଇଛି । ତାର ହାତ ଘୋଲେଇ ହଉଛି ଯେ କହିଲା ବାଟିପାରିବ ନାହିଁ । ଧୀର ଭାବରେ କାବେରୀ ଜବାବ ଦେଲା ।

— ଶାଶୁ ସାଙ୍ଗରେ କାଲି ଆମ ଘରକୁ ଯିବୁଲୋ ! ମନେ ରହିଲା ? ମିନିବୋଉ କାବେରୀର ମୁଣ୍ଡ ଆଉଁଶି ଦେଇ କହିଲେ । କାବେରୀ ଖାଲି ମୁଣ୍ଡ ହଲେଇ ନିଜର ସମ୍ମତି ଜଣେଇଲା ।

ମାହାଁବୋଉଙ୍କୁ ଗୁଆ କାଟୁଥିବାର ଦେଖି କାବେରୀ ଉଠି ଆସିଲା ପାନ ଚିରିବାକୁ । କାବେରୀର ଲାଜ ସରମ, ଧୀର ଚାଲି, ଥିର କଥା, ମିମିବୋଉଙ୍କ ମନରେ ବଡ଼ ଗହୀରିଆ ଗାର ଟାଣିଦେଲା । ରୂପ ଯେମିତି, ଗୁଣ ସେମିତି । ଖାଲି ଥରେ ଚାହିଁଦେଲେ ପେଟ ପୂରିଯିବ । ତାଙ୍କ ବୋହୂଗୁଡ଼ାକ କୁଆଡ଼ର ହେଲେ ନାହିଁ । କାବେରୀକୁ ଚାହିଁ ଚାହିଁ ଗୋଟିଏ ଦୀର୍ଘନିଃଶ୍ୱାସ ପକେଇ ମାହାଁବୋଉଙ୍କୁ ଚାହିଁ ମିନିବୋଉ ଖାଲି ଏତିକି କହିଲେ... "ତମେ ବଡ଼ କପାଲିଆ" ଅତି ଛୋଟ କେଇପଦ କଥା । କିନ୍ତୁ ତା'ରି ଭିତର ଦେଇ ତାଙ୍କ ମନର ଅନେକ ଅକୁହା କଥା ପ୍ରକାଶ ପାଇଗଲା— ଠିକ୍ ଯେମିତି ଅନ୍ଧାର ରାତିରେ ସରୁ ଗୋଟିଏ ବିଜୁଲିର ଗାର ପଛଆଡ଼ର ବିରାଟ ମେଘକୁ ଦେଖାଇଦିଏ ।

ମିନିବୋଉ ମସିଣା ଛାଡ଼ି ଯିବାକୁ ଉଠିଲେ— ଯାଉଚିଲୋ, ଥା । ଗାଲି ଦବ ନାହିଁ । ଆହୁରି ଦି'ଚାରି ଘର ଯିବାକୁ ଅଛି । ଗୋଡ଼ ସିନା ଉଠିଲା, କିନ୍ତୁ କାହାରି ପାଟି ବନ୍ଦ ହେବାକୁ ନାହିଁ । ଏତେ ଅଳ୍ପ ସମୟପାଇଁ ଦେଖା । କାହୁଁ କାହୁଁ କଥାସବୁ ଆସି ମନେ ପଡ଼ିଯାଉଅଛି । କଥା ମଝିରେ ମଝିରେ ବାଧାଦେଇ ଟିକିଏ ଦୂରରେ ଠିଆହୋଇ ଭିକା ପଚାରିଲା— ମା, ଏତେବେଲ ହେଲାଣି, ମସଲା ମସଲି ବାହାର କରିଦେଇନା । ଆଉ କେତେବେଲେ ରନ୍ଧା ହେବ ? ପୁଖୁରୀ ସେଣେ ମୋ ଉପରେ ଖପ୍ପା ହେଉଛି ?

— କିରେ ତୋର ପରା ହାତ ଘୋଲି ହଉଟି ବୋଲି ମସଲା ବାଟିବାକୁ ନାହିଁ କରିଦେଲୁ ? ସେଥିପାଇଁ ଭାଉଜ'ଉ ବାଟିଲେ ? ମାୟା କହିଲା ।

— ନାଇଁଟ ! ମୋ ହାତ କାହିଁକି ଘୋଲି ହେବ ? ମୁଁ ତ ଅବିକା ବଜାରରୁ

ଆସୁଛି । କିଛି ମସଲା ନାହିଁ । ଖାଲି କ'ଣ ହଳଦି ଟିକିଏ ବଟାହୋଇ ଥୁଆ ହୋଇଛି । ମତେ ବେଗି ବାହାର କରି ଦେଇଯାଅ । କହି ଭିକା ଚାଲିଗଲା ।

ମାୟା ଚାହିଁଲା କାବେରୀ ମୁହଁକୁ । କାବେରୀ ଗୁଣୁଗୁଣୁ ହୋଇ କ'ଣ କହିଲା ଶୁଭିଲା ନାହିଁ । ଅସରନ୍ତି ଗପର ସୁଅ ସେଇଠି ଛିଣ୍ଡିଗଲା । ମୁରୁକି ହସା ଦେଇ ଯଦୁବୋଉ ସଙ୍ଗାତକୁ ଚୁମୁଟିଲେ । ପାନ ଦି'ଖଣ୍ଡ ହାତରେ ଧରି ମିନିବୋଉ ଆଉଥରେ କହିଲେ– ନିଶ୍ଚେ ଯିବ... ସମସ୍ତଙ୍କୁ ନେଇ ।

– ଭଲ ବୋହୂଟିଏ । ଗାଡ଼ିରେ ବସି ମିନିବୋଉ କହିଲେ ।

– ଦେଖୁ ଦେଖୁ ଚିହ୍ନି ପକେଇଲ ?

– ଦେଖିବ ସେ କେବେହେଲେ ଖରାପ ପଡ଼ିବ ନାହିଁ ।

– କେତେ ଜାଗାରେ ଦେଖିଲିଣି ନା ! ଖାଲି ଏଇ ଗୋଟାକ ? ବରଷେ ଦି'ବରଷ ଯାଉ, ତା ପରେ ତାଙ୍କ ନିଜ ରୂପ ବାହାରିବ । ଆଲୋ "ହାତିଅଣ୍ଡା ପାଖେ ନଡ଼ିଆ ଗଛ, ଘରକୁ ମାଡ଼ିଲା ଶିଅ, ବୋହୂଙ୍କର ଗୁଣ ଦାଣ୍ଡେ ମହକିବ, ଦିଶିଲାଣି ଥୟ ହୁଅ ।"

– ତୁ ତ ସବୁ ଜାଣିଛୁ...

– କାହିଁକି, ତମେ ସେଇ ବୋହୂ ଆସିଲାବେଳେ ତାଙ୍କ ରୂପ ଥାଏ ଗୋଟାଏ ରକମର... ପିଲାଟିଏ ହେଲାପରେ ହୁଏ ଆଉ ରକମର... ପୁଣି ମୁରବି ହେଲାପରେ ଆଉ ଗୋଟାଏ ରକମର । ସେତେବେଳେ ଶାଶୁ କାହାକୁ ମୁଠାଏ ଭିକ ଦେଲେ ବୋହୂ ଯାଇଁ ପୁଅ ପାଖରେ ଫେରାଦ ହୁଏ, "ଘର ଉଜାଡ଼ି ଦଉଛନ୍ତି..." ଏଣେ ନିଜେ ପଛକେ ମାସରେ ମୁଠା ମୁଠା ଟଙ୍କା ପାଉଡ଼ର, ଅତର, ସିନେମାରେ ବିଣ୍ସ ଦେଉଥିବେ– ସେତକ ବୋହୂ କି ପୁଅ– କାହାରି ଆଖିକି ଦୁଶେ ନାହିଁ...

–ହଁ, ସେଇଆ ନୁହଁ ତ କଣ ।

ସମର୍ଥନ ପାଇ ଯଦୁବୋଉ ଦୁଇ ଗୁଣ ଜୋରରେ କହିଲେ– ଏଇ ଆଜି ଦେଖିଲ ନାଇଁ, ହଳଦି ଟିକିଏ ବାଟି ପକେଇ ହାତକୁ କେମିତି ରଙ୍ଗେଇ ଆମ ପାଖକୁ ଆସିଥିଲା... ମାୟାଚାର ତ ଟିକିଏ ହେଲେ ମୁହଁ ଲାଜ ନାହିଁ, ତାକୁ ହାତେ ହାତେ ଧରେଇ ଦେଲା । ଆଲୋ ବୁଲୁଥିଲୁ ତ ବୁଲୁଥିଲୁ, ଆମକୁ ଦେଖି କିଆଁ କାମ କରିବାକୁ ଧାଇଁଗଲୁ ?

– ସତେ ? ଆଲୋ ଏତେକଥା କେତେବେଳେ ହୋଇଗଲା ବା ? ମୁଁ ତ କିଛି ବୁଝି ପାରିଲି ନାହିଁ... ତୁ ସେଇଥିପାଇଁ ମତେ ଚୁମୁଟୁ ଥିଲୁ କି ? ମୁଁ ଭାବୁଥିଲି

ସିନା ତୁ ସେ ଚାକରର କାନମୂଳ ଆବୁକୁ ଦେଖଉଚୁ ବୋଲି ? ହସି ହସି ମିନିବୋଉ କହିଲେ ।

— ଜାଣିବାକୁ ବସିଲେ ସବୁ ଜାଣିହେବ, ନ ଜାଣିବାକୁ ବସିଲେ କିଛି ଜାଣିପାରିବ ନାହିଁ... ଆଗୋ, ମୋ ନିଜର ପରା ଗୋଟାଏ ବୋହୂ ଅଛି... ଖାଲି ମୁଁ ଟିକିଏ ଟାଣୁଆ ପଡ଼ିଚି ବୋଲି ସେ ଚପିକରି ଅଛି, ନଇଲେ ସିଏ ମତେ କେବେଠୁ ବାରିଆଡ଼କୁ ତଡ଼ିଦେଇ ସାରନ୍ତାଣି... ଜାଣିଚ ତ ମୋର କେମିତି ଶାଣଦିଆ ମୁହଁ... ପଦେ କହିଲେ ଦଶପଦ ଝାଡ଼ି ଦେଇଯାଏ... ନିଜେ ପୁଅ ଡରୁଚି, ବୋହୂ ନ ଡରି ଯିବ କୁଆଡ଼େ ? ଯେଉଁଦିନ ମୋ କଥାରୁ ବାହାରିଯିବ, ସେଇଦିନ ସେମାନଙ୍କୁ ଘରୁ ବାହାର କରିଦେବି... ପୁଅ ମୋର ନହେଲା ନାହିଁ, ପୋଷିଆଁ ପୁଅ ହବାକୁ ମତେ ବହୁତ ଲୋକ ମିଳିବେ... ମୁହଁରେ ଟିକିଏ ନିଆଁ ଦେବା କଥା ତ ? ଏମାନେ ମତେ ନେଇ କୋଉ ସ୍ୱର୍ଗରେ ବସେଇ ଦେବେ, ଆଉ ସେମାନେ ପାରିବେ ନାହିଁ ? ଯଦୁବୋଉ ସମର୍ଥନ ପାଇବା ଆଶାରେ ସଙ୍ଗାତଙ୍କ ମୁହଁକୁ ଚାହିଁଲେ ।

ମିନିବୋଉ ବସି ଅନ୍ୟ କଥା ଭାବୁଥିଲେ । ତାଙ୍କୁ ଚୁପ୍ ରହିବାର ଦେଖୀ ଯଦୁବୋଉ କହିଲେ– ଫୁଲେଇ ବୋହୂଗୁଡ଼ାଙ୍କୁ ମୁଁ ଦି’ ଆଖିରେ ଦେଖିପାରେ ନାହିଁ । କିଓ, ବାହା ତ ହେଲା, ମୁରବି ହେଲା, ସବୁଥରେ ଘରଣୀ ପାଲଟିଲ, ଆଉ ଏତେ ଫୁଲେଇ ହଉଛ କାହିଁକି ? ସତେ ଯେମିତି ସେହିମାନେ ଏକା ପିଲା ଜନମ କରୁଛନ୍ତି, ଆଉ ତାଙ୍କ ଶାଶୁମାନେ କରି ନାହାନ୍ତି ! ପାନସିଠାତକ ରିକ୍ସା ବାହାରକୁ ଫିଙ୍ଗିଦେଇ ଯଦୁବୋଉ ହସି ହସି ପୁଣି ଆରମ୍ଭ କଲେ, “ଗୋଟାଏ ମଜାକଥା ଶୁଣ । ଗତସାଲ ପଞ୍ଚୁକ ବେଳକୁ ମୁଁ ପୁରୀ ଯାଇଥିଲି । ଦିନେ ଆମ ସାହିର ଜଣକ ଘରକୁ ବୁଲି ଯାଇଥିଲି, ଶାଶୁ ଯେ ଏଡ଼େ–” ଅନ୍ୟମନସ୍କ ଭାବରେ ମିନିବୋଉ କହିଲେ ମହୀବୋଉଟା ବଡ଼ କପାଳିଆ । ବିରକ୍ତ ହୋଇ ଯଦୁବୋଉ କହିଲେ– ହେତ, ମହୀବୋଉ କଥା ବସି ଭାବୁଛି ।

— ନାଇଁ ମ, ମୁଁ ସବୁ ଶୁଣୁଚି । କ’ଣ ସେ ଶାଶୁ କଥା କହୁଥିଲୁ ?

— ହଁ କ’ଣ କହୁଥିଲିଟି ? ଶାଶୁଟା ଏଡ଼େ ରୋଗିଣା, କହିଲେ ମିଛ ବୁଝିବୁ, ଦିହରେ ପଲେ ହେଲେ ମାଂସ ନାହିଁ । କିନ୍ତୁ ବୋହୂ ଠିକ୍ ତାର ଓଲଟା । ଗୋଟିଏ ହାତରେ ଶାଶୁ ଭଳିଆ ଚାରିଟାଙ୍କୁ ଟେକିଦବ । ଦି’ପୁଅରୁ ସାନଟି ତା ବୋହୂକୁ ନେଇ ବିଦେଶରେ ଅଛି । ବାକି ଘରେ ରହିଛନ୍ତି ବଡ଼ ପୁଅ, ବଡ଼ ବୋହୂ, ଗୋଟିଏ ନଣନ୍ଦ ଆଉ ବୁଢ଼ାବୁଢ଼ୀ । ବୋହୂଟିକୁ ଗେହ୍ଲା କରି କରି ସମସ୍ତେ ଏମିତି ମୁଣ୍ଡରେ ବସେଇଛନ୍ତି ଯେ ସେ କୁଆଡ଼େ ଘରେ କୁଟା ଖଣ୍ଡକୁ ଦି’ଖଣ୍ଡ କରେ ନାହିଁ...

ଏତିକିବେଳେ ହଠାତ୍ ମିନିବୋଉ ଛିଙ୍କିଲେ।

– ଓହୋ, ଛିଙ୍କ ପଡ଼ିଲା। ସତ୍ ସତ୍... ହଁ କ'ଣ କହୁଥିଲିଟି ? ଟିକିଏ ରହିଯାଇ ଯଦୁବୋଉ ଅଧା ରହିଥିବା କଥା ମନେ ପକାଇ କହିଲେ ସେ ବୋହୂ ଘରେ କୁଟା ଖଣ୍ଡକ ଦି'ଖଣ୍ଡ କରେ ନାହିଁ, ଆମେ ଯାଇଥିଲୁ ଯେ, ଶାଶୁ ଆମ ପାଇଁ ପାନ ଭାଙ୍ଗୁଥିଲା। ଏତିକିବେଳେ ଉପର ମହଲାରେ ଥାଇ ବୋହୂ କହିଲା, "ବୋଉ ମତେ ଖଣ୍ଡେ ପାନ"। ଶାଶୁ କହିଲା ଯେ, ମୋର ମୁଣ୍ଡ ବୁଲାଉଛି, ମୁଁ ଉଠି ପାରିବି ନାହିଁ। ତୁ ଆସି ନେଇଯା। ତେଙ୍କି ସେ ଅଲାଜୁକୀ ବୋହୂ ପୁଣି ଗେହ୍ଲେଇ ହେଇ କହୁଥାଏ 'ନାଇଁ ତେମେ ନିଜେ ଆସି ଦେଇଯା'.. ଆଲୋ ମୁଁ ତ କାବ୍‌ବା... କଥା କ'ଣ ନା ବୋହୂ ଗୋଡ଼ରେ କଣନଖାଟାଏ ହେଇଚି ବୋଲି ଡାକତର ଚାଲିବାକୁ ମନା କରିଛି... ଶୁଣିଲୁ ? ଏମିତି ଗୁଣର ବୋହୂକୁ ସେ ଶାଶୁ ପୁଣି ଦିନ ରାତି ମୁଣ୍ଡରେ ବସେଇଥାଏ... ମୋର ଏମିତି ଗୋଟାଏ ବୋହୂ ଥିଲେ, ହେଁ, କୋଉ ଦିନଠୁ ତାକୁ ସଲଖ୍ୟ ଦେଇ ସାରନ୍ତିଣି... ଆଲୋ, ଆମେ ସିନା ବୋହୂ କରିଥିଲୁ ସେବା ପାଇବାକୁ... ସେତକ ତ ଟୁଲିକି ଗଲା... ତହିଁ ଉପରେ ପୁଣି ଏ ବୁଢ଼ୀ ବୟସରେ ତାଙ୍କ ସେବା କରିବୁ !

ସବୁ ଶୁଣି ମିନିବୋଉ କହିଲେ... ଏ କାଳ ତ ହେଲା ସେଇଆ... କାହାକୁ କହିବ ?

... କପାଳ କଥା...

– ଯାହା କହିଲ, 'କପାଳ ଦଶା, ଘରେ ଗିରୀଷମ, ବାହାରେ ମଶା'...

ଦେହରେ ଗୋଟାଏ ଜାଗା ଗଲୁ କଲେ, ଯେମିତି ସେଇଟା ଧୀରେ ଧୀରେ ଚାରିଆଡ଼େ ବ୍ୟାପିଯାଏ, ସେମିତି ଗୋଟିଏ ବୋହୂ କଥାରୁ ଆଉ ଗୋଟିଏ, ଆଉ ଗୋଟିଏ ହୋଇ କେତେ ବୋହୂଙ୍କ କଥା ପଡ଼ିଗଲା। ବାଟ ସରିଗଲା କିନ୍ତୁ କଥା ସରିଲା ନାହିଁ। ହଠାତ୍ ଏତେ ସୁନ୍ଦର କଥା ମଝିରେ ପୂର୍ଣ୍ଣଚ୍ଛେଦ ଟାଣିବାକୁ ଯଦୁବୋଉଙ୍କ ମନ ବଳିଲା ନାହିଁ। ନିଜ ଘର ସାମନାରେ ଗାଡ଼ି ଅଟକିବାର ଦେଖି ସେ ମିନିବୋଉଙ୍କ ହାତ ଧରି ଭିଡ଼ିଲେ ଆସ ବା' ଟିକିଏ ବସିବ... ଯିବ ତ, ଏମିତି ତରବର କାହିଁକି ?

"– ନାଇଁଲୋ, ଆଜି ବେଳ ନାହିଁ। ସେଣେ ଛୁଆଗୁଡ଼ାକ ମତେ ଚାହିଁଥିବେ...

ଆଉ ଯାହା ଘର ରହିଗଲା, ପରେ ଯିବି” କହି ମିନିବୋଉ ରିକ୍ସାବାଲାକୁ ଆଗେଇ ଯିବାକୁ କହିଲେ।

ଦିନଯାକ କାବେରୀ ମନ ଭଲ ନାହିଁ। ଏତେ ଲୋକଙ୍କ ଆଗରେ ମାୟା ତାକୁ ଚିହ୍ନା ପକେଇ ଦେଲା। “ଟୋକୀ ଖଣ୍ଡକ କିଛି କମ୍ ନୁହେଁ– କାବେରୀ ମନେ ମନେ ଦାନ୍ତ ରଗଡ଼ିଲା– “ଛି, ସେମାନେ କଣ ଭାବିଥିବେ! ଶାଶୁ ବି କ’ଣ ମନେ କରିଥିବେ? ମାୟା ସିନା ପଦେ କହିଲା, କିନ୍ତୁ ସେଇ ଯୋଉ ଯଦୁବୋଉ, ସେଇତ ଏକା ଘର ଘର ବୁଲି ଏ କଥା ବନେଇ ଚୁନେଇ କହିବେ।’

ପ୍ରକୃତରେ ଯେ କାବେରୀର ଭାବନା ଭୁଲ, ତା ନୁହେଁ। ସେଦିନ ଯଦୁବୋଉ ଯାହା ଶୁଣିଲେ, ସେଥିରେ ତାଙ୍କ ପେଟ ପୁରି ଯାଇଥିଲା। ଏମିତି ପର ବିଷୟରେ ଚର୍ଚ୍ଚା କରୁକରୁ ଯଦୁବୋଉଙ୍କ ବେଳ କୁଆଡ଼େ ଗଡ଼ି ଚାଲିଯାଏ। ଏତକ ମଧ ମାନିବାକୁ ହବ ଯେ, ମାଇପି ମହଲରେ ଯଦୁବୋଉଙ୍କ ଆଦର ବେଶୀ। ସେ ଯେଉଁଠି ବସି ପଡ଼ିବେ, ମାଇପେ ଆସି ଘେରିଯିବେ– କିଏ ଅପା, କିଏ ସହୀ, କିଏ ସଂଗାତ।

ପଛଆଡ଼େ ମାଣ୍ଡି ଭରାଦେଇ, ଗାଲରେ ହାତ ରଖି, କଳରେ ପାନ ଯାକି ଯଦୁବୋଉ ଯେତେବେଳେ ଅନ୍ୟର ନିନ୍ଦା କରି ବସନ୍ତି, ନ ଦେଖିଲା ଲୋକର ବି ଥରେ ଶୁଣିବାକୁ ଇଚ୍ଛା ହବ। ସଭାରେ ଜଣକର ହାଇ ଆସିଲେ ତାହା ଯେମିତି ସଂକ୍ରାମକ ରୋଗପରି ଜଣକଠାରୁ ଅନ୍ୟ ଜଣକୁ ଡେଇଁଯାଏ, ସେମିତି ଯଦିବୋଉଙ୍କର ପର ନିନ୍ଦା ଶୁଣିଲେ ପାଖ ମାଇପଙ୍କର ମଧ ପାଟି ଖଲ ଖଲ ହୁଏ ଦି’ପଦ କହିଦେବାକୁ। ସବୁ ଶୁଣିସାରି ନିଜର ପୁଞ୍ଜି ବଢ଼େଇ ଯଦୁବୋଉ ଚାଲନ୍ତି ଆଉ ଜଣକ ଘରକୁ। କାହାରି ଘର ଖବର ତାଙ୍କୁ ଅଛପା ରହେ ନାହିଁ। କୋଉଠି ସୋରିଷ ଫୁଟିଲେ, ତାଙ୍କ ନାକକୁ ବାସନା ଯାଏ। ସେଇ ଯଦୁବୋଉଙ୍କ ସାମନାରେ ଆଜି କାବେରୀ ଧରା ପଡ଼ିଯାଇଛି।

ପାଣିରେ ଟେକାଟିଏ ପଡ଼ିଲେ ତାହା ଯେମିତି କିଛି ସମୟ ପାଇଁ ପାଣିକି ଚହଲେଇ ଦେଇ ପୁଣି ସ୍ଥିର ହୋଇଯାଏ, ସେମିତି କାବେରୀର ମନ କିଛି ସମୟ ପାଇଁ ଦିଲିଗିଲି ହୋଇ ପୁଣି ପୂର୍ବ ଅବସ୍ଥାକୁ ଫେରିଆସିଲା।

ପରଦିନ ନିଦ ଭାଙ୍ଗିବାମାତ୍ରେ କାବେରୀର ପ୍ରଥମେ ନିମନ୍ତ୍ରଣ କଥା ମନେପଡ଼ିଲା। ପ୍ରକୃତରେ ମିନିବୋଉଙ୍କ ଘରକୁ ଯିବାରେ ତାର ଏକମାତ୍ର ଉଦ୍ଦେଶ୍ୟ ତାଙ୍କ ବୋହୂକୁ ଦେଖିବା। ସେ ମାୟାଠାରୁ ଶୁଣିଛି ତାଙ୍କ ବୋହୂ କୁଆଡ଼େ ଭାରୀ ସୁନ୍ଦର। କାବେରୀ ବିଛଣାରେ ଶୋଇ ଶୋଇ ଭାବିବାରେ ଲାଗିଲା– ସେ ବୋହୂ କ’ଣ ତା’ଠାରୁ ବେଶୀ ସୁନ୍ଦର?

ବେଳ ଗଡ଼ିଯାଉଛି । ଖରାବେଳେ ସମସ୍ତେ ଖାଇପିଇ ଶୋଇବା ପରେ କାବେରୀ ନିଜ ନଖରେ ରଙ୍ଗବୋଳି ବସିଲା । ନିଜକୁ ସଜେଇବା ଯେପରି ଆଜି ତାର ଏକମାତ୍ର ଚିନ୍ତା । ଗହଣା ବାକ୍ସ ଖୋଲି ବାଛି ବାଛି କେତୋଟି ଗହଣା ପିନ୍ଧି ଆରିସି ଆଗରେ ଠିଆହୋଇ ଦେଖିଲା ମାନୁଛି କି ନାହିଁ । କିଛି ବେଳ ଏହିପରି ଗହଣା ପିନ୍ଧା-ଉତୁରା ହେବା ପରେ ସେ ବାକ୍ସରୁ ବାଛି ବାଛି ଶାଢ଼ୀ କାଢ଼ିଲା ।

ସଞ୍ଝ ହେବାକୁ ଆଉ ଅଳ୍ପ ବାକି । ସମସ୍ତେ ଲୁଗାପଟା ପିନ୍ଧି ସାରିଲେଣି । ପିଲା ଚାରିଜଣ ଖୁସିରେ ଖାଲି ଏପଟ ସେପଟ ହେଉଛନ୍ତି-ଗାଡ଼ି ଆସିଲେ ସେମାନେ ଯିବେ । ବେଳେ ବେଳେ କାବେରୀ ମୁହଁକୁ ଥରେ ଚାହିଁଦେଇ ଯାଉଛନ୍ତି- "କେଡ଼େ ସୁନ୍ଦର ଦିଶୁଛନ୍ତି ।' ଉପରେ ପଡ଼ି କାବେରୀକୁ ଟିକିଏ ସଜାଡ଼ି ଦେଉ ଦେଉ ମାୟା କହିଲା- ତମର ସେ ପଥର-ବସା ହାରଟା ପିନ୍ଧିଲ ନାହିଁ ଭାଉଜ'ଉ ? ରାତିରେ ମାନି ଥାଆନ୍ତା ।

– କେଜାଣି ସେଇଟା କୋଉ ଭିତରେ ପଡ଼ିଛି ପାଉନାହିଁ ।

– ଚାଲ, ମୁଁ ଖୋଜିଦେବି । ଏଇଟା ପିନ୍ଧ ନାହିଁ... ତମ ବେକକୁ ମୋତେ ମାନୁନାହିଁ ।

କୁନା କାବା ହୋଇ କାବେରୀ ମୁହଁକୁ ଚାହିଁଛି- ଅପା, କୋଉ ହାର ମ ? ସେଇ ଯୋଉ ହାରଟା ବଲୀଅପା ପିନ୍ଧିଚି ଟି ?

– ନାଇଁ ମ, ତୁ ଜାଣିନୁ... ସେଇଟା ତା ହାର ।

– ନାଇଁ ଅପା, ମୋର ଠିକ୍ ମନେଅଛି ପରା, ବୋଉ ବାପାଙ୍କୁ କହୁଥିଲା– |

ହଠାତ୍ କୁନା ଗାଲରେ ଗୋଟାଏ ଚଟକଣା ବସିଲା – ଯୋଉ କଥା ଜାଣିନୁ, ପାଟି କରିବୁ ନାହିଁ । ତୁ ମୋଠୁଁ ବେଶୀ ଜାଣିଛୁ ?

କାବେରୀର ବଡ଼ ଆଖି ଦେଖି କୁନା ଚପିଗଲା । ନିଜର ଦୋଷ ବୁଝି ନପାରି ତଳକୁ ଅନାଇ ନଖରେ ଗାର କାଟିବାକୁ ଲାଗିଲା । କାବେରୀର ରାଗ ବାହାରିବାର ଅନ୍ୟ ବାଟ ନ ପାଇ ପୁଣି କୁନାକୁ ଆକ୍ରମଣ – କାଇଁକି ଗୋଡ଼ ମଇଳା କରୁଚୁ ?

ଏଥର ଆଖି ଲୁହ ଆଖିରେ ଚିପି ନ ପାରି ପାଟିବାଟେ ଶବ୍ଦର ସହିତ ବାହାରି ଆସିଲା । ଆଉ କିଛି ନ ପାଇ କାବେରୀ କୁନାକୁ ଧକ୍କାଏ ଦେଇ ହସିଲା ମୁହଁରେ କହିଲା... ବହୁତ ହେଇ ଗଲା, ଏଥର ଚାଲ ମୁହଁ ସଫା କରି ଆସିବ ।

ଲୁହ ବିଲିବିଲା ମୁହଁକୁ ଦୁଇ ହାତରେ ନେଇ ନେଇ କୁନା ସେମିତି ଖୁଣ୍ଟପରି ଠିଆହୋଇ ରହିଲା । ମନରେ ଡର । ଅପା ସାଙ୍ଗରେ ଗଲେ ଘର ଭିତରେ ଅପା ନିଶ୍ଚେ ବାଡ଼େଇବ । କାବେରୀ ନଛୋଡ଼ବନ୍ଧା–କିରେ ଆସୁଚୁ ନା ପୁଣି ଦେଖିବୁ ?

ଏତେବେଳ ଯାଏ ମାୟା ଚୁପ୍‌ହୋଇ ସବୁ ଦେଖୁଥିଲା । ଏଥର ଆଗେଇ ଆସି କୁନାର ହାତଧରି ଟିକିଏ ଆଦର କରି ଘର ଭିତରକୁ ନେଇଗଲା- ଓଠରେ ଚାପା ହସ । କାବେରୀ ଦେହ ଜଳିଗଲା-ମୁହଁପୋଡ଼ାଟା ସବୁ ଧରା ପକେଇଦେଲା । ନିଶ୍ଚେ ମାୟା ବୁଝିଛି । ନହେଲେ ଏମିତି ହସନ୍ତା କାହିଁକି ? ଏଣିକି ସମସ୍ତେ ଜାଣିବେ... ହଁ, ଜାଣିଲେ ଜାଣନ୍ତୁ । ମୋ ଜିନିଷ ମୁଁ ଯାହା କଲି । କାବେରୀ ମନକୁ ମନ ସାନ୍ତ୍ୱନା ଦେଲା ।

ତା'ପରେ କୁନା ପାଖକୁ ଯାଇ କାବେରୀ କହିଲା- କୁନା ! ଆ, ପାଉଡ଼ର ଲଗେଇବୁ ।

– ନାଇଁ, ମୁଁ ଏଇଠି ଲଗେଇବି ।

– ଯାଉନୁ, ଅପା ଡାକୁଛି ପରା । ମାୟା କହିଲା ।

ଅନିଚ୍ଛା ସତ୍ତ୍ୱେ କୁନା ଆସ୍ତେ ଆସ୍ତେ କାବେରୀ ସାଙ୍ଗରେ ବାହାରି ଆସିଲା । ମୁହଁ ଶୁଖ୍ ଯାଇଛି । ଥରକୁ ଥର କାବେରୀ ମୁହଁକୁ ଡରିଲା ଆଖିରେ ଚାହୁଁଥାଏ । ମୁହଁରେ ତା'ର ପାଉଡ଼ର ଲଗେଇ ଦେଇ କାବେରୀ ତୁନି ତୁନି କହିଲା- ତତେ ଯିଏ ଯାହା ପଚାରିବ, କହିବୁ ମୁଁ ଜାଣି ନାହିଁ, ବୁଝିଲୁ ?

ମାଡ଼ ବଦଲରେ ଆଦର କଥା ଶୁଣି କୁନା ଖୁସି ହୋଇଗଲା । ଅପା ହସୁଛି । ମାୟାର ମୁହଁ ଦୁଆର ବନ୍ଦରେ ଦିଶିଲା । ଭାଉଜ'ଉ ଗାଡ଼ି ଆସିଲାଣି... କିରେ କୁନା ଭାରି ହସ ଯେ ?

"ମୁଁ କିଛି ଜାଣି ନାହିଁ" କହି କୁନା ଗୋଟିଏ କୁଦା ମାରି ଘରୁ ବାହାରି ଚାଲିଗଲା । ତା ପଛେ ପଛେ କାବେରୀ ଓ ମାୟା ବାହାରି ଆସିଲେ ।

ମୁରଲୀବାବୁଙ୍କର ଘର । ଚାରିଆଡ଼େ ଦଲ ଦଲ ହୋଇ ସ୍ତ୍ରୀଲୋକ ବସିଛନ୍ତି । ସବୁ ଦଲରେ ଭିନ୍ନ ଭିନ୍ନ କଥା ନେଇ ଚର୍ଚ୍ଚା ପଡ଼ିଛି । କୋଉଠି ସିନେମା ଗପ, କୋଉଠି ବାପଘରର, ଶାଶୁଘରର ବଡ଼େଇ, ଆଉ କୋଉଠି ନିତିଦିନିଆ ଘରକରଣା କଥା । ବୁଢ଼ୀଦଲ ଭିତରୁ ଅନେକଙ୍କର କାନ କଥାରେ ଥିଲେ ମଧ ଆଖି ରହିଛି ନିଜ ଝିଅ ନାତୁଣୀଙ୍କ ଉପରେ । ଜଣେ ସେହି ବସିଲା ଜାଗାରୁ କୁହାଟ ଛାଡ଼ୁଛନ୍ତି- ଆଲୋ ହେ ସାବି ! ଏଇଠିକି ଆ' ବା ବସିବୁ, ସେଣେ କୁଆଡ଼େ ଯାଉଛୁ ?

ସାବି ଶୁଣି କରି ନ ଶୁଣିଲା ପରି ଆଡ଼େଇ ଦଉଟି ।

- ଇଲୋ ହେଇଟି ଆସିଲେଣି । ମିନିବୋଉ ଉଠିଆସି ମହୀବୋଉଙ୍କ ହାତ ଧରିଲେ । ଅଇଚ୍ଛା ତମରି କଥା ପଡ଼ିଥିଲା ପରା । ତମର ବହୁତ ଆଇଷ ।

- ହଁ, ଏତେ ଆଇଷ ମୋର କ'ଣ ହେବ ? ତମେ ଅଧେ ନିଅ । ହସି ହସି ମହୀବୋଉ କହିଲେ ।

ଘର ଭିତରେ ଲୋକ ଖୁଦାଖୁଦି । ହଠାତ୍ ସମସ୍ତଙ୍କ ଆଖ୍ ଦିଗନିରୂପଣ କଣ୍ଟାପରି ଘୁରିଯାଇ ମହୀବୋଉଙ୍କ ପଛରେ ଥିବା କାବେରୀ ଉପରେ ପଡ଼ିଲା । ସମସ୍ତଙ୍କୁ ନ ଚାହିଁ କରି ମଧ କାବେରୀ ସେତକ ବୁଝିନେଲା ।

ମାୟା ଥରେ ଚାରିଆଡ଼େ ଭଲକରି ଦେଖିନେଲା । ସମେସ୍ତ ଚିହ୍ନା-ସମସ୍ତେ ପାଖରେ ବସିବାକୁ ଡାକୁଛନ୍ତି । ମହୀବୋଉ ତାଙ୍କ ମହଲକୁ ଚାଲି ଗଲେଣି । ମାୟାପଛରେ କାବେରୀ ରହିଛି । ବାଟ କାଟି ଯାଉ ଯାଉ ଜଣେ କିଏ ତା'ର କାନି ଭିଡ଼ିଧରି ବସେଇ ଦେଲା । ସାମାନ୍ୟ ବିରକ୍ତ ହୋଇ ମାୟା ତଳକୁ ଚାହିଁ କହିଲା- କିଏ ମ, ଅଭଦ୍ରଙ୍କ ପରି ଲୁଗାଟା ଭିଡ଼ି ଦଉଚି ।

- ହଁ, ଆଉ କାହିଁକି ଚିହ୍ନିବୁ ?

- ଆରେ ତୁ ଏଠି ? କ'ଣ ଏକାଥରେ ଘରଣୀ ବନିଗଲୁଣି ! ମାୟା ସେଇଠି ବସି ପଡ଼ିଲା । ମୁଣ୍ଡରୁ ଲୁଗା ସାମାନ୍ୟ ଟାଣିଦେଇ ଟିକିଏ ଲାଜ ଲାଜ ହୋଇ କାବେରୀ ମାୟା ପିଠିକି ଲାଗି ବସିଲା ।

ପିଲାଦିନର ସ୍କୁଲ ସାଙ୍ଗ ସୁରମା । ଅନେକ ଦିନ ହେଲାଣି ତା'ର ବାହାଘର । ତା ସାଙ୍ଗରେ ଯେ ଏତେ ଦିନ ପରେ ଏପରି ଭାବରେ ଦେଖାହେବ, ମାୟା ଭାବି ନଥିଲା । ମୁଣ୍ଡ ଚନ୍ଦା ହୋଇ ଆସିଲାଣି, ଗାଲର ହାଡ଼ ବାହାରି ପଡ଼ିଚି । ଚଉଡ଼ା ସୁନ୍ଦାରେ ସିନ୍ଦୁର ଗାର ଦେଖୁଲା ଲୋକ ଆଖିରେ କୌଣସି ପ୍ରକାର ସୌନ୍ଦର୍ଯ୍ୟର ଛାପା ଆଣିବ ନାହିଁ । କଳା ଆଖି ପେଜୁଆ ପଡ଼ିଚି । ମାୟାର ପାଟି ମେଲି ହୋଇଗଲା... ଏଇ କ'ଣ ସତରେ ସେଇ ସୁରମା, ଯାହାର ସୁନ୍ଦର ଆଖି ଦିଓଟି ଏବେ ଯାଏ ବି ସେ ଭୁଲି ପାରି ନାହିଁ ? ମଣିଷ କେତେ ବଦଲିଯାଏ ସତେ ।

- କ'ଣ ସବୁ ଭଲ ତ ? ଓଠରେ ହସଟାଣି ମାୟା ଚାହିଁଲା ।

- ହଁ, ଏଇଟ ଦେଖୁରୁ... ଇଏ କିଏ କି ? କାବେରୀକୁ ଦେଖେଇ ସୁରମା ପଚାରିଲା ।

- ମୋ ଭାଇର ବିବିୟାନ୍... ଆଗେ ଶୁଣେ ତୋର ଏମିତି କାହିଁ ରୂପ ହୋଇଛି ?

- ମଲା, ତୁ ସିନା ଟୋକୀ ଅଛୁ । ଆମେ ତ ବୁଢ଼ୀ ହବାକୁ ବସିଲୁଣି । ସୁରମା

ହସି ହସି କାବେରୀକୁ ଚାହିଁଲା । କାବେରୀ ଅନ୍ୟ କୌଣସି କଥା ନ ପାଇ ପଚାରିଲା– ତମର କ'ଣ ଏଇ ଗୋଟିଏ ଝିଅ ?

କୋଳ ଛୁଆକୁ ଚାହିଁ ସୁରମା କହିଲା– ଏଇ ଗୋଟିକ ! ପାଞ୍ଚଟା ଛୁଆ ।

– ଆଉ ସବୁ ?

– ବାହାରେ ସବୁ ଖେଳୁଛନ୍ତି, ଏଇଟା ତ ମୋ ପାଖ ଛାଡ଼ୁନାହିଁ । ତାଙ୍କ ବାପା କହନ୍ତି–

ସୁରମାକୁ କଥା ସାରିବାକୁ ନ ଦେଇ ମାୟା କହିଲା– ଏଗୁଡ଼ାଙ୍କର ଆଉ କିଛି ଗପ ନ ଥାଏ... କିରେ ବାହା ହବ ବୋଲି କ'ଣ ଖାଲି ପିଲାଛୁଆ, ବାପା, ଏଇ ଗପ ? ଧେତ୍ ତମେ ତମର ଛୁଆର ବାପାଙ୍କ କଥା ଗପୁଥା, ମୁଁ ମୋର ଚାଲିଲି । ଜବାବକୁ ଅପେକ୍ଷା ନ କରି ମାୟା ଅନ୍ୟ ଗୋଟିଏ ଦଳକୁ ଚାଲିଗଲା ।

ସୁରମା ଚାହିଁଲା କାବେରୀ ମୁହଁକୁ । ତା କଥା ଜାଣିବାକୁ କାବେରୀ ଯେମିତି ଉସ୍ତୁକ । ସୁରମା ପୁଣି ତା'ର ଘର ସଂସାର କଥା ଆରମ୍ଭ କଲା । ସାରାଂଶ ହେଲା– ସ୍ୱାମୀ ତା'ର ଭାରି ଭଲ ମଣିଷ, ଶାଶୁ ଭାରି ଦୁଷ୍ଟ, ନଣନ୍ଦ ହେଲେ ଗୋଟାଏ ଥାନ୍ତେ ! କେଡ଼େ ହସ ଖୁସିରେ ଦିନ କଟି ଯାଇଥାନ୍ତା । ସ୍ୱାମୀ ତାକୁ ବେଶୀ ଭଲ ପାଆନ୍ତି ବୋଲି ଶାଶୁ ସବୁବେଳେ ଖୁଣ୍ଟା ଦିଅନ୍ତି 'ମାଇପବୋଲା' ।

ସୁରମାର ଦୁଃଖ କାହାଣୀ ଶୁଣି ସେଇ ଦଳର ଆଉ ଗୋଟିଏ ବୋହୂ ମତ ଦେଲା– ପ୍ରକୃତରେ ଶାଶୁ ନ ଥିବା ଘର କେଡ଼େ ସୁଖ । ସେତିକିବେଳେ ସେମାନଙ୍କ ମୁହଁକୁ ଚାହିଁ କାବେରୀ ଠିକ୍ ଓଲଟା ଭାବୁଥିଲା– "ନଣନ୍ଦର ଜ୍ୱାଳା ଏମାନେ କେହି ଜାଣି ନାହାନ୍ତି । ଏଇ ମାୟାପରି ଖଣ୍ଡେ ନଣନ୍ଦ ଯାହାର ଥିବ..."

ଗୋଟିଏ ଗୋଟିଏ କରି ସମସ୍ତେ ନିଜ ଘର କଥା ଗପି ଚାଲିଥାନ୍ତି । କାବେରୀ ଉପର ମନରେ ସେଥିରେ ଯୋଗଦେଲେ ବି ଭିତରେ ତା'ର ଆଖି ଚାରିଆଡ଼େ ଘୁରିବୁଲୁଚି । ସେ ଶୁଣିଥିଲା ମିନିବୋଉଙ୍କ ସାନବୋହୂ କୁଆଡ଼େ ଭାରି ସୁନ୍ଦରୀ । ତାକୁ ଟିକିଏ କେମିତି ଦେଖନ୍ତା ।

– ବିନ୍ଦୁ !

ସମସ୍ତିଙ୍କର ଆଖି ଦୁଆରବନ୍ଦ ଆଡ଼କୁ ବୁଲିଗଲା । ମିନିବୋଉଙ୍କ ସାନପୁଅ ପ୍ରଭାସ ଘରଯାକ ଆଖି ବୁଲେଇ ବିନ୍ଦୁକୁ ଖୋଜିଗଲା । କାହିଁ ବିନ୍ଦୁ ? ଆଖି ପଡ଼ିଗଲା କାବେରୀ ଉପରେ । ପୁଣି ଥରେ ଭଲକରି ଚାହିଁଲା ।

ପ୍ରଭାସକୁ କାବେରୀ ଆଡ଼େ ଚାହିଁବାର ଦେଖି ସୁରମା କହିଲା– କେଡ଼େ ବଜ୍ଜାରୀଟାଏମ । ଦେଖିଲ କେମିତି ଚାହିଁଛି..

– ସେ କିଏ କି ? ଆଉ ଜଣେ ପଚାରିଲା ।

ମୁରଲୀବାବୁଙ୍କ ସାନପୁଅ ପରା... ବିନ୍ଦୁ ନାଁରେ ମାଇକିନିଆମାନଙ୍କୁ ଦେଖିବାକୁ ଆସିଛି ।

ବାଆଁରେଇ ହେଇ କାବେରୀ ଫେରି ଚାହିଁଲା ପ୍ରଭାସ ଆଡ଼କୁ । ଓଠ କଣର ସ୍ନିଗ୍ଧ ହସ କାବେରୀ ମୁହଁର ସୌନ୍ଦର୍ଯ୍ୟକୁ ଦୁଇଗୁଣ କରି ଦେଲା । ସେ ଜାଣେ ତା' ମୁହଁକୁ ହସ ଭାରି ମାନେ ।

ପ୍ରଭାସ ଚାହିଁଛି କାବେରୀ ମୁହଁକୁ– ଏ କିଏ ? ତୋଫା ଆଲୁଅ ତଳେ କାବେରୀର ମୁହଁ ଝଲସି ଉଠିଲା । ମୁହଁରେ ତାର ଗୋଲାପର ଆଭା, କପାଳରେ କୁଙ୍କୁମ ବିନ୍ଦୁ... ଆଖିରେ ସ୍ୱପ୍ନର ବିହ୍ୱଳତା । ଯେତେ ଦେଖିଲେ ବି ପ୍ରଭାସର ସେ ଦେଖା ଯେମିତି ଆଉ ଶେଷ ହେଉନାହିଁ ।

ସେଣେ ଜଣେ ବିନ୍ଦୁକୁ କେଞ୍ଚଲାଣି । ଭାଉଜ ଜଲଦି ଯା' । ନହେଲେ ତମର ସେ–

ବିନ୍ଦୁର ହସିଲା ମୁହଁ ପ୍ରଭାସକୁ ଚାହିଁ ଗମ୍ଭୀର ହୋଇଗଲା । ତାର ଆମ୍ସମ୍ମାନରେ ବାଧା ଆସିଛି, ଉଠି ଯାଉ ଯାଉ ଥରେ କାବେରୀ ଆଡ଼କୁ ଚାହିଁଲା । ବିନ୍ଦୁକୁ ତାରିଆଡ଼େ କାବେରୀ ମୁଣ୍ଡର ଖସି ପଡ଼ିଥିବା ଲୁଗାଟାକୁ ଟିକିଏ ଟାଣିଦେଲା । ହାତର ଜଡ଼ଉକରା ଗହଣା ଆଲୁଅ ତଳେ ଝଲସି ଉଠିଲା । ବିନ୍ଦୁ ଆସି ଠିଆହେଲା ବାହାରେ ।

– କ'ଣ ପ୍ରଭାସକୁ ଚାହିଁ ରୁକ୍ଷ ଗଳାରେ ବିନ୍ଦୁ ପଚାରିଲା ।

– ଆଲମାରୀ ଚାବିଟା କୋଉଠି ଅଛି ? ଖୁବ୍ ବ୍ୟସ୍ତ ଥିଲା ପରି ପ୍ରଭାସ ପଚାରିଲା ।

ଚାବି ନେଉଟା ପ୍ରଭାସ ହାତରେ ମାଡ଼ି ଦେଇ ବିନ୍ଦୁ କହିଲା "ଯଦି କାହାକୁ ଦେଖିବାକୁ ଇଚ୍ଛା ତେବେ ଭିତରକୁ ନ ଯାଇ ଏମିତି ଅଭଦ୍ରଙ୍କ ପରି ବାହାରେ ଚାହିଁବ ନାହିଁ"– କହିଦେଇ ବିନ୍ଦୁ ପୁଣି ନିଜ ଦଳକୁ ଫେରିଗଲା ସତ, କିନ୍ତୁ ଗପରେ ତା ମନ ଆଉ ଲାଗିଲା ନାହିଁ । ମନକୁ ଭୁଲେଇବାର ଯେତେ ଚେଷ୍ଟା କଲେ ବି ଯେମିତି କ'ଣ ଗୋଟାଏ ତାକୁ ବରାବର କେଞ୍ଚବାରେ ଲାଗିଲା । ଆଖି ଥରକୁ ଥର କାବେରୀ ଉପରେ ପଡୁଥାଏ । କାବେରୀର ହାବଭାବ, ବେଶଭୂଷା ରେଖରୂପ ସବୁଥରେ ଯେପରି ସେ ଦୋଷ ଖୋଜି ପାଇବାରେ ବ୍ୟସ୍ତ । କିନ୍ତୁ ଠିକ୍ ସେତିକିବେଲେ କିଏ ଯେମିତି ଭିତରକୁ ତା ଭାବନାରେ ବାଧା ଦେଉଥାଏ ।

ବିନ୍ଦୁର ଆଖି ଏଡ଼ିବାକୁ କାବେରୀ ଜାଗା ବଦଲ କଲା । ନିଜ ଜାଗାରେ ବସିରହି ବିନ୍ଦୁ ମନକୁ ମନ ମୁହଁ ଫେରିଲା– ଓଃ, ଟିକିଏ ସୁନ୍ଦର ହୋଇଛି ବୋଲି

କେତେ ଯେ, ଫୁଲେଇ ହଉଟି । ବିନ୍ଦୁ ମନ ଭୁଲେଇବାକୁ ଚେଷ୍ଟା କଲା । କିନ୍ତୁ ଗପ ଆଉ ଜମିଲା ନାହିଁ । ସନ୍ଧ୍ୟାବେଳର ବିନ୍ଦୁ ଯେମିତି ହଠାତ୍‍ ମରିଗଲା । ଏଇଟା ଯେମିତି ତାର ଗୋଟାଏ ପ୍ରେତଛାୟା ! ଯେତେ ଚେଷ୍ଟା କଲେ ମଧ ସେ କାବେରୀକୁ ଭୁଲି ପାରୁନାହିଁ । ନିଜ ସ୍ୱାମୀ ଉପରେ ରାଗ ହେଲା, "କାହିଁକି ଯେ, ଏମିତି ବେହିଆଙ୍କ ଭଳି ହୁଅନ୍ତି..." ପୁଣି ମନକୁ ମନ ବୁଝେଇଲା । ଏମିତି ବେଶ ହେଲେ ଯିଏ ହେଲେ ବି ସୁନ୍ଦର ଦିଶନ୍ତା । ତଥାପି ମନର ବିରକ୍ତି କେବଳ ବଢ଼ିବାକୁ ହିଁ ଲାଗିଲା । କାବେରୀ ଚାରିପଟେ ସମସ୍ତେ ମହୁମାଛି ପରି ଘେରି ଗଲେଣି । ବିନ୍ଦୁ ମନରେ ରାଗ ହେଲା ।

ଘୋ-ଘୋ ଭିତରେ ଏକୋଇଶା ଭୋଜି ସରିଗଲା । ବିଦା ହେଲାବେଳେ କାବେରୀ ଆସି ବିନ୍ଦୁର ହାତ ଧରିଲା– ଥରେ ଆମ ଘରକୁ ଯିବ ।

କଥାର ଜବାବ ନ ଦେଇ ବିନ୍ଦୁ କେବଳ କାବେରୀ ମୁହଁକୁ ଚାହିଁଲା । ଆଖି ତାର ଯେମିତି କାବେରୀ ରୂପକୁ ତଉଲିବାରେ ବ୍ୟସ୍ତ ।

– କ'ଣ ଯିବ କି ନାହିଁ ?

– ମୋର ବେଳ କାହିଁ ? ତମେ ଥରେ ଖରାବେଳିଆ ଦେଖ ଆସିବ ଯେ, ଗପ କରିବା... । କାବେରୀ ମୁହଁକୁ ଚାହିଁ ବିନ୍ଦୁ କହିଲା ।

ମୁହଁ ଉପରେ ହସି ହସି କଥା କହିଲେ ବି ଭିତରେ ଭିତରେ କାବେରୀ ମନରେ ଗର୍ବ ଓ ବିନ୍ଦୁର ଆହତ ମନର ଈର୍ଷା ପରସ୍ପରକୁ ଆଘାତ କରୁଥିଲା ।

କାବେରୀ ଚାଲିଗଲା । ତାକୁ ଛାଡ଼ିବାକୁ ଯାଇ ବିନ୍ଦୁ ଦୁଆର ମୁହଁରେ କିଛିବେଳ ସେମିତି ଠିଆହୋଇ ରହିଲା । ଜଣ ଜଣ କରି ବିନ୍ଦୁକୁ କହିଦେଇ ଯାଉଛନ୍ତି କିନ୍ତୁ ସେଆଡ଼କୁ ତାର ଖିଆଲ ନାହିଁ । ରାସ୍ତାରେ ସେହି ଝାପ୍‍ସା ଅନ୍ଧାର ଭିତରେ ତାର ଆଖି ଦି'ଟା ଯେପରି କାବେରୀ ପଛରେ ଅନେକ ବାଟଯାଏ ଗୋଡ଼େଇଗଲା ।

ଘରକୁ ଆସି କାବେରୀ ଦର୍ପଣ ଆଗରେ ଠିଆ ହେଲା । ସଞ୍ଜବେଳର ମୁହଁ ମଉଳି ଯାଇଛି କିନ୍ତୁ ମାଧୁରୀ ପୂରା ହଜି ନାହିଁ । ସେଇ ମୁହଁକୁ ଆଜି ଜଣ ଜଣ କରି ସମସ୍ତେ ପ୍ରଶଂସା କରିଛନ୍ତି । କେହି ମୁହଁ ଖୋଲି ନ କହିଲେ ମଧ କାବେରୀ ସେତକ ଠିକ୍‍ ବୁଝିପାରିଛି । ପ୍ରଭାସର ମୁହଁ ଆସି ଆଖି ଆଗରେ ଠିଆ ହେଲା । ସେ ଚାହାଣୀର ଦାଗ ତା ମନରୁ ଏଯାଏଁ ଲିଭି ନାହିଁ । ସେ ଚାହାଣୀରେ ଥିଲା କେବଳ କାବେରୀ ରୂପର ବନ୍ଦନା । ଆଉ ଥରେ କାବେରୀ ନିଜ ମୁହଁକୁ ଭଲକରି ଦେଖିଲା– ପ୍ରକୃତରେ ସେ ସୁନ୍ଦର ... ସଞ୍ଜବେଳର ବେଶଭୂଷା ତେବେ ତାର ବ୍ୟର୍ଥ ହୋଇ ନାହିଁ । ମନ ଖୁସିରେ ଗୁଣୁଗୁଣୁ କରି ଗୀତ ବୋଲି କାବେରୀ ଲୁଗା ପାଲଟିବାକୁ ଗଲା ।

ଦୋକାନରେ ଡାକବାଲାର ପାଟି– ଚିଠି ନିଅଁ ।

ମୁଣ୍ଡକୁଣ୍ଡା ଅଧାରେ ବନ୍ଦରଖ ଟିକିଏ ବ୍ୟସ୍ତ ହୋଇ ମାୟା ବାହାରିଗଲା । ଦୁଇ ଖଣ୍ଡ ଚିଠି ଭିତରୁ ଖଣ୍ଡେ ତା'ର ଓ ଅନ୍ୟଟି ମହୀବୋଉଙ୍କର । ନିଜ ଚିଠିଟିକୁ ରଖିଦେଇ ମାୟା ପ୍ରଥମେ ମହୀବୋଉଙ୍କ ଚିଠିଟିକୁ ଫିଟେଇ ବସିଲା । ପଛୁପଛୁ ଭୁରୁ କୁଂଚେଇ ମାୟା ମହୀବୋଉଙ୍କ ପାଖକୁ ଚାଲିଲା । ମହୀବୋଉ ଏକ ମନରେ ବସି ଧନିଆ ଅଢ଼ାଉଥିଲେ । ତାଙ୍କ ପାଖରେ ଠିଆ ହୋଇ, ଗୋଡ଼ ଛାଟି, ଶୁଣେଇ ଶୁଣେଇ ମାୟା କହିଲା–ଇଏ ଆଛା ସର୍କସ ଆସିଲା, ମଣିଷକୁ ଟିକିଏ ପଢ଼େଇ ଦେବେ ନାହିଁ...

– କାଇଁ କ'ଣ ହେଲା କି ?

– ଏଇ ଦେଖୁନୁ, ବନୁମାମୁଁ ଚିଠି ଦେଇଛି ଯେ ମା, ମାଆଁ, ହେରିକା ସମସ୍ତେ ଆସୁଛନ୍ତି । ବାବା, ଏତେ ମଣିଷ ! ଏ ଘରେ ତ ଜାଗା ହବ ନାହିଁ, ନାଇଁଲୋ ବୋଉ ? ମୁଁ ମୋର ଯାଇ ହଷ୍ଟେଲରେ ରହିବି ।

– ଏଁ ସତରେ ! କାଇଁ, ଚିଠି ଦେଖେଁ ? ଧନିଆ ଅଢ଼ରା ବନ୍ଦ ରଖି ମହୀବୋଉ ମାୟାଠାରୁ ଚିଠି ଖଣ୍ଡିକ ନେଇ ପଢ଼ିବାକୁ ଉଠିଗଲେ । ପଛୁପଛୁ ତାଙ୍କ ମନରେ କେତେ କଥା ଖେଳିଗଲା । ତା ପରେ ଚିଠି ଖଣ୍ଡିକ ହାତରେ ଧରି କାବେରୀ ପାଖକୁ ଗଲେ । ମହୀବୋଉଙ୍କୁ ଘରେ ପଶିବା ଦେଖି ପଢ଼ୁଥିବା ବହି ଖଣ୍ଡିକ ଖଟ ଉପରେ ରଖିଦେଇ କାବେରୀ ଉଠି ଠିଆ ହେଲା ।

– ଠିଆ ହେଲୁ କାହିଁକି ? ବସ– ହସି ହସି ମହୀବୋଉ ଚିଠି ଖଣ୍ଡିକ ବଢ଼େଇ ଦେଇ କହିଲେ–ହେଇଟି ଲୋ ବୋହୂ ! ଦେଖିଲୁଣି, ଗାଁରୁ ଚିଠି ଆସିଛି । ଭାଉଜହେରିକା କାଲି ଆସି ପହଞ୍ଚିବେ । ମହୀବୋଉଙ୍କର କଥା ଶେଷ ନ ହେଉଣୁ କାବେରୀ ଅତି ଆଗ୍ରହର ସହିତ ଚିଠି ଖଣ୍ଡିକ ନେଇ ପଢ଼ି ବସିଲା ।

ମହୀବୋଉ ଚାଲିଗଲେଣି । ଚିଠିଟି ପଢ଼ିସାରି କାବେରୀ କିଛି ବେଳ ଆଖି ବନ୍ଦ କଲା । ମନରେ ତା'ର କେତେ କଥା ଖେଳିଗଲା । ଏଇ ଗାଉଁଲି ଲୋକଙ୍କୁ ତା'ର ପ୍ରାଣରେ ଡର । ଜିରାରୁ ଶିରା କାଢ଼ିବା ହେଲା ସେମାନଙ୍କ ପ୍ରକୃତି । ଏଇ ମୁହଁରେ 'ହଁ' କହି ଆର ମୁହଁରେ 'ନାହିଁ' କରିଦେବେ । ସାଙ୍ଗ ଡଲିର ମୁହଁ ଆସି ଆଖି ସାମନାରେ ଠିଆହେଲା । ବିଚାରୀ, ମଫସଲରେ ବାହା ହେଇଥିଲା ଯେ କାହା ମନ ନେଇ ଚଲିପାରିଲା ନାହିଁ । ଶେଷକୁ ଛାତିପିଟି ହୋଇ ସ୍ୱାମୀ ସାଙ୍ଗରେ ବାରିପଦା ଚାଲି ଆସିଲା ।

ବୋହୂ ବୋଲି କୁଆଡ଼େ ତାକୁ ଅଧରାତିରୁ ଉଠି ଗାଧୋଇବାକୁ ହୁଏ–ଶୀତ ହେଉ କି ବର୍ଷା ହେଉ । ଘର ଗୋଟାକର କାମ ହାତରେ କରି ତା ଉପରକୁ ପୁଣି ଖୁଣ୍ଟା

ଉଲୁଗୁଣା। ଶୁଣିବାକୁ ହୁଏ। କାବେରୀର ଭାବନା ସେଇଠି ଅଟକିଗଲା। ଏଇ ଯେଉଁମାନେ ଆସୁଛନ୍ତି, ସେମାନେ ଆଉ ଡଲି ଶାଶୁଘର ଲୋକ ପରି ହେଇ ନଥିବେ ତ ? ତଥାପି ମନରେ ସାହସ-ମୋହନ ଅଛି ପାଖରେ। ମନରେ ଅଳିଆ ଭାବନାଗୁଡ଼ାକ ପଛକୁ ଫିଙ୍ଗିଦେଇ କାବେରୀ ଉଠିବସିଲା। ଚିଠି ଖଣ୍ଡିକ ଖଟ ଉପରେ ସେମିତି ପଡ଼ିରହିଲା। ମୋହନ ଅଫିସରୁ ଆସିଲେ କାବେରୀ ପଦାକୁ ଆସିଲା।

– ଖୁସିରେ ମହାଁବୋଉଙ୍କ ଗୋଡ଼ ତଳେ ଲାଗୁନାହିଁ। ଏ ଜିନିଷ ନେଇ ସେ ଘରେ ରଖ, ସେ ଜିନିଷ ନେଇ ଏ ଘରେ ରଖ, ଗାଁ'ରୁ ଆସୁଥିବା କୁଣିଆମାନଙ୍କ ପାଇଁ ସେ ଜାଗା କରୁଛନ୍ତି। ଘରର ମୁଠାଏ ଝାଟୁଆ ତାଙ୍କ ଆଖିରେ ଖଟଗଦା ପରି ଦିଶୁଛି। ହାତ ଚାଲିଛି। ପାଟି ବି ଚାଲିଛି। ଭିକାକୁ ଦଣ୍ଡେ ଫୁରୁସତ ନାହିଁ। ମହାଁବୋଉ ଭୋକ ଶୋଷ ଭୁଲି କାମରେ ଲାଗିଛନ୍ତି।

କାବେରୀକୁ ଖାଲିଟାରେ ଘର ଭିତରେ ଠିଆ ହୋଇଥିବାର ଦେଖ୍ ମହାବୋଉ ମନେ ମନେ ଟିକିଏ ବିରକ୍ତ ହେଇ ଭାବିଲେ – ମଣିଷଟାଏ... ତୁଚ୍ଛାଟାରେ ଠିଆହେଇଚି। ତା'ର ଆଖି ଆଗରେ ଏତେ କାମ ପଡ଼ିଚି। ଟିକିଏ ମିଶିବାକୁ ନାହିଁ। କାବେରୀ ମନେ ମନେ ହସୁଥାଏ। ଗାଁ ଲୋକ ତ ଆସୁଛନ୍ତି–କୋଉ ଲାଟସାହେବ ଆସୁଛନ୍ତି ଯେ, ଏତେ ଝଡ଼ାପୋଛା ?

ମହାବୋଉ ଆଉ ସମ୍ଭାଳି ପାରିଲେ ନାହିଁ। ମୁହଁ ଖୋଲିଲେ– ବୋହୂ, ପିଲାଏ ଖାଇଲେଣି ?

– ନାଇଁ ମୁଁ ଯାଉଚି ଦବାକୁ। ସୁବିଧାରେ କାବେରୀ ଖସି ଆସିଲା।

କାବେରୀ ସେଠୁ ଆସି ଦେଖିଲା ଛୁଆମାନେ ଖାଇଦେଇ ଉଠିଗଲେଣି... ତାଙ୍କ ଅଇଁଠା ବାସନ ପଡ଼ିଛି। ମାୟା ମଧ ଖାଇସାରି ବାହାରିଗଲାଣି।

କାବେରୀ ଚାରିଆଡ଼େ ଥରେ ଆଖି ବୁଲେଇ ନେଲା। କେହି କୋଉଠି ନାହାନ୍ତି। କୁକୁରଟା ତୁଚ୍ଛାଟାରେ ଭୁକୁଚି। ସଞ୍ଜ ହବାକୁ ଆହୁରି ଅନେକ ଡେରି। ଗଦାଏ କାମ ବାକି ପଡ଼ିଚି। ଦୂରରୁ ମହାବୋଉଙ୍କ ପାଟି କାନରେ ଆସି ବାଜୁଛି। ସେପଟକୁ ଯିବାକୁ ତାର ମନ ଡାକୁ ନାହିଁ। ଏଣେ ଏକୁଟିଆ ରହିବାକୁ ବି ଇଚ୍ଛା ହେଉନାହିଁ। ମନଟା ତା'ର ଚିଟା ଲାଗିଲା। ମିଛଟାରେ ସେ ବାହା ହେଲା। ଏଇ ମାୟା କେତେ ସ୍ୱାଧୀନ। ଯାହା ଖୁସି କରିଦେଇ ଯାଉଚି– କେହି ପଦେ କହିବାକୁ ନାହିଁ। ଆଉ ସେ ନିଜେ ? ପଦେ ପଦେ ଜଗି ଚଲିବାକୁ ପଡୁଚି। ଏତେ ଜଗି ଜଗି ଚଲିଲା ବେଳକୁ ମନର ଅଧା ସରାଗ ମରିଯାଉଥାଏ। ଶେଷକୁ ରାଗ ହେଲା ନିଜ ବାପମା'ଙ୍କ ଉପରେ – ଅଭିମାନ ହେଲା ମୋହନ ଉପରେ। ସେ କ'ଣ ଏଇଆ

ଖୋଜୁଥିଲା ? ତା କେତେ ତ' ସାଙ୍ଗ ଅଛନ୍ତି ଯେଉଁମାନେ ସ୍ୱାମୀକୁ ନେଇ ଏକୁଟିଆ ଘର କରିଛନ୍ତି । ସେମାନେ ବେଶ୍ ଆରାମରେ ଅଛନ୍ତି । ଦେଖିଲେ ହିଂସା ହୁଏ । ଟୁନିର ମୁହାଁ ଆସି ଆଖି ଆଗରେ ଠିଆ ହେଲା । ତା'ର ସ୍କୁଲ ଜୀବନର ସାଥୀ । ସେଇ ଟୁନି ଥରେ କହିଥିଲା- "ବୁଝିଲୁ କାବେରୀ, ପୃଥିବୀରେ କୌଣସି ଲୋକ କେବେ ହେଲେ ଜୀବନରେ ସମସ୍ତଙ୍କୁ ସୁଖୀ କରିପାରି ନାହିଁ- କେହି ହେଲେ ଜଣେ ନିଶ୍ଚେ ଅସୁଖୀ ରହିଯାଏ । ତମେ ଯଦି ସମସ୍ତଙ୍କ ମନ ନେବାକୁ ବସିବ ତେବେ ତମେ ନିଜେ ଅସୁଖୀ ରହିଯିବ । ତୁ ମତେ ଦୋଷ ଦେଉଛୁ ଯେ, ମୁଁ ଅଲଗା ଘର କରି ଅନ୍ୟମାନଙ୍କ ମନରେ ଦୁଃଖ ଦେଲି, କିନ୍ତୁ ସମୟ ଆସିଲେ ତୁ ବି ନିଜେ ଏକଥା ବୁଝିବୁ ।"

ଟୁନି ଠିକ୍ କହିଥିଲା । ଏଇ କେଇଟା ମାସରେ ସେ ନିଜେ ସେତକ ଅନୁଭବ କରିଛି । ଅଲଗା ଘର କରିବା କଥା କହିଲେ ମୋହନ ସାପ ଦେଖିଲା ପରି ଚମକି ପଡ଼େ । ଖାଲି ସବୁବେଳେ ବାପ ମା' ଭାଇ ଭଉଣୀ... କିନ୍ତୁ ପ୍ରକୃତରେ କିଏ କାହାର ?

ସମସ୍ତେ ସୁବିଧାବାଦୀ... ।

କାବେରୀର ରାଗ ହେଲା ମୋହନ ଉପରେ । ଏ ସବୁପାଇଁ ମୋହନ ଦାୟୀ । ମନଟା ଭୁଲାଇବାକୁ ଛାତ ଉପରକୁ ଗଲା ।

ଏଇ ଗୋଟିଏ ଖୋଲା ଜାଗା-ତାର ନିର୍ଜନ ବେଳର ସାଥୀ । ଏଠିକି ଆସିଲେ ମନେହୁଏ- ସତେ ଯେପରି ସେ ବନ୍ଦୀଶାଳାରୁ ଖସି ଚାଲିଆସିଛି । ପଡ଼ିଶା ଘରୁ ଜଣେ ଅଧେ ବୋହୂ ଏତିକିବେଳେ ସେମାନଙ୍କ ଛାତକୁ ଆସନ୍ତି ।

ଉପରକୁ ଆସି ପ୍ରଥମେ ତାର ଆଖି ପଡ଼ିଲା ଟିକିଏ ଛଡ଼ାରେ ଥିବା ଡାଉଆରଙ୍କର ପୁରୁଣା ଘରଟା ଉପରେ- ଏବେ ବି ସେଇଟା ଖାଲି ପଡ଼ିଚି । ଭିକା କହୁଥିଲା, ବାବୁଟି କୁଆଡ଼େ ମଦ ଖାଇ ତାଙ୍କ ସ୍ତ୍ରୀକୁ ଦିନରାତି ମାରନ୍ତି । ବିଚାରୀ ସହି ନ ପାରି କୁଆଡ଼େ ବାପ ଘରକୁ ପଳେଇଲା । ଲୋକଟାକୁ ସେ ନିଜେ ଦେଖିଛି । ସୁନ୍ଦର ଚେହେରା । ଝିଅର ବାପ ମା କ'ଣ ଜାଣିଥିଲେ ଝିଅର ଏମିତି ଅବସ୍ଥା ହେବ ବୋଲି ? ସବୁ ଭାଗ୍ୟ-

କାବେରୀ ଛାତ ବାଡ଼ାରେ ଭରାଦେଇ ତଳକୁ ଚାହିଁଲା । ପଡ଼ିଶା କିରାନି ଘର ବୋହୂଟି ବସି ଚକୁଳିପିଠା କରୁଛି । ପାଖରେ ତାର ସ୍ୱାମୀ ଓ ଦୁଇ ବର୍ଷର ଗୋଟିଏ ଛୁଆ - ଦିହେଁ ପିଠା ଖାଇବାରେ ଲାଗିଛନ୍ତି । ଏହି ଲୋକଟିକୁ ଦେଖିଲେ କାବେରୀ ମନରେ ଦୟା ହୁଏ । ବିଚରା ସ୍ୱାସ୍ଥ୍ୟର ଯେଉଁ ଅବସ୍ଥା, କେଉଁ ମୁହୂର୍ତ୍ତରେ ଯେ, ଆରପାରିକୁ ଡକରା ଆସିବ ତାର ଠିକଣା ନାହିଁ । ଦେହରେ ଛିଣ୍ଡା ଆଡ଼ମଇଲା ଗେଞ୍ଜି, ମଇଲା ଧୋତି । ଏଇ ସୁନ୍ଦର ବୋହୂଟି ପାଖରେ ଲୋକଟା ନିହାତି ବେଖାପ୍ ଦିଶେ । ତାର

କିଛି ନାହିଁ– ସ୍ୱାସ୍ଥ୍ୟ ତ ନାହିଁ, ଟଙ୍କା ବି ନାହିଁ। କ'ଣ ଦେଖି କେଜାଣି ଝିଅର ବାପ ଏଠି ବାହା କଲା ? କାବେରୀ ମନରେ ଏହି ପ୍ରଶ୍ନ ଗୁଡ଼େଇ ତୁଡ଼େଇ ହୋଇ ବରାବର ଆସେ... ତଥାପି ବୋହୂଟିକୁ ଦେଖିଲେ ବଡ଼ ସୁଖୀ ମନେହୁଏ... ସବୁବେଳେ ହସ ହସ ମୁହଁ। କାବେରୀ ତାକୁ ଦୟା କରିବାକୁ ଯାଇ ନିଜେ ଯେମିତି ତାରି ପାଖରେ ଛୋଟ ହୋଇଯାଏ। ଆହା, ସେ ଯଦି ତାରି ପରି ସୁଖୀ ହୋଇପାରନ୍ତା ! କାବେରୀ ଭାବନାରେ ବାଧାଦେଇ ପଡ଼ିଶା ଘର ପିଲାଟି ଉପରକୁ ହାତ ଠାରି ଦେଖେଇ ଦେଲା... "ହେଇଟି, ହେଇଟି !" ସାଙ୍ଗେ ସାଙ୍ଗେ ଚାରୋଟି ଆଖି ଉପରକୁ ଉଠିଲା। କାବେରୀ ସେ ଜାଗା ଛାଡ଼ି ଚାଲିଆସିଲା।

ବେଳ ବୁଡ଼ି ଆସିଲାଣି। ଘରେ ଆହୁରି କେତେ କାମ ପଡ଼ିଛି। ଆଉ ଠିଆ ହେବାକୁ ବେଳ ନାହିଁ। ଚାଲିଯିବା ଆଗରୁ ସେ ଥରେ ରାସ୍ତାକୁ ଚାହିଁଲା– ଲୋକେ ଚାଲିଛନ୍ତି। କିନ୍ତୁ ସେ ଚାଲିରେ ବ୍ୟସ୍ତତା ନାହିଁ। ଦେହରେ କ୍ଳାନ୍ତି, ମନରେ ଫୁର୍ତି ଘେନି ସେମାନେ ଚାଲିଛନ୍ତି। କିନ୍ତୁ ସେ ନିଜେ ? ତା'ର ମନରେ କ୍ଳାନ୍ତି ଯେମିତି ତା ଗୋଡ଼କୁ ଭିଡ଼ି ଧରିଚି ! ସୁଖୀ ହେବାପାଇଁ ସେ କେତେ କଳ୍ପନା କରିଥିଲା। ସବୁ ଯେପରି କୁଆଡ଼େ ପାଣି ଫାଟିଗଲା।

– କ'ଣ ଏତେ ଦେଖୁଛ ?

ଚମକିପଡ଼ି କାବେରୀ ପଛକୁ ଚାହିଁ ଦେଖିଲା–ମୋହନ। କେତେବେଳେ ଆସି ପଛରେ ଠିଆ ହୋଇଛି, ସେ ଜାଣି ନାହିଁ।

ମୋହନର ହସିଲା ମୁହଁ ଯେମିତି କାବେରୀ କାନରେ କହିଦେଲା – କିଛି ତାର ବ୍ୟର୍ଥ ହୋଇନାହିଁ। ସ୍ୱାମୀ ତା'ର କୁସିତ ନୁହେଁ କି ମଦ୍ୟପ ନୁହେଁ। କାବେରୀ ମୁଗ୍ଧ ଆଖିରେ ଚାହିଁ ରହିଲା– ଆଖିରେ ତା'ର ଆଶା। କିଛି ତା'ର ହଜି ନାହିଁ।

– ଆଜି ତମର କ'ଣ ହୋଇଛି ?

ଟିକିଏ ପ୍ରକୃତିସ୍ଥ ହୋଇ କାବେରୀ କହିଲା– ନାଇଁ ମ ହବ କ'ଣ ?... ଏଇ ଗାଁରୁ ସବୁ ଆସିବେ ଯେ ତାଙ୍କରି କଥା ଭାବୁଥିଲି। ମଫସଲରୁ ଆସୁଛନ୍ତି... କେତେ ବାଛିବେ... କେତେ ଜଗି ଚଲିବାକୁ ହେବ। ମତେ ଭାରି ଭୟ ଲାଗୁଛି...

– ଏଇ ଗାଁ ଲୋକଙ୍କ ପାଇଁ ତମେ ଏତେ ମୁଣ୍ଡ ଖେଲାଉଛ ? ତାଙ୍କ ନିନ୍ଦା ପ୍ରଶଂସାକୁ କିଏ ଚାହିଁ ବସିଛି ?

ଟିକିଏ ହସି କାବେରୀ କହିଲା– କିଛି ହେଲେ ମୁଁ ତମରି ନାଁ କହିଦେବି ଜାଣିଥା...

– ହଁ କହିଦେବ।

ମୋହନର ସେହି ପଦକ କଥା କାବେରୀର ଭାରୀ ମନଟାକୁ ପୁଣି ହାଲ୍‌କା କରିଦେଲା। ଦିହେଁ ତଳକୁ ଓହ୍ଲାଇ ଆସିଲେ।

ସକାଳୁ ଶୁଭ କାଉଟିଏ ଘର ଉପରେ ବସି କା’ କା’ କରୁଚି। ସେଆଡ଼କୁ ଅନ୍ୟ କାହାରି ନଜର ନାହିଁ। ମହୀବୋଉ ମୁଠାଏ ଚାଉଳ ଅଗଣାରେ ବିଞ୍ଚିଦେଇ କାଉକୁ ଚାହିଁ କହିଲେ- "ହଁ ବା ଜାଣିଲୁଣି ଆସୁଛନ୍ତି।" କଥା ଶୁଣି ସମସ୍ତଙ୍କ ଆଖି କାଉ ଉପରେ ପଡ଼ିଲା। ଆହାର ଦେଖି କାଉଟି ପାଖକୁ ଭିଡ଼ି ଆସିଲା।

ଅନ୍ୟ ଦିନ ଚଢ଼େଇ ଧରିବା ପାଇଁ ପଟୁ, ରଞ୍ଜୁ ଚାଉଳ ବିଞ୍ଚିଲେ ମହୀବୋଉ ବିରକ୍ତ ହୁଅନ୍ତି। କିନ୍ତୁ ଆଜି ସେ ନିଜ ହାତରେ ମନଇଚ୍ଛା ଚାଉଳ ବିଞ୍ଚୁଛନ୍ତି। ଏ ସୁବର୍ଣ୍ଣ ସୁଯୋଗ ପିଲାଏ ଛାଡ଼ିପାରିଲେ ନାହିଁ। ଆଖିରେ ଦୁଷ୍ଟାମିର ହସ। ମନରେ ଉତ୍ତେଜନା। ପଟୁ, ରଞ୍ଜୁ ନିଜ ପିନ୍ଧା କାମିଜ ଖୋଲି, ହାତରେ ଧରି, ଦୁଇ ପଟରୁ ଛପି ଛପି ଆସୁଛନ୍ତି। ମହୀବୋଉଙ୍କର ସେଆଡ଼କୁ ଲକ୍ଷ୍ୟ ନାହିଁ। ବାରଣ୍ଡା ଉପରେ ଠାଇ ହସ ହସ ମୁହଁରେ କାଉକୁ ଚାହିଁଛନ୍ତି। ଏତିକିବେଳେ ଦିହେଁ ଦି’ପଟରୁ କୁଦାମାରି ବୁଣା ହୋଇଥିବା ଚାଉଳ ଉପରେ ପଡ଼ିଲେ। କାଉ ଯାଇ ଛାତ ଉପରେ। କାଉକୁ ଧରି ନ ପାରି "ଆହା ରୁ" ମାରି ପିଲା ଦିହେଁ ଛାତକୁ ଚାହିଁଲେ। ମହୀବୋଉ ଆଉ ରାଗ ସମ୍ଭାଳି ପାରିଲେ ନାହିଁ। ତଳକୁ ଓହ୍ଲାଇପଡ଼ି ଗାଳି ଦେଇ ମାରିବାକୁ ଧାଇଁଲେ।

ମହୀବୋଉଙ୍କୁ ଉଗ୍ର ମୂର୍ତ୍ତିରେ ଆସିବାର ଦେଖି ପିଲାଦିହେଁ କାଉ ଛାଡ଼ିଦେଇ ପିଟି ବଞ୍ଚେଇବାକୁ ଧାଇଁ ପଳେଇଲେ। ପଛରୁ ମହୀବୋଉଙ୍କ ପାଟି ଶୁଭିଲା- ଅଲକ୍ଷଣା ଛୁଆଗୁଡ଼ାକ- ହଇରେ ଆହାର ମୁହଁରେ କିଏ ପାହାର ଦିଏ? ନିରାଶ ହୋଇ ଥରେ ବିଞ୍ଚା ହୋଇଥିବା ଚାଉଳକୁ ଚାହିଁଦେଇ ମହୀବୋଉ ଚାଲିଗଲେ।

ଚାହୁଁ ଚାହୁଁ ଖରା ମୁଣ୍ଡ ଉପରକୁ ଉଠି ଉଠି ଯାଉଛି। ମହୀବୋଉଙ୍କୁ ତର ନାହିଁ। ଏତିକିବେଳେ କାବେରୀ ଆସି ପାଖରେ ଠିଆହେଲା। ବୋହୂର ଆଡ଼ମଇଳା ଲୁଗା ଓ ଆଲୁରା ବେଶ ଦେଖି ମହୀବୋଉ କହିଲେ ଏମିତି କାହିଁକି ବେଶ ହେଇଚୁ?

ଯା, ଗହଣାଗାଣ୍ଠି ଦି’ଖଣ୍ଡ ଲଗେଇପକା। ଅଲତା, ସିନ୍ଦୁର ଟିକିଏ ନାଆ, ଭଲ ଲୁଗା ଖଣ୍ଡିଏ ପିନ୍ଧ- ଆଉ କ’ଣ ବେଳ ଆସୁଚି?

"ହଁ ଯାଉଛି" କହି କାବେରୀ ବିରକ୍ତି ମନରେ ନିଜ ବଖରାକୁ ଚାଲିଗଲା। ମନରେ ଭାବିଲା-ସେମାନେ ଆସିବେ ଯାଇ କୋଉ ପହରେ, ମୁଁ ଏତିକିବେଳୁ ବେଶ

ହୋଇ ବସିଥିବି । ଭାବୁ ଭାବୁ ନିଜ ଗହଣା ବାକ୍ସ ମେଲେଇ ବସିଲା । କୌଣସି ପ୍ରକାର ଦି'ଖଣ୍ଡ ଗହଣା ଲଗେଇ ପକେଇ କାବେରୀ ନିଜ ବଖରାଟାକୁ ଟିକିଏ ସଜାଡ଼ିବାରେ ଲାଗିଲା ।

କାମ ସାରି ମହୀବୋଉ ଥରେ ବୋହୂ ବଖରାକୁ ଚାହିଁଦେଇ ଗଲେ । କାବେରୀର ଗହଣାଗାଣ୍ଠି ତାଙ୍କର ପସନ୍ଦ ଆସିଲା ନାହିଁ । କି ଗହଣା ଲଗେଇଲୁ ବା ? ଗୋଡ଼ରେ ହାତରେ କୋଉଠି ତ କଣ କିଛି ଦିଶୁ ନାହିଁ ? କହି ପୁଣି ଥରେ ଗୋଡ଼ଠାରୁ ମୁଣ୍ଡଯାଏ ତନଖି ନେଲେ ।

– ବେଶୀ ଗୁଡ଼ାଏ ପିନ୍ଧିଲେ ଇଏ ଚିଡ଼ୁଛନ୍ତି । ଟିକିଏ ଲାଜ ଲାଜ ହୋଇ କାବେରୀ କହିଲା ।

– ଆଉ ! ମୋ ମହୀ ପୁଣି ଏ କଥା କହୁଚି ? ତୁ ଲଗେଇପକା ମ । କେଇଟା ଦିନର କଥା ଯେ... ଖଣ୍ଡେ ଶାଢ଼ୀ, ଦି'ଖଣ୍ଡ ଗହଣାରେ କ'ଣ ପୁରାଣ ଅଶୁଦ୍ଧ ହୋଇଯିବ ? ଜବାବକୁ ଅପେକ୍ଷା ନକରି ମହୀବୋଉ ଚାଲିଗଲେ । କାବେରୀ ଆଉ କିଛି ନ କହି ମନେ ମନେ ଭାବିଲା– ଅଃ, ଯୋଉ ଲୋକ ତ !

ଗାଁରୁ ଲୋକ ପହଞ୍ଚିଲେ – ସତେ ଯେମିତି ଦମକାଏ ଝଡ଼ି ପବନ ଖୋଲା ଦୁଆର ଦେଇ ଘର ଭିତରକୁ ପଶିଗଲା । ପିଲାମାନଙ୍କର କେଁ କଟର ପାଟି, ବଡ଼ମାନଙ୍କର ମହୀବୋଉଙ୍କୁ ସମ୍ଭାଷଣ, ଆଉ ତାରି ଭିତରେ ଭିକା ଉଦ୍ଦେଶ୍ୟରେ ମହୀବୋଉଙ୍କର ଚିକ୍କାର– ସବୁ ମିଶିଯାଇ ପୀତାମ୍ବରବାବୁଙ୍କୁ ବ୍ୟସ୍ତ କରିପକାଇଲା । ମହୀବୋଉଙ୍କ ଗୋଡ଼ ତଳେ ଲାଗୁ ନଥାଏ ।

ମହୀବୋଉଙ୍କୁ ଚାହିଁ ତାଙ୍କ ଭାଉଜ କହିଲେ– ପାର, ଏ ଛୁଆମାନଙ୍କ କଥା ଆଗ ଟିକିଏ ବୁଝିଦବଟି ।

– ହଁ ଦଉଛି ଦଉଛି... ଆଲୋ ହେ ମାୟା ସୁନାଟା ପରା । ଯିବୁଟି ମା ଆଗ ଏମାନଙ୍କୁ ଗଣ୍ଡାଏ ଖୁଆଇଦବୁ । ମହୀବୋଉ ମାୟାକୁ ଟିକିଏ କଅଁଳେଇ କହିଲେ ।

କଥା ଶୁଣିବାରେ ବାଧା ପଡ଼ିବାରୁ ବିରକ୍ତ ହୋଇ ମାୟା କହିଲା– ଏଇ, ଏଥର ଆରମ୍ଭ ହେଲା । କାଇଁକି, ତୁ ଭାଉଜ ବୋଉକୁ ଡାକ୍ ନୁ ?

– ତୁ ଆଜିକ ତାଙ୍କ ଖାଇବାଟା ବୁଝ୍ ନେ । ଭାଉଜ କ'ଣ ବୁଝିବ ନାହିଁ ?

ମହୀବୋଉଙ୍କ କଥାକୁ ଆଡ଼େଇ ନ ପାରି ଟିକିଏ କୁନ୍ଥେଇ ହୋଇ, ଦି'ଗୋଡ଼କୁ ଛାଟି ଛାଟି ମାୟା ପିଲାମାନଙ୍କୁ ନେଇ ଚାଲିଗଲା । ଘର ଭିତରେ ଦି'ଖଣ୍ଡ

ମସିଣା ବିଛେଇ ଦେଇ ମହାବୋଉ ଆସିଥିବା କୁଣିଆମାନଙ୍କୁ ବସିବାକୁ କହିଲେ। ବସୁ ବସୁ କ୍ରମେ ଜଣ ଜଣ ହୋଇ ଅଣ୍ଡା ସଲଖ୍‍ଥିବାର ବାହାନା କରି ଗଡ଼ି ପଡ଼ିଲେ।

ପାନ ଭାଙ୍ଗୁ ଭାଙ୍ଗୁ ଜଣକୁ ଚାହିଁ ମହାବୋଉ କହିଲେ- ଖୁଡ଼ୀ, ତମ ବୟସ ଆଉ ବଢ଼ିବ ନାହିଁ କି ? ତମେ ତ କ'ଣ ଜମା ବଦଳିନା... ଯେମିତି କୁ ସେମିତି।

ପାଟି ମେଲା କରି, କଳଦାନ୍ତରୁ ଗୋଟିଏ ବାଁ ହାତରେ ଦେଖେଇ, ମହାବୋଉଙ୍କୁ ଚାହିଁ ବିଦୁବୋଉ-ଖୁଡ଼ୀ ଜବାବ ଦେଲେ- ନାଇଁ ବା କଳଦାନ୍ତରୁ ପରା ଅଧା ପଡ଼ିଗଲାଣି., ହୋତି, ଏ ଦାନ୍ତଟା ବି ହଲୁଚି।

ପ୍ରକୃତରେ ମହାବୋଉ ଠିକ୍ କଥା କହିଥିଲେ। ବିଦୁବୋଉ ଖୁଡ଼ୀଙ୍କ ବୟସ ନୁଆଁଇ ପାରିନାହିଁ। ଦେଖିଲେ କେହି ତାଙ୍କୁ ସତୁରି ବର୍ଷ ବୟସ ବୋଲି କହିବ ନାହିଁ। କପାଳରେ ତିଳକର ଚିହ୍ନ, ବେକରେ ତୁଳସୀ ମାଳି, କାନରେ ତୁଳସୀମାଳିର ଫୁଲ। ଗୋଡ଼ ହାତ ଚାରିଆଡ଼େ ଚିତା କୁଟା ହେଇଛି। ପିଲାଦିନେ କେବେ ଥରେ ଠାକୁରାଣୀ ହୋଇଥିଲେ, ସେ ଚିହ୍ନ ଆଜିଯାଏ ଲିଭି ନାହିଁ। ତା'ରି ଭିତରେ ନାକର ବିଶେଷତ୍ୱ ସ୍ୱଷ୍ଟ ବୁଝାପଡ଼େ- ନାକର ଅଗଟା ଉପରକୁ ଉଠିଯାଇଛି। ଚାହିଁଦେଲେ ମନେ ହେବ ଯେମିତି ଅନ୍ୟର ଦୋଷ ଗୁଣ ହିଁ କେବଳ ଶୁଙ୍ଘି ବୁଲୁଛନ୍ତି।

ବିଦୁବୋଉ-ଖୁଡ଼ୀଙ୍କ ପାଖକୁ ଲାଗି ଶୋଇଛନ୍ତି ବଡ଼ ଭାଉଜ ମାଳ ଦେଇ। ବୟସ ପ୍ରାୟ ପଚାଶ ପାଖାପାଖି ହେବ। ଏ ବୟସରେ ମଧ ମୁହାଁର ୫ଲି ମରିନାହିଁ। ଗୋଡ଼ରୁ ମୁଣ୍ଡଯାଏ ଗହଣା। ଦେହରେ ଖଣ୍ଡେ ଛିଟ ଶାଢ଼ୀ। ଦିନଯାକ ଗାଡ଼ିର ଧକଡ଼ ଚକଡ଼ରେ ଆଖି ବୁଜିହୋଇ ଆସୁଛି।

ମହାବୋଉଙ୍କ ସାନ ଭାଉଜ ଇନ୍ଦୁମତୀ କଡ଼ପଟିଆ ହୋଇ ଦି'ହାତ ଜାଗା ମାଡ଼ି ବସି, ଅଳସ ଭାଙ୍ଗିବାରେ ବ୍ୟସ୍ତ। ବୟସ ତିରିଶ ପଇଁତିରିଶ ଭିତରେ। ଚଉଡ଼ାହାଟିଆ ମାଇପିଟାଏ। ଗହଣା ଲଦିହେଇ ସାକ୍ଷାତ କାଳୀ ଠାକୁରାଣୀଙ୍କ ପରି ଦିଶୁଥାନ୍ତି। ଦୋପଖା ଚୁଲ୍ଲିପରି ନାକରେ ଦୁଇଟା ମାଛି। ଓଠର ଦି'ସନ୍ଧିରୁ ପାନ ଛେପ ବୋହି ପଡୁଚି। କପାଳରେ ଥୋପାଏ ସିନ୍ଦୂର।

ଏ ତିନିଜଣଙ୍କୁ ଛାଡ଼ିଦେଲେ, ଆଉ ଜଣେ ମସିଣା ଉପରେ ବସିଛନ୍ତି-ସେ ହେଉଛନ୍ତି ଦମୟନ୍ତୀ। ଲେଖାରେ ମହାବୋଉଙ୍କ ଭଉଣୀ-ଘିଅଖିଆ କୁଟୁମ୍ବ। ବାହା ହେବାର ଅଛ କେଇଟା ବର୍ଷରେ ମୁଣ୍ଡରୁ ସିନ୍ଦୂର ଲିଭିଛି। ଅସୁନ୍ଦରୀ ହେଲେ ମଧ ସ୍ୱଭାବ ଖୁବ୍ ଥଣ୍ଡା। ସେଥିପାଇଁ ସମସ୍ତିଙ୍କ ପାଖରେ ତାଙ୍କର ଆଦର ବେଶୀ।

ମହାବୋଉ ଦମୟନ୍ତୀଙ୍କୁ ଚାହିଁ କହିଲେ... ଆଉ...ଦମ, ତୁ କାହିଁକି ଏମିତି ହେଇଗଲୁଣି ବା ?

– ଦିନକୁ ଦିନ ବୟସ ବଢୁଚି... ଆଉ କେମିତି ହୁଅନ୍ତି ? ଦମୟନ୍ତୀ ହସିଲେ ।

– ହଇଲୋ, ତୋର ସେ ରାହାବାଲୀ ଶାଶୁ ବୁଢ଼ୀ ବଞ୍ଚିଛିଟି ?
– ନାଇଁ ବା ସେ ପରା କୋଉ କାଳରୁ ମଲେଣି ।

ଦମୟନ୍ତୀଙ୍କ ଶାଶୁକଥା ପଡ଼ିବାରୁ ବିନ୍ଦୁବୋଉ-ଖୁଡ଼ୀ ପୁଣି ଚେଙ୍ଗା ହୋଇଗଲେ– ଆଲୋ ପାରିଆ, ତା ଶାଶୁ କଥା ଜାଣିନୁ କି ?... ସେ ବୁଢ଼ୀ ପରା ଦି'ବର୍ଷ କାଳ କତରା-ନଗା ହୋଇ ପଡ଼ିଲା । ଦମ ସେତେବେଳେ ଆମ ଗାଁରେ ଥିଲା ଯେ ବାତିନି ପଠେଇ ତାକୁ ଡକେଇ ନେଲା... ଜାଣିଲୁ ପାରିଆ ? ଦମ ତା'ର ଘୁଅମୂତ ସବୁ କଲା । ତେଣିକି ସେ ନିଆଁନାଗୀ ବୁଢ଼ୀ ଏଡ଼ିକି ହିଂସିକୀ ଲୋ ତା'ର ଯେତେକ ଗହଣାଗାଣ୍ଠି ସବୁଯାକ ପରା ରୁଣ୍ଠେଇ ପୁଣ୍ଠେଇ ଝିଅକୁ ଦେଇଦେଲା...

କଥାଟାକୁ ଏକରକମ ଭାଙ୍ଗି ଦେବାକୁ ଯାଇ ଦମୟନ୍ତୀ କହିଲେ– ହ, ସେ ଗହଣା ମୋର କ'ଣ ହେଇଥାନ୍ତା ? କୋଉ ନାଇଥାନ୍ତି ?... ଛାଡ଼ ସେ କଥା । ତା ପରେ ପରେ ବାଁ ହାତରେ ଥରେ ଲେଖାଁଏ ମାଲଦେଇ ଓ ଇନ୍ଦୁମତୀଙ୍କୁ ହଲେଇ ଦେଇ କହିଲେ– ହେ ଉଠ ମ, ବୋହୂକୁ ଦେଖିବା ନାଇଁ ? କଣ ସବୁ ଶୋଇଲଣି ବା ?

– "ଆଲୋ ସତେ ତ" କହି ମହୀବୋଉ ସେଇଠି ବସି ବୋହୂ ଉଦ୍ଦେଶ୍ୟରେ ଡାକ ଛାଡ଼ିଲେ । ମହୀବୋଉଙ୍କ କଥାରେ ବାଧାଦେଇ ମାଲଦେଇ କହିଲେ– ତାକୁ କାହିଁକି ଡାକୁଚ ? ଚାଲ ଆମେ ସେଇଠିକି ଯିବା ଯେ, ବୋହୂ ସାଙ୍ଗେ ସାଙ୍ଗେ ତା ଜିନିଷ ପତ୍ର ବି ଦେଖୁ ଆସିବା ।

– ମାଲ, ଜିନିଷ କୋଉ ପଳଉଚି ? ଆଗ ମଣିଷ ନା, ଆଗ ଜିନିଷ ? କହି ଇନ୍ଦୁମତୀ ମସିଣା ଛାଡ଼ି ଉଠିଲେ ।

କବାଟ ବାହାରେ ପାଦଶବ୍ଦ ଶୁଣି କାବେରୀ ଝଟକିନା ଯାଇ ଖଟ ଉପରେ ବସିପଡ଼ିଲା । ଜଣ ଜଣ କରି ଭିତରେ ପଶିଲେ ଆଉ କାବେରୀ ଜଣ ଜଣ କରି ସମସ୍ତଙ୍କୁ ମୁଣ୍ଡିଆ ମାରିଲା । ମାଲଦେଇ ଓଢ଼ଣା ଟେକି ବୋହୂ ମୁହଁ ଦେଖିସାରି ଅନ୍ୟମାନଙ୍କୁ ଚାହିଁ କହିଲେ– ଆଲୋ କେଡ଼େ ସୁନ୍ଦରିଆ ଟିଏ ମ । କଣ୍ଢେଇଟିଏ ଭଲି ଦୁଷୁଚି । ପାଟିରୁ କଥା ନସରୁଣୁ ଦଳକୟାକ ମାଡ଼ି ପଡ଼ିଲେ । ତେମେ ଏଥର ଉଠ...। ଆମେ ଟିକିଏ ଦେଖୁ ।

– ରହ ବା, ମୁଁ ଆଉ ଟିକିଏ ଦେଖେଁ ।

ମୁହଁ ଦେଖା ପାଲା ଚାଲିଥିବା ବେଳେ ବୋହୂକୁ ଖୁଣ୍ଟ ପରି ଠିଆ

ହୋଇଥିବାର ଦେଖ୍ ପଛଆଡୁ ଖୁଡ଼ୀ ମୁହଁ ମୋଡ଼ିଲେ- ଆଲୋ କେତେ ଦେଖୁଚ ବା ? ସେଇତ ଏକା ମଣିଷ... ଆମେ ଯେତେବେଳେ ବୋହୂ ହୋଇଥିଲୁ, ଷୋଳ ବର୍ଷୟାଏ ହାତେ ଓଢ଼ଣା ଟାଣି ନଈଁ ନଈଁ ବାଟ ଚାଲୁ ଥିଲୁ- ନୁହଁଲୋ ପାରିଆ ? କହି ଖୁଡ଼ୀ ନଥକିନା ଖଟ ଉପରେ ବସିପଡ଼ିଲେ। ବୋହୂ ଦେଖା ସେଠିକିରେ ରହିଲା। ପାଟିରୁ କଥା ଛଡ଼େଇ ନେଇ ମାଲଦେଈ କହିଲେ- ହଁ ବା, ଆମେ କ'ଣ ଦେଖିନୁ କି ? ବିଦୁକୁ ବାହା କଲାପରେ ଯାଇଁ ତେମେ ସଲଖ୍ ବାଟ ଚାଲିଲ। ଆମ ବେଳ କଥା ନିଆରା ଥିଲା।

"ଘରେ ନ ପଶୁଣୁ ମୁଣ୍ଡରେ ଚାଲ ବାଜିଲାଣି"- କାବେରୀ ମନେ ମନେ ପ୍ରମାଦ ଗଣିଲା। ତାକୁ ଦେଖେଇ ଯେ ଏତେ କଥା କୁହା ହେଉଛି ବୁଝିପାରି ସେ ଟିକିଏ ନଈଁପଡ଼ିଲା। ସେତକ ଦମୟନ୍ତୀ ଲକ୍ଷ୍ୟ କଲେ। ବିଦୁବୋଉ ଖୁଡ଼ୀଙ୍କର ଚାହୁଲି କଥାଗୁଡ଼ାକ ଦମୟନ୍ତୀଙ୍କ ମନରେ ନିଜର ଅତୀତକୁ ଆଣି ଛିଡ଼ା କରାଇଲା। ଅନେକ ଦିନର କଥା ହୋଇଗଲାଣି... ତଥାପି ମନେହୁଏ, ଏଇ ଯେମିତି କାଲି ଘଟିଛି। ବୋହୂ ପଣିଆର ଦିନ ତାଙ୍କର ସରିଛି। କିନ୍ତୁ ଆଜି ତାଙ୍କର ଇଚ୍ଛା ହେଲା ମନର ଜମାଟ ବନ୍ଧା ଅଭିମାନଗୁଡ଼ାକ ଗାଳି ପକେଇବାକୁ। କାବେରୀକୁ ଟିକିଏ ସଲଖ୍ ଦେଇ କହିଲେ- କାଇଁକି ଏତେ ନଉଁରୁ ବା ? କିଏ ଅଛି ଏଠି ? ଅଣ୍ଠାପିଠି ନାଗିଯିବ...

ଦମୟନ୍ତୀଙ୍କ କଥାକୁ ଚପେଇ ଦେଇ ଖୁଡ଼ୀଙ୍କର ପାଟି ଶୁଭିଲା- ଆଗୋ ଦୁନିଆ ଯାକର ବୋହୂ ଭୂଆଁସୁଣୀ ଏମିତି ନୁଅଁନ୍ତି ନା ଏଇ ଏକା ନଈଁଲେ ? ତମରି ଅଣ୍ଠାପିଠି ନାଗିଯାଉଥିବ କହ।

ଏତେବେଳୟାଏ ମୁହଁ ଫିଟେଇ ପଦେ ନ କହିଲେ ବି ପ୍ରତ୍ୟେକଟି କଥା ଯାଇ ମହୀବୋଉଙ୍କ ଛାତିରେ ବାଜୁଥିଲା। କଥାର ମୋଡ଼ ଘୁରାଇବାକୁ ସେ ଅନ୍ୟମାନଙ୍କ ହାତ ଟାଣିଆଣି ଖଟରେ ବସେଇବାକୁ ଚେଷ୍ଟା କଲେ... ବସ ବା, କେତେବେଳେ ଆଉ ଠିଆଟା ହେଇ ରହିବ ?

– ହ, ଆମେ କୋଉ କୁଣିଆ ହେଇଚୁ ? ଗୋଟି ଗୋଟି ହୋଇ ସମସ୍ତେ ଖଟ ଉପରେ ଚଢ଼ି ବସିଲେ। ବୋହୂକୁ ସେମିତି ଠିଆ ହୋଇଥିବାର ଦେଖ୍ ଦମୟନ୍ତୀ ତା ହାତକୁ ଭିଡ଼ିଆଣି ଜୋର କରି ଖଟ ଉପରେ ବସେଇ ଦେଇ କହିଲେ – ସଭିଁଏ ତ ବସିଲେଣି, ତୁ ଏକଲା କାହିଁକି ଠିଆହେବୁ ? କାବେରୀକୁ ବସିବାର ଦେଖ୍ ଖୁଡ଼ୀ ମାଲଦେଈଙ୍କୁ ଚାହିଁ ଚାହିଁ ମୋଡ଼ି କହିଲେ- ଏ କେତେ ଅଭାଣ୍ଡୁଆ କଥା କହୁଚ ଗୋ ଦମା। ଆମେ ନ ହେଲୁ ନାଈଁ, ତା ଶାଶୁଟା ତ ପୁଣି ଏଠି ବସିଚି। ବୋହୂଟାକୁ କେମିତି ପୁଣି ଏଠି ଏକା ଆସନରେ ବସିବାକୁ କହୁଚ ?

ତର ତର ହୋଇ କାବେରୀ ବସିଥିବା ଜାଗାରୁ ଉଠିପଡ଼ିଲା। ମାଲ ଦେଖ କହିଲେ– ହ, ବସିବାରେ କ'ଣ ଅଛି ? ଭିତରେ ଭକ୍ତି ଥିଲେ ହେଲା–

–ଭଲ କଥା ତ ଶିଖଉଚୁ ? ଭିତର ଭକ୍ତି ଫେରେ ସେଇ କାମରୁ ତ ଜଣାପଡ଼େ ?

ଏତିକିବେଳେ ଛୁଆମାନଙ୍କ କିଚିରି ମିଚିରି ଭିତରେ ମାୟା ଆସି ସେଠି ପହଞ୍ଚିଲା। ଗାଁ ମାଇପଙ୍କ ଭିତରେ ଗପ ପଡ଼ିଚି। ଆଖି ପଡ଼ିଗଲା କାବେରୀ ଉପରେ– କିହୋ ଭାଉଜ'ଉ ତମକୁ ଏ ଦଣ୍ଡ କିଏ ଦେଇଚି ? କିହୋ, ଠିଆଟା ହେଇଚ କାହିଁକି ?

– ତମ ପାଠରେ କଣ କହିଚି ? ମାନିଆଁ ଲୋକ ଥିଲେ ଠିଆ ହବା କଥା କି ନୁହେଁ ?

– ଆମ ପାଠରେ କିଛି କହି ନାହିଁ... ଏଠି ମାନିଆଁ ଲୋକ କିଏ ଅଛି ମୁଁ ତ ଦେଖିପାରୁ ନାହିଁ।

– ଅଇଛୁଣିକା ସିନା ଦେଖିପାରୁନୁ, ବଲେ ଦିନେ ଦେଖିବୁ ଯେ ! ଏଇଠୁ ଶିଖିଥା– କହି ଖୁଡ଼ୀ ସମସ୍ତଙ୍କ ମୁହଁ ଉପରେ ଥରେ ଆଖି ବୁଲେଇ ନେଲେ।

ଟିକିଏ ହସିନେଇ ମାୟା କହିଲା–ବିଦୁବୋଉ ମା, ତମେ ପରା ତମ ବୋହୂବେଳେ ଶାଶୁଠୁ ଗୋଇଠା ଖାଇ ତାକୁ ନେଉଟ ଖଡ଼ୁମୁସା ଦି'ଟା ଦେଇଥିଲ ? ସେତକ କ'ଣ ଭୁଲିଗଲଣି ? ସେତେବେଳେ ଏ ମାଁ-ଈଁ-ନଁ ଗୁଡ଼ାକ ତମର କୋଉଠି ଥିଲା ? ପରକୁ ଖାଲି କହି ଜାଣିଚ।

ବୋହୂ ଆଗରେ ଏ ଅପମାନ ପାଇ ଖୁଡ଼ୀଙ୍କ ମୁହଁ ଆମ୍ଳିଆ ହୋଇଗଲା। ବକତେ ବୋଲି ଛୁଆ... ମୁହଁ ହଲେଇ ହଲେଇ ତାଙ୍କୁ ଏତେ କଥା ଶୁଣେଇ ଦେଲା। ଚିଡ଼ିଉଠି ଖୁଡ଼ୀ ଜବାବ ଦେଲେ– ମିଲା ଜୀବନକୁ ଆଞ୍ଚ ଆସିଲେ କିଏ ନ କରିବ ? ଛାର ପିମ୍ପୁଡ଼ିଟାର ତ ରାଗ ଅଛି... ଆଉ ମଣିଷ ହୋଇ କାହାର ରାଗ ନାହିଁ ? ମାଡ଼ ଖାଇ ଖାଇ ହାଡ଼ ଗୋଡ଼ ଭାଙ୍ଗିଲାରୁ ପାହାରେ ଦେଇଥିଲି– ହଉ, ତୁ କେତେ ସହିବୁ ଦେଖିବା ନାହିଁ କି ?

ହସି ହସି ମାୟା କହିଲା– ସେହି ପାହାରକ ଖାଇ ତ' ତମ ଶାଶୁ ପନ୍ଦର ଦିନ ପରେ ଯମପୁର ଦେଖିଲେ... ଆଉ–

ମହୀବୋଉ ଜିଭ କାମୁଡ଼ିଲେ। ଟୋକୀଟା କହିଦେଇ ଯାଉଚି– ପାଟିରେ ବାଟୁଲି ବାଜୁନାହିଁ। ଖୁଡ଼ୀ ଆଉ ବସି ପାରିଲେ ନାହିଁ, ଅଭ୍ୟାସବଶତଃ ଅଣ୍ଟାରେ ଲୁଗାଟା ଭିଡ଼ିଦେଇ ଝଟେ କିନା ଉଠି ପଡ଼ିଲେ। କଣ୍ଠ କହିବାକୁ ପାଟିଟା ଟିକିଏ ଖଲଖଲ ହେଲା, କିନ୍ତୁ ସେତକ ଅତି କଷ୍ଟରେ ରୋକି ନେଲେ। ଗାଁ ହୋଇଥିଲେ

ଏତେ ବେଳକୁ କହିବା ଲୋକକୁ ଝୁଣିଦେଇ ସାରନ୍ତେଣି, କିନ୍ତୁ ଏଠି କିଛି କରିନପାରି କେବଳ ମହୀବୋଉଙ୍କ ମୁହଁକୁ ଥରେ ରାଗରେ ଚାହିଁଲେ- ଏଇ ସବୁ ବଖାଣିଚି। ନଇଲେ ଏସବୁ କଥା ପିଲାଟା ଜାଣନ୍ତା କେମିତି ? ରାଗ ଆଉ ଅପମାନରେ ମୁହଁଟୀ ଜଳିଗଲା ପରି ଲାଗିଲା। ଖୁଡ଼ୀଙ୍କର ଏପରି ଅସ୍ତବ୍ୟସ୍ତ ଭାବ ଦେଖ ଦୁଃଖ କରି ମହୀବୋଉ କହିଲେ,- ତା କଥା ଆଉ କ'ଣ କହିବି ଖୁଡ଼ୀ! ସେ ମତେ ବଡ଼ ଦହଗଞ୍ଜ କଲାଣି... ଚାଲ ଆମେ ଆଉଠାଏ ବସିବା।

ଅଣ୍ଠା ସଲଖ୍ ବିଦୁବୋଉ ଖୁଡ଼ୀ କହିଲେ, – ଏଇଟାକୁ କିଏ ପାରିଆର ଝିଅ ବୋଲି କହିବ ମ ? ମା, ମାଉସୀ ଯାହା କହନ୍ତି ଭଲ ପେଇଁ କହନ୍ତି ସିନା? ଆଉ ଆମର ଇଏ ଅଣ୍ଠାରେ ନୁଗା ଭିଡ଼ି କଲି କରିବାକୁ ବାହାରି ପଡ଼ୁଚି।

ମରଦଙ୍କ ଭଳି ଗୋଡ଼ ଉପରେ ଗୋଡ଼ ପକେଇ ହଲେଇ ହଲେଇ ମାୟା କହିଲା- "ତମେ ମୋ ପାଇଁ ଏଇକ୍ଷଣି ଅଣ୍ଠାରେ ଲୁଗା ଭିଡ଼ିଥିଲ ଯେ, ହେଲେ ଡରରେ କିଛି ପାଟିରେ ନେଉଟିଲା ନାହିଁ– ନୁହେଁ ବିଦୁବୋଉ-ମା ? ତମରି ଭଳିଆ ତମର ଗୋଟିଏ ବୋହୁ ଥାନ୍ତା କି ତମେ ଥଣ୍ଡା ହେଇ ସାରନ୍ତେଣି" କହି ମାୟା ନିଜେ କାବେରୀର ହାତ ଭିଡ଼ିଆଣି ବସେଇ ଦେଲା।

ମାନ୍ୟ ଲୋକମାନେ ଠିଆ ହୋଇଥିବା ବେଳେ ବୋହୂକୁ ବସିବାର ଦେଖ ଜଣ ଜଣ ହୋଇ ସମସ୍ତେ ବାହାରିଗଲେ। ଯାଉ ଯାଉ ଖୁଡ଼ୀ ମୁହଁ ମୋଡ଼ିଦେଇ କହିଲେ- ଏ ଉପରମୁହାଁ କି କିଏ ବୋହୂ କରିବ ଲୋ ମା। ମୁହଁ ଖଣ୍ଡେ ତ ପାଇଚି!

ବାହା ହୋଇ ଆସିବାର ପ୍ରାୟ ଆଠ ମାସ ହୋଇଗଲାଣି। ଆଜିପରି କାବେରୀ ଦିନେ ହେଲେ ମାୟାକୁ ଏତେ ଭଲ ପାଇପାରି ନଥିଲା। ଶାଶୁଘର ଲୋକଙ୍କ ଭିତରେ ଯଦି କାହାଠାରୁ ସେ ଦୂରେଇ ରହିବାକୁ ଇଚ୍ଛା କରୁଥିଲା ତେବେ ସେ ହେଉଛି ଏ ମୁହଁଖୋର ମାୟା। ଯେଉଁ ଧରଣର କଥା ଶୁଣିଲେ କାବେରୀର ହାଡ଼ ଶୁଳେଇ ହୁଏ, ଆଜି ସେହି ଧରଣର କଥା ତା ମନରେ ଆଶ୍ୱାସନା ଢାଳି ଦେଇଗଲା। ଯେଉଁ ଶାଶୁଙ୍କୁ ସେ ମନ ଭିତରେ ଏତେ ଭକ୍ତି କରୁଥିଲା ସେ ବି ପଦେ କିଛି କହିଲେ ନାହିଁ। ଅଭିମାନ ହେଲା ନିଜର ସ୍ୱାମୀ ଉପରେ। ତାଙ୍କୁ ଏତେ କରି କହିଥିଲା ଏମାନେ ଆସିଲା ବେଳେ ଟିକିଏ ପାଖରେ ରହିବାକୁ। କିନ୍ତୁ ସେ ହସି ଉଡ଼େଇଦେଇ କହିଲେ, "ବୋଉ ତ ଅଛି। ସବୁ ସେ ତୁଲେଇ ନବ" ମା ଉପରେ ତାଙ୍କର ଅତି ବେଶୀ ବିଶ୍ୱାସ।

କାବେରୀକୁ ଚୁପ୍‌ହୋଇ ବସି ରହିବାର ଦେଖି ମାୟା ପଚାରିଲା– ତୁମକୁ ଦେଖି କ'ଣ ସବୁ ଦେଲେ ?

କିଛି ଜବାବ ନ ଦେଇ କାବେରୀ ଚାରୋଟି ରୁପା ଟଙ୍କା, ଗୋଟିଏ ମୁଦି ଓ ଗୋଟିଏ ହାର ମାୟା ଆଗରେ ରଖିଦେଲା । ଗହଣା ଦେଖିନେଇ ମାୟା ଭାଉଜ ମୁହଁକୁ ଚାହିଁଲା ।

– ଆରେ ତମେ କାନ୍ଦୁଛ ? ହ'ମ, ସେମାନଙ୍କ କଥାକୁ କାହିଁକି ଖାତିର କରୁଚ ? ସେମାନେ କ'ଣ ଜାଣନ୍ତି ? ଦେଖୁନା, ମୁଁ କଣ ଦୁଃଖ କରୁଚି ? ବୁଲ, ଡିଅଁ, ଖେଳ– ମାୟା ଆଉ କ'ଣ କହିବାକୁ ଯାଉଥିଲା, ପୀତାମ୍ବରବାବୁଙ୍କ ଡାକ କାନରେ ବାଜିବାରୁ ଉଠିଗଲା ।

ଘର ଭିତରେ ଆଉ କେହି ନାହାନ୍ତି । ଗୋଡ଼କୁ ତଳକୁ ଝୁଲାଇ ଗାଲରେ ହାତ ଦେଇ କାବେରୀ ସନ୍ଧ୍ୟାବେଳେ ଘଟିଥିବା ଘଟଣାକୁ ପୁଣି ମନେ ପକାଉଥିଲା । ନିଜ ମୂର୍ଖାମି ପାଇଁ ତା ମନରେ ଅନୁତାପ ଆସିଲା । ଶାଶୁଘର ଅନୁଭୂତି ପ୍ରଥମ କରି ସେ ଏଇଠି ପାଇଲା । ମୁଣ୍ଡଟା ବିନ୍ଧୁଚି । ଗଡ଼ପଡ଼ ହେଲେ ଟିକିଏ ଭଲ ଲାଗିବ ମନେକରି କାବେରୀ ଶୋଇବାକୁ ଯାଇ ଦେଖିଲା ବାସି ଚାଦର ଉପରେ ମଇଳାଗୋଡ଼ର ଦାଗ । ଠାଏ ଠାଏ ପାନଛେପ । ବୋଧହୁଏ ସେ ବୁଢ଼ୀଟା କଥା କହିଲାବେଲେ ଗଡ଼ି ପଡ଼ିଚି । ନାକ ଟେକି କାବେରୀ ଚାଦରକୁ ଟାଣିଆଣି ତଳେ ପକେଇଦେଲା ।

ମନର ବିରକ୍ତି ମନରେ ରଖି କାବେରୀ କୁନାକୁ ଡାକିଲା । କୁନାକୁ ନ ପାଇ ପଟୁକୁ ସେ ବାଟ ଦେଇ ଯାଉଥିବାର ଦେଖି କହିଲା– ପଟୁ, ଟିକିଏ କୁନାକୁ ଡାକି ଦିଅନ୍ତ ?

କିଛିବେଳ ପରେ କୁନା ଆସିବାରୁ କାବେରୀ ଚାରିଆଡ଼କୁ ଟିକିଏ ଚାହିଁଦେଇ, ତାକୁ ପାଖକୁ ଡାକି କହିଲା–କୁଣିଆମାନେ କୋଉଠି ଅଛନ୍ତି କିରେ ?

ଖଣ୍ଡେ ଦୂରରେ ହାତ ଦେଖେଇ କୁନା କହିଲା ହେ–ଇ ସିଆଡ଼େ ବସି ଗପ କରୁଛନ୍ତି ।

– ହଉ ତୁ ଯା ସେଇଠି ଖେଳୁଥିବୁ । ସେମାନେ ମୋ କଥା ଯାହା କହିବେ ସବୁ ଶୁଣି ମତେ କହିବୁ ।

ବାହାରେ କାହାର ପାଦଶବ୍ଦ । କାବେରୀ କାନ ଡେରିଲା । ବୋଧହୁଏ ମୋହନ ଆସୁଛି । ଘର ଭିତରେ ପଶି କାବେରୀକୁ ରାଗରେ ଫଁ, ଫଁ ହେଉଥିବାର ଦେଖି ମୋହନ ପଚାରିଲା– କ'ଣ ହେଇଚି ? କାହିଁକି ଏମିତି ରାଗିଛ ? କିଏ କ'ଣ କହିଲା କି ?

– ଇସ୍‌, ବଡ଼ ଉପକାରିଆ ନା, ପଚାରି ବସିଲେ । ରାଗରେ କାବେରୀ ଉତ୍ତର ଦେଲା ।

– ମୋ ଉପରେ ରାଗୁଛ କାହିଁକି ? ଲୁଗା ପାଲଟୁ ପାଲଟୁ ମୋହନ କହିଲା । ହଠାତ୍ ଗୋଡ଼ରେ କ'ଣ ଲାଗିଯିବାରୁ ମୋହନ ତଳକୁ ଚାହିଁ ଦେଖିଲା– ପାନ୍‌ଛେପ । ଖଣ୍ଡେ ଦୂରକୁ ଘୁଞ୍ଚିଯାଇ ଟିକିଏ ବିଗିଡ଼ିଯାଇ କହିଲା– ଇସ୍ ଏଗୁଡ଼ାକ କ'ଣ ? କିଏ ଏମିତି କରିଚି ?

କାବେରୀ ଖଟରୁ ଓହ୍ଲାଇ ଆସି ଦେଖିଲା ପଲଙ୍କ ପାଖରୁ ଛେପ ଗଡ଼ି ଆସିଚି । ଏଥର ସେ ଆହୁରି ରାଗିଯାଇ କହିଲା– ଏ ଘରକୁ ତମେ ଧୁଅ, ମୁଁ ଧୋଇ ପାରିବି ନାହିଁ ।

– କିଏ ପକେଇଚି ? ବିରକ୍ତିରେ କପାଳ କୁଞ୍ଚେଇ ମୋହନ ପଚାରିଲା ।

– ଚାରି ପାଞ୍ଚ ଜଣ ତ ଆସିଥିଲେ । କିଏ ପକେଇଚି ମୁଁ କେମିତି ଜାଣିଲି ? ସେଇ କାଳିଆ ହେଇକରି ଯାହାଙ୍କ ବଡ଼ ବଡ଼ ଦାନ୍ତ ଅଛି, ସେଇତ ଏଠି ବସିଥିଲେ ।

– ଓ, ଇନ୍ଦୁ ମାଈଁ । ଏଇଟାକୁ ଗାଁ ଘର ବୋଲି ମନେ କରିଛନ୍ତି ପରା ? ଆଛା ମୁଁ ଦେଖୁଚି ।

– ବାସି ଚାଦରଟା କାଢ଼ିଥିଲି । ସେଇଟା ବି ନଷ୍ଟ ହେଲା ।

– ତମେ କଣ ଜାଣି ନଥିଲ ? ଏ ଜଙ୍ଗଲି ଗୁଡ଼ାଙ୍କ ପାଇଁ କାହିଁକି କାଉଥିଲ ?

ମୋହନର ଚିତ୍କାର ଶୁଣି ପିତାମ୍ବରବାବୁ ଆସି ସବୁ କଥା ବୁଝିଲେ । ଚାଲାବେଲେ କହିଗଲେ– କାହିଁକି ସେଗୁଡ଼ାଙ୍କୁ ଆଣି ଏଠି ପୁରାଅ ? ସେମାନଙ୍କ ସ୍ୱଭାବ ସେଇୟା– ବିଦୁବୋଉ ଖୁଡ଼ାଙ୍କର ଚାଁଆସା କଥାଗୁଡ଼ାକ ରାତିୟାକ କାବେରୀ ମନକୁ ଫୋଡ଼ିବାରେ ଲାଗିଲା । କାନରେ ମୋହନର ଘୁଙ୍ଗୁଡ଼ି ଶବ୍ଦ ବାଜୁଛି, କିନ୍ତୁ କାବେରୀ ଆଖିରେ ନିଦ ନାହିଁ । ମନଟା ହାଲୁକା କରିବାକୁ ଯେତେ ଚେଷ୍ଟା କଲେ ବି ସେଇ ଗତ କଥା ଗୁଡ଼ାକ ମନଟାକୁ ପୁଣି ଦବେଇ ଦଉଛି । ଆଖି ବୁଜିଲେ ବି ସେଇ ବୁଢ଼ୀଟାର ମୁହଁ ଦିଶୁଛି । ଏମିତି ଭାବୁ ଭାବୁ କେତେବେଲେ କାବେରୀର ଆଖି ବୁଜିହୋଇ ଯାଇଛି, ସେ ଜାଣେ ନାହିଁ । ରାତିରେ କେତେଥର ନିଦ ଭାଙ୍ଗିଚି–ଆଖି ଆଗରେ ସେଇ ବୁଢ଼ୀର ମୁହଁ । ସବୁବେଲେ ଯେମିତି ତା'ର ପିଛା ଧରିବାକୁ ପଣ କରିଚି ।

ରାତି ପାହିଲା । ଆଗଦିନ ରାତିରୁ ଶିଖାଶିଖି ହେଲାପରି ପିଲାଗୁଡ଼ାକ କେତେବେଲୁ ଉଠି ବାହାରେ ଆସି ଖେଲିବା ପାଇଁ ଛଟପଟ ହେଉଛନ୍ତି । ଯିଏ ଯାହାର ନୂଆ ଜିନିଷ ସାଙ୍ଗମାନଙ୍କୁ ଦେଖେଇ ସାରିଲେଣି । ଏତିକିବେଲେ ବଡ଼ ମଣିଷଙ୍କ ଭିତରୁ ଜଣେ ଦି'ଜଣ କବାଟ ଖୋଲି ପଦାକୁ ଯିବାକୁ ବାହାରିଲେ । କବାଟ ଖୋଲୁ ଖୋଲୁ ଛୁଆଗୁଡ଼ାକ କିଲିବିଲା ହୋଇ ବାହାରକୁ ଆସିଲେ । ସେଇ ପାଟିରେ ପାଖ ବଖାରାରୁ କାବେରୀର ନିଦ ଭାଙ୍ଗିଗଲା । ନିଦ ଭାଙ୍ଗିବା ମାତ୍ରେ ବିଦୁବୋଉଙ୍କ ମୁହଁ

ମନେପଡ଼ି ମନଟା ତା'ର ପୁଣି ଦବିଗଲା । ଦେହ ଓ ମନରୁ ଅଳସ ଛାଡ଼ି ନାହିଁ । ଭିଡ଼ିମୋଡ଼ି ହୋଇ କାବେରୀ ଆଉ ଟିକିଏ ଆଖି ବୁଜିବାକୁ ଯାଉଥିଲା, ଏତିକିବେଳେ ବାହାରେ ଦମୟନ୍ତୀଙ୍କର ପାଟି ଶୁଭିଲା- ଆଲୋ ଦେଖ ବା... ପହରେ ବେଳ ଆସିହେଲାଣି... ଗାଁ ହୋଇଥିଲେ ଏତେବେଳକୁ ଅଧାପାଇଟି ସରନ୍ତାଣି...

କଥାଗୁଡ଼ାକ କାନରେ ବାଜିବାମାତ୍ରେ ଜିଭ କାମୁଡ଼ି କାବେରୀ ଉଠିପଡ଼ିଲା । କବାଟ ଫାଙ୍କରେ ଚାହିଁ ଦେଖିଲା ଜଣ ଜଣ କରି ତଳକୁ ଓହ୍ଲାଉଛନ୍ତି । ବିଛଣାଉଠା ପଛକୁ ରଖି ନିଜର ଲୁଗାପଟା ଧରି କାବେରୀ ତର ତର ହୋଇ ଗାଧୋଇବାକୁ ବାହାରିଗଲା ।

ଦିନୟାକ କାବେରୀକୁ ବଡ଼ ଜଗି ଜଗି ଚଳିବାକୁ ହେଲା ।

କେବଳ ବିଦୁବୋଉଙ୍କ ଡରରେ ଯେଉଁଠି ବସିଲେ ମଧ୍ୟ ସେ କିଛି ନା କିଛି କାମରେ ହାତ ଦେଉଥାଏ ।

ବେଳ ଗଡ଼ି ଗଡ଼ି ଆସି ଦି'ପହର ହେଲାଣି । ସମସ୍ତଙ୍କର ଖିଆପିଆ ସରିଲାଣି । ପିଲାଏ ଘରେ ନାହାନ୍ତି । ମହୀବୋଉଙ୍କ ଶୋଇବା ବଖରାରେ ମସିଣା ପଡ଼ି ପାନଡାଲା ମେଲା ହୋଇଛି ଆଉ କୁଣିଆମାନେ ତାକୁ ଘେରି ବସି ପାନ ଖାଉ ଖାଉ କେତେ କଥା ମେଲି ଦେଇଛନ୍ତି । ଏତିକିବେଳେ କାବେରୀ ହାତରେ ଖଣ୍ଡେ ମସିଣା ଓ ଗୋଟିଏ ତକିଆ ଧରି ଆସି ପହଞ୍ଚିଲା । ବୋହୂକୁ ମସିଣା ପାରିବାର ଦେଖି ମହୀବୋଉ ପଚାରିଲେ- କ'ଣ କରିବୁ କି ?

ଟିକିଏ ମୋଡ଼ି ଦିଅନ୍ତି । ଲାଜ ଲାଜ ହୋଇ ବୁଢ଼ୀ ଆଡ଼କୁ କଣେଇ ଚାହିଁ କାବେରୀ କହିଲା ।

ତା କଥା ଶୁଣି ମହୀବୋଉଙ୍କ ମୁହଁ ପ୍ରସନ୍ନ ହୋଇଉଠିଲା । ନୂଆ ନୂଆ ଆସିଲାବେଳେ ଏଇ ବୋହୂ ତାଙ୍କୁ କେତେ ଘଷି ଦେଇଛି । ତା ମୁହଁରୁ ଆଜି ପୁଣି ସେଇ ପୁରୁଣା କଥା ଶୁଣି ତାଙ୍କ ମନ ଖୁସି ହୋଇଗଲା । ସେ ହସି ହସି ବଡ଼ ଭାଉଜ ମାଲଦେଇଙ୍କ ମୁହଁକୁ ଚାହିଁଲେ । ଅର୍ଥାତ୍ ତାଙ୍କ ବୋହୂ ଏତେ ପାଠୋଇ ହୋଇକରି ମଧ କେମିତି ଘଷିବାକୁ ଆସିଛି ଦେଖ । କିନ୍ତୁ ସେମାନଙ୍କ ମୁହଁରେ କାଣିଚାଏ ହେଲେ ପରିବର୍ତନ ଦେଖିଲେ ନାହିଁ । ଯେମିତି ଏଇଟା ଗୋଟାଏ ଅତି ସାଧାରଣ କଥା । ଘରକୁ ବୋହୂ ଆସିଲେ ବଡ଼ମାନଙ୍କୁ ଘଷିବାକୁ ବାଧ- ସୁବିଧା ଥାଉ କି ନ ଥାଉ । ମହୀବୋଉଙ୍କର ହସର ଜବାବ ଦେଲେ ଦମୟନ୍ତୀ ।

- ତୁ କେତେ ତପ କରିଥିଲୁ ଲୋ ପାରଅପା! ଏମିତି ଗୁଣ ବୋହୂଟିଏ ପାଇଲୁ ଯେ କୋଉଥିରେ ଖୁସି ହବ ନାହିଁ । ... ରୂପରେ ନୁହେଁ କି ଗୁଣରେ ନୁହେଁ

ଦମୟନ୍ତୀଙ୍କର କଥା ଶୁଣି ସାନ ଭାଉଜ ଇନ୍ଦୁମତୀ ହସିଦେଇ ଚାହିଁଲେ ବିଦୁବୋଉ ଖୁଡ଼ୀଙ୍କ ମୁହଁକୁ। ସେ ହସ ଦୁଇ ଆଡ଼କୁ ପାଇଲା। ବିଦୁବୋଉ- ଖୁଡ଼ୀ କିନ୍ତୁ ନିର୍ବିକାର।

ବୟସ ଅନୁସାରେ ମହାବୋଉ ଆଗେ ଖୁଡ଼ୀଙ୍କୁ ଘଷିବାକୁ କହିଲେ। ମୁଣ୍ଡରେ ଓଢ଼ଣା ଆଉ ଟିକିଏ ଟାଣିଦେଇ, ମନର ବିରକ୍ତି ଓଢ଼ଣା ତଳେ ଛପେଇ କାବେରୀ ଘଷିବାକୁ ବସିଲା।

ଦୁଇ ଚାରି ଭାରି ଘଷା ଖାଇଲା ପରେ ମହାବୋଉଙ୍କୁ ଅନୁଗୃହୀତ କଲାପରି ବିଦୁବୋଉ କହିଲେ- ବଡ଼ କଅଁଳ ହାତ... ବଡ଼ ସୁନ୍ଦର ମୁଠି ମୁଠି ଘଷା...

ଖରା ଧୀରେ ଧୀରେ ଗୁଣ୍ଠିଯାଉଛି। ବିଦୁବୋଉ ଘଷାର ଆରାମରେ ଗପ ସୁଖରେ ଭାସି ଯାଉଛନ୍ତି। ବେଲେବେଲେ ବୋହୂର ମୁହଁରେ ପ୍ରସନ୍ନତା ଫୁଟି ଉଠୁଚି। ମଝିରେ ହଠାତ୍‍ ଗପ ବନ୍ଦ ରଖି କାବେରୀ ମୁହଁକୁ ଚାହିଁ କହିଲେ- ଆଲୋ ମାଲ, ମତେ କେମିତି ୟା ମୁହଁ ଆମ ଗାଁ ଧରମା ମାଇପ ମୁହଁପରି ଦୁଶିଯାଉଚି-ନୁହଁ?

ମହାବୋଉଙ୍କ ମୁହଁକୁ ଚାହିଁ ମାଲଦେଇ ଖାଲି ହସିଲେ। ଦମୟନ୍ତୀ ଆଗ ବଲିପଡ଼ିଲେ କହିଲେ- ଖୁଡ଼ୀଙ୍କର ଯୋଉ କଥା? କାହା ସାଙ୍ଗରେ କାହାକୁ ନେଇ ତୁଲନା କରୁଛନ୍ତି ଦେଖ!

ଇନ୍ଦୁମତୀ କହିଲେ ନାଇଁ... ଧରମା ମାଇପ ବର୍ଷ ଟିକିଏ ନିରସା ୟିବ...।

ବୋହି ପଡୁଥିବା ପାନ ଛେପକୁ ହାତରେ ନେଇ ଦେଇ ବିଦୁବୋଉ କହିଲେ -ହଁ, ସେଇ ଉଣେଇଶ ବିଶ... ନଇଲେ ଏକା ଗଢ଼ଣ।

ମହାବୋଉ ଆଉ ଚୁପ୍‍ ହୋଇ ରହିପାରିଲେ ନାହିଁ। ପଚାରିଲେ - କେଉ ଧରମା ବା?

- ଆଲୋ ପରମାର ପୁଅ ବା... ତା'ରି କନିଆ ଭାରିଜା... ତୁ ତାକୁ ଦେଖ୍‍ନୁ।

ମହାବୋଉ ଗମ୍ଭୀର ହୋଇଗଲେ- ସମସ୍ତଙ୍କ ସାଙ୍ଗରେ ମିଶି ମିଶି ଏମାନେ ଛୋଟ ନଜରିଆ ହୋଇଗଲେଣି... ଭଦ୍ରାମି ଜାଣନ୍ତି ନାହିଁ... ଗୋଟାଏ ମୂଲିଆ ମାଇପ ସାଙ୍ଗରେ ତାଙ୍କର ବି.ଏ. ପାସ୍‍ କଲା ବୋହୂକୁ ସମାନ କରି ଥୋଇ ଦେଉଛନ୍ତି। ମହାବୋଉଙ୍କ ଓ ଟିକିଏ ଚିପି ହୋଇଗଲା। ସେତକ ବିଦୁବୋଉ ଲକ୍ଷ୍ୟ କରି ସାଙ୍ଗେ ସାଙ୍ଗେ କଥାର ମୋଡ଼ ଘୁରେଇ ଦେଲେ- ସେଇ ରୂପକୁ ଟିକିଏ ପାଇଚି ବୋଲି ତ, ତାର ଏତେ କଥା... ଆଲୋ ସେଇଟା ଧରମାକୁ ଯୋଉ ହିନସ୍ତା କରୁଚି, ଦେଖ୍‍ଲେ ପରା ଆଖି ବୁଜି ହୋଇଯିବ...

କଥାରେ ବାଧାଦେଇ ମାଲଦେଇ କହିଲେ- ସତରେ ମ... ସେତେବେଲେ

କେତେକରି ସଭିଏଁ କହୁଥିଲେ ସେଇଟା କାଣ୍ଡୋଇଟାଏ... ଧରମା ଶୁଣିଲା ନାଇଁ... ଏହିକ୍ଷଣି ବସି ହାତ ପିଠିରେ ଲୁହ ପୋଛୁଚି... ଖାଲି ସିଏ ବୋଲି ସେ ମାଇକିନିଆର କଟାସଙ୍ପା ସହି କରି ରହିଚି... ଆଉ କିଏ ହେଇଥିଲେ କୋଉ ଦିନ୍ତୁ ବାବାଜୀ ହେଇ ଯାଆନ୍ତାଣି...।

– "ଭଲ କଥା କହୁଚ। ସେ କ'ଣ ସେତକ ଆଗରୁ ଜାଣି ନଥିଲା? ଆଲୋ' ସାରୁ ପତର କି ଆଲୁ ପତର ସେକି ହୋଇବ ପାନ, ପଛରେ ଯାହାକୁ ଭାରିଜା କରିବ ସେ କି ଜାଣିବ ମନ?... ଆଗ ଭାରିଜା ଯେତେ ମନ ଜାଣି ସେବା ଧମର କରିବ, କନିଆ ଭାରିଜା ତାର କରିବ କାହିଁକି? ଏ କଥା ତ ସବୁଠେଇଁ ଦେଖାଅଛି" କହି ଦମୟନ୍ତୀ ସମସ୍ତଙ୍କୁ ଚାହିଁଲେ।

ଘଷି ଘଷି କାବେରୀର ହାତ ଅବଶ ହେଇଗଲାଣି। କୌଣସି ଆଳ ଧରି କିଛିବେଳ ହାତ ଶିଥିଲ କରିଦେଲେ ବିଦୁବୋଉ ଗୋଡ଼ଟା ହଲେଇ ଜଣେଇ ଦେଉଛନ୍ତି ଯେ ଘଷା ବନ୍ଦ ଅଛି। କାବେରୀ ମନ ଭିତରେ ପ୍ରମାଦ ଗଣିଲାଣି। ଜଣକୁ ଘଷିବାକୁ ଯଦି ଏତିକି ସମୟ ଲାଗେ, ତେବେ ଏହି ଚାରିଜଣ କୁଣିଆଙ୍କୁ ଘଷିବାକୁ ତା'ର ଚବିଶ ଘଣ୍ଟା ବିତିଯିବ। ସେ ମନ ଭିତରେ ଚିଡ଼ି ଗଲାଣି–କେଡ଼େ ଅଭଦ୍ର ଲୋକଗୁଡ଼ାଏ ସତରେ। ଅନ୍ତତଃ ମୁହଁ ଉପରେ ଥରେ ତ କହନ୍ତେ, 'ହେଲା' ବୋଲି? ଏଇ ଘଷୁ ଘଷୁ ମୋହନର ଫେରିବା ସେ ଜାଣିଛି। ପୁଖାରୀ ଖାଇବାକୁ ଦେଇଥିବ। ସେ ବି ଥରେ ଡକାଇ ପଠାଇ ନାହାନ୍ତି। ଖାଲି ଯେତକ ସୁଆଗ ସବୁ ମୁହଁ ଉପରେ ଦେଖେଇବେ। କାମ ବେଳେ କେହି ଜଣେ ଆସି ପିଠିରେ ପଡ଼ିବେ ନାହିଁ। ଘଷାଟା କେମିତି ବନ୍ଦ କରିବ କାବେରୀ ମନେ ମନେ ଉପାୟ ପାଞ୍ଜୁଛି। ପ୍ରତି ମୁହୂର୍ତ୍ତରେ ଭାବୁଚି, "ଏଇ ଭାରିଟା ଘଷିଦେଲେ ଛାଡ଼ିଦେବି।" କିନ୍ତୁ ଘଷିଲାବେଳକୁ ହାତ ପୁଣି ଚାଲି ଯାଉଛି ଆଉ ଭାରିକୁ।

ପୁଖାରୀ ଆସି ଦୁଆର ମୁହଁରେ ଠିଆହେଲା– ମା, କ'ଣ ଜଳଖିଆ ହବ ଦେଇଯାଅ।

ମହୀବୋଉ ଉଠିଗଲେ। କାବେରୀ ମନରେ ରାଗ ହେଲା, ତାକୁ କେହି ଟିକିଏ ଡକେଇ ପଠାଉ ନାହାନ୍ତି। ଭାବିଲା–ପାଇଖାନା ଯିବ ବୋଲି କହିବ। ଏମିତି ଭାବୁ ଭାବୁ ହାତ କେତେବେଳେ ରହି ଯାଇଚି, ସେ ଜାଣି ପାରି ନାହିଁ।

କାବେରୀକୁ ଚାହିଁ ଦମୟନ୍ତୀ ମନ ତରଳିଗଲା। ଟିକିଏ ଖୁଣିଲାଭଳି ଖୁଡ଼ିଙ୍କି ଚାହିଁ କହିଲେ– ତମେ କେମିତି ହେ ଖୁଡ଼ୀ। ପିଲାଟା ଘଷି ଘଷି ନଯ୍ୟାନ୍ତ ହେଲାଣି। ଥରେ 'ଥାଉ' ବୋଲି ବି କହୁନ?

ମାଲଦେଇଙ୍କ ମୁହଁକୁ କଣେଇ ଚାହିଁ ଖୁଡ଼ୀ କହିଲେ- ଥାଉଲୋ, ସେତିକି ଥାଉ... ପିଲା ଲୋକ... ଘଷିପାରୁ ନାହିଁ... ଆମ ମଫସଲର ବୋହୂଙ୍କୁ ଦେଖିବ ଦ'ଭାରି ଘଷାରେ ଧିଅ ତାଜା ହୋଇଯିବ... ଏମାନେ ତ ଖାଲି ଚୌକିରେ ବସି ପାଠ ପଢ଼ିଲେ... ଘଷାର କାଇଦା ଜାଣିବେ କୁଆଡୁ? ଅଳସ ଭାଙ୍ଗି ଖୁଡ଼ୀ ଉଠି ବସିଲେ।

ବେଳ ଗଡ଼ିଗଲାଣି। କାବେରୀର ଅଣ୍ଟାପିଠି ମଧ୍ୟ ଲାଗିଗଲାଣି। ସେ ମନେ ମନେ ଭାବୁଛି- "ଏହିକ୍ଷଣି ଯଦି ଆଉ କେହି ତାକୁ ଘଷିବାର ଫରମାସ ଦିଅନ୍ତି, ତେବେ ସେ ସିଧା ନାହିଁ କରିଦେବ। ସେ ମଣିଷ ନା ମେସିନ୍? ଘଷୁଛି ତ ଘଷୁଛି - କେହି ଟିକିଏ ନାହିଁ ବି କରୁ ନାହାନ୍ତି। ନ ଘଷିବାକୁ ଯେତେ ପଣ କଲେ ବି ମନରେ ଡର। କାଲେ କ'ଣ କିଏ କହିଦେବ। ତେଣୁ ସେ ଉପାୟ ପାଞ୍ଚ ଦମୟନ୍ତୀଙ୍କ ହାତ ଧରି ଟାଣିଲା।

ବୁଢ଼ୀର ଘଷା ମଉଜ ଏପରି ଭାବରେ ଦମୟନ୍ତୀ କାଢ଼ି ନେଇଥିବାରୁ ବୁଢ଼ୀ ମନେ ମନେ ଭାରି ଖପା ହୋଇଗଲା। ସେତିକି ଶୁଝେଇବା ପାଇଁ ହସି ହସି କାବେରୀ ମୁହଁକୁ ଚାହିଁ କହିଲା- ଆଲୋ ହୁଣ୍ଡି। ବଡ଼ ମାଉଁ ଥାଉ ଥାଉ ସେମାନଙ୍କୁ କେମିତି ଘଷିବାକୁ ଯାଉଚୁ? ସେ ପରା ବଡ଼।

କଥାର ମରମ ଦମୟନ୍ତୀ ବୁଝିଲେ। ଲେଉଟ ହସି ହସି କହିଲେ- କାହାକୁ ଘଷିବା ଦରକାର ନାହିଁ। ତମର ଯଦି ଆମ ପେଇଁ ଏତେ ମନ ବଥେଇ ହଉଥିଲା, ତେବେ ଆଗରୁ ତାକୁ କହିଲ ନାହିଁ?

ବିଦୁବୋଉଙ୍କ ପଟ ନେଇ ମାଲଦେଇ ଓକିଲାତି କଲେ... ଆଉ! ପିଲାଟା ଏତେ ଶରଧାରେ ଆସିଥିଲା। କେମିତି ତାକୁ ନାହିଁ କରି ଦେଇଥାନ୍ତେ, ତାକୁ ବାଧ ନଥାନ୍ତା?

ସାନ ଭାଉଜ ଇନ୍ଦୁମତୀ ନିଜର ଡାହାଣ ହାତଟା ଦେଖେଇ ଦେଇ କହିଲେ- ଦମ, ତମେ ଏ କଥା କହୁଚ। ହେଇଟି ଦେଖ ଘଷି ଘଷି ଆମ ହାତରେ ବିଣ୍ଡ ବସିଯାଇଛି।

ଦମୟନ୍ତୀ କାବେରୀକୁ ଟାଣିଆଣି ପାଖରେ ବସେଇ କହିଲେ- ଆଲୋ, ତୁମେସବୁ କ'ଣ ମୋଠୁ ବେଶୀ କରିଛ? ମୁଁ ଶାଶୁଘରେ ଯାହା କରିଥିଲି, ସେ କଥା ମୋ ମନ ଜାଣେ। ସେମିତି କରିଥିଲି ବୋଲି ଆଜି ବୁଝୁଛି ତା ଦୁଃଖ। ତମେ କଣ ଜାଣ ନାହିଁ ଶାଶୁଘରେ ଯାହା କାମ ହେଲେ ବି ବୋହୂର ମୁହଁ ଫିଟେ ନାହିଁ?

ଏତିକିବେଳେ ବାଁ ହାତରେ ଗୋଟାଏ ଅଧା ଖିଆ କଦଳୀ ଧରି, ପାଟି ଚାକୁଲେଇ ମାୟା ଆସି ଖଣ୍ଡେ ବାଟରେ ଠିଆ ହେଲା।

– ହୋ ଭାଉଜବୋଉ! ଶୁଭୁଛି? ତୁମକୁ ତମ ସାଇବ୍ କାହିଁକି ଡାକୁଛନ୍ତି।

ମାୟାକୁ ଦେଖି ଇନ୍ଦୁମତୀ ପଚାରିଲେ- ମାୟା! ବୁଲ୍, ଦୁଲ୍ ଖାଇଲେଣି?

ହଁ, ବୋଉ ଦଉଛି। ଅବିକା ଖାଉଛନ୍ତି। ମାୟା କାବେରୀକୁ ପୁଣି ଥରେ ମୋହନ ଡାକିବା କଥା ମନେ ପକେଇ ଦେଇ ଚାଲିଗଲା। ଆଉ ତା ପଛେ ପଛେ ମଧ୍ୟ କାବେରୀ ଉଠିଗଲା।

ମାଲଦେଇ ସାନ ଜାଆ ଇନ୍ଦୁମତୀଙ୍କୁ ହାତରେ ଚିମୁଟି ଦେଲେ। ଠାରୁ ଯେମିତି ହସଗୁଡ଼ାକ ଖାଲି ଉତୁରି ପଡ଼ୁଥାଏ। ଏମାନଙ୍କ ହସ ଦେଇ ବିନ୍ଦୁବୋଉ ମଧ୍ୟ ଟିକିଏ ପାଟି ସୁଆଦ କରିବାର ଲୋଭ ସମ୍ଭାଳି ପାରିଲେ ନାହିଁ। କହିଲେ- "କେଡ଼େ ଅଲୋକୁଡ଼ୀଟାଏ ମ।" ପାଟିରୁ କଥା ସରିଛି କି ନାହିଁ, ମହୀବୋଉ ଆସି ପାଖରେ ଠିଆ ହୋଇଗଲେ।

– କାହା କଥା କହୁଚ ଖୁଡ଼ୀ?

– ନାଇଁଲୋ... ଏଇ ଆମ ଗାଁ କଥା।

ଏତିକିବେଳେ ଗାଁରୁ ଆସିଥିବା ପିଲାଗୁଡ଼ିକ ଧାଇଁ ଧାଇଁ ଆସି ମାଲଦେଇ ଓ ଇନ୍ଦୁମତୀଙ୍କ ଉପରେ ଲଦିହେଇ ପଡ଼ିଲେ।

– ବୋଉ, ବୋଉ ସର୍କସ ଦେଖିଯିବା ନାଇଁ?

– ଅପାଙ୍କୁ ପଚାର।

ମହୀବୋଉ କହିଲେ ନାଇଁରେ ପିଲାଏ, କାଲିକି ଯିବା। ତା'ପରେ ମାଲଦେଇଙ୍କୁ ଚାହିଁ କହିଲେ- ମୁଁ ଭାବୁଚି ଆଜି ଚଣ୍ଡୀ ମନ୍ଦିରକୁ ଯିବା। ସଅଳ ସଅଳ କାମ ସାରିଦେଲେ ବାହାରି ପଡ଼ନ୍ତେ।

ନିଜ ବଖରା ପାଖକୁ ଆସି କାବେରୀ ଦେଖିଲା ମୋହନ ବୁଲିଯିବା ପୋଷାକରେ ତା'ରି ଅପେକ୍ଷାରେ ବାହାରି ଠିଆହୋଇଛି। ତାକୁ ଦେଖି ନ ଦେଖିଲା ପରି କାବେରୀ ଘର ଭିତରକୁ ପଶିଗଲା।

– ହେଇ, ଦଶଟା ଟଙ୍କା ଦେଇଥା। ବଡ଼ ଜରୁରୀ କାମ ଅଛି।

ନ ଶୁଣିଲାପରି କାବେରୀ ଚାଲିଗଲା। ମନର ରାଗରେ ସେ ଖଟରୁ ବିଛଣା ଚଦର ଟାଣିଆଣି ଝାଡ଼ିବାରେ ଲାଗିପଡ଼ିଲା।

– ମୋ କଥା କଣ ଶୁଭୁନାହିଁ? ଦଶଟା ଟଙ୍କା ଶୀଘ୍ର ଦିଅ।

ଦୁମ୍ ଦୁମ୍ ହୋଇ କାବେରୀ ଘରୁ ବାହାରି ଯାଉ ଯାଉ କହିଲା- ମୋ ପାଖରେ ନାହିଁ।

– କି ମୁସ୍କିଲ୍ ! ପଇସା ଜଗିବା ସଉକି କମ୍ ନୁହଁ କି ହଇରାଣ କରିବା କମ୍ ନୁହଁ । କୁଆଡ଼େ କିଛି ନାହିଁ, ଧାଇଁଆସି ମୋରି ଉପରେ ରାଗ । ମୋହନ ଥରକୁ ଥର ହାତ ଘଡ଼ିକି ଚାହିଁ ବ୍ୟସ୍ତ ହୋଇ ଉଠୁଥାଏ । କାବେରୀ ଆଉ ଫେରିଲା ନାହିଁ । ମାୟାଠାରୁ ପଚାରି ବୁଝିଲା କାବେରୀ ପାଇଖାନା ଯାଇଛି । ମୋହନ ବାହାରକୁ ନ ଯାଇ ସେମିତି ଗମ୍ଭୀର ହୋଇ ବସିରହିଲା ।

ଅନେକ ବେଳ ପରେ କାବେରୀ ଫେରିଲା । ମନର ରାଗ ମରିନାହିଁ । ଭାବିଥିଲା ଘଣ୍ଟାର ଭିତରେ ମୋହନ ଚାଲି ଯାଇଥିବ । କିନ୍ତୁ ତାକୁ ଆଖି ଆଗରେ ବସିଥିବାର ଦେଖି କାବେରୀ ଶଙ୍କିଗଲା, କିନ୍ତୁ ବାହାରକୁ ସେତକ ନ ଜଣାଇ ଟିକିଏ ଚିଡ଼ିଉଠି କହିଲା– ଦିନ ଗୋଟାକଯାକ ଘଷି ଘଷି ମୋ ହାତ ଛିଣ୍ଡିପଡ଼ିଲା ପରି ଲାଗୁଛି । ସବୁଦିନେ ତ' ମତେ ନ ଦେଖିଲେ ତମ ଖାଇବାରେ ଶାନ୍ତି ଆସେ ନାହିଁ ବୋଲି କହ, ଆଉ ଆଜି କେମିତି ତର୍ଷକୁ ଗୁଣ୍ଠ ଗଲା ?

ସେମିତି ବସିରହି ମୋହନ ଜବାବ ଦେଲା– କାହିଁକି ତମର କ'ଣ ମୁହଁ ନଥିଲା କି ? କହିଦେଲ ନାହିଁ ?

ମୋହନଠାରୁ କୌଣସି ସହାନୁଭୂତି ନ ପାଇ କାବେରୀ ମନ ଆହୁରି ପିତା ହୋଇଗଲା । ଅନ୍ୟ ଉପାୟ ନଦେଖି ସେ କାନ୍ଦିବାରେ ଲାଗିଲା ।

– ଆରେ ଇଏ କ'ଣ ? କାନ୍ଦୁଛ କାହିଁକି ? ମୋହନ ବ୍ୟସ୍ତ ହୋଇପଡ଼ିଲା । ସ୍ତ୍ରୀର ଆଖିଲୁହ ପାଖରେ ମନ ତାର ହାର ମାନିଲା ।

ଏହାରି ଭିତରେ ପାଞ୍ଚଦିନ ଗଡ଼ି ଗଲାଣି । ମହୀବୋଉ ଓ ସାନ ପୁଅ ତିନୋଟିଙ୍କୁ ଛାଡ଼ିଦେଲେ ପୀତାମ୍ବରବାବୁଙ୍କ ଘରର ବାକି ସମସ୍ତେ ଏ କୁଣିଆଙ୍କୁ ନେଇ ବ୍ୟତିବ୍ୟସ୍ତ ହୋଇ ପଡ଼ିଲେଣି । କାବେରୀର ମୋହନକୁ ଦିନରାତି ଠେଲା.... କେତେଦିନ ଆଉ ରହିବେ ? ପୀତାମ୍ବରବାବୁଙ୍କର ଚିନ୍ତା କେବେ ଏଗୁଡ଼ାକ ଯିବେ ? ସିନେମା, ସର୍କସ, ବୋହୂଦେଖା ସବୁତ ସରିଲା । ପୁଣି ଡେରି କାହିଁକି ? ଦିନରାତି ଘର ଲୋକଙ୍କ ଫେରାଦ ଶୁଣି ଶୁଣି ମୋହନର ମନ ବି ଚିଡ଼ିଗଲାଣି । ପାଞ୍ଚରାତି ହୋଇଗଲାଣି କାବେରୀ ତାକୁ ଆଉ ଶୁଆଇ ଦେଇ ନାହିଁ– ଖାଲି ଫେରାଦ ଆଉ ଫେରାଦ । କେତେବେଳେ କିଏ କ'ଣ କହୁଚି ସବୁ ଶୁଣି କୁନା ଆସି ତା ଭଉଣୀ ଆଗରେ ଫୋଡ଼ି ଦଉଚି । ସେଇଥିପାଇଁ କାବେରୀ ସାଙ୍ଗରେ କେତେ କଳି ଲାଗିଗଲାଣି, କାବେରୀ ମୁହଁରୁ ଗୋଟିଏ ନୂଆ କଥା ମୋହନ ଶୁଣିଲାଣି ଯେ ତା' ନାଁରେ ଯଦି ଏମିତି କଥା କହନ୍ତି ତାହାହେଲେ ସେ ଅଲଗା ଘରେ ରହିବ । ସବୁବେଳେ ସେଇ ଏକା କଥା–ଏତେ କରି କରି ଯଦି ଶେଷରେ ଏମିତି ନିନ୍ଦା ମିଳିଲା, ତେବେ କରି କେତେ ନ କରି କେତେ ? ଶାଶୁଘର

କରିବା ପଛେ   ନହେଲା ନାହିଁ! ସମସ୍ତେ ବୋହୂପଣିଆ ଚାରି ଛ'ମାସ କରନ୍ତି ନା କ'ଣ ସବୁଦିନେ କରୁଥିବେ? ତମ ଟଙ୍କାରେ ତ ସମସ୍ତେ ଚଳିବେ। ତହିଁକି ପୁଣି ମୋ ଭାଇକି କାହିଁକି ଏତେ କଥା କହିବେ...?

ବାଧ୍ୟ ହୋଇ ଦିନେ ମୋହନ ମହାଁବୋଉଙ୍କୁ ଯାଇ କହିଲା- ବୋଉ, ସେମାନେ ଆଉ କେତେ ଦିନ ରହିବେ?

ଭିତରେ ଇଚ୍ଛା ନଥିଲେ ମଧ୍ୟ ଉପର ମୁହଁରେ ମହାଁବୋଉ କହିଲେ, "ଏଇ ଦିନେ ଦି'ଦିନ ଭିତରେ ଚାଲିଯିବେ। ସବୁ ତ ଦେଖା ସରିଲାଣି।" ଟିକିଏ ରହି ମହାଁବୋଉ ପୁଣି ମୋହନ ମୁହଁକୁ ଚାହିଁ କହିଲେ- କାଇଁ ତୋର କ'ଣ କିଛି ଅସୁବିଧା ହଉଚି?

- ଅସୁବିଧା ନୁହେଁ ଯେ, ଏଇ ଦେଖ୍‌ନୁ, ଖର୍ଚ୍ଚ କେତେ ବଢ଼ିଯାଉଛି? ମୋହନ ବାଧ୍ୟ ହୋଇ ଖର୍ଚ୍ଚର ଆଲ ନେଲା।

- କିରେ, ତାଙ୍କ ପାଇଁ ତମର କି ଖର୍ଚ୍ଚଟାଏ ହୋଇଗଲା? ସେମାନେ ତ ପୁଣି ସାଙ୍ଗରେ ଏତେଗୁଡ଼ାଏ ଜିନିଷ ଆଣିଥିଲେ। ସେଇ ଡାଲି, ଚୁଡ଼ା କିଣିବାକୁ କ'ଣ ତୁମକୁ ପଇସା ପଡ଼ି ନଥାନ୍ତା...? ମତେ ବି ସେମାନେ ଗାଁରେ ଯାଇ ମାସେ ଦି'ମାସେ ରହି ଆସିବାକୁ ଡାକୁଛନ୍ତି... ଭାବିଛି ଯିବି ବୋଲି... ଘରେ ତ ବୋହୂ ଅଛି, ସେ ଚଳେଇ ନବ...।

ଆଉ ଅଧିକ ଶୁଣିବାକୁ ଅପେକ୍ଷା ନ କରି, ଚାଲି ଯାଉ ଯାଉ ମୋହନ କହିଲା-ତୋର ଯଦି ଇଚ୍ଛା ହେଉଛି ତେବେ ଯିବୁ। ମତେ ଆଉ କହୁଛୁ କାହିଁକି?

ମୋହନଠାରୁ ମହାବୋଉ ଯିବା ଖବର ଶୁଣି, କାବେରୀ ମନ ଭିତରେ ଖୁସି ହୋଇଗଲା। ମନରେ ତାର କେତେ କ'ଣ ଭାବନା ଖେଳିଗଲା। କି ଉପାୟରେ, କେଉଁଠି, କି ଖର୍ଚ୍ଚ କରିବ ସବୁ ଯେମିତି ତା' ଆଖି ଆଗରେ ଜଳ ଜଳ ହୋଇ ଦିଶି ଯାଉଥାଏ। ନିଜର ଦକ୍ଷତା ଦେଖାଇବାର ପ୍ରଥମ ସୁବିଧା ସେ ଏଇଠି ପାଇବ... କିନ୍ତୁ ମନର ଆନନ୍ଦ ମନରେ ଚାପିରଖି ମୁହଁ ଶୁଖାଇ କାବେରୀ ମହାଁବୋଉଙ୍କ ପାଖକୁ ଗଲା।

ଏକୁଟିଆ ହୋଇ ମହାବୋଉ କ'ଣ ଗୋଟାଏ କାମ କରୁଥିଲେ। ପାଖରେ ଠିଆହୋଇ କାବେରୀ ଡାକିଲା- "ବୋଉ...?" ତା ସ୍ୱରରେ କ'ଣ ଥିଲା କେଜାଣି ମହାବୋଉ ଚମକି ପଡ଼ି ଚାହିଁଲେ।

– କଣ କିଲୋ ?

– ବୋଉ, ମୁଁ ବି ତମ ସାଙ୍ଗରେ ଯିବି । ଛଳ ଛଳ ଆଖିରେ କାବେରୀ କହିଲା ।

ମହୀବୋଉଙ୍କ ଓଠରେ ହସ ଖେଳିଗଲା । – ପାଗଳିଟା... ତୁ କୁଆଡ଼େ ଯିବୁ ଲୋ ? ତୋରି ଉପରେ ଭାରଦେଇ ପରା ମୁଁ ଯାଉଚି...।

– ନାଇଁ... ମୁଁ ପାରିବି ନାହିଁ । ତମକୁ ତ ସମସ୍ତେ ପିଠି ଆଡ଼େଇ ଚାଲି ଯାଉଥିଲେ... ମତେ କ'ଣ କେହି ମାନିବେ ? ଠ ଫୁଲେଇ କାବେରୀ କହିଲା ।

– କେଇଟା ଦିନର କଥା ଯେ, ମୁଁ ପୁଣି ଆସିବି ନାଇଁ କି ? ଗଲାବେଳକୁ ମୁଁ ସେମାନଙ୍କୁ କହିଦେଇ ଯିବି ମ । ବୋହୂ ମୁଣ୍ଡକୁ ସ୍ନେହରେ ଦି'ଥର ଆଉଁସି ଦେଇ ମହୀବୋଉ ତାକୁ ବିଦା କରିଦେଲେ । ମନରେ ଗର୍ବ ଆସିଲା– ଏତେ ପାଠ ପଢ଼ି ମଧ ବୋହୂ ବୁଝୁଚି ଯେ ତାଙ୍କ ଭଳି ଘର ଚଳେଇ ପାରିବ ନାହିଁ ।

ଏତିକିବେଳେ ଭିକା ଆସି ପାଖରେ ଠିଆ ହେଲା ।

– ମା, ଦେଇଙ୍କୁ କିଏ ଜଣେ ବାବୁ ଖୋଜୁଛନ୍ତି ।

ଭିକାକୁ ଗୋଟାଏ କାମରେ ବରାଦ ଦେଇ ମହୀବୋଉ କାବେରୀକୁ ଡାକି କହିଲେ– ବୋହୂ, ମାୟାକୁ ଟିକିଏ ଡାକିଦେବୁଟି ଲୋ, ତାକୁ କିଏ ଖୋଜୁଚି ।

ରନ୍ଧା ଘରେ ଚୁଲିରେ କଡ଼ା ବସେଇ ମାଲଦେଇ ଆରିସା ପିଠା ଛାଣୁଥିଲେ । ଦମୟନ୍ତୀ, ଇନ୍ଦୁମତୀ ବସି ମଣ୍ଡାପିଠା ଗଢୁଥିଲେ ଆଉ ମାୟା ସେଠି ବସି ଗୋଟିଏ ହାତରେ ଖିଆ ଲଗାଇ ଆର ହାତରେ ମଝିରେ ମଝିରେ ଟିକିଏ କାମରେ ସାହାଯ୍ୟ କରୁଥିଲା । ପାଖରେ ବସି ବିଦୁବୋଉ ଖୁଡ଼ୀ କେବେ କି ପିଠା, କେମିତି କରିଥିଲେ, କେମିତି ଲାଗୁଥିଲା, ସେହିକଥା ପକାଇଥାନ୍ତି । କାବେରୀକୁ ଆସିବାର ଦେଖି ଅଧା ବାଟରୁ ମାୟା ନିମନ୍ତ୍ରଣ ଜଣାଇଲା–ଭାଉଜ'ଉ ଖଣ୍ଡେ ପିଠା ଖା ?

– ତମେ ଯା, ତମକୁ କିଏ କଲେଜ ପିଲା ଖୋଜୁଛନ୍ତି ।

କାବେରୀ କଥା ଶୁଣି ଇନ୍ଦୁମତୀ କହିଲେ– ଏଇଠିକି ଡାକି ଦେଉନା ? ସେ ଏଇକ୍ଷିଣା କାମ କରୁଛନ୍ତି କେମିତି ଯିବେ ?

– ନାଇଁ, ନାଇଁ, ସେ ଏଠିକି ଆସିପାରିବେ ନାହିଁ, କହି ମାୟା କୁଦା ମାରି ଚାଲିଗଲା ।

ତିନୋଟିଯାକ ମାଇପେ ବଳ ବଳ ହୋଇ ମାୟା ପଛକୁ ଚାହିଁ ରହିଲେ । ଅର୍ଥାତ୍ ରୋଷେଇଘରକୁ ଆସିଥିଲେ ସେମାନେ ଟିକିଏ ଦେଖିଥାନ୍ତେ ।

ହସ ହସ କାବେରୀ କହିଲା– ମରଦଲୋକ, ଏଠିକି ଆସିବେ କେମିତି ?

– ଏଁ ମରଦ! ତା ସାଙ୍ଗରେ ମାୟା କଥାଭାଷା କରୁଛନ୍ତି ? ମାଲଦେଇ କହିଲେ।

ମରଦ ନାଁ ଶୁଣି ଖୁଡ଼ୀଙ୍କ ମନ କଲବଲ ହେଲା। ଚଟ କରି ଉଠିଯାଇ କାବେରୀ ହାତ ଧରି ଟାଣିଲେ– କାଇଁ, ମୁଁ ଟିକିଏ ଦେଖଣ୍ଟି ? ତାଙ୍କ ପଛେ ପଛେ ଚୁଲିରୁ କଡ଼ା ଓହ୍ଲାଇ ଦେଇ ସମସ୍ତେ ଉଠିଆସିଲେ। ସମସ୍ତଙ୍କ ଆଖିରେ କୌତୂହଲ, ଓଠରେ ହସ–ଅତି ବଡ଼ ଧରଣର ଯେମିତି ଗୋଟାଏ କ'ଣ ଆବିଷ୍କାର କରି ପକାଇଛନ୍ତି।

ମହୀବୋଉଙ୍କୁ ଦୂରରୁ ଦେଖି କାବେରୀ ହାତଠାରି ସେମାନଙ୍କୁ ଦାଣ୍ଡଘର ଦେଖାଇ ଦେଇ ନିଜେ ଛପିଯାଇ କହିଲା–ମରଦଲୋକ, ମୁଁ ତ ତାଙ୍କ ଆଗକୁ ଯିବି ନାହିଁ, ତମେ ଯାଅ।

ବୈଠକଖାନାର ଦୁଆରବନ୍ଦ ପାଖରେ ଠିଆହୋଇ ମାୟା ଗପ କରୁଛି। ଅଧାମେଲା କବାଟଟି ଆସ୍ତେ ଆଉଜେଇଦେଇ ଖୁଡ଼ୀ କବାଟ ଫାଙ୍କରେ ଚାହିଁଲେ। ତାଙ୍କ ପଛରେ ଅନ୍ୟ ତିନିଜଣ। କାଚ ଚୁଡ଼ିର ଝଣ ଝଣ ଶବ୍ଦରେ ମାୟାର ବନ୍ଧୁ ପଛକୁ ଫେରି ଚାହିଁଲେ। ତାକୁ ପଛକୁ ବୁଲି ଚାହିଁବାର ଦେଖି ସମସ୍ତେ ମୁଣ୍ଡରେ ଆଉ ଟିକିଏ ଓଢ଼ଣା ଟାଣିଦେଇ କବାଟକୁ ଆଉ ଟିକିଏ ବୁଜିଦେଲେ। ଫୁସ୍ ଫୁସ୍ କରି ଖୁଡ଼ୀ ପଛକୁ ଚାହିଁ କହିଲେ– ଆଲୋ ଗଜା ଟୋକାଟାଏ।

ମାଲଦେଇ ମତ ଦେଲେ– ଯାହା କହ, ଇଏ ମାୟାକୁ ଖାପ ଖାଇବ ନାହିଁ। ଇଏତ ମାୟାଙ୍କର କାନ ଖାଇବ କି କ'ଣ... ମୋଟେ ମାନିବ ନାହିଁ।

ଇନ୍ଦୁମତୀ ଦାନ୍ତ ଦେଖେଇ ଦମୟନ୍ତୀଙ୍କୁ ଚିମୁଟି ଦେଇ କହିଲେ–ଅପାଙ୍କର ଯୋଉ କଥା ! ପୀରତି କଲାବେଲେ ଗେଡ଼ା ଡେଙ୍ଗା କିଏ ଦେଖୁଥାଏ ?

ନିଜ ନିଜର ମତ ଦେଇସାରି ସମସ୍ତେ ପୁଣି ଏକଲୟରେ ଚାହିଁ ରହିଲେ। ପଛରୁ ଫୁସର ଫୁସୁର ଶୁଣି ମାୟା ସବୁ ଅନ୍ଦାଜ କରି ପାରିଲା। ତା'ରି ବିଷୟରେ ଚର୍ଚ୍ଚା ପଡ଼ିଛି।

ଏମାନଙ୍କ ବ୍ୟବହାରରେ ବିରକ୍ତ ହୋଇ ଚିତ୍ତରଞ୍ଜନ ଆଣିଥିବା କାଗଜଟିରେ ବେଗି ବେଗି ଗୋଟାଏ ଦସ୍ତଖତ ମାରିଦେଇ ମାୟା କାଗଜଟି ଫେରେଇ ଦେଲା– ସନ୍ଧ୍ୟାବେଲକୁ ସୁବିଧା ହେଲେ ମୁଁ ଯିବି... ନମସ୍କାର।

– ନା, ନା, ଯେମିତି ହେଲେ ଯିବେ। ଚିତ୍ତରଞ୍ଜନ ଚାଲିଗଲା।

ସେ ଦାଣ୍ଡରେ ଗୋଡ଼ ଦେବାରୁ ଏମାନେ କବାଟ ଠେଲି ଭିତରକୁ ପଶିଆସିଲେ।

– ମାୟା, ସେ କିଏ ବା କିଏ ବା ? ସମସ୍ତଙ୍କ ଓଠରେ ହସ।

– ଚିହ୍ନିନା ? ମୋ ବର । ଛାଟ ମାରିଲାଭଳି କଥାଗୁଡ଼ାକ କହିଦେଇ ମାୟା ସେ ଘର ଛାଡ଼ି ଚାଲିଗଲା ।

– ଦେଖିଲ ନାହିଁ, କାଗଜ ଖଣ୍ଡକ ଦେଲାବେଳେ ମାୟାଙ୍କ ହାତକୁ ସେ ଧରି ପକେଇଲା– କହି ଇନ୍ଦୁମତୀ ହସିଲା ଆଖିରେ ଅନ୍ୟମାନଙ୍କୁ ଚାହିଁଲେ ।

ନୂଆ'ଉଙ୍କର ଯୋଉ କଥା । କେତେବେଳେ ହାତଟା ଧଲିଲା ମ ? ଆମେ ତ ସମସ୍ତେ ଚାହିଁଛୁ । ଦମୟନ୍ତୀ ସାନଭାଉଜଙ୍କୁ ଚାହିଁଲେ ।

ଦୂରରୁ ମାୟାର ଚିକ୍ରାର ଶୁଭୁଛି ।

ମହୀବୋଉଙ୍କୁ ଦେଖି ମାୟା ବଡ଼ପାଟିରେ ଶୁଣେଇ ଶୁଣେଇ କହିଲା– କୁଆଡ଼ର ଅଭଦ୍ରଗୁଡ଼ାଏ । ଗୋଟାଏ ଭଦ୍ରଲୋକକୁ ଅପଦସ୍ତ କରି ଛାଡ଼ିଦେଲେ । ଛିଃ, ସେ ଆଜି କ'ଣ ଭାବିଥିବଟି... । ଭାବିଥିବ ୟାଙ୍କର ମା, ଭାଉଜ ତ ?

ମାୟାର ପାଟି ଶୁଣି ଦାଣ୍ଡ ଘରର ସଭା ଭାଙ୍ଗିଗଲା । ତା'ର ପାଟି ବନ୍ଦ ହେବାକୁ ନାହିଁ । ମାଲଦେଈ କହିଲେ– କ'ଣ ହେଲା କି, କାହିଁକି ଏତେ ପାଟି କରୁଛ ?

ଚିଡ଼ିଉଠି ମାୟା କହିଲା– କାହା ସାଙ୍ଗରେ କେହି କଥା କହିଲାବେଳେ ଆଉ କେବେହେଲେ ଏମିତି ଉଣ୍ଠିବ ନାହିଁ ।

– ମଲା, ଦାଣ୍ଡଯାକର ଲୋକ ତ ଦେଖୁଛନ୍ତି । ଆମେ ଦେଖିଲେ କ'ଣ ଦୋଷ ନାଗିଗଲା ? ଖୁଡ଼ୀ କହିଲେ ।

ମହୀବୋଉ ଝିଅ ପଟ ନେଇ କହିଲେ ଆଜିକାଲି କ'ଣ ଆଉ ଆମ ବେଲର ଲାଜ ଅଛି ? ଆମେ ତ ବାପ ଭାଇଙ୍କୁ ବି ଆଢ଼ ହଉଥିଲୁ । ଏମାନେ ତ ମରଦଙ୍କ ସାଙ୍ଗରେ ଏକାଠି ବସି ପାଠ ପଢ଼ିବେ । ସବୁବେଲେ ତାଙ୍କରି ପାଖରେ ଦରକାର । ଆଢ଼ ହେଲେ ଚଲିବ କେମିତି ?

– ହଁ ମ, କଥା କହିଲେ କଣ ହେଲା ? ଆମେ କ'ଣ ହଲିଆ ମୁଲିଆଙ୍କ ସାଥିରେ କଥା ହଉନୁ ? ମାଲଦେଈ ମହୀବୋଉଙ୍କୁ ସମର୍ଥନ କଲେ ।

ତଲେ ଥକ୍କା ହୋଇ ବସି ପଡ଼ି ଖୁଡ଼ୀ କହିଲେ– ପାରିଆ, ଝୁଅଟାକୁ ବାହା ନ କରି ଏଇଆ କରୁଟୁ ?... ତା ବାହାଘର କୋଉଠି ଲାଗିଲାଣି ନା ନାହିଁ ବା ?

– ନାଇଁ ମ ଖୁଡ଼ୀ, ବାହାଘର ! କହିଲାବେଳକୁ ତା ବାପ ଭାଇ କହୁଚନ୍ତି– ଛୁଆଟାଏ, ଆଉ କିଛି ଦିନ ଯାଉ । ଭଲ ପାତ୍ର ବି ଆଖିରେ ଦୁଶୁ ନାହାନ୍ତି ।

ମହୀବୋଉଙ୍କୁ ପାତ୍ର ନ ମିଲିବା କଥା ଶୁଣି ଚଟକରି ଖୁଡ଼ୀ କହିଲେ– ପାତ୍ର ଅପୂରୁବ । କାଇଁକି ଆମ ଗାଁ ଗୋବିନ୍ଦାକୁ କରୁନ ?

ସାଙ୍ଗେ ସାଙ୍ଗେ ଦୁଇ ଭାଉଜ ସମର୍ଥନ ଜଣେଇଲେ ।

– ହଁ ହଁ, ଭଲ ହୁଅନ୍ତା । ଗୁଣର ପିଲାଟିଏ । ଦିହେଁ ଗୋଟିଏ ଯୋଡ଼ି ପରି ଦୁଶନ୍ତେ ।

ମହୀବୋଉଙ୍କ ଆଖି ଉଛୁଳି ଉଠିଲା । କିଏ ସେ ପାତ୍ର, ସେ ଚିହ୍ନ ନାହାଁନ୍ତି ? ପଚାରିଲେ, କୋଉ ଗୋବିନ୍ଦା ମ ?

– ଆଲୋ, ଆମ ଗାଁ ବିଷ୍ଣୁ ଜମିଦାର ପୁଅ ମ ।

– କେତେ ଯାଏ ପଢ଼ିଚି ?

– ପଢ଼ାପଢ଼ି ତା'ର କେବେଠୁ ସରିଲାଣି । କଣ ମାଇନର ପାଆାସ କରିଚି । ଏଇକ୍ଷଣି ଜମିଦାରୀ ବୁଝୁଛି । ଭଲ ହୁଅନ୍ତା ମ । ସେଇଟି କର । ଅଥଳ ଦରିଆରେ ଭାସୁଥିବା ଲୋକକୁ ଥଳ ଦେଲାପରି ଖୁଡ଼ୀ କହିଲେ ।

ଅବଜ୍ଞାରେ ହସି ମହୀବୋଉ ଜବାବ ଦେଲେ– ମାଇନର ପାସ୍ ଗୋଟାଏ ପଢ଼ାରେ ଯାଏ ?

– ନାଇଁ, ଆମେ ଘର ବର ଦେଖି କହୁଥିଲୁ ନା । ଟିକିଏ ଲାଜରା ହେଲାପରି ମାଳଦେଇ କହିଲେ ।

ମହୀବୋଉ ପଢ଼ା ପ୍ରତି ଏତେ ନଜର ଦେଉଥିବାର ଦେଖି ବିଦୁବୋଉ କହିଲେ... ଯେତେ ପଢ଼ିଲେ ବି ସେଇ ରୋଜଗାରକୁ ତ ସଭିଏ ଧାଇଁବେ । ଆଉ ତୁ ରୋଜଗାରକୁ ନ ଦେଖି ପଢ଼ାକୁ ଦେଖୁଚୁ କଅଣ ? ସେଇଟି ବାହାଘର କଲେ ଦେଖିବୁ ଜମିଦାର ବୁଢ଼ା ମେଘ ଉଞ୍ଚ ଟଙ୍କା ଖରଚ କରିବ...।

ଆହୁରି କେତେ ପାତ୍ର ହୁଏତ ଆଣି ଖୁଡ଼ୀ ଜୁଟେଇ ଥା'ନ୍ତେ । ଏତିକିବେଳେ ରୋସେଇ ଘର ଆଡ଼ୁ ଭିକା'ର ପାଟି ଶୁଭିଲା– ଘର ମେଲା ରଖିଦେଇ ଗଲେ । ହେଇଟି, ବିଲେଇ ପଶି କ'ଣ ଖାଇଲାଣି ।

– "ଆଲୋ ସତେ ତ' କହି ଅନ୍ୟମାନେ ତାଙ୍କ ପିଛା ଧରିଲେ । ସତେ ଯେମିତି କାହାରି ସେ କଥା ମନେ ନଥିଲା । ଖାଲି ଭିକା କଥା ଶୁଣି ମନେ ପଡ଼ିଗଲା । କିନ୍ତୁ ପ୍ରକୃତରେ ପିଠା ଅପେକ୍ଷା ପ୍ରଜାପତି ଘଟସୂତ୍ର କରିବାର ସୁଆଦ ବହୁତ ବେଶୀ, ଏକଥା ସମସ୍ତେ ମନ ଭିତରେ ବୁଝିଥିଲେ ।

ମହୀବୋଉଙ୍କର ବାପ ଘରକୁ ଯିବା ପ୍ରସ୍ତାବରେ ଅନିଚ୍ଛାସଉ୍ଥ୍ୟେ ପୀତାମ୍ବର ବାବୁ ରାଜି ହେଲେ । ଦିନ ବାରଟା ବେଳେ ଗାଡ଼ି । ସକାଳୁ ଉଠି ମହୀବୋଉଙ୍କର ଗୋଡ଼ ଆଉ ତଳେ ଲାଗୁ ନାହିଁ । ମୁହଁକୁ ଶୁଖେଇ କାବେରୀ ତାଙ୍କ ପଛେ ପଛେ ରହି ସବୁ କାମ କରି ଦଉଛି ।

ଖିରିସା– ପାଣିରେ ଶାଶୁଙ୍କର ବଡ଼ ଶରଧା ଜାଣି କାବେରୀ ଆଗଦିନ ରାତିରୁ ପୁଖାରୀ ହାତରେ ତିଆରି କରେଇ ରଖିଛି । ମହୀବୋଉ ଗାଧୋଇ ସାରି ନିର୍ମାଲ୍ୟ ସେବା କଲାବେଲେ କାବେରୀ ତାଙ୍କୁ ଜଗି ଠିଆ ହୋଇଥାଏ । ଯଦି ଆଉ କୋଉ କାମରେ ଲାଗିଯିବେ ତେବେ ଖାଉ ଖାଉ ପୁଣି କେତେ ଡେରି ହୋଇଯିବ । କୁଣିଆମାନେ ଖାଇସାରିଲେଣି । ନିଜେ ପାଖରେ ରହି କାବେରୀ ସେମାନଙ୍କ ଖବର ବୁଝିଛି । ଅନ୍ୟଦିନ ହୋଇଥିଲେ ହୁଏତ କେବଲ ମୋହନର ଖବର ବୁଝିବାରେ ତାର ବେଲ କଟିଯାଇଥାନ୍ତା । କିନ୍ତୁ ଆଜି ସେ ମୋହନକୁ ଏକେବାରେ ଆଡ଼େଇ ଦେଇଛି । ବେଲେବେଲେ ମହୀବୋଉଙ୍କ ପାଖରେ ଠିଆହୋଇ ଆଖିରୁ ଦି'ଟୋପା ଲୁହ ଗଡ଼େଇ ଦେଇ କହୁଛି ବୋଉ, ମତେ ଭାରି ଡର ମାଡୁଛି । ତମେ ଯାଅ ନାହିଁ । ଘରଟା ଭାରି ଖାଲି ଖାଲି ଲାଗିବ ।

ବୋହୂର ଦୁଃଖରେ ମହୀବୋଉଙ୍କ ଆଖିରେ ପାଣି ଆସୁଛି । ସେ ତାକୁ ବୁଝେଇବାକୁ ନାନା ପ୍ରକାର ଚେଷ୍ଟା କରୁଛନ୍ତି ।

ମହୀବୋଉଙ୍କୁ ଜଳଖିଆ ପରଷି କାବେରୀ ପାଖରେ ବସିଲା । ତାଙ୍କର ଯାହା କିଛି ଦରକାର ପାଟିରୁ ନ ବାହାରୁଣୁ ଧାଇଁଯାଇ ଘେନି ଆସୁଥାଏ । ମହୀବୋଉ ଖାଇସାରି ଉଠିବା ପରେ କାବେରୀ ନିଜେ ସେହି ଅଇଁଠା ଥାଲିରେ ବସିଲା । ଶାଶୁ ଖାଇ ନଥିଲେ ବୋଲି ସେ ଏତେବେଲଯାଏ ନ ଖାଇ ରହିଥିଲା ।

ବୋହୂକୁ ଅଇଁଠା ଥାଲିରେ ବସିବାର ଦେଖି ମହୀବୋଉ ଆକଟିଲେ– ଛି, ଛି, ଅଇଁଠା ବାସନରେ କାହିଁକି ବସିଲୁ ? ସେତେବେଲେ ମୁଁ ଡାକିଲି ସାଙ୍ଗରେ ଏକାଠି ଖାଇବାକୁ ମନା କଲୁ ।

କାନ୍ଦ କାନ୍ଦ ହୋଇ କାବେରୀ ଜବାବ ଦେଲା– ଯାକୁ କ'ଣ ଅଇଁଠା ଥାଲି କହନ୍ତି ? ତମେ ଗଲାପରେ କ'ଣ ଏଟିକି ମତେ ମିଳିବ ?

ତର ତର ହୋଇ ଦି'ଚାରିଥର ଖାଇଦେଇ କାବେରୀ ଉଠିଗଲା । ମନେ ପଡ଼ିଗଲା ଶାଶୁ ଏ ଯାଏଁ ପାନ ଖାଇ ନାହାନ୍ତି ।

ମହୀବୋଉ ଲୁଗାପଟା ସଜାଡୁଛନ୍ତି । ହାତରେ ଖଣ୍ଡେ ପାନ ଧରି କାବେରୀ ପହଞ୍ଚିଲା । ଟିକିଏ ଦୂରରେ କୁଣିଆମାନେ ବସି କଥାବାର୍ତା ହେଉଛନ୍ତି । ମହୀବୋଉ ଜିନିଷ ସଜାଡୁଥାନ୍ତି । ଆଉ କାବେରୀ ପାଖରେ ରହି ତାଙ୍କ ହାତକୁ ଜିନିଷ ବଢ଼େଇ ଦଉଥାଏ । ହସି ହସି ମାଲଦେଇ କହିଲେ– ପାର, ତମ ବୋହୂଖଣ୍ଡକ ତ'ଭାରି ଚଞ୍ଚଲୀ ।

"– ଚଞ୍ଚଳୀ ହୁଅନ୍ତା ନାହିଁ ଆଉ କ'ଣ ତମରି ଭଳି ମଠେଇ ହୁଅନ୍ତା ?"

କହି ହସି ହସି କାବେରୀ ମୁହଁକୁ ଚାହିଁଲେ। କାବେରୀ କିନ୍ତୁ ହସିଲା ନାହିଁ। ମହୀବୋଉ ଚାଲିଯାଉଛନ୍ତି ବୋଲି ମନ ତା'ର ଯେମିତି ସତରେ ଦୁଃଖରେ ଭାଙ୍ଗି ପଡ଼ୁଚି।

ଯେତେ ଖୁସି ହେଲେ ବି ବେଲେବେଲେ ମହୀବୋଉଙ୍କ ଭିତରୁ ଗୋଟାଏ କୋହ ଉଠୁଚି। ଆଖିରେ ପାଣି ଚାଲି ଆସୁଚି। ସାନ ସାନ ପିଲା, ବୋହୂ, ପିତାମ୍ବରବାବୁ ସମସ୍ତଙ୍କୁ ଛାଡ଼ି ଯିବାକୁ ତାଙ୍କ ମନଟା କେମିତି ଗୋଲେଇ ଘାଣ୍ଟି ହଉଚି।

ଯିବାବେଲ ପାଖେଇ ଆସିଲା। ଗାଡ଼ିରେ ଜିନିଷପତ୍ର ଲଦା ଚାଲିଛି। ମହୀବୋଉ ମାୟାକୁ ଡାକିନେଇ କହିଲେ ମାୟା, ମୋ ସୁନା ଝିଅଟା ପରା, ଭାଉଜ କଥା ମାନି ଚଲିବୁ। ପଟୁ, ରଞ୍ଜୁ ହେରିକାଙ୍କୁ ଟିକିଏ ନିଘା ରଖିଥିବୁ। ଯୋଉ ଦୁଷ୍ଟ ହେଇଚନ୍ତି–କେତେବେଲେ କ'ଣ କରି ପକେଇବେ। ଆଉ କୁନାକୁ ତ ବୋହୂ ଦେଖିବ। ବାପାଙ୍କର ଯେମିତି କିଛି ଅସୁବିଧା ନ ହୁଏ ଟିକିଏ ଦେଖୁଥିବୁ।

ଅଥାର ପରି ମୁହଁ ନଦି ମାୟା କହିଲା– ମୁଁ କିଛି କରିପାରିବି ନାହିଁ। ଇଏ ବୁଲିବ ଆଉ ଘର ଗୋଟାକର ମଣିଷଙ୍କୁ ସମ୍ଭାଲିବି ମୁଁ। କାହିଁକି, ତୋ ବୋହୂକୁ କହିକରି ଯାଉନୁ? ମାୟାର ରାଗ ଯେ କଲେଜ ଚାଲୁଥିବା ବେଲେ ମହୀବୋଉ ନିଜ ବୁଲିଯିବା ସୁବିଧାଟା କରିନେଲେ।

– ବୋହୂ ତ ସମ୍ଭାଲିବ। ତୁ ଟିକିଏ ଦେଖାଚାହିଁ କରୁଥିବୁ।

ତାପରେ କାବେରୀ ପାଖକୁ ଯାଇ କହିଲେ– ବୋହୂ! ମହୀ ତ ଏଯାଏଁ ଫେରିଲାନାହିଁ। ଗଲାବେଲକୁ ତାକୁ ଟିକିଏ ଦେଖିପାରିଲି ନାହିଁ। ତା'ର ଯେମିତି କିଛି ଅସୁବିଧା ନହୁଏ, ନିଘା ରଖିଥିବୁ। ଦିହପା'ର ଯତ୍ନ ନେଉଥିବୁ। ମୁଁ ଏଇ କେଇଟା ଦିନରେ ଆସିବି ନାଇଁ କି। ଆଖିର ଲୁହ ଲୁଚେଇବାକୁ ମହୀବୋଉ ଅନ୍ୟଆଡ଼େ ଚାଲିଗଲେ।

ହାତରେ ଗୋଟିଏ ଗୋଟିଏ ଟଙ୍କା ଧରି ପଟୁ, ରଞ୍ଜୁ କାନ୍ଦୁଛନ୍ତି।

ଗାଁ ମାଇପେ ଯେମିତି ଯିବାକୁ ନାରାଜ। ବୋହୂ ବାହୁନା ଜାଣିଛି କି ନାହିଁ ବିଡ଼ିବାକୁ କାବେରୀକୁ ଧରି ଜଣେ ଅଧେ ବାହୁନି ବସିଲେଣି। ତା'ର ୦୦ ଧରି, ଅନ୍ୟ ହାତରେ ପିଠି ସାଉଁଲେଇ ବାହୁନା ଚାଲିଛି– ମୋ.... ଧନମାଲିଆଟା ରେ,... ମୋ ଚନ୍ଦ୍ରବଦନୀରେ... କେଡ଼େ ମାୟା ଲଗେଇ ଦେଇଥିଲୁରେ... ପୁଣି କେବେ ଆଇଲେ ତତେ ଦେଖିବି ରେ... ଇତ୍ୟାଦି, ଇଦ୍ୟାଦି।

କାବେରୀ ମୁହଁରେ ଲୁଗାମାଡ଼ି ସୁଁ ସୁଁ ହୋଇ କାନ୍ଦୁଥାଏ। ମାୟାକୁ ସେହିବାଟେ

ଚାଲି ଯାଉଥିବାର ଦେଖି ଜଣେ ଅଧେ ତା ଉପରେ ଝାମ୍ପି ପଡ଼ିଲେ– "ହାଁ ମୋ ଧନମାଲିଆରେ..."

– ହାଟ୍। ଦି' ହାତରେ ଗୋଟିଏ ଜବର ଠେଲା ଦେଇ ନିଜକୁ ଅଲଗା କରିନେଇ ମାୟା ଖଟେଇ ହେଲା– ମୋ ଧନମାଲିଆରେ... ଗାଁ ଗୋବିନ୍ଦା ସାଙ୍ଗରେ ତତେ ବାହାକରିବି ରେ...

ବାହୁନା– ପାଲା ସରିବା ପରେ ଜଣ ଜଣ କରି ସମସ୍ତେ ଗାଡ଼ିରେ ଉଠି ବସିଲେ। ସମସ୍ତଙ୍କ ଆଖିରେ ଲୁହ। ଘରଭିତରୁ ପଟୁ, ରଞ୍ଜୁ, ଘେଁ ଘେଁ ରଡ଼ି ଛାଡ଼ୁଛନ୍ତି। ସାମନା ଝରକା ପାଖରେ କାବେରୀ ଗାଡ଼ିକି ଚାହିଁ ଆଖିରୁ ଲୁହ ପୋଛୁଚି। କେବଳ କାନ୍ଦୁ ନାହିଁ ଜଣେ– ସେ ମାୟା। ଦାଣ୍ଡ ବାରଣ୍ଡାରେ ଠିଆହୋଇ ଅନ୍ଧାରେ ହାତଦେଇ ଗାଡ଼ିକି ଚାହିଁଛି।

ସମସ୍ତେ ଚାଲିଗଲେ– କାବେରୀ ଦି' ଆଖିରୁ ଲୁହପୋଛି ଥରେ ଚାରିଆଡ଼କୁ ଚାହିଁଲା। ପଟୁ, ରଞ୍ଜୁଙ୍କ କାନ୍ଦ ଆଉରି ବନ୍ଦ ହୋଇ ନାହିଁ। କୁନା ପାଖରେ ଠିଆ ହୋଇଛି। ଗାଡ଼ି ଯିବା ସାଙ୍ଗେ ସାଙ୍ଗେ ମାୟା ଘରଭିତରକୁ ଚାଲିଗଲାଣି। ମୋହନ ଡାକ୍ତରଖାନାରୁ ଫେରି ନାହିଁ। ବୈଠକଖାନାର କାନ୍ଥ ଘଣ୍ଟାକୁ ଚାହିଁ କାବେରୀ ଦେଖିଲା– ଗୋଟାଏ ବାଜିବାକୁ ଆହୁରି ପନ୍ଦର ମିନିଟ୍ ବାକି। ମହୀବୋଉ ଚାଲିଯିବାରୁ ତାକୁ ଯେ ଖରାପ ଲାଗୁଛି, ଏହି କଥା ଜଣେଇବାକୁ ସେ ମାୟାକୁ ଖୋଜିଲା। ମାୟା ଶୋଇବାଘର କବାଟ ଭିତରୁ ବନ୍ଦ। ଡାକି ଡାକି କାବେରୀ ଫେରିଆସିଲା। ଆସିଲାବେଲେ ଥରେ ପୀତାମ୍ବରବାବୁଙ୍କ ଘରବାଟେ ଉଙ୍କିଦେଇ ଆସିଲା–ଶୋଇଛନ୍ତି।

କାବେରୀ ପଟୁ, ରଞ୍ଜୁଙ୍କ ପାଖକୁ ଫେରିଗଲା। ପିଲାମାନେ କାନ୍ଦ ବନ୍ଦ କରି ଦୁଇଟଙ୍କାରେ କେତେଟା ଗୁଡ଼ି ହବ, ବସି ହିସାବ କରୁଥିଲେ। କାବେରୀକୁ ପାଖରେ ଦେଖି କୁନା କହିଲା– ଅପା, ଭାରି ଭୋକ କଲାଣି।

ପଟୁ ବାହାରିପଡ଼ି କହିଲା... ଆରେ ହଁ ହଁ ବୋଉ ଗଲାବେଲେ କହି ଯାଇଥିଲା ଆମ ପାଇଁ ପିଠା ରଖିଚି ବୋଲି। ଚାଲ ଖାଇବା...।

– ହଉ ତେବେ ଆସ। କାବେରୀ ଭଣ୍ଡାରଘର ଖୋଲି ତିନି ପିଲାଙ୍କୁ ତିନୋଟି ପିଠା ଧରେଇ ପୁଣି ଦୁଆର ବନ୍ଦ କଲା।

ମୋହନ ଡାକ୍ତରଖାନାରୁ ଫେରିଲା। ଘରଟା ଯେମିତି ଖାଇ ଗୋଡ଼ାଉଛି!

ମହୀବୋଉଙ୍କ ଯିବାକଥା ଜାଣିଥିଲେ ମଧ ଆଉଥରେ ମୁହଁ ଖୋଲି ପଚାରିଲା–ବୋଉ କ'ଣ ଚାଲିଗଲାଣି ?

– ହଁ । ମୁହଁ ଶୁଖେଇ କାବେରୀ କହିଲା । ତମକୁ କେତେ ଖୋଜୁଥିଲେ । ତମେ ଟିକିଏ ଶୀଘ୍ର ଆସିଲ ନାହିଁ ?

"ମତେ ଆଗ ଖାଇବାକୁ ଦେଲ । ଭାରି ଭୋକ କଲାଣି । ପରେ ସବୁ ଶୁଣିବି", କହି ମୁହଁହାତ ଧୋଇବାକୁ ମୋହନ ଚାଲିଗଲା ।

ଖାଇସାରି ବିଶ୍ରାମ କଲାବେଳେ ସବୁଦିନ ପରି କାବେରୀ ଆସି ଆଉ ପାଖରେ ବସିଲା ନାହିଁ । ଖୁବ କାମରେ ବ୍ୟସ୍ତ ଥିଲାଭଳି ମୋହନକୁ ପଚାରିଲା–ଆଜି ଉପରବେଳା କ'ଣ ଖାଇବ କହ, ମୁଁ ଯାଉଟି ତିଆରି କରିବି । ମୋହନ ଆଶ୍ଚର୍ଯ୍ୟ ହୋଇଗଲା, କାରଣ ଏତେ ଡେରିରେ ଭାତ ଖାଇ ଆଉ ଉପରବେଳା ଜଳଖିଆ ଖାଇବାକୁ ତା'ର ଭୋକ ନଥାଏ । ଖାଲି କପେ ଚା' ହେଲେ ତା'ର ଚଳିଯାଏ, କିନ୍ତୁ ଆଜି ଏପରି କଥା ଶୁଣି ସେ ପଚାରିଲା– ଆଜି କ'ଣ କି ?

– କିଛି ନାଁ ଯେ, ବୋଉ ନାହାନ୍ତି ଯେତେବେଳେ ମତେ ତ କରିବାକୁ ହେବ । ଚାକରଙ୍କ ଜିମା ଦେଲେ ତ ଅଧା ଉଠେଇ ନେବେ, କାବେରୀ ସେଇଠି ବସିପଡ଼ି ଗପ ଯୋଡ଼ିଲା ।

ନୂଆ ହୋଇ ଘରଣୀ ହୋଇଛି । ମନରେ ତା'ର ଅସରନ୍ତି ଉସ୍ଵାହ । ଏକାଟିଆ ବସି ବସି କଳ୍ପନାରେ କେତେ ରଙ୍ଗୀନ ସ୍ଵପ୍ନ ସେ ଦେଖିଚି । ସେଇ ସପନ ରାଜ୍ୟରେ ମୋହନକୁ ସେ ବୁଲେଇବାକୁ ଚାହେଁ । କଥା ଲହ୍ୟସରେ ବେଳ ଗଡ଼ିଗଲାଣି । ସେମାନେ କେହି ଜାଣି ନାହାନ୍ତି । ବାହାରେ ମାୟାର ପାଟି ଶୁଭିଲା–

– ଚାବି କାହିଁ ?

– ହେଇ, ମୁଁ ଯାଉଛି, ମତେ ଖୋଜିଲେଣି । ମୋହନର ଉତ୍ତରକୁ ଅପେକ୍ଷା ନକରି କାବେରୀ ବାହାରିଆସିଲା । କାନିରେ ଚାବି ବନ୍ଧା ହୋଇଛି । ମାୟାକୁ ଦେଖି ହସି ହସି କହିଲା– କ'ଣ ଖାଇବ କି ?

– ଚାବିଟା ଦିଅ । ମାୟାର ଆଖି ଲାଲ ।

– କ'ଣ ଖାଇବ କହୁନା ? ଚାଲ ମୁଁ ଘର ଫିଟେଇ ଦଉଛି କହି କାବେରୀ ଆଗେ ଆଗେ ଚାଲିଲା ।

– କାହିଁକି, ମତେ କ'ଣ ଘର ଫିଟେଇ ଆସେ ନାହିଁ ?

ମାୟାର ଆଖିକି ଚାହିଁ କାବେରୀ ଟିକିଏ ଶଙ୍କିଗଲା । ତା'ପରେ ରାଗରେ

ଗର ଗର ହୋଇ କାନିରୁ ଚାବିଟା ଖିଟେଇ ଏକ ରକମ ଫୋପାଡ଼ି ଦେଲାଭଳି ତଳେ ଗଡ଼େଇ ଦେଇ ନିଜ ବଖରା ଭିତରକୁ ଫେରିଗଲା ।

ମୋହନ କାନରେ ସବୁ ବାଜିଛି । ତଥାପି ତାକୁ ଶୁଣେଇ ଶୁଣେଇ କାବେରୀ କହିଲା– ଆଜିକାଲି ଯୁଗରେ ଭଲ କହିଲେ ଖରାପ ହୁଏ । ସେ ମନେ କରିଛନ୍ତି, ତାଙ୍କୁଇ ଖାଲି ଏମିତି ଚାଉଁ ଚାଉଁ କଥା କହିଆସେ, ଆମକୁ ଆସେ ନାହିଁ... ଦେଖ଼ନା, ମୁଁ କହିଲି, ଚାଲ ମୁଁ ଘରଟା ଖିଟେଇଦଉଛି, ହେଲାନାହିଁ ନିଜେ ଚାବି ନେଇ କରି ଯିବେ । ଯାଉ ନାହାନ୍ତି ? କାହାର କଣ ହେଇ ଯାଉଛି... ? ମୁଁ ଆଉ ସେ ଚାବି ଫାବି ଛୁଇଁବି ନାହିଁ । କାବେରୀ ସୁଁ ସୁଁ ହୋଇ କାନ୍ଦିବାରେ ଲାଗିଲା ।

– ତମେ ପରା ଘର ଚଲେଇବାକୁ ଯାଉଛ... ଏମିତି ଟିକିଏ କଥାରେ ରୁଷିଗଲେ ଚଲିବ ? ପିଲାଟା କ'ଣ କହିଦେଲା, ତାକୁଇ ଧରି ବସିଲ ।

– ହଁ ପିଲା ! ଦୁଧଖିଆ ଛୁଆ ହୋଇଥିବେ । ତମ ଭଉଣୀ ନା, ସେଥିପାଇଁ ପିଲା ହେଇଯାଉଛନ୍ତି । କାବେରୀ ପିଠି ବୁଲେଇ ବସି ଗାଣ୍ଡ ଗାଣ୍ଡ ହେବାରେ ଲାଗିଲା ।

ପରଦିନ ମୋହନ ଅଫିସକୁ ଯିବାପରେ କାବେରୀ ପୁଝାରୀକୁ ରନ୍ଧାର ବରାଦ ଦେଇ ନିଜ ବଖରାକୁ ଫେରିଆସିଲା । ପିଲାମାନେ କିଏ କୁଆଡ଼େ ଖେଳିବାକୁ ଚାଲିଗଲେଣି । ମାୟା ପାତାୟରବାବୁଙ୍କ ପାଖରେ ବସି କ'ଣ ଗପ କରୁଛି । ଶାଶୁଙ୍କ ପାଖକୁ ଖଣ୍ଡେ ଚିଠି ନଲେଖିଲେ ସେ ଦୁଃଖ କରିବେ । କାଗଜ କଲମ ଧରି କାବେରୀ ଖଟ ଉପରେ ବସିଲା ।

ପ୍ରଥମେ କ'ଣ ଲେଖି ସମ୍ବୋଧନ କରିବ, ଭାବୁ ଭାବୁ ତାର ଅନେକ ସମୟ ଚାଲିଗଲା । ଗାଁର ସମସ୍ତେ ନିଶ୍ଚୟ ଚିଠିଟାକୁ ପଢ଼ିବେ... ଆଉ ସେହି ଲେଖାରୁ କଲି ବସିବେ ବୋହୂ ମନର ଭକ୍ତି । ଖୁବ୍ ସତର୍କ ହୋଇ କାବେରୀ ଧୀରେ ଧୀରେ ଲେଖିବାକୁ ଲାଗିଲା ।

ପୁଝାରୀ ଆସି ଦୁଆର ମୁହଁରେ ଠିଆ ହେଲା ।
ସମସ୍ତେ ଖାଇ ସାରିଲେଣି । ତମେ ଖାଇବ ନାଇଁ ?
ଚମକିପଡ଼ି କାବେରୀ ଟେବୁଲ-ଘଣ୍ଟାକୁ ଚାହିଁ ଦେଖିଲା କେତେବେଳୁ ବାରଟା ବାଜିଗଲାଣି । ଚିଠି ଲେଖାରେ ଭୋଳ ହୋଇ ସେ କିଛି ଜାଣି ପାରି ନାହିଁ । ହାତେ ଜିଭ କାମୁଡ଼ି, ଅସମାପ୍ତ ଚିଠିଟିକୁ ସେଇଠି ରଖିଦେଇ ପୁଝାରୀ ପଛେ ପଛେ ସେ ଘରୁ ବାହାରି ଆସିଲା ।

– ପୁଝାରୀ, ବାପାଙ୍କୁ କିଏ ଖାଇବାକୁ ଦେଲା ?
– ଦେଇ ଥିଲେ ।

– ମତେ ଟିକିଏ ଡାକିଦେଲ ନାହିଁ ?

କୌଣସି ଜବାବ ନ ଦେଇ ପୁଖାରୀ ଭାତ ବାଢ଼ିବାରେ ଲାଗିଲା ।

ତରବର କରି ଦି'ଗୁଣ୍ଠା ଖାଇଦେଇ କାବେରୀ ପୁଣି ଚିଠି ଲେଖିବାକୁ ଫେରିଆସିଲା । ଯେମିତି ହେଲେ ଏ ଚିଠିଟା ଡାକରେ ପଠାଇବା ଦରକାର । ମୋହନ ଫେରିବା ପୂର୍ବରୁ ଚିଠିଟା ବନ୍ଦ କରି ପୁଖାରୀ ହାତରେ ଦେଇ କାବେରୀ ବାର ବାର ତାଗିଦା କଲା– ଅତି ଜରୁରୀ ଚିଠି । ଯେ କୌଣସିମତେ ଆଜି ଡାକରେ ପଠାଇବା ଦରକାର । ପୁଖାରୀକୁ ଆଖି ଆଗରେ ଚିଠି ପକାଇବାକୁ ପଠାଇ, କାବେରୀ ଟିକିଏ ବେଲ ରାସ୍ତାକୁ ଚାହିଁ ଛିଡ଼ା ହେଲା । ମନରେ କଲା "ମା' ପାଖକୁ ବି ଖଣ୍ଡେ ଚିଠି ଦେଲେ ହେଇଥାନ୍ତା ।" ଏତିକିବେଲେ ପଛଆଡ଼ୁ ମାୟାର ପାଟି ଶୁଭିଲା– ଭାଉଜ ଚାବିଟା କୋଉଠି ରଖିଛ ?

– ହେଇ, ମୋ ଘରେ ଥୁଆ ହେଇଛି... ନବ କି ?

– ସବୁବେଲେ କାହିଁକି ଚାବିଟା ନେଇ ଘର ଭିତରେ ଗୁଞ୍ଜୁଛ ? ଜଲଦି ଦିଅ । ମାୟା କାବେରୀ ପଛେ ପଛେ ଗଲା ।

ମାୟା ହାତରେ ଚାବି ଦେଇ କାବେରୀ ଘଣ୍ଟାକୁ ଚାହିଁ ଦେଖିଲା କେତେବେଲୁ ତିନିଟା ବାଜିଗଲାଣି । ପୀତାମ୍ବରବାବୁ ତିନିଟା ବେଲେ ଚା' ଖାଆନ୍ତି । ଏତେ ବେଲ ହେଲାଣି, ତାଙ୍କୁ ଚା' ଦେଇନାହିଁ । ତରବର ହୋଇ କାବେରୀ ରୋଷେଇଘର ଆଡ଼େ ବାହାରିଗଲା ।

ଚୁଲି ଉପରେ ଚା' ପାଣି ବସିଛି ଆଉ ପାଖରେ ମାୟା ସେଇ ଚୁଲିକୁ ଚାହିଁ ବସିଛି । ସେ ଜାଣେ ମାୟା ତାକୁ କରିବାକୁ ଦବ ନାହିଁ । ତେଣୁ ସେଠି ଆଉ ଅପେକ୍ଷା ନ କରି କାବେରୀ ଫେରିଆସିଲା ।

କାବେରୀର କଟକଣାରେ ଘରର ଚାକରମାନଙ୍କ ଭିତରେ ଭାଲେଣି ପଡ଼ିଲା । ମହାବୋଉ ଥିବାବେଲେ ଚାକରମାନଙ୍କର ଯୋଉ ହାତ ସଫେଇ ହେଉଥିଲା, କାବେରୀ ହାତରେ ଚାବି ରହିଲାପରେ ସେତକ ଏକବାରକେ ବନ୍ଦ ହୋଇଯାଇଛି । ଏ ସବୁ ବିଷୟରେ ସେ ଅତି ସାବଧାନ । ଅଟାରୁ ଆରମ୍ଭ କରି ଚାଉଲ, ଡାଲି, ତେଲ, ଲୁଣ– ସବୁ ଜିନିଷ ସେ ନିଜ ହାତରେ ମାପିକରି ଦିଏ । ଏହି ନୂଆ ଧରଣର କାମ ଦେଖି ଚାକରମାନେ ଆପଣା ଭିତରେ ଠରାଠରି ହୋଇ ବସନ୍ତି । ସବୁ ଦେଖି ନ ଦେଖିଲାପରି ସେ ଚାଲିଯାଏ ।

ଚାହୁଁ ଚାହୁଁ ଆଠଦିନ ହୋଇଗଲାଣି। ଘରର ଦାୟିତ୍ୱ କାବେରୀ ମୁଣ୍ଡରେ ଲଦିଦେଇ ମହୀବୋଉ ଚାଲିଯାଇଛନ୍ତି। ମହୀବୋଉଙ୍କ ବିନା ଘରଟା କାହାକୁ ଭଲ ଲାଗୁନାହିଁ। ସେ ଯିବା ପରଠୁ ମାୟା ପ୍ରତିଦିନ ବୁଲିବାକୁ ଯାଇ ସଞ୍ଜପରେ ଘରକୁ ଫେରେ। ଘରଟା ତାକୁ ବଡ଼ ଏକାଟିଆ ଲାଗେ। ମହୀବୋଉ ଥିଲାବେଳେ କାରଣ ଅକାରଣରେ ଦିନକୁ ଦଶ ଥର ତାଙ୍କ ସାଙ୍ଗରେ କଳି କରୁଥିଲା। ବର୍ତ୍ତମାନ ସେତକ ବନ୍ଦ। ପୀତାମ୍ବରବାବୁ ରାତି ଦଶଟା ପରେ ନିଜ ପଢ଼ାରୁ ଉଠନ୍ତି। ସଞ୍ଜ ହେଲେ ରାନ୍ଧିବାପାଇଁ ଜିନିଷପତ୍ର କାଢ଼ିଦେଇ, ଘର ବନ୍ଦ କରି କାବେରୀ ଖାଲି ଏପଟସେପଟ ହେଉଥାଏ। ପଢ଼ା ପାଖରେ କିଏ ଶୋଇ ପଡ଼ିଥିଲେ ତାକୁ ନିଦରୁ ଉଠେଇ ବସେଇଦିଏ। କେହି ପାଣି ପିଇବାକୁ ଯାଇ, ପୁଞ୍ଜାରୀ ପାଖରୁ ଭଜା କି ତରକାରି ଖାଉଥିବାର ଦେଖିଲେ ତାକୁ ଦି' ପଦ ଶୁଣେଇ ଦେଇ ପଢ଼ିବାକୁ ପଠେଇ ଦିଏ– "ପଢ଼ିଲାବେଳେ କେହି ବୁଲନ୍ତି ନାହିଁ। ପରୀକ୍ଷା ଖରାପ କଲେ ବାପା, ଭାଇ ରାଗ ହେବେ।" ସେମାନେ ଚାଲିଯିବା ପରେ ପୁଞ୍ଜାରୀକୁ ତାଗିଦା କରେ– ଆଗରୁ ଏମିତି ଦେଇ ଦେଉଛ। ଖାଇଲା ବେଳେ ତୁଚ୍ଛା ହେଲେ କାହା ମୁଣ୍ଡରେ ଦୋଷ ଯିବ?

– ସିଏ ମାଗିଲେ ପରା। କେମିତି ମନା କରିଦେବି?

– ସେମାନେ କ'ଣ ଭୋକରୁ ମାଗୁଛନ୍ତି? ପଢ଼ାବେଳେ ବୁଲିବାର ଇଏ ହେଲା ଗୋଟାଏ ଫିକର। ଏଣିକି ଯିଏ ଆସିବ ମୋ ପାଖକୁ ପଠାଇଦେବ।

ମହୀବୋଉ ଥିବାବେଳେ ପିଲାମାନଙ୍କର ଯେମିତି ଚବିଶ ଘଣ୍ଟା ପାଟି ବୁଲୁଥିଲା ବର୍ତ୍ତମାନ ସେତକ ବନ୍ଦ ହୋଇଯାଇଛି। ଠିକ୍ ବେଳରେ ଖାଇବାକୁ ଦେଇସାରି, ଘର ବନ୍ଦ କରି କାବେରୀ ଚାବି ନେଇଯାଏ। ଏପରି କରିବାଦ୍ୱାରା ପିଲାମାନଙ୍କର ସବୁପ୍ରକାର ଚୋରିର ବାଟ ଏକାଥରକେ ବନ୍ଦ ହେଇଗଲା, କିନ୍ତୁ ସେତିକିରେ କାବେରୀ ସନ୍ତୁଷ୍ଟ ନୁହେଁ– ସେ ଚାହେଁ ଆହୁରି ବେଶୀ ଶୃଙ୍ଖଳା।

ମହୀବୋଉ ଯିବା ପରଠୁଁ କାବେରୀ ନିଜକୁ ନେଇ ତାଙ୍କର ସ୍ଥାନରେ ବସେଇ ଦେଇଛି। ଏହି ଅଳ୍ପ କେଇଦିନ ଭିତରେ ଘରର ସମସ୍ତଙ୍କୁ ସେ ବୁଝେଇ ଦେବାକୁ ଚାହେଁ ଯେ କେବଳ ଘର ଚଲାଇବା ଦାୟିତ୍ୱ ଛଡ଼ା ସେ ଆହୁରି ଅଧିକ କିଛି କରିପାରିବ। କିନ୍ତୁ ତା'ର ସେହି କଳ୍ପନାରେ ବାଧାଦିଏ ମାୟା। କେବଳ ମାୟାକୁ ଯଦି କୌଣସି ପ୍ରକାରେ ସେ ବାଗକୁ ଆଣିପାରନ୍ତା, ତେବେ ତା'ର କଳ୍ପନା ସାର୍ଥକ ହୁଅନ୍ତା...।

ମାୟାକୁ ନିଜ ଆୟଉ ଭିତରେ ଆଣିବାପାଇଁ କାବେରୀ ବହୁତ ପ୍ରକାରେ ଚେଷ୍ଟା କଲା। କିନ୍ତୁ ସୁଅ ମୁହଁରେ ବନ୍ଧ ବାନ୍ଧିବାକୁ ଯାଇ ମଣିଷ ଯେମିତି ବିଫଳ ହୁଏ, ସେମିତି ଅଳ୍ପ କେଇଟି ଦିନ ଭିତରେ ମାୟାର ସ୍ୱଭାବରେ ପରିବର୍ତ୍ତନ ଆଣିବାକୁ

ଚେଷ୍ଟାକରି ଥରକୁ ଥର ସେ ବ୍ୟର୍ଥ ହେବାରେ ଲାଗିଲା ସତ, କିନ୍ତୁ ଦବିଁଗଲା ନାହିଁ। ସେ ଯେତିକି ବେଶୀ ହାରିଲା, ଜିଦି ତାର ସେତିକି ବଢ଼ି ବଢ଼ି ଚାଲିଲା।

ଦିନେ ରାତିରେ ବୁଲିସାରି ଫେରି ମାୟା କ'ଣ ଗୋଟାଏ କାମ କରୁଥିଲା, ଏତିକିବେଳେ କାବେରୀ ଆସି ଘର ଭିତରେ ପଶିଲା।

– ମାୟା...

– କ'ଣ? କାମରୁ ମୁହଁ ନ ଉଠେଇ ମାୟା ପଚାରିଲା।

– ନାଇଁ, ମୁଁ କଣ କହୁଥିଲି କି... ଝିଅମାନଙ୍କର ଏତେ ଡେରିଯାଏ ବାହାରେ ରହିବାଟା ଠିକ୍ ନୁହେଁ...

ସାପ ମୁଣ୍ଡରେ ଗୋଡ଼ ପଡ଼ିଗଲେ ସେ ଫେରିପଡ଼ି ଫଣା ଉଠେଇଲା ପରି ମାୟା ମୁହଁ ବୁଲେଇ କାବେରୀ ମୁହଁକୁ ଚାହିଁଲା

– ଆଖିରେ ତା'ର ନିଆଁ। ମୋ ଇଚ୍ଛା–

– ତମରି ଭଲ ପାଇଁ କହୁଛି ମୁଁ...

– ଆହା! ବଡ଼ ହିତାକାଂକ୍ଷୀ!

ମାୟାର କଥା ଶୁଣି କାବେରୀ ପ୍ରଥମେ ଟିକିଏ ରାଗିଗଲା। ମାୟାକୁ ସେ ଭଲ ରକମ ଚିହ୍ନେ। କିନ୍ତୁ ତା ଉପରେ ଘରର ସମସ୍ତଙ୍କ ଭଲମନ୍ଦର ଭାର ରହିଛି। ତେଣୁ ସେ ପୁଣି ଯୋଡ଼ିଲା– ଦେଖ ତମେ ବାହା ହେଇନା...

– ଭାରି ତ କ'ଣ ମୁରବୀଙ୍କ ପରି କଥା କହୁଛ !... ଦୟାକରି ମୋ ବିଷୟରେ ଆଉ ମୁଣ୍ଡ ନ ଖେଳେଇ ଏଠୁ ବାହାରିଯାଅ। ଏକରକମ ଜୋର କରି ମାୟା କାବେରୀକୁ ସେଠୁ ବାହାର କରିଦେଲା।

କାବେରୀ ସେଠାରୁ ଚାଲିଆସିଲା। ମାୟାର ଚଢ଼ା ଗଲାର ସେହି କଥା କେଇପଦ ତାକୁ ବେଶୀ ରଗେଇ ଦେଲା। ମାୟା ତା ଠାରୁ ସବୁ ବିଷୟରେ ଛୋଟ। ତଥାପି ତାର ବ୍ୟବହାର ଜଣାଇଦିଏ ଯେମିତି କି ସେ କାବେରୀର ମୁରବୀ। ତା'ର ଇଚ୍ଛା ହେଲା ଧାଇଁଯାଇ ମାୟା ଗାଲରେ ଦି'ଟା ଚଟକଣା ବସାଇ ଦେବାକୁ। ଘରଟାୟାକର ଲୋକେ ଗେହ୍ଲା କରି କରି ତାକୁ ଏମିତି ମୁହଁବଢ଼ିଆ କରିଦେଇଛନ୍ତି... ଆଜି ଏକା ଏକା ସେ କେମିତି ତାକୁ ବାଟକୁ ଆଣିବ?

ଖାଇବାଘରେ ମାୟା ଓ ପୀତାମ୍ବରବାବୁ ଖାଇ ବସିଛନ୍ତି। ଦିହିଁଙ୍କ ଭିତରେ କେତେଆଡ଼ର କଥା ପଡ଼ିଛି। କାବେରୀ ଆସିଲା ସତ, କିନ୍ତୁ ଅନ୍ୟ ଦିନପରି ସେମାନଙ୍କ

ପାଖରେ ଠିଆହୋଇ ରହିଲା ନାହିଁ। ମାୟାର ହସ, କଥା, ଚାଲି, ଏମିତିକି ତା'ର ଛାଇ ସୁଦ୍ଧା କାବେରୀ ଦେହରେ ନିଆଁ ଖେଞ୍ଜା ମାଡ଼ିଦଉଛି। ସେ ଦାଣ୍ଡ ଆଡ଼େ ଗଲା– ମୋହନର ରୋଗୀ ଦେଖା ଆହୁରି ସରିନାହିଁ।

ରାତିରେ କାବେରୀଠୁ ସବୁ କଥା ଶୁଣିବାପରେ ମୋହନର ମାୟା ଉପରେ ରାଗ ହେଲା। ଯେତେହେଲେ ମଧ ତା'ର ଏପରି କହିବାଟା ଉଚିତ ନୁହେଁ... ତା'ର ଏଇ ବେଖାତିର ଭାବ ଥରକୁ ଥର କାବେରୀ ମନରେ ବହୁତ ଆଘାତ ଦେଉଛି। କିନ୍ତୁ ହଠାତ୍ ମାୟାକୁ ଗାଲି ଦେବାଟା ଅସଙ୍ଗତ ହେବ ମନେ କରି ମୋହନ ସୁଯୋଗକୁ ଅପେକ୍ଷା କରି ରହିଲା।

ରାତି ଦଶଟା ହେଲାଣି, ତଥାପି ମାୟାର ଦେଖା ନାହିଁ। କାବେରୀ ମନେ ମନେ ଖୁସି ହେଲା... ଆଜି ମାୟା ନିଶ୍ଚେ ବାପା ଭାଇଙ୍କ ହାବୁଡ଼ରେ ପଡ଼ିବ। ଆଉ ଟିକିଏ ବେଳରେ ସମସ୍ତେ ଆସିଯିବେ।

ଘଡ଼ିକଣ୍ଟା ଟିକ୍ ଟିକ୍ ଶଦ୍ଧ କରି ଯେତିକି ଆଗେଇ ଯାଉଥାଏ, କାବେରୀ ମନ ସେତିକି ନାଚି ଉଠୁଥାଏ।

କାବେରୀକୁ ଆଉ ତର ସହିଲା ନାହିଁ। ମୋହନକୁ ବୈଠକ ଖାନାରୁ ଉକେଇ ଆଣିଲା। ସେ ଜାଣେ ରୋଗୀମାନଙ୍କ ପାଖରେ ମୋହନ ମାୟାକୁ ଗାଲି ଦେଇ ପାରିବ ନାହିଁ। ମୋହନ ଆସିଲା। କାବେରୀ ଜଣେଇଲା ଦିନସାରା ଖଟି ଖଟି ତା'ର ମୁଣ୍ଡ ବିନ୍ଧିଲାଣି। ସମସ୍ତେ ଖାଇନେଲେ ସେ ଟିକିଏ ବିଶ୍ରାମ ନେବ। ଏକୁଟିଆ ବସି ବସି ତାକୁ ବ୍ୟସ୍ତ ଲାଗୁଛି।

– ମାୟା କ'ଣ ଆହୁରି ଫେରି ନାହିଁ ?

– ତମେ ଆଗେ ଖାଇନିଅ... ତାଙ୍କର ତ' ଆହୁରି ବେଳ ହେଇନାହିଁ... ସେ ଆସିଲେ ମୁଁ ପରେ ଦେଇଦେବି...ବାପା ବି କୁଆଡ଼େ ଯାଇଛନ୍ତି, ଫେରିନାହାନ୍ତି... ସେମାନଙ୍କ କାମ ସରିବା ଯାଏ ମତେ ରହିବାକୁ ପଡ଼ିବ।

– ଏସବୁ ଅତିରିକ୍ତ ହୋଇଯାଉଛି। ଜଣକୁ ଚାକରାଣୀ ପରି ଖଟାଇ ଅନ୍ୟମାନେ ବାହାରେ ଆଡ଼ୁଆ ମାରିବେ। ... ବାପା ଜାଣି ଜାଣି ମାୟାକୁ ଏମିତି ମୁହଁ ବଡ଼ିଆ କରିଛନ୍ତି... ଆଜି ସେ ଆସୁ–

– ମୋହନ ଖାଇ ବସିଛି। ଏତିକିବେଲେ ଦାଣ୍ଡରେ ଗାଡ଼ିର ହର୍ଷ ଶୁଭିଲା। ଫିଟଫାଟ୍ ବେଶରେ ଘର ଭିତରେ ପଶି, ମାୟା ସିଧା ଉପରକୁ ଚାଲିଗଲା। ଫୁସଫୁସ କରି କାବେରୀ କହିଲା– ଛିଃ, ଏଗୁଡ଼ାକ କେଡ଼େ ଖରାପ କଥା। ବୋଉ ଶୁଣିଲେ କ'ଣ କହିବେ ? ରାତି ଅଧଯାଏ ପର ଗାଡ଼ିରେ ଏମିତି ଘୁରି ବୁଲୁଛନ୍ତି, ଦାଣ୍ଡଲୋକ କ'ଣ କହିବେ ?

ଲୁଗା ପାଲଟି ପୀତାମ୍ବରବାବୁଙ୍କ ଘର ଖାଲି ଥିବାର ଦେଖି ମାୟା ଗୁଣୁ ଗୁଣୁ କରି ଗୀତ ବୋଲି ରାଧା ଘରକୁ ଗଲା ।

– ପୁଷ୍ଖାରୀ, ବାପା ଆସି ନାହାନ୍ତି ?

– ନାଇଁ ଫେରି ନାହାନ୍ତି ।

ମାୟା ଫେରି ଯାଉ ଯାଉ ମୋହନ ଡାକିଲା– ମାୟା !

– ମତେ ଡାକୁଛ ?

– କାହା ଗାଡ଼ିରେ ଆସିଥିଲୁ ?

– ମୋର ଜଣେ ସାଙ୍ଗ ।

– ଏତେବେଳଯାଏ କ'ଣ କରୁଥିଲୁ ?

– କାମ ଥିଲା ।

– କି କାମ ?

କାହିଁକି ?

ଚିଡ଼ିଯାଇ ମୋହନ କହିଲା– ଭାରି ତ କ'ଣ ସାହସ ବଢ଼ି ଗଲାଣି । ଏସବୁ ବୋଧହୁଏ କଲେଜ ମାଡ଼ିବାର ଫଳ ? ଆଜି ବାପା ଆସନ୍ତୁ ।

ରାଗରେ ମାୟା ଗୋଟିପଶେ ଲାଲ ପଡ଼ିଗଲା । କହିଲା– ଭାଇ, ବୁଝିଥା... ଅନ୍ୟର ଶିକ୍ଷାରେ ପଡ଼ି ତମେ ମତେ ଶାସନ କରିପାରିବ ନାହିଁ, କହିଦେଉଛି ।

ମୋହନ ଉଠିଗଲା । ଖିଆ ଅଧା ପଡ଼ିଛି । କାବେରୀ ସହି ପାରିଲା ନାହିଁ । କହିଲା– ସେ ତମର ବଡ଼ ଭାଇ, ତମରି ଭଲ ପାଇଁ କହୁଛନ୍ତି । ତମେ ଏତେ ରାତିରେ ପର ଗାଡ଼ିରେ ବୁଲୁଛ କାହିଁକି ?

ଫିକା ହସ ହସି, ଚାଲି ଯାଉ ଯାଉ ଶୁଣେଇ ଶୁଣେଇ ମାୟା କହିଲା– ମଣିଷ ନିଜ ମୁହଁଟାକୁ ହିଁ ଦର୍ପଣରେ ଦେଖେ । ତମେ ଦୁନିଆଟାକୁ ନିଜ ପରି ଭାବୁଛ କାହିଁକି ? ସମସ୍ତେ ତମପରି ହୋଇ ନାହାନ୍ତି ।

ପୀତାମ୍ବରବାବୁ ଫେରିଲେ । ତାଙ୍କୁ ଦେଖି ପାଖକୁ ଆସି ମୋହନ କହିଲା– ବାପା, ଏସବୁ କ'ଣ ହେଉଛି ?

– କ'ଣ ହେଲା ? ଜିଜ୍ଞାସୁ ଦୃଷ୍ଟିରେ ପୀତାମ୍ବରବାବୁ ମୋହନ ମୁହଁକୁ ଚାହିଁଲେ ।

– ରାତି ଏଗାରଟାରେ ମାୟା ଅନ୍ୟ ଗାଡ଼ିରେ ବୁଲି ଘରକୁ ଫେରୁଛି ।

– ଭବ ଝିଅର ଆଜି ଜନ୍ମଦିନ ଥିଲା... ତାଙ୍କରି ଗାଡ଼ିରେ ଆସିଥିବ ତ ?

... ମତେ ସେ କହୁଥିଲା–

– ସେ ଯିଏ ଜନ୍ମ ହେଉ କି ମରୁ, ମୋର ସେଥିରେ କିଛି ନାହିଁ... ମାୟା ଯଦି ଇଚ୍ଛା କରି ଆମକୁ ଏମିତି ବେଖାତିର କରିବ, ତେବେ ଆମେ ପଛକେ ଯାଉଛୁ ଅନ୍ୟ କୋଉଠି ରହିବୁ... ମତେ ଏସବୁ ଭଲ ଲାଗୁନାହିଁ...

– ବାପା, ଖାଇବ ଚାଲ... କେତେ ରାତି ହେଲାଣି ଟିକିଏ ଖିଆଲ ଅଛି ? କିଛି ନ ଶୁଣିଲା ପରି ମାୟା ପିତାମ୍ବରବାବୁଙ୍କ ହାତ ଧରି ସେଠାରୁ ଭିଡ଼ିନେଇ ଚାଲିଗଲା।

ସେମାନଙ୍କୁ ଚାଲିଯାଉଥିବାର ଦେଖି ରାଗରେ କାବେରୀ ଦାନ୍ତ ଚିପିଲା। ଆପଣା ମନକୁ ମୁଣ୍ଡ ହଲାଇ ମୋହନ କହିଲା– ନାଃ, ଆଜି ମୁଁ ବୋଉ ପାଖକୁ ଚିଠି ଲେଖିବି, ସେ ଶୀଘ୍ର ଆସି ତା ଝିଅକୁ ସମ୍ଭାଳୁ।

ମୋହନ କଥା ଶୁଣି କାବେରୀର ଭୟ ହେଲା। ସେ ଜାଣେ ମହୀବୋଉ ଫେରିଆସିଲେ ତା'ର ସ୍ୱାର୍ଥରେ ବାଧା ଆସିବ– ତା'ର ଏହି ଆଧିପତ୍ୟ ଆଉ ରହିବ ନାହିଁ। ତେଣୁ ତାଙ୍କୁ ଏତେ ଶୀଘ୍ର ଡକେଇ ଆଣିବାକୁ ସେ ଚାହେଁ ନାହିଁ।

– ତମେ କାହିଁକି ବ୍ୟସ୍ତ ହେଇ ବୋଉଙ୍କୁ ଡକେଇ ଆଣିବ ? ବାପା ଥାଉ ଥାଉ ବୋଉ ଆସି ଅଧିକା କ'ଣ କରିବେ ? ଏଣିକି ଆମେ କିଛି ନ କହିଲେ ଗଲା– ସେ ରାତିରେ ଘରକୁ ଆସନ୍ତୁ କି ବାହାରେ ରହନ୍ତୁ।

ମାୟା ପିତାମ୍ବରବାବୁଙ୍କ ବିଛଣା ଝାଡ଼ୁଥିବା ବେଲେ ଟିକିଏ ବୁଝେଇଲା ଭଲି ପିତାମ୍ବରବାବୁ କହିଲେ– ମାୟା, ତୋ ସାଙ୍ଗର ନିମନ୍ତ୍ରଣ କଥା କ'ଣ ଆଉ କାହାକୁ କହି ନ ଥିଲୁ କୁ ?... ମହୀ ବଡ଼ ଦୁଃଖ କରୁଥିଲା... ଯେତେହେଲେ ସେ ପରା ବଡ଼ ଭାଇଟା...

ବିଛଣା– ପରା ବନ୍ଦରଖି, ପିତାମ୍ବରବାବୁଙ୍କ ମୁହଁକୁ ସିଧା ଚାହିଁ ମାୟା କହିଲା – ବଡ଼ ଭାଇ ହୁଅନ୍ତୁ କି ବଡ଼ବାପା ହୁଅନ୍ତୁ ସେ ଯଦି ଭାଉଜ କଥାରେ ପଡ଼ି ମତେ ଶାସନ କରିବାକୁ ଚାହିଁବେ, ମୁଁ କେବେହେଲେ ମାନିବି ନାହିଁ, କହିଦେଉଛି।

– ଛି, ଏମିତି କହିବାଟା ତୋର ଉଚିତ ହେଉନାହିଁ ମା, ସେ ପରା ତୋର ବଡ଼ ଭାଉଜ– ମୁରବୀ ପରି...।

ପିତାମ୍ବରବାବୁଙ୍କ କଥା ସରିବାକୁ ନ ଦେଇ ମାୟା ଖିଙ୍କାରି ଉଠିଲା– ତମରି ମୁରବୀ ବୋଲି କହ। ମୋ ମୁରବୀ ମୁଁ ନିଜେ।

ଟିକିଏ ଆଶ୍ଚର୍ଯ୍ୟ ହେଲାପରି ପିତାମ୍ବରବାବୁ କହିଲେ– ତା ଉପରେ କାହିଁକି ରାଗିଛୁ ? ସେ ତତେ କିଛି କହିଛି କି ?

– ଦିନକୁ ଦିନ ତାଙ୍କର ମୁରବୀ ପଣିଆ ବଢ଼ି ବଢ଼ି ଯାଉଛି ।

ଆଉ କିଛି ନ କହି ପୀତାମ୍ବରବାବୁ ଚୁପଚାପ୍ ବସି ଭାବିବାକୁ ଲାଗିଲେ । ଦୁଇଦଳ ଭିତରେ ଏହି ଯେଉଁ ମନ ଫଟାଫଟି, ସେଇଟାକୁ ଏଟି ରୋକି ହେବ ନାହିଁ । କାରଣ ଅତି ସାଧାରଣ କଥାରେ ମଧ ଜଣେ ଆଉ ଜଣକୁ ଭୁଲ୍ ବୁଝିବା ହେଲା ଦୁନିଆର ନିୟମ । କାବେରୀକୁ ଦୋଷ ଦେଇ ହେବ ନାହିଁ । କାରଣ ମାୟା ଯେଉଁ ଧରଣର ପିଲା, ତାକୁ ସମସ୍ତେ ଭୁଲ ବୁଝିବେ । ତାକୁ ସେ ନିଜେ ଭଲକରି ଚିହ୍ନିଛନ୍ତି । ତା ଉପରେ ତାଙ୍କର ଅଗାଧ ବିଶ୍ୱାସ । ସେଥିପାଇଁ ମାୟା ଯାହା କହେ, ଯାହା କରେ କୌଣସିଥରେ ସେ ବାଧା ଦିଅନ୍ତି ନାହିଁ ।

ମଶାରି ଲଗାଇଦେଇ ମାୟା ପୀତାମ୍ବରବାବୁଙ୍କ ହାତ ଧରି ଟାଣିଲା– ବାପା, କାଲି ସକାଳେ ବସି ଭାବିବ । ଆଜି ଶୋଇବ ଯାଅ ।

ନିଜ ବଖରାକୁ ଫେରିଆସି ମାୟା କବାଟ ବନ୍ଦ କଲା । ନିଜର ପାଲଟା ଲୁଗା ଖଟ' ଉପରେ ପଡ଼ିଛି । ତାକୁ ଚଉତାଚଉତି କରି ଅଲଗୁଣିରେ ରଖିଦେଇ ଟେବୁଲ ଉପରେ ମୁଣ୍ଡ ରଖି ଟିକିଏ ବେଳ ଆଖି ବୁଜିଲା । ତା'ପରେ ଖଣ୍ଡେ କାଗଜ ଭିଡ଼ିଆଣି ଲେଖିଲା–

ବୋଉ,

ଆଜି ହେଲା ସୋମବାର । ବୁଧବାର ଦିନ ଏ ଚିଠି ପାଇ ତୁ ଯଦି ସାଙ୍ଗେ ସାଙ୍ଗେ ନ ଆସୁ, ତେବେ ଗୁରୁବାର ଦିନ ରାତିକି ମୁଁ ହଷ୍ଟେଲ ଚାଲିଯିବି ।

– ମାୟା

ଘରେ ଗୋଡ଼ ଦେବାମାତ୍ରେ ଦାଣ୍ଡଘରେ ପୀତାମ୍ବରବାବୁଙ୍କୁ ବସିଥିବାର ଦେଖି ମହୀବୋଉ ଗୋଟିଏ ସ୍ୱସ୍ତିର ନିଶ୍ୱାସ ଛାଡ଼ିଲେ । ଏଇ ତାଙ୍କର ଘର, ହସି ହସି ପାଖକୁ ଡାକୁଛି । ପୃଥ୍ୱୀର ଯେ କୌଣସି ଐଶ୍ୱର୍ଯ୍ୟର ମୋହ ଏଇ ଘରର ମାୟା ପାଖରେ ଛୋଟ ହୋଇଯାଏ । ଏହାର ପ୍ରତ୍ୟେକଟି ଧୂଳିକଣା ନିକଟରେ ସେ ପରିଚିତ– ତା'ର ଲୁଣମରା କାନ୍ତ, ଭଙ୍ଗା ଦଦରା ଖିଡ଼ିକି କବାଟ, ଧୂଳିଢଙ୍କା ଜିନିଷପତ୍ର, ଆଉ... ତାକୁ ଛୁଇଁ ଯାଉଥିବା ପବନ ଯେମିତି ହସି ହସି ତାଙ୍କୁ କହୁଛନ୍ତି– ତମ ବିନା ଏ ଘରଟା ଅଚଳ ହୋଇ ପଡ଼ିଥିଲା ।

ମହୀବୋଉ ଗୋଡ଼ରୁ ଚଟି ଖୋଲିଲେ । ମନ ହେଲା ଯେମିତି ଏ ଘରର ମେଜିଆରେ ଚାଲିବାର ଗୋଟିଏ ସ୍ୱତନ୍ତ୍ର ମୋହ ଅଛି । କଅଁଳ ଓ ଥଣ୍ଡାରେ ଗୋଟାଏ

ମିଶାମିଶି ଆକର୍ଷଣ । ଇଚ୍ଛାହେଲା, ଛୋଟ ଛୁଆଙ୍କପରି ତଳେ ଗଡ଼ି ଗଡ଼ି ସେହି ଆକର୍ଷଣକୁ ପ୍ରାଣଭରି ଅନୁଭବ କରିନେବାକୁ ।

ମହୀବୋଉଙ୍କୁ ଫେରିଆସିବାର ଦେଖି ପଟୁ, ରନ୍ତୁ ଧାଇଁ ଆସି କୁଣ୍ଡେଇ ପକାଇ ଅଳି କଲେ– ବୋଇ, ତୁ ଏତେଦିନ ରହିଲୁ, ଆମକୁ ଆଉ ପଇସା ଦେ ।

ଖବର ପାଇ ଜଣ ଜଣ କରି ସମସ୍ତେ ଆସି ପାଖରେ ରୁଣ୍ଡ ହେଲେ । ମହୀବୋଉ ଯେତେବେଳେ ଦେଖିଲେ ଘରେ ସମସ୍ତଙ୍କ ଦେହ ଭଲ ଅଛି ଓ ସମସ୍ତେ ବେଶ୍ ଖୁସିରେ ଅଛନ୍ତି, ତାଙ୍କର ସବୁଯାକ ରାଗ ମାୟା ଉପରକୁ ଛିଟିକି ଆସିଲା । ତାଙ୍କୁ ଏପରିଭାବରେ ଡକାଇ ଆଣିଥିବାରୁ ଦି’ଟା ଖୁଦା ମଧ ତା ଗାଲରେ ବସାଇଦେଲେ । ସେ ମନେ କରିଥିଲେ ତାଙ୍କ ବିନା ଘରଟା ଅଚଳ ହୋଇ ପଡ଼ିଥିବ । କିନ୍ତୁ ସେ ଫେରିଆସି ଦେଖିଲେ ସେ ଧାରଣା ଭୁଲ । ତେଣୁ ରାଗରୁ କିଛି ଅଂଶ କାବେରୀ ଉପରେ ମଧ ଯାଇ ପଡ଼ିଲା ।

ମାୟା ଓ ପିଲାମାନେ ପିଠା ଖାଉଥିଲାବେଳେ ପହଲି ଗାଁରୁ ଆଣିଥିବା ନାନାପ୍ରକାର ଆଶ୍ଚର୍ଯ୍ୟ ଜିନିଷରେ ଭରା ତା’ର ପେଡ଼ି ଖୋଲି ବସିଲା । କେତେ ରକମର ଜିନିଷ ସେଥିରେ ଅଛି– କାଇଁଚ, ଗିଲ, ଶାମୁକା, ଗେଣ୍ଠା, ସାପକାତି... । କି ଜିନିଷ, କେଉଁଠୁ, କିପରି ଭାବରେ ପାଇଥିଲା, ତାର ଇତିହାସ ପିଲାମାନଙ୍କ ଆଗରେ ପହଲି ବଡ଼ ବଡ଼ ଆଖି କରି ବଖାଣିବାରେ ଲାଗିଥାଏ । କାବେରୀକୁ ଚୁପ୍ ହୋଇ ଛିଡ଼ା ହୋଇଥିବାର ଦେଖି ମହୀବୋଉ କହିଲେ– ବୋହୂ, ତୁ ଖଣ୍ଡେ ପିଠା ଖା ?

ଏତିକିବେଳେ କ’ଣ ରନ୍ଧା ହେବ ବୁଝିବାକୁ ପୁଝାରୀ ଆସି ପାଖରେ ଠିଆ ହେଲା । ପିଠା ପରେ ଖାଇବ ବୋଲି କହିଦେଇ ତରକାରି ବରାଦ ଦେବାକୁ କାବେରୀ ଚାଲିଆସିଲା । ମହୀବୋଉ ମନ ଭିତରେ ଟିକିଏ ଘୋଷଣା ହେଲେ– ପୁଝାରୀ କ’ଣ ମନେ କରିଚି ସେ ମରିଗଲେଣି ? ସେ ସେଇଠି ବସି ଥାଉଁ ଥାଉଁ ବୋହୂ ଯିବ ରନ୍ଧାର ବରାଦ ଦେବାକୁ ?

ମନର ରାଗ ମନରେ ରଖି ମହୀବୋଉ ଜିନିଷପତ୍ର ରଖାରଖି କରିବାରେ ଲାଗିଲେ ।

ପରଦିନ ସକାଳେ କାବେରୀ ଡାଲି ଚାଉଳ କାଢ଼ୁଥିବା ବେଳେ ମହୀବୋଉ ଭଣ୍ଡାର ଘରେ ପଶିଲେ । ଚାରିଆଡ଼େ ଥରେ ଆଖି ବୁଲେଇ ନେଇ ମନକୁ ମନ ଭିତର ଭିତର ହେବାରେ ଲାଗିଲେ– ଇସ୍ ଛି... ଏଠି ପୁଣି ଲକ୍ଷ୍ମୀ ରହିବେ ? ଏଗୁଡ଼ାକ କାହିଁକି

ଆଉ ପାଠ ପଢ଼ିଛନ୍ତି ମ ? ହଇଲୋ, ମୁଁ ଗଲାପରଠୁଁ ଏ ଆଲମାରୀ ବୋଧେ ଝଡ଼ା
ହୋଇନାହିଁ ?... ଚିନିକୁ ଏମିତି ବୁଣି ବୁଣି ଯାଇଛ କାହିଁକି ? ଟିକିଏ ଦେଖ ଚାହିଁ
ନେଇପାର ନାହିଁ ? ହେଇଟି, ଏ ଲହୁଣୀ ଡବାରୁ କଳଙ୍କି ଉଠିଆସିଲାଣି। ତାକୁ ଟିକିଏ
କାଚ ଜାଗାକୁ କାଢ଼ି ପାରିଲ ନାହିଁ ?... ଠେକି ଗୋଟାକ୍ୟାକ ଘିଅ ବୁହାଇଛ, ପିମ୍ପୁଡ଼ି
ଧରିଲେ ଝଡ଼ୁ ଝଡ଼ୁ ଦିନ ଯିବ... କାମ କରୁଛ ଯେ ଟିକିଏ ସଣ୍ଡୁଶା ନାହିଁ ? - ଘରଟା
ଝାଟେଇ ଦେବାକୁ ମହୀବୋଉ ଝଡ଼ୁ ଖୋଜି ବସିଲେ।

ରହିବା ଜାଗାରେ ଝଡ଼ୁ ନ ପାଇ ମହୀବୋଉଙ୍କ ରାଗ ଷୋଳ ଅଣାରେ
ବଢ଼ିଗଲା– କିଏ ତମକୁ ସବୁ କହେ ମୋର ଏ ଘରର ଝଡ଼ୁ ନେଇ ଘର ଝାଡ଼ିବାକୁ ?
ଘରର ଯେତେକ ଝଡ଼ୁ ସବୁ କାହିଁ କୁଆଡ଼େ ଫୋପାଡ଼ି ଶେଷକୁ ମୋରି ଜିନିଷରେ
ଆଖ୍ୟ ! ତମ ଜିନିଷ ତ ମୁଁ ଛୁଏଁ ନାହିଁ, ତମେ କାହିଁକି ମୋ ଜିନିଷ ଛୁଇଁବାକୁ ଯାଉଛ ?

ପୁଝାରୀକୁ ଡାଲି ଚାଉଳ ଦେବା ସେଟିକିରେ ବନ୍ଦ ରହିଲା ? ଡରରେ ଜିଭ
କାମୁଡ଼ି କାବେରୀ ଝଡ଼ୁ ଖୋଜିବାକୁ ବାହାରି ପଳାଇ ଆସିଲା।

ବହୁତ ଖୋଜାଖୋଜି ପରେ ଝଡ଼ୁ ମିଲିଲା। ଗୋଟାଏ ହାତରେ ଝଡ଼ୁ ଓ
ଅନ୍ୟ ହାତରେ କିଛି ପରିଷ୍କାର ଖବରକାଗଜ ଧରି ମହୀବୋଉ ଭିତରେ ପଶି
ପ୍ରତ୍ୟେକଟା ଜିନିଷକୁ ଝଡ଼ି ସଜେଇ ରଖିବାରେ ଲାଗିଲେ। ଦୁଆରବନ୍ଦ ବାହାରେ
ଠିଆହୋଇ କାବେରୀ ସବୁ ଦେଖୁଥାଏ। ଚାଉଳ ଘୁମ ପଛଆଡ଼େ ଅନ୍ଧାରିଆ ଜାଗା
ଦେଖି ମୂଷାମାନେ ତାଙ୍କ ନିଜ ପାଇଁ ଆଲୁ, ବଡ଼ି, କୋଲି ପ୍ରଭୃତି ସାଇତି ରଖିଥିଲେ।
ଝଡ଼ୁ ଝଡ଼ୁ ଅଜସ୍ର ମୂଷାଲଣ୍ଡି ସହିତ ସେତକ ବାହାରି ଆସିଲା। ଛାନିଆରେ ଦି'ଟା
ଅସରପା ଛାଟିପିଟି ହେଇ ପଲେଇ ଗଲେ।

– ଏ କେଇଟା ଦିନ ଭିତରେ ଏଡ଼େ ସୁତୁରା ଘରଟାକୁ କେମିତି ଛେଲି
ଗୁହାଳଠୁ ଆଉରି ହୀନ କରିଛନ୍ତି ଦେଖ। ହଇଲୋ, ତମେ ସବୁ ପରା ପାଠ ପଢ଼ିଛ ?...
କେଡ଼େ ସୁତୁରାପଣ ଦେଖେଇ ହୁଅ... ଇଏ ସବୁ କ'ଣ ହେଇଟି ? ଯାକୁ ଖାଇଲେ
ତମ ଦିହ ଭଲ ରହିବଟି ?... ହେଁ, ଯାହା କହନ୍ତି "ହାଣ୍ଡିରେ ଖାଏ ନା ଗୋଡ଼ରେ
ପଡ଼ିଲେ ଗାଧୋଇଯାଏ"...। ବାହାରକୁ ଦେଖେଇ ହେବେ ଆମେ ଏଡ଼ିକି ସୁତୁରୀ...
ଏଶେ ଟିକିଏ ଖାଲି ଆଖ୍ୟ ଆଢୁଆଳ କରିଦିଅ, ଅସନାପଣରେ ଛେପ ପକାଇବାକୁ
ମନ ହବ ନାହିଁ...।

ବେଲକୁ ବେଲ ଅଲିଆଗୁଡ଼ାକ ବଢ଼ି ବଢ଼ି ଯାଉଛି। ସେଠାରେ ଅଧିକ
ସମୟ ରହିବା ନିରାପଦ ମନେ ନ କରି କାବେରୀ ପଲେଇ ଆସିଲା।

ସେହିଦିନ ଉପରବେଲା ମୋହନ ଆସି ମହୀବୋଉଙ୍କ ପାଖରେ ବସିଲା।

ଏଣୁତେଣୁ ଦି'ଚାରି କଥା ପରେ ଖୁସିହୋଇ ମୋହନ କହିଲା– ବୋଉ ଦେଖ୍, ଏ ମାସରେ ତୋ ବୋହୂ କେତେ କମ୍ ଟଙ୍କାରେ ଘର ଚଳେଇଛି।

– କମ୍ ଟଙ୍କା! କ'ଣ? ମୋର ଏ ମାସରେ ସବୁ ଜିନିଷପତ୍ର ଘରେ ଥିଲା। ଖାଲି ପରିବା ଖର୍ଚ୍ଚ ଯାହା ହେଇଥିବ।

– ନାଇଁ ବୋଉ, ତୁ ଜାଣିନୁ–

ମୋହନକୁ କଥା ସାରିବାକୁ ନ ଦେଇ ହଠାତ୍ ରାଗିଯାଇ ମହୀବୋଉ କହିଲେ– ଆଉ କ'ଣ ମୁଁ ଟଙ୍କାଗୁଡ଼ାକ ଖାଇ ଦଉଥିଲି?

ଟିକିଏ ବ୍ୟସ୍ତ ହୋଇ ମୋହନ କହିଲା– ଆରେ ମୁଁ କ'ଣ ସେ କଥା କହିଲି?... ତୁ ଚଳାଉଥିଲାବେଲେ ଚାକର ପୁଖାରୀଙ୍କର ଯେଉଁ ହାତ ସଫେଇ ହେଉଥିଲା, ସେତକର ବାଟ ସେ ପୁରା ବନ୍ଦ କରିଦେଲା। ବୁଝିଲୁ ନା? କୋଉ ଜିନିଷଟା ନିଜ ହାତରେ ନେବାକୁ ତାଙ୍କୁ ଛାଡ଼େ ନାହିଁ। ସବୁବେଳେ ଭଣ୍ଡାରଘର ଚାବି ପାଖେ ପାଖେ ରଖିଥାଏ। ତତେ ଯେମିତି ସହଜରେ ଫାଙ୍କିମାରି ସେମାନେ ଏଇଟା ସେଇଟା ନେଇ ଯାଉଥିଲେ, ସେତକ ଆଉ ହେଇପାରିଲା ନାହିଁ...

– ହଁ,ରେ ପୁଅ, ଆମେ ମୂର୍ଖଲୋକ। ଆମକୁ ଫାଙ୍କି ଦେଇ ନେଇ ଯାଉଥିବେ.. ଭଲ କଥା, ଅକ୍ତରେ ଯଦି ଚଳେଇ ହଉଚି ତେବେ ବୋହୂ ଚଳାଉ। ଘରର ପଇସା ଘରେ ରହିବ।

– ଏହେଁ, ମୁଁ କ'ଣ କହିଲି ବୋହୂ ଚଳେଇବ ବୋଲି? ତୁ ତ ସବୁ କଥାରେ ଓଲଟା ଅର୍ଥ ବାହାର କରିବୁ।

– ମଲା, ଓଲଟା କ'ଣ ସିଧା କ'ଣ? ସେ ତ ମୋ ହାଲିକି ବେଶୀ ପଢ଼ିଛି। ଭଲ ଚଳେଇ ପାରିବ। ମୋର ବି ଛୁଟି। ସେ ଝିନ୍ଝଟ ମୋତେ ବି ଆଉ ଭଲ ଲାଗୁ ନଥିଲା... ଏଣିକି ପୁଅ ଝିଅ ବାହା କଲି। ସେମାନେ ଚଳେଇବାଟା ସୁନ୍ଦର ଦୁଶିବ– ଆମେ ବୁଢ଼ାଦିନେ ଆଉ ଗୋଟାଏ କ'ଣ ଚାବି ଧରି ବୁଲିବୁ।

– ବୋଉ, ମୁଁ ଠିକ୍ ଜାଣିଛି ପରା ତୁ ରାଗିବୁ। ମୋହନ ମହୀବୋଉଙ୍କୁ ବୁଝେଇବାକୁ ଯାଇ ଥଙ୍ଗ ଥଙ୍ଗ ହେଲା।

– ନାଇଁମ ରାଗିବି କାହିଁକି? ମହୀବୋଉ କଥାକୁ ଏକରକମ ଆଢ଼େଇ ଦେଇ ଚାଲିଗଲେ। ମୋହନ ବୁଝିଲା ମହୀବୋଉ ରୁଷିଲେଣି।

ସେଦିନ ସଞ୍ଜବେଳେ ମାୟା ବୁଲିସାରି ଫେରିବା ପରେ ମହୀବୋଉ ମାୟା ପଢ଼ା ପାଖକୁ ଗଲେ। ଏଣୁତେଣୁ ଦି'ଚାରିଟା ଖବର ପଚାରିବା ପରେ ହଠାତ୍ ମନେ

ପଡ଼ିଗଲା। ପରି କହିଲେ– ତୁ ଏତେ ରାତିରେ ଘରକୁ ଫେରୁଛୁ, ଲୋକେ କ'ଣ କହିବେ ?

– ଲୋକେ କ'ଣ ମୋ ଶ୍ୱଶୁର ନା ଦେଢ଼ଶୁର ମ !

– ଆହା। ଶ୍ୱଶୁର ଦେଢ଼ଶୁର ହେଇଥିଲେ ତ ଖାଲି ଲୁଚି ପକାନ୍ତୁ!

– ଜାଣିଛୁ ତ, ଆଉ କହୁଛୁ କାହିଁକି ?

ମହାଁବୋଉ ଆଉ କିଛି କହିଲେ ନାହିଁ, ସେ ଜାଣନ୍ତି ଆଉ ଟିକିଏ କିଛି କହିଲେ ମାୟା ଜିଦି କରି ଆହୁରି ଦୁଗୁଣେଇ ହେବ। ତେଣୁ କଥା ବାଁରେଇବାକୁ ମହାଁବୋଉ ଚାରିଟାବେଳେ ଘଟିଥିବା ଘଟଣାସବୁ କହି ବସିଲେ। ସବୁ ଶୁଣି ମାୟା ପ୍ରଥମେ ମହାଁବୋଉଙ୍କୁ ଥୋଡ଼ାଏ ଶୋଧ୍ ଦେଇଗଲା– ତା'ର ସେହି ଏକ ଧମକ – କାବେରୀ ଘର ଚଲେଇଲେ ସେ ସିଧା ହଷ୍ଟେଲରେ ଯାଇ ରହିବ। ଏତିକିବେଳେ ଦୂରରୁ ମୋହନକୁ ଆସୁଥିବାର ଦେଖିପାରି ମହାଁବୋଉ ସେଠୁ ଉଠି ଚାଲିଗଲେ।

ସେହିଦିନଠାରୁ ମହାଁବୋଉ ଚାବିକୁ ନିଜ ପାଖରେ ନ ରଖି କାବେରୀ ପାଖରେ ରଖିଦେଇ ଯାନ୍ତି। କିଛି ଦେବାର ଦରକାର ପଡ଼ିଲେ କାବେରୀକୁ କହିଦିଅନ୍ତି। କାବେରୀ ସବୁ ଶୁଣେ। ଆଉ ମନେ ମନେ ଖୁବ୍ ହସେ। ଦୁଇଜଣଙ୍କ କଳିରେ ତାରି ଲାଭ ହେଇଛି। ଉପରେ ଉପରେ ବେଶ ମଜାରେ ପାର ହୋଇଗଲା। ଏମିକି ମାଆ ପୁଅଙ୍କର କଳି ଚାଲିବ ଆଉ ତାର ଖାଲି ଆଖିରୁ ଲୁହ ଝରେଇଲେ ସୁରୁଖୁରୁରେ କାମ ଗଡ଼ିଚାଲିବ।

ସକାଳୁ ଉଠି ମହାଁବୋଉ ଭଣ୍ଡାର ଘର ଝାଡ଼ିବାକୁ ଭିତରେ ଆଉ ପଶନ୍ତି ନାହିଁ। ପୁଖାରୀ ଜିନିଷ ମାଗିଲେ ଆଉ ତରତର ହୋଇ ଉଠି ଆସନ୍ତି ନାହିଁ। ସବୁବେଳେ ସେହି କଥା–ବୋହୂକୁ ମାଗୁନ ? ମୁଁ କ'ଣ ଜୀବନଯାକ ତମ ପାଖରେ ଚଲେଇବାକୁ ବନ୍ଧା ପଡ଼ିଥିବି ? ମୁଁ ମଲେ ତ' ପୁଣି ସେ ଚଲେଇବ।

ସମସ୍ତେ ମନେ କରନ୍ତି ଏହି ବୟସରେ ମହାଁବୋଉଙ୍କର ବିଶ୍ରାମ ନେବା ଦରକାର। କିନ୍ତୁ ମୁରବୀପଣ କରି କରି ଯାହାର ଦିହକ ବିଟିଗଲା, ସେ କ'ଣ ସତରେ କେବେ ଚାହେଁ କୋଡ଼ିଏ ପଚିଶବର୍ଷର ଗୋଟିଏ ଝିଅ ଆସି ତା' ଉପରେ ମୁରବୀ ହେବ ? ସେ ନିଜର ବୋହୂ ହେଉ ପଛକେ–

ପିତାମ୍ବରବାବୁ ସବୁ ଜାଣିଲେ। ମହାଁବୋଉଙ୍କ ମନରେ ଯେଉଁ ଆଘାତ ଆସିଛି ସେତକ ସେ ନିଜ ଭିତରେ ଅନୁଭବ କଲେ। ଚାକିରିରୁ ପେନ୍‌ସନ୍ ନେଲା

ଲୋକର ନିଜର ଯୋଗ୍ୟତା ବିଷୟରେ ପୂରା ସଚେଷ୍ଟ ଥିଲେ ମଧ୍ୟ ସରକାର ଯେମିତି ତାକୁ ଅକାମୀ କହି ରଦ୍ଦି କରିଦିଏ ସେମିତି ମହୀବୋଉ ଘର ଚଲାଇବା ବିଷୟରେ ନିଜକୁ ପୂରା ସମର୍ଥ ମନେ କରୁଥିବା ବେଳେ ମୋହନ ଆଖିରେ ଅସମର୍ଥ ବୋଲି ଜଣା ପଡ଼ିଲେ।

ଏକୁଟିଆ ବସିଥିଲାବେଳେ ମହୀବୋଉ ନିଜ କଥା ଭାବି ଆଖିରୁ ଲୁହ ଗଡ଼ାନ୍ତି।

କଥା ଲୁଚି ରହେ ନାହିଁ। କାନକୁ କାନ ହୋଇ ଚାରିଆଡ଼େ ବ୍ୟାପିଯାଏ। ଭିକା ମୁହଁରୁ ସବୁ କଥା ଶୁଣି ସତ ମିଛ ପରଖିବାକୁ ଦିନେ ଯଦୁବୋଉ ବୁଲି ଆସିଲେ।

ଖୋଲି ତାଡ଼ି ସବୁ ଶୁଣିସାରି ମୁହଁ ନେଫେଡ଼ି କହିଲେ- ଆଲୋ, ତୁ କାଇଁକି ଚାବି ଛାଡ଼ିବାକୁ ଗଲୁ? ଏ ଯୁଗ ହେଲା ସେଇଆ। ସଭିଏଁ କହିପୋଛି କାମ ହାସଲ କରିନେବେ। ଯେ ସରଳିଆ ସେ ଉପରକୁ ଆଁ କରି ପଡ଼ି ରହିଥିବ।

– ହଅ କରନ୍ତୁ। ସେମାନଙ୍କ ପାଇଁ ମୁଁ ଖଟୁଥିଲି। ଏବେ ସେମାନେ ନିଜେ ନିଜ ପାଇଁ କରିବେ। କ'ଣ ହେଇଗଲା?"

– ଭଲ କଥା କହୁଛୁ! ଆଲୋ, ଘର ଚଲେଇବାଟା ବଡ଼ ନୁହେଁ, ସେଇ ଯେ ତୋ'ରି ହାତରେ ଚାବି ନେଉଟାଟା ଥିଲା, ସେଟିକି ତତେ ନେଇ ସମସ୍ତଙ୍କ ମୁଣ୍ଡରେ ବସେଇ ଦେଇଥିଲା। ଏଣିକି ଘରକୁ ଗଲା-ଆଇଲା ଲୋକେ, ଚାକରବାକର ତୋ' ହାତ-ଟେକାକୁ ଆଉ ଚାହିଁ ରହିବେ? ତାଙ୍କର ତୋ ଠେଇଁ ଆଉ କି କାମ ରହିଲା?

ସବୁ ଶୁଣି ଗୋଟାଏ ନିଶ୍ୱାସ ଛାଡ଼ି ମହୀବୋଉ କହିଲେ- ହଅ, ମୋର ସେଥରେ କିଛି ଦୁଃଖ ନାହିଁ? ମତେ ସେ ମୁଣ୍ଡରେ ବସାଇବାରୁ କ'ଣ ମିଳିବ? ମୋ ପିଲାଏ ଭଲରେ ରହିଲେ ହେଲା।

– ହଁ, ମା' ଦବାନବା ଆଉ ଭାଉଜ ଦବାନବା ସମାନ ନୁହେଁ ଲୋ ମହୀବୋଉ। ମା' ହାତରୁ ପେଜ ତୋରାଣି ମନ୍ଦାଏ ପିଇଲେ ପେଟ ପୂରିଯାଏ। ଆଉ ଭାଉଜ ହାତରୁ ନଡୁ ମିଠେଇ ପେଟେ ଖାଇଲେ ବି ପେଟ ପୂରେ ନାହିଁ କି ମନ ବୁଝେ ନାହିଁ...

ଏତିକିବେଳେ କୁନାଠାରୁ ଯଦୁବୋଉଙ୍କ ଆସିବା ଖବର ପାଇ କାବେରୀ ଆସି ପହଞ୍ଚିଲା। ମହୀବୋଉଙ୍କ ପାଖରେ ଯଦୁବୋଉଙ୍କୁ ଏପରିଭାବରେ ଚକାମାରି ବସି ହଲୁଥିବାର ଦେଖି ସେମାନଙ୍କ ଭିତରେ ପଡ଼ିଥିବା କଥାବାର୍ତ୍ତା ସେ ଠଉରାଇ ନେଲା, କିନ୍ତୁ କିଛି ନ ଜାଣିଲା ଭଲି ଖଣ୍ଡେ ଦୂରେ ଗୁଆ ଭାଙ୍ଗି ବସିଲା।

କାବେରୀକୁ କିଛି ବେଳ ଚାହିଁ ଛେପ ଢୋକି ଯଦୁବୋଉ ଆରମ୍ଭ କଲେ- ଏଣିକି ଘରର ଭାର ନେଲ, ଶାଶୁଙ୍କ ପରି ଘର ଚଲେଇବା ଶିଖ। ତମେ ସବୁ ଆଜିକାଲିର ପିଲାଏ ତ ଯେଉଁ ହାତରେ ଚଉଦ ପାଆ... ଓଲିଆରୁ ଗଜା। ତମକୁ ପୁଣି କିଏ କାମ ଶିଖେଇବ? ହେଲେ ନୂଆ ପୁରୁଣା ଅଛି। ଯେତେହେଲେ ତମେ ହେଲ ନୂଆ।

- ଆପଣ ଟିକିଏ ବୋଉଙ୍କୁ ବୁଝେଇ ଦିଅନ୍ତୁ। ଆମେ ଯେତେ କହିଲେ ବି ସେ ଶୁଣୁ ନାହାନ୍ତି। ସେ ଚଲାଉଥିଲା ବେଳେ କେଡ଼େ ସୁରୁଖୁରୁରେ ଘର ଚଲୁଥିଲା... ଏଇ କେଇଟା ଦିନରେ ତ ମୋ ମୁଣ୍ଡ ଘୂରେଇ ଗଲାଣି। ଖାଲି ବାଧରେ ନେବା କଥା।

ଅର୍ଥପୂର୍ଣ୍ଣ ହସ ହସି ଯଦୁବୋଉ କହିଲେ- ସାହସ ବାନ୍ଧି ଘର ଚଲେଇବାକୁ ବସିଚ... ଆରମ୍ଭରୁ ଏମିତି ହେଲେ କେମିତି ଚଲିବ? ମତେ କହୁଛୁ ଯେ, ମୁଁ ଗୋଟାଏ ତାକୁ କ'ଣ ବୁଝେଇବି। ସେ ବଂଚି ଥାଉ ଥାଉ ତୋର ଚଲେଇବାଟା ଯେ କେଡ଼େ ଅସୁନ୍ଦର ଦିଶୁଚି, ସେ କ'ଣ ନିଜେ ସେତକ ବୁଝୁନାହିଁ ଭାବିଚୁ?

ଯଦୁବୋଉଙ୍କୁ ଟିକିଏ ଠେଲି ଦେଇ ମହୀବୋଉ କହିଲେ- ଦେ ଉଠ ମ... ଯିଏ ହେଲେ ତ ଜଣେ ଚଲେଇଲେ ହେଲା... କାହା ଅଭାବରେ କ'ଣ କିଛି ବାକି ପଡ଼ିଯାଉଛି? ମୁଁ ନଥିଲେ ପୁଣି କିଏ କରୁଥାନ୍ତା? ସେଇମାନେ କରନ୍ତେ ତ?

ଅନ୍ୟ ଉପାୟ ନ ପାଇ କାବେରୀ ସୁଁ ସୁଁ ହୋଇ କାନ୍ଦିବାରେ ଲାଗିଲା- ବୋଉ, ମୁଁ ସତରେ କହୁଛି, ଆପଣ ଘର ଚଲେଇଲା ବେଳେ ମୁଁ ଯେତେ ଶାନ୍ତି ପାଉଥିଲି ଏହିକ୍ଷଣି ତା'ର କାଣିଚାଏ ବି ପାଉ ନାହିଁ...।

- ଆଲୋ, କାନ୍ଦୁଛୁ କାହିଁକି? ଏମିତି ଖାଲି ତୋ ଶାଶୁ ଆଣ୍ଠ ବାନ୍ଧି ବସିଚି, ଆଉ ତୁଇ ଏକା କାନ୍ଦି କାନ୍ଦି ରହୁଚୁ! ମୁହଁ ହଲେଇ ଯଦୁବୋଉ କହିଲେ।

ମୁଁ ଆଉ କ'ଣ କରିବି ଭଲା? ସିଏ ତ ସବୁବେଲେ ଚାବି ଆଣି ମୋରି ଟେବୁଲ ଉପରେ ରଖି ଦେଉଛନ୍ତି। ଆଉ କ'ଣ ମୁଁ ଫୋପାଡ଼ି ଦିଅନ୍ତି?

- ହଁ, ତୁ ବି ଚାବି ନେଇ ତା ପାଖରେ ଫୋପାଡ଼ି ଦେଇ ଆସନ୍ତୁ। ସେତକ କ'ଣ ପାରୁନାହୁଁ? ସିଏ ତତେ ଦି'ଥର ଚାବି ଦେଲେ ତୁ ଚାରିଥର ଦିଅନ୍ତୁ। ଏମିତି ଖାଲି ତୋ ଆଣ୍ଠରୁ ତା ଆଣ୍ଠ ବଲି ପଡୁଛି। ମୁହଁ ହଲେଇ ହଲେଇ ଯଦୁବୋଉ କହି ଚାଲିଛନ୍ତି, ପାଟିରେ ବାତୁଲି ବାଜୁନାହିଁ। ମହୀବୋଉ ଯଦୁବୋଉଙ୍କ ପାଟିରେ ହାତ ଦେଇ କଥା ବନ୍ଦ କରାଇ ଦେଲେ- ଥାଉ ମ ଅପା... ତାକୁ କାହିଁକି କହୁଛ? ମୋ' ନିଜ ନପାରିଲା ପଣରୁ ମୁଁ ଦେଇଛି...। ସେ ଚାବି ମୋର ଦରକାର ନାହିଁ।

ଯଦୁବୋଉ କାବେରୀ ମୁହଁକୁ ଚାହିଁଲେ- "ଶାଗ ଖରଡ଼ିଲି ପତର ଜଲେଇ, ମଝିରେ ରହିଲା କଣ୍ଠା, ଦାନ୍ତକାଠି ଘିନି କି ମାଡ଼ ମାଇଲୁ ପିଠିରେ ରହିଲା ସଞ୍ଝା।"...

କଥାର ମରମ ବୁଝି କାବେରୀ ସାଙ୍ଗେ ସାଙ୍ଗେ ଉଠିଯାଇ ଚାବି ନେଉଥ୍ଲାଟା ଆଣି ମହୀବୋଉଙ୍କ ପାଖରେ ରଖିଦେଲା। – ଆଲୋ ଇଏ କି କଥା ? କ'ଣ ଫୁଲେଇ ହଉଚୁ ? ମହୀବୋଉ ଚାବି ନେଉଥ୍ଲାଟା ଫେଲି ଦେଲେ।

– ନାଇଁ, ଆପଣ ରଖନ୍ତୁ। କାବେରୀ ମୁହଁ ଘୋଡ଼େଇ କାନ୍ଦିବାରେ ଲାଗିଲା।

– ଏତିକି ବେଲେ ଆଣି ଦବାର ଥ୍ଲା ? ମୁହଁ ଛାଟି ଯଦୁବୋଉ କହିଲେ। ଆଲୋ, କହୁଛି ବୋଲି ମତେ ଗାଲିଦବୁ ନାଇଁ। ତମେ ବୋହୂୟାକ ନିଜ କାମତକ ଖାଲି ବାଗରେ କରିଜାଣ।

ଯଦୁବୋଉଙ୍କ କଥା ଶୁଣି କାବେରୀ ଟିକିଏ ଶଙ୍କି ଯାଇ କହିଲା– କ'ଣ କଲି ?

ଚିଡ଼ିଯାଇ ଯଦୁବୋଉ ଉତ୍ତର ଦେଲେ– କିଛି ନାଇଁ। ଆଉ କିଛି ନ କହି ଯଦୁବୋଉ ସିଧା ଯିବାକୁ ଉଠି ପଡ଼ିଲେ।

– ଆରେ ଆରେ ଇଏ କି କଥା ? ପାନ ନେଇନା... ଟିକିଏ ରୁହ। ଯଦୁବୋଉଙ୍କ ହାତକୁ ଧରି ପକାଇ ମହୀବୋଉ ଅଟକାଇ ଦେଲେ।

ଯଦୁବୋଉ କିନ୍ତୁ ବସିଲେ ନାହିଁ। ସେମିତି ଠିଆ ଠିଆ ପାନ ନେଇ ଘରକୁ ଚାଲିଗଲେ।

କାବେରୀ ସେଠୁ ଆସି କ'ଣ କରିବ କିଛି ବୁଝିପାରିଲା ନାହିଁ। ଯଦୁବୋଉଙ୍କର କଥାଗୁଡ଼ାକ ଆସି ଥରକୁଥର କାନରେ ବାଜିଲା। କେଡ଼େତେଜରେ କଥାଗୁଡ଼ାକ କହିଦେଇ ଗଲା। କାବେରୀ ରାଗ ହେଲା। କାହିଁକି ସେ ଅନ୍ୟମାନଙ୍କ ଠାରୁ ଏତେ ଟାଣ ଟାଣ କଥା ସହିବ ? ସେ କ'ଣ ଘର ଚଲେଇବା ପାଇଁ କାହା ପାଖରେ ନେହୁରା ହେଉଥ୍ଲା ?

ମୋହନ ଅଫିସରୁ ଫେରିଲା। ପାଖକୁ ଯାଇ କାନ୍ଦ କାନ୍ଦ ହୋଇ କାବେରୀ କହିଲା– ତମ ଚାବି ମୁଁ ବୋଉଙ୍କୁ ଫେରେଇ ଦେଇଛି। ଏଣିକି ସେ ଦେଲେ ତମେ ରଖିବ। ମୋର ସେ ଚାବି ସଉକି ଦରକାର ନାହିଁ କି ବାର ଲୋକଙ୍କଠୁ ବାର କଥା ଶୁଣିବା ବି ଦରକାର ନାହିଁ।

– କିଏ କ'ଣ କହିଲା କି ?

– ସେଇ ତମ ଯଦୁବୋଉ... ଆଉରି କେତେ କିଏ ସମସ୍ତଙ୍କ ନାଁ କ'ଣ ମୁଁ ମନେ ରଖ୍ ବସିଛି ?

–ସେ ତ ସେମିତିକା। ପାଗଳ ମଣିଷ, ଯାହା ମନକୁ ଆସିବ କହିଦେଇ ଯିବେ। ତମେ ବି ମୁହେଁ ମୁହେଁ ବଟେଇ ଦେଲନାହିଁ ?

– ଆଉ କ’ଣ ! କିଛି ନ କହୁଣ୍ଟ ତ ଏତେ କହୁଛନ୍ତି, କିଛି କହିଲେ ଆଉ ବାକି ରଖିବେ ? କାବେରୀ ବସି ଗାଣ୍ଡୁ ଗାଣ୍ଡୁ ହେବାରେ ଲାଗିଲା।

ଏହାରି ଭିତରେ ଚାରିମାସ ବିତିଗଲାଣି। କାବେରୀ ହିସାବ ଖାତା ମେଲେଇ ଦେଖିଲା ପ୍ରକୃତରେ ତାର ଧାରଣା ଭୁଲ୍। ଖର୍ଚ୍ଚ ଯେତିକି କମିଛି, ତାର ଦୁଇଗୁଣ ପରିଶ୍ରମ ପଡୁଛି। ମହୀବୋଉଙ୍କର ଅନୁପସ୍ଥିତିରେ ଯେତିକି ଖର୍ଚ୍ଚ ହେଉଥିଲା ତାହା ପ୍ରକୃତରେ ସବୁ ମାସର ମାପକାଠି ନୁହେଁ। ଆହୁରି ମଧ୍ୟ କାବେରୀ ନିଜ ହାତକୁ ଖର୍ଚ୍ଚ ନେବାଦ୍ୱାରା ତାକୁ ଘରର ଅନ୍ୟମାନଙ୍କ ମନ ନେଇ ଚଳିବାକୁ ହେଉଛି। ଆଉ ମନ ନେବାକୁ ହେଲେ ଖର୍ଚ୍ଚ ରୋକି ହେବ ନାହିଁ। ଦୁଇଟାୟାକ କେବେହେଲେ ଏକା ସାଙ୍ଗରେ ଚାଲିପାରିବ ନାହିଁ।

ଦିନକୁ ଦିନ ମନର ସ୍ପୃହା କମି ଆସୁଛି। ଆହୁରି ମଧ୍ୟ ସେ ବୁଝିଲାଣି ଯେ, ଏତେ ପରିଶ୍ରମ କରି ଟଙ୍କା ସଞ୍ଚିବାରେ କୌଣସି ଲାଭ ନାହିଁ। ମହୁମାଛି ମହୁ ସଞ୍ଚିଲାପରି ଯେତେ ଯାହା ଟଙ୍କା ସବୁ ଏହି ହାଇଁ ସାଉଁଠା ଘର ପଛରେ ଖର୍ଚ୍ଚ ହୋଇ ଯାଉଛି। ତେବେ ସେ ଖର୍ଚ୍ଚକୁ ଜଗିବ କାହାପାଇଁ ? ମୋହନର ପଇସା ଏମିତି ଅନ୍ୟ ପଛରେ ଉଡ଼ିଯିବାକୁ କାହିଁକି ବା ସେ ଛାଡ଼ିଦେବ ? ତା’ର କ’ଣ ନିଜର ଭବିଷ୍ୟତ ନାହିଁ ? ବହୁତ ଭାବି ଭାବି ଶେଷରେ ସେ ଠିକ୍ କଲା ଯେ ଅନ୍ୟ ଘର କରିବା ଛଡ଼ା, ଏ ଖର୍ଚ୍ଚକୁ ବନ୍ଦ କରିବାର ଆଉ ଅନ୍ୟ ଉପାୟ ନାହିଁ।

ମହୀବୋଉ କାବେରୀର ପରିବର୍ତ୍ତନ ଲକ୍ଷ୍ୟ କଲେ। ଦିନକୁ ଦିନ ତାର କାମ ଶିଥିଳ ପଡ଼ି ଆସୁଛି। ଖଟରେ ଗଡ଼ି ଗଡ଼ି ଅଧେ ସମୟ କଟୁଛି। କିନ୍ତୁ ଆଗପରି ସେ ତାକୁ ଆଉ ଆକଟନ୍ତି ନାହିଁ। ସୁବିଧା ଦେଖି ମଝିରେ ମଝିରେ କାବେରୀ ମୋହନକୁ ଜଣାଇଦିଏ ଯେ, ତାକୁ ଏ ଘର ଭଲ ଲାଗୁନାହିଁ। ଯେତେ ଯାହା କଲେ ବି ଏ ଘରେ ତାକୁ ଶାନ୍ତି ମିଳୁନାହିଁ। ଏହି ଘର ଚଲାଇବା ଯୋଗୁଁ ବାର ଲୋକେ ତାକୁ ବାରକଥା କହୁଛନ୍ତି।

ମୋହନ ମନରେ କାବେରୀ ପ୍ରତି ସହାନୁଭୂତି ଆସେ। ମୋହନ ପାଇଁ ସେ ଏ ଘରକୁ ଆସିଛି। ତା’ ମନ ଅଶାନ୍ତି ପାଇଁ ମୋହନ ଦାୟୀ। ଆଉ ତାକୁ ଯଦି ଘରଲୋକେ ଏମିତି ହଇରାଣ କରିବେ ତେବେ ସେ କେମିତି କରି ଏ ଘରେ ରହିବ ? କାବେରୀର ଅଭିମାନ ଯେ, ତା ଖବର କେହି ବୁଝୁ ନାହାନ୍ତି। ତେଣୁ ସେ ବା କାହିଁକି ଅନ୍ୟମାନଙ୍କ ପାଇଁ ଏତେ ଖଟିବାକୁ ଯିବ ? ଫଳରେ କାବେରୀକୁ ବୁଝାଇବାକୁ ଯାଇ

ମୋହନ ଯେତେବେଳେ ଅଲଗା ଘର କରିବା କଥା ମନକୁ ଆସେ, ସେତେବେଳେ ସାନ ସାନ ଭାଇ ଭଉଣୀଙ୍କ କଥା ପ୍ରଥମେ ମନରେ ଆସି ବାଟ ଓଗାଳେ । ପିତାମ୍ବରବାବୁଙ୍କର ବୟସ ଖସିଲାଣି । ମହୀବୋଉ ବୁଢ଼ୀ ହେଲେଣି । ସେମାନଙ୍କୁ ଏକୁଟିଆ କାହା ପାଖରେ ସେ ଛାଡ଼ିକରି ଯିବ ? କାବେରୀର କିନ୍ତୁ ସେ ଆଡ଼କୁ ଦୃଷ୍ଟି ନାହିଁ । ସେ ଖାଲି ବୁଝେ ସେମାନେ ଦୁଇଜଣ ଓ ତାଙ୍କର ଟଙ୍କା ।

ଏହାରି ଭିତରେ ଗୋଟାଏ ବର୍ଷ ଗଡ଼ି ଯାଇଛି । ପିତାମ୍ବର ବାବୁଙ୍କର ସଂସାର ବାହାରକୁ ଆଗପରି ଥିଲେ ହେଁ, ଘୁଣଧରା ବାଉଁଶ ପରି ଭିତରେ ଭିତରେ ପୋଲା ହୋଇ ଆସୁଛି । ଚିନ୍ତାରେ ଦିନକୁ ଦିନ ମହୀବୋଉ ଭାଙ୍ଗି ପଡ଼ୁଛନ୍ତି । ପିଲାଗୁଡ଼ାକ ଏଯାଏଁ ସ୍କୁଲ ଟପି ନାହାନ୍ତି । ମାୟାର ବାହାଘର ଠିକଣା ହୋଇ ପାରୁନାହିଁ, ଯେତେ ଯୁଆଡ଼ୁ ପ୍ରସ୍ତାବ ଆସିଲା, ମାୟା ସବୁ ଭାଙ୍ଗିଲା । କିଏ କହୁଛି ଢିଠଟା ରାହାବାଲୀ, କିଏ କହୁଛି କାଣ୍ଠେଇ ଆଉ କିଏ କହୁଛି ମୁହଁବଢ଼ିଆ । ମହୀବୋଉଙ୍କ କାନକୁ ସବୁ କଥା ଆସେ । ସବୁ ଶୁଣି ସେ ନିଜ କପାଳରେ ହାତ ମାରନ୍ତି ।

କାବେରୀ ଚାହେଁ ପିତାମ୍ବରବାବୁ ବଞ୍ଚ ଥାଉଁ ଥାଉଁ କେମିତି ମାୟାର ବାହାଘର ହୋଇଯାଉ । ସେଥିପାଇଁ ସେ ମୋହନକୁ ବାରମ୍ବାର ମନେ ପକାଇ ଦିଏ ଯେ, ଦିନକୁ ଦିନ ପିତାମ୍ବରବାବୁଙ୍କର ବୟସ ଖସୁଛି । ମୁଣ୍ଡ ଉପରେ ଚାରି ଚାରିଟା ପିଲାଙ୍କ ଭାର । ଆଗରୁ ଗୋଟି ଗୋଟି କରି ନ ଖସାଇଲେ ପଛରେ ହଇରାଣ ହେବା କଥା । ମୋହନ ସବୁ ବୁଝେ । କିନ୍ତୁ ତା' ହାତରେ କ'ଣ ଅଛି ?

ଦିନେ ସନ୍ଧ୍ୟାବେଳିଆ ମହୀବୋଉ ପିତାମ୍ବରବାବୁଙ୍କ ପାଖରେ ବସି କଥା ହେଉଛନ୍ତି, ଏତିକିବେଳେ ମୋହନ ସେମାନଙ୍କ ଆଗରେ ମାୟା ପାଇଁ ଆସିଥିବା ଗୋଟିଏ ବାହାଘର ପ୍ରସ୍ତାବ କଥା ଉଠାଇଲା । ପାତ୍ରଟି ଓକିଲାତି କରୁଛି, ଭଲ ଛାତ୍ର । ଗାଁରେ ତାଙ୍କର ଜମିବାଡ଼ି ମଧ ଅଛି ।

ପାତ୍ର "ଓକିଲ" ଶୁଣିବାମାତ୍ରେ ମହୀବୋଉଙ୍କ ମୁହଁ ଶୁଖିଗଲା । ପ୍ରଥମରୁ ଯଦି କିଏ ଏ ପ୍ରସ୍ତାବ ଆଣିଥାନ୍ତା, ମହୀବୋଉ ତାକୁ ସାଙ୍ଗେ ସାଙ୍ଗେ ମନା କରି ଦେଇଥାନ୍ତେ । କିନ୍ତୁ ବର୍ତ୍ତମାନ ଆଉ ସେ ଅବସ୍ଥା ନାହିଁ... ଯେତେସବୁ ବଡ଼ ଘରୁ ପ୍ରସ୍ତାବ ଆସିଲା, ଗୋଟି ଗୋଟି କରି ମାୟା ସବୁ ଭାଙ୍ଗିଛି । ଏହିକ୍ଷଣି ସେ ନିଜେ ଭୋଗିବ ନାହିଁ ତ ଆଉ କିଏ ଭୋଗିବ ? ମହୀବୋଉ ଗୁମ୍‌ମାରି ବସି ରହିଲେ ।

ନିସ୍ପୃହ ଗଳାରେ ପିତାମ୍ବରବାବୁ ପଚାରିଲେ–ଓକିଲ ! ଆଜିକାଲି ଓକିଲମାନଙ୍କର କଣ ଆଉ ଆଦର ଅଛି ?

ସାମାନ୍ୟ ଅଧୈର୍ଯ୍ୟ ହେଲାପରି ମୋହନ କହିଲା–ଓକିଲ ହେଲେ କ’ଣ ଖରାପ ହେଲା ? ସେମାନଙ୍କ ଭିତରେ ତ ପୁଣି ଭଲ ରୋଜଗାର କରିବାବାଲା କେତେ ବାହାରୁଛନ୍ତି । ଆଉ ସେ ଯେ ସବୁ ଦିନେ ଓକିଲ ହୋଇ ରହିଥିବ, ତାର କିଛି ଧରାବନ୍ଧା ଅଛି ?

ମହୀବୋଉ ଆଉ ଚୁପ୍ ହୋଇ ରହିପାରିଲେ ନାହିଁ, କହିଲେ – ଓକିଲ ହେଇଛି ଯେତେବେଲେ, ଆଉ କୁଆଡ଼େ ଯିବ ?

ବୁଝେଇଲା ପରି ମୋହନ କହିଲା– ଏଇ ଦେଖୁନ୍ତୁ, ଆଜିକାଲି ହଜାର ରକମର ଚାକିରି ବାହାରୁଛି । ଭଲ ଛାତ୍ର ପୁଣି ବୟସ କମ, ତା ଭାଗ୍ୟରେ ଥିଲେ ସେ ଉଠିଯିବ ନାହିଁ ?... ବାପା ଆପଣ କିଛି କହୁ ନାହାନ୍ତି ଯେ ? ମୋହନ ପିତାମ୍ବରବାବୁଙ୍କ ମୁହଁକୁ ଚାହିଁଲା ।

– ମୁଁ ଆଉ କ’ଣ କହିବି ? ତମେମାନେ ଯାହା ଭଲ ଭାବୁଛ କର, କିନ୍ତୁ ମୁଁ ଭାବୁଛି ପ୍ରସ୍ତାବ ଠିକଣା କରିବା ପୂର୍ବରୁ ମାୟା ରାଜି ଅଛି କି ନାହିଁ ଜାଣିବା ଦରକାର– ସିଗାରେଟ୍‌ରେ ନିଆଁ ଧରାଉ ଧରାଉ ପିତାମ୍ବରବାବୁ କହିଲେ ।

– ତା’ ନିଜ ବାହାଘର କଥା ଯେତେବେଲେ, ତାକୁ ତ ନିଶ୍ଚୟ ପଚରା ଯିବ... କିନ୍ତୁ ଆପଣ ତାକୁ ଟିକିଏ ନ ବୁଝେଇଲେ ସେ କ’ଣ ରାଜି ହେବ ? ଆପଣଙ୍କ ଛଡ଼ା ସେ ତ ଆଉ କାହାରି କଥା ଶୁଣିବ ନାହିଁ ।

“ଭାଇ ! ଭାଇ !! ତମକୁ ଜଣେ ଲୋକ ଡାକୁଛନ୍ତି, ଏଡ଼େଡ଼େ ଏଡ଼େଡ଼େ ନିଶ ଅଛି” କହିକହିକା ଧଇଁସଇଁ ହେଇ ପହଲି ପହଞ୍ଚିଲା ।

ମୋହନ ଉଠିଗଲା । ମହୀବୋଉ ପିତାମ୍ବରବାବୁଙ୍କ ମୁହଁକୁ ଚାହିଁଲେ – ଯିଏ ଯାହା ହାଣ୍ଡିରେ ଚାଉଲ ପକେଇଥିବ, ସେଇଠିକି ଯିବ । ମିଛଟାରେ ଆମେ ଖାଲି ବାଡ଼େଇ କଟାଢ଼ି ହଉଚୁ ।

– ଯାହା କହିଲ ! ମଣିଷ ହାତରେ କିଛି ନାହିଁ... ଆମେ ସିନା ଜନ୍ମ ଦେଇଛେ; ସେମାନେ ତାଙ୍କର ଭାଗ୍ୟ ନେଇ ଆସିଛନ୍ତି । ଗୋଟାଏ ଗହୀରିଆ ‘ହଁ’ ମାରି ମହୀବୋଉ ଚୁପଚାପ ବସି ରହିଲେ ।

ଦୁଇଦଳ ମଧ୍ୟରେ ପ୍ରସ୍ତାବ ଆଗେଇଲା । ଦେବା ନେବାର କଥା ଛିଡ଼ିଯିବା ପରେ ବୋହୂ ଦେଖାପାଇଁ ଗୋଟିଏ ଦିନ ଠିକଣା ହେଲା ।

ମାୟାକୁ ଦେଖ୍‌ବାକୁ ଲୋକ ଆସିବେ । ସକାଳୁ ମହୀବୋଉ ଥରକୁ ଥର ବିକଳ ହୋଇ ମାୟା ମୁହଁକୁ ଚାହୁଁଛନ୍ତି... ଟୋକାଟା ଜମା କଥା ଶୁଣୁନାହିଁ... ଆଜି କ'ଣ କରିବ କିଏ ଜାଣେ ? ତାକୁ ଭଲ ଲୁଗା ଖଣ୍ଡେ ପିନ୍ଧିବାକୁ କହିଲେ-ଦୋଷ । ଯାହା ବା ପିନ୍ଧିଥିବ ପାଲଟି ପକାଇ ଆହୁରି ଖରାପ ପିନ୍ଧିବ...। କ'ଣ କରିବେ କିଛି ବୁଝି ନପାରି ମହୀବୋଉ ବଡ଼ ଅଡ଼ୁଆରେ ପଡ଼ିଲେ ।

ଦିନ ଏଗାରଟା ବେଳ । ମୁଣ୍ଡବାଳକୁ ଟାଙ୍କିଟୁଙ୍କି, ମଥୁରା ପରି ଗୋଟାଏ ଗଣ୍ଠି ପକାଇ, ଅନ୍ଧାରେ ଲୁଗାକୁ ଭିଡ଼ିଦେଇ ମାୟା ପହଲିର ହାତ ଧରି ଟାଣି ଟାଣି ପୀତାମ୍ବରବାବୁଙ୍କ ପାଖକୁ ନେଉଥିଲା- ତାର ଗୋଟାଏ ନୂଆ ବହିର ପୃଷ୍ଠାରେ ପହଲି ନିଜର ନାଁ ଲେଖ୍‌ ଦେଇଛି । ଏତିକିବେଳେ ସେ ଦେଖିଲା ଧୋତି ପିନ୍ଧି ଗୋରା ଡେଙ୍ଗା ହୋଇ ପଚାଶ ପଞ୍ଚାବନ ବର୍ଷର ସ୍ତ୍ରୀଲୋକଟିଏ ଭିତରକୁ ଆସୁଛି । ଦେହରେ ଖଣ୍ଡେ ମଠା ଚାଦର । କପାଳରେ ତିଲକ କଟା । ମାୟା ଜାଣେ ସେ କିଏ । ତଥାପି ନ ଚିହ୍ନିଲା ପରି ଚାଲି ଯାଉ ଯାଉ ତାଙ୍କ ଆଡ଼କୁ ଚାହିଁ ସାମାନ୍ୟ ହସିଲା ।

ମୁରୁକି ହସି, ସଦିଗ୍‌ଧ ଆଖିରେ ମାୟାକୁ ଚାହିଁ ସ୍ତ୍ରୀଲୋକଟି ମନେ ମନେ ଭାବିଲେ- ଏଇ ହବ ପରା । ପୁଣି ମନରେ ସନ୍ଦେହ ଆସିଲା । ଆଗରୁ ଶୁଣିଥିଲେ ପାତ୍ରୀ ବାପର ଗୋଟିଏ ବୋଲି ଝିଅ ଆଉ ଖୁବ୍‌ ଗୋରା । ପୁଣି ମନରେ କଲେ ସେ ନିଶ୍ଚେ ଆଜି ଭଲ ଗହଣାଗାଣ୍ଠି ଲୁଗାପଟା ପିନ୍ଧି ତାଙ୍କୁ ଅପେକ୍ଷା କରିଥିବ । ଆଉ ଏ ଝୁଅଟା ବୋଧହୁଏ ତାଙ୍କ କୁଟୁମ୍ବର କିଏ ହେବ କି କ'ଣ... ସବୁ ଜାଣିଛି, ନହେଲେ ଏମିତି ଚିହ୍ନିଲା ପରି ହସନ୍ତା କାହିଁକି ?

ଚାରି ଛଅ ଖୋଜ ବାଟ ଯାଇ ମାୟା ଫେରି ଚାହିଁଲା- ସ୍ତ୍ରୀ ଲୋକଟି ସେଇଠି ଠିଆ ହୋଇ ତାରି ଆଡ଼େ ଚାହିଁଛନ୍ତି ।

କାବେରୀ ଠାରୁ ଖବର ପାଇ ମହୀବୋଉ ପାଛୋଟି ନେବାକୁ ଆସିଲେ- ନମସ୍କାର ।

ପ୍ରତି ନମସ୍କାର ଜଣାଇ ଆଗନ୍ତୁକା ତାଙ୍କ ସାଙ୍ଗରେ ଗଲେ ।

ଅଧଘଣ୍ଟାଏ ବିତି ଗଲାଣି- ମାୟାର ଜମା ଦେଖା ନାହିଁ । ପାଖ ପଡ଼ିଶାଙ୍କ ଘରେ ଦେଖି ଆସିବା ପାଇଁ ଝିଅକୁ ପଠାଇ ଦେଇ ମହୀବୋଉ ଖାଲି ଏଠି ସେଠି ହେଉଥାଆନ୍ତି । ମହୀବୋଉଙ୍କ କଥାଭାଷାରୁ ସ୍ତ୍ରୀଲୋକଟି ବୁଝିଲେ ପହଲି ଯାହାକୁ

ସେ ଦେଖିଥିଲେ ସେହି ହେଉଛି ପାତ୍ରୀ। ଯେତେସବୁ ପ୍ରସ୍ତାବ ଆସୁଛି ନାନା ପ୍ରକାର ଫିକର କାଢ଼ି ସେ ଭାଙ୍ଗି ଦେଉଛି।

ଅଧଘଣ୍ଟାଏ ପରେ ମାୟା ଫେରି ଆସି ଦେଖିଲା ଘରଯାକ ସମସ୍ତେ ତା ଉପରେ ଖପ୍ପା ହୋଇ ବସିଛନ୍ତି। ମହୀବୋଉଙ୍କ ଡାକରେ ସେ ଆସି ପାଖରେ ବସିଲା।

— ଓଠରୁ ତାର ହସଗୁଡ଼ାକ ଯେମିତି ଗଲି ପଡ଼ୁଥାଏ। ଟିକିଏ ବେଳ ଭଲ କରି ଚାହିଁବା ପରେ ଆଗନ୍ତୁକା ପଚାରିଲେ,

— ତମରି ନାଁ ମାୟା ?

— କାହିଁକି, ବିଶ୍ୱାସ ହେଉନାହିଁ ? ହେଇଟି ଦେଖନ୍ତୁ। ନିଜର ନାଁ ଲେଖା ହୋଇଥିବା ମୁଦିଟି ଆଙ୍ଗୁଠିରୁ କାଢ଼ି ଆଣି ମାୟା ତାଙ୍କ ଆଖି ଆଗରେ ଧରିଲା।

ମହୀବୋଉ ଜିଭ କାମୁଡ଼ିଲେ। ଆଗନ୍ତୁକା ମହୀବୋଉଙ୍କୁ ଚାହିଁ ପ୍ରଶ୍ନ କଲେ— କ’ଣ ସବୁ କାମଦାମ ଶିଖେଇଛନ୍ତି ?

ମହୀବୋଉ କିଛି କହିବା ପୂର୍ବରୁ ମାୟା ବାହାରିପଡ଼ି ନିଜର ବଢ଼ାଇଥିବା ନଖ ଦେଖାଇ କହିଲା, ମାଉସୀ, କାମ କଲେ ଏ ନଖ ଘୋରି ହୋଇଯିବ ନାହିଁ ? ମୁଁ ଖାଲି ବୁଲି ଜାଣେ...

— ମାୟା !! ମହୀବୋଉ ଆଖି ଦେଖାଇ ଆକଟିଲେ।

— ହଉ ତେବେ ମୁଁ ଯାଉଛି, ତୁ ସେ ଆଖି ଦେଖା ବନ୍ଦକର। ମାୟା ଉଠି ଚାଲିଗଲା।

ମହୀବୋଉ ଆଶା ଛାଡ଼ିଦେଇ ବସିଲେ— ସତରେ କ’ଣ ଆଉ ହବ। ଏମିତି କଥା ଶୁଣିଲେ ଯିଏ ହେଲେ ବି ବାହାଘର ଭାଙ୍ଗି ଦିଅନ୍ତା। କିନ୍ତୁ ଫଲହେଲା ଓଲଟା। ପ୍ରଥମରୁ ମାୟାକୁ ଦେଖି ଭଦ୍ରମହିଲାଙ୍କୁ କାହିଁକି କେଜାଣି ଭାରି ଭଲ ଲାଗିଥିଲା। ବେଶଭୂଷାରୁ ମଣିଷର ଚାଲିଚଳନ ଜଣାପଡ଼ିଯାଏ। ତେଣୁ ବାହାଘର ଭାଙ୍ଗିବା ପାଇଁ ମାୟାର ଯେଉଁ ବେଶଭୂଷା, ସେତକ ତାଙ୍କ ଆଖିକି ଅସୁନ୍ଦର ଦିଶିଲା ନାହିଁ। ସେ ଜାଣନ୍ତି ଗରଜିଲା ମେଘ ବରଷେ ନାହିଁ।

ପ୍ରକୃତରେ ସେ କିଛି ଭୁଲ୍ ଭାବି ନାହାନ୍ତି। ଜଣେ ଜଣେ ମଣିଷକୁ ପ୍ରଥମରୁ ଦେଖିଲେ ହଠାତ୍ ଭଲ ଲାଗେ। ଆଉ ଜଣ ଜଣଙ୍କୁ ପ୍ରଥମେ ଖରାପ ଲାଗେ। ଅଧିକାଂଶ ସ୍ଥଳରେ ଦେଖାଯାଏ ପ୍ରଥମଥର ଧାରଣା ହିଁ ଠିକ୍।

ବିଦା ହେଲାବେଳେ ମହୀବୋଉଙ୍କୁ ସେ କହିଗଲେ— ସବୁ ଭଲ ଯେ ହେଲେ ଟିକିଏ ମୁହଁଖୋର... ହଅ, ମୋର ବି ସେମିତି ଗୋଟିଏ ବୋହୂ ଦରକାର... ଘରକୁ ଏକାଟିଆ ମଣିଷ, ମୁହଁ ନଥିଲେ ସମସ୍ତେ ଭୁତେଇ ଭାତେଇ ଖାଇଯିବେ।

ମହୀବୋଉଙ୍କ ମୁହଁରେ ପ୍ରଥମେ ଟିକିଏ ହସ ଖେଳିଗଲା, କିନ୍ତୁ ଠିକ୍ ତାର ପରମୁହୁର୍ତ୍ତରେ ଭିତରର କୋହ ସେ ହସକୁ ଲୁଚେଇଦେଲା। ଏଇ ତାଙ୍କର ଗୋଟିଏ ବୋଲି ଝିଅ। ବଡ଼ଘରେ ବନ୍ଧୁ ବାନ୍ଧିବାକୁ ସେ କେଜାଣି କେତେ କଳ୍ପନା କରିଥିଲେ। ସେ ସବୁ କୁଆଡ଼େ ଯାଇ ଶେଷରେ ଆସି ଏଠି ପହଞ୍ଚିଲେ। ଏହି ଝିଅକୁ ପାରି କରି ଦେବାକୁ ସେ କେଜାଣି କେତେ ଧନୀ ହେଉଛନ୍ତି... ଆଉ ଆଜି ପାରି କରିବାକୁ ଯାଇ ତାଙ୍କ ଆଖିରେ ଲୁହ ଆସୁଛି।

ବାହାଘର ଦିନ ପାଖେଇ ଆସିଲା। ମାୟା ବାହାହେଇ ଯାଉନାହିଁ ଯେ ପିତାମ୍ବରବାବୁଙ୍କ ଘର ଉପରେ ଯେମିତି ଚଇତାଲି ଝଡ଼ ବହିଯାଉଛି! ଆଗ ବର୍ଷର ଛପର ଆସ୍ଥାନ ଧରିଥିଲା। ସେ ଆଜି ଏଠୁସେଠୁ ଉଡ଼ିଗଲାଣି। ଘର ଭିତରକୁ ଖରା ପଶି ଆସିବ। ବାହାଘରର ଉସ୍ବ ଭିତରେ ମାୟା ଚାଲିଯିବ।

ଏଇ କି ଅଭିଆଶ କଥା ଲୋ ମା। ବାହାଡୁଥ ଆଖିରେ ଟୋପାଏ ପାଣି ନାହିଁ!! ହଅ, କାହିଁକି ଲୁହ ଗଡ଼େଇବେ? ବାହା ହବାକୁ ତ ଗୋଡ଼ ଟେକି ବସିଥିଲେ...। ଝିଅ ଦେଖିସାରି ଫେରିଯାଉଥିବା ସ୍ତ୍ରୀଲୋକମାନଙ୍କ ଭିତରୁ ଜଣେ ମୁହଁମୋଡ଼ି କହିଲା।

ମାୟାର ବାହାଘର ସରିଯାଇଛି। ଆଉ ଅଳ୍ପ କେଇଘଣ୍ଟା ପରେ ସେ ବିଦା ହୋଇଯିବ। ମହୀବୋଉଙ୍କ ଆଖିରୁ ଧାରାଶ୍ରାବଣ ଛୁଟିଛି।

ଘର ଭିତରେ ଲୋକ ଗହଳି-ଗୋଡ଼ ବୁଲେଇବାକୁ ଜାଗା ନାହିଁ। ତାରି ଭିତରେ ଥରକୁ ଥର ମାୟାକୁ ଭିଡ଼ିଧରି, କାବେରୀ ଅସରାଏ କରି ଲୁହ ଢାଳି ଦେଇ ଯାଉଛି। ଜଣକର ନିଖୁଣ ମୁହଁର ସଜଳ ଆଖି ପାଖରେ ଅନ୍ୟଟିର ହଳଦୀ ଗରଗର ମୁହଁର ହିଂସ୍ର ଚାହାଣୀ। ଦେଖଣାହାରୀଙ୍କ ମୁହଁରେ ପ୍ରଶଂସା- ଆହା ଏମିତି ଭାଉଜଟିଏ ମିଳିବ ନାହିଁ... କେଡ଼େ ଅଳିଅଳରେ ନଣଦଟିକୁ ବଢ଼େଇଥିଲେ... ଦେଖନ୍ତୁ, ଝୁଅଟା ବିଦା ହେଇ ଯାଉଚି ଯେ ତା ଆଖିରେ ଟୋପାଏ ପାଣି ନାହିଁ, ଏଣେ ଇଏ ଲୁହରେ ଭାସି ଯାଉଚି!

ନିରୋଳାରେ କିଛି କହିବା ପାଇଁ ମହୀବୋଉ ମାୟାର ହାତ ଧରି ଅନ୍ୟଘରକୁ ନେଇଗଲେ। ତାକୁ ଖଟ ଉପରେ ବସେଇ ଦେଇ ପାଖରେ ବସି ଟିକିଏ ଇତସ୍ତତଃ ହୋଇ ମହୀବୋଉ ଆରମ୍ଭ କଲେ- "ବର୍ଷେ ଛ'ମାସ ବୋହୂପଣିଆ କରିବୁ ମା... ସବୁଦିନେ କରିବାକୁ ତତେ କେହି କହୁ ନାହାନ୍ତି... ଶାଶୁ ଶ୍ୱଶୁରଙ୍କ ପାଦସେବା କରିବୁ,

ବନ୍ଧୁ ବାନ୍ଧବଙ୍କୁ ନିଜର କରି ଦେଖିବୁ, ସାନମାନଙ୍କୁ ଆଦର କରିବୁ... ସେଇ ତ ହେଲା ତୋ ଘର... ମୋ ମୁଣ୍ଡ ଛୁଇଁ କହ, କରିବୁ ତ... ତୁ ଚାଲିଗଲେ ତୋ'ରି କଥା ଭାବି ଭାବି ମନରେ ଶାନ୍ତି ପାଇବି ନାହିଁ।" ମଝିରେ ମଝିରେ କଥା ବନ୍ଦ ରଖି, ପଣତ କାନିରେ ଆଖି ପୋଛି ମହାବୋଉ ଅତି ନିଃସହାୟ ଭାବରେ ଚାହୁଁଥାନ୍ତି ଝିଅର ମୁହଁକୁ— ତା'ଠୁ ପଦେ ନିର୍ଭର ଜବାବ ଶୁଣିବାକୁ, ଯେମିତିକି ଝିଅ ତୁଣ୍ଡର ପଦେ କଥା ଉପରେ ତାଙ୍କର ବଳକା ଜୀବନର ସୁଖଶାନ୍ତି ଝୁଲୁଚି...।

ଖଟ ଉପରେ ସାମନାସାମନି ଦୁଇଟି ନାରୀ ବସିଥିଲେ— ମା ଆଉ ଝିଅ। ହାତରେ ହାତ ଛୁଇଁଛି, ଆଖିରେ ଆଖି ମିଶିଛି, ମନକୁ ମନ ଛୁଇଁଛି... ତଥାପି ଦିହିଙ୍କ ଭିତରେ ଥିଲା ଅସୀମର ବ୍ୟବଧାନ। ଜଣକ ଆଖିରେ ନିଃସହାୟ ଭାବ, ଅନ୍ୟର ଆଖିରେ ବିଦ୍ରୋହ।

ମାୟା ଚାହିଁ ଚାହିଁ ମହାବୋଉଙ୍କୁ ଦେଖିଲା—ଏଇ ତା'ର ମା, ତା'ର ଚିରଦିନର ଅତି ଆଦର "ବୋଉ"... କେତେ ଦୁଃଖକଷ୍ଟ ସହିଛି, କେତେ ଅଲିଝିଲି ସହିଛି କିନ୍ତୁ ତା'ର ହେତୁ ହେଲା ଦିନୁ ସେ କେବେହେଲେ ବୋଉକୁ ଆଜିପରି ଏଡ଼େ ଅସହାୟ, ଦୁର୍ବଳ, ହୋଇପଡ଼ିବାର ତ ସେ ଦେଖି ନାହିଁ?... ତାତିଲା ଘିଅରେ ହାତ ବୁଡ଼ିଗଲେ କି ପନିକିରେ ହାତ କଟିଗଲେ ଯେ, ହସି ହସି "କିଛି ହୋଇନାହିଁ", କହି ସେହି ହାତରେ କାମ କରିଯାଏ, ସେଇ ମା ଆଜି ତା'ରି ସାମନାରେ ବସି ଆଖିରୁ ଲୁହ ଢାଳୁଛି...! ବୋଉର ଏ ଦୁଃଖ ଯେ, ନିଜ ପାଇଁ ନୁହେଁ, ତାହା ମାୟା ଜାଣେ। ନିଜ ପାଇଁ ହୋଇଥିଲେ ମୁହୂର୍ତ୍ତେ ଡେରି ନକରି, ନିଜର ଗହଣାଗାଣ୍ଠି ଖୋଲି ପକାଇ ସେ କହିଥାନ୍ତା— "ଏଇ ଦେଖ, ବୋଉ, ମୁଁ ତୋର ସେଇ ଆଗର ଅଭିଆଡ଼ି ଝିଅ ମାୟା— ତୋରି ପାଖରେ ଅଛି"... କିନ୍ତୁ ତାଙ୍କର ଦୁଃଖ ଯେ, ତା'ରି ପାଇଁ... ଶାଶୁ ଘରେ ତା'ରି ବ୍ୟବହାର ଉପରେ ନିର୍ଭର କରୁଛି ବାପ ଘରର ନିନ୍ଦା ଓ ପ୍ରଶଂସା। ହଠାତ୍ ମାୟାର ମନେ ହେଲା ମହାବୋଉଙ୍କୁ ଆଜିଯାଏ ସେ କିଛି ଦେଇପାରି ନାହିଁ। ତା' ପାଇଁ ଜୀବନସାରା ଯେଉଁ ମା ଏତେ କରିଆସିଛି, ଆଜି ବିଦାୟ ନେବା ଆଗରୁ ସେହି ମାର ମନରେ ଅଧିକ ଆଘାତ ଦେବାକୁ ତାକୁ କେମିତି ବାଧିଲା। ମନରେ ତାର ଦ୍ୱନ୍ଦ୍— କ'ଣ ସେ କହିବ? ଦାନ୍ତ ମଝିରେ ତଳ ଓଠ କାମୁଡ଼ି ମାୟା ଟିକିଏ ବେଳ ଭାବିଲା— ମୁହଁରେ ତା'ର କଳା ବଦଉର ଛାଇ, ଶୁଖିଲା ଆଖିରେ ବିଜୁଳିର ଝଲକ।

– ଆଚ୍ଛା, କଥା ଦେଲି କରିବି।

ଜବାବ ଶୁଣି ମହାବୋଉଙ୍କ ପାତଳ ଓଠରେ ହସର ଆଲୁଅ ଖେଳିଗଲା।

– ଆଉ କ'ଣ ଚାହୁଁ? ଗର୍ଜି ଉଠି ମାୟା ମହାବୋଉଙ୍କ ମୁହଁକୁ ଚାହିଁଲା। –

ଜୋତା ପାଲିସ୍ କରିବି, ଅଇଁଠା ଖାଇବି... ଚାହୁଁ ଚାହୁଁ ହଠାତ୍ ମେଘ ଫାଟି ଅଜାଡ଼ି ହୋଇପଡ଼ିଲା ।

ଲୁହ ଦେଖି ଉପର ମୁହଁରେ ଦୁଃଖ କଲେ ବି ମହୀବୋଉ ମନ ଭିତରେ ସାନ୍ତ୍ବନା ପାଇଲେ । ମନରେ ତାଙ୍କର ସନ୍ଦେହ– ମାୟା କ'ଣ ସତରେ ତା'ର କଥା ରଖିବ ? ତା' ଆଖିରୁ ଲୁହ ପୋଛିଦେଉ ଦେଉ ମହୀବୋଉ ନାନା ପ୍ରକାର ସାନ୍ତ୍ବନା ଦେବାରେ ଲାଗିଲେ ।

ଦୁଆର ମୁହଁରେ କାବେରୀ ମୁହଁ ଦିଶିଲା । ଆଖି ପୋଛି ମହୀବୋଉ ଉଠିଗଲେ । ଭିତରକୁ ଆସି କାବେରୀ ପାଖରେ ବସିଲା ଏଇ ମାୟା–ଖରା ତାତି ପରି ତାକୁ କେବଳ ଜାଳିପୋଡ଼ି ଆସିଛି, କିନ୍ତୁ ଆଜି ବିଦାୟ ବେଳେ ଲିଭିଲା ସୂର୍ଯ୍ୟପରି ସେ କୋମଳ ଓ କମନୀୟ । କାବେରୀର ଇଚ୍ଛା ହେଲା କହିବାକୁ– “ମତେ କ୍ଷମା କର ମାୟା...ତମକୁ ମୁଁ ଭୁଲ ବୁଝିଥିଲି ।”

ବାହାରେ ଗାଡ଼ିକୁ ଜିନିଷପତ୍ର ବୁହା ଚାଲିଛି । ଏକାଟିଆ ଗୋଟିଏ ଘରେ ମୁଣ୍ଡରେ ହାତ ରଖି ପୀତାମ୍ବରବାବୁ ତଳକୁ ଚାହିଁ ବସିଛନ୍ତି । ଏତିକିବେଳେ ମାୟା ଆସି ଦୁଲ କରି ତାଙ୍କ ଗୋଡ଼ ଉପରେ ପଡ଼ିଲା– ଦେହସାରା ତା'ର ଥରଥର ହୋଇ ଥରୁଛି । ହାତ ଧରି ଉଠେଇ ଆଣି, ପାଖରେ ବସାଇ, ପୀତାମ୍ବରବାବୁ ତାର ମୁଣ୍ଡ ଆଉଁସି ଦେବାରେ ଲାଗିଲେ । କଣ କହିବାକୁ ଯେମିତି ତାଙ୍କ ଓଠଟା ଥରି ଉଠୁଥାଏ, ଆଖି ଝାପ୍ସା ହୋଇ ଆସୁଥାଏ । ବହୁତ କଷ୍ଟରେ ନିଜକୁ ସମ୍ଭାଳି ନେଇ, ଗଳା ଝାଡ଼ି ପୀତାମ୍ବରବାବୁ ଆରମ୍ଭ କଲେ– “ମା...” ଆଖିକୁ ପାଣି ଆସିଯାଇ ତାଙ୍କର କଥାକୁ ଅଧବାଟରେ ରୋକିଦେଲା । ଟିକିଏ ବେଳ ଅପେକ୍ଷା କରି ପୀତାମ୍ବର ବାବୁ ପୁଣି କହିଲେ– ତୁ ମୋ'ରି ଝିଅ, ଏ କଥା ଯେମିତି ଭୁଲିବୁ ନାହିଁ । ତୁ ସୁଖରେ ଅଛୁ ଜାଣିଲେ ମୁଁ ମନରେ ଶାନ୍ତି ପାଇବି ।

କିଛି ନ କହି ମାୟା କେବଳ ଫୁଲି ଫୁଲି କାନ୍ଦିଥିଲା । ତାକୁ ଶୀଘ୍ର ଅନ୍ୟମାନଙ୍କ ଜିମା କରିଦେଇ ପୀତାମ୍ବରବାବୁ ଆଖି ଲୁହ ଲୁଚେଇବାକୁ ବାହାରି ପଳାଇଗଲେ ।

ଶାଶ୍ଵଘରେ ଅଳ୍ପ କେଇ ଘଣ୍ଟାର ପରିଚୟ । କାହାରି କାହାରି ସାଥରେ ପଦେ ଅଧେ କଥାଭାଷା । ମୁହଁର ଭାବଭଙ୍ଗୀରୁ ମାୟା ମୋଟାମୋଟି ଭାବରେ ଠଉରେଇ ନେଲା କିଏ କି ଧରଣର ମଣିଷ ।

ଗୋଟିଏ ବଖରା ଭିତରେ ଛୁଆପିଲା, ମା ହୋଇ ଗଦାଏ ମଣିଷ ଶୋଇବାକୁ ଆସିଲେ । ତା'ରି ଭିତରେ ଟିକିଏ କର ଆଡ଼ିଆ ଦେଖି ମାୟା ପାଇଁ ଶୋଇବାକୁ ଜାଗା

କରିଦେଇ ମାୟାର ଶାଶୁ ଚାଲିଗଲେ। ମାୟା ହାତଘଡ଼ି ଦେଖ୍ଲା– ଆଉ ଟିକିଏ ବେଳରେ ଦୁଇଟା ବାଜିବ। ହଠାତ୍ ସେହି ଘଡ଼ିର କାଚ ଉପରେ ଯେମିତି ପୀତାମ୍ବରବାବୁଙ୍କ ଘରଟା ଭାସି ଉଠିଲା...। ବିଛଣାରେ ଶୋଇ ପୀତାମ୍ବରବାବୁ ନିଦରେ ଘୁଙ୍ଗୁଡ଼ି ମାରୁଛନ୍ତି... ମହୀବୋଉ ଅଧା ନିଦରୁ ଉଠି, ହାତରେ ଖଣ୍ଡେ ପାନ ଧରି ତାରି ଶାଶୁଘରକୁ ଚାହିଁ ରହିଛନ୍ତି... ସ୍ୱପ୍ନରେ ପହଲି କାନ୍ଦୁଛି– ଆରେ ମୋ ପିଜୁଲି ଦେ...। ମାୟା ଆଖ୍ ବୁଜିବାକୁ ଚେଷ୍ଟା କଲା।

ରାତି ଚାରିଟା। ଜଣେ କିଏ ମାୟାକୁ ହଲେଇ ଦେଲେ... ବୋହୂ... ଏ ବୋହୂ... ରାତି ପାହିଯିବ, ଗାଧୋଇ ଆସିବ ଯାଆ।

ମାୟା ଆଖ୍ମେଲି ଚାହିଁଲା। ହାତରେ ମିଞ୍ଜି ମିଞ୍ଜି ବତୀଟିଏ ଧରି ଦରବୁଢ଼ୀ ସ୍ତ୍ରୀଲୋକ ଜଣେ ତାରି ପାଖରେ ଠିଆହୋଇ ଡାକୁଛନ୍ତି। ପ୍ରଥମେ ତା'ର ମନେପଡ଼ିଲା ନିଜ ବିଛଣା କଥା, ମଶାରି ନାହିଁ... ଏମିତି କ'ଣ? ଆଖ୍ ମଳି ମଳି ପୁଣି ଥରେ ଚାରିଆଡ଼କୁ ଚାହିଁଲା... ଏ ଘରଦ୍ୱାର, ଏ ଲୋକମାନଙ୍କୁ ସେ ଚିହ୍ନେ ନାହିଁ, ସବୁ ତାକୁ ନୂଆ ଦିଶିଲା... ତେବେ କେଉଁଠି ଆସି ସେ ଶୋଇ ପଡ଼ିଛି? ବିଛଣାକୁ ଯିବାପାଇଁ ତରବର ହୋଇ ମାୟା ଉଠି ବସିଲା... ଚାଡ଼ଁ କରି ମନେ ପଡ଼ିଗଲା ତା'ର ବାହାଘର କଥା। ରାତିରେ ଖଡ଼ଖଡ଼ ଶବ୍ଦ ଶୁଣି ନିଦ ଭାଙ୍ଗିଗଲେ ଚୋର ଆସିଛି ବୋଲି ଭାବି ମନ ଯେମିତି ନିସ୍ତେଜ ହୋଇଯାଏ, ବାହାଘର କଥା ମନକୁ ଆସିବା ମାତ୍ରେ ମାୟାର ଦେହଟା ସେମିତି ଅବଶ ହୋଇଆସିଲା।

ଏ ବୋହୂ, ଗାଧୋଇ ଯାଆ... ଲୋକବାକ ଉଠିପଡ଼ିବେ।

– ଯାଉଛି।

ମାୟାକୁ ଆଣି ଅଗଣାରେ ଛାଡ଼ିଦେଇ ସ୍ତ୍ରୀଲୋକଟି ବତୀ ନେଇ ଘରକୁ ପଶିଲେ ଡାଲ ଆଣିବାକୁ।

ଆକାଶରେ ମେଘ ଡାଙ୍କିଛି। ବାହାରେ ଅନ୍ଧାର। ମାୟାର ଭିତରଟା ବି ଅନ୍ଧାର। ସେହି ଅନ୍ଧାର ଭିତରେ ସେ ଦେଖିଲା ତା ଭବିଷ୍ୟତ ଯେମିତି ପୋତି ହୋଇପଡ଼ୁଛି...।

ଦାନ୍ତ ଘଷିସାରି ମାୟା ଛିଡ଼ାହୋଇ ଭାବୁଥିଲା ନିଜ କଥା। ପାହାନ୍ତି ପବନର ମହକରେ ମନ ତା'ର ଭାସିଯାଉଥିଲା ନିଜ ଘରକୁ... ସମସ୍ତେ ଆରାମରେ ଶୋଇଥିବେ, ଆଉ ସେ ନିଜେ?

ଭାବନାରେ ବାଧା ଦେଇ ସେହି ସ୍ତ୍ରୀଲୋକଟି ପୁଣି ଆସି କହିଲେ– ଆଉ ଠିଆଟା ହେଲୁ କାହିଁକି? ଗୋଧୋଇ ପଡ଼।

ରାଗରେ ମାୟା ଥରେ ତାଙ୍କ ଆଡ଼କୁ ଚାହିଁଲା। ପାଣିରୁ ବାହାରି ଆସୁଥିଲା ଏତେ ରାତିରେ ମୁଁ ଗାଧୋଇ ନାହିଁ। ତମେ ନିଜେ ଗାଧୋଇଲଣି? ଏତେ ମଣିଷ ତ ଅଛନ୍ତି, ସେମାନଙ୍କୁ କହ୍ନା? କିନ୍ତୁ ଠିକ୍ ସେତିକିବେଳେ ମନ ଭିତରୁ କିଏ ଯେମିତି ଆସି ତା'ର ହାତ ଧରିଲା- ଶୁଖିଲା ମୁହଁ, ଲୁହଭରା ଆଖିରେ ସନ୍ଦିଗ୍ଧ ଚାହାଣୀ। ଆଉ କାନରେ ଶୁଭିଲା ଅନୁନୟଭରା କଥା କେଇପଦ "ବର୍ଷେ ଛ'ମାସ ବୋହୂ ପଣିଆ କରିବୁ ମା..."

କଞ୍ଚନରେ ମେଲି ଆସିଥିବା ବୋଉର ହାତଟାକୁ ଛିଞ୍ଚାଡ଼ି ଦେଇ, ତା'ରି ଆଖିରେ ଆଖି ରଖି ମାୟାର ଆମ୍ଭା ଚିତ୍କାର କରିଉଠିଲା- ତୁ... ତୁ ମତେ ଛାରଖାର କରିଦେଲୁ। ମତେ କ'ଣ ତୁ ଚିହ୍ନି ନ ଥିଲୁ? କାହିଁକି ଆସି ଏଠି ପୂରେଇଲୁ? ମୁଁ ତୋର କି କ୍ଷତି କରିଥିଲି ?

ଆଖିରୁ ଲୁହ ପୋଛି ସ୍ତ୍ରୀଲୋକଟି ପୁଣି ଯେମିତି କହିଲା- ତୁ ମତେ କଥା ଦେଇଥିଲୁ... ତୁ ଚାଲିଗଲୁ, ମତେ ଚାହିଁବାକୁ ଏଠି ଆଉ କେହି ନାହିଁ... ତୋରି କଥା, ତୋରି କାମ ଉପରେ ମୁଁ ବଞ୍ଚରହିବି। ବିରକ୍ତିରେ ମାୟା କୂଅମୂଳକୁ ଗଲା।

ମାୟା ବିଦାହୋଇ ଯିବା ପରେ ପୀତାମ୍ବରବାବୁଙ୍କ ଘରେ ବହୁତ ପରିବର୍ତ୍ତନ ଆସିଯାଇଛି। ପୀତାମ୍ବରବାବୁଙ୍କ ମନ ଭଲ ନାହିଁ। ଖାଇଲାବେଳେ, ବସିଲାବେଳେ ଝିଅ କଥା ମନେ ପଡ଼େ। ମହୀବୋଉ କାମ ମଝିରେ ମାୟା କଥା ମନେ ପକାଇ ଆଖିରୁ ଲୁହ ଗଡ଼ାନ୍ତି। ତାଙ୍କ କାନ୍ଦ ଦେଖି ସାନ ପିଲାମାନେ ମଧ୍ୟ ବେଳେବେଳେ ମୁହଁ ଶୁଖେଇ ବୁଲନ୍ତି।

କାବେରୀ ଚିନ୍ତା ବେଶୀ ବଢ଼ିଯାଇଛି। ମାୟାର ବାହାଘରେ ପୀତାମ୍ବରବାବୁ ଖୁବ୍ ଖୋଲା ହାତରେ ଟଙ୍କା ଖର୍ଚ୍ଚକରି ପକାଇଛନ୍ତି। ମୁଣ୍ଡ ଉପରେ ତିନିତିନିଟା ଛୁଆଙ୍କର ଭାର। ପୀତାମ୍ବରବାବୁଙ୍କ ବୟସ ହୋଇଗଲାଣି। ସମସ୍ତଙ୍କ ବୋଝ ଦିନେ ସେହି ମୋହନ ଉପରେ ଆସି ପଡ଼ିବ। ସେହିକଥା ଅନେକଥର ମୋହନକୁ ଚେତେଇ ଦେଲାଣି, କିନ୍ତୁ ମୋହନର ସେ ଆଡ଼କୁ ନଜର ନାହିଁ। ତା ଉପରେ ପୁଣି ମହୀବୋଉ ପାଲିକୁ ପାଲି ଲମ୍ବା ଚଉଡ଼ା ଭାର ସଜାଡ଼ି ଝିଅ ଘରକୁ ପେଲିବାରେ ଲାଗିଛନ୍ତି। କାବେରୀ କଥା ପ୍ରସଙ୍ଗରେ ମୋହନକୁ କେତେଥର ସେହି ବିଷୟ କହିଛି-କେଉ ବଡ଼ଲୋକ ଘର ହେଇଛନ୍ତି ଯେ, ଏତେ ଭାରଥୋର ସଜଡ଼ା ହେଉଛି ? ତମେ ବୋଉଙ୍କୁ କହୁନ କାହିଁକି ? ଟଙ୍କା ଖର୍ଚ୍ଚ କରିଗଲେ ସେଇ ତମକୁ ତ ପୁଣି ଶୁଝିବାକୁ ହେବ। ଗୋଟିଏ ଝିଅପାଇଁ ଯଦି ଏତେ ଟଙ୍କା ଖର୍ଚ୍ଚ ହୁଏ, ଅନ୍ୟପିଲାଙ୍କ ପାଇଁ କଅଣ ରହିବ ?

– ମୋହନ ସବୁ ଶୁଣେ। କିନ୍ତୁ ମହୀବୋଉଙ୍କୁ ସେ କ'ଣ ବା କହିବ ? ମା'ର ମନ। ସବୁ ମାଆମାନେ ନିଜ ଝିଅମାନଙ୍କ ପାଇଁ ଏମିତି ହାତଖୋଲି ଖର୍ଚ୍ଚ କରିବାକୁ ଚାହାଁନ୍ତି। ତାଙ୍କୁ ସେତେବେଳେ ମନା କରିବା ଅର୍ଥ ଘରେ ଅଶାନ୍ତି ବଢ଼ାଇବା ଛଡ଼ା ଆଉ କିଛି ନୁହେଁ। ଏହି ଦିଆନିଆ ଯେମିତି ବଡ଼ଲୋକି ମାପିବାର ଗୋଟାଏ ମାପକାଠି। କାବେରୀ ନିଜେ ମହୀବୋଉଙ୍କ ସ୍ଥାନରେ ଥିଲେ ଠିକ୍ ସେଇଆ କରିଥାନ୍ତା। ତେଣୁ ସେ କାବେରୀକୁ ବୁଝାଇବ ନା ମହୀବୋଉଙ୍କୁ ଯାଇ କହିବ, କିଛି ଠିକଣା କରିପାରେ ନାହିଁ।

କାବେରୀ ଦେଖିଲା ମୋହନ ଆଗରେ ଫେରାଦ ହୋଇ ଖର୍ଚ୍ଚ ରୋକି ହେବ ନାହିଁ। ତେଣୁ ସେ ତା ସାଥିରେ ଗୋଟାଏ ନୂଆ ଧରଣର ଚୁକ୍ତି କଲା। ଏଣିକି ମୋହନ ଦରମାରୁ ଅଧେ ତା'ର ଓ ଅଧେ ମୋହନର। ଦିହେଁ ଦିହିଙ୍କ ଭାଗ ନିଜ ଇଚ୍ଛା ଅନୁସାରେ ଖର୍ଚ୍ଚ କରିବେ। କେହି କାହାକୁ କିଛି ବାଧା ଦେଇ ପାରିବେ ନାହିଁ। ମୋହନ ଖୁସି ହେଲା ଯେ ଏଣିକି କାବେରୀ ଟଙ୍କା ପଇସା ବିଷୟ ନେଇ ତାକୁ ଆଉ ବ୍ୟସ୍ତ କରିବ ନାହିଁ। କାବେରୀ ଖୁସି ହେଲା ଯେ ଏହି ନୂଆ ଉପାୟରେ ମୋହନ ମୋଡ଼ିମାଡ଼ି ହୋଇ ବାଟକୁ ଆସିବ। କିଛି ନହେଲେ ଅନ୍ତତଃ କାବେରୀ ନିଜ ଟଙ୍କାତକ ନିଜ ଭବିଷ୍ୟତ ପାଇଁ ତ ରକ୍ଷାପାରିବ ?

ବାହାଘର କେବେଠାରୁ ସରିଲାଣି, ତଥାପି ବୋହୂଦେଖା ସରିନାହିଁ। ମାୟା ଶାଶୁଙ୍କର ଗୋଡ଼ ଆଉ ତଳେ ଲାଗୁନାହିଁ। ବୋହୂ ଦେଖିବା ପାଇଁ ଗଲା-ଥିଲା ମାଇପେ ତାଙ୍କ ଘରକୁ ପଶି ଆସନ୍ତି।

– କିଲୋ, କୁଆଡ଼େ ଗଡ଼ି ପଡ଼ିଲ ? ବସ ବସ। ଗୋଡ଼ ଉପରେ ଗୋଡ଼ ପକେଇ ଖଣ୍ଡିଆ ଚୌକିରେ ଝୁଲୁଝୁଲୁ ହସି ହସି ମାୟା ଶାଶୁ ପଚାରନ୍ତି।

– ତମ ବୋହୂକୁ ଟିକିଏ ଦେଖିବାକୁ ଆସିଲୁ।

– ହେ ବୋହୂ! ମାୟା ଶାଶୁ ସେଇଠୁ ଥାଇ ମାୟା ଉଦ୍ଦେଶ୍ୟରେ ଡାକ ଛାଡ଼ନ୍ତି।

ମୁଣ୍ଡରେ ଲୁଗା ଦେଇ ମାୟା ଆସି ପାଖରେ ଛିଡ଼ା ହୁଏ। ଗର୍ବରେ ଟିକିଏ ହସି ମାୟା ଶାଶୁ କହନ୍ତି– ବୋହୂ ଦେଖିବାକୁ କହୁଥିଲ ପର ? ଦେଖ।

ମାୟା ଶାଶୁଙ୍କ ପାଟିରୁ କଥା ନ ସରୁଣୁ ଆସିଥିବା ସ୍ତ୍ରୀଲୋକମାନେ ଥରେ ବୋହୂ ମୁହଁକୁ ଚାହିଁଦେଇ, ଗହଣା ଦରାନ୍ଧିବାରେ ଲାଗିଯାନ୍ତି।

– ବୋପା ଯାହା ଗହଣାଗାଣ୍ଠି ଦେଇଥିଲା, ବୋହୂତ ଆମର ଆଜିଠୁ ପେଡ଼ିରେ ପୂରେଇ ତାଲା ଦେଲେଣି– ତାଙ୍କ ଝିଅ ପିନ୍ଧିବେ ବୋଲି... ଆଉ ତମେସବୁ କଣ ଗହଣା ଖୋଜୁଛ! ଏମାନେ ସବୁପରା ହେଲେ ସାଇବାଣୀ ... ଗୋଡ଼ରେ ନାଇବେ ନାଇଁ ନାକରେ ନାଇବେ ନାଇଁ... ମା' ତାର ନାକରେ ସହିତେ ଫୋଡ଼ଟାଏ କରିଚି ଯେ ଝିଅ ପିନ୍ଧିବେ! ଆମ ବେଳ କଥା ଦେଖ... ହାତରେ ଏ–ଇ ମୋଟ ମୋଟ ଖଡ଼ୁ... ବେକରେ, କାନରେ ନଦି ହେଇ ବସିଥିଲୁ... ଯିଏ ଦେଖୁଥିଲା, ଗହଣା ଦେଖି ତାର ପେଟ ପୂରି ଯାଉଥିଲା... ଆଉ ଏମାନେ ଖାଲି କଲମ ହଲାଇଲା ବାଲା।

– ବୋହୂ କ'ଣ ଭଉତୁ ପଢ଼ିଚନ୍ତି ପରା? କଣ ବେ' ପାସ୍ କରିଚନ୍ତି...।

– ହଅ 'ଆଏ' ପାସ୍ କରିଚି... ତାଙ୍କ ମନ ଥିଲା ଆଉ ପଢ଼ିବାକୁ... ମୁଁ ମନା କଲି... କଣ ମିଳିବ ଆମକୁ ସେ ବେ' ମେ' ପାଆସରୁ? କୋଉ ମିସଲକୁ ଯିବେ। ଘର ଚଳିଲେ ହେଲା... ପୁଅର ମନ ପାଠପଢ଼ା ଝିଅ ବାହାହବ... ସାଙ୍ଗସାଥୀ ପଢ଼ୁଆ ଝିଅ ବିଭା ହେଇଚନ୍ତି ଦେଖି ତା ମନ ବି ସକସକ ହେଲା... ତା' ଯୋଗ ତ ଏଇଠିକି କଢ଼ଉଛି, ଆଉ କୋଉଠି ହବ?

– ପୁଅ ବାଛିଚନ୍ତି ପରା?

– ପୁଅ ଗୋଟାଏ କ'ଣ ବାଛିବ ମ?

– ନାଇଁ, ପୁଅ ପସନ୍ଦ କରିଚନ୍ତି ନା ତମେ ଠିକଣା କଲ?

– ଆମ ବଢ଼ାକନିଆଁ ପରା ତାଙ୍କ ମନକୁ ଆଇଲା ନାଇଁ... ହେଇ ଶିକଟ ଡେଙ୍ଗାହେଇ, ମୋଟାମୋଟି ହେଇ... ଦେଖ ଦେଲେ ମାଇପିଟାଏ ପରି ମନେ ହବ... ଆଉ ଝିଏ–' କଥା ଶେଷ ନ କରି ମାୟା ଶାଶୁ ମୁହଁ ବୁଲେଇ ନେଇ ପୁଣି କହନ୍ତି– ତା' ଆଗରେ ଫୁଙ୍କି ଦେଲେ ଟଳି ପଡ଼ିବେ। ହେଲେ ତା' ବରନ ଟିକିଏ ମଇଲା... ନଇଲେ ଦବାନବା ସବୁଥିରେ ୟାଙ୍କ ଚାହି କେତେ ଫରକ ପଡ଼ିଥାନ୍ତା।

– ଝିଏ ତ କେଡ଼େ ସୁନ୍ଦରିଆଟିଏ...

– ହଅ, ସୁନ୍ଦରପଣକୁ କଣ ଘୋରିବାଟି ପିଇବୁ? ଧନ ଦରବ, ଜିନିଷପତ୍ର ଆଣିଥିଲେ ସିନା ବଡ଼ କଥା।

– ତମ ବୋହୂତ ସବୁଆଡ଼ୁ ଭଲ... ପାଠ ପଢ଼ିଚି, ସୁନ୍ଦର... ଦବାନବା ଭଲ କରିଚନ୍ତି ବୋଲି ଲୋକେ ବି କହୁଛନ୍ତି...।

– ହଁ, ସେଇ ଦବାନବା କଥା ପେଛଁ ତ ମୁଁ ଅଢ଼ି ବସିଥିଲି... ନଇଲେ ମୋ ପୁଅକୁ କଣ ପାତ୍ରୀ ଅଭାବ ଥିଲେ? ୟା'ଠେଉଁ ଆଉରି ସୁନ୍ଦର ପ୍ରସ୍ତାବ ଆସିଥିଲା, ମୁଁ କାଟି ଦେଇଥିଲି... ପାଞ୍ଚଟି ହଜାର ଟଙ୍କା ଆମର ଦାବି ଥିଲା। ସେଥରୁ କେତେ

କଟିକାଟି ଚାରି ହଜାରରେ ରହିଲା... ତାକୁ ବି କ'ଣ ସହଜରେ ଦେଇଥାନ୍ତେ କି? ଯେମିତି ହାତଗଣ୍ଠି ପଡ଼ିବା ହେଲା, ଆମ ଦେଢ଼ଶୁର ସାଆନ୍ତେ କ'ଣ କଲେ କି, କହିଲେ "ଟିକେ ଥୟ ଧର, ଥୟ ଧର... ଏଇ ଦବାନବା କଥାଟା କଅଣ ଥିଲା, ଆଗେ ଟିକେ ହେଇଯାଉ"– ସେଇଠୁଁ ତ ଝୁଅଘର 'ହାଉଁ' 'ହାଉଁ' ହେଇ ଉଠିଲେ– ଟଙ୍କା କଥା ଠିକଣା କରି ଗୋଟାଏ କିଛି ବୁଝାଶୁଝା ନ ହେଲେ ହାତଗଣ୍ଠି ପଡ଼ିବ ନାହିଁ... ତେଣେ ଲଗନ ଗଡ଼ି ଯାଉଥାଏ। ସେତେବେଳେ ଆମର ସମୁଦିଏ ଉଠି କହିଲେ–କେଡ଼େ କଥାଟାଏ କହୁଚ! ଆମେ ଝୁଅ ଦେଇ କ'ଣ ତମ ଟଙ୍କାଟା ଏମିତି ଫାଙ୍କିଦେବୁ? ଆମେ ତ କୁଆଡ଼େ ଆଉ ମରିହଜି ଯାଉନୁ?... ସେଠୁ ଦଶ ଲୋକଙ୍କ ଆଗରେ କଥାଟା ମୁକାବିଲା ହେଇଯାଇ ହାତଗଣ୍ଠି ପଡ଼ିଲା।

କଥା ଶୁଣି ଜଣେ ଦି'ଜଣ ମାୟା ମୁହଁକୁ ଚାହିଁଲେ, ମାୟା ଶାଶୁ ତାହା ଲକ୍ଷ୍ୟକରି କହନ୍ତି– ଏ ବୋହୂ ସାନ୍ତାଣୀଙ୍କର କଣ କମି ଗୁଣ କି? ଟଙ୍କା କଥା ପଡୁ ପଡୁ ପରା ବେଦୀରୁ ଉଠିଯିବାକୁ ବାହାରିଥିଲେ... ଆଲୋ ସେ ଟଙ୍କା କଣ ଆମେ ନେଇକରି ସରଗକୁ ଯିବୁ? ସେଇ ତାଙ୍କରି ପେଁଇ କହିବା କଥା–ସେତେବେଳେ ନ କହିଥିଲେ ପଛରେ କ'ଣ ଆଉ ଦେଇଥାନ୍ତେ? କହନୁ?

ଆସିଥିବା ସ୍ତ୍ରୀଲୋକମାନେ ମୁଣ୍ଡ ହଲେଇ ମତ ଦିଅନ୍ତି– ଯା' ହଉ, ତମ ଦେଢ଼ଶୁରେ ଭଲ ଫିକରଟିଏ ବାହାର କଲେ।

– ସିଏ କି ଫିକର କଲାବାଲା ମ? ଯିବା ଆଗରୁ ତାକୁ ବାର ବାର କରି ମୁଁ ଏତକ କହିଥିଲି ନା, ନଇଲେ ସେ ଗବ ଗୋବର ମୁଣ୍ଡକୁ ଏତେ ବୁଦ୍ଧି ବାହାରିଥାନ୍ତା? ମାୟା ଶାଶୁ ମନ ଖୁସିରେ ଥୋଡ଼ାଏ ହସି ଦିଅନ୍ତି।

– ବୁଢ଼ୀଙ୍କର ଯୋଉ କଥା। ଦେଢ଼ଶୁରଙ୍କୁ କହୁଛନ୍ତି ଗୋବର ମୁଣ୍ଡ। ଆଉ ତମରି ଖାଲି ତାଙ୍କ ହାଲିକି ବେଶୀ ବୁଦ୍ଧି ଅଛି।

– ତାଙ୍କ ବୁଦ୍ଧି କଥା କାହିଁକି କହୁଚ? ଗାଈଟାଏ କିଣିବାକୁ ଗଲେ ଯେ... ବୁଢ଼ୀ ଗାଈଟାଏ, ଦାନ୍ତ ପଡ଼ି ପାକୁଆ ହେଲାଣି– ପାଟିରେ ହାତ ପୂରେଇ ଆଉରି କହୁଚନ୍ତି – ପିଲା ଗାଈଟାଏ, କଳରେ ଦାନ୍ତ ଉଠିନାଁ! କଥାଶୁଣି ଘରଟା ହସରେ ଫାଟିପଡ଼େ।

– ଯାହା ହଉ, ଭଲ ଘରେ ବନ୍ଧୁ କଲା।

– ହଁ। ଟଙ୍କା ସୁନା ସବୁ ଦେଇଛନ୍ତି ଯେ, ହେଲେ ବୋହୂକୁ କାମ ଶିଖେଇ ନାହାନ୍ତି– ଆଉ ସେ ଝିଅ? ଯାହାକୁ ମୁଁ ବାଛିଥିଲି, ଏଇ ପିଠା କର କହିଲେ ହାଣ୍ଡିଏ କରି ସାଥେ ସାଥେ ଥୋଇ ଦେବ, ଆଜି କେହି ନାହାନ୍ତି ବୋଲେ ଘରଟା ଯାକର କାମ ଏକା ଏକା ଉଠେଇ ନବ।

– ଈଏ କରିବ ନାଇଁକି। ପିଠିରେ ପଇଲେ ବଲେ କରିବ।

– ହଁ ସେଇ କଥା। ଆମର ବଳବଅସ ଏଥର ଗଲା– ଈଏ କରିବେ ନାଇଁ ତ ଆଉ କିଏ କରିବ ? ସେଇଥିପାଇଁ ମୁଁ ଗୋଟିଏ ମଜଭୁତିଆ ବୋହୂ ଖୋଜୁଥିଲି– ଯା ଯା, ବୋହୂ ପାନ ନେଇଆ... ମନରୁ କାଢ଼ି ସିନା କାମ କରିବ। ଏଗୁରାକ ଆଉ ବତେଇବ କିଏ ? – ଗଲା ଅଇଲା ଲୋକ କ'ଣ ତମ ହାତ ଟେକା ପାନକୁ ଅନେଇ ବସିଥିବେ ? ମାୟାକୁ ଚାହିଁ ମାୟା ଶାଶୂ କହିଲେ।

– ଥାଉ ମ, ପାନ କଣ ହବ।

ମାୟା ପାନ ଆଣିବାକୁ ଉଠିଗଲା।

ଶାଶୂଙ୍କର ଏ ଗୁଣକୁ ମାୟା ଚିଢ଼େ। ଯଦି ମନରୁ କାଢ଼ି ସେ କାହାକୁ ପାନ ଭାଙ୍ଗିଦିଏ, ତେବେ ଶାଶୂ ପଛରେ କହିବେ–ତୋ ବାପା ବେଶୀ ଧନ ଦେଇଛି କିଲୋ ବୋହୂ ? ପର ପିଛାରେ ଏମିତି ଉଡ଼େଇ ଦଉଚୁ ? ଆମେ ସବୁ କାହିଁକି ଅଛୁ ? କେଇଟା ଦିନର ବୋହୂ ତୁ ହେଲୁ ଯେ, ଆଲାପ ଜମେଇ, ଭାବ ବଢ଼େଇ ପାନ ବାଣ୍ଟି ବସୁଚୁ ? ତେଣୁ ମାୟା ମନକୁ ମନ ଆଉ କାମ ନ କରି ଶାଶୂ କହିବା ପର୍ଯ୍ୟନ୍ତ ଅପେକ୍ଷା କରେ।

ସେ ଦିନ ଲକ୍ଷ୍ମୀପୂଜା। ମାୟାର ଜଣେ ଦୂର ସମ୍ପର୍କୀୟ ଭିଣୋଇ ଘରକୁ ଆସିଥାନ୍ତି। ମାୟାର ଶାଶୂ ମାୟାକୁ ଡାକି ଦେଇ ବାରିଆଡ଼କୁ ଚାଲିଗଲେ। ପାଖ ଚୌକିରେ ବସି ମାୟା ଭଉଣୀ ଓ ତା' ପିଲାପିଲିଙ୍କ କଥା ପଚାରୁଥିଲା। ଏତିକିବେଳେ ଶାଶୂ ଫେରିଆସିଲେ। ବୋହୂକୁ ସେଠାରେ ବସିଥିବାର ଦେଖି ତାଙ୍କର ଆଖି ଜଳି ଉଠିଲା। ତାକୁ ଭିତରକୁ ଡାକିନେଇ କହିଲେ– ଏ ବୋହୂ ଈଏ ସାଇବ ଘର ହୋଇନାହିଁ। ଚୌକି ଟେବୁଲରେ ବସି ମୁହାଁମୁହିଁ ହୋଇ ଜୋଇଁଟା ସାଥିରେ କ'ଣ ଗପ ଯୋଡୁଚୁ ? ତୋ ମୁହଁକୁ ଯଦି ନାଜ ଥା'ନ୍ତା...।

ମାୟାର ପାଟିରୁ କଥା ବାହାରି ଆସୁଥିଲା। କିନ୍ତୁ କିଛି ନକହି ସେ ଟୁପ୍ ହୋଇ ରହିଲା।

ମାୟାର ସ୍ୱାମୀ ଶଶିଭୂଷଣ ସବୁ ଶୁଣି କେବଳ ଏତିକି କହିଲେ– ବୋଉ ସେମିତିକା ମଣିଷ। ତା କଥାକୁ ଧରିବ ନାହିଁ। ସେ ପୁରୁଣାକାଲିଆ ଲୋକ କିନା।

ଶଶିଭୂଷଣ ତାଙ୍କର ମା'କୁ ଭଲରୂପେ ଚିହ୍ନନ୍ତି। ବିଧବା ମାୟାର ମନରେ ଦୁଃଖ ଦେବାକୁ ସେ ଚାହାନ୍ତି ନାହିଁ।

ଏଣିକି ମାୟା ଶାଶୂଙ୍କ କାମ ହାଲୁକା ପଡ଼ିଆସୁଛି। ଅନେକ କାମ ବୋହୂ

ଉଠେଇ ନିଏ। କାମ ନ କଲେ ମଧ ମାୟା ଶାଶୁ କହିପୋଛି ତାରି ହାତରେ କରାଇ ନିଅନ୍ତ। ବୋହୂର କାମ ଦେଖି ସାହି ପଡ଼ିଶାରୁ କେହି କେହି ପ୍ରଶଂସା କରନ୍ତି- ଗୁଣର ପିଲାଟିଏ। ଶାଶୁର ଭାଗ୍ୟ ଭଲ।

ସବୁ ଶୁଣି ମାୟାଶାଶୁ କହନ୍ତି - କରିବ ନାଇଁ ତ ହବ କେମିତି ? ଆମେ ପିଲା ଦିନେ ଏତେ ଅୟସରେ ବଢ଼ି ତ ପୁଣି ଏତେ କାମ କଲୁ। ଆଉ ଇଏ ଦି' ଅକ୍ଷର ପଢ଼ିଚନ୍ତି ବୋଲି କ'ଣ ସରଗକୁ ଉଠିଯିବେ ?

ବଡ଼ି ସକାଳୁ ଉଠିବା ମାୟାର ଅଭ୍ୟାସରେ ପଡ଼ିଗଲାଣି। ଯଦିବା କୌଣସି ଦିନ ଟିକିଏ ଡେରି ହୋଇଯାଏ ତେବେ ଶାଶୁଙ୍କ ପାଟିରେ ଘର କମ୍ପିଯାଏ- କି ଘର ଝିଅ ଲୋ ତୁ? କଅଣ ରଜା ସାଇବ ଘରୁ ଆସିଚୁ? ମୁଁ ବୁଢ଼ୀ ମଣିଷଟା ଏତେ କାମ କରୁଚି ଆଉ ଖରା ପଡ଼ିଲେ ଯାଇଁ ତମର ପହଢ଼ ଭାଙ୍ଗିବ...! ଏଡ଼େ ଅୟସରେ ବଢ଼ ନାଇଁ ମ... ଚେର ମୂଳ ନାଗିଯିବ... ଏଇକ୍ଷିଣା ବୁଲିବା କଥା କୁହ ଦି'ଖେପାମାରି ଦାଣ୍ଡରେ ଠିଆ ହବ, କାମ ବେଳକୁ ଯେତକ ମଠ।

ଶାଶୁ ଯେତେବେଳେ ଭଟର ଭଟର ହେବା ଆରମ୍ଭ କରନ୍ତି ମାୟା ହୁଏତ ସେ ଜାଗା ଛାଡ଼ି ଚାଲିଯାଏ ନ ହେଲେ ନ ଶୁଣିବାର ଚେଷ୍ଟା କରେ। ସେ ଜାଣେ ସବୁ କଥା ଶୁଣିଲେ ତା ପାଟିରୁ ଦି'ପଦ ବାହାରିଯିବ। ତେଣୁ ସବୁଠୁ ଭଲ ବାଟ ହଉଛି ସେ ଯାହା କହୁଛନ୍ତି ତାକୁ ନ ଶୁଣିବା।

ବାପଘରର ଅଲିଅଳ ପଣ ଆଉ ନାହିଁ। ଦିନକୁ ଦିନ ମାୟାର ସ୍ୱାସ୍ଥ୍ୟ ଭାଙ୍ଗିପଡୁଛି। ମାୟା ଶାଶୁ କହନ୍ତି ଯେ ବୋହୂଟା ଦେହରେ ବାଉଅ ପାଣି ସହିଲା ନାଇଁ। ସେଥ୍ପାଇଁ ତା ଦେହ ୫ଡ଼ି ଯାଉଛି।

ଆଗଦିନ ରାତିରୁ ମାୟାକୁ ଜର। ସର୍ଦ୍ଧ କାଶରେ ମୁହଁଟା ଫଣଫଣିଆ ଦିଶୁଛି। ମୁଣ୍ଡଟା ଭାରୀଭାରୀ ଲାଗୁଛି। ଦେହ ଛେଟିକୁଟି ହେଉଛି। ସକାଳୁ ପଦାକୁ ନ ଆସି ଶୋଇବା ଘରେ ମୁଣ୍ଡରେ ହାତ ଦେଇ ମାୟା ବସି ରହିଲା। ଜଣ ଜଣ କରି ଘର ଲୋକ ସମସ୍ତେ ମନେ ପଡୁଛନ୍ତି।

ପୂଜା ସାରି ମାୟା ଶାଶୁ ରୋଷେଇ ଘରକୁ ଗଲେ। ଚୁଲିରେ ଲୁଣ୍ଠା ପଡ଼ିନାହିଁ। ବେଳ ଆସି ସାତଟା ହେଲାଣି। ସବୁଦିନେ ଏତେବେଳକୁ ମାୟା ଚା କରି ସମସ୍ତଙ୍କୁ ଦେଇ ସାରିଥାଏ ଓ ତାଙ୍କ ପାଇଁ କେତ୍ଲିରେ ପୁରେଇ ଚୁଲି ମୁଣ୍ଡରେ ରଖ୍ ଦେଇଥାଏ। ପୂଜା ସାରି ଚା'ପାଣି ଟିକକ ନ ଶୋଷିଲେ ତାଙ୍କୁ ଭଲ ଲାଗେ ନାହିଁ।

ସେଦିନ ପୂଜା ସାରି କେତ୍ଲିଟାକୁ ବାସନମଜା ଜାଗାରେ ରଖ୍ଥବାର ଦେଖି ତାଙ୍କ ପିଉ ଉପରକୁ ଉଠିଗଲା। "ଆଲୋ ହେ ବୋହୂ" ବୋଲି ଗୋଟାଏ କୁହାଟ

ଛାଡ଼ି ସେ ଘର ବାହାର ଦି' ଚାରିଥର ଖୋଜିଦେଇ ଗଲେ। ପାଟି ଶୁଣି ମାୟା ନିଜ ବଖରାରୁ ବାହାରି ଆସିଲା।

– ଏତେବେଳ ଯାଏ କ'ଣ କରୁଥିଲ ମ? କଣ ପିଲାଛୁଆ ନେଞ୍ଜେରା ଅଛି ଯେ, ରାତି ଅନିଦ୍ରା ରହି ଏତେବେଳକେ ଉଠୁଛ?

– ନାଇଁ, ମୋ ଦେହଟା ଟିକିଏ କେମିତି ଲାଗୁଛି।

ମାୟା ମୁହଁକୁ ଚାହିଁ ମାୟା ଶାଶୁଙ୍କ ମନ ଟିକିଏ ତରଳିଗଲା। ସତରେ ମୁହଁଟା ଗୋଟାଏ କେମିତିକା ଦିଶୁଛି। ତଥାପି ନିଜ ପେଟରେ ଟୋପାଏ ଚା' ପଡ଼ି ନାହିଁ। ତାଙ୍କୁ ଘରବାହାର ସବୁ ଅନ୍ଧାର ଦିଶୁଛି। ଚାଲି ଯାଉ ଯାଉ କହିଲେ– ଯାଆଁ ଲୋ ମା... ଚା'ପାଣି ଟିକିଏ କରିବି। ତେଣେ ଗଦାଏ କାମ ପଡ଼ିଛି।

ରନ୍ଧା ଘରେ ଚୁଲି ଲଗେଇବାକୁ ଯାଇ ମାୟାଶାଶୁଙ୍କ ପାଟି ଶୁଭିଲା। – ଧେତ୍‌ତେରିକା ମଣିଷର ସ୍ୱଭାବ... ଏ ଚା' ଟିକକ ପାଇଁ କେତେ ହିନିମାନ ମୁଁ ସହୁଚି ଟି!.... କେତେଥର ପଣ କଲିଣି ଏଣିକି ଆଉ ଏତେ ପର ହାତଟେକାକୁ ଚାହିଁ ରହିବି ନାଇଁ... ଏତେଦିନ ହେଲା ନିଜ ହାତରେ ତିଆରି କରି ଖାଇ ଖାଇ ବୁଢ଼ୀ ହେଲି ଆଉ ଏ ଦିନେ ପୁଣି ହାତରେ କର ଖାଅ... ଏ ପୁରରୁ ମଣିଷ ଆଉ କୋଉ ପୁରକୁ ହେଲେ ଚାଲିଯାଆନ୍ତା କି!

ମାୟା କାନରେ ଗୋଟି ଗୋଟି ହୋଇ ସବୁ କଥା ପଡ଼ିଲା, – ସକାଳୁ ପାଟି ଆରମ୍ଭ ହେଲାଣି। ଆଜି ଦିନଯାକ ଏମିତି ପାଟି ଚାଲିବ। ଶାଶୁ ଭାବନ୍ତି ବୋହୂ ଗୋଟାଏ ମେସିନ। ଆଉ ମେସିନ୍‌ ପରି ଚବିଶ ଘଣ୍ଟା ଖଟିବା ହେଲା ତାର କାମ। ତାର ପୁଣି ଗୋଟାଏ ଦେହମୁଣ୍ଡ କ'ଣ?

ପାଟି ଶୁଣି ବିରକ୍ତ ହେଇ ମାୟା ରୋଷେଇ ଘରକୁ ଯାଇ କହିଲା– ମତେ ଟିକିଏ ଗଙ୍ଗାପାଣି ଦିଅନ୍ତୁ। ମୁଁ ଛିଣ୍ଡ ହେଇ ପଡ଼ି ଚା' ବସେଇ ଦେବି, ଆପଣ ବିଶ୍ରାମ କରିବେ ଯାଆନ୍ତୁ।

– କାହିଁକି ବା ଗଙ୍ଗା ପାଣି ଏତେ ଖୋଜା ପଡ଼ିଛି?... ଏଇ ଟିକିଏ ଦିହ ଖରାପକୁ ଡରି ନ ଗାଧୋଇ ତମେ ସବୁ ଏମିତି ଭୋଗୁଛ... ଆମ ବେଳେ ଆମକୁ ସନିପାତ୍‌ ଧଇଲେ ବି ଗୁରୁବାରର ଦିନ ମୁଣ୍ଡରେ ପାଣି ପଡ଼ି ମୁଣ୍ଡରେ ଶୁଖୁଥିଲା – ଆମେ ସବୁ କେତେ ବେମାରିରେ ମରି ଯାଉଥିଲୁ?

ମାୟା ଦେହରେ ରାଗ ଚହଟିଲା। ଶାଶୁଙ୍କୁ ସେ କେବେହେଲେ ଜବାବ ଦିଏ ନାହିଁ। ଅତି ବେଶୀ ରାଗିଲେ ତାର ଦାନ୍ତ ଚିପି ହେଇଯାଏ, ଘୃଣାରେ ଆଖ୍ ଛୋଟ ଛୋଟ ହେଇଯାଏ। ସେଦିନ ସହଜରେ ତାର ଦେହ ଭଲ ଲାଗୁନଥିଲା। ତା' ଉପରେ

ପୁଣି ଶାଶୁଙ୍କର ଏ ତୋଡ଼ ଶୁଣି ମୁହଁ ବୁଲେଇ ସେ ସିଧା ଶୋଇବାକୁ ଚାଲି ଆସିଲା । ମନରେ ରାଗ - ଯେତେ ଯାହାହେଉ ପଛକେ ସେ ଆଜି କିଛି କାମ କରିବ ନାହିଁ । ସେମିତି ଶୋଇ ରହିଥିବ, ଉଠିବ ନାହିଁ ।

ମା'ର ପାଟି ଶୁଣି ଶଶିଭୂଷଣ ଦାଣ୍ଡଘରୁ ନିଜ କାମ ଛାଡ଼ି ଉଠି ଆସିଲେ- ମା...।

ଓଃ... ମତେ ଆଉ କେହି ଡାକ ନାହିଁ... ତୋ ମା' ମରିଗଲାଣି... ଏ ଗୁଣ୍ଠମୁଣ୍ଠ ଚୁଲିରେ ଓଦାକାଠ ଏଯାଏଁ ଧରିବାକୁ ନାଇଁ... ଅଳପେଇସା କାଠବାଲା ଖାଲି ପଇସା ଗଣି ନଉଛନ୍ତି । ଯେଉ କାଠ ଦଉଚନ୍ତି, ଚୁପୁଡ଼ି ଦେଲେ ପାଣି ଗଲି ପଡ଼ିବ...

ଏଶେ ନିଆଁନଗାଙ୍କ ଘର ଦେଖ, ଶୁଖ୍ଲା ଠାଉ ଠାଉ କାଠ ବସି ଜାଳୁଥିବେ... ଏଥରେ ଏଗୁଡ଼ାଙ୍କ ହାତରେ ପଇସା ରହିବ ନାଇଁ ତ ଆଉ କାହା ହାତରେ ରହିବ ?

ନିଜ ଘରେ ବସି, ସବୁ ଶୁଣି ମାୟା ମନେ ମନେ ହସିଲା । ଶାଶୁ ଆଜି ଓଦାକାଠ ହାବୁଡ଼ରେ ପଡ଼ିଛନ୍ତି । ନିତି ସକାଳେ ଗୋବର ପାଣି ଛିଷ୍ଟୁ ଛିଷ୍ଟୁ ଅଧେ କାଠକୁ ସେଇ ଓଦା କରନ୍ତି ଆଉ ଓଦା କାଠ ଶୀଘ୍ର ନିଆଁ ନ ଧରିଲେ ମାୟାକୁ ଦି'ପଦ ଶୁଣେଇ ଦିଅନ୍ତି- "କାମ ଶିଖିନ ବୋଲି ଏମିତି ହୀନିମାନ ହଉଚ । ଆମ ହାତରେ ଷଣ୍ଟୁଟାକୁ ଚୁଲି ନାଗିଯିବ ।"

- ମା, ଆଜି ତୋର କଣ ହେଇଛି କି ଏମିତି ବଜର ବଜର ହେଉଛୁ ? ଟିକିଏ ବେଲ ଚୁପ ରହି ଶଶିଭୂଷଣ ପଚାରିଲେ ।

- ଖାଲି ତ ତୋ'ରି ମା'ର ପାଟି ବଜର ବଜର ହଉଚି । ଆଜି ତୋ ମା'ର ପାଟି ବଜର ବଜର ନ ହେଲେ, ତମ ହାତ ପାଟିକୁ ଖପର ଖପର ହେଇ ଡେଙ୍ଗିବ କେମିତି ?

- ମାୟା କାହିଁ ? ତାକୁ ପରା ଜର ହେଇଚି...।

- କିଜାଣି ସେ ମାଇଆ ଫାଇଆ ମୁଁ ଜାଣିନାଇଁ... ଚୁଲିମୁଣ୍ଠ କଥା କିଛି ପଚାରୁଚୁ ଯଦି କହ, ବତେଇ ଦେବି... ଚା' ପାଣି ଟୋପାଏ ପେଇଁ ମଣିଷ ଆଞ୍ଚା ନାକ ପାଣି ପୋଛୁଚ୍ଛି ହୋ! ମାୟାଶାଶୁ ରାଗିଯାଇ ଫୁଙ୍କ-ନଳାରେ ଚୁଲିକୁ ଭୁଷାଏ ଦେଲେ ଯେ ଚୁଲିରୁ ପୁଲାଏ ମାଟି ଖସି ପଡ଼ିଲା । ତା ପରେ ଚୁଲି ଉପରୁ କେଟ୍‌ଲୀଟାକୁ ଆଣି ତଲେ କଟିଦେଇ ରାଗରେ ଦୁମୁ ଦୁମୁ ହୋଇ ଚାଲିଗଲେ ।

- ଚା' ମଗେଇ ଦେବି ? ଶଶିଭୂଷଣ ପଚାରିଲେ ।

ମୋର ଚା'ଖିଆ ନ ହେଲେ ନାହିଁ... ଖାଇବା ପାଇଁ ଏତେ ଗୋଟାଏ କିଏ ପଉଜେଇ ହବ ହୋ ?

ଶଶିଭୂଷଣ ଚାକରକୁ ଡାକି ବାହାର ଚୁଲିରେ ସେମାନଙ୍କ ପାଇଁ ଚା' କରିବାର ବରାଦ ଦେଲେ । ଚା' ହେଲା । ସେଇ ଚା'ରେ ଦି'ଟା ତୁଳସି ପତ୍ର ପକେଇ ଶୁଦ୍ଧ କରି ମାୟା ଶାଶୁ ପିଇଦେଲେ । ଦେହ ତାଜା ହେଇଗଲା । ମୁଣ୍ଡଟା ବି ଥଣ୍ଡା ଲାଗିଲା ।

ଶଶିଭୂଷଣ ଫେରିଗଲେ ମାୟା ପାଖକୁ । ଦେହରୁ ମୁଣ୍ଡଯାଏ ଚାଦର ତଳେ ଢାଙ୍କି ହେଇ ମାୟା ଶୋଇଛି । ମୁଣ୍ଡରୁ ଚାଦରଟା ଖସାଇ ଆଣି ଶଶିଭୂଷଣ ମୁଣ୍ଡ ଚିପି ଦେବାରେ ଲାଗିଲେ । ଟିକିଏ ବେଳ ଚିପିବା ପରେ ମାୟାକୁ କ'ଣ କହିବା ପାଇଁ ତା ମୁହଁକୁ ଚାହିଁ ଦେଖିଲେ ମୁଦା ଆଖିରୁ ଧାର ଧାର ପାଣି ଗଡ଼ି ପଡୁଛି ।

ପାଞ୍ଚଦିନ ହେଲାଣି ଜର ଛାଡ଼ିବାକୁ ନାହିଁ । ଶଶିଭୂଷଣ ଚିନ୍ତିତ ହୋଇ ପଡ଼ିଲେଣି, କିନ୍ତୁ ମାୟାଶାଶୁଙ୍କର ସେହି ଏକା କୈଫିୟତ୍ – ଏଗୁଡ଼ା ଅପଥ୍ୟର ଜର... ଗାଧୁଆ ପାଧୁଆର ନାଁ ଗନ୍ଧ ନାହିଁ... ଦିନ ରାତି ଖାଲି ପାଟିରେ ସେଇ ଥରମିଟର ଯନ୍ତ ଗେଞ୍ଜି ଦେଇ କାନ୍ଦିଆଣି ଜର ଜର ହଉଚ... ଆମକୁ ଜର ହେଲେ ଆମ ଦିହରେ ଦିହରେ ମରୁଥିଲା... କେହି ଜାଣୁ ନଥିଲେ... ସେତେବେଳେ ଦେଖୁଥିଲେ କ'ଣ ଦେଢ଼ଶ' ଦି'ଶ ଉଠୁନଥାନ୍ତା ? ସେଗୁରାକ ଯେତିକି ଦେଖିବ ମନକୁ ସେତିକି ବାଧିବ... ମୋ ସାନକୁହା ମାନ । ସେଗୁରାକ ଆଉ ଦେଖ ନାହିଁ– ଛାଡ଼ିଦିଅ । ଦେଖିବ ଜର ବଲେ ଛାଡ଼ିଯିବ ।

ସାଗୁ ବାର୍ଲି ଖାଇ ଖାଇ ମାୟାର ଅରୁଚି ଆସିଗଲାଣି । ବିଛଣାରେ ପଡ଼ି ପଡ଼ି ସେ ଚିଡ଼ା ଧରିଗଲାଣି । ଘର ଲୋକ ଥିଲେ ରାଗଟା ଶୁଝେଇ ଦେଉଥାନ୍ତା । ଶଶିଭୂଷଣ କାମରୁ ଫେରିବା ଯାଏ ଶାଶୁ ତା' ଖବର ବୁଝନ୍ତି । ତେଣିକି ପୁଅ ଫେରିଲେ ସେ ନିଶ୍ଚିନ୍ତ । ଗଲା ଅଇଲା ଲୋକଙ୍କ ଆଗରେ କହନ୍ତି, ପୁଅଘରେ ଥିଲାବେଳେ ଯାହା ହେବାର ହେଇଥାଉ ପଛକେ, ପୁଅ ନଥିଲାବେଳେ ବୋହୂର କୁଆଡୁ କିଛି ହୋଇଯିବ ତ ପୁଣି ମୋରି ଉପରେ ଦୋଷ ଆସିବ... କିଛି ନ ହେଲାକୁ କହିଦେବେ– ସେଇ ଶାଶୁଟା କ'ଣ ଦେଇ ଦେଇଥିବ ତ !

କଥା ଶୁଣି ଲୋକେ ହସନ୍ତି– ଶାଶୁ ତ ନିଜର ମାଆ ପରି, ସେ ଗୋଟାଏ କଅଣ କରିପାରିବେ ମ ? ତମର ଯୋଉ କଥା !

– କାହିଁକି ଆଉ ସେ କଥାଗୁଡ଼ାକ କହୁଚ ? ଶାଶୁ ଯିଏ ଶତୁରୁ ସିଏ... ହେଇଟି ମୋ ବେଳ କଥା କହୁଚି, ମୋ ବେମାରୀ ବେଳେ ଶାଶୁଦବା ଜିନିଷ ପରା ଖାଲି ଠାକୁରଙ୍କୁ ମନେ ମନେ ସୁମରଣା କରି ଢୋକିଦିଏ– ଅବା ଓଷଦି ମୋଷଦି ମିଶେଇଥିବେ । ଢେବା ଢେବା ଆଖି କରି ଫୁସ୍ ଫୁସ୍ ସ୍ୱରରେ ମାୟା ଶାଶୁ କହନ୍ତି ।

ଶୁଣୁଥିବା ଲୋକେ ମନେ ମନେ ହସନ୍ତି-ସେ ବୁଢ଼ୀ ଯେମିତି ହୁଣ୍ଟ ମଣିଷ ଥିଲା, ସେ ପୁଣି ୟାଙ୍କୁ ବିଷ ଦେଇ ପକାଉଥିଲା !

ମାୟାର ଜର ଛାଡ଼ିଲା । ଦୁର୍ବଳ ମୁହଁରେ ଆଖିଗୁଡ଼ାକ ପହଁରିଲା ପରି ଦିଶୁଚି । ବୋହୁ ରୋଗରୁ ଉଠିବା ସାଙ୍ଗେ ସାଙ୍ଗେ ମାୟା ଶାଶୁଙ୍କ କାମ ମଧ ଦିନକୁ ଦିନ କମିବାରେ ଲାଗିଲା । ଆଗପରି ସେ ପୁଣି ଘର ଘର ବୁଲିବାରେ ଲାଗିଲେ । ସବୁଠି ତାଙ୍କର ସେହି ଏକା ଗପ-ବୋହୂଟା ଲାଗି ଆଜିୟାଏ ଘରୁ ଗୋଡ଼ କାଢ଼ି ହଉ ନ ଥିଲା... ସତରେ ଜରଟା କେଡ଼େ ଘାଁ ଘାରିଦେଲା ତାକୁ– ଦେଢ଼ପା ଚାଉଳର ବୋହୂଟା ନହକୁଟିଟି ପଡ଼ି !... ମୋର ଅଧେ ପଇସା ତା'ରି ଓଷଦ ପିଛାରେ ଉଡ଼ିଗଲା... ବେମାରୀଟା ତାକୁ ଭାଙ୍ଗିଦେଲା... ବେମାରୀ କେବେହେଲେ ଆମକୁ ଏଡ଼େ ଆତାଥା କରିପାରିବ ନାହିଁ । ଆମେ ପିଲାଦିନୁ ଖାଲି ଘିଅ, ସର ଖାଇ ବଢ଼ିଥିଲୁ... ଏଗୁଡ଼ା ଖାଲି ଭେଜିଟେବୁଲ୍ ଖାଇ ଫୁଲିଚନ୍ତି ନା ଆଉ କ'ଣ ? ଫୁଲୁଚନ୍ତି ଯେଡ଼ିକି ବେଗି ଝଡୁଚନ୍ତି ସେଡ଼ିକି ବେଗି ।

ବାହାରେ ମାୟାଶାଶୁ ବୋହୂର ପ୍ରଶଂସା କରନ୍ତି । ଶୁଣିଲା ଲୋକେ ବିଶ୍ୱାସ କରନ୍ତି-ଯେଉଁ ବୋହୂ ତାଙ୍କ ଭଳି ଲୋକ ପାଖରେ ଚଳି ପାରିଲା, ସେ କେବେହେଲେ ଖରାପ ହୋଇ ନପାରେ । ତଥାପି ବେଳେବେଳେ ସେମାନଙ୍କ ମନରେ ସନ୍ଦେହ ଆସେ । କାରଣ ଗଲା ଅଇଲା ଝିଅ ବୋହୂଙ୍କ ସାଥିରେ ମାୟା କେବେହେଲେ ସାଙ୍ଗ ସରିସାଙ୍କ ପରି ବସି ମନ ଖୋଲି ଦି'ଟା କଥା କହେ ନାହିଁ । ତା'ର ହସ, କଥା- ସବୁ ଯେମିତି ଉପର ଠାଉରିଆ ।

ଦିନେ ମାୟା ରାନ୍ଧୁଥିବା ବେଳେ ପଡ଼ିଶାର ଦୁଇଜଣ ସ୍ତ୍ରୀଲୋକ ଘରକୁ ପଶିଲେ । ଅଗଣାରେ ପନିକି ପକାଇ ମାୟାଶାଶୁ ମାଛ କାଟୁଥିଲେ । ଚୁଲିମୁଣ୍ଡରେ ବୋହୂକୁ ଦେଖିପାରି ଚୁସିବୋଉ ସିଧା ଚାଲିଲା । ରୋଷେଇ ଘରକୁ - ପଢ଼ୁଆ ବୋହୂ କେମିତି ରାନ୍ଧୁଚି ଦେଖିବେ । ଟିକିଏ ବେଳ ଦୁଆର ମୁହଁରେ ଛିଡ଼ାହୋଇ, ଫେରି ଆସୁ ଆସୁ ବଡ଼ ପାଟିରେ ଶୁଣେଇ, କହିଲେ- ତମ ବୋହୂର ଭଲ ସଣ୍ଡଶା କାମ... ଘରଟି କେଡ଼େ ସଫାସୁତୁରା ରଖିଚି ।

– ମୋ ଦିହରେ ଅସନା ମସନା ଯାଏ ନାହିଁ... କେତେ ଗାଲି ଦେଇ ଦେଇ ସେତକ ତାକୁ ଶିଖେଇଚି ନା ! ଗାଲିଖାଇବ ନାଇଁତ କାମ ଶିଖିବ କେମିତି ?

ମାୟା ଶାଶୁଙ୍କ କଥା ଶୁଣି ହୁଣ୍ଟୀବୋଉ ଚୁସିବୋଉଙ୍କୁ ଚାହିଁ କହିଲେ- ଶୁଣୁଲୋ ଚୁସିବୋଉ, ୟାଙ୍କ ବୋହୂ ଏଡ଼େ ବଡ଼ ଲୋକର ଝିଅ ହେଇ, ଏତେ କଲେଜି ପାଠ ସାରିକରି ବି ଏତେ ଗାଲିମନ୍ଦ ସହି ଶାଶୁ ବୋଲ ମାନି ଚଲୁଚି... ଆଉ ତୋ ବୋହୂ ୟାଙ୍କ କୋଉ ଗୁଣକୁ ସରି ଯେ ତାକୁ ଇନ୍ଦ୍ର ଚନ୍ଦ୍ର ଦିଶୁ ନାଇଁ ?

– ଆଉ ଯାହା କରୁ ପଛକେ, ବୋହୂ କେବେହେଲେ ମୋତେ ଜବାବ ଦିଏ ନାଇଁ। ମାଛ ଧୋଉ ଧୋଉ ମାୟାଶାଶୁ କହିଲେ।

– କେମିତି ଦବ? ସେ ପରା କଥା ଅଛି "ଓଲି ଗୁଣେ କୋଲି, ପଲମ ଗୁଣେ ସରୁ ଚକୁଲି, ଦଉଥା ପିଠଉ ଗୋଲି।" ଯେମିତି ମଞ୍ଜି ସେମିତି ଗଛ... ବାପା ମା ପିଲା ଦିନରୁ ସେମିତି ଶିକ୍ଷିଆ ଦେଇଚନ୍ତି।

ମାଛକୁ ମାୟା ପାଖରେ ରଖିଦେଇ, ଟୋପାଏ ସୋରିଷ ତେଲ ହାତ ପାପୁଲିରେ ଘଷୁ ଘଷୁ ମାୟା ଶାଶୁ ହୁଣ୍ଟିବୋଉଙ୍କୁ ଚାହିଁ ପଚାରିଲେ– ତମର ରୋଷେଇ ବାସ କଣ ଏଡ଼େ ବେଗି ସରିଗଲା?

– ହଁ, ଆଜି ପୁଅ ଗାଁକୁ ଗଲା ଯେ, ସଅଳ ସଅଳ ସାରିଦେଲି।

– କ'ଣ ସବୁ ତରକାରି କରିଥିଲ?

– ଏଇ ଖଡ଼ା ବଡ଼ି ରାଇ ହୋଇଥିଲା। ବିଲେଇଟି ଆଳୁ ସଜନାଛୁଇଁ, ବାଇଗଣ ମିଶି ଗୋଟାଏ ତରକାରି, ଓଉ ଆମ୍ଲ। ଆଜି ତ ରଇବାର, ଆମ ଘରେ ମାଛ ପଶିବ ନାଇଁ...

କଥା ଅଧା ହେଇଚି ତେଣେ ପୋଷା ଶୁଆର ପାଟି ଶୁଭିଲା। "ବିଲେଇ ଆସୁଥିବ" କହି ମାୟା ଶାଶୁ ସମସ୍ତଙ୍କୁ ଡାକିନେଇ ଚାଲିଗଲେ।

ମୋହନ କ୍ୱାର୍ଟର ପାଇଛି। ଖବରଟା ବିଜୁଳି ବେଗରେ ପୀତାମ୍ବରବାବୁଙ୍କ ଘର ଭିତରେ ବ୍ୟାପିଗଲା।

ସବୁ ଶୁଣି ପୀତାମ୍ବରବାବୁ କହିଲେ– ତୋର ଯାହା ସୁବିଧା ହେଉଚି କର।

ସେହି କଥା ଭିତରକୁ ମୋହନ ବୁଝିଲା ତା'ର ଏହି ଯିବାଟା ପୀତାମ୍ବରବାବୁ ପସନ୍ଦ କରୁନାହାନ୍ତି।

ମହୀବୋଉ କହିଲେ– ଆରେ, ଘରଟା ଥାଉ ଥାଉ ସେ ପର ଜାଗାଟାରେ ଯାଇ କାଇଁକି ପଡ଼ିବୁ? ନିଜ ଘରଠୁ ଭଡ଼ାଘର କଣ କେବେହେଲେ ଭଲ ଲାଗିବ?

– ଦେହପାଇଁ ବାଧ୍ୟ ହୋଇ ଯିବା କଥା। ଭଲ ଖରାପ କିଏ ଦେଖୁଛି? ସୁବିଧାଟା ଥରେ ଛାଡ଼ିଦେଲେ ଆଉ ମିଳିବ ନାହିଁ।

– ତା' ବୋଲି କଣ ଯାହା ଆଣି ଗୋଟାଏ ଯୁଟେଇଦେବେ ସେଥରେ ରହିଯିବୁ?

– ପରେ ଦେଖିବା କ'ଣ ହେଉଛି। ଭାବିଲା ପରି ହୋଇ ମୋହନ ଉଠିଗଲା।

ମନରେ ତାର ଦ୍ୱନ୍ଦ୍ୱ – ଗୋଟାଏ ପଟେ କାବେରୀ ଓ ଅନ୍ୟପଟେ ଘରର ସମସ୍ତେ ତାଙ୍କୁ ଟାଣୁଛନ୍ତି ।

ମହୀବୋଉଙ୍କୁ ଶୁଖିଲା ମୁହଁରେ ବୁଲୁଥିବାର ଦେଖିଲେ, କାବେରୀ ସବୁକଥା ବୁଝାଇବାକୁ ଚେଷ୍ଟାକରେ । କେମିତି ସବୁଦିନେ ସାଇକେଲରେ ଯିବା ଆସିବା କରିବା ଦ୍ୱାରା ମୋହନକୁ ଅସୁବିଧା ପଡୁଛି, ଖାଇସାରି ପୁଣି ଏତେ ବାଟ ଗଲାବେଲକୁ ତାଙ୍କୁ ହାଲିଆ ଲାଗୁଛି । ପାଖରେ ରହିଲେ ତାଙ୍କର ସୁବିଧାହେବ । ସବୁ କହିସାରି କାବେରୀ ଶେଷରେ କହେ ସେ କେମିତି ମୋହନକୁ ଘର ଛାଡ଼ି ନ ଯିବା ପାଇଁ ବାରମ୍ବାର ବୁଝାଇବା ସତ୍ତ୍ୱେ ମୋହନ କେମିତି ଶୁଣୁ ନାହିଁ ଇତ୍ୟାଦି କହୁ କହୁ କାବେରୀ ଆଖିରେ ପାଣି ଆସିଯାଏ ।

କାବେରୀ ଆଖିରେ ଲୁହ ଦେଖି ମହୀବୋଉ ଲୁହ ଗଡ଼ାନ୍ତି । ମନେ ମନେ ଭାବନ୍ତି-ଛୁଆ ଦି'ଟା ଯାଇଁ କୋଉ ଅପନ୍ତରିଆ ଜାଗାରେ ପଡ଼ିବେ... ତାଙ୍କ ଭଲ ମନ୍ଦକୁ ଚାହିଁବାକୁ ସେଠି ଆଉ କେହି ନାହାନ୍ତି ।

ମୋହନ ନୂଆ ଘରକୁ ଯିବାଯାଏ କାବେରୀ ମୁହଁରେ ସେଇ ଏକା କଥା – ବୋଉ, ମୁଁ କେମିତି ଯାଇ ସେଠି ଏକା ରହିବି ? ମତେ ଭାରୀ ଖରାପ ଲାଗୁଛି- ତାଙ୍କୁ ଏ କଥା କହିଲେ, ସେ ମୋ ଉପରେ ଖାଲି ଚିଡୁଛନ୍ତି-ଆପଣ ଟିକିଏ ତାଙ୍କୁ ବୁଝେଇ କରି କହିଲେ ସେ କ'ଣ ଶୁଣିବେ ନାହିଁ ?

ମହୀବୋଉ ସବୁ ଶୁଣି ପିତାମ୍ବରବାବୁଙ୍କ ପାଖରେ ଫେରାଦ ହୁଅନ୍ତି । ପିତାମ୍ବରବାବୁ ପଦେ କଥାରେ ସବୁ ଆଡ଼େଇ ଦିଅନ୍ତି-ତାଙ୍କ କଥା ସେମାନେ ଜାଣନ୍ତି- ତମେ କାହିଁକି ଅକାରଣେ ବ୍ୟସ୍ତ ହେଉଛ ?

କାହାଠାରୁ କୌଣସି ପ୍ରକାର ସାହାଯ୍ୟ ନ ପାଇ ମହୀବୋଉ ଖାଲି କାନ୍ଦିବାରେ ଲାଗନ୍ତି ।

ଶାଶୁ ଘରେ ନିଜର ମନ ଭୁଲାଇବାକୁ ସମୟ ପାଇଲେ ମାୟା ଖଣ୍ଡେ ଖଣ୍ଡେ ବହି ଧରି ବସେ- ଏଇ ଯେମିତି ତା'ର ଏକମାତ୍ର ସାଥୀ –ମନ ଗହୀରର ଦୁଃଖ ବୁଝି ଆଖି ନହମାକେ ତା'ର ଭାରୀ ମନଟାକୁ ପୁଣି ହାଲକା କରିଦିଏ ।

ଦିନେ ସକାଳେ ରୋଷେଇ ଘରକୁ ପଶିଆସି ମାୟାଶାଶୁ ସାପ ଦେଖିଲା ପରି ଚମକି ପଡ଼ିଲେ- ବୋହୂ ହାତରେ ଗୋଟିଏ ମୋଟା ବହି । ମାୟାର ସେ ଆଡ଼କୁ ନଜର ନାହିଁ । ଏକ ମନରେ ପଢ଼ିଚାଲିଛି । କାଠର ନିଆଁ ଜଳି ଜଳି ଚୁଲି ବାହାରକୁ ଚାଲିଆସିଲାଣି ।

– ବୋହୂ! ସେଇଟା କ'ଣ କି ?

ଚମକିପଡ଼ି ମାୟା ଚାହିଁ ଦେଖିଲା ଶାଶୁ ପଚାରୁଛନ୍ତି ।

– ନାଇଁ, ଗୋଟାଏ ଗପ ବହି । ବହିଟା ରଖିନେଇ ମାୟା ଚୁଲି ପାଖକୁ ଯାଇ, ଜାଲଟା ଭିତରକୁ ପେଲିଦେଲା ।

– ଘର ଗୋଟିକ ମଣିଷ ସେ ଭାତ ଖାଇବେ... ତେଣେ ଜାଉ ହେଲା କି ନାଗିଗଲା ନ ଅନାଇ ବହିକୁ ଦେଖିଲେ କାହାର ପେଟ ପୂରିବ ?

– ନାଇଁ, ମୁଁ ପରା ଏଇଠି ବସିଛି...

– ପଢୁଥିଲ ପରା ?

– ହଁ ଯେ...

ଟିକିଏ ବିରକ୍ତ ହେଲା ପରି ମାୟାଶାଶୁ କହିଲେ-ଦେଖ, ବାହାସାହା ହେଲା, ଏଣିକି ଆଉ ସେ ବିଲାସ ପାଠରେ ମନ ଦିଅ ନାଇଁ – ତମେ ପଢ଼ିଲେ ପୁଅର ଦିହପା'କୁ ଦେଖିବ କିଏ ?

ମାୟାକୁ କୌଣସି ଜବାବ ନ ଦେବାର ଦେଖି, ମାୟାଶାଶୁ ମନକୁ ମନ ଭତର ଭତର ହେଇ ଚାଲିଗଲେ । ମାୟା ଜାଣେ ସେ କିଛି ଭୁଲ କହି ନାହାନ୍ତି । ସମସ୍ତେ ନିଜ ନିଜର ସ୍ୱାର୍ଥ ଦେଖନ୍ତି । ସେଥିରେ ଆଞ୍ଚ ଆସିଲେ ଯିଏ ହେଲେ ପଦେ କହିବ । ସେମାନେ ବୋହୂ କରିଛନ୍ତି । ବୋହୂ ଘରକାମ, ପୁଅର କାମ ନ କରି ବସି ପାଠ ପଢ଼ିବ କାହିଁକି ? ପୁଣି ଶାଶୁଙ୍କ ମନରେ ଡର, କାଲେ ବୋହୂ ତାଙ୍କ ପୁଅଠୁ ବେଶୀ ପଢ଼ି ପକାଇବ... । ମାୟା ମନ ଭିତରେ ହସିଲା । କିଛି କାମ ନ ଥିଲେ ଚୁଲିମୁହଁକୁ ଚାହିଁ ପଛକେ ବସି ରହିବ, କିନ୍ତୁ ବହି ଧରିଲେ ଦୋଷ ।

ତାର ମନେ ପଡ଼ିଲା ବାପ ଘରର କଥା । ସେଠି ଦିନେ ଅଧେ ରାନ୍ଧିବାକୁ ପଡ଼ିଲେ ସେ କେମିତି ବ୍ୟସ୍ତ ହେଇ ଉଠୁଥିଲା... ଆଉ ଏଠି ? ରାନ୍ଧିବାକୁ ଯାଇ ହାତରେ ଫୋଟକା ହେଲେ ସେଥିପାଇଁ ସେ ଆଖିରୁ ଲୁହ ଗଡ଼ାଇ ନାହିଁ । ସେ ଜାଣେ ଏଠି ଆଖି ଲୁହର କୌଣସି ମୂଲ୍ୟ ନାହିଁ । ତା' ଉପରେ ପୁଣି ଶାଶୁଙ୍କର ଚାହୁଲି କଥା-ଗେଲବସରରେ ଝୁଅ ବଢ଼ିଥିଲେ, ହେଲେ ହାଣ୍ଡି ନ ଧରି ଯିବେ କୁଆଡ଼େ ? ସେ ସବୁ ଶୁଣେ, କିନ୍ତୁ ମୁହଁ ଖୋଲି କିଛି କହେ ନାହିଁ । ଶାଶୁଙ୍କର ଦିନକାଲ ସରିଛି । ଯେତେ ଯାହା କଲେ ବି କୌଣସି ଥରେ ସେ ସନ୍ତୁଷ୍ଟ ହେବେ ନାହିଁ । ସେଥିପାଇଁ ତାଙ୍କଠାରୁ ଗାଲି ଶୁଣିଲା ବେଲେ ସେ ଅବଞ୍ଜାର ହସ ହସି କଥାଟାକୁ ଆଡ଼େଇ ଦିଏ ।

ନୂଆ ଘରକୁ ଯିବା ପରଦିନ କାବେରୀ ଶାଶୁଘରକୁ ବୁଲି ଆସିଲା । ରନ୍ଧାଘରେ ମହୀବୋଉ ପିଲାମାନଙ୍କ ପାଇଁ ଜଲଖିଆ କରୁଥିଲେ । ତାଙ୍କରି ପାଖରେ ଗୋଟିଏ ଲମ୍ବା ଚଉଡ଼ା ମୁଣ୍ଢିଆ ମାରି କାବେରୀ କହିଲା-ବୋଉ, ଆପଣ ଉଠନ୍ତୁ, ମୁଁ କରିଦେବି ।

ମୁଣ୍ଟିଆ ପାଇ ମହୀବୋଉ ଖୁସିଥ୍ୟାଏ ହେଇଗଲେ-ନାଇଁ ବା ତୁ ବସ... କେତେ ଜିନିଷ ଯେ, ମୁଁ ସାଙ୍ଗେ ସାଙ୍ଗେ କରିଦେବି ନାଇଁ କି ?... ଆଉ... ସେ ଘରଟା କେମିତି ଲାଗୁଛି ? ମହୀବୋଉ ହସି କାବେରୀ ମୁହଁକୁ ଚାହିଁଲେ।

- ମତେ ସେ ଘରେ ମୋଟେ ଭଲ ଲାଗୁନାହିଁ... ସେଠି ରହିଲେ କ'ଣ ହେଲା, ମନ ସବୁବେଲେ ଆସି ଏଠି। ମୁହଁ ଶୁଖେଇ କାବେରୀ କହିଲା।

କାବେରୀର ସେ ସ୍ୱର ଶୁଣି ମହୀବୋଉ ତା ମୁହଁକୁ ଚାହିଁଲେ-ଯେତେହେଲେ ଏଇଟା ହେଲା ନିଜ ଘର। ସବୁବେଲେ ପିଲାଛୁଆଙ୍କ ପାଟି। ଏ ଗହଳି ଜାଗାରୁ ଯାଇ ଅପରିଆଟାରେ ପଡ଼ିଲେ ଭଲ ଲାଗିବ କୋଉଠୁ ? ରହିଥା, ମୁଁ ମହୀକୁ କହେଁ-

କଥାରେ ବାଧାଦେଇ କାବେରୀ କହିଲା-ନାଇଁ ବୋଉ, ସେମିତି କହିଲେ ମୋ ଉପରେ ରାଗିଯିବେ... ମତେ କେତେ କରି ମନା କରିଥିଲେ ଏସବୁ ତମ ଆଗରେ କହିବା ପାଇଁ-ସେଇଟା ଭାରୀ ଗହଳି ଜାଗା, ବହୁତ ଲୋକବାକ ଅଛନ୍ତି... ଡାକିଲେ ଶୁଣିବେ... କିନ୍ତୁ ମତେ କାହିଁକି କିଛି ଭଲ ଲାଗୁନାହିଁ।

- ତୁ ଦି'ଆଢ଼କୁ କହିଲେ ମୁଁ କ'ଣ କରିବି ?

- ମୁଁ କହୁଥିଲି କ'ଣ କି ତମେ ବି ଚାଲନ୍ତ...

ମୁଁ ଗଲେ ଘରଯାକର ସମସ୍ତେ ବାହାରିବେ। ପୁଣି ଏ ଘର ତ ଅଛି।

- ହଁ, ତା'ବି ଗୋଟିଏ କଥା... ପୁଣି ସେ ଘରଟା ଏଡ଼େ ଛୋଟ ଯେ ଦି'ଜଣରୁ ଚାରିଜଣ ମଣିଷ ସେଠି ଚଲିବା କଷ୍ଟ।

କଥାବାର୍ତ୍ତା ସରିଲା। କିଛି ସମୟ ଏ ପାଖ ସେ ପାଖ ହୋଇ କାବେରୀ ଘରକୁ ଯିବାକୁ ବାହାରିଲା। ଘର ତେଣେ ଏକା ପଡ଼ିଛି। ମହୀବୋଉ ଆଉ ଅଟକାଇ ରଖ୍ୟପାରିଲେ ନାହିଁ।

ପ୍ରକୃତରେ ଦେଖିବାକୁ ଗଲେ ଶାଶୁଘରଟା କାବେରୀକୁ ଯେତିକି ନିଜର ମନେ ହୋଇନଥିଲା, ଏ ନୂଆଘର ତା'ର ନିଜର ନହେଲେ ମଧ ବେଶୀ ଆପଣାର ମନେ ହେଲା। ପ୍ରତିଦିନ ଘର ସଜାଡ଼ି, ସବୁ ଜିନିଷ ଠିକ୍ ଜାଗାରେ ସଜାଡ଼ି ରଖିବା ତା'ର ଯେପରି ନିୟମିତ କାମ ହୋଇପଡ଼ିଲା। କାମ କଲାବେଲେ ମନରେ ସ୍ନେହା ଆସେ, କାମ କରିବାକୁ ପାଦ ଛନ୍ଦି ହୁଏ ନାହିଁ, ହାତ ଆପେ ଆପେ ଉଠିଯାଏ - ସବୁ ନିଜର, ନିଜେ ନ ଦେଖିଲେ ଆଉ ଦେଖିବ କିଏ ? ମନରେ ଆସେ- "ମୋ ଘର ମୁଁ ମାଲିକ" - ଏଠି ଶାସନର ଲଗାମ ନାହିଁ କି ଓଜନିଆ ମନର ଅବସାଦ ନାହିଁ।

ଅଳ୍ପ କେଇଟା ଦିନ ଭିତରେ ସେ ଚାରିଆଢ଼େ ଅନେକ ଚିହ୍ନା ପରିଚୟ

କରାଇ ନେଲାଣି । ମୋହନ ନ ଥିବା ବେଳେ ସେ ଲୋକଙ୍କ ଘରକୁ ବୁଲିଯାଏ କିୟା କେହି ଜଣେ ଆସି ପହଞ୍ଚିଯାଆନ୍ତି । ଶାଶୁଘରର ସେ ବନ୍ଦୀ ଜୀବନ ଆଉ ନାହିଁ । ସୁଖରେ ଦିନଗୁଡ଼ାକ ପାଣିପରି ଗଡ଼ିଯାଉଛି ।

କାବେରୀର ଏହି ପରିବର୍ତ୍ତନ ମୋହନ ଲକ୍ଷ୍ୟ କରେ । ତାକୁ ସୁଖୀ କରିପାରିଛି ଭାବି ମୋହନ ମନରେ ଶାନ୍ତି ଆସେ ।

ଖରା ବେଳ । ମହୀବୋଉଙ୍କୁ ନିଦ ହେଲା ନାହିଁ । ବିଛଣାରେ ପଡ଼ି ଟିକିଏ ସମୟ ଗଡ଼ପଡ଼ ହେଇ ଉଠିଆସିଲେ- ମାୟା ପାଖକୁ ଖଣ୍ଡେ ଚିଠି ଲେଖିବାକୁ ହେବ, ମନରେ ରାଗ ହେଲା । ତାଙ୍କର ତିନିଚାରିଖଣ୍ଡ ଚିଠିର ଉତ୍ତର ସେ ଦି'ଧାଡ଼ିରେ ସାରିଦିଏ- "ମୁଁ ଭଲ ଅଛି । ମୋ ପାଇଁ ତୁ ବ୍ୟସ୍ତ ହେବୁ ନାହିଁ ।" ଟୋକାଟା ବୁଝେ ନାହିଁ । ମା'ର ମନ ଛୁଆ ପଛରେ କେମିତି ଦିନରାତି ଘୁରୁଥାଏ । ମାୟା ଭଲ ଅଛି ବୋଲି ଯେତେ ଲେଖିଲେ ମଧ୍ୟ ସେ ବିଶ୍ୱାସ କରିପାରନ୍ତି ନାହିଁ ।

ମହୀବୋଉ କାଗଜ କଲମ ଧରି ଖଟ ଉପରେ ସଜାଡ଼ି ହୋଇ ବସିଲେ । କ'ଣ ବା ଲେଖିବେ ? ମଣିଷ ମୁହଁରେ ଯେତେ କଥା କହିଯାଏ, ଚିଠିରେ ତା'ର କାଣିଚାଏ ହେଲେ ଲେଖିପାରେ ନାହିଁ । ଏତିକିବେଳେ ବାହାର କବାଟ ଖଡ଼ ଖଡ଼ ଶୁଭିଲା । ଚିଠିଲେଖା ବନ୍ଦ ରଖି ମହୀବୋଉ କବାଟ ଖୋଲି ଦେଖିଲେ ଦାଣ୍ଡଘରେ ଯଦୁବୋଉ ଛିଡ଼ା ହୋଇଛନ୍ତି । ସାଙ୍ଗେ ସାଙ୍ଗେ ମୁହଁରେ ହସ ଖେଳିଗଲା । କାବେରୀ ଚାଲିଯିବା ପରଠୁ ଏ ଖରାବେଲଟା ତାଙ୍କୁ ବଡ଼ ଏକାଟିଆ ଲାଗେ । ଛୁଆଖାଇ ବିଲେଇ ପରି ସେ ଖାଲି ଏପଟ ସେପଟ ହେଉଥାନ୍ତି ।

ଘର ଭିତରେ ଯଦୁବୋଉଙ୍କୁ ବସେଇ ଦେଇ ମହୀବୋଉ ଖଟ ଉପରୁ କାଗଜ କଲମ ଆଣି ପହଲି ବହି ଥାକରେ ରଖୁ ରଖୁ କହିଲେ- ମାୟା ପାଖକୁ ଖଣ୍ଡେ ଚିଠି ଲେଖିବାକୁ ଯାଉଥିଲି ଯେ, ତମେ ଆସିଗଲ ।

ମାୟା ନାଁ ଶୁଣି ଯଦୁବୋଉ ଆଗ ବଳିପଡ଼ି କହିଲେ-ତୋ ଝିଅ ତ କ'ଣ ଭାରି ଘର କରୁଚି !

– କିଏ କହୁଥିଲା ?

– ଆଲୋ, ମତେ କୋଉ ଖବର ଅଛପା ଅଛି ? ତୋ ଝିଅ କୋଉଠି କ'ଣ କରୁଛି ମତେ ଜଣା ନାହିଁ ନା ତୋ ବୋହୂ କୋଉଠି କ'ଣ କହୁଛି ମତେ ଜଣା ନାହିଁ ?

– କ'ଣ ସବୁ ଶୁଣୁଥିଲ ମାୟା କଥା ?

– କଣ ଆଉ ଶୁଣିବି ? ଭଲ ବୋହୂ ହେଇଚି, ପ୍ରଶଂସା ଶୁଣୁଛି... ଏଇଆ ତ ! କ'ଣ ? ଉତ୍ସାହ ନ ଥିଲା ପରି ଯଦୁବୋଉ କହିଲେ ।

ମହୀବୋଉ ବିଶ୍ୱାସ କରିପାରିଲେ ନାହିଁ। ଯେତେ ଲୋକ ଆସନ୍ତି ସମସ୍ତଙ୍କର ମୁହଁରୁ ସେହି ଏକା କଥା ଶୁଣନ୍ତି। ତାଙ୍କର ମନେହୁଏ ଯେମିତି କି ସମସ୍ତେ ଠଙ୍ଗା କରୁଛନ୍ତି। ମାୟା ଯେ ଏତେ ବଦଳିବ, ଏକଥା ସେ କେବେହେଲେ ଭାବି ନଥିଲେ।

ମହୀବୋଉଙ୍କୁ ଚୁପ୍ ରହିବାର ଦେଖି ଯଦୁବୋଉ କହିଲେ– ଆଉ, ତୋ ବୋହୂ ଖବର କ'ଣ?

ଖବର ଆଉ କିଛି ନାହିଁ। ସେ ତ ତାଙ୍କର ଗଲେ।

– ହଁ, ଭଲ ହେଲା। ସେ ତାଙ୍କର ମନଇଚ୍ଛା ଏଣିକି ବୁଲାବୁଲି କରିବେ... ଏଠି ସେତକ ହୋଇପାରୁ ନଥିଲା।

– ନାଇଁ ମ! ତାର କ'ଣ ଯିବାକୁ ଇଚ୍ଛା ଥିଲା କି? ଖାଲି ମହୀ ତାକୁ ଟାଣି ଓଟାରି ନେଇଚି ନା! ସେ ପରା ଆସି ମତେ ଡାକୁଥିଲା ତା' ପାଖରେ ରହିବାପାଇଁ– ତାକୁ ଏକୁଟିଆ ଲାଗୁଛି ବୋଲି! ଖାଲି ମହୀର ଅସୁବିଧା ଯୋଗୁଁ–

– ଆହା! "ମୁଁ କଅଣ କରିବିଟି! ହାଣ୍ଡି ଭିତରେ ପିହାଣଟାଏ ମୁଁ ଚମକି ପଡ଼ିବିଟି!"

ସକ ସକ ହେଇ ତ ଅଲଗା ଘରକୁ ଗଲେ, ସେଠି ଏକୁଟିଆ ନାଗିବ ନାଇଁ ତ ଆଉ କ'ଣ ଦୋକୁଟିଆ ନାଗିବ? ପୁଅର ସୁବିଧା ହଉ କି ଅସୁବିଧା ହଉ, ଅଲଗା ରହିଲେ ତାଙ୍କର ଭଲ... ଆଲୋ, ସେ ପରା ଆଗରୁ କଥା ଅଛି "ଜାଆ ଜେଉଲାରେ ଘର, କି ଥାଇଁ କରିବେ ଶାଶୁ ଶଶୁର? ବଞ୍ଚନ୍ତୁ ମୋହରି ବର।"

ମହୀବୋଉଙ୍କୁ ଚୁପ୍ ରହିବାର ଦେଖି ଯଦୁବୋଉ ପୁଣି ଆରମ୍ଭ କଲେ– ଆଗରୁ ସେଇ ପେଞ୍ଚ କରି ଚାବିମୁଠା ହାତକୁ ନେଇଥିଲେ। ସେଥିରୁ ଯେଉଁଠି ଅସୁବିଧା ହେଲା, ପଇସାକଉଡ଼ି ବେଶୀ ଖର୍ଚ୍ଚ ହେବାର ଦେଖିଲେ, କହିଲେ, "ଦେ କଉଡ଼ି ଖା ପିଠା, ଏଥିପାଇଁ କିଆଁ ଦାନ୍ତ ନିକୁଟା?" ଏକାଥରକେ ତ ଅଲଗା ହୋଇଗଲେ ଯାଏ, ଏତେ ହାତଗୋଡ଼ ଧରା କାହିଁକି?

ମୁହଁ ଶୁଖେଇ ମହୀବୋଉ ଖାଲି 'ହୁଁ'ଟି, ମାରିଲେ। ଶେଷ କଥାଗୁଡ଼ାକ ତାଙ୍କ ମନକୁ ବାଧିଲା। ପୀତାମ୍ବରବାବୁଙ୍କ ଅବସ୍ଥା ଯଦି ସ୍ୱଚ୍ଛଳ ଥା'ନ୍ତା ତେବେ ସେ କଥାକୁ ଖାତିର କରିନଥାନ୍ତେ କିନ୍ତୁ ମୋହନର ସାହାଯ୍ୟ ଉପରେ ଯେତେବେଳେ ତାଙ୍କୁ ଚଲିବାକୁ ହେଉଛି, ଏଇଟା ତାଙ୍କୁ ବାଧିବାର କଥା।

–ତୋରି ବୋହୂତ ନିଜେ ଦାଣ୍ଡରେ ହାଟରେ କହି ବୁଲୁଛି ସିଏ ନଣନ୍ଦର ବାହାଘର ଖର୍ଚ୍ଚ ଉଠେଇଚି।

ମହୀବୋଉଙ୍କର ମନର ରାଗ ହଠାତ୍ ବାହାରକୁ ଆତ୍ମପ୍ରକାଶ କଲା।

– ଖାଲି ଅଜାଡ଼ି ପକେଇଥିବ ! ବେଙ୍କରେ ମାୟା ନାଁରେ ଯୋଉ ଟଙ୍କା
ଥିଲା, ସେଥିରେ ତ ମାୟା ବାପା କାମ ଉଠେଇଲେ।

– ତୁ କହିଲେ ଖାଲି ହୋଇଯିବ ? ମହୀ କ’ଣ ଖର୍ଚ୍ଚ କରିଥିବ ବୋଲି ସେ
କହୁଚି ନା ଆଉ କ’ଣ ମନରୁ କହୁଚି ?

–ଭାଇଟା ହେଇ ଆଉ କ’ଣ ଖର୍ଚ୍ଚ କରନ୍ତା ନାଇଁ। ସିଏ ନିଜେ ଭାଉଜଟା
ହୋଇ ଯାହା ନଣନ୍ଦକୁ ଖାଲି ଅଜାଡ଼ି ପକେଇଚି ! ଏଇ ପାନ ପତର ପରି ଝିଆଣିଆ
କାମର ହାରତାଏ ଦେଇଛି ଯେ ଦେଢ଼ଭରି ଭିତରର ଜିନିଷ ହବ... ଆଉ ଦାଣ୍ଡରେ
କେମିତି ଏଗୁଡ଼ା ଢେଣ୍ଡୁରା ବଜେଇ ହଉଛି ? “ଯେ ଯାହାପାଇଁ ଯାହା କରୁଥାଏ ସେ
କି ନାଗରା ଦେଇ ବୁଲୁଥାଏ ?” ରାଗରେ ମହୀବୋଉଙ୍କ ଆଖି କି ପାଣି ଆସିଲା।

– ଆଲୋ ତାଙ୍କ ଠେଇ ସବୁ ସମ୍ଭବ... ସଙ୍ଗୀତ କ’ଣ ଆଉ ନ ଜାଣି
ଏଗୁଡ଼ାଙ୍କୁ ନାଗସାପ କହିଥିଲା ? ସେ ଠିକ୍ ଚିହ୍ନିଛି।

ଏସବୁ ବିଷୟରେ ଅଧିକା ଚର୍ଚ୍ଚା କରିବାକୁ ମହୀବୋଉଙ୍କୁ ଆଉ ଭଲ ଲାଗୁ
ନଥିଲା। ଯଦୁବୋଉଙ୍କ ସାଥିରେ ଦେଖାହେଲେ ମନଟା ତାଙ୍କର ମଝିରେ ମଝିରେ
ଏମିତି ଖରାପ ହୋଇଯାଏ। ଆଖି ଲୁହ ଲୁଚାଇବାକୁ, କାମର ବାହାନା କରି ଉଠି
ଯାଉ ଯାଉ ମହୀବୋଉ କହିଲେ– ପିଲାମାନଙ୍କର ଆସିବାବେଳ ହେଇଗଲାଣି। ମୁଁ
ଯାଉଛି ଜଳଖିଆ କରିବି... ତମେ ଆସ ରୋଷେଇ ଘରେ ବସିବ।

ହାଇ ମାରି ଯଦୁବୋଉ ଉଠିଲେ – ନାଇଁ ଲୋ, ମୁଁ ଆଉ ବସି ପାରିବି
ନାଇଁ... ବେଳ ହେଇଗଲାଣି।

ଯଦୁବୋଉଙ୍କୁ ଦାଣ୍ଡଦୁଆରେ ବଳେଇ ଦେଇ ଆସି ମହୀବୋଉ ଖଟରେ
ଶୋଇଲେ। ମନଟା କୁହୁଳି କୁହୁଳି ଉଠୁଛି। ଏଇଥର କାବେରୀ ଆସିଲେ, ଭଲ କରି
ଦି’ପଦ ତାକୁ ଶୁଣେଇ ଦେବେ। କେମିତି କରି କ’ଣ ସବୁ କହିବେ ଶୋଇ ଶୋଇ
ସେ ଚିନ୍ତା କରିବାରେ ଲାଗିଲେ।

ମାୟାଶାଶୁଙ୍କ ଦେହ ଭଲ ନାହିଁ–ପେଟରେ ଘା’ ହୋଇଛି। ଆଗପରି ସେ
ଆଉ ରାତି ଅନ୍ଧାରୁ ଉଠି ପୂଜାଘରେ ଯାଇ ଆସନ ମାଡ଼ି ବସନ୍ତି ନାହିଁ। ବର୍ଷେ
ହେଲାଣି ତାଙ୍କର ଏହି ପେଟମରା ରୋଗ ବାହାରିଛି। ଏବେ ସେଇଟା କେମିତି ବଢ଼ି
ଯାଇଛି। ଦିନକୁ ଦିନ ସେ ବିଛଣା ଧରୁଛନ୍ତି। ଏବେ ବିଛଣାରେ ପଡ଼ିବା ଦିନଠାରୁ
ତାଙ୍କର ଗୋଟିଏ ନୂଆ ରକମର ଭୟ ଆସିଯାଇଛି। କାରଣ ଅକାରଣରେ ମାୟାକୁ
ଡାକି ପାଖରେ ବସାଇ କେତେ ଭଲମନ୍ଦ କଥା ବୁଝେଇ ଯା’ନ୍ତି– ମୋ ବର ଥିଲେ
ମୋ ଶାଶୁ ଶ୍ୱଶୁରଙ୍କର ଗୋଟିଏ ଆଖି। ଶଶୀ ସେମିତି ମୋର ଗୋଟିଏ ଆଖି। ତୁ

ବୋହୂ ତା ପାଇଁ ନଗା ରହିଲୁ। ମୋ ଦିନକାଳ ସରି ଆସିଲା। ଏଣିକି ମରିହଜି ଯିବି। ତମେ ଏ ଘର ଦେଖାଶୁଣା କରିବ।

ମାୟା ସବୁ ଶୁଣି ତାଙ୍କୁ ନାନା ପ୍ରକାର ସାନ୍ତ୍ୱନା ଦିଏ। ସେହି ସାନ୍ତ୍ୱନା ଟିକକ ଶୁଣିବା ପାଇଁ ଯେମିତି କି ସେ ଥରକୁ ଥର ସେହି ଏକା କଥା କହନ୍ତି। ମଣିଷ ଯେତେ ବୁଢ଼ା ହେଉ, ଯେତେ ବଡ଼ ବେମାରିରେ ପଡ଼ୁ ପଛକେ, ସେ କେବେହେଲେ ମରିବାକୁ ଖୋଜେ ନାହିଁ।

ମାୟାଶାଶୂ ବିଛଣା ଧରିବା ଦିନଠାରୁ ଭାଗବତ ଶୁଣିବା ଆରମ୍ଭ କରିଛନ୍ତି। ସେହି ଭାଗବତ ଶୁଣୁ ଶୁଣୁ ଯଦି ଜୀବନ ଯାଏ ତେବେ ସେ ମୋକ୍ଷ ପାଇଯିବେ ବୋଲି ତାଙ୍କର ବିଶ୍ୱାସ। ଭାଗବତ ଶୁଣେଇବାକୁ ପୁଥିର ବେଳ ନାହିଁ। ତେଣୁ ସକାଳେ ସଞ୍ଜେ ସମୟ ଦେଖି ମାୟା ତାଙ୍କୁ ଯେତେଦୂର ପାରେ ଶୁଣେଇ ଦିଏ। ନିଜର ଖିଆପିଆ ଛାଡ଼ି ବୋହୂକୁ ତାଙ୍କରି ସେବା କରୁଥିବାର ଦେଖି ମାୟା ଶାଶୂ ତଟସ୍ଥ ହୋଇଯାନ୍ତି— ଏଇ ବୋହୂ, ଯାହାକୁ ସେ ମୁହଁ ଉପରେ ପଦେ ଆଦରର କଥା କହିନାହାନ୍ତି, ସେ ପୁଣି ଏତେ ସେବା କରିବ, ସେ ଭାବି ନଥିଲେ।

ଶଶିଭୂଷଣ ମା'ର ଅବସ୍ଥା ଦେଖି ଚିନ୍ତିତ ହୋଇପଡ଼ିଲେ। ଡାକ୍ତର କହୁଛନ୍ତି ରକ୍ତନରକ୍ଷ୍ମୀ ଦେଇ ପରୀକ୍ଷା କଲାପରେ ଔଷଧ ଦେବେ। ଏଣେ ପାଖରେ ପଇସା ନାହିଁ। ତେଣେ ଚିକିସ୍ସା ନକଲେ ନ ଚଳେ। ତାଙ୍କୁ ଚାରିଆଡ଼ ଅନ୍ଧାର ଦିଶୁଛି।

ସଞ୍ଜ ଗଡ଼ି ଆସୁଛି। ମାୟା ଚଉରାମୂଳେ ସଲିତାଟିଏ ଜାଳିଦେଇ ଉଠିଆସିଲା ବେଳକୁ ପଛରୁ ଶଶିଭୂଷଣ ଡାକିଲେ—ମାୟା...

ବୁଲିପଡ଼ି ମାୟା ଫେରି ଚାହିଁଲା। ଶଶିଭୂଷଣ ଛିଡ଼ା ହୋଇଛନ୍ତି।

– ଆଉ ଟଙ୍କା ନାହିଁ ମାୟା! ଧାର ଉଧାର ମିଳିବାର ବି ଆଶା ନାହିଁ– ସମସ୍ତେ ଫେରେଇ ଦେଲେ। କାତର ସ୍ୱରରେ ଶଶିଭୂଷଣ କହିଲେ।

– ଆଜିପର୍ଯ୍ୟନ୍ତ ଯେତେ ଖର୍ଚ୍ଚ ହେଉଥିଲା ସେ ଟଙ୍କା କୋଉଠୁ ଆସିଲ ?

ସେ ମଧ ଉଧାର ଟଙ୍କା। ଏଇ ଦଶଦିନ ତଳେ ରାମବାବୁଙ୍କ ପାଖରେ ଜମି ବନ୍ଧା ଦେଇ ତିନି ଶହ ଟଙ୍କା ଆଣିଥିଲି। ତାଙ୍କର ଆମ ଅବସ୍ଥା ଉପରେ ଆସ୍ଥା ନାହିଁ। ତେଣୁ ଆଉ ମିଳିବା ଆଶା ମଧ ନାହିଁ।

ଦିନର ଆଲୁଅ ଲିଭିଗଲାଣି। ରାତିର ଅନ୍ଧାର ମାଡ଼ି ମାଡ଼ି ଆସୁଛି। ସେହି ମୁହଁ ଅନ୍ଧାରବେଳେ ଦିହେଁ ଦିହିଙ୍କ ମୁହଁ ସ୍ପଷ୍ଟ ଦେଖିପାରୁ ନଥିଲେ ମଧ ପରସ୍ପରର ମନର କଥା ଯେମିତି ବୁଝିପାରୁଥିଲେ। ଅଳ୍ପ ଦୂରରେ ଚଉରାମୂଳେ ସଲିତାଟା ଦପ୍ କରି ଜଳିଉଠି ଲିଭିଗଲା। ମାୟା ଦୀର୍ଘନିଃଶ୍ୱାସ ଛାଡ଼ିଲା।

କ'ଣ କରିବା ? ଚିକିହ୍ସା ଯେ ଅଧା ହୋଇଛି... ଶଶୀ ଭୂଷଣ ମାୟା ମୁହଁକୁ ଚାହିଁଲେ ।

— ମୋ ପାଖରୁ ଟଙ୍କା ନେବ ? ମାୟା ଚାହିଁଲା ତାଙ୍କ ମୁହଁକୁ ।

ଟିକିଏ ଚମକି ପଡ଼ିଲା ପରି ଶଶୀଭୂଷଣ ପୁଣି ପଚାରିଲେ — କ'ଣ କହିଲ ?

— ଟଙ୍କା ଦରକାରବେଳେ ମତେ ନ ଜଣେଇ ଅନ୍ୟକୁ କାହିଁକି ମାଗି ବୁଲୁଛ ?

— ତମେ କୋଉଠୁ ଟଙ୍କା ଆଣିବ ?

ଟିକିଏ କ୍ଷୀଣ ହସ ହସି ମାୟା କହିଲା—ଗହଣା ଦେଇ ।

ଗହଣା କଥା ଶୁଣି ଶଶୀଭୂଷଣ ଟିକିଏ ଗମ୍ଭୀର ହୋଇଗଲେ । ତାଙ୍କର ନିଃସ୍ୱ ଜୀବନରେ ମାୟାର ଗହଣା କେଇଖଣ୍ଡି ଏକମାତ୍ର ଧନ । ତାକୁ ବି କ'ଣ ନେବାକୁ ପଡ଼ିବ ? ତା ଗହଣା ବିକିବାରେ ତାଙ୍କର କ'ଣ ଅଧିକାର ଅଛି ?

ଏତିକିବେଳେ ମାୟା ଶାଶୁଙ୍କ ଡାକ ଶୁଭିଲା—ଭାଗବତ ପଢ଼ିବାକୁ ଡାକୁଛନ୍ତି । ତରତର ହୋଇ ମାୟା ଚାଲିଗଲା ଓ ଶଶୀଭୂଷଣ ଅନ୍ୟମନସ୍କ ଭାବରେ ସେହି ଚଉରାମୂଳେ ବୁଲିବାକୁ ଲାଗିଲେ ।

ପରଦିନ ସକାଳ ମାୟା ନିଜର ଗହଣା ବାକ୍ସ ଖୋଲିଲା । ଗୋଟି ଗୋଟି କରି ଗହଣା ହାତରେ ଧରି ଦେଖୁଥାଏ । ଆଖି ଆଗରେ ଅତୀତ ଭାସି ଯାଉଛି । ବାହାଘର ବେଳେ ଯେଉଁ ଚାରି ହଜାର ଟଙ୍କା ଏମାନେ ପାଇଥିଲେ ତହିଁରୁ ଦୁଇ ହଜାର କରଜ ଶୁଝାରେ ଯାଇଛି ଓ ବଳକା ଦୁଇ ହଜାର ଜମି କିଣା ହୋଇଛି । ଏହି ଗହଣା କେତେ ନିନ୍ଦା ପ୍ରଶଂସା ଶୁଣିଛି । ଆଜି ତାକୁ ଲଗାହେବ ଆଉ ଗୋଟାଏ କାମରେ । ଟଙ୍କା ପାଇଁ ସମସ୍ତେ ଗହଣା ଚାହାନ୍ତି । ଏହି ଗହଣାର ମୂଲ ଯଦି ମାଟିବୋଇ ସାଙ୍ଗରେ କଣ୍ଡି ହୁଅନ୍ତା ତେବେ ଯାକୁ ପିନ୍ଧନ୍ତା କିଏ ?

ମାୟା ହାତରେ ଦି'ଟା ବଡ଼ ବଡ଼ ହାର ଦେଖି ଶଶୀଭୂଷଣ ମାୟା ମୁହଁକୁ ଚାହିଁଲେ—ତମର ଦୁଃଖ ହେଉ ନାହିଁ ?

— ମୁଁ ତ ଖୁସିରେ ଦେଉଛି । ଆଉ ଥରେ କ'ଣ ବାହା ହେବି ଯେ ରହିଥିବି ?

— କିନ୍ତୁ ଆଉ ଥରେ ତମପାଇଁ ଗଢ଼ିଦେବାକୁ ମୋର ଶକ୍ତି ନାହିଁ ।

— ତା ମୁଁ ଜାଣିଛି । ମାୟା ହସିଲା ।

— କ'ଣ ଜାଣିଛ ? ସନ୍ଦିଗ୍ଧ ଆଖିରେ ଶଶୀଭୂଷଣ ମାୟା ମୁହଁକୁ ଚାହିଁଲେ ।

— ଜାଣିଛି ତମର ରୋଜଗାର କମ୍ । ମାୟା ସେମିତି ହସୁଥାଏ ।

ଶଶିଭୂଷଣଙ୍କର ପୌରୁଷରେ ବାଧା ଆସିଲା–ଓ ! ସେଥିପାଇଁ ଦୟା କରୁଚ !
ନା, ଏ ଗହଣା ମୋର ଦରକାର ନାହିଁ ।

– ମୁଁ ତମପାଇଁ ଦଉନାହିଁ– ମା'ଙ୍କ ପାଇଁ ଦଉଚି । ତମକୁ ନେବାକୁ ହେବ ।
ମାୟା ବାକ୍ସ ରଖିଦେଇ ସେ ଜାଗା ଛାଡ଼ି ଚାଲିଗଲା ।

ହାର ଦି'ଟା ହାତରେ ଧରି ଦେଖୁ ଦେଖୁ ଶଶିଭୂଷଣ ଗୋଟାଏ ଗହୀରିଆ
ନିଶ୍ୱାସ ଛାଡ଼ିଲେ ।

ଖରାବେଳେ ସବୁ କାମ ସାରି ମାୟା ଟିକିଏ ଗଡ଼ପଡ଼ ହେବାକୁ ଯାଉଥିଲା,
ଏତିକିବେଳେ ଚାକର ଟୋକା ଦୁଇଖଣ୍ଡ ଚିଠି ଆଣି ତା' ହାତରେ ଦେଲା ।

ପ୍ରଥମ ଚିଠିଟି କାବେରୀ ପାଖରୁ ଆସିଚ୍ଛି– ଚିଠି ଉପରେ ତାର ନୂଆ ଘରର
ଠିକଣା । ଆଉ ଥରେ ଠିକଣାଟା ଭଲ କରି ଦେଖିନେଇ ମାୟା ଚିଠିଟା ଖୋଲିଲା ।
ଚାରିପୃଷ୍ଠାର ଚିଠି–କେମିତି କାମ କରି କରି ତାକୁ ନିଶ୍ୱାସ ମାରିବାକୁ ତର ହେଉନାହିଁ,
ଶାଶୁଘର ଲୋକେ ସବୁବେଳେ ମନେ ପଡ଼ୁଚ୍ଛନ୍ତି ଓ ଶେଷରେ, କିପରି ଭାଗ୍ୟ ଖରାପ
ଥିଲେ ମଣିଷ ନିଜ ଲୋକଙ୍କଠାରୁ ଏମିତି ଦୂରେଇ ହୋଇ ଅଲଗା ଘର କରେ ଇତ୍ୟାଦି
କେତେ କ'ଣ । ଚିଠିରେ ସାହିତ୍ୟ ଓ ଦର୍ଶନର ଛଟା ଦେଖି ମାୟା ମନେ ମନେ
ହସିଲା ।

ତରତରରେ ମାୟା ଅନ୍ୟ ଚିଠିଟି ଖୋଲିଲା । ପ୍ରତାପ ଲେଖିଚ୍ଛି, "ବାପାଙ୍କ
ଦେହ ବହୁତ ଖରାପ ! ତତେ ଦେଖିବାକୁ ଖୋଜୁଚ୍ଛନ୍ତି । ବୋଉ ଖାଲି କାନ୍ଦୁଚ୍ଛି..."
ମାୟା ଆଉ ପଢ଼ିପାରିଲା ନାହିଁ । ଆଖିକୁ ତାର ପାଣି ଆସି ଅକ୍ଷରଗୁଡ଼ାକ ଜାଲଜାଲୁଆ
କରିଦେଲା । ଚିଠିଟି ଧରି ସେ ଯେମିତି ବସି ରହିଲା । ଏଣେ ବୁନ୍ଦା ବୁନ୍ଦା ଲୁହ ଗଡ଼ି
ଚିଠିଟାକୁ ବିଲିବିଲା କରିଦେଲାଣି– ସେ ଆଡ଼କୁ ତାର ଖିଆଲ ନାହିଁ ।

ଆଖି ଆଗରେ ପିତାମ୍ବରବାବୁଙ୍କ ମୁହଁ–ଯେମିତି ଥରକୁଥର ଆଖି ମେଲି
କେବଳ ତାକୁ ହିଁ ଖୋଜୁଚ୍ଛନ୍ତି ।

ପାଖ ବଖରାରୁ ମାୟାଶାଶୁ କୁନ୍ଦାକୁ ଛପେଇ ପିତାମ୍ବରବାବୁଙ୍କ ସ୍ୱର ଭାସି
ଆସୁଚ୍ଛି– ମାୟା... ମାୟା... ମୋର ଆଉ ବେଶୀ ଦିନ ନାହିଁ... ଶୀଘ୍ର ଆ ।

ବ୍ୟସ୍ତ ହୋଇ ଉଠିପଡ଼ି ମାୟା ଘର ଭିତରେ ପାଗଳଙ୍କ ପରି ଏପାଖ ସେପାଖ
ହେବାରେ ଲାଗିଲା । ସେ କୌଣସିମତେ ତାକୁ ଯିବାକୁ ହିଁ ହେବ । ପିତାମ୍ବରବାବୁ
ତା'ରି ବାଟ ଚାହିଁ ବସିଥିବେ... ସେ ନ ଗଲେ କିଏ ଆଉ ତାଙ୍କ ସେବା କରିବ...?
ମନ ଉପରେ ପିତାମ୍ବରବାବୁଙ୍କର ଗୋଟି ଗୋଟି ହେଇ କଥା କାମ ଚଳଚ୍ଚିତ୍ର ପରି
ଭାସି ଯାଉଚ୍ଛି । ଏତିକିବେଳେ ପାଖ ବଖରାରୁ ଶାଶୁଙ୍କ ଚିତ୍କାର ଶୁଭିଲା । ମନେ

ପଡ଼ିଗଲା–ଏଠି ବି ରୋଗୀ । କ'ଣ ସେ କରିବ ? ତା'ର ନିଶ୍ୱାସ ରୁଦ୍ଧ ହୋଇ ଆସିଲା–
ମନେ ହେଲା ଯେମିତି ସମସ୍ତେ ଏକା ସାଙ୍ଗରେ ଆସି ତା' ତଣ୍ଟି ଚିପି ଧରୁଛନ୍ତି ।
ଗୋଟାଏ ଅସ୍ପଷ୍ଟ ଚିତ୍କାର କରି ମାୟା ଖଟ ଉପରେ ବସିପଡ଼ିଲା ।

ବାପଘର ଛାଡ଼ି ଆସିଛି ତ । ଏଣିକି ସେଇ ପୁରୁଣା ବାପଘରେ ସେ ହେବ
କୁଣିଆ । ଉପରେ ଯେତେ ନିର୍ଭର ଥିଲେ ସେ ତ ଘରର ଲୋକ ନୁହେଁ–ତାର ଶାଶୁଘର
ହେଲା ଘର । ଶାଶୁଙ୍କ ଦେହ ଖରାପ – ବୋହୂ କରି ଆଣିଥିଲେ; ଶେଷ ବେଳରେ
ଟିକିଏ ସେବାଯତ୍ନ ପାଇବେ ବୋଲି । ସେ ତାଙ୍କୁ କେମିତି ଛାଡ଼ି ଯିବ ?

ଆଉ ବାପଘର– ସେ କ'ଣ ତା'ରି ଘର ନୁହେଁ ? ଭାଇମାନଙ୍କ ସାଙ୍ଗରେ
ଜଣେ ହେଇ ସେ'ବି ଚଳିଥିଲା... ବାପା ତାକୁ କେତେ ଖୋଜୁଥିବେ–ଝୁରିହେଉଥିବେ ।
ସେ ନ ଗଲେ ତାଙ୍କ ମନରେ, ବୋଉ ମନରେ ଆଉ ନିଜ ମନରେ ବି କଣ ଅଲିଭା
ଦୁଃଖ ରହିଯିବ ନାହିଁ ? ନା, ନା, ସେ ଯିବ । ବାପାଙ୍କ ପ୍ରତି ତା'ର ପ୍ରଥମ କର୍ତ୍ତବ୍ୟ ।

ଶାଶୁଙ୍କ ଦୁର୍ବଳ ଡାକ ଶୁଣି ମାୟା ଉଠି ଆସିଲା– ଏଇଠି ବସିଥା ବୋହୂ...
କେତେବେଳେ ଏ ଜୀବ ଛାଡ଼ିଯିବ... ତମମାନଙ୍କୁ ଡାକିବାକୁ, କହିବାକୁ କ'ଣ ଭରସା
ପାଉଛି ?

ମାୟାର ଦୁଇ ଆଖିରୁ ଛଳ ଛଳ ପାଣି ଗଡ଼ି ଆସୁଥିଲା । କର୍ତ୍ତବ୍ୟ ପାଳିବାକୁ
ଚେଷ୍ଟା କରି ସୁଦ୍ଧା ସେ ବାଟ ପାଉ ନାହିଁ । ଦୁଇଆଡ଼େ ଡୋର ଲାଗିଛି । ଗୋଟାକୁ ନ
ଛିଣ୍ଡାଇଲେ ନଚଳେ ।

କାହାକୁ ଛିଣ୍ଡାଇବ ? କିଏ ତା ପାଖରେ ବଡ଼ ?

BLACK EAGLE BOOKS

www.blackeaglebooks.org
info@blackeaglebooks.org

Black Eagle Books, an independent publisher, was founded as
a nonprofit organization in April, 2019. It is our mission to
connect and engage the Indian diaspora and the world at large
with the best of works of world literature published on a
collaborative platform, with special emphasis on
foregrounding Contemporary Classics and New Writing.